«Atemberaubend, genresprengend» *(Elle)*

«Ein Wissenschaftsthriller mit Drive» *(Spiegel)*

Adam Fawer, 1970 in New York geboren, studierte Wirtschaftswissenschaften und Statistik und machte seinen Abschluss an der Stanford Business School. Drei Jahre war er Leiter eines erfolgreichen Dot-Com-Unternehmens in New York, bevor er sich ganz dem Schreiben widmete. Er lebt und arbeitet in New York.

Adam Fawer // NULL //

Thriller

Deutsch von
Jochen Schwarzer,
Frank Böhmert und
Andree Hesse

Rowohlt
Taschenbuch Verlag

Die Originalausgabe erschien unter dem Titel «Improbable»
bei William Morrow, einem Imprint von HarperCollins Publishers.
Jochen Schwarzer übersetzte die Kapitel 1–15, Andree Hesse
die Kapitel 16–21 und Frank Böhmert die Kapitel 22–35.

3. Auflage März 2007

Veröffentlicht im Rowohlt Taschenbuch Verlag,
Reinbek bei Hamburg, März 2007
Copyright © 2005 by Rowohlt Verlag GmbH,
Reinbek bei Hamburg
«Improbable» Copyright © 2005 by Adam L. Fawer
Umschlaggestaltung any.way, Hamburg,
nach einem Entwurf von Simon Schmidt
Druck und Bindung Clausen & Bosse, Leck
Printed in Germany
ISBN 978 3 499 23941 0

Für meinen Vater, Philip R. Fawer
Ich denke immer noch jeden Tag an ihn

Sprechen wir nun über Wahrscheinlichkeit. Zunächst einmal über jedermanns Lieblingsthema: das Lotto.

Die Chance auf einen Hauptgewinn im Powerball-Lotto steht bei circa 120 Millionen zu eins. Dennoch haben seit seiner Einführung 1997 über fünfzig Leute diesen Jackpot geknackt und zählen seither zu den glücklichsten und reichsten Menschen der Welt. Ich hasse diese Leute. Aber ich schweife ab.

Sprechen wir nun über ein anderes Ereignis von geringer Wahrscheinlichkeit: dass die Menschheit durch einen riesigen Asteroiden ausgelöscht wird, der mit der Erde kollidiert. Astrophysiker haben errechnet, dass die Wahrscheinlichkeit, dass so etwas in einem bestimmten Jahr passiert, etwa eine Million zu eins beträgt.

Da unsere affenähnlichen Vorfahren allerdings über sieben Millionen Jahre lang auf diesem Planeten lebten, liegt die Wahrscheinlichkeit, dass wir alle von einem Asteroiden ausgelöscht werden, bei mittlerweile gut und gern siebenhundert Prozent. Mit anderen Worten: Eigentlich müssten wir alle tot sein – und zwar nicht nur einmal, sondern gleich siebenmal gestorben sein.

Dennoch wurde, wie die meisten von Ihnen wissen

dürften, die Menschheit seit Beginn unserer Geschichts-
schreibung kein einziges Mal vernichtet.

Was möchte ich nun damit sagen? Nun, nicht, dass wir
alle durch einen Asteroiden ums Leben kommen werden.
Nein, ich möchte vielmehr auf etwas aufmerksam machen,
das Ereignisse von geringer Wahrscheinlichkeit betrifft:

Shit happens.

Aus einem Statistikvortrag von David T. Caine

Medizinische Fakten:

Wenn die Nervenzellen des Gehirns überaktiv werden, senden sie ungebremst willkürlich wirkende Impulse aus. Diese Impulse können abnorme Sinnesempfindungen, bizarre Bewegungen oder sogar geistige Verwirrung auslösen. Wenn so etwas geschieht, spricht man gemeinhin von einem Anfall.

Zwei Prozent aller Erwachsenen erleiden im Laufe ihres Lebens mindestens einen solchen Anfall. In den allermeisten Fällen folgt diesem kein zweiter mehr. Einige Menschen aber werden ihr ganzes Leben lang von wiederholten Anfällen geplagt. Für diese Krankheit gab es im Laufe der Geschichte die unterschiedlichsten Bezeichnungen: Besessenheit, heilige Krankheit, dämonisches Leiden, sogar Geißel Gottes. Heute nennt man sie Epilepsie.

Manchmal ist die Medizin in der Lage, die äußeren Ursachen für epileptische Anfälle zu ermitteln – meist handelt es sich dabei um mikroskopisch kleine Hirnverletzungen, um Gehirntumore oder genetische Prädispositionen. Drei Viertel aller Epileptiker aber – allein in den

USA über 1,9 Millionen Menschen – wird gesagt, ihr Leiden sei idiopathisch.

Idiopathisch stammt aus dem Griechischen, wo *idio* «eigentümlich», «besonders» bedeutet und *pathós* «Leiden» oder «Krankheit». Wörtlich lässt sich *idiopathisch* mit «eigentümliches Leiden» übersetzen, der modernen Definition nach bezeichnet man damit jedoch «eine Krankheit ohne erkennbare Ursache».

Mit anderen Worten: Trotz der gewaltigen Fortschritte, die in den vergangenen Jahrhunderten auf dem Gebiet der Humanmedizin erzielt wurden, können sich Ärzte in den meisten Fällen immer noch nicht erklären, warum es zu epileptischen Anfällen kommt.

Sie haben nicht die leiseste Ahnung.

Teil 1 // Opfer der Umstände //

Ein Glücksspieler, sei es, dass er bei Pferde- oder Sportwetten setzt, bei Kasinospielen oder auf Regentropfen, die Fensterscheiben hinunterrinnen, ist jemand, der wettet, dass etwas Unwahrscheinliches passiert.

Ein Pokerspieler, der etwas von seinem Metier versteht, ist jemand, der wettet, dass etwas Wahrscheinliches passiert.
Der eine ist ein Romantiker, der andere ein Realist.

Anthony Holden, Pokerspieler

Fast immer ermöglicht einem das Glücksspiel, zu einer klaren Vorstellung einer Manifestation des Zufalls zu gelangen; dem Glücksspiel verdanken wir das Entstehen der Wahrscheinlichkeitsrechnung ... und man sollte sich daher bemühen, das Glücksspiel zu verstehen, allerdings in einem philosophischen Sinne, frei von vulgären Vorstellungen.

Louis Bachelier, Mathematiker

Kapitel /1/

«Das macht zwanzig für Sie, Caine. Sind Sie dabei oder nicht?»

David Caine hörte die Frage, konnte aber nicht antworten; seine Nase ließ ihn nicht. Der Gestank ähnelte nichts, was er je gerochen hatte – eine widerliche Brühe aus ranzigem Fleisch und faulen Eiern in einem Kübel voll Urin. Er hatte im Internet gelesen, dass sich schon Leute umgebracht hatten, weil der Gestank so unerträglich wurde. Er hatte das zunächst nicht geglaubt, aber nun ... nun kam es ihm gar nicht mehr so abwegig vor.

Er wusste zwar, dass dieser Gestank nur das Nebenprodukt einiger verwirrter Nervenzellen war, aber das änderte nichts. Seinem Gehirn zufolge war der Gestank real. Realer als der Zigarettenqualm, der über dem Tisch hing. Realer als das fettige McDonald's-Aroma, das von Walters nächtlichem Imbiss ausging. Realer als die Geruchsmischung aus Schweiß und Verzweiflung, die alles im Raum durchdrang.

Der Gestank war so schlimm, dass Caine davon die Augen tränten. Doch so schlimm er auch war, verabscheute

Caine ihn doch nicht so sehr wie das, wofür er stand. Dieser Gestank bedeutete, dass gleich wieder einer kam, und der Heftigkeit nach zu urteilen – ein das Hirn benebelnder Fäulnisgestank, bei dem sich einem alles drehte und man nur noch kotzen wollte –, stand ein mächtiger Schlag bevor. Und schlimmer noch: Er nahte schnell, und ausgerechnet jetzt konnte Caine sich das überhaupt nicht erlauben.

Caine kniff kurz die Augen zusammen, ein fruchtloser Versuch, seinem Schicksal zu entrinnen. Dann hob er die Lider wieder und starrte auf die zerknüllte rotgelbe Pommestüte, die vor Walter lag. Sie pulsierte vor seinen Augen wie ein Herz aus Karton. Caine wandte sich ab, fürchtete plötzlich, sich übergeben zu müssen.

«David, alles in Ordnung mit Ihnen?»

Caine spürte eine warme Hand auf der Schulter. Es war Schwester Mary Straight, eine ehemalige Nonne, die eine uralte, übergroße Gebissprothese trug. Sie war die einzige Frau am Tisch – ja, die einzige Frau im ganzen Club, einmal abgesehen von den beiden ausgemergelten rumänischen Kellnerinnen, die Nikolaev engagiert hatte, damit niemand während des Spiels aufstehen musste. Die Schwester aber war die einzige Spielerin. Und obwohl alle sie «Schwester» nannten, war sie eher eine Art Ersatzmutter für die Männer, die hier im Keller lebten – oder dem *Podvaal*, wie die Russen dazu sagten.

Streng genommen lebte niemand im Podvaal, aber Caine hätte gewettet, wenn er einen der etwa zwanzig anderen Männer an den Tischen hier gefragt hätte, wo sie sich am lebendigsten fühlten, hätten sie alle gesagt, hier, in dem beengten, fensterlosen Keller vier Meter unter dem East Village. Alle Stammgäste waren wie Caine. Spieler. Süchtige. Klar, manche hatten ein schickes Büro an der

Wallstreet oder einen bedeutsam klingenden Job in Midtown und Visitenkarten mit silbernen Prägebuchstaben, aber sie alle wussten, dass das überhaupt nicht zählte. Es zählte einzig und allein, welche Karten man bekam und ob man dabei war oder nicht.

Allabendlich kamen sie wieder in das enge Kellergeschoss unter dem Chernobyl, dem kleinen russischen Nachtclub an der Avenue D. Die Bar war schmutzig, aber die Spiele, die Vitaly Nikolaev betrieb, waren sauber. Als Caine Vitaly zum ersten Mal gesehen hatte, mit seinem blassen Gesicht und den mädchenhaft dünnen Armen, hätte Caine ihn eher für einen Buchhalter als für ein Mitglied der Russenmafia gehalten.

Doch derlei Zweifel verschwanden an jenem Abend, an dem Vitaly Nikolaev Kleinholz aus Melvin Schuster machte, einem harmlosen alten Mann, der sich den falschen Club dazu ausgesucht hatte, beim Spiel zu betrügen. Ehe Caine wusste, was geschah, hatte Nikolaev dem schmerbäuchigen Großvater das Gesicht zu rotem Brei geschlagen. Anschließend wurde im Podvaal nie wieder betrogen oder geschummelt.

Und dennoch war dies der Ort, an dem sich Caine noch am ehesten wie zu Hause fühlte. In seiner winzigen Einzimmerwohnung an der Upper West Side schlief er nur, duschte und rasierte sich gelegentlich. Ab und an nahm er ein Mädchen mit hinauf, aber das war nun schon lange nicht mehr vorgekommen. Kein Wunder, wenn man bedachte, dass die einzige Frau, mit der Caine irgendwelchen Umgang pflegte, Schwester Mary war.

«David, alles in Ordnung mit Ihnen?» Schwester Marys Frage holte Caine zurück in die Welt der Lebenden. Er blinzelte und nickte der Schwester dann schnell zu, und das genügte, damit ihm wieder übel wurde.

«Ja, mir geht's gut, Schwester. Danke.»

«Sicher? Sie sind ein bisschen grün im Gesicht.»

«Das muss wohl an den grünen Scheinen liegen, die ich hier gewinnen will», sagte Caine mit halbherzigem Grinsen.

«Sind wir dann fertig mit dem Kaffeeklatsch, oder wollt ihr beide euch ein Zimmer nehmen?», höhnte Walter. Er beugte sich so weit vor, dass Caine seine Röstzwiebelfahne riechen konnte. «Zwanzig. Für. Sie. Dabei. Oder. Nicht?»

Caine sah hinab auf sein Blatt und dann wieder auf die aufgedeckten Karten auf dem Tisch. Er streckte die langen, sehnigen Arme über den widerspenstigen schwarzen Haarschopf. Er zwang sich, den Gestank zu ignorieren, und überlegte, was er nun tun sollte.

«Hören Sie auf, die Chancen zu berechnen, und setzen Sie», sagte Walter und zupfte an einem Niednagel.

Caine war dafür bekannt, dass er kopfrechnend die Chancen von fast allem kalkulierte. Die einzige Variable, die Caine hier nicht berechnen konnte, war die Wahrscheinlichkeit, dass seine Gegenspieler bluffen, aber er versuchte es dennoch. Caine hatte den Eindruck, dass ihn Walter absichtlich zur Eile antrieb, und deshalb schenkte er ihm einen gelangweilten Blick und analysierte weiter die Lage.

Sie spielten *Texas Hold 'Em*, und die Regeln waren einfach. Jeder Spieler erhielt zwei Karten, und dann wurden drei Gemeinschaftskarten, der *Flop*, für jedermann sichtbar aufgedeckt. Anschließend folgte die vierte offene Karte, der so genannte *Turn*, und schließlich die fünfte und letzte, *River* genannt. Nach jeder offenen Karte gab es eine Setzrunde, und es gewann der Spieler, der das beste Fünf-Karten-Blatt hatte – gebildet aus den fünf Gemeinschaftskarten in der Tischmitte und den beiden Karten auf der Hand.

Das Schöne an diesem Spiel war, dass ein kluger Spieler jederzeit mit einem Blick auf die Tischmitte das bestmögliche Blatt ermitteln konnte. Wenn Caine den Flop ansah, sah er nicht drei Karten, sondern Hunderte von Wahrscheinlichkeiten. Am meisten interessierte ihn dabei die Wahrscheinlichkeit zu gewinnen. Mit seinem gegenwärtigen Blatt schätzte Caine diese Wahrscheinlichkeit als hoch ein. Er hatte zwei Asse auf der Hand, Herz und Karo. Die Gemeinschaftskarten waren ein Kreuzass und zweimal Pik: Bube und Sechs. Caine hatte also drei Asse und damit das *Nuts*, das bestmögliche Blatt, aber es gab noch eine Menge *Outs*.

Er begann die Chancen für jedes denkbare Szenario zu kalkulieren. In den wenigen kostbaren Sekunden, in denen Caine seine Berechnungen anstellte, schwiegen glücklicherweise die Neuronen, die immer noch darauf beharrten, die Luft sei erfüllt mit dem Gestank von brennendem Fleisch.

Wer jetzt zwei Pikkarten auf der Hand hatte, hatte insgesamt viermal Pik – zweimal auf der Hand und zweimal auf dem Tisch. Derjenige brauchte für einen Flush noch eine weitere Pikkarte. Caine rechnete alles durch, und sein Hirn jonglierte mit den Zahlen mit der Leichtigkeit, mit der ein Kind das Abc herunterleiert.

Da ein Pokerblatt dreizehn Pikkarten enthielt, waren, wenn jemand zweimal Pik auf der Hand hatte, nur noch neun Pikkarten im Kartenstapel übrig (die diesbezüglichen Outs). Die Wahrscheinlichkeit, dass eine der nächsten beiden Karten ein Pikwert sein würde, betrug 36 Prozent. Das war hoch, aber andererseits lag die Wahrscheinlichkeit, dass jemand zwei Pikkarten ausgeteilt bekommen hatte, bei lediglich sechs Prozent.

Caine drehte den geistigen Schlüssel im Schloss, um an die Lösung zu gelangen: die Wahrscheinlichkeit, dass man zwei Pikkarten bekam und eine weitere aufgedeckt wurde. Er seufzte, als der Wert wie eine prächtige Neonschrift in seinem Kopf aufleuchtete: nur 2,1 Prozent. Damit konnte er leben.

Er wiederholte diese Übung und berechnete diesmal die Wahrscheinlichkeit, dass jemand nur eine Pikkarte ausgeteilt bekam und dennoch einen Flush hinlegte: gerade mal 2,0 Prozent. Die Chance, dass jemand mit Kreuz statt mit Pik einen Flush erzielte, war sogar noch geringer: 0,3 Prozent. Darum musste er sich keine Sorgen machen.

Die Straße war da schon beunruhigender. Da ein Ass und ein Bube offen lagen und keine weitere Bildkarte und keine Zehn in Sicht waren, gab es noch zwölf Outs, mit denen eine Straße gebildet werden konnte (die vier Könige, Damen und Zehnen). Dennoch lag die Wahrscheinlichkeit, dass jemand bereits die beiden übrigen für eine Straße nötigen Karten auf der Hand hatte, bei lediglich 3,6 Prozent. Theoretisch war auch immer noch ein Straight Flush möglich, aber die Chance war so minimal, dass Caine sich nicht die Mühe machte, die Wahrscheinlichkeit zu berechnen.

Da Caine bereits drei Asse hatte, brauchte er nun entweder ein weiteres Ass, einen Buben oder eine Sechs. Wenn er ein weiteres Ass bekam, hatte er einen Vierling. Mit einem Buben oder einer Sechs hatte er ein Full House, entweder mit Assen und Buben oder mit Assen und Sechsen. Bei sieben Outs (ein Ass, drei Buben, drei Sechsen) lag die Wahrscheinlichkeit, bei den nächsten beiden Runden die dafür nötigen Karten zu bekommen, bei … Caine blinzelte, sein Herz pochte … 28 Prozent. Nicht schlecht.

Er sah zu Walter hinüber, versuchte in den tränenden

Augen des alten Mannes zu lesen, aber da war nur eine Mattigkeit, die Caine auch von seinem eigenen Spiegelbild her kannte. Das und ein nervöses, intensives Verlangen, zu spielen, zu spielen, zu spielen. Und dann übermannte ihn eine weitere Woge dieses Gestanks. Warmer Gallensaft quoll ihm in den Mund, und er würgte ihn wieder hinunter.

Caine wusste, er hätte auf die Toilette gehen sollen, aber er konnte nicht. Nicht mitten in einer Partie, bei der er das bestmögliche Blatt hatte. Undenkbar. Selbst wenn ihm die Augen geblutet hätten, wäre er erst gegangen, wenn die Karten wieder eingesammelt wurden. Ohne hinzusehen, warf er vier Chips in den Pott.

«Erhöhe um zwanzig.»

«Gehe mit.» Die Straßen-Schwester blieb dabei. Caine hoffte, sie war diesmal auf den Buben aus und nicht, wie es ihre Angewohnheit war, auf eine Straße.

«Gehe mit.» Mist, Stone blieb ebenfalls dabei. Wie üblich saß er still wie eine Statue da. Er regte sich fast nie, aber das war nicht der Grund für seinen Spitznamen; den hatte er sich damit verdient, dass auf ihn felsenfest Verlass war. Stone hielt sich immer an die Regeln, ließ sich nie von einem Gefühl oder einer Laune leiten und behielt stets die Chancen im Blick. Er wäre nun auf jeden Fall ausgestiegen, wenn er es nicht auf eine Straße oder einen Flush abgesehen hätte.

Caine verwünschte sich dafür, dass er nicht aggressiver gesetzt hatte, ehe beim Flop die ganzen Straßenfans zum Vorschein kamen. Sie wären nicht dabeigeblieben, wenn er von Anfang an härter rangegangen wäre. Doch der Gestank hatte ihn benebelt, und er hatte schlecht gespielt. Er versuchte sich einzureden, dass er aus lauter Gier so wenig gesetzt hatte, damit ihm die anderen auf den Leim gingen, aber das stimmte nicht. Es war der Gestank. Der Gestank, der Gestank, *der Gestank*. Wenn er die Augen schloss, sah er vor seinem geistigen Auge bergeweise faulendes Fleisch, in dem sich zahllose weiße Maden wanden.

Walter nestelte an seinen Chips herum, schnippte sie sich von den Fingerknöcheln. Einen Moment lang glaubte Caine, Walter würde erhöhen, doch stattdessen ging er nur mit. Ja, alle warteten auf den Turn und hielten sich zurück, solange sie nicht wussten, was da kommen würde.

Die nächste Karte war ein erfreulicher Anblick. Für Caine war sie schöner als das Playmate des Monats oder der Sonnenuntergang über dem Grand Canyon – ein Pikass. Mit den zwei Assen auf dem Tisch und den beiden auf der Hand hatte er nun einen Vierling.

Das einzige Blatt, das seins noch schlagen konnte, war ein Straight Flush, aber es war unwahrscheinlich, dass jemand den bekam. Da musste als Nächstes schon ein Pikkönig, eine Pikdame oder eine Pikzehn kommen, und diejenigen, die dann noch übrig waren, mussten bereits die beiden anderen hohen Pikwerte auf der Hand haben. Nein, das kam nicht in Frage.

Aber dennoch … Caine rechnete es schnell im Kopf durch, mit hängenden Lidern, um seine hin und her schießenden Blicke zu verbergen: Die Wahrscheinlichkeit, dass man eine dieser drei Pik-Kombinationen ausgeteilt bekam (König-Dame, König-Zehn oder Dame-Zehn), stand bei 442 zu eins. Die Wahrscheinlichkeit, dass man eins dieser Paare ausgeteilt bekam und dass dann auch noch die dritte Karte kam, lag bei 19 448 zu eins. Nein, das kam wirklich nicht in Frage.

Der Pott war sein; jetzt ging es nur noch darum, wie hoch er den Gewinn bis zum Ende der Partie treiben konnte. Wenn er zu aggressiv setzte, verscheuchte er womöglich die ganzen Fische. Ließ er es aber sachte angehen, so vergeudete er womöglich dieses Prachtblatt. Er musste die goldene Mitte finden – nicht zu wenig und nicht zu viel.

«Zwanzig.» Walter warf vier rote Chips in den Pott und lehnte sich zurück, so als stellte er sich auf eine längere Wartezeit ein.

Caine betrachtete seine Chips und nahm zwei grüne zur Hand. «Sagen wir mal fünfzig.»

«Ich passe», sagte Schwester Mary empört, warf mit der einen Hand ihre Karten hin und nestelte mit der anderen an dem silbernen Kruzifix an ihrer Halskette.

«Ich auch», sagte Stone. Er regte sich nicht, hatte sein Blatt ohnehin schon verdeckt vor sich hingelegt. Beide hatten sie wahrscheinlich auf eine Straße abgezielt, und dann war ihnen klar geworden, dass jemand mit der letzten Karte ein Full House oder einen Flush erzielt hatte.

«Dann bleiben nur noch Sie und ich», sagte Walter und kaute geistesabwesend auf einer kalten Fritte herum. «Bringen wir doch mal ein bisschen Schwung in die Bude. Ich erhöhe noch mal um fünfzig.» Seine Stimme war ebenso ölig wie seine Haut. Seine fettfleckigen Chips klimperten in den Pott.

Caine gab sich Mühe, den Gestank nicht zu beachten und sich zu konzentrieren. Was tat Walter da? Vielleicht war er komplett schief gewickelt, aber das glaubte Caine nicht – nicht mit zwei Assen auf dem Tisch. Und außerdem verleitete irgendetwas an dem arroganten Grinsen des Mannes Caine zu dem Glauben, dass durchaus etwas dahinter steckte. Dann wurde es Caine klar: Walter hatte entweder zwei Buben oder zwei Sechsen auf der Hand. Er hatte ein Full House, wahrscheinlich aus Buben und

Assen – und Walter hatte jetzt nur das Problem, dass keins der beiden Full Houses Caines Vierling schlagen konnte.

Wäre Caine nicht so übel gewesen, dann hätte er jetzt gelächelt. Wenn er sich nach dem Spiel in einer Toilettenkabine übergab, konnte er sich wenigstens mit einem hübschen Chipsstapel trösten. Caine konzentrierte sich darauf, seine Stimme ganz normal klingen zu lassen, auch wenn jedes Wort, das über seine Lippen kam, nach geronnener Milch schmeckte.

«Nochmal fünfzig.» Caine warf einen Hundertdollarchip in den Pott. Das mattschwarze runde Plättchen erregte Nikolaevs Aufmerksamkeit, und er schlenderte herbei, um sich das anzusehen. Walter warf ebenfalls einen schwarzen Chip hinein und nahm sich als Wechselgeld zwei grüne. Dann deckte der Geber den River auf – einen Pikkönig –, und Caine drehte sich der Magen um.

Da nun Pikass, -könig und -bube auf dem Tisch lagen, war ein Royal Flush durchaus wieder im Bereich des Möglichen. Er sah auf sein Blatt, dann auf den Tisch und versuchte den Gestank zu ignorieren. Er trank einen großen Schluck Cola, um ihn zu vertreiben, aber es nützte nichts. *Denk nach, denk nach, denk nach. Konzentriere dich nicht auf den Gestank, konzentriere dich auf die Karten, die Zahlen.*

So würde es gehen. Die Zahlen würden ihm helfen. Sie würden ihn leiten. Er sagte sie im Geiste auf, steckte all seine Energie in diese Litanei der Wahrscheinlichkeit. Er hatte einen Vierling, *Four of a Kind.* Was bedeutete das?

Der Gestank, dieser entsetzliche Gestank, er war überall. *Nein, konzentriere dich. Konzentriere dich auf die Zahlen.*

Mit sieben Karten lassen sich 134 Millionen unterschiedliche Blätter bilden. Von diesen 134 Millionen Blättern ergeben nur 224 848 einen Vierling. Daher liegt die Chance, einen Vierling zu bekommen, bei lediglich 0,168 Prozent oder 595 zu eins.

Und der Straight Flush?

Bei sieben Karten gibt es nur 38916 Kombinationen, die einen Straight Flush ergeben. Die Chance liegt also bei lediglich 0,029 Prozent. Nur jedes 3438-ste Blatt.

Aber beides zur gleichen Zeit? Wie viele Kombinationen waren das? Ihm schwirrte der Kopf. Er konnte nicht mehr klar denken. Wie viele Kombinationen? Nicht viele. Nur eine verschwindend geringe Chance. Vernachlässigbar. Die genaue Berechnung überforderte ihn in seiner momentanen Verfassung. Er wusste nur, dass es eine kleine Teilmenge jener 38916 Blätter sein würde. Wahrscheinlich so um die fünftausend. Fünftausend von 134 Millionen möglichen Sieben-Karten-Kombinationen – eine Chance von 26757 zu eins.

Das konnte nicht sein. Das konnte einfach nicht sein ... Aber möglich war es dennoch. Himmel Herrgott, dieser Gestank brachte ihn um. Er schloss die Augen und hoffte, dass alles wieder normal sein würde, wenn er sie öffnete. Doch als er die Lider hob, sah er alles wie in einem Zerrspiegel. Walters abgehärmtes Gesicht dehnte sich vom Boden bis zur Decke. Seine dunklen Augenringe waren groß wie Frisbees. Mit seinem Mund hätte er einen Großbildfernseher verschlingen können.

«Schätzchen, sind Sie sicher, dass mit Ihnen alles in Ordnung ist?»

Die Stimme kam aus großer Ferne. Caine drehte den Kopf, und der ganze Raum schwenkte so abrupt herum, dass er fast vom Stuhl gekippt wäre.

«Vorsichtig, vorsichtig.» Das war Stone. Er hatte Caine am Arm festgehalten. Caine verstand erst nicht, was das sollte, dann aber bemerkte er, dass er sich ein gutes Stück nach links gelehnt hatte. Er packte den Filztisch mit beiden Händen und richtete sich wieder auf.

«Es geht mir gut», stieß Caine keuchend hervor, «nur ein leichter Schwindelanfall.» Seine Stimme klang, als käme sie aus einem tiefen Tunnel.

«Ich glaube, Sie sollten sich ein Weilchen hinlegen, mein Lieber.»

«Erst muss er das hier zu Ende spielen», sagte Walter und wandte sich dann an Caine. «Es sei denn, Sie steigen aus.»

«Seien Sie doch kein solches Arschloch, Walter. Sehen Sie denn nicht, dass es ihm nicht gut geht?»

«*Arschloch?* Und mit diesem Mund beten Sie zu Gott, Schwester? Ich meine –»

«Walter, seien Sie still!», sagte Schwester Straight mit solchem Nachdruck, dass Walter den Mund zuklappte. Dann beugte sie sich zu Caine hinüber. «Wollen Sie es sich ein bisschen auf der Couch bequem machen?» Im Augenwinkel sah Caine Vitaly Nikolaev über der Schulter der Schwester aufragen. Er blickte nicht besorgt – er blickte sauer.

«Nein, nein, es geht mir gut», sagte Caine und legte alle Kraft, über die er noch gebot, in seine Stimme. «Lassen Sie mich nur kurz zu Ende spielen.» Ehe die Schwester etwas darauf erwidern konnte, legte Caine einen schwarzen Chip in den Pott. «Einhundert», sagte er. Da nun die letzte Karte gegeben war, galt das Pottlimit: Die Spieler konnten um die gesamte Pottsumme erhöhen.

Walter starrte Caine an, versuchte aus ihm schlau zu werden. Wenn Caine irgendetwas über seine Absichten anzusehen war, dann war es nun, da war er sich ziemlich sicher, dank seiner Krankheit verborgen. Walters prüfender Blick würde lediglich ergeben, dass Caine aussah wie ein wandelnder Leichnam.

Walter wandte den Kopf und murmelte: «Vitaly, zählen Sie mal bitte.» Nikolaev kam an den Tisch und stapelte fachmännisch die Chips auf, die im Pott lagen. Fünf schwarze, acht grüne und fünfzehn rote – insgesamt 775 Dollar.

«Ich halte Ihre hundert. Sie sind dran», sagte er und zog zehn Hundertdollarscheine aus einem Geldclip, der neben seinem Ellbogen lag. «Das macht 875 Dollar für Sie.»

Walter wollte Caine glauben machen, er hätte einen Straight Flush. Aber das konnte nicht sein. Nicht bei diesen Chancen. Walter versuchte nur den Pott zu kaufen – aber das würde Caine nicht zulassen. Er betrachtete seinen armseligen Chipsstapel und dann das Blatt Papier darunter. Es war ein Kreditrahmen über fünfzehntausend Dollar, den Caine sich damit verdient hatte, dass er seine Schulden immer prompt beglichen hatte. Als Nikolaev ihm diesen Kreditrahmen eingeräumt hatte, hatte sich Caine geschworen, nie davon Gebrauch zu machen, es sei denn, er hätte ein bombensicheres Blatt auf der Hand. Und wenn vier Asse nicht bombensicher waren, wusste er nicht, was dann.

Er nickte Nikolaev zu, aber das wäre gar nicht nötig gewesen. Nikolaev hatte bereits einem seiner hünenhaften Leibwächter ein Signal gegeben. Er legte einen Stapel von fünfzehn lila Chips vor Caine ab. Wenn er mit den 875 Dollar mitging, war die Sache im Handumdrehen vorbei. Wenn er verlor, stand er bei Nikolaev mit tausend Dollar in der Kreide – kein angenehmer Gedanke, aber das konnte er binnen weniger Wochen durchaus auftreiben. Caine versuchte sich vorzumachen, dass er diese Option tatsächlich in Erwägung zog, auch wenn er wusste, dass das nicht stimmte. Er würde auf gar keinen Fall mitgehen. Nicht mit einem Vierling. Nicht nachdem Walter versucht hatte, ihm den Pott wegzuschnappen. Mitzugehen kam nicht mehr in Frage. Er musste erhöhen.

Caine schob langsam vier lila Chips in Richtung Pott und nahm sich fünf schwarze als Wechselgeld heraus. «Das sind 3500 Dollar. Sie sind dran.»

Schwester Mary hielt den Atem an. Sogar Stone war beeindruckt – das erkannte Caine an der zarten Falte, die auf seiner Stirn auftauchte. Alle Luft schien aus dem Raum gewichen. Selbst der furchtbare Gestank ließ für einen Moment nach, als Caine in Walters tränende Augen sah.

«Das macht 2625 Dollar für Sie, Walter. Sind Sie dabei oder nicht?»

Walter grinste nur. «Dafür werden Sie sich morgen echt in den Arsch beißen.» Er nickte Nikolaev zu, und zehn lila Chips wurden vor ihm abgelegt. Walter schob sie nach vorne, dazu noch fünf schwarze, und warf sie alle in den Pott.

«Sie sind dran», sagte Walter. «Gehen Sie mit?»

Caine sank der Mut. Er konnte nicht mehr erhöhen. Das war's. Um mitzugehen, musste er 7875 Dollar setzen. Wenn er verlor, stand er bei Nikolaev mit elftausend Dollar in der Kreide – was etwa 10 600 Dollar mehr waren, als er auf seinem Bankkonto hatte. Das waren ernst zu nehmende Schulden bei einem sehr ernst zu nehmenden Mann. Aber wenigstens hätte er damit die Frage geklärt, ob er immer noch spielsüchtig war. Sein Vertrauensmann bei den Anonymen Spielern würde richtig stolz auf ihn sein.

Aber das spielte alles keine Rolle. Denn wenn er hier mit seinen vier Assen aufgab, obwohl er die Chance hatte, den Pott zu gewinnen – in dem nun fette 15 750 Dollar lagen –, würde er sich umbringen.

«Ich bin dabei», sagte er mit einem halbherzigen Seufzer, und sein Magen krampfte sich zusammen. Er ließ acht lila Chips in den Pott gleiten und sagte: «Dann zeigen Sie mal her.»

Caine spürte, dass sich der ganze Tisch gespannt vorbeugte, um zu sehen, ob Walter tatsächlich die für einen Royal Flush nötigen Pikdame und Pikzehn auf der Hand hatte oder ob alles nur Spinnerei war. Walter drehte seine Karten eine nach der anderen um. Als Caine sah, dass die erste eine Pikdame war, wusste er, dass Walter gewonnen hatte. Dennoch sah er wie versteinert zu, als der alte Mann auch die Pikzehn aufdeckte. Royal Straight Flush. Es war das einzige Blatt, das Caines Vierling schlagen konnte. Er hatte alles verloren. Es kam ihm unwirklich vor. Die Wahrscheinlichkeit war so gering gewesen, dass es beinahe unmöglich war.

Caine versuchte etwas zu sagen, aber es gelang ihm nicht. Er schaffte es nur, den Mund ein wenig zu bewegen, doch ehe ein Laut aus seiner Kehle dringen konnte, brach der Gestank über ihn herein und verschlang ihn wie eine Flutwelle aus fauligem Fleisch. Er spürte, wie der Gestank in seine Haut einzog, in seinen Adern pulsierte, durch Nase, Mund und Augen in ihn eindrang. Es war schlimmer als je zuvor. Es war der Gestank des Todes.

Alles wurde schwarz, und Caine fiel zu Boden. In dem kurzen Moment, ehe er das Bewusstsein verlor, nahm Caine ein Gefühl wahr, das ihn erstaunte: Erleichterung.

Kapitel /2/

Um Punkt 2.15 Uhr blieb Nava Vaner an der Ecke 20th Street 7th Avenue stehen, um sich eine Zigarette anzustecken. Es war ihr einziges Laster, und wie alles andere in ihrem Leben hatte sie es vollkommen unter Kontrolle. Sie gestattete sich eine Zigarette pro Tag, es sei denn, sie führte eine Observierung durch, in welchem Fall man nie wusste, was passieren würde. Heute aber war sie nicht im Einsatz, und daher war es ihre erste und letzte Zigarette für diesen Tag.

Sie legte den Kopf in den Nacken und nahm einen tiefen Zug, betrachtete konzentriert die rote Glut vor dem trüben Nachthimmel. Ausatmend tat sie, als würde sie nachsehen, ob irgendwelche Autos oder Busse kamen, ehe sie schließlich den Fußgängerüberweg betrat. Es war jedoch nicht der Verkehr, nach dem sie Ausschau hielt, sondern ein Beschatter.

Obwohl es schon weit nach Mitternacht war, wimmelte es an diesem Samstag auf dem Gehsteig von Nachtschwärmern. Ihr Instinkt verriet ihr, dass ihr jemand folgte, sie wusste nur nicht, wer es war. Abrupt machte sie kehrt, reihte sich in den Pulk der Passanten ein und versuchte ihren Verfolger zu erkennen.

Ein obdachloser Schwarzer wich ihr stolpernd aus und rempelte dabei drei Gruftis an, die ihn wegstießen. Sofort schrillten bei Nava die Alarmglocken, aber sie brauchte einen Augenblick, ehe sie begriff, wieso. Nichts am Äußeren des Mannes deutete darauf hin, dass er ein anderer war, als er zu sein schien, aber Nava ließ sich nicht täuschen.

Sein Geruch verriet ihn – oder eher sein fehlender Geruch. Trotz seiner zerlumpten Kleidung und seines schmutzigen Gesichts roch er nicht wie jemand, der auf der Straße lebte. Nava ging weiter, nahm eine Puderdose aus ihrem schwarzen Lederrucksack und betrachtete den Mann in dem kleinen runden Schminkspiegel. Da sie nun wusste, wer er war, wirkte seine Verkleidung noch offensichtlicher. Der fleckige, weite Poncho und die gebeugte Haltung sollten seine große, muskulöse Gestalt verbergen.

Um seinen Partner oder seine Partnerin zu entdecken, musste sie irgendwohin gehen, wohin er ihr nicht folgen konnte. Als Nava ihr neues Ziel erblickte, beschleunigte sie ihre Schritte, bis sie sich schließlich in die Menschentraube drängelte, die vor dem Twi-Fly anstand. Sie nahm noch einen letzten Zug aus ihrer Zigarette und trat sie dann unter dem Absatz aus, mit einem Anflug von Bedauern darüber, dass sie ihre tägliche Nikotinration nicht bis zum Ende auskosten konnte.

Da Nava mit ihrer schlanken, sportlichen Gestalt, dem langen, braunen Haar und ihrem olivfarbenen Teint umwerfend aussah, gelang es ihr mit Leichtigkeit, sich zu dem blondierten Türsteher vorzudrängeln. Sie schenkte ihm ein Lächeln und drückte ihm einen Hundertdollarschein in die Hand. Ohne ein Wort zu sagen, löste er die Samtkordel vor der Tür und geleitete sie hinein.

Über einen dunklen, verspiegelten Gang gelangte sie in einen Raum von der Größe eines Flugzeughangars. Der Technobeat und die pulsierenden Lichter überwältigten ihre Sinne. Ihr war klar, dass es hier schwieriger sein würde, ihren zweiten Beschatter zu erkennen, aber dafür war es hier auch schwieriger, *sie* zu beschatten.

Mit dem Rücken an einer Wand aus Strobolights stehend, behielt Nava den Eingang im Blick. Gut zehn Minuten später kam eine Rothaarige mit Alabasterteint herein. Zwar hatte sich die Frau in eine Schar von Partygirls gedrängt, aber an ihrer Kleidung und ihrem Make-up sah man, dass sie nicht dazugehörte. Als die anderen Frauen auf die Tanzfläche strömten, blieb sie denn auch zurück, lehnte sich betont lässig an den Tresen und ließ den Blick durch den Raum schweifen.

Nava wartete noch fünf Minuten lang, um zu sehen, ob nach der Rothaarigen noch jemand Verdächtiges den Raum betreten würde, aber es kam niemand. Ihr war klar, dass ihr womöglich noch weitere Agenten folgten, aber ihr Bauch sagte ihr, dass es nur die Rothaarige und der Obdachlose waren. Nava beobachtete die Frau und überlegte, was sie nun tun sollte.

Nava glaubte nicht, dass sie vorhatten, sie zu töten. Wenn man sie umbringen wollte, hätte man eher einen Scharfschützen auf sie angesetzt, statt ihr durch die Stadt zu folgen. Es sei denn, sie wollten es wie einen Unfall aussehen lassen. Nava hatte selbst schon Menschen auf diese Weise ums Leben gebracht – hatte bis zum allerletzten Moment gewartet und jemanden dann vor einen heranrasenden Bus oder Laster geschubst. Aber das war unwahrscheinlich. Vermutlich hatten sie es nur darauf abgesehen, ein Treffen oder eine Übergabe mitzubekommen. Entweder das, oder sie wollten sehen, mit wem sie zusammenarbeitete.

Nava fand, es sei nun Zeit. Wenn es tatsächlich Killer waren, wollte sie agieren, nicht reagieren. Alle Muskeln angespannt, ging sie entschlossenen Schritts in Richtung Tresen. Als sie sicher war, dass die Rothaarige sie entdeckt hatte, eilte Nava zum Ausgang. Draußen an der kalten Nachtluft überquerte sie die Straße und ging auf den großen Schwarzen zu.

Er war der Rothaarigen zwar körperlich überlegen, aber Nava wollte das Überraschungsmoment für sich nutzen. Während *er* Nava unterschätzen würde, wäre die Rothaarige auf eine Auseinandersetzung vorbereitet gewesen. Nava ging in fünf Meter Entfernung an ihm vorbei, dann weiter die 7th Avenue hinab und hielt dabei nach einem Ort Ausschau, der etwas Deckung bot.

Sie musste den Mann stellen, wenn seine Partnerin außer Sicht war. Die U-Bahn-Station 23rd Street war die nahe liegende Wahl. Sie beschleunigte ihre Schritte, in der Hoffnung, dass nur der Mann versuchen würde, ihr auf den Fersen zu bleiben, und die Frau sich ein wenig im Hintergrund halten würde. Zielstrebig ging Nava zu der Treppe, die in den Bauch der Stadt führte, und schritt dann, zwei Stufen auf einmal nehmend, hinab.

Im Untergeschoss angelangt, bog sie um die Ecke und drängte sich an eine Wand. Sie zog den Totschläger aus ihrem Rucksack. Er enthielt in einer dicken Lederhülle ein zweihundert Gramm schweres Bleigewicht und eine stählerne Spirale. Einfach, aber wirksam. Sie winkelte den Ellbogen an und zog den Arm zurück, um beim Schlag ein wenig ausholen zu können.

Nur Augenblicke später hörte sie die Schuhe des Mannes die Treppe herabtrappeln. Den Blick auf den Boden gerichtet, verfolgte sie, wie sich sein langer Schatten näherte. Nava wartete nicht ab, bis er um die Ecke bog. Sie wirbelte aus ihrem Versteck hervor, packte ihn mit der Linken an der Gurgel und briet ihm mit der Rechten den Totschläger über den Schädel. Er grunzte vor Schmerz und riss einen Arm hoch, um seinen Kopf abzuschirmen. Nava ergriff sein Handgelenk und riss es herum, bis sie ihm fast die Knochen brach.

Mit einer Hand immer noch sein Handgelenk haltend, ließ sie den Totschläger fallen, zog die Waffe des Mannes aus seinem Schulterholster unter dem Poncho, entsicherte sie, drückte ihm die Mündung an den Hals und zwang ihn so, sich an die Wand zu stellen.

«Für wen arbeiten Sie?»

Die Blicke des Mannes schossen zu der Waffe hinab und dann wieder zurück zu Nava, so als könnte er überhaupt nicht begreifen, wie das hatte passieren können.

«Ihre Partnerin wird in dreißig Sekunden hier sein. Ich kann Sie nicht beide in Schach halten, also wenn Sie jetzt nicht anfangen zu reden, erschieße ich Sie und hole mir die Informationen dann von ihr.» Nava zuckte mit keiner Wimper. «Ich gebe Ihnen zehn Sekunden. Neun. Acht. Sieben –»

«Mein Gott», ächzte er, «ich bin bei der Agency, genau wie Sie, und das ist nur eine Routine-Observierung! Meine Brieftasche steckt vorne im Poncho, schauen Sie doch nach!»

Als er damit herausplatzte, wusste Nava sofort, dass er nicht log, aber dennoch musste sie sichergehen. Sie drückte ihm die Mündung fester an den Hals und tastete nach seiner Brieftasche. Wie die meisten Agenten hatte er zwei. Die in der linken Tasche enthielt einen ganz normalen Führerschein, die in der rechten hingegen einen Dienstausweis der CIA – Agent Leon Wright. Nava atmete aus und trat einen Schritt zurück.

Wright sackte an der Wand in sich zusammen und hielt sich vorsichtig das verstauchte Handgelenk. In diesem Moment hörte Nava den Widerhall der Schuhe seiner Partnerin, die die Treppe hinabbrannte. Nava nickte Wright zu, und er rief: «Ich bin enttarnt, Sarah! Ganz ruhig!»

Nava schritt hinter der Ecke hervor, mit erhobenen Händen, Wrights Waffe zwischen Daumen und Zeigefinger haltend, um seine Partnerin nicht zu erschrecken. Der Rothaarigen waren Erstaunen, Enttäuschung und Wut anzusehen, ehe sie einen maskenhaft professionellen Blick aufsetzte. Als Sarah Wright erblickte, stieß sie einen leisen Pfiff aus. An seiner Handkante hatte sich bereits eine purpurrote Beule von der Größe einer Flipperkugel gebildet.

«Ich bin bereit, diesen Zwischenfall zu vergessen, wenn Sie mich meinen nächtlichen Spaziergang ungehindert fortsetzen lassen», sagte Nava.

Sarah wollte protestieren, aber Wright schnitt ihr das Wort ab.

«Einverstanden», sagte er, und nur an seinen verzerrten Mundwinkeln sah man, dass er Schmerzen litt. Nava sicherte Wrights Waffe und warf sie Sarah zusammen mit dem Dienstausweis zu.

«Dann wünsche ich noch eine angenehme Nacht», sagte Nava.

Ohne sich noch einmal umzusehen, ging sie die Treppe hinauf. Ihr zitterten die Hände. Um ein Haar hätte sie ihn umgebracht. O Gott. Sie ließ wirklich nach. Früher hatte sie die Absichten eines Agentenkollegen allein anhand seines Gangs erkennen können, doch in letzter Zeit fühlte sie sich ausgebrannt. Nava sah sich um, fragte sich mit einem Mal, ob das Ganze ein Trick gewesen sei. Aber da war niemand. Sie war allein.

Nava wusste, wenn man sie observierte, bedeutete das noch nicht, dass staatliche Stellen der USA sie des Landesverrats verdächtigten. Wenn dem so wäre, hätten die beiden Agenten sie nicht so einfach davonkommen lassen. Das war doch paranoid. Es war genau so, wie Wright gesagt hatte: eine routinemäßige Observierung, wie sie von Zeit zu Zeit bei allen Agenten durchgeführt wurde, um sicherzustellen, dass sie alle noch ganz koscher waren.

Dennoch ging Nava noch dreimal um den Block, nur für alle Fälle. Dann öffnete sie mit dem Schlüssel, den ihre Kontaktperson ihr am Abend zuvor kommentarlos in die Tasche gesteckt hatte, die Eingangstür eines schäbigen Mietshauses. Drinnen stieg sie zum Treppenabsatz in der zweiten Etage hoch und zog ihre Waffe, eine Glock 9mm. Langsam atmete sie aus, fühlte sich mit der schweren Waffe in der Hand schon viel wohler. Sie richtete die Pistole auf die Haustür und wartete geschlagene fünf Minuten lang, um sicherzugehen, dass ihr niemand gefolgt war.

Es kam niemand.

Zufrieden ging sie die übrigen drei Treppen zu der leer stehenden Wohnung hinauf, steckte den Schlüssel ins Schloss und drehte den Türknauf. Mit einer Hand schob sie die Tür weit auf, und mit der anderen schwenkte sie die Waffe einmal von links nach rechts. Der zierliche Koreaner, der auf dem einzigen Stuhl des Zimmers saß, regte sich kaum. Sein glatt rasiertes, breites Gesicht war ausdruckslos. Nava betrat den Raum und sah sich schnell um, um sich zu vergewissern, dass sie alleine waren.

«Warum denn so nervös heute Abend?» Sein Englisch

war ausgezeichnet, aber er sprach noch mit einem leichten Akzent.

«Ich bin nicht nervös. Ich bin nur vorsichtig.»

Er nickte und wies auf einen Laptop, dessen Bildschirm die dunkle Küche in grünes Schummerlicht tauchte. Nava hob einen Zeigefinger und zog dann ein kleines Gerät aus ihrem Rucksack, einen Zylinder, circa zehn Zentimeter lang und fünf Zentimeter dick. Als sie an der Unterseite auf einen kleinen schwarzen Knopf drückte, wurden oben drei Stahlspitzen ausgefahren. Vorsichtig stellte sie den Apparat auf den Boden und richtete die Spitzen auf die Zimmerdecke. Wenig später gab das Gerät ein tiefes Brummen von sich, und ein Lämpchen leuchtete rot.

«Noch eine Vorsichtsmaßnahme?», fragte der *Speznaz*-Agent.

«Das verhindert, dass wir mit Richtmikrofonen abgehört werden», sagte Nava. Erst jetzt sah sie, dass der Mann ein winzig kleines Headset trug. Sie wusste, dass sie mit ihrem Störsender nichts dagegen ausrichten konnte, aber die Koreaner durften ja auch ruhig mithören. Sie fuhr mit der Hand über das glatte Gehäuse des Laptops. «Ist der sicher?»

«Das Funkmodem hat eine 128-Bit-Verschlüsselung. Sobald ich die Daten verifiziert habe, überweise ich das Geld auf Ihr Konto. Dann können Sie in der Schweiz anrufen.»

Nava löste ihre Gürtelschnalle, zog die kleine CD daraus hervor und schob sie seitlich in den Rechner. Nach der Eingabe des fünfzehnstelligen Kennworts wurde der Bildschirm für einen Sekundenbruchteil schwarz, ehe er wieder etwas anzeigte.

Als er das sah, stand der Mann, den sie unter dem Namen Yi Tae-Woo kannte, auf und ging hinüber zu dem Rechner.

Er bewegte sich so flüssig, dass er über den Boden zu schweben schien. Aus seiner Geschmeidigkeit schloss Nava, dass er Nahkampfexperte war. Aber das waren schließlich alle Speznaz-Agenten – vor allem die aus der Einheit 695, der Elitegruppe, die in aller Welt Geheimzellen des nordkoreanischen Auslandsgeheimdienstes RDEI aufbauen sollte, des *Research Department for External Intelligence.*

Nava erinnerte sich noch daran, wie die Männer aus der Demokratischen Volksrepublik Korea zum ersten Mal in dem Camp aufgetaucht waren, in dem sie als Mädchen ausgebildet worden war. Das war 1984 gewesen, und Kim Jong-Il hatte damals beschlossen, seine besten Kämpfer nach Pawlowsk zu schicken, um sie dort von dem sowjetischen Sondereinsatzkommando Speznaz trainieren zu lassen. Geschult wurden alle Formen bewaffneten und unbewaffneten Kampfes, Terrorismus und Sabotage.

Die Nordkoreaner bewunderten ihre sowjetischen Ausbilder so sehr, dass sie den Namen Speznaz für ihre Truppen übernahmen. Ihr Motto behielten sie jedoch bei: «Einer gegen hundert.» Und das war ihr Ernst. Nava fragte sich wieder einmal, ob es ein Fehler gewesen war, sich mit ihnen einzulassen. Sie waren zwar auch nicht gefährlicher als die Agenten des israelischen Mossad oder des britischen MI6, denen sie normalerweise Informationen verkaufte, aber sie traute den Nordkoreanern nicht. Egal – das war ohnehin alles bald vorbei. Es war das letzte Mal, dass sie mit ihnen Geschäfte machte.

Sie sah Yi Tae-Woo dabei zu, wie er sich an dem Rechner durch die Informationen scrollte, ab und an inne hielt, um bestimmte Seiten zu lesen, und dann wieder ganze Abschnitte übersprang. Nava ließ ihn seine Arbeit machen und wartete geduldig, bis er sich davon überzeugt hatte, dass sie das Versprochene geliefert hatte. Nach fünf Minuten trat er einen Schritt zurück.

«Es scheint alles in Ordnung zu sein. Das Geld wurde überwiesen. Sie können es selber mit dem Laptop nachprüfen.»

Nava lächelte. «Sie werden sicherlich verstehen, dass ich auf dieses Angebot nicht eingehen werde.»

«Selbstverständlich», sagte Yi Tae-Woo verblüfft.

Nava hatte nicht vor, die Überweisung mit einem Rechner des nordkoreanischen Geheimdienstes zu überprüfen. Die RDEI konnte ihr nicht nur falsche Informationen zuspielen, sondern auch, indem sie aufzeichnete, was Nava eintippte, ihre Zugangsdaten ermitteln und ihr Konto abräumen. Es hätte Nava zwar gewundert, wenn die Nordkoreaner sie betrogen hätten, aber Unterschlagung war in der Welt der Geheimdienste ganz gewiss kein unbekanntes Phänomen. Schließlich mussten sich auch Spione an Etats halten.

Sie klappte ihr Mobiltelefon auf, das ebenfalls über eine 128-Bit-Verschlüsselung verfügte, und rief bei der Bank an. Nachdem sie ihre Zugangsdaten durchgegeben hatte, bestätigte ihr der Bankangestellte, dass auf ihrem Konto gerade eine Dreiviertelmillion Dollar eingegangen war. Sie gab eine Transaktionsnummer durch und signalisierte ihm damit, dass er die Instruktionen ausführen sollte, die sie ihm am Tag zuvor gegeben hatte. Nava wartete noch kurz seine Antwort ab und beendete dann das Gespräch. Als sie sich schließlich wieder zu Yi Tae-Woo umwandte, war ihr Geld (abzüglich einer Gebühr von 1,5 Prozent) auf den Cayman-Inseln in Sicherheit.

«Ist alles, wie es sein sollte?», fragte er.

«Ja. Danke», sagte Nava, die dringend aufbrechen wollte. Sie deaktivierte den Störsender und verstaute ihn wieder in ihrem Rucksack. Yi Tae-Woo stand zwischen ihr und der Tür. Er wollte gerade beiseite treten und Nava vorbeilassen, da hörte sie sein Headset piepsen. Yi Tae-Woo trat einen Schritt zurück, zog mit einer flüssigen Bewegung seine Waffe und richtete sie direkt auf Navas Brust.

«Es gibt ein Problem», sagte er.

«Und das wäre?», fragte Nava. Sie zwang sich, ruhig zu bleiben.

«Eine der Dateien ist nicht lesbar. Anscheinend stimmt mit der CD irgendetwas nicht», sagte Yi Tae-Woo. Er wies mit einer leichten Kopfbewegung auf den Laptop. «Überprüfen Sie das.»

Nava drehte sich um und warf die CD aus. Sie hielt die kleine Scheibe vorsichtig zwischen Daumen und Zeigefinger und drehte sie im schummrigen Licht hin und her. Sofort entdeckte sie einen winzigen Kratzer von der Größe einer Wimper. Er musste entstanden sein, als sie Wright unschädlich gemacht hatte.

«Die CD hat einen Kratzer», sagte Nava.

«Sie müssen das Geld zurückzahlen», sagte er.

Nava erstarrte das Blut in den Adern. «Das kann ich nicht», sagte sie, ohne sich umzudrehen. «Ich habe strikte Anweisung gegeben, das Geld frühestens vierundzwanzig Stunden nach dem Eingang der Zahlung auf ein anderes Konto zu transferieren.» Als sie dem Bankangestellten am Tag zuvor diese Anweisung gegeben hatte, hatte sie das für klug gehalten. Nun sah sie das anders.

«Dann haben wir ein sehr großes Problem.»

Nava wusste, dass sie nur eine Chance hatte. Herumwirbelnd packte sie sein Handgelenk und riss es hoch, ehe er einen Schuss abgeben konnte. Mit der CD in der anderen Hand schnitt sie ihm die Wange auf, sodass sofort Blut floss. Durch den Schock der plötzlichen Verletzung gewann Nava die Oberhand. Sie rammte ihm die Faust ins Gesicht und brach ihm damit die Nase. Er ließ die Waffe fallen und wich taumelnd zurück.

Nava langte in ihre Jacke, um nach der Glock zu greifen, aber da flog die Tür auf und drei Männer in Schwarz platzten mit gezogenen Waffen herein. Sofort legte sie die Hände hinter den Kopf und kniete sich hin. Jetzt gab es keinen Ausweg mehr, das war ihr klar. Einer der Männer trat ihr in die Magengrube. Unter Schmerzen sank sie zu Boden, und der Mann setzte ihr eine Stiefelsohle auf die Schädelbasis und rammte ihr die Mündung einer Uzi-Maschinenpistole in den Rücken. Der Mann sprach hastig auf Koreanisch und fesselte sie an einen Stuhl.

Yi Tae-Woo beugte sich über sie, sodass sie einander in die Augen sahen.

«Was wollen Sie?», fragte Nava.

«Wir wollen, dass Sie das Geld zurückzahlen», sagte er mit nasaler Stimme. «Und zwar sofort.»

«Ich habe Ihnen doch gesagt: Das kann ich nicht.»

Er richtete sich wieder auf und zielte mit seiner Sig-Sauer auf ihren Kopf.

«Tae-Woo, warten Sie. Binnen vierundzwanzig Stunden kann ich Ihnen die Daten besorgen. Ich muss nur zurück in die Dienststelle und sie herunterladen.»

Yi Tae-Woo sprach kurz auf Koreanisch mit der Person, mit der er über sein Headset verbunden war. Dann richtete er seine Aufmerksamkeit wieder auf Nava.

«In vierundzwanzig Stunden werden Sie uns die restlichen Informationen übergeben *und* das Geld zurückzahlen.»

«Das ist unf–» Der ernste Blick in Yi Tae-Woos Augen sorgte dafür, dass Nava den Satz nicht zu Ende sprach. Vielmehr sagte sie: «Danke, dass Sie so vernünftig sind.»

«Gern geschehen.» Yi Tae-Woo nickte seinen Männern zu, die sie schnell losbanden und ihr hochhalfen. «Denken Sie dran: vierundzwanzig Stunden.»

«Das werde ich», sagte Nava und rieb sich die Handgelenke.

Ohne ein weiteres Wort zu sagen, verließ sie den Raum und ging die Treppe hinab. Sie entspannte sich erst ein wenig, als sie acht Blocks von dem schäbigen Mietshaus entfernt war, und dann überraschte sie sich selbst damit, dass sie stehen blieb, um sich an einem Haufen dunkelgrüner Müllsäcke zu erbrechen. Hinterher wischte sie sich mit dem Ärmel den Mund ab, wovon ein kleiner gelber Fleck zurückblieb.

Als sie dann weiterging, ertappte sich Nava dabei, dass sie sich unwillkürlich eine weitere Zigarette ansteckte. Sie wollte sie schon wieder austreten, überlegte es sich dann aber anders und beschloss, dass sie am heutigen Tag so viel rauchen würde, wie sie wollte.

Denn sie war sich nicht mehr sicher, dass es noch viele Morgen geben würde.

Kapitel /3/

Während Dr. Tversky die Datenausbeute seiner jüngsten Experimente begutachtete, dachte er über Julia nach. Sie war in letzter Zeit stets lächelnd und vergnügt durchs Labor geflattert, ein himmelweiter Unterschied zu der Schüchternheit, die sie in ihren ersten beiden Jahren hier im Labor an den Tag gelegt hatte. Bald würden die Leute Verdacht schöpfen – wenn sie es nicht längst schon hatten.

Doch das kümmerte ihn nicht sonderlich; schließlich legten Professoren schon seit Anbeginn der Zeit ihre Doktorandinnen flach. Und solange man dabei diskret vorging, scherte sich die Univerwaltung nicht darum, ja, sie erwartete gar nichts anderes; es zählte zu den unausgesprochenen Privilegien eines Professors.

Das sagte er Julia natürlich nicht. Sie war ein bisschen naiv, was den Lauf der Welt anging, und er spürte, dass sie die Heimlichkeit ihrer Affäre sehr prickelnd fand, und daher tat er, was er konnte, um ihre Phantasie zu beflügeln. Der Sex mit ihr war in Wirklichkeit gar nicht so besonders. Sie war willig, aber plump – ließ beim Blasen viel

41

zu sehr Zähne und Fingernägel spüren, und wenn er sie bestieg, lag sie nur da wie ein Sack Kartoffeln und grinste blöd. Und wie sie darauf beharrte, ihn «Petey» zu nennen, wenn sie alleine waren. Ihn schauderte schon beim Gedanken an diesen pubertär anmutenden Kosenamen.

Nach einem Monat hatte er beschlossen, die Sache zu beenden, doch dann war ihm klar geworden, dass dieser schwere Fall von jugendlicher Schwärmerei eine einmalige Gelegenheit darstellte. Sie hatte zunächst gezögert, an dem Menschenversuch teilzunehmen, aber als er ihr erklärte, wie wichtig es für ihn sei, willigte sie bald ein. Die bisherigen Ergebnisse waren geradezu extraordinär. Es war unglaublich, was er Julia während ihrer Dämmerzustände für Informationen entlocken konnte. Er vermutete, dass er aus ihr sogar noch mehr herausholen konnte, sorgte sich aber um die möglichen Nebenwirkungen der Behandlungen.

Zwar machte sie größtenteils einen guten Eindruck, aber dass sie neuerdings ständig Reime bildete, war ziemlich Besorgnis erregend. Solche chaotischen Sprachmuster waren erste Anzeichen für Schizophrenie. Ihm war klar gewesen, dass er mit der Veränderung ihrer Hirnchemie ihre geistige Stabilität gefährdete, aber er war erstaunt, dass es so schnell geschah. Das war es aber wert, wie auch immer die Risiken für Julia aussahen.

Denn wenn es ihm gelang, die Experimente zu einem erfolgreichen Abschluss zu bringen, war es nicht Julias Sicherheit und Wohlergehen, um das er sich Sorgen machen musste – sondern sein eigenes.

Dr. James Forsythe wusste seit jeher, dass er nicht brillant war.

Doch der dünne, kahlköpfige, bärtige Mann wusste

auch, dass Brillanz gar nicht unbedingt notwendig war, wenn man ein großer Wissenschaftler werden wollte. Es war natürlich sehr hilfreich, über einen scharfen Verstand zu verfügen – aber nur bis zu einem gewissen Punkt. Alles, was darüber hinausging, wirkte sich normalerweise eher nachteilig aus. Der typische Wissenschaftler war ein Introvertierter, der es mangels Sozialkompetenz in der wahren Welt zu nichts brachte, und Forsythe war froh, dass er nicht zu diesen Menschen zählte.

Wenn er einen seiner Forscher sagen hörte, Forsythe sei kein richtiger «Mann der Wissenschaft», lächelte er. Forsythe wusste zwar, dass das eine Beleidigung sein sollte, fasste es aber als Kompliment auf. Schließlich waren die so genannten «genialen» Wissenschaftler lediglich die Arbeiterbienen des STR-Labors, wohingegen Forsythe der Direktor war.

Obwohl das *Science and Technology Research*-Labor der Regierung der USA unterstand, wussten die meisten Zivilisten nichts von seiner Existenz, und das war wahrscheinlich auch besser so. Das Labor selbst gab es erst seit zwanzig Jahren, aber eigentlich reichte seine Geschichte zurück bis ins Jahr 1952, als Präsident Truman mit der Unterzeichnung der *National Security Council Intelligence Directive* die *National Security Agency* gegründet hatte.

Anfang der Achtzigerjahre hörte die NSA Tag für Tag in über 130 Ländern über 250 Millionen Gespräche ab. Obwohl die Mission eigentlich darin bestand, nur Gespräche auszuwerten, die für die nationale Sicherheit von Belang waren, und alles andere zu ignorieren, konnte die NSA, wenn sie etwas Interessantes aufschnappte, es sich nicht verkneifen zuzuhören – wie ein kleiner Junge, der einen Telefonhörer abnimmt und seinen älteren Bruder Sexgeschichten erzählen hört.

Bald rang die Führungsebene der NSA mit sich, was sie mit all diesen vielfältigen Informationen anfangen sollte – zumal den wissenschaftlichen Daten. Es war dann der Chef der Kryptographischen Abteilung, der sich eine Lösung einfallen ließ. Ihm schwebte vor, dass ein Forschungslabor eingerichtet werden sollte, das die Daten, die man bei Wissenschaftlern in aller Welt gesammelt hatte, entschlüsseln, analysieren und interpretieren sollte, sodass kein Land die USA jemals in punkto Fortschrittlichkeit würde übertreffen können.

Als man diesen Plan dem Weißen Haus unter Ronald Reagan als weiteres Mittel anbot, die kommunistischen Regime der Welt genau im Auge zu behalten, griff die Regierung den Vorschlag bereitwillig auf. Und so wurde am 13. Oktober 1983 das Science and Technology Research-Labor gegründet.

Ursprünglich bespitzelte die STR nur ausländische Wissenschaftler. Doch als der Kalte Krieg zu Ende ging und das Internet immer mehr internationale Kooperationen ermöglichte, spionierte die STR zusehends auch einheimische Wissenschaftler aus. Zu diesem Zeitpunkt profitierte die amerikanische Regierung schon viel zu sehr von den Forschungen der STR, um sich groß darum zu kümmern.

Das «Forschungsverfahren» der STR war ganz einfach. Die Analytiker überflogen Abertausende Seiten Forschungsberichte aus Großrechnern aus aller Welt und markierten sämtliche interessanten neuen Technologien, denen die Wissenschaftler der STR dann auf den Grund gingen. Sie wiederholten die entscheidenden Experimente und ermittelten so den Grad der Realisierbarkeit neu entwickelter Techniken.

War eine neue Technik erst einmal validiert, so leitete die STR die Informationen an die entsprechenden staatlichen Stellen weiter. Stammte die Technik jedoch aus dem Ausland und war sie kommerzieller Natur, so spielte man die Informationen den zwei oder drei von der Regierung gerade favorisierten multinationalen Konzernen mit Hauptsitz in den USA zu. Bald wurde die STR zur weltweit einflussreichsten Clearingstelle für neue Technologien.

Als Forsythe 1997 das Amt des Direktors antrat, war er verblüfft darüber, wie viel Geld und politisches Kapital ihm sein Vorgänger hinterlassen hatte. Die STR kontrollierte die Weitergabe gestohlener technologischer Informationen an nicht weniger als sechs staatliche Stellen (die CIA, das Verteidigungsministerium, das FBI, die Verbraucherschutzbehörde FDA, die NASA sowie die *National Institutes of Health*) und auch eine Hand voll der innovativsten Unternehmen des Silicon Valley. Das einzige Organ, das Forsythe und seine «Kunden» überwachte, war das Aufsichtsgremium der STR, das sich aus drei Senatoren zusammensetzte, denen durchaus bewusst war, welche Macht ihnen dieser Posten verlich.

Forsythe war klar, dass er wahre Macht nur erlangen konnte, wenn er alleiniger Entscheidungsträger war. Dazu musste er das Aufsichtsgremium unter seine Kontrolle bringen. Damals gewann Forsythe einen ungewöhnlichen Verbündeten bei seinem Streben nach Macht: einen schmierigen jungen Hacker von der NSA namens Steven Grimes. Binnen zweier Wochen beschaffte Grimes Informationen, die das Gremium, das geleitet wurde von Geoffrey Daniels, einem Senator aus Utah, für Forsythes Empfehlungen sehr viel empfänglicher machten.

Zwar war Grimes' übermächtiges Verlangen, andere zu überwachen, beunruhigend, aber sein Voyeurismus und seine Neugierde erwiesen sich als ausgesprochen nützlich.

Forsythe hatte immer noch keine Ahnung, wie Grimes an die Fotos gelangt war, die Daniels mit einem kleinen Jungen zeigten, und ehrlich gesagt wollte er es auch gar nicht wissen. Es zählte einzig und allein, dass Senator Daniels, nachdem er diese Fotos gesehen hatte, sehr gern bereit war, Forsythes «Vorschläge» zu befolgen.

Auch John Simonson, der jüngste Senator des Gremiums, wurde viel umgänglicher, nachdem Grimes herausgefunden hatte, dass Simonson über eine Firma auf den Cayman-Inseln Steuerhinterziehung betrieb. Nun schlug das Gremium Forsythe keinen Wunsch mehr ab. Zwar gab es bei den Entscheidungen immer eine Gegenstimme, aber die Mehrheit war alles, was Forsythe brauchte, und das war auch gut so, denn es war Grimes nie gelungen, etwas über den dritten Senator herauszufinden, einen ultrareligiösen Rechten aus Louisiana.

Seit fast sechs Jahren kontrollierte Forsythe nun das Aufsichtsgremium der STR und machte auch keinen Hehl daraus, forderte von Vorstandsvorsitzenden wie von leitenden Beamten Gefälligkeiten und Geld ein und erhielt beides. Es war ein herrliches Leben. Doch nun ging das alles zu Ende, durch das vorzeitige Ableben Senator Geoffrey Daniels', der im Schlaf einem Herzstillstand erlegen war.

Als Forsythe aus den Nachrichten von Daniels' Tod erfahren hatte, hatte er leise geflucht. Er wusste, dass Daniels' Nachfolger Senator John «Mac» MacDougal sein würde, ein Liberaler aus Vermont. Zwei Jahre zuvor hatte sich MacDougal vergeblich um einen Sitz im Aufsichtsgremium beworben, und seitdem hatte er auf die nächste Gelegenheit gelauert. Forsythe war sich sicher, dass MacDougal bereits alle Hebel in Bewegung setzte, um auf diesen Posten zu gelangen.

Da er vorausgesehen hatte, dass MacDougal eines Tages sein Ziel erreichen würde, hatte Forsythe Grimes als Präventivmaßnahme Belastungsmaterial suchen lassen. Dummerweise fand der Hacker lediglich heraus, dass ein Cousin MacDougals, der in der pharmazeutischen Industrie tätig war, auf Staatsaufträge hoffte.

Als Forsythe an diesem Morgen ins Labor kam, lag bereits eine Nachricht aus MacDougals Büro vor, in der um ein Treffen gebeten wurde. Da wusste Forsythe, dass er seinen Posten spätestens zum Monatsende los war. Ihm war immer bewusst gewesen, dass er diese Position nicht ewig innehaben würde, aber er war davon ausgegangen, dass es mindestens bis zu den nächsten Wahlen zum Senat noch so weitergehen konnte.

Glücklicherweise traf es ihn nicht gänzlich unvorbereitet. Im Laufe der vergangenen Monate hatte er zwölf Millionen Dollar aufgetrieben, um damit ein eigenes Forschungslabor zu eröffnen. Risikokapitalgeber stellten nur selten wie im Fall Forsythes Blankoschecks aus – aber andererseits bot sich ihnen ja auch nur selten die Gelegenheit, einen Mann wie Forsythe zu finanzieren – jemanden, der buchstäblich über Tausende durchführbare Pläne verfügte.

Das Problem war nur, dass Forsythe immer davon ausgegangen war, dass ihm noch mindestens ein Jahr blieb, um die perfekte Idee zu finden. Nun hatte er dafür nicht einmal mehr einen Monat. Aber er konnte es dennoch schaffen. Er würde in den kommenden zwei Wochen Abstracts sämtlicher Forschungsvorhaben querlesen, bis er eine Idee entdecken würde, die es wert war, gestohlen zu werden. Und wenn er dieses Projekt erst einmal gefunden hatte, würde er die entsprechenden STR-Unterlagen verschwinden lassen, damit ihm der Staat keine Konkurrenz machen konnte.

Wie der Zufall wollte, hatte er einige Tage zuvor ein viel versprechendes Abstract gelesen. Es schilderte die illegalen Experimente eines Biometrikers, den die STR schon seit einer ganzen Weile beobachtete. Der gute Onkel Doktor hatte offenbar einer Testperson ein faszinierendes Präparat injiziert, das hochinteressante Auswirkungen auf deren Gehirnströme hatte. Forsythe wusste zwar nicht, wer das menschliche Versuchskaninchen war (das immer nur als «Testperson Alpha» bezeichnet wurde), aber er kannte den Professor.

Zufällig hatte dieser bereits beim Labor um einen Termin gebeten. Wahrscheinlich brauchte er Fördermittel. Es war perfekt. Forsythe griff zum Hörer und rief seine Sekretärin an.

«Ich möchte baldmöglichst einen Termin mit diesem Mann. Die Kontaktdaten müssten Ihnen bereits vorliegen … Ja, morgen wäre mir recht … Der Name ist Tversky.»

Kapitel /4/

Caine schnupperte ängstlich die Luft. Sie war kühl und steril und roch leicht nach Alkohol. Er fuhr mit den Händen über die viel zu steife Bettwäsche, und da wusste er, wo er war: im Krankenhaus. Langsam schlug er die Augen auf, befürchtend, die Welt wäre gedehnt und verzerrt, aber die Proportionen stimmten, und er sah alles nur ein wenig verschwommen, weil die Kontaktlinsen fehlten. Er hob den Arm, um sich die verklebten Lider zu reiben, und da sah er die Infusionsnadel in seinem Handrücken stecken. Es war ein seltsames Déjà vu Erlebnis, so als wäre er schon ein paar Mal in diesem Bett erwacht und hätte dasselbe gedacht.

Er fragte sich, wie lange er schon hier war.

«Etwa acht Stunden, kleiner Bruder. Du bist immer mal wieder kurz zu dir gekommen und hast im Schlaf geredet. Willkommen zurück!»

Erschreckt riss Caine den Kopf nach links. Jasper hob eine Hand und winkte zaghaft. Caine stockte der Atem, und er dachte: *So würde ich aussehen, wenn ich verrückt wäre.*

Jasper sah furchtbar aus. Seine Haut war käsig, und

49

überall zeichneten sich die Knochen ab. Dennoch erinnerte David Caine ein Funkeln in Jaspers grünen, tief liegenden Augen an den scharfen Intellekt, der in dem gemarterten Hirn seines Bruders steckte.

«Ich wusste ja gar nicht, dass –» Caine suchte nach Worten. «Ich meine, hey, wow, du bist hier. Das ist großartig, Mann.»

«Es ist schon gut, du kannst es ruhig sagen. Du wusstest nicht, dass sie mich aus der Klapsmühle rausgelassen haben.»

Caine guckte verlegen. Sein Bruder hatte immer schon seine Gedanken lesen können.

«Ja», sagte Jasper, und seine Stimme klang ebenso erschöpft wie amüsiert. «Die Ärzte im Mercy haben mich im Januar gesundgeschrieben. Ich bin schon seit über einem Monat draußen.»

«O Mann, warum hast du nicht angerufen?»

Jasper zuckte mit den Achseln. «Ich weiß nicht. Ich wollte irgendwie erst mal ein paar Dinge regeln. Und apropos: Danke für deine Besuche.»

Caine zuckte zusammen. «Jasper, ich –»

Jasper hob eine Hand. «Nicht.» Er wandte sich von seinem Bruder ab und sah eine Zeit lang aus dem Fenster, ehe er das Schweigen brach. «Entschuldige. Ich kann das nachvollziehen. Ich hätte mich wahrscheinlich in dem Laden auch nicht besuchen wollen.»

«Ich hätte dennoch kommen sollen.»

«Na ja», sagte Jasper verschmitzt lächelnd, «es gibt immer ein nächstes Mal.»

Die beiden Brüder schwiegen eine Weile und brachen dann – wie eineiige Zwillinge es oft tun – gleichzeitig in Gelächter aus. Es war ein schönes Gefühl zu lachen. Caine kam es vor, als hätte er sehr lange schon nicht mehr richtig gelacht, schon gar nicht mit seinem älteren Bruder. Obwohl Jasper nur zehn Minuten vor Caine das Licht der Welt erblickt hatte, ließ er Caine nie vergessen, wer von ihnen der kleine und wer der große Bruder war.

«Woher wusstest du, dass ich hier bin?»

«Eine Assistenzärztin hat mich auf dem Handy angerufen, als sie dich hier eingeliefert hatten. Und als ich herkam, hat mir die Schwester gesagt, du hättest einen Anfall gehabt.»

Caine nickte.

«Sie hat auch gesagt, dass du schon seit einem Jahr immer wieder solche Anfälle hast. Sie dachte offenbar, ich wüsste davon. Willst du darüber reden-*Fehden-jeden-Schweden*?»

Caine sah Jasper verängstigt an, aber sein Bruder lachte nur gackernd, als hätte er gerade den allerlustigsten Scherz gerissen. Was auch immer sie in der Nervenheilanstalt mit ihm gemacht hatten, es hatte nicht gereicht. Nun erkannte Caine, was da noch in den Augen seines Bruders funkelte: der Wahnsinn.

«Hat die Schwester sonst noch was gesagt?», fragte Caine und versuchte, Jaspers seltsames Verhalten zu ignorieren.

«Nicht viel. Nur dass es ein ziemlich schwerer Anfall war. Deine russischen Kumpels haben erzählt, du seist zwanzig Minuten lang bewusstlos gewesen, bis der Krankenwagen kam.»

«Mist», sagte Caine und fragte sich mit einem Mal, wie Nikolaev wohl reagiert hatte, als er umgekippt war. «Sie mussten einen Notarzt rufen?»

«Ja», antwortete Jasper. «Was machst du denn überhaupt um zwei Uhr früh in einem russischen Nachtclub in der Avenue D?»

Caine zuckte die Achseln. «Die haben da guten Wodka.»

«In dem Laden wird nicht zufällig auch gezockt?», fragte Jasper und hob eine Augenbraue.

«Doch, das könnte man so sagen.»

«Mit wie viel stehst du in der Kreide?»

«Mit gar nichts», sagte Caine ein wenig zu schnell.

«Wenn dem so wäre, hätte Vitaly Nikolaev ja wohl kaum schon dreimal angerufen, um sich nach deinem Befinden zu erkundigen.»

Caine ließ die Schultern hängen. «Echt wahr?»

«Echt wahr, kleiner Bruder. Also, falls er dir nicht als Genesungsgeschenk eine Flasche Wodka schicken will, würde ich sagen, er ist hinter seinem Geld her. Also nochmal die Frage: Wie viel?»

Caine schloss die Augen und versuchte, sich an die letzte Partie zu erinnern. Als es ihm nebelhaft wieder einfiel, ächzte er. «Elf», sagte er, ohne die Augen zu öffnen.

«Elfhundert? Na, das geht ja noch. Ich glaube, ich habe da noch eine Geldanlage, die ich flüssig machen könnte –»

«Nein.»

«David, komm schon. Ich kann dir helfen.»

«Ja, aber ich schulde ihm keine elfhundert.»

«Wie viel denn sonst?» Caine starrte in das abgehärmte Gesicht seines Zwillingsbruders. «Oh», sagte Jasper schließlich, als ihm klar wurde, um was für eine Summe es ging. «*Elftausend?*»

«Ja.»

«O Gott, David. Wie konntest du denn so viel verlieren?»

«Ich hätte es eigentlich nicht verlieren dürfen, es war eine sichere Sache.»

«Nicht sicher genug.»

«Hör mal, Jasper, ich habe schon genug Probleme am Hals, auch ohne dass du dich hier einmischst und über mich richtest. Ich habe Scheiße gebaut. Ich geb's zu, ja? Und wenn ich mich recht erinnere, hast du auch schon das eine oder andere Mal Scheiße gebaut.»

Jasper seufzte und lehnte sich auf dem orangen Krankenhausstuhl zurück. «Was hattest du denn auf der Hand?», fragte er, offenbar, um Caine zu besänftigen.

«Einen Vierling.»

«Einen kleinen?»

«Nein. Mit Assen.»

Jasper pfiff leise. «Mit vier Assen hast du verloren?», fragte Jasper mit großem Respekt. «Was ist passiert?»

«Mein Gegenspieler hatte mit dem River einen Straight Flush.»

«Puh», sagte Jasper und schüttelte den Kopf. «Bis wann musst du das zurückzahlen?»

«Wie ich Vitaly kenne, wird er morgen eine erste Rate wollen. Aber da ich ein Freund bin, wird er mir wahrscheinlich bis zum Ende der Woche Zeit lassen, bis dann einer seiner Bodyguards dafür sorgen wird, dass ich längere Zeit im Krankenhaus verbringen werde.»

«Wie die Schwester mir sagte, kriegst du das auch ganz gut alleine hin.»

«Ja. Wenn Nikolaev mich nicht umbringt, dann wahrscheinlich diese Anfälle.»

«O Mann», sagte Jasper mit bewegter Stimme. «Als wir das letzte Mal miteinander gesprochen haben, warst du kerngesund und hattest seit einem Jahr nicht mehr gespielt. Was, zum Teufel, ist passiert?»

Caine wusste nicht, was er sagen sollte. Seine Lage war vollkommen verfahren. Das ganze vergangene Jahr war eine einzige Katastrophe gewesen. War seit diesem ersten

Anfall wirklich schon ein Jahr vergangen? So lange konnte das doch noch nicht her sein, oder? Dann wurde ihm bewusst, dass es schon über anderthalb Jahre her war, dass er zum letzten Mal als Dozent unterrichtet hatte. Ihm wurde mulmig zumute. Schon komisch. Er hatte gedacht, es würde länger dauern, sein Leben komplett zu ruinieren.

Da hatte er sich wohl getäuscht.

Im Gegensatz zu den meisten anderen Dozenten des Instituts für Statistik unterrichtete Caine sehr gern. Nach seinem ersten Seminar hatte er festgestellt, dass er über die seltene Gabe verfügte, seine Leidenschaft für dieses Fach auf eine Weise zu vermitteln, die seine Studenten faszinierte.

Es war zwar nicht das gleiche Hochgefühl, wie wenn er einen großen Pott gewann, aber seinen Studenten die Welt der Wahrscheinlichkeit zu erschließen hatte für ihn einen ganz besonderen Reiz. Ironischerweise hatte ihn ausgerechnet der Verlust seines gesamten Vermögens in den illegalen Zockerkneipen der Stadt zum Unterrichten gebracht. Ihm blieb keine andere Wahl; er brauchte Geld, und als Statistik-Doktorand an der Columbia University waren die Einführungsseminare zur Wahrscheinlichkeitstheorie der einzige Job, den er bekam.

Da er weder Kredit noch Bargeld hatte, konnte er erst wieder spielen, als er seinen ersten Gehaltsscheck bekam. Doch als es dann so weit war, wurde Caine bewusst, dass er gar keine Lust mehr hatte. In dieser Nacht träumte er nicht von Spielkarten, sondern vom Statistikvortrag des nächsten Tages.

Ab da änderten sich die Dinge. Klar, am nächsten Morgen wachte er dennoch wieder mit dem Verlangen und der Sehnsucht auf, die nur ein wahrer Spieler verstehen kann, aber er zwang sich, diese Gefühle zu unterdrücken und ihre Triebkraft zu akademischen Zwecken zu nutzen. Das Unterrichten hatte ihm endlich das gebracht, was ihm Dutzende Treffen der Anonymen Spieler nicht gebracht hatten: Selbstbeherrschung.

Die nächsten paar Monate waren eine beinahe friedliche Zeit, in der er lernte, dass er seine Sucht tatsächlich in den Griff bekommen konnte. Eine Zeit lang glaubte Caine, dass endlich alles gut würde – bis zu dem Moment, ab dem alles in die Brüche ging. Er konnte sich noch gut an diesen Moment erinnern. Es war an dem Ort gewesen, an dem er sich neuerdings so wohl gefühlt hatte – im Hörsaal. Er hatte an der Tafel gelehnt, in einer Hand ein Stück Kreide und in der anderen einen Plastikbecher Kaffee, und hatte eine improvisierte Geschichtsstunde gegeben.

«Also … weiß jemand von Ihnen, wie die Wahrscheinlichkeitstheorie entstanden ist?»

Schweigen.

«Okay, ich gebe Ihnen drei Antworten zur Wahl. Die Wahrscheinlichkeitstheorie entstand durch einen Briefwechsel zweier französischer Mathematiker zum Thema … a) Physik, b) Philosophie oder c) Würfelspiel.»

Keine Reaktion. «Wenn sich in fünf Sekunden noch keiner gemeldet hat, kommt das hier in der Prüfung dran.» Zwanzig Hände schossen empor. «So ist's schon besser. Jerri, was glauben Sie?»

«Physik?»

«Nein. Die richtige Antwort ist c) Würfelspiel. Der Mann, dem wir die Grundlagen der Wahrscheinlichkeitsrechnung verdanken, wurde 1623 geboren und hieß Blaise Pascal. Wie viele privilegierte Kinder seiner Zeit wurde er zu Hause von seinem Vater und einigen Privatlehrern unterrichtet. Weil Pascals Vater aber nicht wollte, dass sich sein Sohn überanstrengte, beschloss er, dass sich der Junge auf den Sprachenunterricht konzentrieren und die Mathematik ruhig vernachlässigen solle.

Wie jedes ganz normale Kind machte ihn aber der Umstand, dass Mathematik gewissermaßen verboten war, nur um so neugieriger darauf, und er beschloss, sich in seiner Freizeit mit Geometrie zu beschäftigen.» Einige Studenten verdrehten die Augen, und Caine fügte hinzu: «Das war vor der *Xbox* und der *Playstation 2*, damals gab es für Kinder halt nicht viele Möglichkeiten, sich zu vergnügen.» Einige Lacher.

«Als sein Vater erfuhr, dass Blaise so gut mit Zahlen umgehen konnte, ermutigte er ihn, indem er ihm Euklids *Elemente* schenkte – und auch hier müssen Sie bedenken: So etwas wie Fernsehen gab es damals noch nicht, und die Leute lasen so genannte Bücher.» Das brachte ihm ein paar kleinere Lacher ein. «Jedenfalls: Als sein Vater sah, dass Blaise den Euklid geradezu verschlang, engagierte er für seinen Sohn den besten Privatlehrer für Mathematik, den er finden konnte, und das erwies sich als kluge Entscheidung, denn Blaise Pascal wurde einer der bedeutendsten Mathematiker des siebzehnten Jahrhunderts.

Ja, mit einer seiner Erfindungen hat er unser aller Leben beeinflusst. Weiß jemand, was ich meine?»

«Den Abakus?», mutmaßte eine Studentin.

«Ich glaube, da verwechseln Sie die Franzosen mit den alten Chinesen», sagte Caine. «Aber Sie sind auf der richtigen Spur. Er entwickelte die erste Rechenmaschine, die Vorform des heutigen Taschenrechners. Sein ganzes Leben lang beschäftigte sich Pascal mit Mathematik und Physik, aber ein paar Jahre vor seinem Tod gab er seine Liebe zu den Zahlen auf, ironischerweise nachdem er statistisch nachgewiesen hatte, dass es vorteilhafter sei, sein Leben der Religion und Philosophie zu widmen.»

«Wie hat er das denn gemacht?», fragte ein bärtiger Student in der letzten Reihe.

«Gute Frage. Das werde ich Ihnen gleich anschließend erklären. Wo war ich? Ach ja.» Caine trank einen Schluck Kaffee und fuhr fort. «Ehe Pascal die Mathematik aufgab, stellte ihm 1654 ein französischer Adliger namens Chevalier de Méré einige Fragen. Fasziniert von den mathematischen Themen, um die es bei diesen Fragen ging, begann Pascal, mit einem alten Freund seines Vaters zu korrespondieren: dem pensionierten Regierungsbeamten Pierre de Fermat.

Wie es sich traf, war de Méré spielsüchtig, und seine Frage betraf ein damals beliebtes Würfelspiel, bei dem der Spieler vier Würfel warf. Wenn er dabei keine Sechs warf, bekam er seinen doppelten Einsatz zurück. Warf er aber eine Sechs, dann hatte die Bank gewonnen. De Méré wollte nun wissen, ob die Bank bessere Gewinnchancen hatte als der Spieler oder nicht.

Und wenn Sie aus diesem Seminar auch nur eine Sache mit nach Hause nehmen, dann ist es hoffentlich diese hier.» Caine ging an die Tafel und schrieb in großen Lettern:

Die Bank hat IMMER die besseren Gewinnchancen.

Anerkennendes Gelächter. «Kann mir jemand sagen, warum das so ist? Jim.»

Caines Lieblingsstudent hob den Kopf. «Weil wenn die Bank nicht die besseren Gewinnchancen hätte, würde sie wahrscheinlich mehr Geld verlieren als gewinnen, und irgendwann gäbe es dann keine Bank mehr.»

«Genau», sagte Caine. «Und darauf hätte de Méré meiner Meinung nach auch schon vor der Begründung der Wahrscheinlichkeitstheorie kommen können, aber wenn die französischen Adligen klug gewesen wären, hätten sie sich ja nicht alle einen Kopf kürzer machen lassen.

Jedenfalls: Pascal und de Fermat bewiesen – Überraschung! –, dass die Bank tatsächlich die besseren Gewinnchancen hatte, indem sie zeigten, dass der Spieler bei hundert Spielrunden wahrscheinlich 48-mal keine Sechs werfen und somit gewinnen und 52-mal eine Sechs werfen und somit verlieren würde. Die Bank hatte daher die besseren Gewinnchancen – 52 zu 48. Und so entstand die Wahrscheinlichkeitstheorie: weil ein französischer Adliger wissen wollte, ob es klug wäre zu wetten, dass er mit vier Würfeln keine Sechs warf.»

Einige Studenten nickten, was, wie Caine mittlerweile wusste, «so so, interessant» bedeutete. Ein Afroamerikaner hinten im Raum meldete sich mit Handzeichen. «Michael», sagte Caine.

«Wie hat Pascal denn nun bewiesen, dass er sein Leben besser der Religion und Philosophie widmen sollte?»

«Ach ja, richtig, das hätte ich fast vergessen», sagte Caine. «Dazu hat er etwas angewandt, was man später den *Erwartungswert* nannte. Dabei geht es im Grunde darum, die Produkte der Wahrscheinlichkeit verschiedener Ereignisse mit dem zu addieren, was man erhalten würde, wenn die jeweiligen Ereignisse eintreten würden.»

Caine sah in glasig blickende Augen. «Äh, na gut, dann nehmen wir mal ein Beispiel aus dem alltäglichen Leben: Lotto. Wie viel ist diese Woche im Powerball-Jackpot? Weiß das jemand?»

«Zehn Millionen Dollar», sagte ein sportlicher Typ in der letzten Reihe.

«Okay, dann tun wir mal kurz so, als würden wir in einem Phantasieland leben, in dem es keine Steuern gibt. Zufällig weiß ich, dass die Chance, diesen Jackpot zu knacken, bei ungefähr 120 Millionen zu eins steht, denn so viele mögliche Zahlenkombinationen gibt es. Wenn ich nun errechnen möchte, welchen Gewinn ich *erwarten* kann, wenn ich einen Dollar für einen Lottoschein ausgebe, würde ich folgendermaßen vorgehen: Ich würde die Wahrscheinlichkeit zu gewinnen mit der Summe, die ich gewinnen würde, multiplizieren und dazu dann die Wahrscheinlichkeit zu verlieren addieren, und zwar multipliziert mit null, denn man gewinnt ja nichts, wenn man verliert.»

Erwartungswert (Lottoschein)

$$= \text{Wahrsch. (gewinnen)} \times \text{Jackpot} + \text{Wahrsch. (verlieren)} \times (\$\,0)$$

$$= (1 / 120\,000\,000) \times (\$\,10\,000\,000) + (119\,999\,999 / 120\,000\,000) \times (\$\,0)$$

$$= (0,00000083\,\%) \times (\$\,10\,000\,000) + (99,99999917\,\%) \times (\$\,0)$$

$$= \$\,0,083 + \$\,0,000$$

$$= \$\,0,083$$

«Das bedeutet, wenn Sie diese Woche Powerball-Lotto spielen, können Sie nur erwarten, 8,3 Cent zu gewinnen. Da der Lottoschein einen Dollar kostet und sein Wert 8,3 Cent beträgt, hat es der Wahrscheinlichkeitstheorie zufolge keinen Sinn zu spielen, denn die Kosten sind höher als der Wert.

Obwohl Sie also vielleicht glauben, es wäre es wert, einen Dollar zu bezahlen, wenn man dafür die Chance bekommt, zehn Millionen Dollar zu gewinnen, liegen Sie falsch damit, denn in Wirklichkeit ist dieser Schein nicht einmal zehn Cent wert.» Caine trank noch einen Schluck Kaffee und ließ seine letzte Aussage erst mal sacken. Als er glaubte, dass alle verstanden hatten, was er gesagt hatte, stellte er eine Frage: «Wann wäre es denn sinnvoll zu spielen? Madison.»

Die kecke Blondine saß plötzlich kerzengerade auf ihrem Platz. «Äh, nur wenn mehr als hundertzwanzig Millionen im Jackpot wären.»

«Richtig. Und warum?»

«Weil wenn, sagen wir mal, 125 Millionen im Jackpot wären und die Wahrscheinlichkeit zu gewinnen bei eins zu 120 Millionen liegt, der Erwartungswert eines Lottoscheins», Madison hielt inne und tippte ein paar Zahlen in ihren Taschenrechner ein, «ein Dollar vier Cent beträgt, also mehr als die Kosten von einem Dollar.»

«Genau», sagte Caine. «Vom Standpunkt des Erwartungswerts aus gesehen, ist es nur sinnvoll zu spielen, wenn der Wert die Kosten übersteigt. Daher sollte man in diesem Fall nur Lotto spielen, wenn es mehr als 120 Millionen zu gewinnen gibt.»

«Aber was ist denn nun mit Pascals Entschluss, sein Leben der Religion zu widmen?», fragte Michael noch einmal.

«Pascal wandte den Erwartungswert an, um zu beweisen, dass er sich dem Glauben verschreiben sollte. Und wie alle guten Mathematiker erstellte er daraus eine Gleichung:»

Was ist größer?

(a) Erwartungswert (hedonistisches Leben)
   oder

(b) Erwartungswert (religiöses Leben)
 wenn

(a) Wahrsch. (Gott existiert nicht) x (Freuden des hedonistischen Lebens) +
Wahrsch. (Gott existiert) x (ewige Verdammnis)
 und

(b) Wahrsch. (Gott existiert nicht) x (Freuden des Glaubens) +
Wahrsch. (Gott existiert) x (ewiges Glück)

«Pascals Logik war ganz einfach: Wenn (a) größer ist als (b), sollte man hedonistisch leben. Wenn aber (a) geringer ist als (b), sollte man religiös leben.»

«Aber wie hat er das Problem denn gelöst, ohne die Werte der Variablen zu kennen?», fragte Michael.

«Er ist von einer Reihe von Annahmen ausgegangen, vor allem von der, dass der Wert ewigen Glücks positiv unendlich sei und der Wert ewiger Verdammnis negativ unendlich.»

ewiges Glück = + ∞
ewige Verdammnis = − ∞

«Da Unendlichkeit in jeder Gleichung den Ausschlag gibt, kommt dabei heraus, dass (a) ein hedonistisches Leben einen negativ unendlichen Erwartungswert hat, wohingegen (b) ein religiöses Leben einen positiv unendlichen Erwartungswert hat.»

(a) Hedonismus = − ∞ und (b) religiöses Leben = + ∞, daher ...
(a) < (b), daher ...
Erwartungswert (hedonist. Leben) < Erwartungswert (religiöses Leben)

«Verstanden? Selbst wenn die Wahrscheinlichkeit, dass es

ein Leben nach dem Tod gibt, unendlich gering ist, wäre der Genuss, den man erwarten kann, wenn man ein religiöses Leben führt, immer noch größer als der Genuss, den man erwarten kann, wenn man hedonistisch lebt und die ewige Verdammnis riskiert.

Und als Pascal das klar wurde, hatte sich für ihn die Frage, ob er den Rest seines Lebens der Religion widmen sollte, geklärt.»

«Bedeutet das also, dass auch Sie ein religiöses Leben führen?», fragte Michael zur Belustigung der übrigen Studenten.

«Nein, das tue ich nicht», sagte Caine mit einem Lächeln.

«Und wieso nicht?»

«Aus zwei Gründen: Erstens halte ich persönlich die Freuden eines hinreichend hedonistischen Lebens für positiv unendlich, die eines religiösen Lebens aber für negativ unendlich.» Einige Studenten applaudierten. Caine hob eine Hand. «Und zweitens führe ich aus dem gleichen Grund ein hedonistisches Leben, aus dem ich auch Lotto spiele: Manchmal muss man sich einfach mal sagen: ‹Scheiß auf die Statistik›, und seinem Gefühl folgen.»

Alle lachten, und ein paar Studenten pfiffen sogar auf den Fingern. Caine wollte gerade die Stunde beschließen, als er sah, dass das Kreidestück in seiner Hand zu wachsen anfing.

Es ragte wie ein großer Holzstab aus seiner Hand hervor. Er berührte es mit den Fingern der anderen Hand, und nun schienen auch diese größer zu werden, schienen wie vier lange Karamellstücke aus seiner Hand zu wachsen. Einen Moment lang stand er wie vom Blitz getroffen da. Doch als sich die Kreide dann in seine Richtung zu biegen schien, warf er sie zu Boden, wo sie zerbrach und sich die einzelnen Teile wanden wie Regenwürmer.

Nach Luft schnappend, sah er zur Tafel hoch, um wieder Halt zu finden, aber das machte alles nur noch schlimmer. Die Tafel ragte hoch über ihm auf, und seine Gleichungen flatterten wie weiße Bänder im Wind. Verzweifelt wandte er sich zu seinen Studenten um, da er hoffte, der Anblick lebendiger Wesen würde dem Spuk ein Ende bereiten. Doch diese Hoffnung trog. Drei Studenten meldeten sich mit erhobener Hand, und die Arme wuchsen wie riesige, sacht im Winde wogende Palmstämme aus ihren Körpern.

Dann roch er den Gestank. Ein widerlicher Fäulnisgeruch, der vor seinem geistigen Auge Bilder von verwesendem, verrottendem Fleisch heraufbeschwor. Er versuchte zu begreifen, was hier geschah, aber es war zu spät. Plötzlich fühlte er sich, als hätte ihm jemand mit voller Wucht vor die Brust geschlagen. Alle Luft wich aus seiner Lunge. Er schaffte es gerade noch bis zum Abfallkorb, dann übergab er sich und wurde ohnmächtig, und im Fallen schlug er sich noch an einem Tisch den Kopf auf.

Glücklicherweise machte einer seiner Studenten gerade ein Praktikum auf der neurologischen Station des Mount Sinai Hospital, und so blieb Caine die Demütigung erspart, mit in den Mund gestopfter Brieftasche wieder zu sich zu kommen, wie es ihm drei Monate später widerfuhr, als er in der U-Bahnlinie N ohnmächtig wurde. Damals wusste er natürlich nicht, dass er dankbar hätte sein sollen. Er wusste nur, dass sein neues Leben in die Brüche zu gehen schien.

Erst drei Wochen später brachte er wieder den Mut auf, einen Hörsaal zu betreten, aber es endete in einem Desaster. Als er in all die erwartungsvoll blickenden Gesichter schaute, sah er vor seinem geistigen Auge nur riesige, winkende Hände, wie groteske Requisiten aus einem schlechten Tim-Burton-Film. Als er den Mund öffnete, um etwas zu sagen, drang kein Laut daraus hervor. Caine atmete tief durch, und seine Nasenlöcher blähten sich, als ihm der fürchterliche Gestank verwesenden Fleischs wieder in den Sinn kam.

«Alles in Ordnung mit Ihnen?»

Caine hörte einen Studenten in der ersten Reihe diese Worte sprechen, konnte aber nicht antworten. Vielmehr lief er die Hörsaaltreppe hinauf und stürzte, die schwere Flügeltür aus Stahl aufstoßend, hinaus. Draußen spürte er dann, wie sein Herz allmählich langsamer schlug. Vorsichtig atmete er die kühle Luft ein und war erleichtert, als er feststellte, dass der Gestank verschwunden war.

Einmal versuchte er noch zu unterrichten, aber es war zwecklos. Diesmal geriet er schon in Panik, als er den Raum betrat. Am Pult angelangt, bekam er kaum noch Luft. Schweißbäche liefen ihm von der Stirn und brannten ihm in den Augen. In einer entsetzlichen Wiederholung seines ersten Anfalls taumelte er zum Abfalleimer und erbrach den Burrito, den er eine Stunde zuvor zum Frühstück gegessen hatte.

Als er die widerliche orange Mischung aus teilweise verdautem Ei und Salsa anstarrte, wusste er, dass es vorbei war. Er würde nie wieder unterrichten. Er stand auf, wischte sich den Mund ab und verließ den Hörsaal in dem sicheren Wissen, dass er nie mehr dorthin zurückkehren würde.

Zunächst versuchte er sich noch einzureden, es sei besser so. Wenn er nicht dreimal die Woche unterrichten müsse, könne er sich darauf konzentrieren, seine Dissertation abzuschließen – *Der Einfluss statistisch signifikanter Ausreißer in der logistischen Regressionsanalyse.*

Und fast einen Monat lang schien er Recht damit zu behalten. Er leitete seine ganze Vitalität und das zähe Verlangen, das er allmorgendlich verspürte *(Komm schon, Mann, willst du denn gar nicht* POKER *spielen?),* in seine Doktorarbeit. Tagelang verkroch er sich in den riesigen Bibliotheksmagazinen der Columbia University, arbeitete, über seinen Laptop gebeugt, wie besessen an der graphischen Darstellung der Verteilungskurven diverser Naturphänomene und fiel abends erschöpft ins Bett.

Doch dann geschah es wieder, und diesmal war es sogar noch schlimmer als zuvor. Eines Nachmittags überkam ihn, während er auf seinen Computerbildschirm starrte, mit einem Mal der Gestank – diesmal eine widerwärtige Mischung aus faulen Eiern und tierischen Fäkalien. Der Gestank schien von dem Rechner auszugehen – und der Bildschirm klaffte vor seinen Augen wie ein riesiger, zahnloser Rachen.

Caine wollte zurückweichen, erstarrte aber. Dann wurde ihm schwarz vor Augen. Auf dem kalten Betonboden kam er wieder zu sich. Er drehte sich zur Seite und spuckte einen Mund voll warmes, salziges Blut aus und das Bruchstück eines Schneidezahns. Sein Rechner lag auf dem Boden. Er sah aus, als wäre er von einem Sattelzug überrollt worden: Der Bildschirm war zerborsten, und von der Tastatur war nicht mehr viel zu erkennen.

Immer noch benommen, ballte er die Faust beim Anblick seines Sony Vaio, der 2500 Dollar gekostet hatte und nun allenfalls noch als Briefbeschwerer oder modernes Kunstobjekt zu gebrauchen war. Er spürte ein Stechen in der Hand, und da erst merkte er, dass ihm ein Bruchstück der Tastatur, die F-Taste, in der Handfläche steckte.

F wie Fertig. Die Taste schien ihn zu verhöhnen: *Du bist fertig, mein Lieber. Du kannst einpacken. Du hattest einen Blackout und hast deinen Computer zu Klump geschlagen – woran du dich übrigens nicht mal erinnern kannst –, und jetzt liegst du hier auf dem Boden und spuckst einen abgebrochenen Schneidezahn aus. Wollen wir das Kind doch beim Namen nennen: Du bist erledigt. «F» steht für «Finito», und damit bist du gemeint.*

Hast du denn tatsächlich geglaubt, du würdest ungeschoren davonkommen? Du hast das Wahnsinns-Gen, mein Freund. Dein Zwillingsbruder hat es, und stell dir vor: Du hast es auch. Willkommen im Club.

Caine warf die Taste an die Wand, wo sie einen kleinen roten Fleck hinterließ, ehe sie zu Boden fiel. Dann gestand er sich schließlich ein, dass sein kleines «Problem» nicht von selbst wieder verschwinden würde. Am nächsten Morgen besorgte er sich einen Termin bei einem Neurologen der Columbia. Drei Tage, einen CAT-Scan, einen PET-Scan und zwei MRI-Untersuchungen später kam ein mondgesichtiger Arzt aus Indien in sein Zimmer, um ihm die schlechte Nachricht zu überbringen.

Kapitel /5/

Caine hatte TLE – Temporallappenepilepsie. Wie ihm
sein Arzt mitteilte, waren olfaktorische und visuelle Halluzinationen vor einem Anfall ganz normal, ebenso das Hören von Stimmen und Déjà-vu-Erlebnisse. Die Gesamt-
heit dieser Gerüche, Bilder, Laute und Empfindungen
wurde als «Aura» bezeichnet, das Vorgefühl beim Heran-
nahen eines epileptischen Anfalls. Caine dachte, es würde
ihm besser gehen, da er nun wusste, dass solche Auren ein
typisches Vorkommnis bei TLE-Kranken waren, aber das
Gegenteil war der Fall.

Das folgende Jahr war ein einziger Albtraum. Caine
musste immer wieder ins Krankenhaus, und die Anfälle
wurden schlimmer.

«David, davon wusste ich ja gar nichts», sagte Jasper, als
Caine seine Geschichte schließlich zu Ende erzählt hatte.
«Das tut mir Leid.»

Caine zuckte mit den Achseln. «Auch wenn du davon
gewusst hättest, hättest du trotzdem nichts daran ändern
können.»

«Ich weiß, aber dennoch wünschte ich, du hättest mir

davon erzählt.» Jasper zuckte mit den Schultern. «Weiß man, wodurch diese Anfälle ausgelöst werden?»

«Mein Arzt sagt, es sei *idiopathisch*, und das bedeutet, sie haben keinen blassen Schimmer.»

«Und sie können es nicht behandeln?»

Caine schüttelte den Kopf. «Im Laufe des vergangenen Jahres haben sie sechs verschiedene Antiepileptika an mir ausprobiert, aber die Wirkung war einzig und allein die, dass ich jedes Mal gekotzt habe wie ein Weltmeister.»

«O Gott», sagte Jasper. «Und ich dachte, Epilepsie wäre heilbar.»

«In etwa sechzig Prozent der Fälle wirken diese Medikamente ja auch. Aber ich zähle zu den glücklichen vierzig Prozent.»

Ehe Jasper etwas erwidern konnte, klopfte es an der Tür. «Darf ich hereinkommen?», fragte Dr. Kumar der Form halber und huschte dann, ohne eine Antwort abzuwarten, in Caines Zimmer.

«Aber sicher doch», sagte Caine, obwohl der Mann den Raum längst betreten hatte. Dr. Kumar nahm Caines Krankenakte zur Hand und blätterte sie durch, wobei er energisch nickte, so als wäre er in ein Gespräch mit sich selbst vertieft und pflichte allem bei, was er sagte. Schließlich legte er die Akte weg, leuchtete Caine mit einer Stifttaschenlampe in beide Augen und trat dann einen Schritt zurück.

«Wie fühlen Sie sich?»

«Erschöpft, aber ganz okay.»

«Wie lange haben Sie die Aura wahrgenommen, bevor es zu dem Anfall kam?»

«Nur ein paar Minuten.»

«Hm. Und das war die kürzeste Aura seit der VNS?»

«Ja.» Caine rieb sich unwillkürlich die Operationsnarbe. Drei Monate zuvor hatte ihm Dr. Kumar unter einem Nerv im Hals ein batteriebetriebenes Gerät implantiert. Dieses Verfahren, das als Vagus-Nerv-Stimulation bezeichnet wurde, zeigte bei nur etwa einem Viertel aller Patienten eine positive Wirkung. Dennoch hatte Caine, verzweifelt, wie er war, es ausprobiert. Er zählte jedoch nicht zu den Glücklichen, bei denen es wirkte.

Dr. Kumar seufzte. «Ich weiß nicht, was ich Ihnen sagen soll, David. Weitere Verfahren gibt es nicht, und keins der auf dem Markt erhältlichen Pharmazeutika hat bei Ihnen angeschlagen. Offen gesagt, fürchte ich, Ihnen bleiben keine Möglichkeiten mehr», sagte Dr. Kumar und fügte nach kurzem Schweigen hinzu: «Es sei denn, Sie haben es sich mit meiner Studie noch einmal überlegt.»

Dr. Kumar hatte Caine zum ersten Mal neun Monate zuvor gefragt, ob er an der Erprobung eines experimentellen neuen Medikaments teilnehmen wolle. Damals hatte er eingewilligt. Caine hatte die Bluttests und die ganzen Formalitäten absolviert, hatte aber, als ihm Dr. Kumar im letzten Moment die möglichen Nebenwirkungen aufgezählt hatte, doch noch einen Rückzieher gemacht.

Aber das war vor der VNS gewesen, als es noch Hoffnung gegeben hatte. Jetzt blieben Caine, wie Dr. Kumar es so feinfühlig ausgedrückt hatte, keine Möglichkeiten mehr. Wenn die Anfälle so weitergingen, würde er binnen weniger Jahre nur noch vor sich hin vegetieren. Und bis dahin wäre sein Leben eine einzige Hölle, denn er konnte nie wissen, wann er plötzlich ohnmächtig werden und wie ein Fisch, der aus dem Wasser springt, zu Boden stürzen würde.

«Ist in Ihrer Studie denn noch Platz für mich?»

«Bis gestern hatten wir keinen Platz mehr frei, aber

heute Morgen ist eine meiner Patientinnen abgesprungen, also –»

«Und warum ist sie abgesprungen?», unterbrach ihn Caine.

«Was? Ach, sie klagte darüber, dass sie von dem Medikament schreckliche Albträume bekäme. Ich persönlich glaube da eher an psychosomatische Ursachen.» Der Arzt verstummte und atmete tief durch. «Jedenfalls ist momentan ein Platz frei. Aber Sie müssen sich jetzt sofort entscheiden.»

«Also gut», sagte Caine und nickte resigniert.

«Sie erinnern sich an die möglichen Nebenwirkungen?»

«Wie könnte ich die vergessen?»

«Ach ja – es hat in Ihrer Familie Fälle von Schizophrenie gegeben, nicht wahr?»

Jasper hob eine Hand. Dr. Kumar wandte sich ihm zu, so als würde er Caines Bruder jetzt erst bemerken.

«Ah, Sie müssen der Zwillingsbruder sein. David hat mir erzählt, dass Sie kürzlich einen Zusammenbruch erlitten, haben.»

Jasper sah zu Caine hinüber, der nickte, wie um zu sagen: *Beantworte einfach nur die Fragen, ich erkläre dir das später.* Jasper wandte sich wieder dem Arzt zu. «Ja.»

«Wann wurden Sie entlassen?»

«Vor fünf Wochen.»

«Welche Medikation haben Sie bekommen?»

«Momentan nehme ich Zyprexa, aber ich habe auch schon Seroquel und für kurze Zeit Risperdal genommen.»

«Interessant. Und Ihre Symptome sind gegenwärtig unter Kontrolle?»

«Die Stimmen reden mir nicht mehr ein, die Regierung sei hinter meinem Gehirn her, wenn es das ist, was Sie meinen-*deinen-keinen-reinen*», sagte Jasper mit schmerzerfülltem Grinsen.

Caine beobachtete, wie Dr. Kumar Jasper in Augenschein nahm, und versuchte sich in den Arzt hineinzuversetzen, versuchte zu sehen, was er sah. Die Schizophrenie hatte sich verheerend auf Jaspers Äußeres ausgewirkt; er sah aus wie jemand, dessentwegen man die Straßenseite wechseln würde, wenn er einem entgegenkäme. Wenig später wandte sich Dr. Kumar wieder an Caine.

«Also, wie entscheiden Sie sich?», fragte der Arzt.

«Bleibt mir denn eine andere Wahl?» Caine seufzte. «Ich bin dabei.»

«Gut», sagte Dr. Kumar mit dem Anflug eines Lächelns. «Mein Assistent wird sich um die Formalitäten kümmern. Sie werden morgen aus dem Krankenhaus entlassen, müssen aber jeden dritten Tag für einen Bluttest wieder hier erscheinen. Ich möchte, dass Sie Zeitpunkt und Dauer Ihrer Auren und Anfälle schriftlich festhalten. Und falls Sie irgendwelche Schizophreniesymptome bekommen, wie Wahnvorstellungen, chaotische Sprechmuster oder Halluzinationen, die nicht mit einem Anfall in Zusammenhang stehen, dann –»

«Moment mal.» Jasper stand auf und streckte die Hände aus, um Dr. Kumars Litanei zu unterbrechen. «Warum sollte er Schizophreniesymptome bekommen?»

Dr. Kumar wandte sich zu Caines Zwillingsbruder um, als wäre er ein bockiges Kind, doch als er sah, wie grimmig Jasper guckte, beschloss er, die Frage zu beantworten.

«Das Antiepileptikum, das ich gerade erprobe, hat die Nebenwirkung, dass es die Dopaminproduktion des Gehirns anregt. Ihnen ist ja sicherlich bekannt, dass man einen hohen Dopaminspiegel mit Schizophrenie in Zusammenhang gebracht hat. Da das Antiepileptikum zu einer vermehrten Dopaminausschüttung führt, ist es *möglich*, dass David einen schizophrenen Schub erleidet.»

Als Dr. Kumar sah, dass Caine und Jasper bange Blicke tauschten, fügte er schnell hinzu: «Ich sage nicht, dass es dazu kommen wird, ich sage nur, dass ein geringes Risiko besteht.»

«Wie gering?», fragte Jasper.

«Geringer als zwei Prozent», antwortete Dr. Kumar.

«Und wenn das passiert, setze ich das Medikament ab, nicht wahr?», fragte Caine.

Dr. Kumar schüttelte den Kopf. «O nein, das könnte sehr gefährlich sein. Selbst wenn das Antiepileptikum nicht anzuschlagen scheint, könnte es dennoch eine Wirkung haben. Wenn Sie die Medikation plötzlich absetzen, kommt es wahrscheinlich zu sehr schweren Anfällen.»

«Und was genau soll ich tun, wenn ich anfange, verrückt zu werden?»

«Die Selbstdiagnose einer Geisteskrankheit ist eine sehr schwierige Angelegenheit, und deshalb schlage ich vor, dass Sie sich einmal pro Woche mit meinem Assistenten zu einer psychologischen Auswertung treffen.»

Caine ließ sich in seine Kissen sacken. Dem Gesicht seines Bruders sah er an, dass ausgerechnet Jasper Mitleid mit ihm hatte. O Gott. Caine schloss die Augen und versuchte die ganze Welt auszublenden. Dr. Kumars Worte hallten ihm noch im Kopf wider – *schizophrener Schub*. Caine konnte es nicht fassen, dass er sich freiwillig einer solchen Gefahr aussetzte. Aber die Anfälle … Wenn sie unvermindert so weitergingen, wäre er bald schlimmer dran als Jasper. Er hatte keine andere Wahl.

«Okay», sagte Caine. Er war erleichtert und hatte gleichzeitig schreckliche Angst.

«Gut.» Dr. Kumar ging zur Tür, blieb dann noch einmal

stehen und drehte sich um. «Da fällt mir ein, Sie müssen mir noch eine Erklärung unterschreiben, die es mir ermöglicht, Sie nötigenfalls in eine Nervenklinik einzuweisen.» Ehe Caine etwas darauf erwidern konnte, war der Arzt verschwunden.

«Netter Kerl», meinte Jasper trocken.

«O ja. Er ist der Größte.»

Schweigen. Dann fragte Jasper: «Du willst das also wirklich durchziehen?»

«Ich muss.»

«Hast du denn gar keine Angst, dass du endest wie dein großer Bruder? Verrückt und mit Schaum vorm Mund wie ein tollwütiger Hund-*Bund-Pfund-rund*?»

Caine stockte der Atem. «Jasper, ist alles in Ordnung mit dir? Ist dieses Gereime nicht ein Anzeichen für –»

«Das ist nichts», sagte Jasper, Caine das Wort abschneidend. Jaspers Mundwinkel hoben sich zu einem Lächeln. «Ich reime einfach nur gerne. Ich mag es, wie das klingt.» Er schnalzte ein paarmal mit der Zunge, wie um seine Sätze zu interpunktieren. «Aber zurück zu dir. Bist du sicher, dass du das machen willst?»

«Ich habe keine andere Wahl. Ich kann nicht so weiterleben. Und wenn es mit den Anfällen so weitergeht, na ja …» Caine verstummte.

«Möchtest du, dass ich bei dir bleibe? Ich kann ein paar Tage lang auf deiner Couch pennen, wenn du willst.»

Caine schüttelte den Kopf. «Nein, ich komme schon zurecht. Ich will das alleine schaffen. Das verstehst du doch.»

«Ja», sagte Jasper und rieb sich das stoppelige Kinn. «Ja, das verstehe ich.»

«Aber darf ich dich mal was fragen?»

«Klar.»

«Wie ist das so? Schizophrenie, meine ich», fragte Caine verlegen, weil ihm bewusst wurde, dass er diese Frage seinem Bruder noch nie gestellt hatte. «Was ist das für ein Gefühl?»

Jasper zuckte die Achseln. «Man spürt gar nichts davon. Die Wahnvorstellungen kommen einem real vor. Ganz natürlich, geradezu nahe liegend. So als wäre es die normalste Sache der Welt, dass die Regierung ausspionieren lässt, was du denkst, oder dass dein bester Freund dich umbringen will.» Er schwieg einen Moment lang. «Das ist ja gerade das Unheimliche daran.»

Jasper schluckte und fuhr dann fort: «Wichtig ist: Was auch immer geschieht – oder was auch immer du dir einbildest, dass es geschieht: Du musst die Kontrolle behalten. Versuch dran zu denken, dass du immer noch du selbst bist. Lass es vorübergehen. Such dir einen Halt, Orte oder Menschen, bei denen du in Sicherheit bist. Und gib dir Mühe, in der Welt, die du da geschaffen hast, kluge Entscheidungen zu treffen. Irgendwann findest du dann auch wieder zurück in die Realität.»

Caine nickte und hoffte inständig, dass er Jaspers Ratschläge nie würde befolgen müssen.

«Also», sagte Caine und versuchte, dem Gespräch zumindest wieder den Anschein von Normalität zu geben. «Wo wohnst du denn jetzt?»

«In meiner alten Wohnung in Philly, nur ein paar Blocks vom Campus entfernt.»

«Cool.» Eine Weile schwiegen die Brüder, beide in Gedanken verloren und besorgt darüber, was die Zukunft bringen mochte. Schließlich sah Jasper auf seine Armbanduhr und stand auf. «Wenn du nicht willst, dass ich bleibe, muss ich jetzt los, damit ich noch den Bus nach Hause kriege.»

Caine war erstaunt, wie enttäuscht er war, dass Jasper gehen wollte. Es war ihm offenbar anzusehen, denn Jasper ruderte sofort zurück.

«Wenn du willst, kann ich mich natürlich auch krank melden und ein paar Tage bleiben.»

«Nein, es wird schon gehen. Ich will nicht, dass du Schwierigkeiten kriegst. Es ist ja bestimmt nicht einfach, einen Job zu finden, wenn man –» Caine sprach den Satz nicht zu Ende, aber es war offensichtlich, was er sagen wollte.

«Wenn man verrückt ist, meinst du?», fragte Jasper.

«Komm schon, Mann», sagte Caine erschöpft. «Du weißt, was ich meine.»

«Ja. Entschuldige. Ich bin in letzter Zeit ziemlich leicht reizbar.»

«Macht nichts. Ich auch.» Caine hielt seinem Zwillingsbruder, der beinahe ein Fremder für ihn war, die Hand hin und fragte sich, wie es zu diesem ganzen Schlamassel hatte kommen können. «Danke für deinen Besuch. Ich weiß das wirklich zu schätzen, zumal ich mich bei dir in letzter Zeit so rar gemacht habe.»

Jasper tat Caines Worte mit einer Handbewegung ab. «Wozu hat man denn einen Zwillingsbruder?» Er wandte sich ab und ging in Richtung Korridor, blieb aber in der Tür noch einmal stehen. «Wenn du irgendwas brauchst, hast du ja meine Nummer-*Brummer-Hummer-Kummer*.»

«Danke», sagte Caine ein wenig beklommen. «Das bedeutet mir viel.» Und als Jasper gegangen war, stellte Caine erstaunt fest, dass dem tatsächlich so war.

Julia wusste, sie war verliebt.

Sie merkte es daran, wie ihr das Herz wehtat, wenn sie getrennt waren, und wie ihr die Hände zitterten, wenn sie zusammen waren. Daran, wie es ihr den Atem verschlug, wenn sie miteinander schliefen, und wie sie sich nach dem Höhepunkt fühlte, ganz warm und aufgekratzt und als wären ihre Knochen aus Gummi. Und mehr noch fühlte sie sich immer absolut sicher. In Peteys Armen konnte ihr nichts und niemand etwas anhaben.

Petey. Er liebte diesen Kosenamen, den sie ihm gegeben hatte. Sie konnte es gar nicht glauben, wie Petey ihr Leben umgekrempelt hatte. Als sie ihn kennen lernte, war sie ein Mädchen gewesen, und nun war sie eine Frau.

Als sie zwei Jahre zuvor an der Graduate School angefangen hatte, glaubte Julia schon nicht mehr, dass sie jemals einen Freund finden würde. Ihr war bewusst, dass sie wahrscheinlich noch zu jung war, um der Liebe gänzlich abzuschwören, aber sie war noch nie mit jemandem ausgegangen. Kein einziger Junge auf der Highschool und dem College hatte auch nur das leiseste Interesse an ihr gezeigt. Allmählich glaubte sie schon, dass etwas Grundlegendes mit ihr nicht in Ordnung sei, etwas, das ihr jedermann ansehen könne. Und sie war es leid, Hoffnungen zu hegen, war es leid, enttäuscht zu werden. Und deshalb ließ sie niemanden mehr an sich heran. Bis sie dann Petey kennen lernte.

Dass ausgerechnet er ihr die Unschuld rauben würde, hätte sie nie gedacht. Ihr Doktorvater, der über zwanzig Jahre älter war als sie, war ein stark behaarter kleiner Mann mit buschigen Augenbrauen, dem graue Haarbüschel aus den Ohren wuchsen. Sie wusste, dass die anderen jungen Frauen im Institut fanden, er sehe bescheuert aus, aber das kümmerte Julia nicht. Sie hatte sich nicht seines Aussehens wegen in ihn verliebt, sondern seines Verstandes wegen. Petey war einfach der brillanteste Mensch, dem sie je begegnet war. Und seine Arbeit war bahnbrechend. Sie war sich sicher, dass er sich einen großen Namen machen würde, wenn er seine Theorie erst einmal bewies. Und das war nur noch eine Frage der Zeit.

Er würde nicht nur den Nobelpreis bekommen, nein, auch die Talkshow-Produzenten würden alles daransetzen, dass der große Wissenschaftler in der Sendung erklärte, wie das menschliche Leben aufgebaut war und sich in Form eines riesigen, wogenden Gobelins aus Energie, Raum und Zeit darstellen ließ. Wenn ihn bloß die Uni nicht finanziell immer an der ganz kurzen Leine halten würde, wäre er längst fertig damit.

Mit einem Schaudern dachte sie an ihr letztes Gespräch über dieses Thema.

«Glaubst du wirklich, dass sie dir diesmal die Fördermittel gewähren?», fragte Julia und fuhr ihm mit der Hand durch das dichte, graumelierte Haar.

Petey erstarrte; der schöne Augenblick war verdorben.

«Es tut mir Leid», sagte Julia und bereute die Frage sofort. «Ich wollte nicht –»

«Nein, schon gut. Ich muss mich den Tatsachen stellen. Wenn diese letzte Testreihe nicht die Ergebnisse bringt, die ich brauche, haben diese engstirnigen Bürokraten gewonnen.»

Petey hatte Recht: Sie waren wirklich alle nur Bürokraten. Wenn es ihnen um die Wissenschaft gegangen wäre, hätten sie sich nicht aus der Forschung zurückgezogen, um nurmehr bessere Verwalter zu sein. Doch stattdessen hatten sie es alle auf ihn abgesehen, weil sie ihn um seine Brillanz beneideten, und legten ihm jedes Mal, wenn er an der Schwelle zu einer großen Entdeckung stand, Steine in den Weg. Aber sie konnten ihn nicht aufhalten. Julia war sich sicher, dass seine jüngsten Experimente seine Theorie beweisen würden. Und dann würden sie sich förmlich überschlagen, ihn mit Geldmitteln auszustatten, und alle würden die Genialität seiner Ideen anerkennen.

Sie konnte es gar nicht mehr erwarten. Wenn es so weit war, das hatte er ihr versprochen, würden sie an die Öffentlichkeit gehen. Dann könnten sie die Experimente beenden. Sie seufzte im Vorgefühl der Erleichterung, die sie verspüren würde, wenn klar war, dass sie nie mehr an diesen … diesen Ort zurück musste. Es überlief sie kalt, panische Angst, gemischt mit einem grotesken Eifer. Sie schloss die Augen und konnte es beinahe sehen, doch dann war es wieder fort.

Es fiel ihr schwer, sich im wachen Zustand an diesen Ort zu erinnern, aber jede Nacht war sie in ihren Träumen dort. Und in letzter Zeit träumte sie viel. In ihren Träumen ergaben all diese seltsamen Dinge einen Sinn, aber sobald sie erwachte, geriet alles durcheinander. Ein paar Wochen lang träumte sie von Ziffern, die in riesigen Kugeln eingeschlossen waren und so hell pulsierend weiß und rot leuchteten, dass ihre Augen pochten.

In der vergangenen Nacht war es in ihrem Traum um Poker gegangen, was seltsam war, denn sie kannte nicht einmal die Regeln dieses Spiels. Dennoch war sie in ihrem Traum eine meisterhafte Spielerin gewesen und hatte im Nu sämtliche Chancen berechnen können, und das trotz des Gestanks verwesender Fische, der über ihr Hirn hereingebrochen war.

Petey sagte, diese Träume hätten nichts zu bedeuten, aber Julia vermutete, dass sie von den Experimenten herrührten. So sehr es sie begeisterte, ein Teil von Peteys Studie zu sein, wusste sie doch auch, dass es so nicht in Ordnung war und dass an dem Tag, an dem die Tests abgeschlossen waren, eine neue Phase ihrer Beziehung beginnen würde. Keine Treffen mehr in schmierigen Kneipen irgendwo in der Stadt, kein Sex mehr nachts im Labor. Sie drehte sich im Bett um und sah an die Decke, streckte die Arme aus und stellte sich vor, er läge neben ihr.

Wie wäre es, in seinen Armen zu erwachen? Sie konnten es morgens miteinander treiben, und dann würde sie ihm das Frühstück im Bett servieren. Wenn er dann seinen Morgenkaffee getrunken hatte (mit Milch, ohne Zucker), würden sie es noch einmal tun. Sie streichelte sich die Innenseite der Schenkel, und eine wohlige Wärme breitete sich in ihr aus.

Zum ersten Mal im Leben war Julia glücklich. Als sie sich mit den Fingern über den nackten Bauch fuhr, fing ihre Armbanduhr an zu piepen. Ohne zu zögern sprang sie aus dem Bett und lief ins Badezimmer, wo sie ihre Tabletten aufbewahrte. Der durchsichtige Behälter trug kein Etikett; Petey wollte nicht, dass man die Pillen mit seinem Labor in Verbindung bringen konnte.

«Pille-*Grille-Stille-Wille*», sagte sie und lachte über den Nonsensreim, als sie zwei der Fünfzig-Milligramm-Tabletten nahm. Sie ertappte sich in letzter Zeit oft dabei, dass sie Reime bildete. Sie konnte sich nicht so ganz erklären, woran es lag, aber aus irgendeinem Grund fand sie es wahnsinnig komisch. Dummerweise fand Petey kein Vergnügen daran. Als sie das erste Mal nach dem Sex angefangen hatte zu reimen, hatte sie gespürt, wie sich sein ganzer Körper verstcift hatte – und zwar auf ungute Weise. Wenn es ihn störte, würde sie damit aufhören. Das spielte alles keine Rolle, solange er nur glücklich war.

Sie legte den Kopf in den Nacken und schluckte die beiden Tabletten, spülte sie dann mit einem Glas Wasser hinunter. Sie hinterließen immer einen bitteren, kalkigen Nachgeschmack. Der war aber längst nicht so schlimm wie der Gestank. Dieser Gestank hatte ihr zunächst einen Schrecken eingejagt, aber Petey hatte gesagt, es sei nur eine kleine neurologische Nebenwirkung, nichts, weshalb man sich Sorgen machen müsse. Also dachte sie nicht mehr daran.

Denn Petey würde sie ja schließlich niemals belügen.

Am nächsten Morgen sahen die Dinge nicht besser aus. Als Nava den schrillenden Wecker abstellte, wurde ihr klar, dass sie so nicht weitermachen konnte. Seit über sechs Jahren verkaufte sie nun schon gänzlich ungestört amerikanische Geheimnisse an ausländische Regierungen, aber die Ereignisse der vergangenen Nacht hatten sie aufgerüttelt. Irgendwann würde man sie entweder einbuchten oder umbringen – es war nur noch eine Frage der Zeit.

Wäre sie bereit gewesen, ihre CIA-Kollegen zu verraten oder Waffengeheimnisse zu verkaufen, dann hätte sie längst schon auf einer tropischen Insel leben können, aber vor diesen beiden Dingen scheute sie zurück. Nava verkaufte nur Informationen, von denen sie glaubte, man könne damit entweder Leben retten oder für ausgleichende Gerechtigkeit sorgen. Ob es um Aufenthaltsorte palästinensischer Terroristen für den israelischen Mossad ging oder um Satellitenfotos der Tschechischen Republik für die österreichische Spionageabwehr, spielte keine Rolle. Sie schuldete keinem Vaterland Loyalität.

Der gestrige Zahltag war ihr bisher größter gewesen, das Ergebnis von über acht Monaten Arbeit. Sie hatte nun insgesamt anderthalb Millionen Dollar auf ihrem Konto auf den Cayman-Inseln. Das reichte noch nicht, um wie eine Königin zu leben, aber es war genug für eine Flucht. Sie konnte jederzeit aufbrechen, konnte sich die Papiere einer ihrer sechs Identitäten schnappen und den nächsten Flieger nach irgendwo nehmen. Binnen 48 Stunden konnte sie von der Bildfläche verschwinden.

Der Gedanke war verlockend, aber sie wusste, dass es so nicht machbar war. Die CIA wäre zwar nicht erfreut darüber, eine Killerin zu verlieren, aber sie glaubte kaum, dass der amerikanische Geheimdienst ihr nachstellen würde. Von der Speznaz der RDEI konnte sie das leider nicht behaupten. Die Nordkorcaner würden sie auf keinen Fall entkommen lassen. Es würde vielleicht Jahre dauern, aber schließlich würden sie sie zur Strecke bringen.

Nein, wegzulaufen war nicht möglich. Sie musste die Informationen über die islamistische Terrorzelle erneut aus den Datenbanken der CIA entwenden und der RDEI übergeben. Erst dann konnte sie verschwinden. Sobald sie mit den Nordkoreanern fertig war, würde sie aus New York verschwinden und ein neues Leben beginnen. Diesen Entschluss hatte sie gerade gefasst, als ihr drahtloser Kommunikator vom Typ Blackberry zu vibrieren begann.

Die Nachrichten glichen einander: Es waren immer nur die Angaben, wann und wo sie die DVD mit den Einzelheiten ihres nächsten Einsatzes erhalten würde. Es war zwar altmodisch, Informationen über bevorstehende Missionen auf gegenständlichem Weg zu transportieren, aber es war immer noch die einzige Methode, bei der die CIA sichergehen konnte, dass niemand mithörte. Nur die Medien hatten sich geändert.

Während die Agenten zwanzig Jahre zuvor ihre Missionsbriefings als Nadeldruckerausdrucke erhalten hatten, bekamen sie heutzutage spezielle DVDs, die nach zwanzig Minuten Lichteinwirkung automatisch unlesbar wurden. Die DVDs ließen sich nur mit speziell konfigurierten

Laptops lesen, wie Nava einen im Nebenzimmer hatte, die mit einer winzigen Kamera ausgestattet waren. Diese diente einzig und allein dazu, die Netzhaut desjenigen zu scannen, der den Bildschirm betrachtete, um so dafür zu sorgen, dass die Informationen nur dem beabsichtigten Empfänger zugänglich wurden.

Nava ging ins Bad und klatschte sich einige Hände voll Wasser ins Gesicht, ehe sie die Nachricht mit ihrem Blackberry abrief. Als sie den Text las, stockte ihr das Herz. Statt einer verschlüsselten Adresse und Uhrzeit stand dort lediglich:

Rapport.

Der einzige Mensch, der sie einbestellen konnte, war der Direktor. Wusste er davon? Unmöglich – sie war sich sicher, dass ihr in der vergangenen Nacht niemand zu der Wohnung gefolgt war. Aber warum sonst wollte er sich persönlich mit ihr treffen? Nein, das war doch lächerlich. Wenn der Direktor gewusst hätte, dass sie Staatsgeheimnisse verkaufte, hätte er sie nicht aufgefordert, ins Büro zu kommen; nein, dann stünde längst eine bewaffnete Eskorte vor ihrer Tür.

Aber vielleicht wollten sie gerade, dass Nava das glaubte. Wenn sie versuchten, sie zu überwältigen, bestand die Möglichkeit, dass sie entkam, doch aus der New Yorker CIA-Dienststelle gab es kein Entkommen. Wenn sie fliehen wollte, musste sie es jetzt tun – es sei denn, es war schon zu spät. Wenn sie bereits ihre Wohnung überwachten, würden sie auf keinen Fall zulassen, dass sie die Stadt verließ.

Ihre Gedanken jagten. Sie wusste, dass sie schnell eine Entscheidung treffen musste. Wenn sie eine Nachricht abrief, erfuhr die CIA automatisch über GPS ihren momentanen Aufenthaltsort. Wenn sie in einer halben Stunde nicht im Büro war, wussten sie, dass irgendetwas nicht stimmte. Nava schloss die Augen, atmete tief durch und war sich dabei schmerzlich bewusst, dass die Zeit verrann.

Bleiben oder fliehen. Das waren ihre Optionen. Einfacher ging es nicht. Erst bei den Auswirkungen wurde es kompliziert. Nach fast einer Minute schlug Nava die Augen wieder auf. Ihr Entschluss stand fest. Mit ihren besten Stücken bewaffnet – einer Sig-Sauer 9 mm im Schulterholster, einer halbautomatischen Glock 9 mm im Wadenholster und einem Dolch im Stiefel – und ausgestattet mit vier falschen Pässen und fünf Ladeclips Reservemunition, lief sie zur Tür.

Ehe sie ging, warf sie noch einen letzten Blick zurück in ihre Wohnung. Sie glaubte nicht, dass sie sie wiedersehen würde. Auf der Straße winkte sie ein Taxi herbei. Sie musste sich jetzt beeilen.

Es war so kalt, dass Jasper seinen Atem sah, aber das störte ihn nicht. Die Kälte fühlte sich phänomenal an, das Brennen in seinen Fingern vergegenwärtigte ihm, wie es war, wieder lebendig zu sein. Er war wieder ganz der Alte. Einige Wochen zuvor hatte er die Antipsychotika abgesetzt. Er fühlte sich, als hätte man ihm einen Schlauch ans Ohr gesetzt und sein benebeltes Hirn freigespritzt. Wenn es auf den Straßen nicht so von Menschen gewimmelt hätte, wäre er am liebsten losgelaufen, aus schierem Vergnügen daran, die Gebäude an sich vorbeiziehen zu sehen.

Gott, er fühlte sich großartig. «Geil-*Beil-Heil-Teil*!», rief er aus. Damit erntete Jasper zwar mehr als nur ein paar konsternierte Blicke, aber das kümmerte ihn nicht. Er liebte das Gefühl, das ihm das Reimen vermittelte. Der

Laut hallte in seinen Ohren wider, prallte wie eine Kugel hin und her.

Er konnte es gar nicht erwarten, wieder in Philadelphia zu sein. Er –

Du kannst noch nicht zurück.

Jasper blieb so abrupt stehen, dass jemand auf ihn auflief. Die physikalische Welt ignorierend, neigte Jasper den Kopf, so als versuchte er, ein weit entferntes Geräusch zu hören. Es war die Stimme. Die Stimme war fast ein ganzes Jahre lang sein ständiger Begleiter gewesen, bis die Medikamente sie verstummen ließen.

Erst als er die Stimme in seinem Hirn widerhallen hörte, wurde ihm bewusst, wie sehr sie ihm gefehlt hatte. Er liebte die Stimme so sehr, dass er hätte weinen mögen. Er hatte ein leises Summen in den Ohren, es teilte ihm mit, dass ihm die Stimme etwas sagen wollte. Jasper kniff die Augen zu. Mit geschlossenen Augen konnte er die Stimme immer am besten hören.

Du musssst in der Stadt bleiben.

– Warum?

Weeeiiil du deinen Bruuuuder beschützen musst.

– Was wird denn mit ihm geschehen?

Sie kommen bald. Du musssst hier sein, um ihm beizustehen.

– Wer – sie?

Die Regiiiierung.

– Und warum sind sie hinter ihm her?

Weeeiiil er etwas Besonderes ist. Jetzt hööööor mir genau zu, ich werde dir sagen, was du tun musst …

Und Jasper hörte zu und stand dabei reglos wie eine Statue mitten auf einem geschäftigen Gehsteig in der Innenstadt, und die Leute strömten an ihm vorbei, als wäre er ein Fels, der aus einem tosenden Fluss ragt. Als die Stimme aufhörte, in seinem Hirn zu summen, schlug Jasper die Augen auf und lächelte. Er drehte sich um und ging los, so schnell er konnte, verjüngt dank des neuen Ziels vor Augen.

Er würde David beistehen. Sein Bruder wusste nicht, dass sie hinter ihm her waren. Aber Jasper wusste es. Und solange er genau so handelte, wie die Stimme es ihm gesagt hatte, würde alles gut werden. Ohne die wütenden Blicke der Passanten zu bemerken, die ihm aus dem Weg springen mussten, rannte Jasper los. Er musste sich beeilen.

Er musste eine Waffe kaufen.

Kapitel /6/

Nava nahm allen Mut zusammen, als sie die metallisch blaugrauen Sicherheitstüren der New Yorker CIA-Dienststelle passierte. Wenn man sie festnehmen würde, dann würde es hier geschehen, in diesem Vorraum. Als sich die Türen hinter ihr schlossen, beäugte sie die beiden bewaffneten Sicherheitsbeamten, versuchte festzustellen, ob sie etwas im Schilde führten. Doch ihre Gesichter waren ausdruckslos.

Langsam ging sie zu dem letzten Kontrollpunkt. Der Rahmen des Metalldetektors leuchtete rot auf, als sie hindurchschritt, aber die Beamten machten keine Anstalten, sie zu durchsuchen. Sie wussten, dass es ihr gestattet war, innerhalb des Gebäudes Schusswaffen zu tragen. Sie legte eine Hand auf den Scanner an der Tür und wartete, während eine weiße Lichtlinie unter ihren Fingern entlangfuhr.

Mit einem Klicken öffnete sich das elektronische Schloss, und die kugelsichere Tür glitt beiseite. Erleichtert schritt Nava hinein. Als Erstes erblickte sie den Empfangsbereich. Von dem CIA-Emblem an der Wand einmal abgesehen, wirkte er wie in einem ganz normalen Unternehmen. Dort saßen sogar zwei Sekretärinnen – die eine lebhaft und munter, die andere eher dröge. Als Nava ihren Namen nannte, geleitete die zweite sie durch ein Gewirr von Arbeitswaben zum Büro des Direktors.

Direktor Bryce erhob sich, um Nava die Hand zu schütteln, als sie den kleinen, fensterlosen Raum betrat. Er war ein großer, schlanker Mann mit dichtem, silbergrauem Haar, scharfen braunen Augen und einem festen Händedruck. Er sah eher wie der Vorstandsvorsitzende eines Großkonzerns aus als wie ein Nachrichtendienstler. Er vergeudete keine Zeit und kam gleich zum Punkt.

«Ich versetze Sie.»

«Was?» Nava war darauf gefasst, festgenommen zu werden, aber das hier traf sie völlig unvorbereitet.

«Dem Science and Technology Research-Labor der NSA mangelt es an Manpower, und man hat einen fähigen Field Agent angefordert.»

Nava verstand kein Wort. Die NSA verfügte über fünfmal so viele Agenten wie die CIA. Und außerdem hatte sie noch nie von einer solchen Versetzung von einem Nachrichtendienst zum anderen gehört. Das musste eine Falle sein. Sie musste versuchen, Zeit zu schinden und mehr Informationen zu bekommen.

«Aber, Sir, ich kann doch nicht –»

«Sie können, und Sie werden. Die Versetzung gilt ab sofort. Hier ist Ihr neuer Dienstausweis», sagte er und schob ihr eine frisch laminierte Karte über den Schreibtisch. «Ihren CIA-Ausweis können Sie bei der Security abgeben, wenn Sie gehen.»

«Sir, wozu braucht die NSA denn eine CIA-Agentin?»

«Das wollen sie uns offensichtlich nicht mitteilen, denn sonst hätten sie unsere Unterstützung angefordert und nicht eine Versetzung», stieß der Direktor hervor. Sein bitterer Tonfall verriet ihr alles, was sie wissen musste. Die Versetzung war nicht seine Idee gewesen. Es war offenbar doch keine Falle, sondern etwas, das man ihm aufgezwungen hatte.

«Aber warum ich?», fragte sie, immer noch perplex.

«Sie sind die einzige Agentin, die gegenwärtig in keiner Mission unterwegs ist und über die erforderlichen Fähigkeiten verfügt.» Als Nava diese Worte hörte, war ihr mit einem Mal alles klar. Die NSA würde nur dann eine CIA-Mitarbeiterin wie Nava anfordern, wenn es galt, jemanden zu verhören, zu entführen oder zu töten. Der Direktor nahm ein Blatt Papier aus seinem Laserdrucker und reichte es ihr.

«Das ist die Adresse der Dienststelle der STR. Sie sollen sich dort um zwölf Uhr mittags melden, also müssen Sie sich beeilen.» Er wandte sich wieder seinem Bildschirm zu, hatte ihr offenbar nichts mehr zu sagen. «Und nun entschuldigen Sie mich bitte.»

Ein bewaffneter Sicherheitsbeamter erwartete Nava bereits, als sie das Büro des Direktors verließ. Er sah streng zu ihr herab.

«Ich soll Sie nach draußen begleiten, Ma'am.»

Nava überlegte hin und her. Sie musste sich ins Netzwerk einloggen und die Informationen auf eine neue CD brennen. Mit den Wimpern klimpernd, sah sie zu dem Sicherheitsbeamten hoch.

«Darf ich nur ganz kurz an einem Terminal meine Mails abrufen? Es dauert nur einen Augenblick.»

«Das geht leider nicht, Ma'am. Ihre Sicherheitscodes sind nicht mehr gültig. Ich muss Sie bitten, jetzt mitzukommen.»

Nava zuckte die Achseln, als wäre es nicht weiter

schlimm, und ließ sich von dem Sicherheitsbeamten aus dem Gebäude geleiten. Sie fragte sich, wie die RDEI reagieren würde, wenn sie erfuhr, dass Nava keinen Zugang mehr zu den Informationen hatte. Sobald sie draußen war, steckte sich Nava mit zitternden Fingern eine Zigarette an. Auf der anderen Straßenseite entdeckte sie einen großen Koreaner, der eine verspiegelte Sonnenbrille trug und in ein Mobiltelefon sprach. Mist. Sie folgten ihr bereits.

Sie tat, als hätte sie ihn nicht bemerkt, und brach zu Fuß zum STR-Labor auf, das sich fünfzehn Häuserblocks entfernt befand. Der Mann hielt mit ihr Schritt und verhehlte kaum, was er da tat. Sie wusste, dass die Speznaz-Agenten eigentlich geschickter waren. Sie hatte ihn nur entdecken können, weil er entdeckt werden wollte. Er sollte sie daran erinnern, dass sie beobachtet wurde. Als hätte sie das vergessen können.

Sie verbannte den Mann aus ihren Gedanken und dachte krampfhaft nach. Ihr ursprünglicher Plan, in der Dienststelle eine weitere CD zu brennen, war nun nicht mehr durchführbar. Sie musste sich etwas anderes einfallen lassen, das sie der RDEI liefern konnte. Wenn sie binnen sechzehn Stunden nichts ablieferte, würde man sie töten.

Nava konnte jetzt nur noch hoffen, dass sie bei der STR auf irgendwelche Informationen stieß, die als Ersatz akzeptiert würden. Es war nur eine vage Hoffnung, aber sie musste es probieren. Wenn sie nichts fand, blieb ihr nur noch wegzulaufen.

In Gedanken immer noch Fluchtpläne schmiedend, betrat Nava das Bürogebäude in Downtown Manhattan, in dem das Science and Technology Research-Labor der NSA untergebracht war. Nachdem sie die Sicherheitskontrollen passiert hatte, fuhr sie mit dem Fahrstuhl in die 21. Etage. Eine lächelnde Empfangssekretärin begrüßte sie.

«Herzlich willkommen, Agent Vaner», sagte die Frau. «Bitte folgen Sie mir. Dr. Forsythe erwartet Sie bereits.»

Als Dr. Tversky Julia sacht auf die Stirn küsste, spürte er, dass sie am ganzen Leib zitterte.

«Geht es dir gut, meine Liebe?»

«Bestens», murmelte Julia, die Augen geschlossen. «Es geht mir immer bestens, wenn ich bei dir bin.»

O Gott. Er wusste ja, dass sie bis über beide Ohren verknallt war, aber allmählich nahm das lächerliche Züge an. Er fragte sich, wie lange er dieses Affentheater noch mitmachen musste. Sein Verstand sagte ihm, dass er sich, wenn sich das Experiment als Fehlschlag erweisen sollte, wenigstens von dieser Beziehung befreien könnte.

Vortäuschend, was sie seiner Hoffnung nach für Zärtlichkeit hielt, drückte Tversky ihr kurz den Arm und trat dann einen Schritt zurück, um seine Geliebte, sein Versuchskaninchen, zu untersuchen. Sie lag nackt auf dem Tisch, nur ein dünnes Baumwolltuch bedeckte ihre Scham, und die dunkelbraunen Warzen ihrer kleinen Brüste reckten sich in der kühlen Luft des Labors empor.

Sechs glänzende Elektroden waren mit Klebeband direkt unterhalb der Brüste angebracht. Die Kabel verliefen über ihren Bauch, verschwanden dann unter dem Tisch und schlängelten sich hin zu dem EKG-Gerät. Acht weitere Elektroden waren an ihrer Kopfhaut befestigt, zwei für jeden Gehirnlappen – den Vorder-, Schläfen-, Scheitel- und Hinterhauptlappen. Diese Kabel waren mit dem Elektroenzephalographen, dem EEG, verbunden, der die elektrischen Impulse im Gehirn maß. Tversky richtete seine Aufmerksamkeit auf die Reihe von Monitoren neben Julia und konzentrierte sich auf die Darstellung ihrer Hirnstromwellen.

Als jemand, der sich ebenso mit Geschichte wie mit den Naturwissenschaften befasste, staunte Tversky über die Kette der Ereignisse, die hierzu geführt hatte. Alles ließ sich auf das Jahr 1875 zurückführen, als der Liverpooler Arzt Richard Caton zum ersten Mal elektrische Signale an der Oberfläche des Gehirns von Tieren gemessen hatte. Fünfzig Jahre später entwickelte der österreichische Nervenarzt Hans Berger den Elektroenzephalographen, mit dem man Stärke und Frequenz menschlicher Hirnströme messen konnte. Wie Tversky hielt auch Berger viel von Menschenversuchen. 1929 veröffentlichte er die ersten 73 EEG-Messungen, die alle vom selben Versuchsobjekt stammten – seinem Sohn Klaus.

Doch was Tversky wirklich interessierte, waren die Forschungen, die Berger in den Dreißigerjahren des Zwanzigsten Jahrhunderts mit Epileptikern angestellt hatte. Berger hatte entdeckt, dass die Hirnströme eines Epilepsiekranken während eines Anfalls stärker waren als bei normalen Patienten. Noch interessanter war, dass die Hirnströme direkt nach einem Anfall fast aussetzten, so als wäre es zu einer Art Kurzschluss gekommen. Dieser erstaunliche Gegensatz brachte Tversky dazu, die Hirnströme derjenigen zu erforschen, die an der Krankheit litten, die man früher einmal als «Geißel Gottes» bezeichnet hatte.

Tversky hatte immer gewusst, dass die Hirnströme der Schlüssel zu dem waren, wonach er suchte. Beta, Alpha, Theta, Delta – darin verbarg sich die Lösung. Während er Julias Daten betrachtete, ertappte er sich dabei, wie er sich einen Moment lang von dem auf und ab hüpfenden weißen Punkt mit dem langen silbrigen Schweif, der Julias Alphawellen darstellte, hypnotisieren ließ.

Die Frequenz der Welle, gemessen in Hertz, gab an, wie oft sich die Welle pro Sekunde wiederholte; die Amplitude oder Schwingungsweite stellte die Stärke der Hirnströme dar. Zwar waren jederzeit alle vier Wellenkategorien aktiv, eine aber war jeweils vorherrschend.

Gegenwärtig waren es Julias Alphawellen, was nicht weiter verwunderlich war. Alphawellen waren der Grundrhythmus bei entspannten Erwachsenen. Diese Wellen waren am stärksten, wenn der jeweilige Mensch einen angenehmen Tagtraum hatte, und wurden oft auch als Brücke zum Unterbewusstsein und zum Gedächtnis bezeichnet. Julias Alphawellen hatten eine Frequenz von zehn Hz, was genau in der Mitte des normalen Bereichs lag.

Tversky beschloss, auch noch die Betawellen zu überprüfen. Betawellen waren bei Menschen vorherrschend, die die Augen geöffnet hatten und aufmerksam zuhörten, nachdachten oder anderweitig Informationen verarbeiteten, und daher stellte er Julia eine Frage, um buchstäblich ihr Bewusstsein in Bewegung zu setzen.

«Liebste, ich möchte, dass du jetzt die Primzahlen aufsagst, bis ich dir sage, dass du wieder damit aufhören kannst. Ab jetzt.»

Julia nickte knapp und begann: «Zwei, drei, fünf, sieben, elf, dreizehn …»

Zunächst änderten sich ihre Hirnströme kaum, vermutlich, weil sie die ersten zehn Primzahlen auswendig kannte. Als sie jedoch zu immer höheren Zahlen kam, musste Julia nachdenken, und ihre Betawellen schlugen aus und pendelten sich wie erwartet bei neunzehn Hz ein.

«Danke, Julia. Das reicht.»

Julia hörte auf zu zählen, und sofort sanken Amplitude und Frequenz ihrer Betawellen. Nun waren wieder ihre Alphawellen vorherrschend. Tversky zog in seiner Spritze zwei Kubikzentimeter einer gelblichen Lösung auf. «Ich gebe dir jetzt ein leichtes Beruhigungsmittel. Es wird kurz pieken.»

Tversky fuhr ihr mit der Nadel in den Arm, und Julia spannte sich kurz an, doch schon wenige Sekunden später spürte er, wie sie sich wieder entspannte, so als hätten alle Muskeln ihres Körpers gleichzeitig ausgeatmet. Ihre Atemzüge wurden ruhiger, und ihr Kopf sank zur Seite. Tversky schnippte direkt vor ihrem Gesicht mit den Fingern. Julia blinzelte noch ein paarmal träge, dann waren ihre geschlossenen Augen ruhig.

«Julia, kannst du mich hören?»

«Höre dich», murmelte Julia.

Sie war noch nicht bewusstlos, aber nahe dran, genau da, wo er sie haben wollte. Er sah zu dem Monitor hinüber und nickte. Jetzt waren ihre Thetawellen vorherrschend, was zeigte, dass sich Julia irgendwo zwischen Wachsein und Schlaf befand. Die Thetawellen standen im Zusammenhang mit Kreativität, Träumen und Phantasien.

Thetawellen waren bei wachen Erwachsenen nur in seltenen Fällen vorherrschend, bei wachen Kindern aber waren sie bis zum dreizehnten Lebensjahr ganz normal. Die Wissenschaft wusste noch nicht, ob die starken Thetawellen bei Kindern eine Folge oder eine Ursache ihrer ausgeprägten Phantasie waren, aber man wusste, dass Kinder, zumindest biochemisch gesehen, normalerweise viel kreativer waren als Erwachsene.

Tversky ließ seine Gedanken weiter schweifen, während er zusah, wie Julias Thetawellen an Intensität zunahmen. Ihre Lider begannen zu zucken, weil die Augen darunter sich blitzschnell bewegten. Er zog noch einen weiteren Kubikzentimeter auf und spritzte ihn ihr. Dann wartete er ein paar Minuten lang ab, bis das Medikament seine volle Wirkung entfaltete.

Nach einer Weile nahmen Frequenz und Amplitude der Thetawellen ab, und sie überließen das Feld den Deltawellen. Diese Wellen schwangen viel langsamer als die anderen – mit lediglich zwei Hz –, waren aber auch viel stärker. Julia war nun in einen tiefen, traumlosen Schlaf versunken, und ihr Unterbewusstsein hatte die Herrschaft übernommen. Die Deltawellen waren es, die Tversky am meisten interessierten, denn sie standen mit der Fähigkeit in Verbindung, die Tversky ergründen wollte – der reinen Intuition.

Als Julias Deltawellen dann am stärksten waren, verabreichte Tversky ihr eine weitere, letzte Injektion, diesmal jedoch in die Schädelbasis. Und anders als zuvor handelte es sich dabei um kein Beruhigungsmittel; es war ein neues Präparat, das Tversky entwickelt hatte. Vierjährige Forschungen waren nötig gewesen, ehe er die Grundsubstanz hatte synthetisieren können, die bei Rhesusaffen die gewünschte Wirkung zeigte, und weitere zwei Jahre, um das Serum für Versuche am Menschen zu perfektionieren.

Die ersten armen Schweine hatte er in Epilepsiekliniken im ganzen Land aufgetrieben. Sie hofften auf ein Wundermittel. Vor lauter Verzweiflung waren sie zu allem bereit. Wenn sie durchschaut hätten, worum es Tversky in Wirklichkeit ging, wären sie vermutlich nicht so vertrauensselig gewesen. Es wäre gelogen zu behaupten, dass er sich schuldig an ihrem Schicksal fühlte. Ja, er bedauerte, was dabei herausgekommen war, aber eher der Wissenschaft als der Testpersonen wegen.

Als er dann schließlich alle Mängel beseitigt hatte und sich des Erfolgs sicher war, war er dazu übergegangen, mit

Julia zu experimentieren. Wenn es ihm gelang, sein Ziel zu erreichen, wollte er schließlich jemanden haben, den er kontrollieren konnte, und wer wäre dazu besser geeignet als eine liebeskranke Doktorandin? Er sah hinunter zu seiner Geliebten und streichelte ihr zärtlich den Kopf, wobei er sich vorsah, keine Elektrode zu lockern. Was für ein süßes kleines Versuchskaninchen.

Mit einem Mal begann das EKG-Gerät hektisch zu piepen. Ihr Puls hatte sich fast verdoppelt, betrug nun 120. Tversky spürte, wie ihm ebenfalls das Herz in der Brust pochte, so als wollte es sich ihrem Rhythmus angleichen. Julias Beta-, Alpha- und Theta-Wellen waren nun fast ebenso stark wie ihre Deltawellen. Tversky verschlug es den Atem. Wenn er mit seinen Theorien Recht hatte, war sie nun in der Lage, Informationen zu verarbeiten und gleichzeitig auf ihr Unterbewusstsein zuzugreifen.

Er war so nervös, dass ihm die Hände zitterten. Er zwang sich, tief einzuatmen, die Luft eine Weile in der Lunge zu halten und dann langsam wieder auszuatmen. Ein schneller Blick zur Videokamera bestätigte ihm, dass alles aufgezeichnet wurde. Er verspürte das abwegige Verlangen, in einem Spiegel den Sitz seiner Frisur zu überprüfen – denn schließlich war es ja, wenn er Recht hatte, ein historischer Moment –, verwarf den Gedanken aber schnell wieder. *Sorge dich um das Jetzt, nicht um die Zukunft.* Er nickte und wiederholte den Satz immer wieder im Geiste.

Sorge dich um das Jetzt. Sorge dich um das Jetzt.

Als er sich sicher war, dass seine Stimme nicht versagen oder zittern würde, beugte er sich vor, bis er nur noch eine Handbreit von Julias Gesicht entfernt war, und stellte ihr die Frage, die ihn seit Jahren umtrieb.

«Julia», sagte er mit rauer Stimme, «was siehst du?»

Ohne die Augen aufzuschlagen, wandte ihm Julia das Gesicht zu.

«Ich sehe … Unendlichkeit.»

Caine starrte hinab auf die längliche gelbe Kapsel und fragte sich, ob sie ihn endgültig in den Wahnsinn treiben würde.

«Ich darf erst gehen, wenn Sie Ihre Medikamente genommen haben, Mr. Caine», sagte die Krankenschwester.

«Ich weiß», sagte Caine leise.

«Gibt es ein Problem?»

«Noch nicht.» Die Schwester verstand den Scherz nicht. Ohne weiter darüber nachzudenken, setzte sich Caine den Pillenbecher an die Lippen, legte den Kopf in den Nacken und kippte sich die Kapsel in die Kehle. Dann hob er den mit Wasser gefüllten Plastikbecher und toastete der Krankenschwester damit zu. «Ich trinke darauf, dass es so bleibt!»

Die Schwester reagierte mit einem verwirrten Blick auf Caines ängstliches Lächeln. Sie sah unter seiner Zunge nach, ob er die Tablette auch tatsächlich geschluckt hatte, und verließ dann den Raum, ließ Caine mit seinen Ängsten allein. Es würde zwanzig Minuten dauern, bis sein Magen die Hülle um Dr. Kumars neues, experimentelles Medikament verdaut hatte. Was anschließend passieren würde, wusste niemand.

Caine fragte sich, was er mit seinen (möglicherweise) letzten Momenten geistiger Gesundheit anstellen sollte. Er überlegte, sein Testament zu schreiben, aber er besaß nichts Wertvolles. Hätte Jasper ihn heute nicht besucht, dann hätte er ein paar Zeilen an seinen Zwillingsbruder gerichtet, aber das erschien ihm nun nicht mehr nötig.

Letztlich schaltete er den Fernseher ein und schaute sich die zweite Hälfte einer *Jeopardy*-Sendung an.

Ein pummeliger Mann namens Zeke ließ die anderen beiden Kandidaten ausgesprochen alt aussehen. Er gab beim *Double Jeopardy* alles und nestelte dabei ständig an seiner dicken Brille mit schwarzem Gestell herum. Doch beim *Daily Double* wurde Zeke dann zu gierig und verlor über die Hälfte dessen, was er schon eingestrichen hatte, wodurch er mit einem Abstand von einigen hundert Dollar auf den zweiten Platz zurückfiel. Jetzt kam es auf das *Final Jeopardy* an. Nach einem Schwall von Werbespots für Hundefutter, Minivans und Maklerfirmen kehrte Alex Trebek zurück, um die letzte Antwort zu geben.

«Als Napoleon diesen Astronomen aus dem siebzehnten Jahrhundert fragte, warum in seinem Buch über das Sonnensystem Gott mit keinem Wort erwähnt wurde, sagte er: ‹Diese Hypothese, Sire, benötige ich nicht.›» Trebek sprach jedes Wort sorgfältig aus, und dann setzte die *Jeopardy*-Titelmusik ein.

«Wer ist Pierre Simon de Laplace?», fragte Caine das leere Zimmer.

Er war sich sicher, dass er Recht hatte, doch noch ehe er darüber Gewissheit erlangen konnte, schlief Caine ein und träumte von einer schizophrenen Zukunft.

Forsythe beschrieb mit blumigen Worten, was sie im Science and Technology Research-Labor taten, konnte Nava damit aber keinen Moment lang zum Narren halten. Sie konnte mit einem Wort zusammenfassen, worin der Auftrag des STR-Labors bestand – «Diebstahl» –, und das war ein Wort, das Nava nur allzu vertraut war. Sie hoffte nur, dass das, was sie für Forsythe stehlen sollte, auch für die RDEI von Interesse war.

Sobald man ihr eine Workstation zugewiesen hatte, begann Nava, sich durch die Namen der Dateien zu scrollen, welche die Hacker der STR von Tverskys Computer kopiert hatten. Neben jedem Dokument waren die Dateigröße angegeben, das Erstellungsdatum und die letzten drei Änderungsdaten, anhand deren man abschätzen konnte, ob die Dateien oft bearbeitet worden waren oder nicht. Dann sortierte Nava die Dateien und begann jene zu überfliegen, an denen am häufigsten gearbeitet worden war.

Wie sie erwartet hatte, ging ein Großteil des Materials weit über ihren Verstand. Um aus Tverskys Journal schlau zu werden, hätte sie an die Uni zurückkehren und zwanzig Semester Biologie, Physik und Statistik studieren müssen. Aber den Versuch war es wert gewesen. Ihr Ziel war es immer, sich direkt mit der Quelle zu befassen, statt sich auf die Interpretationen anderer zu verlassen, in diesem Fall blieb ihr jedoch keine andere Wahl.

Sie öffnete ein paar der Abstracts, die Forsythes Wissenschaftler verfasst hatten. Als Nava las, was dort stand, bekam sie große Augen. Zum ersten Mal seit zwölf Stunden schienen die Dinge eine günstige Wendung für sie zu nehmen. Was Tversky behauptete, entdeckt zu haben, war reine Science Fiction. Zwar lieferten seine Daten noch nicht den endgültigen Beweis, aber anscheinend war er ganz nah dran. Nava konnte ihr Glück kaum fassen. Der Schwarzmarktwert dieser Rohdaten war immens.

Und selbst wenn die RDEI nicht daran interessiert wäre, glaubte Nava, sie lange genug hinhalten zu können, bis sie einen anderen Käufer gefunden hatte. Sie selbst glaubte nicht an Tverskys Projekt. Nava verstand nichts von den biochemischen und quantenphysikalischen Grundlagen seiner Theorie, kannte aber die Welt gut genug, um zu wissen, dass das, worauf er hinauswollte, schlicht und einfach unmöglich war. Es konnte gar nicht anders sein. Das bedeutete aber nicht, dass irgendeine ausländische Regierung nicht daran glauben würde; Nava war überzeugt, dass sie irgendwo einen Abnehmer für Tverskys wilde Idee finden konnte.

Wenn sie diese Informationen verkaufte, konnte sie ein neues Leben beginnen. Nava nahm eine Lesebrille aus ihrem Rucksack und setzte sie auf. Sie achtete darauf, den Kopf vollkommen ruhig zu halten, während sie die Abstracts und Originaldateien durchblätterte, damit die in einem Brillenbügel verborgene fiberoptische Kamera scharfe Aufnahmen des Bildschirms schießen konnte. Als sie bei der letzten Seite angelangt war, scrollte sie die gesamten Daten noch einmal durch, um sicherzugehen, dass sie nichts übersehen hatte.

Als Nava damit fertig war, starrte sie den Titel der Theorie an und fragte sich, warum um alles in der Welt Tversky seinem Projekt einen solch bizarren Namen gegeben hatte. Aber egal. Sie schob den Gedanken beiseite und sah auf ihre Armbanduhr. Es war ein Uhr mittags. Ihr blieben immer noch vierzehn Stunden, um um ihr Leben zu feilschen.

Auf dem Fußmarsch nach Hause rauchte sie zwei Zigaretten. Als sie in ihrer Wohnung eintraf, hatte sie sich einen Plan zurechtgelegt. Dann korrespondierte sie ein paar Stunden lang über verschlüsselte E-Mails mit der RDEI, dem Mossad und dem MI6. Während sie auf Antwort wartete, ging sie im Zimmer auf und ab, eine Zigarette in der Hand. Um fünf Uhr hatte sie ein Treffen verabredet, und eine Stunde später fuhr sie mit einem Taxi in die Bronx und von dort aus im letzten Wagen eines Zugs der U-Bahnlinie D zurück nach Manhattan.

Kaum hörbar kündigte der Zugführer an, dass sie auf

der Fahrt nach Coney Island an sämtlichen Stationen halten würden. Während der Zug nach Südwesten fuhr, füllte er sich mehr und mehr, was an der 42nd Street seinen Höhepunkt erreichte. Von da an nahm die Zahl der Fahrgäste wieder ab, bis nur noch einige wenige übrig waren. Die einzigen beiden Verbliebenen von den zwölf Personen, die in der Bronx mit ihr zugestiegen waren, waren Koreaner – ein muskulöser Mann, der Zeitung las, und der Mann mit der verspiegelten Brille.

Da Nava nun sicher war, dass ihr niemand von der CIA gefolgt war, klappte sie ihr Buch zu und steckte es in den Rucksack. Das war das Signal. Fast augenblicklich schlug der kräftige Koreaner seine Zeitung zu, klemmte sie sich unter den Arm und setzte sich neben sie.

«Wo ist Tae-Woo?», fragte Nava.

«Yi Tae-Woo lässt sich die Nase richten», sagte der Mann mit ernster Stimme. «Mein Name ist Chang-Sun.» Nava war klar, dass «Chang-Sun» ein Deckname war, aber das interessierte sie nicht. Tae-Woos Name war bestimmt ebenfalls erfunden. Es kam nur darauf an, ob Chang-Sun verhandeln durfte oder nicht.

«Haben Sie eine Antwort für mich?» Sie hielt es nicht für nötig, mit dem Mann Nettigkeiten auszutauschen.

«Unsere Wissenschaftler im Ministerium haben die Daten analysiert und fanden sie recht interessant», sagte Chang-Sun in unverbindlichem Tonfall.

«Und?»

Der Mann reagierte ungehalten auf Navas Schroffheit, antwortete aber dennoch.

«Unser Geschäft ist abgeschlossen, wenn Sie die ungekürzten Dateien und Testperson Alpha liefern.»

«Von der Testperson Alpha war bei meinem Angebot keine Rede.»

«Ohne sie gibt es keine Abmachung», sagte Chang-Sun und öffnete auf dem Schoß die Hände, wie um zu zeigen, dass er nichts daran ändern konnte.

Nava hatte nichts anderes erwartet. Ihre beiden anderen Gespräche, eins mit den Briten und eins mit den Israelis, waren ähnlich verlaufen. Kein Geheimdienst war an den Rohdaten interessiert, wenn er nicht auch die Testperson bekam, von der sie stammten. Beide hatten ihr jedoch über zwei Millionen Dollar geboten, was den Wert der Informationen, die Nava zuvor für die RDEI beschafft hatte, bei weitem überstieg. Sie wusste, dass sie Verhandlungsspielraum hatte, denn Tverskys Dateien waren der RDEI mehr wert als ihr, Navas, Tod.

«Ich brauche noch eine weitere Million Dollar», sagte Nava.

«Das kommt nicht in Frage.»

«Dann haben wir nichts zu besprechen. Ihr Gebot ist zu niedrig.» Nava stand auf, so als wollte sie aussteigen. Der Speznaz-Agent hielt sie am Arm zurück. Sie drehte sich um, sah ihm zum ersten Mal ins Gesicht und genoss ihre überlegene Position.

«Ich wusste nicht, dass hier eine Versteigerung stattfindet.»

«Trotz meiner gegenwärtigen Lage haben Sie doch wohl nicht geglaubt, dass ich eine so einmalige Ware nur Ihnen allein anbiete?»

«Wer sind denn die anderen Bieter?»

«Das tut nichts zur Sache.»

Chang-Sun nickte. «Wollen Sie vielleicht an Mütterchen Russland verkaufen?», fragte er. Das verblüffte Nava, aber sie ließ sich nichts anmerken. Dennoch wusste er, dass sie nun ganz Ohr war. «Ihre ehemaligen Genossen vom SVR fänden es bestimmt höchst interessant zu erfahren, dass Sie so voll und ganz dem Kapitalismus erlegen sind.»

Nava konzentrierte sich auf ihre Atmung. Sie fragte sich, wie die RDEI von ihrer wahren Identität erfahren hatte, von der ihr eigenes Land nichts wusste. Sie starrte auf Chang-Sun herab, als wäre er ein Insekt.

«Ich weiß nicht, worüber Sie reden, und es ändert auch nichts am Preis.»

«Wirklich nicht?» Chang-Sun strahlte sie an und entblößte dabei seine makellosen Jacketkronen, eindeutig ein Produkt westlicher Zahnmedizin. Nun hatte er sie da, wo er sie haben wollte, und das wusste er. Was auch immer die RDEI tun würde – selbst, sie zu töten –, war bedeutungslos verglichen damit, was passieren würde, wenn der SVR von ihrer Existenz erfuhr.

«Fünfhunderttausend. Falls Sie immer noch nicht interessiert sind – die RK ist es auf alle Fälle.»

Der Hals des Speznaz-Agenten lief rot an, als sie die Republik Korea erwähnte. Es war ein Bluff, denn Nava verfügte über keine zuverlässige Kontaktperson zur südkoreanischen Regierung. Dennoch zeigten ihre Worte die gewünschte Wirkung. Chang-Sun nickte hastig.

«Ich muss mir den höheren Preis von meinen Vorgesetzten noch genehmigen lassen, aber prinzipiell sind wir im Geschäft.»

«Ich melde mich bei Ihnen, sobald sich die Testperson in meiner Obhut befindet.»

«Wann wird das sein?»

«Binnen einer Woche.»

«Zwei Tage.»

«So schnell geht das n–»

Chang-Sun vergrub seine Finger in ihrem Arm und zog sie an sich. Mit leiser, drohender Stimme sagte er: «Wir richten uns nicht mehr nach Ihren Terminvorstellungen. In zwei Tagen werden Sie uns die Testperson Alpha liefern und dazu die restlichen Forschungsunterlagen des Wissenschaftlers. Sollten Sie nicht pünktlich liefern, werden zwei Dinge geschehen. Erstens werde ich meinen Vorgesetzten sagen, dass Sie diese wissenschaftlichen Dokumente gefälscht haben. Und zweitens werde ich persönlich Pavel Kuznetsov vom SVR anrufen und ihm erzählen, was Sie in den vergangenen zehn Jahren so gemacht haben. Sie haben bereits zwei Fristen verstreichen lassen. Tun Sie das kein drittes Mal.»

Chang-Sun ließ sie los, und der Zug kam ruckartig zum Stillstand. Die Wagentüren öffneten sich mit einem pneumatischen Zischen. Ohne eine Antwort abzuwarten, stieg er aus und ließ sie mit dem Mann mit der verspiegelten Sonnenbrille allein. Als die U-Bahn aus der Station ausfuhr, fragte sich Nava, wie sie Dr. Tverskys Testperson Alpha entführen sollte, ohne dass die NSA davon Wind bekam. Sie ging in Gedanken unterschiedliche Szenarien durch, sah aber keine Möglichkeit, das durchzuziehen, ohne dabei jemanden zu töten.

Es war bedauerlich, aber wenn es nötig war, damit sie aussteigen konnte, würde sie es tun. Sie hatte keine andere Wahl.

Kapitel /7/

Tommy leckte das Innere der öligen Mündung, als das Telefon klingelte. Das Läuten jagte ihm einen solchen Schreck ein, dass er sich um ein Haar das Hirn rausgepustet hätte.

Zwar hatte er vorgehabt, sich umzubringen, aber etwas vorzuhaben war nicht das Gleiche, wie es zu beschließen. Wenn er erst einmal abgedrückt hatte, gab es kein Zurück mehr, und deshalb wollte er sich hundertprozentig sicher sein. Das schrille Läuten hätte Tommy diese Entscheidung fast abgenommen. Er nahm die .45er aus dem Mund und legte sie auf den Tisch.

Beim nächsten Mal lege ich den Hörer daneben.

«Hallo?»

«Tommy! Hast du schon gesehen?»

Es war Gina, seine Exfreundin. Sie war der letzte Mensch, mit dem Tommy an diesem Abend gerechnet hätte. «Was gesehen?»

«Die Nachrichten! Die Zahlen!»

«Ich weiß nicht, wovon du redest, und ich bin gerade ziemlich beschäftigt. Kann ich dich vielleicht später zurückrufen?»

«Du weißt noch nicht davon, nicht wahr?», fragte Gina mit leiser, aufgeregter Stimme.

«Nein, ich sage dir doch, ich –»

«Tommy, du hast gewonnen! Deine Zahlen wurden gezogen! Hast du gehört? *Du … hast … gewonnen.*» Die letzten drei Worte sprach sie ganz langsam aus, betonte jede Silbe, als redete sie mit jemandem, der nicht ganz richtig im Kopf war. Trotz ihrer sorgfältigen Aussprache brauchte Tommy ein paar Sekunden, bis er verstand, wovon sie redete.

«Du meinst …?» Tommy verstummte, hatte Angst, den Satz zu Ende zu sprechen.

«Ja, Tommy.»

«Bist du sicher?»

«Natürlich bin ich sicher! Ich war in der Küche, als die Zahlen angesagt wurden. Ich wusste sofort Bescheid. Nachdem ich mir jahrelang angehört habe, wie du immer wieder davon erzählt hast, werde ich die Zahlen ja wohl kennen. Aber dann habe ich hin und her geschaltet, bis sie auch auf den anderen Sendern angesagt wurden, und ich hab sie aufgeschrieben, nur, um ganz sicherzugehen. Mein Gott, Tommy … du bist Millionär!»

Tommy starrte aus dem Fenster, wusste nicht, was er sagen sollte. Er war Millionär. Tommy DaSouza, Millionär.

«Tommy? Bist du noch da, Tommy?»

«Äh, ja.»

«Hey, Tommy, soll ich rüberkommen? Wir könnten feiern, wie in alten Zeiten – bloß, dass wir diesmal tatsächlich was zu feiern hätten!»

Ginas Worte trafen ihn unvorbereitet. Er hatte sie so sehr vermisst, dass er ihretwegen hatte sterben wollen, doch als er nun ihren eindringlichen Tonfall hörte, wurde ihm klar, dass er sich jetzt mit Gina womöglich noch einsamer fühlen würde als ohnehin schon.

«Weißt du, ich glaube … äh … das verschieben wir auf ein andermal, okay?»

«Ich ziehe mir nur schnell Schuhe an und –» Gina verstummte, als sie verstand, was Tommy gesagt hatte. «Oh. Klar, du willst allein sein. Das verstehe ich.»

«Danke», sagte Tommy und fühlte sich mit einem Mal riesengroß. Er hatte Gina noch nie etwas abgeschlagen. Ja, früher wäre ihm das nicht im Traum eingefallen.

«Tommy … ähm, ich liebe dich immer noch. Das weißt du doch, nicht wahr?»

Komisch, das hast du mir gar nicht gesagt, als du mich vor drei Wochen angeschrien hast, dass ich aufhören soll, bei dir anzurufen, hätte Tommy am liebsten geantwortet. Doch stattdessen drang aus seinem Mund lediglich: «Ich muss los.» Er legte auf, ehe sie etwas darauf erwidern konnte, da er fürchtete, wenn er zu lange dranbliebe, würde er schließlich doch wieder mit ihr zusammenkommen. Es war schon komisch: Ein paar Minuten zuvor hätte er noch alles dafür gegeben, dass sie wieder ein Paar würden. Aber jetzt …

Er setzte sich auf die Couch und langte an der Waffe vorbei nach der Fernbedienung für den Fernseher. Er musste nur ein paar Minuten lang hin und her schalten, dann stieß er auf einen Nachrichtensprecher, der gerade die Lottozahlen verlas: 6, 12, 19, 21, 36, 40 und als roten Powerball die 18. Er musste sie nicht aufschreiben wie Gina, und er musste auch nicht seinen Lottoschein holen, um nachzusehen, ob es die richtigen waren. Das waren seine Zahlen. Er hatte sie in den vergangenen sieben Jahren jede Woche getippt.

Er konnte nicht genau sagen, warum ausgerechnet 6-12-19-21-36-40+18 seine Zahlen waren. Keine dieser Zahlen hatte etwas mit seinem Geburtstag zu tun oder so. Diese Zahlen waren nur einfach immer da gewesen, hatten wie riesige Neonzeichen auf der Innenseite seiner Augenlider geleuchtet. Sie waren strahlend weiß, bis auf die letzte Zahl, die so rot war wie die Glut eines erlöschenden Lagerfeuers. Er hatte nie gewusst, was sie bedeuteten, bis dann in Connecticut das Powerball-Lotto eingeführt wurde.

Als er zum ersten Mal die Lottozahlen in den Abendnachrichten sah – sechs weiße und eine rote, genau wie in seinem Traum –, wusste er, dass das kein Zufall sein konnte. Es war ihm vorbestimmt, beim Powerball zu gewinnen. Zunächst fürchtete er, er hätte seine Chance schon verpasst und diese Zahlen – *seine* Zahlen – wären bereits gezogen worden. Doch als ihm die Lottogesellschaft dann eine Liste aller bisherigen Gewinnzahlen schickte, stellte er zu seiner Erleichterung fest, dass seine Zahlenkombination noch nicht gefallen war.

Am nächsten Tag fuhr er mit dem Zug nach Connecticut, um die Zahlen zu tippen, die er im Kopf hatte, solange er zurückdenken konnte. Zwar dauerte die Fahrt zu der Annahmestelle in einem 7-Eleven hin und zurück über zwei Stunden, aber das war es wert. Bei einem Jackpot von 86 Millionen Dollar, so rechnete er, entsprach das einem Stundenverdienst von 43 Millionen Dollar. An dem Abend, an dem die Gewinnzahlen bekannt gegeben wurden, war er derart überzeugt, dass sich sein Schicksal erfüllen würde, dass er im O'Sullivan's eine Runde schmiss. Das kostete ihn 109 Dollar plus Trinkgeld, und anschließend war er komplett pleite, aber das spielte keine Rolle. Er war sich sicher, dass er am Ende des Abends so reich sein würde, dass er die ganze Kneipe kaufen konnte.

Bloß dass dann die Zahlen in den Nachrichten nicht seine Zahlen waren. Von den sieben Zahlen hatte er nur zwei richtig. Tommy war so überzeugt gewesen, dass er gewinnen würde, dass er zunächst dachte, denen beim Fernsehen wäre ein Irrtum unterlaufen. Doch am nächsten Tag bestätigte die Zeitung, dass sich der weißhaarige Nachrichtensprecher nicht vertan hatte. Tommy hatte verloren.

Sein Selbstvertrauen war erschüttert, erholte sich aber wieder. Er musste einfach dranbleiben; das war alles. In der nächsten Woche setzte er sich wieder in den Zug, um seine Zahlen zu spielen. Doch genau wie beim ersten Mal hatte er nur zwei Richtige. Nach ein paar Monaten schwand allmählich seine Hoffnung. Er hätte es aufgegeben, hätten ihm die Zahlen nicht im Schlaf immer so deutlich vor Augen gestanden. Und so spielte Tommy weiter Lotto und verpasste es keine Woche, aus Furcht, in ebendieser Woche könnten endlich seine Zahlen gezogen werden.

Nach ein paar Jahren rechnete Tommy nicht mehr damit zu gewinnen, spielte aber weiterhin Lotto. Und jedes Mal, wenn er betrunken war – was in letzter Zeit oft vorkam –, erzählte er allen, die ihm zuhörten, dass er eines Tages Millionär sein werde. Wartet's nur ab, ihr werdet's schon sehen. Bloß dass dieser eine Tag nie kam.

Die Tage gingen ins Land, und alles wurde immer schlimmer. Also, nicht direkt schlimmer, aber es wurde auch nicht besser, und das lief auf das Gleiche hinaus. Es war jetzt zehn Jahre her, dass er die Highschool abgeschlossen hatte, und er wohnte immer noch in derselben beschissenen Bruchbude in Brooklyn und hatte denselben beschissenen Job. Die Wohnung wie auch der Job waren ihm zunächst richtig cool vorgekommen, doch dann hatte Tommy einsehen müssen, dass das, was mit achtzehn cool wirkt, mit achtundzwanzig nur noch lächerlich ist.

Schlimmer noch: Auch die Mädels wussten das. Mädels

wie Gina. Klar, hin und wieder zog sie gern mit ihm um die Häuser, aber wie sie ihm gewissenhaft erklärt hatte, verfügte Tommy über kein «Langzeitpotenzial». Er hatte versucht, aus sich den Mann zu machen, als den sie ihn gerne gesehen hätte, aber es war ihm nicht gelungen. Achtundzwanzigjährige ohne Collegeausbildung, die seit der Schule immer nur bei Tower Records an der Kasse gearbeitet hatten, wachten nun mal nicht eines Morgens auf und hatten Langzeitpotenzial.

Bis heute. Ab heute habe ich Langzeitpotenzial, nicht wahr? Tommy ging zum Couchtisch und hob die Waffe auf. Er drehte sie in den Händen hin und her und fragte sich, warum er sich immer noch die Mündung in den Mund stecken und abdrücken wollte.

Er musste sich nicht mehr umbringen. Da er nun das Geld gewonnen hatte, würde alles gut werden ... nicht wahr? Aus irgendeinem Grund war er sich da nicht sicher. Im Grunde seines Herzens wusste er, dass das Geld nichts änderte; er war immer noch der gleiche Versager, der er immer gewesen war. Aber er wusste auch noch etwas anderes: Er war zwar immer noch derselbe Typ, der nur Minuten zuvor bereit gewesen war, sich das Hirn rauszupusten, aber er musste dieser Typ nicht *bleiben*. Er konnte sich verändern, konnte jemand werden, der ... tja, was?

Jemand, der einen Lebenssinn hatte – ja, das war es. Er seufzte sehnsüchtig und nickte. *Ich kann es wenigstens versuchen.* Ja. Tommy zwang sich, nicht weiter darüber nachzudenken, und versteckte die Waffe wieder im Wandschrank, unter einem Stapel schwarzer Konzert-T-Shirts, die er im Laufe der Jahre gesammelt hatte. Früher hatte er sie ständig getragen, in letzter Zeit aber nur noch, wenn er nichts anderes Sauberes mehr anzuziehen hatte.

Nachdem er den Wandschrank geschlossen hatte, trank

Tommy sein Bier aus und legte sich auf die Couch. Und obwohl er viel an die Nummern dachte, bevor er dann schließlich einschlief, leuchteten sie zum ersten Mal seit zehn Jahren nicht in seinen Träumen.

Es war Nacht, als Caine erwachte. Das Licht des Fernsehers flackerte über die dunklen Wände und warf huschende Schatten durch den Raum. Auf der Mattscheibe gab eine temperamentvolle junge Frau die Gewinnzahlen des Powerball-Lottos bekannt. Caine betätigte die Fernbedienung, und im Zimmer wurde es dunkel. Er wartete ab, bis sich seine Augen an die Finsternis gewöhnt hatten.

Er hatte das quälende Gefühl, etwas vergessen zu haben. Hing es mit etwas zusammen, das er geträumt hatte? Nein, das war es nicht. Er hatte fest geschlafen. Einige Träume waren bereits von seinem Bewusstsein überschattet. Dann fiel es ihm wieder ein. Er hatte die Kapsel geschluckt. Er griff nach seinem Mobiltelefon auf dem Nachttisch, um nachzusehen, wie spät es war. Es war kurz vor zwei Uhr nachts. Er hatte das Medikament schon seit elf Stunden intus.

Er drehte den Kopf nach links, dann nach rechts, blinzelte dabei mit den Augen. Er fühlte sich nicht anders als zuvor. So weit, so gut. Aber war das nicht genau das, was Jasper gesagt hatte? *Man spürt gar nichts davon.* Dennoch glaubte Caine, dass es ihm nicht verborgen bleiben würde, wenn jetzt bei ihm eine Schraube locker wäre. Er würde es bemerken. Es konnte gar nicht anders sein.

Das Telefon begann in seiner Hand zu vibrieren. Caine erschreckte sich so, dass er es fast fallen ließ. Er sah auf dem Display nach, wer der Anrufer war, aber die Rufnummernübermittlung war unterdrückt.

Er überlegte kurz, nicht ranzugehen, entschied sich

dann aber dagegen. Mit immer noch kribbelnden Händen klappte er das Telefon auf.

«Hallo, Caine, Vitaly hier. Wie geht es Ihnen?»

Caine spürte, wie sich sein Magen zusammenkrampfte.

«Oh, hallo. Danke, es geht mir gut. Wie geht es Ihnen?», fragte Caine, der nicht wusste, was er dem Mann sagen sollte, dem er elftausend Dollar schuldete.

«Nicht so gut, Caine. Aber ich hoffe, dem können Sie abhelfen.» Nikolaev verstummte. Caine wusste nicht, ob er darauf jetzt etwas erwidern sollte, fühlte sich aber nach wenigen Augenblicken genötigt, das Schweigen zu brechen.

«Also … äh, ich schätze mal, Sie rufen wegen dem Geld an.» Keine Reaktion. Caines Zunge wurde trocken wie ein Schwamm, der in der Sonne lag. «Ich habe das Geld, Nikolaev. Sobald ich aus dem Krankenhaus raus bin, kann ich es Ihnen zurückzahlen.»

«Zuzüglich Zinsen.»

«Ja, zuzüglich Zinsen. Selbstverständlich.» Caine versuchte zu schlucken, aber es gelang ihm nicht. «Apropos: Wie hoch sind denn die Zinsen?»

«Der übliche Satz. Fünf Prozent pro Woche, wöchentlich zu begleichen. Ich möchte nur sichergehen: Sie haben das Geld, nicht wahr? Denn, ich meine, Sie sind einer meiner liebsten Gäste. Und ich möchte Sie bald wieder im Club begrüßen können, verstehen Sie?»

«Ja, natürlich habe ich das Geld», log Caine. «Kein Problem.»

«Schön», sagte Nikolaev mit tiefer, drohender Stimme. «Ist es auf der Bank?»

«Äh, ja.» Caine war zum Kotzen zumute.

«Gut. Da Sie ja flachliegen, schicke ich Sergey zu Ihnen rüber. Sie können ihm Ihre Scheckkarte geben, und ich hebe dann das Geld für Sie ab. So müssen Sie deswegen nicht extra nach Downtown kommen», sagte Nikolaev, «und können sich ganz Ihrer Genesung widmen.»

«Oh, danke», sagte Caine. Es hatte ihm die Sprache verschlagen, und er versuchte Zeit zu schinden. Das Letzte, was er jetzt gebrauchen konnte, war ein Besuch von Sergey Kozlov, Nikolaevs hünenhaftem Leibwächter. «Es ist bloß, Vitaly – ich muss erst noch ein paar Geldgeschäfte tätigen, verstehen Sie? Ich habe ungefähr zweitausend Dollar auf dem Konto, und der Rest ist in Wertpapieren angelegt. Ich muss ein paar Depositenzertifikate zu Geld machen, solche Sachen halt.»

«Haben Sie nicht gerade gesagt, Sie hätten das ganze Geld auf der Bank?» Nikolaev schwieg einen Moment lang. «Das ist kein guter Zeitpunkt, um damit anzufangen, mich zu belügen, Caine.»

«Das tue ich ja auch gar nicht. Ich habe das Geld; es ist bloß nicht alles flüssig. Aber das lässt sich regeln.» Schweigen. «*Sie bekommen Ihr Geld*, Vitaly. Sobald ich hier raus bin.»

«Also gut. Wir werden Folgendes tun. Sergey wartet unten am Eingang. Er kommt gleich zu Ihnen rauf, um die Scheckkarte abzuholen. Er wird heute Nacht tausend Dollar abheben und dann jeden Tag weitere fünfhundert Dollar, bis Sie aus dem Krankenhaus raus sind und Ihre Wertpapiere zu Geld machen. Einverstanden?»

«Klar, Vitaly. Einverstanden», sagte Caine, dem bei der Sache entschieden wohler gewesen wäre, wenn er mehr als nur vierhundert Dollar auf dem Konto gehabt hätte.

«Gut. Sergey ist in wenigen Minuten bei Ihnen.»

«Okay. Danke, Vitaly.»

«Gern geschehen», sagte Nikolaev großmütig. «Ach, Caine: eins noch.»

«Ja?»

«Gute Besserung.» Mit einem leisen Klicken wurde die Verbindung getrennt.

Caine klappte sein Telefon zu und beschloss, dass es Zeit war, das Krankenhaus zu verlassen. Er zog die gestärkte Bettdecke beiseite und schwang vorsichtig die Beine aus dem Bett, wobei er befürchtete, dass sie ihn nicht tragen würden. Der Linoleumboden fühlte sich kalt und glatt unter den Fußsohlen an. Es war ein schönes Gefühl, wieder aufrecht zu stehen. Als er sicher war, dass er nicht umkippen würde, schlüpfte er schnell in seine Straßenkleidung.

Er sah auf die Uhr. Es war keine drei Minuten her, dass er aufgelegt hatte. Angenommen, Nikolaev hatte Kozlov gleich anschließend angerufen, dann blieb Caine für seine Flucht nicht viel Zeit. Er zweifelte nicht daran, dass der große Russe an den Sicherheitskräften des Krankenhauses vorbeikommen würde, die Frage war nur, wie lange er dafür brauchte. Caine hoffte, dass er die Antwort auf diese Frage nicht erfahren würde, denn er wollte längst weg sein, wenn Kozlov ihn besuchen kam.

Caine öffnete die Tür und spähte hinaus in den schummrig beleuchteten Korridor. In diesem Moment sah er Kozlov angewalzt kommen. Der stämmige Bodyguard hatte einen watschelnden Gang, verlagerte bei jedem Schritt das Gewicht seiner massigen Gestalt vom einen Riesenfuß auf den anderen. Caine sank das Herz in die Hose. Es war zu spät. Nun musste er Kozlov seine Scheckkarte aushändigen. Und wenn Nikolaev feststellte, dass er ihn hinsichtlich seines Kontostands belogen hatte, war alles aus.

Mit einem Mal erschienen ihm immaterielle, nicht greifbare Dinge wie epileptische Anfälle und Schizophrenie weit weniger bedrohlich als die dingliche Welt. Caine sah sich im Zimmer um, hielt verzweifelt Ausschau nach einem Versteck, sah aber lediglich den fahlen Umriss seines Zimmergenossen, der so flach atmete, dass Caine sich kurz fragte, ob der Mann tot sei. Einzig das leise Piepen des EKG-Geräts zeigte, dass er noch unter den Lebenden war.

Als Caine den hüpfenden Punkt auf dem Display sah, kam ihm eine Idee.

«Code blue – 1012. Code blue – 1012.»

Schwester Pratt sprach mit geübt monotoner Stimme ins Mikro. Lieber die Patienten nicht beunruhigen, indem man alle wissen ließ, dass in Zimmer 1012 jemand im Sterben lag. Sie schnappte sich den Notfallwagen und lief damit den Flur hinab. Den großen, bärtigen Mann bemerkte sie erst, als sie ihn rammte.

Er wirbelte grimmig blickend herum, aber sie hatte keine Zeit, ihn zusammenzustauchen. Sie umkurvte mit dem Wagen seine ungeschlachte Gestalt und lief weiter. Sie war als Erste vor Ort. Gott, warum mussten die alten Leute immer ausgerechnet in ihrer Schicht ins Gras beißen? Das war schon der Dritte diese Woche. Sie stürmte ins Zimmer, machte Licht und lief zu Mr. Morrison, der so grau im Gesicht war, dass er schon wie ein Leichnam aussah.

Da erst sah sie es: Die Elektrode lag auf dem Boden. Jetzt platzte einer der neuen, milchgesichtigen Assistenzärzte herein und hätte sie fast über den Haufen gerannt.

«Wie lange ist er schon –»

«Falscher Alarm. Die Elektrode hat sich gelöst.»

«Was? Oh», sagte der Assistenzarzt, als sie auf die am Boden liegende Zuleitung zum EKG-Gerät zeigte.

Sie bückte sich und hob das Kabel auf. Seltsam: Das

Klebeband haftete noch. Sie fragte sich kurz, wie es sich gelöst haben konnte, schob den Gedanken aber schnell beiseite. In ihren sechzehn Jahren als Krankenschwester hatte sie gelernt, sich über die eigenartigen Vorkommnisse in diesem Gebäude keine großen Gedanken zu machen.

Denn es war ja schließlich ein Krankenhaus. Da geschahen ständig seltsame Dinge.

Caine duckte sich in den dunklen Eingangsbereich von Zimmer 1013 und sah zu, wie die Krankenschwester und der Assistenzarzt sein ehemaliges Zimmer wieder verließen. Nachdem nur Sekunden später Kozlov ins Zimmer 1012 geschlichen war, rannte Caine den Korridor hinab und ging dann flotten Schritts in Richtung des neonroten Ausgangsschilds. Als er die Leuchtbuchstaben ansah, schienen sie plötzlich größer zu werden, sich bis zum Boden zu erstrecken. Caine bekam einen fürchterlichen Schreck.

Nicht jetzt, nicht ausgerechnet jetzt.

Caine kniff die Augen zu, versuchte die visuelle Halluzination abzuschütteln. In diesem Moment packte ihn der Schwindel. Er hielt sich an einem an der Wand abgestellten Handwagen fest. Als sich dann nicht mehr alles um ihn herum drehte, schlug er die Augen wieder auf und sah, dass auf dem Wagen haufenweise weiße Ärztekittel lagen. Instinktiv nahm er sich einen Kittel und zog ihn über.

In diesem Moment hörte er hinter sich Stiefelgetrappel. Es war Kozlov. Caine straffte die Schultern, als der riesige Russe auf ihn zugerannt kam. Als er Kozlovs Pranke auf der Schulter spürte, wusste Caine, dass es kein Entkommen mehr gab. Doch statt ihn an die Wand zu schleudern, stieß Kozlov ihn nur beiseite und verschwand dann hinter der nächsten Ecke.

Caine stand einen Moment verwirrt da und begriff nicht, was gerade geschehen war, bis ihm aufging, dass ihn der Russe des Kittels wegen offenbar für einen Arzt gehalten hatte. Caine ging weiter und durchschritt die Flügeltüren am Ende des Ganges. Als er endlich die Aufzüge gefunden hatte, wollte er eben einen der silberfarbenen Knöpfe drücken, spürte aber plötzlich an seinem Oberschenkel eine Vibration, ausgelöst durch das läutende Telefon.

«Mist!», stieß Caine hervor und fuhr sich mit der Hand in die Hosentasche, um das Gerät zum Schweigen zu bringen. Doch es war schon zu spät: Die Flügeltüren flogen auf, und Kozlov betrat den Gang, ein Mobiltelefon in der Hand. Er lächelte.

Caine starrte verzweifelt die Fahrstuhltüren an, wollte, dass sie sich öffneten und ihm eine Fluchtmöglichkeit boten, doch sie blieben geschlossen. Kozlov marschierte langsam den Gang hinab, genoss die Ruhe vor dem Sturm. Da öffneten sich die Fahrstuhltüren doch noch, und zum Vorschein kam ein älterer Latino, der einen Wischmopp in einem großen Eimer auf Rollen hielt.

«Entschuldigung», sagte Caine, riss dem verblüfften Putzmann den Mopp aus der Hand und stieß ihn mit dem Eimer in den Flur. Perfektes Timing. Kozlov konnte dem heransausenden Eimer ausweichen, doch als er beiseite trat, traf ihn der Stiel des Mopps an der Schulter, der Eimer kippte um, und Seifenlauge ergoss sich über den glatten Fußboden. Kozlov rutschte aus und schlug der Länge nach hin.

Caine sprang in die übergroße Fahrstuhlkabine und drückte hektisch aufs Geratewohl auf irgendeinen Knopf, in der Hoffnung, die Türen würden sich schließen, ehe es Kozlov gelang, wieder auf die Beine zu kommen. Gerade

116

als die Türen zuglitten, erhaschte Caine einen Blick auf die Gestalt des Hünen. Er streckte eine Hand aus, wollte die Metalltüren aufhalten, aber es war zu spät. Die Türen schnappten zu, und der Fahrstuhl fuhr aufwärts.

Als Caine die Etagennummern nacheinander aufleuchten sah, wurde ihm die Lächerlichkeit der ganzen Situation bewusst. Was tat er hier? In einem Krankenhaus herumlaufen, um einem russischen Gangster zu entkommen? Wie waren die Dinge denn bloß dermaßen aus dem Ruder gelaufen?

Dann fiel es ihm wieder ein: die Kapsel. Er hatte die Kapsel geschluckt, war aufgewacht und ... was dann?

Vielleicht war es das – vielleicht hatte er einen schizophrenen Schub und bildete sich nur ein, die Russenmafia sei hinter ihm her. Aber das konnte nicht sein. Das hier war real. Er hatte Vitaly Nikolaevs Geld verspielt, *bevor* er die Kapsel geschluckt hatte. Gut, die letzten Minuten waren ein wenig verrückt gewesen, aber das bedeutete ja nicht, dass *er* verrückt war, oder?

Vielleicht war das alles auch nur ein Albtraum, ausgelöst durch die Medikation. Er kniff sich in den Unterarm, um sich zu vergewissern, dass er nicht träumte. Es tat weh, aber bewies das irgendwas? Vielleicht *träumte* er ja nur, dass es wehtat. Es war eine endlose Schleife der Logik oder Unlogik, je nachdem, wie man es sah. Wie sollte ein Wahnsinniger erkennen, dass er Wahnvorstellungen hatte?

Was, wenn es das jetzt war?

Was, wenn er gerade eben auf Nimmerwiedersehen dem Wahnsinn verfallen war?

Jaspers Worte hallten höhnisch in seinem Geist wider: *Man spürt gar nichts davon ... Das ist ja gerade das Unheimliche daran.*

Plötzlich blieb der Fahrstuhl mit leichtem Ruckeln stehen, und ein *Ping* ertönte, das Caine an eine Mikrowelle erinnerte. Die Tür öffnete sich, und Caine stieg, ohne nachzudenken, in der fünfzehnten Etage aus. Nichts deutete darauf hin, welche Krankheiten hier behandelt wurden; es sah alles aus wie auf seiner Etage. Hinter ihm glitt die Tür wieder zu.

Caine überlegte, mit einem anderen Fahrstuhl wieder hinunterzufahren, aber etwas riet ihm davon ab. Es war beinahe, als sagte eine Stimme in seinem Kopf: *Noch nicht ... Du bist hier noch nicht fertig.* Ein weiteres Anzeichen dafür, dass er gerade wahnsinnig wurde? Nein. Er weigerte sich, das zu glauben. Er sagte sich, es sei nur ein Instinkt. Er hatte ständig instinktive Eingebungen, und meistens waren sie ziemlich gut – natürlich mal abgesehen von dem Instinkt, der ihn dazu verleitet hatte, elf Riesen auf ein Verliererblatt zu setzen.

Die widerstreitenden Stimmen in seinem Geist ignorierend, ging Caine den kahlen Flur hinab, und seine Schritte hallten über den harten Linoleumboden, bis er zu den Flügeltüren kam. Als er die glatten Metallklinken berührte, überkam ihn ein überwältigendes Déjà-vu.

Mit einem Mal war ihm alles vertraut: das glatte, kühle Metall unter seinen Fingern, die flackernde Neonbeleuchtung über seinem Kopf, der antiseptische Geruch von Alkohol und Medizin. Es war eine berauschende Empfindung, die wie eine Riesenwoge über ihn hinwegbrandete und ihn mit dem Gefühl zurückließ ... in die Zukunft sehen zu können? Übernatürliche Fähigkeiten zu haben? Ein Hellseher zu sein?

Mit einem Mal strotzte er vor seltsamem Selbstvertrauen, so als hätte er einen Royal Straight Flush auf der Hand und wäre daher unbesiegbar. Und damit öffnete er die Flügeltüren, um zu sehen, was sich dahinter befand. Die kalte Luft strich ihm übers Gesicht, als er auf dem schummrig beleuchteten Korridor an den stillen Zimmern entlangging. Er atmete sie tief ein, wollte jeden Moment auskosten, der sich genau so, wie er es gewusst hatte, vor seinen Augen abspielte.

Caine fand, es hatte etwas Beruhigendes, Friedliches an sich, wie er da an den schlafenden Leibern entlangging und sich fragte, welche Träume oder Albträume wohl gerade ihre bewusstlosen Hirne plagten.

Bergeweise Heidelbeermuffins … tollwütige Hunde mit Schaum vorm Maul … eine hitzige Auseinandersetzung mit einem Exfreund.

Jeder dieser Gedanken ging ihm wie eine weit zurückreichende, lebhafte Erinnerung durch den Sinn. Er fühlte sich auf seltsame Weise getröstet und verbunden … aber womit verbunden?

Mit ihrem Geist, flüsterte ihm die Stimme (der Instinkt?) zu. Er sagte sich, das sei verrückt.

Natürlich ist es das. Aber es ist dennoch wahr.

Er schüttelte den Kopf, bekam Angst. Das war es jetzt. Er schnappte über, hatte Halluzinationen. Aber es war alles viel zu real, um eine Wahnvorstellung sein zu können. Die Gefühle waren echt. Und dann hörte er Jaspers Worte in seinem Geist widerhallen:

Die Wahnvorstellungen kommen einem real vor. Ganz natürlich, geradezu nahe liegend. So als wäre es die normalste Sache der Welt, dass die Regierung ausspionieren lässt, was du denkst, oder dass dein bester Freund dich umbringen will.

Es lief ihm eiskalt über den Rücken. Er musste sich konzentrieren. Er begann, aufmerksamer auf seine Umgebung zu achten. Jede Zimmertür, an der er vorbeikam, war mit einer Nummer und einer weißen Karte versehen, auf der in großer Blockschrift die Namen der Patienten standen. HORAN, NINA. KARAFOTIS, MICHAEL. NAFTOLY, DEBRA. KAUFMAN, SCOTT.

Erst als er an dem vierten Zimmer vorbeigegangen war, merkte Caine, dass er die Namen abgelesen hatte, als würde er jemanden suchen. Während er vor den Türen kurz innegehalten hatte, hatte sein Hirn gesagt: *Nein, nein, nein, nein.*

Als er den Namen an der fünften Tür las, blieb er stehen. Von drinnen hörte er ein leises Wimmern.

Ja, das ist sie.

Ohne zu zögern, betrat Caine den Raum.

Das Bettzeug des großen Krankenhausbetts war verknittert, aber es schien niemand darin zu liegen. Doch als sich Caines Augen an die Dunkelheit in dem Raum gewöhnt hatten, sah er den kleinen Kopf einer Puppe. Der Kopf drehte sich zu ihm her und blinzelte ihm mit großen, feuchten Augen entgegen.

Caine hätte fast geschrien. Da wurde ihm klar, dass das Wesen gar keine Puppe war. Es war ein kleines Mädchen. In dem viel zu großen Bett wirkte das arme Ding ganz klein und verloren.

«Alles in Ordnung?», fragte Caine zögernd.

Das Mädchen antwortete nicht, aber Caine glaubte zu sehen, dass sie den Kopf ein wenig auf und ab bewegte.

«Soll ich eine Krankenschwester holen?»

Sie schüttelte langsam den Kopf.

«Soll ich ein bisschen bei dir bleiben?»

Ein winzig kleines Nicken.

«Okay.» Caine zog vorsichtig einen Stuhl ans Bett des kleinen Mädchens und setzte sich. «Ich heiße David, aber meine Freunde nennen mich Caine.»

«Hallo, Caine.» Das Mädchen klang sehr matt, aber in

ihrer Stimme schwang etwas mit – Hoffnung vielleicht? Oder etwas anderes? Caine wusste es nicht zu sagen. Mit einem Mal schämte er sich dafür, dass er noch Stunden zuvor solche Angst gehabt hatte. Er war schließlich ein erwachsener Mann. Und das Mädchen hier vor ihm war nur ein kleines Kind. Er konnte sich nicht vorstellen, wie es war, in ihrem Alter allein im Krankenhaus zu liegen.

«Du heißt Elizabeth, nicht wahr?»

«Mm», nickte sie.

«Das ist wirklich ein schöner Name. Weißt du, wenn ich mal eine Tochter habe, werde ich sie, glaube ich, auch Elizabeth nennen.»

«Wirklich?», fragte das Mädchen und rieb sich geistesabwesend die Nase.

«Wirklich», sagte Caine und lächelte. Dann beugte er sich verschwörerisch zwinkernd zu ihr vor. «Jetzt bist du dran und musst sagen, dass dir *mein* Name gefällt – auch wenn er längst nicht so schön ist wie Elizabeth.»

Elizabeth kicherte. «Dein Name ist auch schön.»

«Wirklich?», fragte Caine und imitierte dabei ihre hohe Stimme.

Elizabeth kicherte wieder. «Wirklich», sagte sie und entblößte lächelnd eine Zahnlücke. Dann sagte sie: «Du bist anders als die anderen.»

«Welche anderen?»

«Die anderen Ärzte», sagte sie, als wäre es die selbstverständlichste Sache der Welt. «Die reden nie mit mir. Die sagen höchstens mal ‹Mach mal aaah› oder so was.»

«Tja, mit Ärzten hat man es manchmal nicht leicht. Aber sie haben ja auch einen schwierigen Beruf, haben den ganzen Tag lang mit kranken Leuten zu tun, und darum bemühe ich mich immer, nachsichtig mit ihnen zu sein.»

«Ja, das stimmt wohl», sagte sie mit viel mehr Schwermut, als einem Mädchen ihres Alters gemäß war. «Das geht mir bloß so auf die Nerven.»

«Ja», sagte Caine. «Das verstehe ich.»

Sie sah ihn sich genauer an, machte Schlitzaugen, um sein Gesicht in dem Dämmerlicht besser erkennen zu können. «Bist du wirklich ein Arzt, Caine?»

Caine lächelte. «Würdest du mich weniger mögen, wenn ich keiner wäre?»

«Nein, ganz bestimmt nicht. Dann würde ich dich viel lieber mögen.»

«Also, wenn das so ist», sagte er, «ich bin kein Arzt.»

«Gut, denn ich mag eigentlich keine Ärzte.»

«Ich auch nicht», sagte er.

Caine schwieg eine Weile, und Elizabeth gähnte mit aufgerissenem Mund.

«Ich glaube, das ist der richtige Moment für mich zu gehen. Für dich ist ja eh schon längst Schlafenszeit.» Caine stand auf, aber Elizabeth hielt ihn am Arm zurück. Er war erstaunt, wie kräftig sie zupackte.

«Bitte geh noch nicht. Bleib noch ein bisschen bei mir. Nur bis ich eingeschlafen bin, ja?»

«Also gut», sagte Caine und setzte sich wieder. Behutsam löste er Elizabeths Hand und legte sie auf ihren Schoß. «Ich verspreche dir, ich gehe nirgendwohin, bis ich höre, dass du anfängst zu schnarchen.»

«Ich schnarche nicht!»

«Das werden wir ja sehen», sagte Caine und deckte sie gut zu. «Und jetzt mach die Augen zu und fang an, Schafe zu zählen.»

Elizabeth gehorchte. Wenig später wandte sie sich mit geschlossenen Augen zu ihm hin.

«Kommst du mich morgen Nacht wieder besuchen?»

«Ich glaube, dann bin ich schon weg, Elizabeth.»

«Dann vielleicht im Traum?»

«Ja, vielleicht im Traum.»

Einige Minuten später begann Elizabeth, tief zu atmen, und Caine schlich auf Zehenspitzen aus dem Zimmer, seltsamerweise sicher, dass sich das, weshalb sie ins Krankenhaus gemusst hatte, schon irgendwie würde beheben lassen.

Jasper ging um den Block und wartete, dass ihm die Stimme sagte, wann es so weit war. Er hatte noch nie eine Schusswaffe abgefeuert, machte sich darum aber keine Gedanken. Es war genau so, wie wenn man ein Foto schoss: zielen und abdrücken. Der einzige Unterschied war, dass eine 35mm-Nikon keinen Rückstoß hatte wie eine Lorcin L 9mm.

Er hatte überlegt, in Harlem, wo er die illegale Schusswaffe erworben hatte, ein paar Probeschüsse abzugeben, aber er besaß lediglich zwei Ladeclips Munition und wollte keine Kugel vergeuden. Er wusste nicht, wie viele er brauchen würde, denn die Stimme hielt sich, was das anging, sehr im Vagen. Sie hatte ihm nur gesagt, er solle eine Waffe kaufen und schnellstens wieder nach Downtown zurückkommen, und das hatte er getan. Üben musste er an Ort und Stelle.

Jasper fragte sich, ob er jemanden würde töten müssen. Er wollte es nicht, wusste aber, dass er es tun würde, wenn ihm die Stimme die Anweisung dazu gab. Sie würde ihn nicht in die Irre führen. Das war schlicht und einfach unmöglich: Sie wusste alles – alles, was es zu wissen gab.

Jasper hatte keine Ahnung, woher er das wusste, war sich dessen aber dennoch sicher. Die Stimme hatte ihm nie gesagt, dass sie allwissend sei, aber wenn sie zu ihm sprach, konnte ein Teil seines Hirns sehen, was sie sah. Und in diesen Momenten sah Jasper alles. All die Leute, die Pläne ausheckten und Ränke schmiedeten, um David zu schaden. Manche wollten ihn verkaufen. Andere wollten an ihm herumexperimentieren. Einige trachteten ihm nach dem Leben.

Das war der Grund, warum Jasper die Waffe beschaffen musste. Zum Schutz. Um David vor denen zu beschützen, die ihm Schaden zufügen wollten. Er würde nie zulassen, dass sie seinem kleinen Bruder etwas antaten. Niemals –

Es ist so weit.

Jasper blieb auf dem menschenleeren Gehsteig stehen und legte den Kopf schräg.

– Ich habe die Waffe besorgt, wie du es wolltest.

Bist du bereit?

– Ja.

Gut. Ich will, dass du Folgendes tust …

Jasper hörte zu und schloss die Augen, damit er ein Stück der Unendlichkeit erblicken konnte. Dabei huschte ihm ein versonnenes Lächeln übers Gesicht, denn endlich erkannte er seine wahre Bestimmung. Dann verstummte die Stimme. Als er die Augen wieder öffnete, entwichen die Bilder, die er gesehen hatte, seinem Bewusstsein und ließen nur Schatten zurück.

Und obwohl sich Jasper an das Gesehene nicht erinnern konnte, fühlte er sich immer noch ganz leicht und luftig, als wäre sein Inneres mit reiner Freude erfüllt. Er packte die Waffe fester und eilte die Straße hinab. Er musste rennen, damit er noch rechtzeitig kam.

Als er Elizabeths Zimmer verlassen hatte, atmete Caine erleichtert auf. Der Instinkt *(die Stimme?)*, der *(die)* ihn dazu gebracht hatte, den Raum zu betreten, war verstummt. Er hatte nun keinen Grund mehr, dort zu bleiben, und deshalb ging Caine den Flur hinab zurück zu den Fahrstühlen. Im Erdgeschoss angelangt, spürte er allerdings wieder, dass etwas an ihm zog und ihm ins Ohr flüsterte.

Geh nicht zum Haupteingang, da lauert er dir auf. Geh durch die Notaufnahme.

Caine wagte nicht, seinen Instinkt zu ignorieren *(meinst du nicht eher die Stimme?)*, und ging kreuz und quer durch die Etage, bis er sich schließlich in der Notaufnahme wieder fand. Es sah dort ganz anders aus als bei *Emergency Room*. Dort liefen keine gut aussehenden Ärzte herum, die «Blutbild!» brüllten. Vielmehr saßen dort Dutzende unglückliche Menschen, die husteten, niesten und bluteten.

Als er den Ausgang entdeckt hatte, ging Caine im Zickzack zwischen den Stühlen hindurch. Er kam an einer schwangeren Frau vorbei, die sich mit ihrem Mann stritt, und aufwogender Schwindel ließ den Raum sich kräuseln, so als sähe er ihn durch einen kristallenen Wasserfall. Caine blieb stehen, hielt sich an dem nächstbesten Stuhl fest und kniff die Augen zu. Er versuchte, das streitende Pärchen zu ignorieren, das in der Nähe des Ausgangs stand, aber sein Gespräch drang ihm ins Bewusstsein.

«Ich darf nicht alleine bleiben. Du bist den ganzen Tag in deinem lächerlichen Zug, und ich hänge hier fest, Hunderte von Meilen entfernt.»

«Aber Schatz –»

«Komm mir nicht mit ‹Aber Schatz›. Es ist zu gefährlich. Fragen wir ihn. Was meinen Sie dazu?» Kurzes Schweigen, dann: «Doktor? Doktor?»

Caine schlug die Augen auf und stellte erleichtert fest, dass der Schwindelanfall vorüber war. Die schwangere Frau starrte ihn an.

«Was?», fragte Caine verwirrt.

«Darf eine Frau, die schon dreimal vorzeitige Wehen bekommen und ihr erstes Kind verloren hat, ganz alleine zu Hause bleiben, während ihr Mann in einem Zug die Ostküste rauf- und runterfährt?»

Caine sah den Mann auf Beistand hoffend an, aber der zuckte nur mit den Achseln.

«Ich weiß nicht», sagte Caine und überlegte krampfhaft, was er Kluges dazu sagen sollte. «Haben Sie hier in der Gegend irgendwelche Verwandten?»

Die Frau schüttelte den Kopf. «Nur eine Schwester in Philadelphia.»

«Das ist ja lustig. Mein Bruder wohnt auch in Philly. Die Welt ist klein, hm?», sagte Caine fast wie im Selbstgespräch. Und dann: «Wieso ziehen Sie nicht zu Ihrer Schwester? Nur bis das Baby kommt.»

Die Miene des Mannes heiterte sich auf. «Hey, das ist eine fabelhafte Idee, Schatz. Du ziehst für die nächsten zwei Monate zu Nora. Und wenn das Baby da ist, kommst du wieder nach Hause. So haben alle was davon.»

Die Frau sah hinab auf ihre klobigen Hände, die einander umklammerten, als fürchteten sie das Alleinsein. Ganz langsam nickte sie. «Okay. Ich rufe sie an.»

Der Mann seufzte erleichtert, gab seiner Frau einen zarten Kuss auf die Stirn, stand auf und streckte Caine eine Hand entgegen. «Vielen, vielen Dank, Doktor.»

«Es war mir ein Vergnügen», sagte Caine, selbst erleichtert darüber, dass dieses bizarre Gespräch beendet war. «Ich wünsche Ihnen alles Gute.»

«Danke», sagte der Mann, der Caine immer noch energisch die Hand schüttelte.

Als er seine Frau dann zum Ausgang geleitete, begann sie ihm einzuschärfen, er solle von der Arbeit aus einmal stündlich anrufen. Sie ließ ihn immer wieder ihre Handynummer aufsagen, damit klar war, dass er sie auswendig konnte und es keine Ausreden gab, wenn sie einmal nichts von ihm hören sollte.

Caine wartete eine Minute ab, ehe er dem Pärchen nach draußen folgte, denn er fürchtete, er könnte sie versehentlich einholen und müsste dann einen weiteren Streit schlichten. Als er annehmen konnte, dass die Luft rein war, ging er die letzten zwanzig Schritte in die Freiheit. Frostig kalte Luft umwirbelte ihn, als er nach draußen kam.

Caine hasste zwar die Kälte, genoss aber, wie ihm die eisige Luft die Ohren zum Glühen brachte und durch den dünnen weißen Kittel drang. Er hatte es geschafft. Jetzt würde alles gut werden – doch dann packten ihn zwei grobe Hände beim Kragen und schleuderten ihn an die Außenmauer des Krankenhauses.

Caines Kopf prallte mit dumpfem Schlag auf den Beton, und der Schmerz schoss ihm das Rückgrat hinab. Ehe er sich wehren konnte, schloss sich ein riesenhafter Arm um seine Brust und schleppte ihn um die Ecke zu einer Brache, wo er ihn auf den gefrorenen Erdboden warf. Dann hob er Caine am Hals wieder hoch und rammte ihn an die Backsteinmauer.

Zwar konnte Caine in dem schummrigen Licht das Gesicht des Angreifers nicht erkennen, aber der Akzent des Mannes verriet ihm alles, was er wissen musste.

«Mr. Caine», knurrte Kozlov. «Ich habe Sie gesucht.»

Kapitel /8/

Der Pistolenschuss war ohrenbetäubend. Viel lauter, als er erwartet hatte. Als er den Schuss hörte, erstarrte der Mann, der über Jaspers Bruder hergefallen war, und die Faust, mit der er gerade ausholte, hing in der Luft, als wäre er ein Boxer in einem Comic.

«Lassen Sie ihn los.» Jaspers Stimme zitterte ein wenig, aber das war ihm egal. Die Pranke, die den Hals seines Bruders gepackt hatte, löste sich und hob sich dann langsam. David sackte heftig hustend auf die Knie.

«Alles in Ordnung mit dir?», fragte Jasper.

«Wo kommst du denn auf einmal her?», fragte David hustend.

«Du würdest es mir nicht glauben, wenn ich es dir erzählen würde. Wer ist das?» Jasper zeigte auf den Schlägertyp, der immer noch die Hände gehoben hatte.

«Das ist Sergey», sagte David mit rauer Stimme. Er rappelte sich hoch und achtete sehr darauf, außer Reichweite des großen Russen zu bleiben. «Sergey, sagen Sie Vitaly, dass ich sein Geld bis zum Ende der Woche beschaffen werde.»

«Das wird Mr. Nikolaev nicht gefallen», grunzte Sergey.

«Nein, wahrscheinlich nicht», sagte David. «Sagen Sie es ihm einfach, okay?»

Sergey zuckte mit den Achseln, wie um zu sagen: *Wie Sie wollen, es ist ja Ihre Beerdigung.*

David wich vor ihm zurück und stellte sich hinter Jasper. Der wendete die Waffe und schlug Sergey mit dem Griff auf den Hinterkopf. Der hünenhafte Mann stürzte wie ein gefällter Baum zu Boden.

«Und jetzt nichts wie weg hier, ehe dein Freund wieder zu sich kommt», sagte Jasper schwer atmend.

David sah seinen Bruder zum ersten Mal richtig an. «Woher wusstest du …?»

Jasper hätte es ihm gern erzählt, wusste aber, dass David noch nicht so weit war. Bei David war es wichtig, dass er sich normal anhörte. Wenn er sich verrückt aufführte, würde David ihm nicht vertrauen. Aber Jasper machte sich da keine Sorgen: Er hatte fast sein ganzes Leben lang geistige Gesundheit vorgetäuscht und beherrschte das ausgezeichnet.

«Ein Glücksfall, schätze ich mal», log Jasper. «Komm, gehn wir.»

Jasper nahm seinen Bruder beim Arm und führte ihn fort. Nachdem sie ein paar Blocks weit gegangen waren, blieb David stehen.

«Warte mal, wohin gehen wir?», fragte er.

«Zu dir nach Hause.»

«Nein, das geht auf gar keinen Fall», erwiderte David und schüttelte heftig den Kopf. «Nikolaev wird dort nach mir suchen.»

«Nein, wird er nicht», sagte Jasper zuversichtlich.

«Woher willst du das wissen?»

Jasper antwortete nicht. Vielmehr nahm er David wieder beim Arm, lief los und zog seinen Bruder mit.

Als sie in Caines Wohnung kamen, schlich schon ein Streifen frühes Morgenlicht über den Fußboden. Draußen vor dem Fenster sah Caine die Sonne über den Horizont spähen. Der Wanduhr nach war es 6.28 Uhr. Sie und der Anrufbeantworter waren die einzigen elektronischen Geräte, die in der Wohnung noch übrig waren. Alle anderen waren gestohlen. Das musste er Nikolaev lassen: Wenigstens war er gründlich.

Schachfiguren aus poliertem Stein lagen über den Boden verstreut. Caine bückte sich und hob einen schwarzen Springer auf. Das Pferdemaul war abgebrochen. Ihn überkamen Trauer und ein Gefühl des Verlusts. Das Schachspiel war das einzig Wertvolle gewesen, was er besaß. Caine hatte es zu seinem sechsten Geburtstag von seinem Vater geschenkt bekommen. Von dem Moment an, da sein Vater die seltsam aussehenden Figuren auf dem schwarzweißen Brett aufgestellt hatte, hatte das Spiel Caine in seinen Bann geschlagen.

«Schach ist wie das Leben, David», hatte sein Vater gesagt. «Jede Figur hat eine bestimmte Funktion. Manche sind schwach, andere sind stark. Manche sind gut für den Anfang, andere sind am Ende mehr wert. Aber du musst sie alle nutzen, um zu gewinnen. Und wie im Leben kommt es auf den Spielstand nicht an. Du kannst zehn Figuren weniger haben und trotzdem gewinnen. Das ist das Schöne am Schach: Ein Comeback ist bis zum Schluss möglich. Und um zu gewinnen, musst du dir nur über alles im Klaren sein, was auf dem Brett vor sich geht. Und du musst herausfinden, was dein Gegner als Nächstes tun wird.»

«Die Zukunft vorhersagen, meinst du?», fragte Caine.

«Die Zukunft *vorhersagen* kann man nicht. Aber wenn du genug über die Gegenwart weißt, kannst du die Zukunft *steuern*.»

Damals verstand Caine nicht, was sein Vater damit meinte, aber dennoch wurde er ein begeisterter Schachspieler. Allabendlich, nachdem Jasper und er den Tisch abgeräumt hatten, spielte sein Dad mit jedem von ihnen eine Partie, ehe die Zwillinge ihre Hausaufgaben machten. Jasper gewann nie gegen seinen Vater, Caine aber siegte regelmäßig gegen ihn.

Caine hob den weißen König auf und stellte ihn wieder auf seinen Platz. Es war nun schon über zehn Jahre her, dass sein Vater gestorben war. Das Schachspielen mit ihm fehlte Caine immer noch.

«Weißt du», sagte Jasper und riss Caine damit aus seinen Gedanken. «Ich glaube, Dad hatte dich lieber, weil du so gut spielen konntest.»

«Dad hatte mich nicht lieber», sagte Caine, obwohl er wusste, dass an dem, was sein Bruder da sagte, mehr als nur ein Körnchen Wahrheit dran war. «Und außerdem warst du auch ein guter Spieler, wenn du dich mal konzentriert hast. Dein Problem war, dass du nie lange genug still sitzen konntest. Du hast immer irgendwelche Flüchtigkeitsfehler begangen, die es einem dann leicht gemacht haben, dich zu attackieren.»

Jasper zuckte mit den Achseln. «Konzentration ist dein Ding, nicht meins», sagte er. «Hast du ein Kissen?»

Das war's dann mit dem Schwelgen in Erinnerungen, dachte Caine. Er hatte Jasper so verstanden, dass ihr Gespräch damit beendet war. Er richtete Jasper die Couch her und legte sich dann auf sein Bett. Fast augenblicklich schlief er ein. Ganz langsam trieb sein Geist hinaus auf die See des Unterbewussten. Und dann saß er …

...

... in einem Zug nach Philadelphia.

Der Waggon schaukelt sacht hin und her, was einschläfernd auf ihn wirkt. Er hat das stete Klick-Klack, Klick-Klack im Ohr. Die Bäume draußen vor dem Fenster ziehen als verschwommener brauner Streifen an ihm vorbei. Er guckt nach unten, und was er da sieht, überrascht ihn. In seiner linken Hand liegt eine andere, viel kleinere Hand. Sie gehört Elizabeth. Das kleine Mädchen strahlt Caine an und drückt einen seiner Finger.

Caine sieht zu seiner rechten Hand hinüber. Sie ist fest geschlossen und wird gehalten von einer großen, weichen Hand mit langen roten Fingernägeln. Caine sieht die Frau an und möchte sie bitten, ihren Griff zu lösen. Als sie ihm das Gesicht zuwendet, kommt sie ihm irgendwie bekannt vor. Ihm wird erst klar, wer sie ist, als er ihren dicken Bauch bemerkt. Die schwangere Frau aus dem Krankenhaus.

«Wohin fahrt ihr?», fragt Caine die beiden.

«Wo du auch hinfährst», antworten sie einstimmig.

«Und warum das?», fragt Caine, ohne recht zu wissen, was er durch diese Frage eigentlich erfahren will.

«Weil das nun mal so funktioniert», antwortet Elizabeth.

«Ah», erwidert Caine, so als wäre das eine absolut plausible Antwort.

...

Und in einem Winkel seines nun mit Dopamin überschwemmten Hirns war sie das tatsächlich.

Dr. Tversky richtete sich die Krawatte, ehe die Tür aufglitt. Zwei Männer in grün-schwarzem Tarnanzug empfingen ihn. Er hatte nie verstanden, warum das Militär in der Stadt Kleidung trug, die dazu bestimmt war, sich darin zwischen Urwaldlaub zu verbergen. In dem grauen Raum fielen die massigen Männer mit ihrer Tarnkleidung eher auf, wirkten wie große, dreidimensionale Actionfiguren.

«Weisen Sie sich bitte aus, Sir.» Die Aufforderung klang wie ein Befehl.

Dr. Tversky reichte der Wache seinen Führerschein und wartete, während der Mann einen Besucherausweis ausstellte. Er bekam ihn ausgehändigt, betrachtete kurz den laminierten Zettel und klemmte ihn sich vor die Brust. In großer Blockschrift stand darauf TVERSKY, P., gefolgt von einem schwarzen Strichcode. Wann hatten die Menschen angefangen, es für vollkommen selbstverständlich zu halten, dass sie etikettiert wurden wie ein Stück Seife?

Er war überrascht, als er in der oberen rechten Ecke des Ausweises ein Foto von sich sah. Das musste kurz zuvor eine der vielen verborgenen Kameras hier in der STR-Anlage aufgenommen haben. Tversky starrte das Bild an; er hatte noch nie ein derart ungestelltes Foto von sich gesehen. Einen Moment lang war er bestürzt – der Mann auf dem Bild sah nicht gut aus. Er wirkte ungehalten und fast ein wenig ängstlich. Tversky fragte sich, ob die Emotionen, die er seinem Gesicht ansah, für Forsythe ebenso augenfällig sein würden.

Das konnte er sich bei diesem Termin nicht erlauben. Forsythe würde seine Furcht wittern und sie ausnutzen, zumal es recht unwahrscheinlich war, dass Forsythe ihm überhaupt glauben würde. Tverskys Ansicht nach war Forsythe nie ein großer Denker gewesen. Eher ein besserer Verwalter. Und dennoch war Tversky hier, um diesen Mann, der ihm nicht das Wasser reichen konnte, um Geld zu bitten.

Und um Unterstützung.

Forsythe saß an seinem großen Schreibtisch und starrte seinen alten Forscherkollegen an. Was Tversky ihm gerade geschildert hatte, war geradezu unglaublich. Nein, nicht unglaublich – *unmöglich*. Doch selbst wenn seine Geschichte nur ein Fünkchen Wahrheit enthielt, konnte Forsythe sie nicht ignorieren. Ja, womöglich war sie genau das, was er brauchte. Er beschloss, Tversky auf den Zahn zu fühlen, um zu sehen, wie weit der Mann an seine eigene Theorie glaubte.

«Das ist sicherlich eine interessante Sache», sagte Forsythe unverbindlich. «Aber was wollen Sie von mir?»

«Ich brauche Ihre Unterstützung. Es ist ja offensichtlich, dass ich nicht die nötigen Mittel habe, um dieses Phänomen effektiv zu erforschen. Aber mit Ihrer finanziellen Unterstützung …»

«… würden Sie das tun», beendete Forsythe den Satz und legte die Hände in den Schoß.

«Ja, das würde ich», erwiderte Tversky und biss die Zähne zusammen. Forsythe schüttelte in Gedanken den Kopf. Er hätte erwartet, dass ein hochintelligenter Mann wie Tversky an diesem Punkt seiner Karriere mittlerweile gelernt hatte, seine Wut im Zaum zu halten. Zumal wenn er mit einem potenziellen Geldgeber sprach. Auf der anderen Seite war es Tverskys – und Konsorten – Unfähigkeit, mit Menschen umzugehen, die Forsythes Aufstieg erst ermöglicht hatte.

«Ich würde Ihnen ja gerne helfen», begann Forsythe, «aber was Sie da schildern, widerspricht siebzig Jahren Quantenphysik. Wie Sie wissen, besagt die Heisenberg'sche Un–»

«Heisenberg hat sich geirrt», sagte Tversky.

«Ach ja?» Forsythe hatte zwar Übung im Umgang mit der unglaublichen Hybris mancher Wissenschaftler, aber

Tverskys dreiste Aussage verblüffte ihn dann doch. Es gab zwar immer noch ein paar Renegaten, die die Gültigkeit der Heisenberg'schen Unschärferelation bestritten, aber davon abgesehen, wurden die Grundsätze der Quantenmechanik, wie Werner Heisenberg sie formuliert hatte, von praktisch sämtlichen führenden Physikern der Erde anerkannt.

In seinem berühmten Aufsatz von 1926 hatte Heisenberg mathematisch nachgewiesen, dass es unmöglich war, einen Vorgang zu beobachten, ohne sein Ergebnis zu beeinflussen. Um das zu beweisen, hatte er sich die Situation vorgestellt, dass ein Wissenschaftler die genaue Position und die genaue Geschwindigkeit eines subatomaren Teilchens bestimmen möchte.

Das ließ sich nur erreichen, indem man das Teilchen mit einer Lichtwelle bestrahlte. Durch die Analyse der sich dabei ergebenden Streuung der Lichtwelle konnten die Wissenschaftler feststellen, wo sich das Teilchen befand, als es von der Lichtwelle getroffen wurde. Dieses Experiment hatte jedoch einen unerwünschten Nebeneffekt: Da die Geschwindigkeit des Teilchens unbekannt war, bis es von der Lichtwelle getroffen wurde, ließ sich nicht feststellen, inwiefern die Geschwindigkeit des Teilchens durch den Kontakt mit der Lichtwelle verändert wurde.

Damit zeigte Heisenberg, dass sich Position *und* Geschwindigkeit eines Teilchens nicht gleichzeitig mit beliebiger Genauigkeit bestimmen ließen, dass in der physikalischen Welt also immer eine gewisse *Unschärfe*, eine Ungenauigkeit der Messungen, vorlag. Heisenberg lehnte die Existenz absolut gültiger Gesetze ab, die von der Newton'schen Physik postuliert wurde, und behauptete, die Welt sei nicht schwarz oder weiß – sondern grau. Subatomare Teilchen hatten in der realen Welt keine genaue Position, sondern nur eine *probabilistische*, was bedeutet, dass, selbst wenn ein bestimmtes Teilchen sich wahrscheinlich an einem bestimmten Ort befindet, es tatsächlich erst dort ist, wenn es an diesem Ort auch *beobachtet* wird.

Heisenberg konnte damit zeigen, dass man durch Beobachtungen nicht erfahren konnte, wo sich ein Teilchen in der Natur *tatsächlich* befand, sondern nur, wo es sich befand, während es beobachtet wurde. Und obwohl vielen Wissenschaftlern diese Vorstellung zuwider war, war Heisenbergs Theorie eines probabilistischen Universums absolut vereinbar mit allgemein anerkannten physikalischen Gleichungen.

Im Jahr 1927 einigten sich dann einige Physiker auf die so genannte Kopenhagener Deutung der Quantentheorie, die Heisenbergs Theorie stützte und postulierte, dass beobachtete Phänomene anderen physikalischen Gesetzen unterliegen als nicht beobachtete Phänomene. Das warf nicht nur einige hochinteressante philosophische Fragen auf, sondern zwang die Wissenschaftler auch zuzugeben, dass buchstäblich alles möglich war, da die Welt eher von Wahrscheinlichkeiten als von Gewissheiten regiert wurde.

So befand sich beispielsweise ein Teilchen, das sich mit großer Wahrscheinlichkeit im Labor eines Wissenschaftlers befand, möglicherweise am anderen Ende des Universums. Es war die Geburtsstunde der modernen Quantenphysik, und obwohl die meisten Leute nicht behaupten konnten zu verstehen, wie so etwas möglich war, gelang es niemandem, Heisenbergs Behauptungen zu widerlegen.

Dennoch wurde die Theorie nicht überall gutgeheißen, vor allem nicht von eifrigen Newtonianern, die der Lehre des Determinismus anhingen – die besagt, dass das Weltall von unveränderlichen Gesetzen beherrscht wird und nichts ungewiss ist. Die Deterministen waren der Überzeugung, dass alles eine Folge von bestimmten Ursachen war und sich vollständig vorhersagen ließ, wenn die Menschheit erst einmal die «wahren» Naturgesetze und den gegenwärtigen Zustand des Universums kennen würde.

Forsythe ließ sich das durch den Kopf gehen und überlegte, wie er Tverskys Behauptung am besten infrage stellen konnte.

«Wenn man Heisenberg ablehnt, bekennt man sich zum Determinismus», sagte Forsythe vorsichtig. «Ist es das, was Sie damit sagen wollen?»

«Möglicherweise. Meiner Ansicht nach wurde der Determinismus nie restlos widerlegt.»

«Was ist mit Charles Darwin?»

Tversky verdrehte die Augen, als Forsythe den Mann erwähnte, der als einer der Ersten den Determinismus angefochten hatte. Die Heisenberg'sche Unschärferelation wurde oft als letzter Nagel im Sarg des Determinismus betrachtet, aber Darwins Evolutionstheorie war einer der größten Nägel.

Als Darwin sein revolutionäres Werk *Über die Entstehung der Arten* schrieb, lieferte er Philosophen wie Physikern das Bild einer Welt, die nicht erschaffen war von einer göttlichen Macht, sondern sich im Laufe von Jahrmillionen durch unzählige *zufällige* Mutationen entwickelt hatte. Nachdem das Werk 1859 erschienen war, musste jeder, der nunmehr an die Evolution glaubte und nicht mehr an einen allmächtigen Schöpfer, jegliche Form von Prädestination und damit auch den Determinismus ablehnen.

«Wollen Sie damit sagen, dass Sie nicht an die Evolution glauben? Erzählen Sie mir doch bitte nicht, Sie wären Kreationist.»

Tversky knirschte kurz mit den Zähnen, ehe er antwortete; Forsythe lächelte. Das Einzige, was er noch mehr schätzte als eine intellektuelle Debatte, war, wenn er einem seiner Brüder aus dem Elfenbeinturm auf die Nerven gehen konnte. Ihm war klar, dass es lächerlich war, Tversky als Kreationisten zu bezeichnen, aber gerade deshalb machte es ihm ja so viel Spaß. Tversky jedoch ging das eindeutig zu weit, und er verfiel in einen gehässigen Vortragston.

«Natürlich glaube ich an die Evolution. Allerdings ist Darwins These, die Evolution und die natürliche Zuchtwahl beruhten auf zufälligen Mutationen, alles andere als bewiesen. Nur weil die moderne Wissenschaft bisher nicht in der Lage war festzustellen, was genau Mutationen auslöst, bedeutet das noch lange nicht, dass sie zufällig erfolgen. Zufälligkeit ist doch nur der äußere Anschein eines Phänomens, das wir bisher noch nicht verstanden haben.

Das menschliche Genom enthält über 3,2 Milliarden Nukleotidbasen. Wer wollte da behaupten, es gäbe innerhalb dieses Genoms keine chemischen Strukturen, die dafür sorgen, dass die körperlichen Merkmale der Nachkommen einer bestimmten Person auf sinnvolle Weise bestimmten äußeren Widrigkeiten angepasst werden – wie beispielsweise dunklere Haut in tropischen Klimaten oder höhere Wangenknochen in Regionen, in denen oft starke Winde wehen?»

Forsythe hob die Hände. «Also gut, Sie haben mich überzeugt. Ich nehme das zurück – ich halte Sie nicht für einen Kreationisten. Aber dennoch: Was ist mit dem Determinismus? Was ist mit Maxwell?»

James Clerk Maxwell, ein philosophischer Urgroßvater Heisenbergs, war einer der brillantesten Physiker des neunzehnten Jahrhunderts, am besten bekannt durch seine Studien zu elektromagnetischen Wellen und zur Thermodynamik und Entropie. Diese besagt, dass sich Wärme stets von einem Körper mit höherer Temperatur zu einem Körper mit geringerer Temperatur hin ausbreitet, bis die Temperatur der beiden Körper ausgeglichen ist.

Er zeigte, dass, wenn man einen Eiswürfel in ein Glas warmes Wasser legt, nicht die Kälte des Eises in das Wasser übergeht, sondern die Wärme des Wassers in das Eis. Das Wasser erwärmt den Eiswürfel, bis er schmilzt und die gesamte Flüssigkeit ein thermisches Gleichgewicht erreicht. Wie Heisenberg war Maxwell jedoch kein großer Verfechter absolut gültiger Gesetze, und obwohl er die erste Hälfte seiner Laufbahn über versuchte, diese Gesetze zu entdecken, verbrachte er die zweite Hälfte damit, sie wieder in Frage zu stellen.

Sein größter Erfolg auf diesem Gebiet war der Nachweis, dass der berühmte *Zweite Hauptsatz der Thermodynamik* kein Naturgesetz war. Dieser besagt, dass die Entropie in einem geschlossenen System nur zunehmen kann, das heißt, dass Energie sich immer ausbreitet, nie zusammenzieht. Mit diesem Satz konnte man alles Mögliche erklären: beispielsweise warum Felsen den Berg nicht hinaufrollen und warum sich leere Batterien nicht einfach so wieder aufladen. Denn dies würde voraussetzen, dass sich Energie spontan zusammenzöge, das genaue Gegenteil dessen, was der *Zweite Hauptsatz der Thermodynamik* konstatiert: dass sich Energie immer ausbreitet und ein geschlossenes System sich immer hin zur größtmöglichen Unordnung entwickelt.

Maxwell gelang jedoch der Nachweis, dass der *Zweite Hauptsatz der Thermodynamik* keine absolute Gültigkeit hat. In einem Gedankenexperiment füllte er dazu einen Behälter mit Gas. Dem *Zweiten Hauptsatz der Thermodyna-*

mik gemäß konnte man davon ausgehen, dass sich die Gasmoleküle gleichmäßig ausbreiten würden, bis sie den gesamten verfügbaren Raum ausfüllten. Das würde darauf schließen lassen, dass überall im Behälter die gleiche Temperatur herrscht, da die Wärme durch die unablässigen zufälligen Bewegungen der Moleküle erzeugt wird.

Maxwell erkannte nun, dass, da Bewegungsrichtung und Geschwindigkeit der Moleküle zufällig waren, es *möglich* war, dass sich die Moleküle, die sich am schnellsten bewegten, in einer bestimmten Ecke des Behälters ansammelten. Dies würde durch die spontane Konzentration von Energie an der Stelle, an der sich die Moleküle gesammelt hatten, zu einem kurzen Temperaturanstieg führen – was eindeutig im Widerspruch zum *Zweiten Hauptsatz der Thermodynamik* stand.

Maxwell gelang es damit zu zeigen, dass der *Zweite Hauptsatz* nur probabilistisch oder «meistens» zutraf. Daraus zog er die Schlussfolgerung, dass den meisten physikalischen Gesetzen keine absolute Gültigkeit zuzumessen war.

«Maxwells Beweis, dass der *Zweite Hauptsatz der Thermodynamik* nur probabilistisch und nicht absolut gültig ist, wird gern als Beweis dafür herangezogen, dass es den Zufall gibt», sagte Tversky. «Ich aber würde eher postulieren, dass Zufälligkeit nur der äußere Anschein ist, nicht die Realität.»

Forsythe hob bei dieser verwegenen Behauptung die Augenbrauen. Was Tversky damit andeutete, war unglaublich. Sie beide wussten, was er meinte, aber Forsythe musste es aussprechen, und sei es nur, um es einmal laut zu hören.

«Sie glauben also, dass Impuls und Richtung der Elektronen nicht zufällig sind?»

«Wenn man wirklich an Heisenbergs Theorie glaubt, dass *alles* möglich ist», sagte Tversky, «dann muss es auch möglich sein, dass die Bewegungen der Elektronen nicht zufällig verlaufen.»

«Was liegt den Bewegungen der Elektronen denn sonst zugrunde, wenn sie nicht zufällig verlaufen?»

«Spielt das eine Rolle?», fragte Tversky.

«Natürlich spielt das eine Rolle», sagte Forsythe und fuchtelte mit der Hand.

«Warum?»

Forsythe starrte seinen Forscherkollegen an, wusste nicht recht, was er sagen sollte. «Wie meinen Sie das – warum?»

«Ich meine», sagte Tversky und beugte sich auf seinem Stuhl vor, «warum spielt es eine Rolle, was für die Bewegung der Elektronen verantwortlich ist? Sie könnten ausgelöst sein durch organisierte Teilchen, die noch kleiner sind als Quarks und erst noch entdeckt werden müssen, oder es könnte ein Energiefluss aus einer anderen Welt sein – ja, es könnte sogar sein, dass Elektronen Empfindungen haben. Ich will damit sagen, dass es nicht entscheidend ist, *warum* ihre Bewegungen nicht zufällig sind, sondern einzig und allein, *dass* sie nicht zufällig sind.»

«Aber die steuernde Variable, die hinter den Bewegungen der Elektronen steckt –»

«Ist eine hochinteressante Sache, aber das liegt außerhalb meines Forschungsgebiets.»

Forsythe trank einen Schluck Kaffee und ließ sich durch den Kopf gehen, was Tversky gesagt hatte. «Aber Sie haben mir immer noch nicht erklärt, worin angeblich Heisenbergs Denkfehler besteht.»

«Das muss ich auch nicht. Wenn Sie die Tatsache akzeptieren, dass hinter den Bewegungen der Elektronen etwas steckt, müssen Sie auch akzeptieren, dass es eine Kraft gibt, die diese Bewegungen steuert. Sehen Sie das denn nicht? Wenn es diese noch unentdeckte Kraft gibt, dann gibt es möglicherweise Methoden, Elektronen zu beobachten, ohne dazu auf Lichtwellen zurückzugreifen.»

Forsythe konnte nicht anders, er musste den Mann anstarren.

«Aber das ist ein Zirkelschluss – und es ist paradox. Sie behaupten, weil in einem probabilistischen Universum alles passieren könnte, könnte dieses Universum auch deterministisch sein statt probabilistisch! Sie verwenden die Heisenberg'sche Unschärferelation dazu, Heisenberg zu widerlegen.»

Tversky nickte nur. Seine Arroganz war erstaunlich, aber seine Ideen hatten einen bizarren Charme, der auf seltsame Weise zwingend wirkte. Dennoch wollte sich Forsythe nicht anmerken lassen, dass Tversky tatsächlich anfing, ihn zu überzeugen.

Forsythe räusperte sich und sagte: «Und ich soll diese ketzerischen Hypothesen hinnehmen, weil … ja, warum eigentlich?»

«Ich verlange nicht von Ihnen, dass Sie sie unbesehen akzeptieren. Sie sollen nur glauben, dass sie zutreffend sein *könnten.*»

«Und worauf soll sich Ihrer Meinung nach dieser Glaube gründen?»

Tverskys Augen leuchteten. «Auf Vertrauen.»

«Nicht gerade das überzeugendste Argument, das müssen Sie zugeben.»

Tversky zuckte die Achseln. «Schaun Sie, James, ich bin kein Verkäufer. Ich bin Wissenschaftler. Aber ich sage Ihnen, ich liege richtig. Ich habe es gesehen. Wenn Sie dabei gewesen wären, würden Sie das verstehen.»

«War ich aber nicht.»

«Ich aber.»

Forsythe schüttelte den Kopf. «Es tut mir Leid, aber das reicht mir einfach nicht. Ohne einen Beweis kann ich keine Mittel bewilligen. Ich kann nicht –»

Tversky schlug mit der Faust auf den Tisch. «Warum nicht, verdammt nochmal? Wissenschaft war doch mal etwas Revolutionäres. Sie wurde von mittellosen Genies betrieben, die rund um die Uhr schufteten, weil sie eine Theorie hatten, dass das Universum anders funktioniert, als ihre Mitmenschen *glaubten*, dass es funktioniert. Sie hatten eine Vision. Und sie hatten den Mut, für ihre Vision einzustehen.» Tversky erhob sich und beugte sich zu Forsythe vor. «Ich bitte Sie: Versuchen Sie doch dieses eine Mal, kein Bürokrat zu sein, sondern ein Wissenschaftler.»

Forsythe lehnte sich auf seinem Stuhl zurück. «Ich *bin* Wissenschaftler. Der einzige Unterschied zwischen uns beiden ist, dass ich in der realen Welt lebe und um ihre Zwänge weiß. Ich bin klug genug, innerhalb des Systems zu arbeiten, statt mich darüber zu beklagen. Sie sagen mir, ich solle mutig sein … Na, dann frage ich Sie: Wo ist denn *Ihr* Mut? Was haben Sie bei Ihrer wissenschaftlichen Arbeit denn schon unglaublich Riskantes getan?»

Tversky blieb stumm. Forsythe wusste nicht, ob aus Wut oder Sprachlosigkeit, aber es war ihm auch egal. Ihm war beides recht.

«Dachte ich es mir doch.» Forsythe stand auf und öffnete die Tür seines Büros. «Wenn das alles ist – ich habe heute noch sehr viel zu tun. Sie dürfen gerne wiederkommen und mir Ihre Theorie noch einmal darlegen – wenn Sie einen Beweis dafür haben.»

«Ich werde einen Beweis liefern», sagte Tversky selbstbewusst. «Aber ich bezweifle, dass ich dann zu Ihnen damit komme.» Tversky machte auf dem Absatz kehrt und stapfte auf dem Korridor davon.

Forsythe wandte sich an den Wachtposten an seiner Tür und sagte sehr selbstzufrieden: «Sorgen Sie bitte dafür, dass Dr. Tversky den Ausgang findet.»

«Jawohl, Sir», erwiderte der Soldat und lief seinem Schutzbefohlenen hinterher. Forsythe blieb noch einen Moment in dem nun menschenleeren Korridor stehen und betrat dann wieder sein Büro. Erst als er die Tür hinter sich geschlossen hatte, huschte ein Lächeln über sein Gesicht. Er war zuversichtlich, dass er Tversky mit seinen Sticheleien anständig Feuer unterm Hintern gemacht hatte. Wie er bereits von Tverskys «geheimen» Versuchen mit seiner Testperson Alpha wusste, war leicht vorstellbar, dass Forsythes höhnische Bemerkungen Tversky dazu antreiben würden, noch mehr Risiken einzugehen als ohnehin schon.

Forsythe blieb weiter nichts zu tun, als sich zurückzulehnen und abzuwarten. Wenn Tverskys nächstes Experiment ein Fehlschlag würde, konnte sich Forsythe auf andere Projekte konzentrieren. Hatte Tversky jedoch Recht … tja, dann würde Forsythe Agent Vaner anweisen, zuzuschlagen und das zu tun, worauf sie sich am besten verstand. Und anschließend konnte er dort weitermachen, wo Forsythe aufgehört hatte.

Und die Wissenschaft würde nicht klüger sein als zuvor.

Kapitel /9/

Jasper war fort, als Caine erwachte. An der Couch klebte ein kleiner gelber Zettel, auf dem stand: *Muss was erledigen, komme später wieder.* Caine wusste nicht, was sein Bruder zu erledigen hatte, machte sich aber weiter keine Sorgen. Jasper war zwar geistig ein wenig labil, aber es war offensichtlich, dass er in der Lage war, sich um sich selbst zu kümmern. Caine war es, der Probleme hatte.

Er konnte kaum fassen, was in der Nacht geschehen war. Es kam ihm so unwirklich vor. Er beschloss, Kaffee aufzusetzen; Koffein half ihm immer beim Denken. Als er lauschte, wie die Flüssigkeit in die Kanne tropfte, bemerkte er, dass das rote Lämpchen an seinem Anrufbeantworter hektisch blinkte. Resigniert drückte er auf den Wiedergabeknopf. Dann erfüllte Vitaly Nikolaevs samtige Stimme den Raum.

«Hallo, Caine, Vitaly hier. Ich wollte mich nur erkundigen, wie es Ihnen geht. Warum kommen Sie nicht mal im Club vorbei? Ich mache mir Sorgen um Sie.»

«Das glaube ich gern», sagte Caine. Bei den übrigen fünf Nachrichten hatte der Anrufer aufgelegt. Das Glei-

145

che bei der Mailbox seines Handys. Es war jetzt Dienstag; er schuldete Nikolaev die elftausend Dollar seit zwei Kalendertagen. Da Nikolaev fünf Prozent Zinsen verlangte, stand er nun mit 11 157 Dollar bei ihm in der Kreide. Er steckte bis zum Hals in der Scheiße.

Auf dem Weg vom Krankenhaus nach Hause hatte er sein Girokonto leer geräumt. Die 438,12 Dollar, die er besaß, entsprachen nicht einmal den Zinsen für eine Woche. Er musste sich überlegen, was er in Sachen Nikolaev unternehmen sollte. Caine ging das Problem an wie ein guter Statistiker: Er ermittelte die möglichen Ergebnisse der einzelnen Szenarien, um so zu entscheiden, wie er am besten vorging.

Dummerweise blieben ihm nur zwei Möglichkeiten: bezahlen oder verschwinden.

Doch wegen seiner Anfälle kam Zweiteres nicht in Frage. Er konnte unmöglich die Mücke machen und gleichzeitig weiter das experimentelle Medikament einnehmen. Er musste zweimal wöchentlich zur Blutabnahme ins Krankenhaus, und er hatte nur zwanzig Tabletten, die würden gerade mal zehn Tage reichen. Selbst wenn er eine Möglichkeit fand, Kozlov zu entkommen – seinen Anfällen entkam er nicht. Nein, er musste weiter an Dr. Kumars Studie teilnehmen, und sei es auch nur, um es wenigstens versucht zu haben.

Also musste er zahlen. Entweder das oder Frieden schließen mit Nikolaev. Vielleicht konnte er seine Schulden abarbeiten. Caine schüttelte den Kopf, als ihm dieser Einfall in den Sinn kam. Als was denn abarbeiten? Als Gangster? Doch wohl eher nicht. Er seufzte. Er kam nicht umhin: Er musste das Geld besorgen.

Doch wie sollte er so viel Geld beschaffen? Die Antwort lag auf der Hand: genau so, wie er es verloren hatte: mit

Zocken. Unwillkürlich betastete er das dünne Geldbündel in seiner Tasche. Er konnte mit seinen vierhundert Dollar in einen anderen Club gehen und versuchen, etwas daraus zu machen. Dass es ihm gelang, war nicht völlig unwahrscheinlich.

Wenn er Glück hatte, konnte er bis zum Morgen ein paar Tausender gewinnen. Wenn er verlor, steckte er natürlich noch tiefer in der Scheiße. Und wenn Nikolaev erfuhr, dass Caine in einem anderen Club spielte, würde das den Russen nicht erfreuen.

Wie wäre es mit Atlantic City? Er konnte mit dem Bus dorthin fahren und vielleicht am Pokertisch ein paar Touristen ausnehmen. Er würde auf jeden Fall gewinnen, wenn er vorsichtig spielte; das Problem war bloß, dass es zu lange dauern würde. Die todsicheren Verlierer setzten nur ein paar Dollars, und außerdem saß an jedem Tisch mindestens ein echter Könner. Bei solch kleinen Einsätzen konnte Caine nur zwanzig bis dreißig Dollar die Stunde verdienen. Das war nicht schlecht, aber es war zu wenig, und es kam zu spät. Selbst wenn er sechzehn Stunden am Stück spielte, sackte er nur 320 bis 480 Dollar ein; bei dieser Quote musste er 116 Tage nacheinander gewinnen.

Nein, ein Spielkasino kam nicht in Frage. Und was einen anderen Pokerclub anging: Diese Option wollte sich Caine für ein andermal offen halten. Die Alternative bestand darin, sich eine Arbeit zu suchen, aber er konnte unmöglich schnell genug einen normalen Job finden. Nicht bei dieser Wirtschaftslage und nicht mit seinem Lebenslauf, in dem eine riesige Lücke der Untätigkeit klaffte. Er konnte sich nur zu gut vorstellen, wie das Vorstellungsgespräch ablaufen würde:

«Also, Mr. Caine, was haben Sie denn seit 2002 gemacht?»

«Na ja, ich war ein paar Monate lang ans Bett gefesselt, weil ich dazu neige, ein paar Mal die Woche Wahnvorstellungen zu bekommen, und dann kriege ich Krämpfe. Aber seit September bin ich Stammgast in Vitaly Nikolaevs Pokerclub. Beim Texas Hold 'Em bin ich kaum zu schlagen. Ach, und apropos: Könnten Sie mir elftausend Dollar vorschießen? Die muss ich an die Russenmafia zahlen, sonst bringen die mich um.»

Oder vielleicht konnte er einem seiner Professoren ein Forschungsstipendium aus dem Kreuz leiern. Das war eine gute Idee, aber in der Theorie wahrscheinlich besser als in der Praxis. Bei diesen Stipendien gab es immer mehrere Bewerber; und er würde unmöglich einen so hohen Vorschuss bekommen; außerdem sprangen dabei sowieso nur ein paar Kröten raus. Das große Geld kam aus dem privaten Sektor, und deshalb hatten die führenden Professoren auch alle nebenbei Beraterverträge bei Wallstreet-Unternehmen.

Plötzlich hatte Caine eine Idee: Er konnte seinen Doktorvater bitten, ihn für eins seiner Projekte zu engagieren. Wenn Caine ihn auf Knien anflehte, würde Doc ihm vielleicht die analytische Kärrnerarbeit übertragen. Ja, wenn er Glück hatte, würde ihm Doc sogar ein wenig Geld vorschießen. Er sah auf die Uhr. Es war kurz nach zehn.

Doc gab normalerweise um halb Elf eine Einführungsveranstaltung zur Statistik an der Columbia. Solche Veranstaltungen waren ihm lieber als Seminare, denn so blieb ihm mehr Zeit für seine Forschungen. Wie den meisten Professoren war Doc das Unterrichten zuwider, auch wenn man das nicht geahnt hätte, wenn man einmal gesehen hatte, was für eine Show er vor den Studenten abzog.

Ein Anruf bei der Univerwaltung bestätigte, dass heute Docs erste Veranstaltung des Semesters stattfand. Wenn

Caine sich beeilte, konnte er Doc noch vorher abpassen. Er schnappte sich seine Lederjacke, und da fiel ihm das Fläschchen mit den weißen Kapseln aus der Tasche, was ihn daran erinnerte, dass es Zeit war, das Medikament zu nehmen. Als er sich eine Tablette auf die Hand schüttete, kam er nicht umhin, sich zu fragen, ob die akustischen Halluzinationen der vergangenen Nacht durch das experimentelle Medikament ausgelöst worden waren.

Er hatte Angst davor, eine weitere Pille zu nehmen, hatte aber noch größere Angst davor, was passieren würde, wenn er keine nahm. Ehe er womöglich noch die Nerven verlor, schluckte er die Kapsel trocken herunter und verließ dann die Wohnung. Als er die Treppe hinunterlief, glaubte er, etwas vergessen zu haben, kam aber einfach nicht drauf, was es war. Caine gab es schnell auf, darüber nachzugrübeln, denn er wusste, dass es ihm früher oder später wieder einfallen würde.

So war das schließlich immer.

Zwanzig Minuten später atmete Caine einmal tief durch und betrat dann den Hörsaal. Er nahm ganz hinten Platz. Sein Herz pochte wild, aber noch hatte er nicht das Gefühl, gleich ohnmächtig zu werden. Er würde es durchstehen. Es war nur ein Raum wie jeder andere. Es war ja nicht so, dass er unterrichten musste. Alles würde gut gehen, solange er einfach nur dort saß.

Vorn im Saal nahm sich Doc gerade ein Stück Kreide und schrieb in großen Lettern an die Tafel:

WAHRSCHEINLICHKEIT IST LANGWEILIG

Ein paar Studenten lachten. «Ist jemand anderer Meinung?» Niemand meldete sich. «Also gut, da wir das nun hinter uns gebracht haben, möchte ich Ihnen versichern, dass diese Veranstaltung Ihre Zeit wert sein wird, denn heute werden wir nicht über Wahrscheinlichkeitstheorie sprechen. Wir werden über das Leben sprechen. Und das *Leben* ist interessant. Zumindest meines. Ich weiß natürlich nicht, wie es bei Ihnen aussieht.

Die Wahrscheinlichkeitstheorie ist das Leben – nur in Zahlen ausgedrückt», fuhr er fort. «Lassen Sie mich Ihnen ein Beispiel geben. Dafür brauche ich einen Freiwilligen.» Etliche Hände wurden hochgerissen. Genau in diesem Moment knallte die Tür hinten im Hörsaal zu, und alle sahen sich zu dem Zuspätkommenden um. Der Student schlich sich schon zu einem Platz, die Augen fast hinter dem Schirm einer Baseballkappe verborgen. Doc ging mit zügigen Schritten zu ihm und packte seinen Arm.

«Das nenne ich einen Zwangsfreiwilligen.» Doc hielt den Arm des Studenten hoch wie ein Ringrichter den eines Profiboxers. «Wie heißen Sie?»

«Mark Davis.»

Die beiden gingen nach vorn, Doc nahm ein beschriftetes Blatt Papier von seinem Pult und reichte es Mark. «Was ist das?»

«Äh … Sieht aus wie eine Namensliste.»

«Genau. Und jetzt sagen Sie mir: Wie viele Studenten sind da aufgelistet?»

Mark schwieg eine Weile und hob dann wieder den Blick. «Achtundfünfzig.»

«Und sind neben den Namen die Geburtsdaten angegeben?»

«Nein.»

«Das wird ein Spaß», sagte Doc verschwörerisch zum Auditorium und wandte sich dann wieder an Mark. «Wetten Sie gern?»

«Klar.»

«Ausgezeichnet!» Doc faltete die Hände. Er zog fünf druckfrische Eindollarscheine aus der Tasche und zeigte sie den Studenten, wie ein Zauberer, der gleich ein Kunststück vorführen wird. «Ich wette mit Ihnen um fünf Dollar, dass mindestens zwei Leute hier im Saal am gleichen Tag Geburtstag haben. Was meinen Sie?»

Mark sah die Studenten an und wandte sich dann mit einem süffisanten Lächeln wieder an Doc. «Okay. Ich halte dagegen.»

«Phantastisch. Dann lassen Sie mal sehen.»

Mark runzelte verwirrt die Stirn.

«Das Geld, die Knete.»

Mark zuckte die Achseln und zog einen verknüllten Fünfdollarschein aus der Hosentasche.

Doc zupfte ihm den Geldschein aus der Hand und knallte ihn auf das Pult. Dann wandte er sich wieder ans Auditorium und zeigte lächelnd mit dem Daumen auf Mark. «Was für ein Trottel», sagte er. Die Zuhörer lachten, und Mark wurde rot. «Wenn Mark sich auch nur ein bisschen mit dem Leben auskennen würde – das heißt mit der Wahrscheinlichkeit –, dann wüsste er, dass er gerade einen sehr dummen Fehler gemacht hat. Kann mir jemand sagen, warum?»

Keine Reaktion.

«Also gut, dann brauchen wir weitere Freiwillige.» Niemand meldete sich. Da entdeckte Doc Caine. Caine versuchte sich zu ducken, aber es war schon zu spät. «Wir haben heute einen ganz besonderen Gast. Einen meiner besten Doktoranden: David Caine. David, heben Sie die Hand.» Caine hob zögernd eine Hand. Seine Kehle war trocken. Die übrigen Zuhörer drehten sich um und starrten ihn an. «Ich nenne David immer Rain Man, denn er ist der Einzige in der ganzen Fakultät, der keinen Taschen-rechner braucht. Würden Sie mir helfen, David?»

«Habe ich denn die Wahl?», fragte Caine und versuchte zu ignorieren, dass sein Herz pochte, als würde es jeden Augenblick platzen.

«Nein, haben Sie nicht», erwiderte Doc.

«Also dann ist es mir eine Ehre.» Die Studenten kicherten. Caine zwang sein Herz, langsamer zu schlagen. Das war wie Fahrrad fahren. Er würde das hinbekommen.

«Ausgezeichnet», sagte Doc und faltete die Hände. «Wie hoch ist die Chance, dass Sie und ich den gleichen Geburtstag haben?»

«Ungefähr 0,3 Prozent.»

«Erklären Sie uns Normalsterblichen bitte, wie Sie zu diesem Ergebnis gekommen sind.»

«Das ist eins geteilt durch 365.»

«Genau. Da jeder von uns an einem der 365 Tage des Jahres geboren wurde, steht die Chance genau eins zu 365, dass Sie und ich am gleichen Tag geboren wurden.» Doc lief zur Tafel und schrieb:

$$1/365 = 0,003 = 0,3\%$$

«Haben das alle verstanden?» Papiergeraschel und Ge-murmel ertönten. Den Studenten wurde klar, dass es Zeit war, sich Notizen zu machen. «Also gut, wenn ich Sie gefragt hätte, ob Sie wetten wollen, dass wir *nicht* den gleichen Geburtstag haben, hätten Sie mitgemacht, nicht wahr?»

«Ja.»

«Und das wäre eine kluge Entscheidung gewesen; Sie hätten wahrscheinlich gewonnen. Ich wurde am neunten Juli geboren. Wann ist Ihr Geburtstag?»

«Am achtzehnten Oktober.»

«Sehen Sie. Die Chance stand eins zu 365, dass wir den gleichen Geburtstag haben, und 364 zu 365, dass dem nicht so ist. Jetzt sagen Sie mir, wie hoch die Chance ist, dass Sie den gleichen Geburtstag haben wie irgendjemand hier im Raum, mich eingeschlossen.»

Caine dachte kurz nach und hob dann wieder den Blick. «Die beträgt 14,9 Prozent.»

«Genau. Erklären Sie das bitte.»

«Wenn man berechnen will, wie groß die Chance ist, dass ich am gleichen Tag Geburtstag habe wie einer der übrigen 59 Menschen hier im Raum, muss man zunächst berechnen, wie groß die Chance ist, dass ich *nicht* am gleichen Tag Geburtstag habe wie jemand anders, und das ist 364 durch 365 hoch 59. Das heißt, ich berechne die Wahrscheinlichkeit, dass ich nicht am gleichen Tag Geburtstag habe wie ein anderer hier, und potenziere das mit 59.»

Doc schrieb es währenddessen an die Tafel:

$$\text{Wahrsch. (anderer Geb. als andere)} = (364 / 365)^{59}$$
$$= 85,1\,\%$$

«Da», fuhr Caine fort, «die Wahrscheinlichkeit, dass ich *nicht* am gleichen Tag Geburtstag habe wie jemand anders, 85,1 Prozent beträgt, beträgt die Wahrscheinlichkeit, *dass* ich am gleichen Tag Geburtstag habe wie jemand anders, 14,9 Prozent.»

$$\text{Wahrsch. (gleicher Geb.)} = 1 - \text{Wahrsch. (anderer Geb.)}$$
$$= 100\,\% - 85,1\,\%$$
$$= 14,9\,\%$$

«Ausgezeichnet», sagte Doc. «Können alle noch folgen?» Etliche Köpfe nickten, und die Studenten schrieben weiter Docs Gleichungen mit.

«Okay, dann gehen wir nochmal einen Schritt zurück. Wenn wir wissen, dass Sie und ich nicht den gleichen Geburtstag haben, wie groß ist dann die Wahrscheinlichkeit, dass sowohl Sie als auch ich an einem anderen Tag Geburtstag haben als alle anderen hier?»

Caine räusperte sich. «Da muss man zunächst die Wahrscheinlichkeit berechnen, dass ich nicht am gleichen Tag Geburtstag habe wie jemand anders – die, wie wir bereits wissen, 85,1 Prozent beträgt –, und anschließend die Wahrscheinlichkeit, dass *Sie* nicht am gleichen Tag Geburtstag haben wie jemand anders, wobei man berücksichtigt, dass wir beide nicht am gleichen Tag Geburtstag haben.»

«Halt halt, das geht viel zu schnell», sagte Doc dramatisch. Er warf sein Kreidestück quer durch den Raum Caine zu, der es instinktsicher fing. «Können Sie herkommen und mir zeigen, was Sie meinen?»

Alle drehten sich zu ihm um. Seine Hände waren schweißnass, und sein Herz pochte, aber irgendwie gelang es ihm aufzustehen. Als er dann nach vorne zum Podium ging, kam ihm jeder Schritt wie eine Ewigkeit vor. Und dennoch wurde er umso selbstsicherer, je näher er der Tafel kam. Bis er sie schließlich erreichte und vor den Studenten stand, wie er es immer getan hatte. Er blinzelte rasch ein paarmal, aber die Welt blieb im Gleichgewicht. Dr. Kumars Medikament wirkte. Er war wieder da, wo er hingehörte.

«Äh, also gut», sagte Caine und wandte sich an das Auditorium. «Wie ich schon sagte, wissen wir bereits, dass Doc und ich nicht am gleichen Tag Geburtstag haben. Um die

Wahrscheinlichkeit zu berechnen, dass keiner von uns beiden am gleichen Tag Geburtstag hat wie jemand anders hier, muss man zunächst die Wahrscheinlichkeit berechnen, dass Doc nicht am gleichen Tag Geburtstag hat wie jemand anders hier.

Das mache ich auf die gleiche Weise, wie ich schon berechnet habe, dass ich nicht am gleichen Tag Geburtstag habe wie jemand anders hier, bloß dass ich diesmal 363 als Zähler nehme und 364 als Nenner, denn ich weiß ja bereits, dass wir nicht am gleichen Tag Geburtstag haben, und muss daher einen Tag abziehen. Dann potenziere ich diesen Bruch mit 58 statt 59, denn ich muss ihn ja nur noch mit 58 Leuten hier im Raum vergleichen, nicht mehr mit 59, denn mich selbst schließe ich dabei aus.

Die Wahrscheinlichkeit, dass Doc nicht am gleichen Tag Geburtstag hat wie jemand anders hier, beträgt folglich 85,3 Prozent.»

$$\text{Wahrsch.}_{\text{Doc}} \text{(anderer Geb. als andere)} = (363 / 364)^{58}$$
$$= 85,3 \%$$

Caine wandte sich wieder ans Auditorium. Einen widerlichen Moment lang sah er kurz die Palmenhände und spürte, wie sich ihm der Magen umdrehte. Er kniff die Augen zu und öffnete sie wieder. Es war alles in Ordnung. Die Palmen waren verschwunden. Er atmete tief durch und fuhr fort.

«Wenn Sie also wissen wollen, wie groß die Wahrscheinlichkeit ist, dass keiner von uns beiden am gleichen Tag Geburtstag hat wie jemand anders hier, müssen Sie die beiden Wahrscheinlichkeiten miteinander multiplizieren.»

Wahrsch. (Caine & Doc anderer Geb. als andere)

  = Wahrsch. (Caine anderer) x Wahrsch. (Doc anderer $_{\text{& anderer als Caine}}$)

  = $(364 / 365)^{59}$ x $(363 / 364)^{58}$

  = $(85,1\,\%)$ x $(85,3\,\%)$

  = $72,5\,\%$

«Die Wahrscheinlichkeit, dass weder Doc noch ich am gleichen Tag Geburtstag haben wie jemand anders hier, beträgt 72,5 %. Die Wahrscheinlichkeit, dass entweder Doc oder ich am gleichen Tag Geburtstag haben wie jemand anders hier, beträgt daher 27,5 Prozent.»

Wahrsch. (C & D gleicher Geb.) = 1 – Wahrsch. (anderer Geb.)

    = $100\,\% - 72,5\,\%$

    = $27,5\,\%$

«Können noch alle folgen?» Docs Zwischenruf überraschte Caine. Caine hatte fast vergessen, dass er selbst hier gar nicht der Dozent war. «Ausgezeichnet», sagte Doc, als alle nickten. «Okay, letzte Frage: Wie groß ist die Wahrscheinlichkeit, dass zwei beliebige Leute hier den gleichen Geburtstag haben?»

«Also», sagte Caine und wandte sich wieder zur Tafel um, «vorausgesetzt, wir wissen nicht, dass wir beide nicht den gleichen Geburtstag haben, wiederholt man die Berechnung, mit der ich ermittelt habe, ob wie beide den gleichen Geburtstag haben, für jeden einzelnen Studenten hier und zieht dabei jeweils vom Zähler eins ab.

Wahrsch. (keine zwei gleichen Geb.)

  = $(364 / 365)$ x $(363 / 365)$ x $(362 / 365)$ …

    x $(308 / 365)$ x $(307 / 365)$ x $(306 / 365)$

  = $0,006$ = $0,6\%$

«Da es nur eine Chance von 0,6 Prozent gibt, dass *niemand* hier den gleichen Geburtstag hat wie ein anderer, liegt die Chance bei 99,4 Prozent, dass mindestens zwei Leute den gleichen Geburtstag haben.»

Doc klatschte langsam in die Hände. Er drehte sich um, steckte die Geldscheine ein und klopfte Mark auf den Rücken. «Danke für Ihr Geld, Mr. Davis. Sie können sich jetzt wieder setzen.»

«Moment mal», protestierte Mark.

«Was möchten Sie?»

«Nur weil Ihr Kumpel sagt, dass ich falsch liege, muss das noch lange nicht stimmen.»

«Ah, ein Ungläubiger. Wollen Sie damit sagen, dass Sie nicht an die Wahrscheinlichkeitstheorie glauben?»

«Nicht immer», sagte Mark grinsend.

«Blasphemie!», rief Doc und hob die Hände wie ein Prediger. «Meine Brüder und Schwestern, wir haben einen Ungläubigen unter uns! Helft mir, die Seele dieses Mannes zu erretten! Alle, die im Januar geboren wurden, stehen jetzt bitte auf.»

Vier Studenten erhoben sich von ihren Plätzen. «Nennen Sie einer nach dem anderen Ihren Geburtstag, von hinten nach vorn.»

Alle hatten an unterschiedlichen Tagen Geburtstag. Marks Grinsen wurde breiter. Doc zuckte nur mit den Achseln. «Das Grinsen würde ich mir an Ihrer Stelle verkneifen. Das wird gleich sehr dumm aussehen.» Doc wandte sich wieder ans Auditorium. «Okay, die Januarkinder setzen, die Februarkinder aufstehen und Geburtstage nennen.»

Diesmal erhoben sich fünf Studenten. Wiederum hatten keine zwei am gleichen Tag Geburtstag. Das gleiche Ergebnis bekam er im März, April, Mai und Juni. Mark grinste immer süffisanter. Bis dann die im Juli Geborenen dran waren, ihren Geburtstag zu nennen.

Ein dünner Maschinenbauer: «Dritter Juli.»

Ein großer, sportlicher Kerl mit Bürstenhaarschnitt: «Zwölfter Juli.»

«Hey, ich auch! Zwölfter Juli!», rief eine zierliche Asiatin, die ein rosa T-Shirt trug.

Doc strahlte übers ganze Gesicht, breitete die Arme aus und verbeugte sich. «Quod erat demonstrandum.»

Marc fluchte und setzte sich wieder.

«Was ist also die Moral von der Geschicht? Erstens: Je größer das Sample, desto größer auch die Wahrscheinlichkeit. Mit anderen Worten: Bei genauer Beobachtung kann – und wird – alles einmal passieren, ganz egal, wie unwahrscheinlich es ist. Wenn wir heute, sagen wir mal, zu zehnt wären, würde Mark vielleicht nicht als Verlierer nach Hause gehen, denn dann läge die Wahrscheinlichkeit, dass zwei Menschen den gleichen Geburtstag haben, bei … Rain Man, helfen Sie mir.»

Caine schloss für ein paar Sekunden die Augen. «Bei nur etwa zwölf Prozent.»

Doc lächelte. «Genau. Wo war ich? Ach ja, die zweite Moral von der Geschicht.» Er sah Mark direkt an. «Die Wahrscheinlichkeitstheorie irrt nie. Glauben Sie daran, denn sie ist der einzig wahre Gott.»

Doc verbeugte sich knapp, und ein paar Leute applaudierten tatsächlich. Er strahlte. «Also gut, und nun zu Ihrer Lektüre.»

Caine nahm das als Stichwort, sich wieder zu setzen. Als er den Gang hinaufging, spürte er überwältigende Freude. Er hatte es geschafft. Obwohl immer noch zwei Damoklesschwerter namens Epilepsie und Vitaly Nikolaev über seinem Kopf hingen, kümmerte sich Caine für einen Moment nicht darum. Ein paar Minuten lang hatte er Studenten unterrichtet. Zum ersten Mal seit fast anderthalb Jahren glaubte Caine, dass er vielleicht in sein altes Leben würde zurückkehren können. Wenn er das früher gewusst hätte, hätte er nicht so lange gezögert, an Dr. Kumars klinischem Versuch teilzunehmen.

Eine Dreiviertelstunde später beschloss Doc die Veranstaltung. «Das war's für heute. Wir sehen uns am Mittwoch wieder. Und wenn wir Glück haben, wird sich Mr. Caine vielleicht wieder zu uns gesellen.»

Die meisten Studenten drängten sich schnell aus dem Hörsaal, aber Caine sah auch einige Streber, die sich um Doc scharten und ihm Fragen stellten. Als auch sie gegangen waren, ging Caine zu seinem alten Mentor.

«Es ist sehr schön, Sie wieder zu sehen, Caine.» Doc klopfte ihm auf die Schulter. «Wissen Sie, wir sollten wirklich mal mit unserer Show auf Tournee gehen.»

«Ich kann mir nicht vorstellen, dass jemand dafür Eintritt zahlen würde.»

«Das ist doch wohl nicht Ihr Ernst! 58 Studenten, und jeder von ihnen zahlt 14 000 Dollar Studiengebühren für vier Kurse wie den hier. Das macht …»

Caine blinzelte. «134,62 Dollar pro Student und Veranstaltung.»

«Genau!»

«Nicht schlecht», sagte Caine. «Dann beläuft sich meine Hälfte für heute auf 3904 Dollar. Können Sie mir einen Scheck ausstellen?»

Der weiße Lieferwagen mit der weltweit bekannten Aufschrift in blau-orangen Blockbuchstaben hielt direkt gegenüber von *Sam's Diner*, und der Motor wurde abgestellt. Der FedEx-Laster war einer von vierzig, die eine

Deckfirma im Auftrag der NSA erworben hatte. Vom äußeren Erscheinungsbild abgesehen, hatte der Wagen aber kaum etwas gemeinsam mit den anderen LKW des Frachtunternehmens; er war nun mit einem leistungsstarken Motor und ausgefeilter Überwachungstechnik ausgerüstet.

Keiner der drei Männer im Wagen konnte sich mit irgendetwas ausweisen – nur mit den falschen Namensschildern auf den gestohlenen Uniformen. Steven Grimes war der Teamleiter. Er war einer der führenden Überwachungsspezialisten des Landes, auch wenn er mit seinem fettigen schwarzen Haar und dem gespenstisch blassen Teint nicht unbedingt danach aussah.

Wenn er im Überwachungszentrum war, saß er auf einem großen, ledernen Kapitänsstuhl, von dem aus er zehn Monitore sehen und auf fünf Tastaturen zugreifen konnte. Draußen im Feld jedoch musste er sich ein wenig einschränken; dort hatte er nur drei Monitore, zwei Tastaturen und einen kleinen, am Boden festgeschraubten Drehstuhl. Dennoch war er in dem Wagen in seinem eigentlichen Element, denn Grimes war im Grunde seines Herzens am liebsten draußen im Einsatz.

Vor allem liebte er es zu beobachten. Wenn es um Voyeurismus ging, war Grimes nicht zu schlagen. Trotz geringer Schulbildung war er ein Elektronik-Genie und dank seines Verbrechervaters auch ein sehr erfahrener Einbrecher. Diese beiden Fähigkeiten ermöglichten es ihm, winzige Kameras zu bauen und an beliebiger Stelle anzubringen, womit er in seinem zweiten Jahr auf der Highschool in der Mädchenumkleide begonnen hatte. Nachdem er von der Schule geflogen war, beschloss Grimes, das Beobachten zu seinem Beruf zu machen, und bewarb sich bei der NSA. Als seine erste Bewerbung kurz und knapp abgelehnt worden war, gelang es ihm, die Personalabteilung umzustimmen, indem er als Hacker ins Netzwerk der NSA eindrang und dem Leiter der Kryptographischen Abteilung einen persönlichen Brief schrieb, der auf dem Bildschirm des Mannes auftauchte, als dieser sich einloggte.

Grimes wurde vom Fleck weg engagiert, und die nächsten acht Jahre glichen dem Wunschtraum eines jeden Voyeurs. Er bekam ein eigenes Elektroniklabor und ein fast unbeschränktes Budget für die Entwicklung von Spionagegerätschaften. Das Einzige, was ihm an seinem Job gegen den Strich ging, waren die bürokratischen Hemmnisse und sein Vorgesetzter, Dr. James Forsythe. Forsythe – oder, wie Grimes ihn gerne nannte, Dr. Jimmy – war eine absolute Nervensäge, schlimmer als die ganzen Militärwichser zusammengenommen.

Bis vor kurzem hatten sie ein wechselseitig vorteilhaftes, wenn auch bissiges Verhältnis zueinander gehabt. Das war jedoch, bevor Grimes dank eines Aktientipps von Forsythe sein ganzes Geld verloren hatte. Wäre Dr. Jimmy nicht gewesen, dann hätte Grimes immer noch über zweihunderttausend Dollar auf der hohen Kante. Zwei Monate zuvor jedoch hatte Grimes sein ganzes Erspartes in die Firma *philoTech* investiert, weil Dr. Jimmy ihm erzählt hatte, Senator Daniels würde ein großes Rüstungsvorhaben unterstützen, das dem Unternehmen einen fetten Staatsauftrag einbringen würde.

Als die Nachricht über das Rüstungsprogramm einige Wochen später über die Ticker ging, schoss der Aktienkurs des Unternehmens von 20¼ auf 101½ Dollar in die Höhe. Doch statt abzukassieren, investierte Grimes noch einmal den gleichen Betrag, da er wusste, dass der Regierungsauftrag das dreifache Volumen dessen hatte, wovon die Wallstreet ausging. Er war fest entschlossen, ein Vermögen zu verdienen, doch dann starb Daniels eines Nachts, und damit war auch das Geschäft gestorben. Kein Daniels, kein Rüstungsvorhaben, kein Regierungsauftrag für *philoTech*. Und das war, bevor der Buchhaltungsskandal Schlagzeilen machte.

Der Börsenkurs fiel am nächsten Tag binnen einer Stunde um 98 Prozent, und Grimes war ruiniert. Was er investiert hatte, war nun nicht einmal mehr zehntausend Dollar wert. Aber teilte Forsythe sein Leid? Von wegen. Das Arschloch hatte abgesahnt, sobald der Aktienkurs einen dreistelligen Wert erreichte, und hatte einen Riesenhaufen Geld verdient.

Grimes konnte nichts mehr daran ändern. Und schlimmer noch: Sich an Forsythe zu halten war für ihn die einzige Möglichkeit, wieder an Geld zu kommen, und da saß er nun und tat, was der kleine Kerl von ihm verlangte. In diesem Moment läutete sein Telefon, und er drückte an seinem Pult auf einen Knopf. Statt der MP3-Datei, der er gelauscht hatte, erklang nun Dr. Jimmys nervige Stimme.

«Können Sie schon was hören?», fragte Forsythe, ohne auch nur Hallo zu sagen.

«Immer schön locker bleiben, Dr. Jimmy», sagte Grimes und genoss das Gekicher der anderen Männer im Wagen. «Augy arbeitet daran. In ein paar Minuten sind wir auf Sendung.»

«Gut», knurrte Forsythe. «Machen Sie es dann über Ethernet zugänglich, wenn Sie so weit sind.»

Dr. Jimmy legte auf, und Grimes widmete seine Aufmerksamkeit wieder dem Monitor, der irgendeinen älteren Kerl in einem Restaurant zeigte. Er fragte sich, was an Tversky so wichtig war, dass Dr. Jimmy Grimes' Team befohlen hatte, dem Typ beim Mittagessen zuzusehen.

Kapitel /10/

Docs Lieblingsrestaurant hatte eine große Neonreklame über der Tür, die für die «weltberühmten Burger und Suppen» warb. Caine hatte das immer für eine seltsame Kombination gehalten. Er konnte sich nicht erinnern, jemals Burger *und* Suppe gegessen zu haben, aber das Essen hier war wirklich gut. Während Doc ihm von den neusten Fachartikeln berichtete, versuchte Caine den Mut aufzubringen, seinen alten Professor um einen Job zu bitten. Aber er war nervös. Doc war irgendwie … anders als sonst. Er hatte die Kellnerin zusammengestaucht, als sie ihre Getränkebestellung durcheinander gebracht hatte, und das war eigentlich gar nicht seine Art.

Caine beschloss, dass ihm seine Phantasie nur Vorwände lieferte, und er wollte das Thema gerade ansprechen, als dummerweise ein Mann hereinkam und Doc erwartungsvoll ansah. Der winkte ihn sofort herüber. Der Mann war äußerlich das genaue Gegenteil von Doc, trug einen adretten Dreiteiler und eine dunkelrote Fliege. Caine erkannte ihn als Docs gelegentlichen Forschungspartner, konnte sich aber nicht an den Namen des Mannes erinnern.

«Sie erinnern sich doch noch an David, nicht wahr?», fragte Doc den Mann, ohne sich die Mühe zu machen, ihn Caine vorzustellen.

«Natürlich. Schön, Sie wieder zu sehen», sagte der Mann und schüttelte Caine mit schlaffem Griff die Hand, wobei er ihn anstarrte, als wäre Caine ein Tier in einem Zoogehege.

«Wo drückt denn der Schuh?», fragte Doc seinen Kollegen. «Sie sehen sauer aus.»

Der Mann mit der Fliege fuhr sich mit der Hand durch sein dichtes Haar und grummelte: «Ach, heute ist einfach ein Scheißtag. Ich habe mich gerade mit jemandem über Heisenberg gestritten. Davon habe ich Kopfschmerzen bekommen.»

«Erzählen Sie mir davon», sagte Doc, mit einem Mal nachdenklich. «Ich bin nie ein großer Fan von ihm gewesen. Sie, Rain Man?»

«Was?», fragte Caine, verdutzt darüber, dass Doc ihn ins Gespräch einbezog. «Ach, ich weiß nicht … Heisenberg habe ich nie richtig verstanden.»

«Tatsächlich nicht?», fragte Doc mit funkelndem Blick. «Was genau haben Sie denn nicht verstanden?»

Caine hätte sich treten können. Er hatte Docs unstillbare Lust, komplizierte Phänomene zu erklären, ganz vergessen. Im Laufe der Jahre hatte Caine viele Stunden damit verbracht, sich Docs ellenlange Vorträge anzuhören – vom Urknall bis zur Chaostheorie.

Caine sah Hilfe suchend zu dem Mann mit der Fliege hinüber, doch der hatte sich bereits in die Speisekarte vertieft und hörte nicht mehr hin. Schließlich sagte Caine: «Ich habe nie verstanden, warum die Physiker annehmen, dass Teilchen keine bestimmte Position haben, nur weil sie nicht rausfinden können, wo diese Position ist. Es ist ja nicht so, dass Teilchen gleichzeitig an zwei Orten sein können.

«Doch, in gewisser Weise ist das so», entgegnete Doc, froh, dass er das Gespräch auf ein Thema gelenkt hatte, bei dem er dozieren konnte. «Physiker haben das mit dem Doppelschlitzexperiment bewiesen.»

«Aha, interessant», sagte Caine. Er wusste, Doc war jetzt nicht mehr aufzuhalten, also konnte er bei der Gelegenheit auch gleich etwas lernen. «Was ist denn das Doppelschlitzexperiment?»

«Stellen Sie sich vor, Sie leiten einen Lichtstrahl durch einen Schlitz in einem Blatt Papier auf diesen Teller hier. Was würden Sie da sehen?»

Caine zuckte die Achseln. «Einen Lichtstreifen vermutlich.»

«Genau.» Doc zog eine dünne Ketchuplinie mitten über seinen leeren Teller. «Die Photonen, die durch den Schlitz dringen, treffen auf dem Teller auf und erzeugen einen geraden Lichtstreifen.» Er hielt inne und trank einen Schluck Wasser. «Und jetzt stellen Sie sich vor, Sie leiten das Licht auf ein Blatt Papier, das *zwei* Schlitze hat. Was würden Sie dann sehen?»

«Zwei Lichtstreifen.»

«Falsch», sagte Doc. «Sie würden verschwommene Lichtstreifen und Schatten sehen, etwa so.» Doc zog, parallel zur ersten, eine zweite Ketchuplinie über den Teller und verwischte sie dann mit einer Fritte. «Wenn man sich das Licht als Welle vorstellt, ist dieses Ergebnis nicht erstaunlich, denn dann versteht man, dass es zwischen den einzelnen Lichtstrahlen auf dem Weg vom Papier zum Teller zu Interferenzen kommt, die dieses verschwommene Muster erzeugen.

Und auch wenn man sich Licht als das vorstellt, was

es ist – als eine Abfolge von Teilchen –, kann man dieses Muster erklären, da jedes Photon eine eigene Frequenz hat. Wenn sie interferieren, entsteht ebenfalls das verschwommene Muster auf dem Teller.»

«Okay, dann lässt es sich also erklären. Und was ist jetzt so besonders daran?», fragte Caine.

Doc hob einen Zeigefinger. «Dazu komme ich gleich. Vor kurzem haben einige Physiker eine Lichtquelle entwickelt, die zu einem gegebenen Zeitpunkt immer nur ein Photon abgeben kann, und damit haben sie das Experiment wiederholt. Und stellen Sie sich vor, es kam genau das gleiche Interferenzmuster heraus.»

Caine runzelte die Stirn. «Wie soll denn da ein Interferenzmuster entstehen, wenn immer nur einzelne Photonen durch den Schlitz dringen? Wie kann es denn da zu Überlagerungen kommen?»

«Jedes einzelne Photon überlagert auf der anderen Seite des Papiers sich selbst, denn es dringt bei dem Experiment gleichzeitig durch beide Schlitze.» Doc lächelte triumphierend.

«Wie das?»

«Weil das Photon, das man früher für ein Teilchen hielt, *auch* eine Welle ist. Wenn nur *ein* Schlitz vorhanden ist, verhält es sich wie ein Teilchen, aber bei zwei Schlitzen verhält es sich wie eine Welle. Photonen haben gleichzeitig den Charakter einer Welle und eines Teilchens. Man bezeichnete das als ‹Welle-Teilchen-Dualismus›.

Und im Grunde ist die gesamte Materie zweierlei, mit unterschiedlichen Eigenschaften und an unterschiedlichen Orten zur gleichen Zeit, bis sie dann gemessen wird.»

«Aber das ergibt doch keinen Sinn», sagte Caine.

«Willkommen in der Quantenphysik», sagte Doc, eine Fritte kauend.

Nun meldete sich der Mann mit der Fliege doch noch zu Wort. «Wenn Sie ihn komplett durcheinander bringen wollen», sagte er zu Doc, als wäre Caine gar nicht anwesend, «erzählen Sie ihm von Schrödingers Katze.»

Caine hob eine Hand. «Das ist wirklich nicht nötig –»

«Ach, das geht schnell», sagte Doc. «Kurz und schmerzlos, das verspreche ich Ihnen.»

«Also gut.» Caine hatte ganz vergessen, wie entspannt man sich unterhalten konnte, wenn man sich nicht ständig fragen musste, ob das Gegenüber bluffte. Zum zweiten Mal an diesem Tag hatte er sich gestattet, seine Probleme zu vergessen und sich ganz dem Augenblick hinzugeben. Es war ein schönes Gefühl – auch wenn sie über Quantenphysik sprachen.

«Erwin Schrödinger war zwar einer der Väter der Quantenphysik, aber ihm war auch bewusst, wie unlogisch das Ganze war, zumal, wenn man es auf die reale Welt anwandte. Also schlug er 1935 ein hypothetisches Gedankenexperiment vor, in dem es um eine Katze ging.

Es ging dabei um Folgendes: Stellen Sie sich ein radioaktives Atom vor, das sich in zwei Zuständen befinden kann: zerfallen, dann gibt es Radioaktivität ab, und nicht zerfallen, dann ruht es. Die Quantenphysik sagt uns, sobald wir das Atom beobachten, wird es sich in einem der beiden Zustände befinden, aber solange wir es nicht beobachten, befindet es sich im Grunde gleichzeitig in beiden Zuständen – genau, wie sich das Photon im vorigen Beispiel gleichzeitig an zwei Orten befand.

Schrödingers Gedankenexperiment war nun Folgendes: Was würde geschehen, wenn man eine Katze in einen Kasten setzen würde, in dem sich eine Flasche mit einem tödlichen Gas, ein radioaktives Atom und eine Hammervorrichtung, die ausschlägt, sobald sie Energie feststellt, befinden? Wenn das radioaktive Atom zerfällt, schlägt der Hammer die Flasche kaputt, das Gas wird freigesetzt und die Katze stirbt. Wenn das Atom aber nicht zerfällt, bewegt sich der Hammer nicht, und die Katze überlebt.

Bis man jedoch den Kasten öffnet und das Atom beobachtet, ist es weder zerfallen noch nicht zerfallen. Die Frage ist also: Was geschieht mit der Katze, solange der Kasten geschlossen ist?»

Caine dachte einen Moment lang darüber nach. «Ich schätze mal …» Er verstummte, dann erschien ein Lächeln auf seinem Gesicht. «Ah, jetzt verstehe ich. Da sich das Atom theoretisch gleichzeitig in zwei verschiedenen Zuständen befindet, ergeht es der Katze genauso. Sie ist gleichzeitig tot und lebendig – bis man dann den Kasten öffnet und das Atom beobachtet. Ab dann befindet sich auch die Katze definitiv in dem einen oder dem anderen Zustand.»

Doc lächelte. «Sehen Sie. Und Sie sagen, Sie verstehen die Quantenphysik nicht.»

«Der springende Punkt», schaltete sich der Mann mit der Fliege ein und richtete seine Aufmerksamkeit nun auf Caine, «ist, dass die Quantenmechanik, so stimmig sie auch sein mag, noch unlogischer wird, wenn man sie statt auf unsichtbare subatomare Teilchen auf die reale Welt anwendet.»

«Wollen Sie damit sagen, dass Sie Heisenberg nicht glauben?», fragte Doc den Mann mit der Fliege.

«Glauben *Sie* ihm?», entgegnete der.

Doc zuckte die Achseln. «Ich glaube zunächst mal nur das, was ich mit eigenen Augen sehen kann. Alles andere ist bloße Theorie.» Dann wandte er sich wieder an Caine. «Entschuldigen Sie, Sie wollten mich etwas fragen, ehe wir vom Thema abgekommen sind.»

Caine nahm sich eine von Docs Fritten. Plötzlich war es ihm peinlich, um Hilfe zu bitten, zumal vor einem Dritten.

«Also, ich stecke gerade ein bisschen in der Klemme ...»

«Oh», sagte Doc besorgt. «Was ist denn?»

«Ich ... bin knapp bei Kasse.»

«Sie wissen, dass ich Ihnen sofort Ihre Dozentenstelle wiedergeben würde, aber angesichts Ihrer ... ähm ... Probleme würde die Fakultätsleitung das nie zulassen. Zumindest nicht dieses Semester. Aber es gibt ja immer noch ein nächstes Jahr.»

«Ja, ich weiß. Es ist bloß, dass ich ziemlich dringend Geld brauche.» Caine war die Sache äußerst peinlich, zumal Docs Forscherkollege keine Anstalten machte, sie allein zu lassen. Vielmehr starrte er auf Caine herab, als ginge von ihm ein sehr eindringlicher Geruch aus. Caine gab sich alle Mühe, den Biometriker mit der Fliege zu ignorieren, und sagte: «Wenn Sie bei einem Ihrer privaten Forschungsprojekte Hilfe brauchen, wäre ich gerne bereit dazu. Ich bin ein wenig verzweifelt.»

Doc betrachtete einen Augenblick lang gedankenverloren die Decke. Als er Caine wieder ansah, ließ sein Gesicht keine Hoffnung erkennen. Er schüttelte langsam den Kopf.

«Wenn ich Ihnen irgendwie helfen könnte, würde ich es tun. Aber im Moment habe ich nichts für Sie.»

Caine gab sich alle Mühe, nicht auf seinem Sitz zusammenzusacken, auch wenn es ihm schwer fiel.

«Es tut mir Leid», sagte Doc.

«Schon okay», sagte Caine und dachte dabei, dass seine Situation nicht im Entferntesten okay sei. «Es war mir klar, dass das wahrscheinlich nichts wird. Machen Sie sich keine Sorgen. Ich werde mir etwas einfallen lassen.»

Caine sah auf den Tisch, damit er Docs Blick nicht begegnete. Er nahm die letzte Fritte vom Teller, tunkte sie in den Ketchup von Docs Doppelschlitz-Illustration. Als er sie zum Mund führte, löste sich ein Ketchupklecks und fiel auf den Teller, wobei er rund um die Aufprallstelle winzige rote Linien hinterließ.

Während Caine zusah, spürte er, wie die Zeit mit einem Mal langsamer verging.

...

Die roten Linien werden dicker, erstrecken sich bis zum Tellerrand. Der kleine Tropfen ist nun eine leuchtend rote Lache, die immer größer wird und pulsiert. Sie nimmt solche Ausmaße an, dass sie auf den Tisch schwappt, wobei rote Spritzer durch die Gegend fliegen.

(92,8432-prozentige Wahrscheinlichkeit)

Sie fliegen in Zeitlupe auf Docs Gesicht und das seines Kollegen zu, hinterlassen Streifen auf ihrer Stirn und ihren Wangen und große Flecken auf ihren Hemden. Die Tropfen ätzen sich durch ihre Kleidung und Haut. Jetzt bluten die beiden Wissenschaftler; dunkelrotes Blut läuft ihnen übers Gesicht und spritzt ihnen aus der Brust.

(96,1158-prozentige Wahrscheinlichkeit)

Caine springt auf, es verschlägt ihm den Atem. Docs Mund bildet Wörter, aber man hört nichts. Seine Kehle ist voller Blut, das ihm aus dem Mund schwappt. Caine kommt es vor, als wäre alle Atemluft aus dem Raum gewichen. Er schnappt nach Luft, aber da ist nichts, nur Leere und ein peinigender Kopfschmerz.

(99,2743-prozentige Wahrscheinlichkeit)

Es ist so weit. Ein weiterer Anfall. Aber diesmal kommt es ihm nicht wie ein Anfall vor. Er hatte schon visuelle Halluzinationen, aber nicht solche. Er möchte schreien, möchte verhindern, was da passiert, aber er kann nicht –

Alles steht still.

Doc, sein Kollege, die anderen Gäste sind reglos wie Statuen; das Blut hängt in der Luft wie die schimmernden Tropfen eines roten Regens. Und dann setzt sich ganz langsam alles wieder in Bewegung. Aber irgendetwas stimmt nicht. Caine braucht einen Moment, dann wird ihm klar, dass alles rückwärts abläuft.

(98,3667-prozentige Wahrscheinlichkeit)

Die roten Tropfen fliegen dorthin zurück, wo sie herkamen. Wunden schließen sich und heilen, doch vorher stoßen sie noch Glassplitter aus, die an Caines Gesicht vorbei zu dem großen Fenster fliegen, das nun nur noch ein klaffendes Loch in der Wand ist.

(94,7341-prozentige Wahrscheinlichkeit)

Sie bewegen sich schnell, und der verbogene Kühlergrill des Pickups taucht aus dem Nichts auf und fliegt über ihren Tisch hinweg rückwärts wieder aus dem Restaurant. Der Wagen ist verschwunden; die Glassplitter fügen sich zusammen wie ein riesiges Puzzle und verschmelzen miteinander, werden wieder zur Scheibe.

...

Caine stockte der Atem.

Doc und sein Kollege waren wieder ganz die Alten – unversehrt. Caine sah auf seinen Teller, und die Blutlache war verschwunden, ersetzt durch einen kleinen Ketchuptropfen. Er öffnete entsetzt den Mund, und die Fritte entglitt seinen Fingern und fiel zu Boden.

«David. David?» Das war Doc, der nicht wie üblich fröhlich guckte, sondern besorgt. «Geht es Ihnen gut?»

«Was?», fragte Caine und schüttelte den Kopf, als wäre er kurz eingenickt. «Was ist passiert?»

Blut ... so viel Blut.

«Sie waren einen Moment lang weggetreten.» Doc starrte Caine an.

Caine blinzelte kurz und erwiderte Docs Blick, sah aber bloß das Blut, das ihm übers Gesicht lief. Langsam streckte Caine seine zitternde Hand aus. Doc regte sich nicht. Caine machte sich darauf gefasst, gleich feuchtes, klebriges Blut zu spüren. Doch als seine zitternden Finger Docs Gesicht berührten, spürte er lediglich ein paar zarte Bartstoppeln. Das Blut war fort.

«Rain Man?», sagte Doc, leiser diesmal, so als fürchtete er, einen im Nachbarzimmer schlafenden Tiger zu wecken. Mit einem Mal verstand Caine. Der Pickup. Der Pickup war durchs Fenster geflogen und hatte sie alle getötet. Hatte? Nein, hatte er nicht. Alles war so durcheinander, so verworren. Nicht hatte – würde. Der Pickup *würde* durchs Fenster fliegen. Die Frage war bloß, ob sie dann immer noch hier sitzen würden.

…

(94,7341-prozentige Wahrscheinlichkeit)

…

«Wir müssen hier weg», flüsterte Caine mit belegter Stimme.

«Wie meinen Sie das?», fragte Doc.

«Der Pickup … das Blut», sagte Caine. Ihm war bewusst, wie unverständlich seine Worte waren. «Wir müssen hier weg, sonst sterben wir.»

«Okay, David, gern», sagte Doc, und seine Stimme nahm den beschwichtigenden Tonfall an, mit dem man geistig labile Personen anspricht. «Ich zahle nur noch schnell die Rechnung, und dann gehen wir. Einverstanden?»

Caine schüttelte den Kopf. «Nein. Wir müssen hier sofort weg!», rief er, wissend, dass – ja, das war das richtige Wort, nicht wahr? – *wissend*. Denn er wusste, irgendwie wusste er, dass sie mit 94,7341-prozentiger Wahrscheinlichkeit nur noch zehn Sekunden zu leben hatten.

«Immer schön locker bleiben», sagte der Mann mit der Fliege und verzog die Nase. «Sie machen hier ja eine Szene.»

Caine schloss die Augen und versuchte nachzudenken. Alles war so verwirrend, so durcheinander. Hatte er einen schizophrenen Schub? Es kam ihm alles ganz real vor, aber Jasper hatte ja gesagt, dass es so sein würde. Dennoch verrieten ihm die Schreie in seinem Hirn, dass ihm jetzt nicht einmal mehr fünf Sekunden blieben. Im Bruchteil einer Sekunde traf Caine eine Entscheidung. Er öffnete die Augen und stand auf.

Noch vier Sekunden.

Er packte die beiden Wissenschaftler bei den Armen. Er riss sie hoch.

Drei Sekunden.

Caine ging einen Schritt nach hinten und prallte dabei mit jemandem zusammen –

…

Sie ist Kellnerin, sie heißt Helen Bogarty, sie wohnt in einem fünfstöckigen Mietshaus in der Thirteenth Street, sie beschließt, ein kleines chinesisches Mädchen zu adoptieren.

…

– riss Doc und seinen Kollegen mit sich.

Zwei.

«Hey!», rief die Kellnerin, und vier Kaffeebecher aus Porzellan fielen krachend zu Boden. Caine kümmerte sich nicht darum. Nach dem Unfall würde auch sie sich nicht mehr darum kümmern.

«Runter!», schrie Caine und riss sie alle zu Boden.

Eins.

Die Luft war erfüllt von Lärm – von Metall und fliegenden Glassplittern. Caine sah das nicht, denn er hatte die Augen zugekniffen, aber er wusste es. Er konnte sich die Szene vorstellen, als wäre es ein Filmausschnitt, den er schon tausendmal gesehen hatte. Die abertausend – 19483, um genau zu sein – Glassplitter in der Luft, der Kühlergrill des Chevrolet Silverado Z71, der durch das Loch ragte, ihr Tisch unter den Reifen zerdrückt, zerstört, als der Pickup herniederstürzte, nachdem er am Bordstein abgehoben hatte.

Und dann änderte sich alles. Alles war mit einem Mal anders. Die Glassplitter nahmen andere Flugbahnen, als sie sich aus dem weichen Fleisch lösten, in das sie sich zuvor gegraben hatten. Bloß dass es nicht zuvor war. Es war jetzt. Aber nicht *dieses* Jetzt. Ein anderes Jetzt. Ein Jetzt, das geschehen wäre, aber nicht geschehen war.

In diesem Moment wurde Caine ohnmächtig. Wenn er während der ersten Sekunde seiner Bewusstlosigkeit noch empfindungsfähig gewesen wäre, hätte er alles verstanden. Aber das war er nicht, und daher spürte er nichts – und das war gut so ... vorläufig.

Rauch.

Das war das Erste, was Caine wahrnahm, als er wieder zu sich kam. Der Rauch brannte ihm in der Lunge und in den Augen. Er spürte die Hitze rund um sich herum. Dann nahm er wahr, dass jemand ihn durch das zog, was von dem Restaurant noch übrig war. Als sein Retter ihn auf dem Boden absetzte, sah er Licht durch die geschlossenen Lider, und die Luft war kühl und sauber.

Caine sog vorsichtig Luft ein und stellte erleichtert fest, dass er wieder atmen konnte. Er hustete und atmete gierig die frische Luft ein.

«David, ist alles in Ordnung mit Ihnen?»

Caine sah blinzelnd zu dem Umriss hoch, der vor ihm aufragte. Es war Doc. «Ja, ich glaube schon.» Doc streckte eine Hand aus und half ihm sich aufzusetzen. Caine sah sich um. Er konnte den Mann mit der Fliege nirgends entdecken. «Wo ist …?»

«Es geht mir gut», sagte Docs Kollege und kam herbei. «Das habe ich Ihnen zu verdanken.»

«Was?» Caine schwirrte immer noch der Kopf.

«Wenn Sie uns nicht weggerissen hätten, hätte der Wagen uns zerquetscht.» Der Wissenschaftler neigte den Kopf ein wenig und senkte die Stimme. «Woher wussten Sie das?»

Caine starrte ihn an; sein Haar war in Unordnung, und sein maßgeschneidertes Tweedsakko war übel angesengt. Caine wusste nicht, was er sagen sollte. Er schloss die Augen, versuchte sich zu erinnern. Die Bilder, die ihm in den Sinn kamen, waren ein einziges Durcheinander, zusammengeschnitten wie ein schlechtes Musikvideo. Ketchup. Blut. Glas. Pickup. Tod.

«Ich … ich weiß nicht», sagte Caine. Plötzlich war ihm zum Kotzen zumute. Er rappelte sich hoch. Als er das Sirenengeheul hörte, beschloss er, dass es besser war, nicht mehr vor Ort zu sein, wenn die Polizei anfing Fragen zu stellen. «Ich muss weg.» Er wandte sich zum Gehen, doch dann wurde er am Arm zurückgehalten.

«David, ich glaube, wir sollten über das reden, was gerade passiert ist», sagte der Wissenschaftler.

Als Caine dem Mann in die Augen starrte, gefiel ihm nicht, was er da sah. «Es ist nichts passiert. Ich habe den Wagen nur aus dem Augenwinkel kommen sehen, weiter nichts. Und jetzt lassen Sie mich los.» Ganz langsam löste der Mann mit der Fliege seinen Griff, aber sein Blick änderte sich nicht. Caine wandte sich an Doc. «Ich rufe Sie an.»

Dann wandte er sich an den Mann mit der Fliege. «Auf Wiedersehen, Professor.»

«David, lassen Sie doch die Förmlichkeit beiseite. Ich heiße Peter.»

Caine sagte nichts darauf. Er ging weg.

Caine wusste nicht, wie lange er durch die Stadt gewandert war. Er ging kreuz und quer, überließ den Ampeln die Entscheidung, wohin er als Nächstes gehen sollte. Und während er so herumirrte, gingen ihm die Geschehnisse im Restaurant nicht mehr aus dem Kopf.

Es gab keine vernünftige Erklärung dafür. Aber das stimmte nicht ganz, oder? Es gab eine ausgesprochen vernünftige und plausible Erklärung dafür, aber er wollte es sich nicht eingestehen: Das Medikament gegen seine Anfälle hatte ihn in den Wahnsinn getrieben. Das alles war Teil eines schizophrenen Schubs, einer unglaublich realistischen Halluzination.

Aber es *war* doch geschehen. Ein Blick auf seine angesengten Kleider bewies es doch, oder? Aber wenn auch das eine Wahnvorstellung war? Wenn er ziellos in sauberer Kleidung durch die Stadt lief, von der er nur *glaubte*, sie stinke nach Rauch? Ergab das nicht mehr Sinn als …? Er wollte nicht einmal daran denken. Ach, zum Teufel, warum eigentlich nicht. Sprich es ruhig aus: Präkognition.

Das war es, womit er es hier zu tun hatte.

Was war nun plausibler – dass er ein Wahnsinniger war oder ein Hellseher? Er musste sich zusammenreißen. Er musste mit jemandem sprechen. Eine Straße überquerend, klappte er sein Handy auf. Das Display zeigte drei Anrufe in Abwesenheit an. Er war absichtlich nicht drangegangen.

Wen ruft man an, wenn man wahnsinnig wird? Auf diese Frage gab es nur eine gute Antwort. Caine scrollte sich durch sein Adressbuch, wählte den entsprechenden Namen aus und drückte dann auf «Wählen». Nach nur einem Klingeln meldete sich am anderen Ende eine Stimme.

«Hi, hier ist Jasper, und das ist mein Piep.» *Piep.*

Caine überlegte, eine Nachricht zu hinterlassen, entschied sich dann aber dagegen. Was sollte er sagen? *Hey, Jasper, ich verliere gerade den Verstand. Ruf mich an.* Er klappte das Telefon zu, und im gleichen Moment begann es zu vibrieren. Er sah auf das Display, ehe er das Gespräch annahm, für den Fall, dass es wieder Nikolaev war. Er war es nicht. Caine kannte die Nummer nicht, aber die ersten Stellen waren ihm bekannt: Da rief jemand von der Columbia aus an.

«Hallo?», sagte Caine zögernd.

«David, schön, dass ich Sie erwische. Hier ist Peter.»

Caine schwieg.

«Hören Sie, ich will gleich zur Sache kommen. Ich glaube, ich habe etwas Interessantes für Sie. Dabei würden zweitausend Dollar für Sie rausspringen.»

Caine hielt jäh inne. «Sagten Sie gerade zweitausend?»

«Ja.»

«Ich bin ganz Ohr.»

«Ich führe gerade eine Studie durch, und ich glaube, Sie wären ein geeigneter Kandidat ...»

Caine starrte an die Decke und zählte rückwärts von hundert. Er hasste Spritzen, aber das hier war es wert: In zehn Minuten würde er um zweitausend Dollar reicher sein. Die Laborantin zog Caine die Kanüle wieder aus dem Arm und legte einen kleinen Wattebausch auf die Stelle.

«Eine Minute lang festhalten», sagte sie geistesabwesend und beschriftete die drei kleinen Fläschchen Blut. Caine tat wie ihm geheißen, froh, dass die Ereignisse des Tages bald vorüber sein würden. Er konnte sich nicht erinnern, sich jemals so vielen Tests unterzogen zu haben, nicht einmal, als man damals seine Epilepsie diagnostiziert hatte. Vier Magnetresonanztomographien, drei CAT-Scans, eine Urinprobe und nun auch noch ein Bluttest. Peter hatte ein großes Geheimnis daraus gemacht, als Caine ihn gefragt hatte, was er denn erforsche, und Caine hatte, obwohl er neugierig war, nicht weiter nachgefragt. Es zählte einzig und allein, dass er bar bezahlt wurde.

Nach dem Telefonat mit Peter am Vortag hatte Caine Nikolaev angerufen und eine Abmachung mit ihm getroffen: Vitaly willigte ein, ihn nicht weiter unter Druck zu setzen, und Caine erklärte sich bereit, ihm sieben Wochen lang jeweils zweitausend Dollar zu zahlen – vierzehntausend Dollar insgesamt. Caine hatte keine Ahnung, woher er die zweite Rate nehmen sollte, aber was Nikolaev nicht wusste, tat ihm auch nicht weh. Caine brauchte bloß Zeit. Wenn er nur genug Zeit hatte, würde ihm schon ein Ausweg einfallen.

Eine Stunde nach dem abschließenden Bluttest betrat Caine das Chernobyl; Nikolaev und Kozlov erwarteten ihn bereits. Kozlov schielte auf Caine herab, als hoffte er auf einen Vorwand, ihn sich zur Brust zu nehmen. Caine bemühte sich, ihn zu ignorieren, und konzentrierte sich auf Nikolaev.

«Hallo, Vitaly.»

«Caine, es freut mich, dass Sie wieder auf den Beinen sind», sagte Nikolaev mit einem Lächeln. «Aber Sie sind ein bisschen blass.»

«Ich hatte einen langen Tag», sagte Caine. Nach den fünfstündigen Untersuchungen fühlte er sich noch ein wenig schwach.

Nikolaev nickte. Caine wusste, dass sich der Mann nicht die Bohne dafür interessierte, wie es ihm ging, solange er nur sein Geld bekam. Nikolaev legte eine starke Hand auf Caines Schulter. «Gehen wir doch in mein Büro und unterhalten uns.»

Caine folgte Nikolaev in den Keller, bückte sich dabei in dem engen Treppenhaus, und Kozlov folgte ihm auf dem Fuß. Im Podvaal angelangt, blinzelte Caine ein paar Mal, um seine Augen an die schummrige Beleuchtung zu gewöhnen. In der Ecke lief ein Spiel, die meisten am Tisch waren Stammgäste. Er nickte ihnen zu, und von denen, die schon gepasst hatten, nickten einige zurück.

Caine betrat Nikolaevs beengtes Büro, in dem gerade mal genug Platz war für eine Couch, einen kleinen Schreibtisch und einen Drehstuhl. Er setzte sich auf die Couch, die von Dutzenden Brandflecken überzogen war, und Nikolaev setzte sich an seinen Schreibtisch. Kozlov blieb stehen, lehnte seine massige Gestalt an die Wand, so als würde er das Gebäude stützen.

Ohne auf eine Aufforderung zu warten, zog Caine ein dickes Geldbündel aus der Tasche und zählte zwanzig Hundertdollarscheine ab. Nikolaev hielt eine der Banknoten gegens Licht, um das Wasserzeichen zu betrachten. Als er zufrieden gestellt war, ließ er die Scheine in seiner Jackentasche verschwinden.

«Tut mir Leid mit Ihrer Wohnung», sagte Nikolaev, «aber Geschäft ist Geschäft.»

«Selbstverständlich», erwiderte Caine, so als wäre es ganz normales Geschäftsgebaren, einem Mann den Fernseher, den Videorecorder und die Stereoanlage zu klauen.

Nikolaev beugte sich vor, die Hände flach auf dem Tisch. «Also, woher nehmen Sie das Geld, das Sie mir zurückzahlen? Ich frage nur, weil ich … besorgt bin, dass diese Rate die erste und die letzte sein könnte.»

Caine stand auf und lächelte. Er ließ sich nichts anmerken. «Machen Sie sich keine Sorgen, ich habe alles im Griff.»

Nikolaev nickte. Caine bezweifelte, dass der Mann ihm Glauben schenkte, aber das spielte keine Rolle. Caine würde entweder in einer Woche weitere zweitausend zahlen, oder Kozlov würde ihm den Arm brechen. So einfach war das. Nikolaev erhob sich und schüttelte Caine die Hand. Sein Griff war ein klein wenig zu fest, sein Blick kalt und durchdringend.

«Bleiben Sie zum Essen? Geht aufs Haus.»

«Danke, aber ich habe schon gegessen», sagte Caine. Das Letzte, was er jetzt wollte, war, auch nur eine Sekunde länger als unbedingt nötig bei Nikolaev zu bleiben. «Vielleicht ein andermal.»

«Klar», sagte Nikolaev, «ein andermal.»

Kapitel /11/

Dr. Tversky las Caines medizinische Akte zum fünften Mal. Er kannte sie praktisch schon auswendig, sah sich aber genötigt, sie noch einmal zu lesen und sich auf Caines Dopaminwerte und die chemische Analyse des experimentellen Epilepsiemedikaments zu konzentrieren. Caines Arzt war zufällig auf das auslösende Agens gestoßen, ohne es zu bemerken. Jetzt musste Tversky nur noch seine gegenwärtige Formel ein klein wenig anpassen, und dann ...

Er zögerte, die neue Medikation an Julia ohne vorherige Tierversuche zu erproben, aber die Uhr tickte. Sie hatte es selbst gesagt: Mit jeder Sekunde, die verging, konnte sich die fragile Balance ihrer Hirnchemie ändern, und dann hätte er seine Chance verpasst. Es wäre ein Fehler, jetzt zu zögern. Er musste sofort damit anfangen.

Er widmete sich wieder der Akte, las sie noch einmal durch, um sicherzustellen, dass er nichts übersehen hatte. Er hatte nur diese eine Chance, es musste ein Erfolg werden. Und wenn es ein Erfolg wurde, wusste er, was als Nächstes zu tun war. Ja, dann wusste er mehr als nur das.

Dann wusste er alles.

«Sind Sie bereit?» Mr. Sheridan war so aufgeregt, dass er aussah, als würde er gleich aus seinem billigen Anzug platzen. Bei dem breiten, aufgesetzten Lächeln des PR-Manns wurde Tommy speiübel.

Das sind bloß die Nerven. Du bist nur so aufgeregt, weil du kurz davor stehst, berühmt zu werden.

Doch Tommy wusste, dass das nicht stimmte. Ihm war schon seit dem Aufwachen zum Kotzen zumute, und das war Stunden bevor er erfahren hatte, dass er im Fernsehen auftreten würde. Den übersäuerten Magen verdankte er nicht dem baldigen Ruhm, sondern dem traumlosen Schlaf der vergangenen Nacht.

Es hatte einmal eine Zeit gegeben, da hatte er seine Träume als Fluch betrachtet und hätte alles darum gegeben, wenn ihn die leuchtenden Riesenziffern einmal eine Nacht lang nicht heimgesucht hätten. Doch jetzt, da es endlich so weit war, empfand er ein Gefühl der Leere. Die Zahlen fehlten ihm. Er bemühte sich, dieses Gefühl loszuwerden.

Es ergibt durchaus einen Sinn, dass die Zahlen nicht mehr kommen. Ich brauche sie nicht mehr. Ich habe gewonnen.

Das stimmte zwar, aber davon ging es ihm auch nicht besser.

«Los geht's», sagte Mr. Sheridan breit grinsend und klopfte Tommy auf den Rücken. Tommy folgte Mr. Sheridan hinaus auf das kleine Podium, das die Lottogesellschaft zu diesem Anlass aufgebaut hatte. Er sah hinüber zu dem Pulk von Fotografen, doch ehe er etwas erkennen konnte, blendete ihn ein Gewitter aus Dutzenden Blitzlichtern, begleitet vom Klicken und Surren der Kameras.

Tommy setzte sein schönstes Lächeln auf und war mit einem Mal froh, dass die Visagistin zwanzig Minuten darauf verwandt hatte, seine Pickel zu überkleistern. Wie ge-

bannt von den Lichtern, zuckte er fast zusammen, als er
Mr. Sheridans Hand auf der Schulter spürte.

«… Unser Gewinner ist ein 28-jähriger Kassierer aus
Manhattan. Er ist nun im Besitz von über 247 Millionen
Dollar!» Sheridans ohnehin schon grotesk breites Lächeln
schien noch breiter zu werden. «Jedenfalls bis sich Uncle
Sam seinen Anteil schnappt.» Höfliches Gelächter auf Seiten der Reporter. «Doch kommen wir zur Sache: Es ist mir
eine Freude, Ihnen Mr. Thomas DaSouza vorzustellen!»

Mr. Sheridan trat einen Schritt beiseite und zog Tommy
vor den Strauß von Mikrofonen, der aus dem Pult wuchs.
Wieder setzte ein Blitzlichtgewitter ein, und die Reporter riefen seinen Namen. Mr. Sheridan beugte sich vor
Tommy.

«Einer nach dem anderen bitte.» Er sah sich in der
Menge um und zeigte dann auf zwei Personen. «Erst
Penny, dann Joel.»

Eine platinblonde Frau in einem knallroten Hosenan-
zug erhob sich lächelnd von ihrem Stuhl. «Wie fühlt man
sich denn so als Multimillionär?»

Tommy sah zu Mr. Sheridan hinüber, der ihm zunickte
und auf die Mikrofone wies. Tommy beugte sich leicht
vor und versuchte, in alle gleichzeitig hineinzusprechen.
«Ziemlich cool.» Gelächter.

«Wie sind Sie auf diese Zahlen gekommen?», rief ein
Mann mit schütterem Haar.

«Sie sind mir im Traum erschienen.» Als ihm das über
die Lippen kam, wusste er, dass es ein Fehler war, aber
nun war es zu spät. Jetzt meldeten sich alle Reporter zu
Wort.

«Einer nach dem anderen, einer nach dem anderen!»,
rief Mr. Sheridan. «Curtis, Bethany, Mike und dann
Bruce.»

Ein großer Schwarzer hob die Hand, um Tommy auf sich aufmerksam zu machen. «Wie lange haben Sie schon solche Träume?»

«Fast mein ganzes Leben lang, glaube ich.»

«Und wie sind diese Träume so?», fragte eine Frau, die ihr Gesicht einmal zu oft hatte liften lassen.

Tommy schloss kurz die Augen und rief sich die riesigen schwebenden Kugeln wieder ins Gedächtnis. «Sie sind wunderschön.»

Die nächste Viertelstunde wurde Tommy mit allen möglichen Fragen bombardiert, angefangen bei: «Glauben Sie an Gott?» bis hin zu: «Sind Sie Republikaner oder Demokrat?» Tommy beantwortete die Fragen, die er beantworten konnte, und bei den übrigen stammelte er: «Keine Ahnung.» Als Mr. Sheridan dann die Fragerunde beendete, fühlte sich Tommy, als würde er fliegen.

Er war glücklich. Zum ersten Mal, solange er zurückdenken konnte, war Thomas William DaSouza glücklich. Doch als er in der Limousine, die ihm das freundliche Personal der Lottogesellschaft zur Verfügung gestellt hatte, nach Hause fuhr, kam er nicht umhin, sich zu fragen, ob die Träume nun tatsächlich vorbei waren – und wie, wenn dem so war, sein Leben aussehen würde.

Nava versuchte, Dr. Tverskys Foto aufzurufen, aber da war nichts. Grimes war wohl gerade dabei, die Bilder auf dem Server zu aktualisieren; sie musste später noch einmal nachschauen, um zu erfahren, wie ihr Opfer aussah.

Als Nächstes überflog sie die persönlichen Daten. Zweimal verheiratet, zweimal geschieden, lebte Tversky allein in einer bescheidenen kleinen Wohnung. Seine erste Ehe war wegen «unversöhnlicher Gegensätze» in die Brüche gegangen, und seine zweite Frau hatte Tversky geistige

Grausamkeit und Ehebruch angelastet. Angeblich hatte er eine Affäre mit einer seiner Studentinnen.

Über eine solche Affäre hätte sich die zweite Mrs. Tversky eigentlich nicht zu wundern brauchen, wenn man bedachte, dass auch sie bei Tversky studiert hatte und wahrscheinlich der Grund für das Scheitern seiner ersten Ehe war. Nava nahm sich vor, Grimes zu bitten, die Telefonkonten von Tverskys Studentinnen zu checken, um festzustellen, mit welcher er zurzeit schlief. Nach dem, was Nava über Grimes gehört hatte, würde es ihm Spaß machen, in Tverskys Geschlechtsleben herumzuschnüffeln.

Nava würde diese Information wahrscheinlich gar nicht brauchen, aber sie war der Auffassung, dass man gar nicht gut genug vorbereitet sein konnte. Wenn sie Tversky entführen musste, war es nützlich, jede Einzelheit seines Privatlebens zu kennen, um ihn besser zermürben zu können.

Anschließend widmete sie sich seinem Lebenslauf. Er hatte mit neunzehn das College abgeschlossen und dann an der Caltech einen BSc in Mathematik und einen MA in Biologie gemacht. Er hatte an der Johns Hopkins promoviert und dort noch, bevor er vierundzwanzig wurde, seinen Doktor in Biometrie gemacht. Anschließend glich sein Lebenslauf einem Verzeichnis der führenden Universitäten: Stanford, Penn, Harvard und Columbia. Er erhielt Forschungsstipendien von den *National Institutes of Health*, von der Weltgesundheitsorganisation WHO vom *Center for Disease Control* und, nicht weiter verwunderlich, von der NSA.

Nava schüttelte den Kopf. Noch so ein Genie, das glaubte, mit der Unterstützung seiner Regierung die Welt verändern zu können. Ja, natürlich gaben sie ihm Geld, aber letztlich war er nichts weiter als ein politisches Werkzeug. Auch sie war einmal naiv gewesen, eine Waffe der Regierung ihres Heimatlands. Doch durch eine glückliche Wendung der Weltgeschichte hatte sich das alles vor über einem Jahrzehnt geändert.

Dass sie nun ein freier, ungebundener Mensch war, war angesichts ihrer kommunistischen Erziehung eine Ironie des Schicksals. Sie bezweifelte, dass Dimitri damit einverstanden gewesen wäre, aber hätte er ihr einen Vorwurf daraus gemacht? Sie war sich da nicht so sicher. Aber es spielte auch keine Rolle. Dimitri Saitzew war längst tot, und Tanja Aleksandrova auch – das Mädchen, das sie gewesen war, ehe sie Nava Vaner wurde.

Ihre Identität zu ändern fühlte sich an wie das Anziehen einer neuen Jeans. Es war zunächst unbequem – zu eng an einigen Stellen, zu weit an anderen. Doch im Laufe der Zeit machte sie sich diese neue Identität so vollkommen zu Eigen, dass sie ihr schließlich passte wie eine zweite Haut. Nach einiger Zeit begann sie, Tanja zu vergessen, bis sie schließlich weiter nichts mehr war als eine ferne Erinnerung, wie eine alte Freundin, die sie seit ihrer Kindheit nicht mehr gesehen hatte.

Jetzt war Nava niemand mehr. Keine Loyalitäten, keine Familie, kein Vaterland, keine Konsequenzen. Sie lebte schon so lange so, dass sie gar nicht mehr wusste, wie es war, wirklich etwas zu empfinden. Nava wollte das ändern, wusste aber, dass das erst nach ihrem Ausstieg möglich war. Sie würde ein neues Leben beginnen, aber diesmal würde sie es richtig machen. Das Einzige, was ihr noch im Weg stand, waren Dr. Tversky und seine Testperson Alpha.

Sie musste die Identität dieser Testperson binnen der nächsten 36 Stunden ermitteln. Wenn sie aus seinen Daten nicht genug Informationen zusammenbekam, war sie gezwungen, Tversky zu observieren. Wenn auch das nichts brachte, musste sie sich die Information gewaltsam besorgen. Wenn es einmal so weit kam, musste sie den Doktor gefangen halten, bis sich die Testperson Alpha in ihrer Gewalt befand. Entweder das, oder sie musste ihn töten. Keine der beiden Optionen gefiel ihr.

Es musste doch einen einfacheren Weg geben, irgendeinen Anhaltspunkt in seinen Aufzeichnungen, der Nava die Identität der Testperson Alpha verriet. Es gab solche Hinweise – sie musste sie nur finden. Drei Stunden lang ging Nava auf der Suche nach einer Antwort die über tausendseitige Datei durch. Als sie gerade aufgeben wollte, fand sie, wonach sie suchte:

Testperson Alpha erhielt 5 mg Phenytoin (1 mg pro 10 kg Körpergewicht)

Das war es. Wenn die Dosierung ein Milligramm pro zehn Kilo Körpergewicht betrug, wog Testperson Alpha ungefähr fünfzig Kilo. Nava lächelte. Natürlich – Testperson Alpha war eine Frau. Nachdem sie erfahren hatte, dass Tversky ein Schwerenöter war, hätte sie sich das eigentlich denken können. Wahrscheinlich jemand aus seinem Labor. Nava schnappte sich ihren Mantel und lief aus dem Büro, auf der Jagd nach einer Studentin, die fünfzig Kilo auf die Waage brachte.

Mit seiner Fettwampe, der unreinen Haut und dem verfilzten Haar ging Elliot Samuelson nicht oft aus und war daher meist von früh bis spät im Labor. Er war genau der Richtige für Nava. Sie fand ihn an der Hotdogbude vor einem Institutsgebäude der Columbia.

Unter normalen Umständen hätte Nava im Laufe einiger Wochen eine Beziehung zu Samuelson aufgebaut und ihm langsam die Information entlockt, die sie brauchte, ohne dabei Verdacht zu erregen. Doch heute hatte sie keine Zeit für Feinheiten. Vielmehr schlüpfte sie in die Rolle einer Privatdetektivin, die im Auftrag einer Exfrau Tverskys Ermittlungen anstellte. Zunächst gab Elliot Nava nur zögernd Auskunft, doch nachdem sie ihm einen Hunderter zugesteckt hatte, hörte er gar nicht mehr auf zu reden. Nachdem er die körperlichen Merkmale fast aller Mitarbeiterinnen des Labors aufgezählt hatte, unterbrach Nava ihn.

«Sind irgendwelche zierlichen Frauen darunter? Die so um die fünfzig Kilo wiegen?»

«Hm», machte Elliot und kratzte sich den Arm. «Mary Wu ist ziemlich klein. Aber die habe ich in letzter Zeit kaum gesehen. Sie ist gerade in Cambridge und schreibt da einen Artikel – zusammen mit irgend so einem Wichtigtuer aus Harvard.»

Nava strich Wu im Geiste von der Liste der Studentinnen, die sie von Grimes bekommen hatte. Tverskys Daten zufolge hatte er in den vergangenen drei Monaten mindestens zweimal wöchentlich mit Testperson Alpha Versuche durchgeführt. Elliot fuhr fort.

«Candace Rappaport und Marla Parker sind zierlich, aber Candace ist verlobt, und von Marla habe ich gehört, dass sie lesbisch ist.»

Nava hielt nichts von solchen Einschätzungen. Ihrer Erfahrung nach schloss eine Verlobung keine Affären aus, und Elliots Lesbentheorie überzeugte sie ebenso wenig. Sie ging die übrigen Namen durch, aber Elliot zufolge passte niemand so recht ins Bild. Nava wollte schon gehen, doch Elliot hielt sie zurück.

«Warten Sie, da ist noch jemand.»

«Ach wirklich?»

«Ja. Streng genommen gehört sie nicht zum Labor, denn sie ist eine Studentin von der NYU, aber sie ist seit ein paar Jahren über ein Austauschprogramm hier. Sie ist jedenfalls klein, 1,55 oder 1,60, aber ich glaube nicht, dass sie das Mädchen ist, das Sie suchen.»

«Und warum nicht?»

«Ich weiß nicht.» Elliot zuckte die Achseln. «Sie ist ziemlich schräg drauf. Vor allem in letzter Zeit. Seit ein paar Wochen trägt sie zum Beispiel immer eine Baseballkappe. Ich weiß, dass es sie nervt, denn sie kratzt sich immer den Kopf und schiebt die Mütze hin und her, sodass sie ihr beim Mikroskopieren nicht im Weg ist, aber sie nimmt sie nie ab.»

«Sonst noch etwas?», fragte Nava. Ihre Gedanken rasten. Das Mädchen mochte nur Pech mit ihrem Friseur gehabt haben, aber Nava vermutete einen anderen Grund für ihre plötzliche Vorliebe für Kopfbedeckungen.

«Sonst nichts, nur das Gereime.»

Nava erstarrte. Tversky hatte notiert, dass Testperson Alpha erste Anzeichen von Schizophrenie erkennen lasse, darunter auch chaotische Sprachmuster – zumal Reime.

«Was meinen Sie damit?»

«In letzter Zeit sagt sie immer so Sachen wie: ‹Hey, ich hol mir mal was zum Mittagessen-*pressen-fressen-tressen*.› Völlig abgedreht.»

Nava gab sich uninteressiert, obwohl ihr das Herz bis zum Hals schlug. Sie wollte nicht, dass Elliot in Erinnerung behielt, dass sie sich besonders für das Mädchen interessiert hatte, das Nava noch am gleichen Tag verschwinden lassen würde.

«Ich werde sie überprüfen, auch wenn sie wahrscheinlich nicht die ist, die ich suche», sagte Nava. «Wie heißt sie nochmal?»

Als Julia sich im Spiegel sah, zuckte sie zusammen – weil es ihr einen Schreck einjagte, dass eine abscheuliche Fremde in ihr Badezimmer eingedrungen war.

Das bin nur ich. So sehe ich jetzt aus. Weißt du nicht mehr?

Sie biss sich auf die bibbernden Lippen. Julia war zwar nie eitel gewesen, hatte aber stets ihr Haar, so mattbraun und widerspenstig es auch war, für das Schönste an sich gehalten. Jetzt war nichts mehr davon übrig. Sie fuhr sich mit der Hand über die kahle Kopfhaut, die übersät war mit braunen Stoppeln.

Sie sah die acht dunkelblauen Kreise, die Petey ihr auf den Kopf gezeichnet hatte, um zu markieren, wo er die Elektroden ansetzte. Im Zentrum jedes Kreises war ein kleiner roter Einstich. Sie berührte eine dieser Stellen und zuckte zusammen. Sie war noch wund von der vergangenen Nacht. Julia schniefte laut, gab sich Mühe, nicht in Tränen auszubrechen. Die Stimme ihres Gewissens zeterte.

Wie konnte er dir das antun?

– *Er macht nichts, was wir nicht beide wollen.*

Soll das ein Scherz sein? Guck doch mal in den Spiegel! Wolltest du etwa, dass er dir den Kopf kahl schert? Wolltest du, dass er dich aussehen lässt wie Malen nach Zahlen?

– *Hör auf. Er liebt mich, und ich liebe ihn, und außerdem sind wir ganz bald fertig damit* –

Fertig bist hier bloß du. Du kommst noch um dabei. Die ganzen Medikamente haben deinen Kreislauf schon so durcheinander gebracht, dass du den halben Tag schläfst. Du isst kaum noch was, du bist richtig abgemagert. Hör auf damit, sonst ist es bald zu spät. Ich flehe dich an –

– NEIN. Endlich habe ich jemanden, und ich bin glücklich. Warum kannst du mich nicht einfach in Ruhe lassen?

Julia schloss die Augen und schob die Selbstzweifel beiseite. Sie sagte sich immer wieder: *Er liebt mich. Er liebt mich. Er liebt mich.*

Als sie sich ein wenig gefangen hatte, öffnete sie die Augen und setzte ihre Perücke auf. Sie sah nicht genauso aus wie ihr ursprüngliches Haar, aber durchaus so ähnlich. Sie trug sie schon seit zwei Wochen, und bisher hatte es niemand bemerkt. Und außer Petey sah sowieso kaum jemand sie richtig an.

Als Julia ihre Wohnung verließ und dann hastig die Straße überquerte, kam sie an einer großen Brünetten vorbei, die eine Zigarette rauchte. Widerlich. Sie hatte Raucher noch nie verstanden, zumal so schöne Frauen. Warum sie auf ihrem selbstzerstörerischen Verhalten beharrten, war ihr ein Rätsel. Sie sah auf ihre Armbanduhr – 14.19 Uhr. Sie musste laufen, wenn sie rechtzeitig im Labor sein wollte.

Petey mochte es nicht, wenn man ihn warten ließ.

Nava rauchte ihre Zigarette auf und trat sie dann unterm Stiefel aus. Sie beschloss, Julia Pearlman einen halben Block Vorsprung zu lassen, ehe sie ihr folgte. Nava machte sich keine Sorgen, entdeckt zu werden – die junge Frau wirkte viel zu erschöpft, um groß auf ihre Umgebung zu achten. Und außerdem hatte Nava nicht vor, sie lange zu beschatten. Sobald sich die Gelegenheit bot, würde Nava sich die Frau schnappen.

Sie folgte Julia ein gutes Stück und sah dann zu, wie sie auf der anderen Straßenseite das zehngeschossige Gebäude betrat, in dem Tverskys Labor untergebracht war. Nachdem sie sich bei einem Sicherheitsbeamten ausgewiesen hatte, verschwand Julia außer Sicht. Nava wartete ein paar Minuten lang und betrat dann ebenfalls das Gebäude. Sie schlenderte zu dem Sicherheitsbeamten und setzte dabei ein kokettes Lächeln auf.

«Entschuldigen Sie, ich war hier vor zwanzig Minuten mit einer Freundin verabredet, aber sie ist nicht gekommen. Gibt es in diesem Gebäude noch einen anderen Ausgang?»

«Nein, Ma'am», antwortete der Sicherheitsbeamte und versuchte, den Bauch einzuziehen. «Von den Notausgängen mal abgesehen, müssen alle an mir vorbei.»

«Danke», sagte Nava. «Dann muss ich sie wohl verpasst haben.»

Nava ging durch die Drehtür wieder hinaus, überquerte die Straße und kaufte sich an einem Kiosk eine Schachtel Parliament. Sie behielt das Gebäude im Blick und zog sich eine Zigarette heraus. Als das Nikotin in ihren Blutkreislauf strömte, ließ sie die Gedanken schweifen. Sie wusste, sie würde lange warten müssen, aber das machte Nava nichts aus. Sie hatte Testperson Alpha gefunden.

Letzte Zweifel waren verflogen, als Nava die billige Perücke unter Julias Baseballkappe sah. Das passte ins Bild. Wenn Tversky kontinuierlich Julias Gehirnströme maß, würde er die Elektroden immer an den gleichen Stellen ansetzen wollen. Und dazu rasierte man ihr am besten eine Glatze.

Wenn Julia das Labor verließ, würde Nava ihr folgen, sie zwingen, in den Lieferwagen einzusteigen, den sie ein Stück die Straße runter abgestellt hatte, und sie zusammen mit der CD, die Tverskys ungekürzte Forschungsunterlagen enthielt, der RDEI übergeben. Dann würde Nava den nächsten Flieger nach São Paulo nehmen, ihre Identität wechseln, von dort weiterfliegen nach Buenos Aires und verschwinden. Es war ganz einfach.

Sie musste lediglich abwarten, bis Julia wieder aus dem Gebäude kam. Anschließend würde sich alles von allein regeln.

Caine tat vor sich selbst so, als würde er nur zu einem Spaziergang aufbrechen, wusste aber, dass das nicht stimmte. Bei Sonnenuntergang fand er sich in der Mott Street wieder, gegenüber von *Wong's Szechwan Palace* und sah zu der blinkenden Neonreklame des Restaurants hoch, die einen Berg gelbe Nudeln in einer riesigen roten Schale zeigte. Er betastete seine Brieftasche, die alles enthielt, was er besaß. Er konnte es. Er wusste, dass er es konnte. Wenn er nur langsam spielte und tief durchatmete, sobald er das Gefühl bekam, dass er gleich umkippen würde, konnte er gewinnen.

Das hatte er sich natürlich auch gesagt, bevor er zu Nikolaev gegangen war und elf Riesen verloren hatte. Aber das war etwas anderes gewesen. Ein einmaliges, äußerst unwahrscheinliches Ereignis. Ein Mordspech, das darauf hindeutete, dass ihm eine Glückssträhne ins Haus stand. Regression zum Mittelwert, ganz einfach. Er atmete tief durch.

Caine wollte nicht spielen, hatte aber keine andere Wahl. In sechs Tagen musste er Nikolaev weitere zweitausend Dollar zahlen, und das bisschen Geld, das Caine besaß, würde nicht reichen, um Kozlov davon abzuhalten, ihn krankenhausreif zu schlagen. Wenn er in den nächsten sechs Tagen nur jeweils 267 Dollar gewann, konnte er die nächste Rate bezahlen, und es blieben ihm noch vierzig Dollar fürs Essen. Caine hatte schon viel größere Glückssträhnen erlebt. Als er noch spielsüchtig gewesen war, hatte er einmal bei einem Marathon-Pokerturnier, das sechsunddreißig Stunden andauerte, über dreitausend Dollar gewonnen.

Als er noch spielsüchtig war.

Witzig. Als ob er jetzt nicht mehr spielsüchtig wäre. Ja. Außer seinem Vertrauensmann bei den Anonymen Spielern konnte er niemandem etwas vormachen. Und auch sich selbst machte Caine nichts mehr vor. Dank Nikolaev hatte er endlich seine Lektion gelernt. Er würde aussteigen, gleich danach. Wenn er nur klug spielte, würde alles gut werden.

Sobald er seine Schulden abbezahlt hatte, würde er das Spielen endgültig drangeben. Wenn nötig, würde er fünfmal am Tag zu den Treffen der Anonymen Spieler gehen. Caine nickte zu diesem Plan. Nervös, aber auch selbstsicher ging er über die Straße und betrat das Restaurant. Die Bedienung am Tresen sah kaum hoch, als er vorbeirauschte. Caine durchquerte die Küche, in der es laut herging, und betrat das Hinterzimmer.

Auch wenn der Club ziemlich unscheinbar wirkte, wusste Caine, dass Billy Wong's einer der sichersten Orte der Stadt war. Jedermann wusste, dass Billys Bruder Jian Wong war, der Chef der *Ghost Shadows*, der größten und brutalsten chinesischen Gang von New York. Gemeinsam mit den *Flying Dragons* kontrollierten die *Ghost Shadows* alles in Chinatown, von Drogen und Prostitution bis hin zu Glücksspiel und Kreditgeschäften. Ja, hier war Caine absolut sicher.

«Lange nicht gesehen!», rief Billy Wong, als er Caine jenseits der mit Stahl verstärkten Tür entdeckte. Trotz seines chinesischen Erbes sprach Billy mit waschechtem Brooklyn-Akzent. «Hereinspaziert!», sagte er und legte Caine einen Arm um die Schulter.

«Schön, Sie zu sehen, Billy», sagte Caine und stellte zu seinem Erstaunen fest, dass er tatsächlich so empfand.

«Haben Sie Bargeld dabei?», fragte Billy ganz nebenbei, als erkundigte er sich nach der Uhrzeit.

«Billy, Sie kennen mich doch», erwiderte Caine.

«Ja – und ich kenne Vitaly Nikolaev. Es heißt, Sie schulden ihm zwanzig Riesen.»

«Es sind nur noch zwölf, inklusive Zinsen, und ich werde es pünktlich zurückzahlen.»

«Natürlich werden Sie das», sagte Billy mit funkelndem Blick. «Aber ich sage Ihnen gleich, dass ich Ihnen keinen Kredit geben kann. Nehmen Sie es bitte nicht persönlich.»

Caine nickte. Der Ernst seiner Lage bedrückte ihn. Billy und Nikolaev konnten sich nicht leiden, ja, verachteten einander unverhohlen. Wenn Billy wusste, dass Caine bei Nikolaev in der Kreide stand, wusste es also die ganze Stadt. Er musste sich ausschließlich mit eigenem Geld wieder ins Plus zocken.

«Heute ist mein Glückstag, Billy. Ich brauche keinen Kredit.»

Billy warf den Kopf zurück und lachte. «Natürlich nicht!» Er klopfte Caine auf den Rücken. «Was darf ich Ihnen denn an Chips geben?»

Caine zog das Geldbündel hervor – 438 Dollar. Er behielt davon nur zwanzig Dollar zurück – genug für ein paar Drinks im *Cedar's*, falls es nicht so gut lief. Billy übergab Caine seine Chips und führte ihn dann an den Tisch, ging sogar so weit, ihm einen Stuhl hervorzuziehen.

Als Caine sich setzte, sahen die übrigen Spieler erwartungsvoll hoch. Sie hofften, das cherubinische Gesicht eines reichen Wallstreettypen mit dicker Brieftasche zu erblicken, der neu in der Szene war. Als sie Caine sahen, waren sie enttäuscht. Zwar kannten die meisten ihn nicht, aber ein Blick auf seine Augenringe und sein völlig erschöpftes Gesicht verriet ihnen alles, was sie wissen mussten: Er war kein Anfänger; er war einer von ihnen. Vielleicht war er gut, vielleicht auch nicht, aber er war keine leichte Beute.

Die Männer nickten Caine flüchtig zu und widmeten sich dann wieder ihren Karten. Caine sah bei der Partie zu, die gerade gespielt wurde, und hoffte, etwas über die einzelnen Spieler zu erfahren, ehe er einstieg. Der Pott ging an einen vogelgesichtigen Mann in der Ecke, der gleich zu Anfang hoch setzte und dann nach dem Flop alle anderen zum Passen brachte. Mit schiefem Lächeln zog er die Chips zu sich herüber und zeigte dabei überflüssigerweise allen seine zwei Damen.

Danach urteilend, wie schnell die anderen ausstiegen, wenn das Vogelgesicht den Einsatz erhöhte, schätzte Caine ihn als Angeber ein, der nur dabeiblieb, wenn er etwas wirklich Gutes auf der Hand hatte. Jetzt musste Caine nur noch herausbekommen, wie die anderen drauf waren, selbst gute Karten bekommen, cool spielen und gewinnen. Sobald er 267 Dollar zusammen hatte, würde er aufhören. Er würde sich zu nichts hinreißen lassen, würde sein Glück nicht auf die Probe stellen – er würde einfach nur aufstehen und gehen.

Das war doch ein Klacks.

Kapitel /12/

Tversky betrachtete Julias EEG-Werte, und ihm zitterten die Hände. Er war mit seinen eigenen Forschungen schon so weit fortgeschritten, dass er nur ein paar Stunden dafür gebraucht hatte, das Serum zu synthetisieren, das die maximale Anregung der Hirnstromwellen bewirkte. Er starrte auf Julias schlaffe Gestalt, die ausgestreckt auf dem Tisch lag. Seit der letzten Injektion waren schon fast zehn Minuten vergangen. Mittlerweile musste ihre Hirnchemie praktisch identisch mit Caines sein. Jetzt konnte er nur noch abwarten. Alle Theorien und Rätsel, die ihn bis zu diesem Punkt gebracht hatten, gingen ihm durch den Sinn. Einsteins Relativitätstheorie. Die Heisenberg'sche Unschärferelation. Schrödingers Katze. Deutschs Multiversum. Und natürlich der Laplace'sche Dämon.

Keiner dieser berühmten Denker, von Laplace einmal abgesehen, hätte das hier für möglich gehalten. Aber schließlich hatte auch keiner von ihnen gesehen, was er gesehen hatte. Sie waren im Restaurant nicht dabei gewesen. Und hatte Maxwell nicht bewiesen, dass die Gesetze der Physik keine absolute Gültigkeit hatten? Was hätte er zu Tverskys Theorie gesagt? Äußerst unwahrscheinlich, aber nicht unmöglich?

Plötzlich wandte sich Julia zu ihm. Ihre Augen blieben geschlossen, und mit leiser Stimme fragte sie: «Was ist das für ein entsetzlicher Gestank?»

Es war der schlimmste Gestank, den sie je gerochen hatte. Er war so widerlich, dass das Wort «Gestank» dafür noch schmeichelhaft schien.

Das musste es sein. Jetzt ging es los, das war die Aura. Julias Herz setzte einen Schlag aus. Sie wusste, sie musste sich konzentrieren, aber der Gestank war überwältigend, drang ihr in die Nase, die Augen, die Kehle. Mit einem Mal hatte sie die Überreste ihres Mittagessens wieder im Mund. Sie hustete die feuchten Brocken aus, genoss den bitteren Geschmack auf ihrer Zunge, denn sie war dankbar für jede Ablenkung von dem entsetzlichen Gestank.

Sie rollte vom Tisch und fiel zu Boden. Sie hörte Petey etwas rufen, aber er war so weit weg. Sie kämpfte sich hoch, auf Hände und Knie, das Gesicht nur Zentimeter von der gelblichen Pfütze des Erbrochenen entfernt. Obwohl sie die Augen zukniff, sah sie unter sich die erkaltende Lache. Durch geschlossene Lider folgten ihre Pupillen den Bewegungen jedes Bakteriums, jedes Moleküls.

Sie spürte, wie ihr Bewusstsein schwand. War es das jetzt, oder wurde sie ohnmächtig? Nein, sie durfte Petey nicht enttäuschen. Sie waren schon so weit gekommen – sie durfte nicht ohne eine Antwort gehen. Sie musste sich konzentrieren. Ihr umwölkter Verstand versuchte zu gehorchen, aber es gelang ihm nicht; verzweifelt haschte sie nach der Frage, die sie hierher geführt hatte. Und dann konnte sie es sehen … und da wusste sie es.

...

Es ist mehr als nur mannigfaltig und verschlungen, denn es ist grenzenlos. Es ist die Ewigkeit, die sich gleichzeitig in alle Richtungen erstreckt, ein derart gewundener Pfad, dass er einer Ebene gleichkommt. Aber diese Ebene ist es nicht allein – an jeder der Quadrillionen Knotenpunkte, aus denen die Oberfläche besteht, knüpfen sich weitere Ebenen, erstrecken sich in unmöglichen Winkeln, winden und drehen sich, biegen sich immer und immer wieder und kommen schließlich auf sich selbst zurück.

...

Julia schrie. Ein alle Gedanken betäubender Schmerz erfüllte ihr Wesen. Ihr Rücken beugte sich, als sie den Kopf hochriss und ihn dann auf den Boden knallen ließ. In diesem Moment hörte sie die Stimme. Sie kannte die Stimme aus einer anderen Zeit. Es war eine unter den Billionen Stimmen, die sie nun kannte, diese aber kannte sie auf eine andere Art.

Die Stimme flüsterte ihr etwas zu. Sie versprach ihr, dass sie sie gehen lassen würde, wenn sie nur einen kleinen Ausschnitt der großen Unendlichkeit schaute. Nur einen kleinen Ausschnitt, und dann wäre alles vorbei. Nur einen kleinen Ausschnitt.

...

Also sieht sie hin. Da alles überall ist, ist es auch dort, wohin sie schaut. Es von allem anderen zu unterscheiden ist die Schwierigkeit. Und dann sieht sie es, direkt vor sich ... aber es ist nichts Einzelnes, eher eine Million, eine Milliarde. So vieles ist gleich, aber so vieles ist auch unterschiedlich, vom Größten bis hin zum Allerkleinsten.

Sie könnte tausend Bücher über das Jetzt schreiben, das sie kennen lernen will. Doch dafür ist keine Zeit. Keine Zeit ... seltsam. Hier gibt es tatsächlich keine Zeit, aber in dem Jetzt, aus

dem sie kommt, weiß sie, dass ihre Zeit abläuft. In jenem Jetzt
bleibt ihr gerade noch genug Zeit, ihm zu sagen, was er tun soll.

...

Julia hob den Kopf, um ihre Botschaft auszusprechen.
Ihre Stimme war schwach. Petey beugte sich mit seinem
Ohr so nah über ihren Mund, dass seine Haare ihr Gesicht
kitzelten. Und während sie sprach,

...

*sieht sie, wie sich die Ebenen auf sie zu bewegen, wie alles sich än-
dert. Und schließlich ist es das* Immer, *das sich verändert, um-
gestaltet, um sich ihren Worten anzupassen, und das raubt ihr
endgültig den Verstand. Es ist ein unerträglicher Anblick: Das*
Immer *entwickelt sich vor ihren Augen, und sie steht im Mittelpunkt. Es ist zu viel, zu viel, zu viel ...*

...

Julia spürte, wie sie ausatmete, und sie dachte, nein, sie
dachte nicht, sie wusste –

...

denn sie kann sich jetzt sehen, im Mittelpunkt des Immer – *dass
ihre Zeit fast abgelaufen ist.*

...

Sie musste aushalten. Es gab für sie noch so viel zu tun.
Sie hoffte, die Zeit dafür zu haben. Und dann,

...

*weil Julia es wünscht, zeigt sie ihr, wie sie es in die Tat umsetzen
kann.*

...

Julia erschlaffte in seinen Armen, und Tversky zitterte. Er tastete nach ihrem Puls. Ihr Herz schlug noch.
Schwach, aber immerhin. Er zog ihr ein Augenlid hoch,
dann das andere, sah aber nur das Weiße. Julia hatte die
Augen nach oben gerollt. Er gab ihr leichte Ohrfeigen,

damit sie wieder zu Bewusstsein kam, wusste aber, dass es sinnlos war.

Jeder Instinkt verriet ihm, dass sie im Sterben lag. Er legte sie zurück auf den Tisch und schloss die EEG-Elektroden wieder an, die sich bei ihrem Sturz gelöst hatten. Erst dachte er, die Elektroden wären beschädigt, aber dann dämmerte ihm die Wahrheit: Es war keine Hirnaktivität mehr messbar. Nichts. Das Bewusstsein, das Julia Pearlman gewesen war, hatte sich aufgelöst; ihr Herz schlug noch schwach, aber ihr Geist war zerstört.

Tversky sah sich verzweifelt im Labor um, überlegte, was er tun sollte. Er wollte sich setzen und tief durchatmen, wusste aber, dass ihm dafür keine Zeit blieb. Wie sollte er das erklären? Kalter Schweiß brach ihm aus, und er begann zu hyperventilieren.

Er sah auf die Uhr an der Wand – 23.37 Uhr. Die Putzkolonne kam um Mitternacht hier durch – nur noch 23 Minuten. Er musste nachdenken. Er konnte einen Krankenwagen rufen. Sie lebte noch; vielleicht war sie noch zu retten. Doch mit einem Blick auf Julia wurde ihm klar, dass das nicht in Frage kam. Ihr Kopf war immer noch mit seinen Markierungen überzogen. Und wenn sie starb, kam es zu einer Obduktion. Dann flog alles auf.

Der Rechtsmediziner würde die Chemikalien in ihrem Blut entdecken. Man musste kein Genie sein, um sich zu denken, dass Tversky dahinter steckte. Durch den Anruf würde er sich nur verdächtig machen. Am liebsten wäre er auf der Stelle aus dem Labor gerannt, aber da war der Wachmann. Er würde sich daran erinnern, dass Tversky erst spätabends gegangen war.

O Gott. Was hatte er sich nur dabei gedacht? Er war doch immer so vorsichtig gewesen – warum hatte er sich keinen Ausweichplan zurechtgelegt? Er starrte Julia mit hasserfülltem Blick an. Die dumme Fotze starb hier in seinem Labor und machte damit alles zunichte.

Einundzwanzig Minuten.

Tversky fuhr sich mit schweißnassen Händen durchs Haar und ging im Raum auf und ab. Aus dieser Sache kam er nicht mehr raus. Er war geliefert. Am Vorabend der wichtigsten wissenschaftlichen Entdeckung aller Zeiten wanderte er in den Knast.

Zwanzig Minuten.

Die Zeit verging viel zu schnell. Er brauchte einen Ausweg. Er brauchte … ein Fenster. Er rannte zum Fenster und schob es hoch. Es knarrte und widersetzte sich, ließ sich aber öffnen. Sich am Fensterrahmen festhaltend, lehnte er sich hinaus und spähte hinab in die Gasse sechs Etagen unter ihm. Das konnte funktionieren. Wenn er klug vorging und nicht in Panik geriet, konnte er das hinbekommen.

Er eilte zum Waschbecken und schüttete sich ein starkes Reinigungsmittel in die hohle Hand. Er musste die Markierungen auf ihrem Kopf abwaschen. Während er ihre Kopfhaut wusch, ging er in Gedanken durch, was er noch alles erledigen musste …

Achtzehn Minuten.

… ehe die Putzkolonne kam. Wenn sie sauber war und er das Erbrochene vom Boden aufgewischt hatte, musste er die Daten verstecken: Die Videoaufzeichnungen, die EEG-Messungen, seine Notizen – das musste alles kopiert und dann vernichtet werden. Endlich wieder einigermaßen ruhig atmend, trat Tversky einen Schritt zurück, um sein Werk zu begutachten. Die Markierungen waren nicht mehr zu erkennen. Gegen die kleinen roten Schwielen konnte er leider nichts unternehmen. Vielleicht würde man die wunden Stellen übersehen, wenn sie sich beim Sturz den Schädel brach. Er konnte es nur hoffen.

Er warf sie sich über die Schulter und trug sie quer durch den Raum. Er lehnte sie an den Fensterrahmen, da hörte er es: ein lang gezogenes, leises Stöhnen. Er starrte ihr ins Gesicht, suchte nach einem Anzeichen dafür, dass sie wieder zu sich kam, sah aber nur ihre schlaffen Kiefer.

Neun Minuten.

Einen Moment lang erstarrte er. Ihm war klar, dass es kein Zurück mehr gab, wenn er das jetzt tat. Und dann stöhnte sie wieder. Es war ein leises, entsetzliches Geräusch. Tversky hätte es nicht für möglich gehalten, dass irgendein Laut so traurig klingen konnte. Es hörte sich an wie das Wimmern eines sterbenden Tiers.

Acht Minuten.

Er ertrug es nicht. Er würde wahnsinnig werden, wenn er sich diesen Laut noch länger anhören musste. Mit aller Kraft wuchtete er den Körper aus dem Fenster. Einen Augenblick später hörte er einen lauten, klatschenden Aufprall. Dann war wieder alles still. Tversky seufzte erleichtert.

Das Labor aufzuräumen und die Daten auf CD zu brennen würde nur ein paar Minuten dauern. Er würde hier raus sein, ehe die Putzkolonne kam, und eine halbe Stunde später bereits zu Hause. Er konnte es gar nicht erwarten, sich das Video anzusehen. Sie hatte so viel gesagt, dass er gar nicht alles verstanden hatte, aber eines hörte er immer wieder im Geiste.

«Töte ihn», hatte Julia geflüstert. «Töte David Caine.»

Teil 2 // **Fehlerminimierung** //

Da wir so viele Geheimnisse ergründen, glauben wir nicht mehr an das Unergründbare.

Dennoch sitzt es da und leckt sich ganz ruhig die Lippen.

Henry Louis Mencken, Autor

Manchmal habe ich schon vor dem Frühstück sechs unmögliche Dinge geglaubt.

Die weiße Königin, Herrscherin des Wunderlands

Kapitel /13/

Nava rannte über die Straße, als sie den Aufprall hörte. Es war zu dunkel, um zu sehen, was da herabgestürzt war, aber sie hatte den grässlichen Verdacht, dass es ein Mensch gewesen war. Als Nava die Gasse betrat, schlug ihr der Gestank von verwesendem Fleisch entgegen. Sie hielt sich die Nase zu, ging an den aufgerissenen Müllsäcken rund um die Müllbehälter vorbei und achtete dabei nicht auf die scharrenden und quietschenden Ratten, die ihr aus dem Weg huschten.

Dann sah sie die Frau. Sie war nackt und kahlköpfig. Ihre Gliedmaßen waren in widernatürlichen Winkeln gebogen, was sie wie eine Schaufensterpuppe aussehen ließ. Das einzige Anzeichen dafür, dass sie einmal lebendig gewesen war, war die klaffende Bauchwunde, aus der immer noch Blut lief.

Nava drehte vorsichtig den Kopf der Toten herum. Ihr Gesicht war schmerzverzerrt, aber es gab keinen Zweifel, wer sie war. Julia Pearlman – Testperson Alpha. Navas Mut sank. Eine zweite verpatzte Lieferung würde die RDEI nicht hinnehmen. Ohne Testperson Alpha würde man Nava töten oder dem russischen Geheimdienst ausliefern.

Nava bekam Gewissensbisse, als ihr klar wurde, dass sie keine Sekunde lang innegehalten hatte, um über den Tod des armen Mädchens zu trauern. Wie war dieser ganze Mist zu erklären? Seit wann war sie so kaltherzig, dass sie nur noch an sich selber dachte? Doch selbst während sie sich diese Fragen stellte, arbeitete der Teil von Navas Hirn, der der Selbsterhaltung gewidmet war, weiter und suchte verzweifelt nach einem Ausweg.

Sie nahm ein Taschentuch, wischte damit über Julia Pearlmans Wunde und wickelte es dann in ein Stück Plastikfolie, das sie von einem Müllsack abgerissen hatte. Vielleicht würde sich die RDEI mit dieser Blutprobe zufrieden geben, bis ihr etwas anderes einfiel. Dann hörte sie ein Geräusch, bei dem ihr buchstäblich das Herz stockte.

Das tote Mädchen sagte etwas.

Julia sagte, was sie zu sagen hatte.

Jetzt war endlich Zeit zu ruhen.

Jetzt. Das Wort ging ihr immer wieder durch den Sinn. Es kam ihr so dumm vor. Sie wusste noch, wie wichtig ihr das alles vorgekommen war, aber das war nun vorbei. In 3,652 Sekunden würde es kein *Jetzt* mehr geben. Nur das reine, schöne *Immer*. Und im *Immer* gab es keinen Gestank. Wenn auch für nichts sonst – dafür war sie dankbar.

Julia nahm noch einen letzten Atemzug und schlug die Augen auf.

Caine hatte in nicht einmal vier Stunden 360 Dollar gewonnen – fast hundert mehr als die geplanten 267. Ihm war klar, er hätte aufstehen und gehen sollen, aber er konnte einfach nicht. Vielmehr redete er sich den üblichen

Quatsch ein: dass er gerade eine Glückssträhne hatte, dass er aufhörte, sobald er schlechte Karten kriegte (die älteste Zockerlüge der Welt).

Doch dann verlor er bei der nächsten Partie einen Achtzig-Dollar-Pott. Seine drei Zehnen wurden beim River von einer Straße geschlagen. Und dann tat er genau das, was er sich geschworen hatte, nicht zu tun: Er verlor die Beherrschung. Er war so sauer darüber, dass ihm die achtzig Dollar durch die Lappen gegangen waren, dass er sich bei den nächsten fünf Partien weigerte zu passen, obwohl er nur Schrottblätter auf die Hand bekam. Ihm war klar, dass er beschissen spielte, aber er konnte einfach nicht aufhören. Sein Chipsberg, der sich im Laufe von Stunden zurückhaltenden Spiels aufgehäuft hatte, löste sich binnen dreißig Minuten in Luft auf.

Nachdem er auch noch sein letztes Geld verloren hatte, stand Caine wortlos auf und ging. Draußen auf der kalten Straße stopfte er sich die Fäuste in die Taschen, um sie warm zu halten. Der Zwanzigdollarschein, der ihm noch geblieben war, rieb an seinen Fingerknöcheln, verhöhnte ihn. Caine war überhaupt nicht danach, ihn dafür zu nutzen, wofür er eigentlich bestimmt gewesen war: sich zu betrinken.

Vielmehr ging er auf Umwegen nach Hause und gab sich auf dem zweistündigen Fußmarsch der Kälte hin. Wie hatte er so unglaublich dumm sein können? Reichte es denn noch nicht, dass er Nikolaev zwölftausend Dollar schuldete? Musste er auch noch seine letzten vierhundert Dollar verzocken?

Caine fragte sich, ob Peter wohl noch irgendwelche anderen Studien betrieb, an denen er teilnehmen konnte.

Vor dem Haus, in dem sein Bruder wohnte, sah Jasper schon zum fünften Mal in dieser Minute auf seine Armbanduhr: Das Digitaldisplay zeigte 12:19:37. Es war sieben Stunden her, dass David zu dem Pokerclub gegangen war. Die Stimme sagte, dass er bald wiederkommen würde. Jasper hatte seine Waffe mitbringen wollen, aber die Stimme hatte das abgelehnt, und also hatte er sie auf dem Couchtisch liegen lassen.

Er sah wieder auf seine Armbanduhr, und diesmal stand das Display auf Punkt 12.20 Uhr. Es war fast so weit. Trotz der Kälte schwitzte Jasper heftig, wappnete sich für die Schläge, die er gleich einstecken würde. Er hatte auch früher schon Schläge hinnehmen müssen, aber die hatten Krankenpfleger des Mercy ausgeteilt, und jedes Mal war darauf die Glückseligkeit einer Thorazininjektion gefolgt. Er war noch nie in eine Schlägerei auf der Straße verwickelt gewesen, und pharmazeutische Freuden standen ihm heute Nacht ganz bestimmt nicht bevor.

Doch die Stimme sagte, dass er es tun musste, um David zu beschützen, und darum war er hier.

Jetzt kommen sie. Ganz ruhig. Bald ist alles vorüber.

In diesem Moment hielt der schwarze Town Car am Bordstein. Der Fahrer sprang aus dem Lincoln, ohne den Motor abzustellen. Einen Augenblick später stand er schon vor Jasper, sah finster zu ihm herab. Jasper blieb eben noch die Zeit, sich an den Namen des großen Russen zu erinnern, da schlug ihm Kozlov auch schon in die Magengrube. Alle Luft wich ihm aus der Lunge, und Jasper klappte zusammen. Kozlov riss ihn an den Haaren wieder hoch und verpasste ihm einen Fausthieb auf den Unterkiefer. Jasper wurde schwarz vor Augen.

Als die Schwärze wieder wich, klemmte Jaspers Gesicht zwischen dem eiskalten Gehsteig und Kozlovs Stiefelsohle.

«Ich soll Ihnen was von Vitaly ausrichten, Caine. Er

sagt, Sie sollen dran denken, dass Sie kein Geld fürs Zocken übrig haben. Wenn Sie Geld haben, dann bezahlen Sie damit Ihre Schulden bei Vitaly. Sie verzocken es nicht bei den Schlitzaugen. Klar?»

Kozlov trat ihm fester auf den Schädel, und Jasper wurde klar, dass von ihm eine Antwort erwartet wurde.

«Ja! Okay! Ich habe verstanden!»

«Gut.»

Kozlov hob seinen Stiefel, und Jasper glaubte zu spüren, wie sich sein Schädel wieder dehnte. Der Russe tastete Jaspers Taschen ab, bis er seine Brieftasche fand, warf sie ihm aber entrüstet wieder hin, als er darin nur einen einzigen Eindollarschein fand. Die Stimme hatte Jasper gewarnt, vor der Begegnung seine Brieftasche auszuleeren.

Kozlov bückte sich, um Jasper ins Gesicht zu sehen. «Ich komme in fünf Tagen wieder», sagte er und verpasste Jasper zum guten Schluss noch einen Faustschlag auf den Mund. Jaspers Kopf prallte auf den Gehsteig, und er verlor das Bewusstsein.

Tversky atmete erst durch, als seine Wohnungstür hinter ihm ins Schloss gefallen war. Er hatte es geschafft. Er warf seinen Seesack zu Boden und ließ sich auf einen Ohrensessel fallen. Er schloss die Augen und versuchte zu verarbeiten, was in der vergangenen halben Stunde geschehen war. Seine Gedanken rasten, hielten einen Moment inne, um über eine Einzelheit nachzudenken, und huschten dann auf seiner persönlichen Zeitachse zurück, um sich mit einem anderen Detail zu befassen.

Er gab sich Mühe, sich zu konzentrieren. Alles war so schnell gegangen. Er brauchte einen Drink. Er ging zur Hausbar, schenkte sich vier Fingerbreit Single-Malt ein und nahm einen tiefen Schluck, genoss es, wie ihm der

Scotch in der Kehle brannte. Im Stehen trank er das Glas aus und schenkte sich dann nach. Als er schließlich zu seinem Sessel zurückkehrte, sah die Welt schon wieder ganz anders aus.

«Besser», sagte er. «Viel besser.»

Nachdem er auch das zweite Glas ausgetrunken hatte, schob Tversky die Videokassette in den Rekorder. Auf dem Weg zurück zu seinem Sessel schenkte er sich noch einmal nach. Eine halbe Flasche später richtete er die Fernbedienung mit zittriger Hand auf den schwarzen Kasten und drückte auf «Play».

Er sah sich selbst auf der Mattscheibe. Er nannte Datum und Uhrzeit und stellte dann Testperson Alpha vor (so fiel es ihm leichter, sie nur als Bestandteil seines Experiments zu sehen, nicht als Menschen – als Menschen, den er ermordet hatte), die bereits bewusstlos auf dem Tisch lag. Dann injizierte er ihr das, was, wie er jetzt wusste, ihre letzte Dosis war.

Das EEG war in einer Ecke der Mattscheibe zu erkennen, die vier Linien hoben und senkten sich sacht. Zunächst stieg nur die Thetawelle an, während die anderen weiter vor sich hin dümpelten. Dann begann das EKG zu piepen, und alle Wellen schlugen aus. Tversky schaltete auf Zeitlupe und sah gebannt hin, um zu erfahren, was er richtig gemacht hatte – oder falsch.

Es war aber nichts zu sehen. Nur EEG-Werte, die eigentlich unmöglich waren, und eine Frau, deren Augen sich so schnell unter ihren geschlossenen Lidern bewegten, dass es aussah, als würden sie gleich platzen. Dann erbrach sie sich und rollte vom Tisch, aus dem Bild heraus. Auf der Mattscheibe war nun nur noch der leere Metalltisch zu sehen.

Tversky drückte auf «Play», um zu normalem Tempo

zurückzukehren, damit er noch einmal ihre letzten Worte hören konnte. Er drehte die Lautstärke auf. Vor dem Rauschen des Videobands klang ihre Stimme, die nurmehr ein Flüstern war, unheimlich. Sie sprach genau drei Minuten und zwölf Sekunden lang, und ihr Sprechtempo beschleunigte und verlangsamte sich, so als würde sie Achterbahn fahren.

Einiges war gänzlich unverständlich, anderes war unglaublich klar und enthielt genaue Anleitungen für jedes denkbare Szenario. Nachdem er es sich sechsmal angesehen hatte, schaltete er den Fernseher ab. Im Zimmer war es plötzlich still, aber die ersten Worte der Testperson Alpha erfüllten in dieser Stille seinen Geist.

Töte ihn. Töte David Caine.

Er hatte gehofft, ihre Instruktionen würden sich als etwas anderes erweisen, als sie im ersten Moment erschienen waren. Doch nachdem er sich nun ihr heiseres Flüstern immer wieder angehört hatte, ließ es sich nicht mehr bestreiten. Wenn er das Wissen erlangen wollte, blieb ihm nichts anderes übrig, als das zu tun, was sie von ihm verlangt hatte.

Er wankte zu seinem Schreibtisch und wählte sich ins Internet ein. Als die Startseite von Google geladen war, gab er unter dem bunten Logo seine Suchanfrage ein. 0,63 Sekunden später zeigte der Bildschirm die zehn ersten von 175 000 Treffern an. Er klickte, wie von Julia angewiesen, auf den siebten Link. Auf der Startseite stand:

Die auf dieser Website enthaltenen Informationen betreffen Taten und Geräte, die womöglich illegal sind. Die Anbieter dieser Website befürworten keinerlei Gesetzesverstösse und übernehmen keinerlei Verantwortung. Unsere Daten dienen AUSSCHLIESSLICH INFORMATIONSZWECKEN.

Indem Sie auf ENTER klicken, erklären Sie sich mit den obigen Bedingungen einverstanden.

Tversky klickte schnell auf den Hyperlink. Das Bild wurde geladen, und er begann zu lesen.

Nava warf sich auf ihren schwarzen Aeron-Stuhl, der wippend nachgab. Sie knipste die Schreibtischlampe an, die ihren Arbeitsplatz in sanftes weißes Licht tauchte und Schatten auf das übrige abgedunkelte Büro warf.

Sie drückte den Daumen auf die rechteckige Glasscheibe. Licht blitzte auf, und ihr Daumen leuchtete rosa. Auf dem Flachbildschirm erschienen zwei Worte.

Fingerabdruck bestätigt.

Sie war drin. Sie machte sich nicht die Mühe, die letzten heruntergeladenen Daten von Tverskys Laptop zu lesen. Vielmehr startete sie das Programm «Phone Book».

Mit diesem Programm hatte man Zugriff auf sämtliche Datenbanken der Bundesregierung, auch auf die der CIA, des FBI, der Sozialversicherung, der Einwanderungsbehörde und natürlich der Finanzämter. Wenn es den Mann, von dem Julia Pearlman gesprochen hatte, gab, würde Phone Book es ihr verraten.

Da Nava sich nicht sicher war, wie sein Name geschrieben wurde, gab sie mehrere Varianten ein:

NACHNAME: cane, cain, caine, kane, kain, kaine
VORNAME: david
WOHNORT: new york city
BUNDESSTAAT: ny

Sie drückte auf «Enter» und wartete, während der Rechner die Datenbanken abfragte. Sie musste nicht lange warten.

SECHS TREFFER FÜR SUCHANFRAGE

1. <u>Cane, David L.</u> 14 Middaugh Street, Brooklyn, NY
2. <u>Cain, David P.</u> 300 West 107th Street, Manhattan, NY
3. <u>Caine, David M.</u> 28 East 10th Street, Manhattan, NY
4. <u>Caine, David T.</u> 945 Amsterdam Avenue, Manhattan, NY
5. <u>Kane, David S.</u> 24 Forest Park Road, Woodhaven, NY
6. <u>Kain, David</u> 1775 York Avenue, Manhattan, NY

WEITERE <u>SUCHE</u>

Nava konzentrierte sich auf den zweiten und den vierten Treffer, da beide Adressen keine sechs Blocks von der Columbia University entfernt waren. Sie klickte auf «Cain, David P.», wartete kurz, und dann füllte sich der Bildschirm mit Informationen. Nava überflog die Daten, suchte nach irgendetwas, das ihr bekannt vorkam, fand aber nichts. Nur einen Durchschnitts-New-Yorker mit einer zu teuren Wohnung und viel zu viel Schulden.

Sie übersprang den nächsten Treffer und klickte auf «Caine, David T.». Mit großen Augen sah sie, dass er an der Columbia eingeschrieben war. Das musste der sein, von dem Julia gesprochen hatte. Sie starrte auf sein Passbild. David T. Caine starrte zurück, und der Anflug eines Lächelns spielte um seine Mundwinkel, so als wüsste er, dass sie ihn gerade ansah.

Sie ging seine Daten durch und prägte sie sich ein. Als sie damit fertig war, kehrte sie noch einmal zu dem Foto zurück.

«Warum sind Sie so wichtig, Mr. Caine?», fragte sie und wünschte, sie hätte mehr Zeit mit Julia gehabt. Plötzlich hörte sie leise Schritte. Da kam jemand. Es gelang Nava gerade noch rechtzeitig, das Fenster auf ihrem Bildschirm zu schließen, da tauchte Grimes aus der Dunkelheit auf. Er biss in einen Granny Smith und setzte sich ihr gegenüber. Kauend schenkte er ihr ein gelbliches Lächeln.

«Ollnsiema abbeihen?», fragte er und hielt ihr den Apfel hin.

«Nein, danke», sagte Nava und versuchte, ihren Widerwillen zu verbergen. «Ich habe schon gegessen.»

Seine Wangen blähten sich, und dann schluckte er vernehmlich. «Wie Sie wollen», sagte er. Er biss noch einmal herzhaft zu, lehnte sich zurück und legte die Füße auf den Schreibtisch.

«Kann ich Ihnen irgendwie helfen?», fragte Nava.

«Vielleicht. Wer weiß?», antwortete Grimes mampfend.

Der Typ war unglaublich. «Dann frage ich anders: Was wollen Sie?»

«Nichts. Ich bin bloß noch im Büro, so wie Sie, und wollte mal hallo sagen.»

«Hallo», sagte Nava.

Grimes nahm noch einen Bissen, kaute mit offenem Mund und sah an die Decke. Offenkundig verstand er den Fingerzeig nicht.

«Also, wenn sonst nichts ist, mache ich mich mal wieder an meine Arbeit», sagte Nava.

«Klar, kein Ding», sagte Grimes, machte aber keine Anstalten zu gehen. Nava schenkte ihm einen vernichtenden Blick. «Schon gut, schon gut, ich geh ja schon. Ich wollte Ihnen doch bloß ein bisschen Gesellschaft leisten.» Er stand auf und ging, blieb nach ein paar Schritten aber noch einmal stehen. «Apropos», sagte er und drehte sich um, «wie haben Sie denn von David Caine erfahren?»

Nava behielt ihr Pokerface bei. «Wie meinen Sie das?», fragte sie ganz ruhig.

«Na, Sie haben sich doch gerade seine Daten angesehen, oder etwa nicht?»

«Wie kommen Sie darauf?», fragte Nava.

«Ich komme darauf, weil ich es weiß, Baby», sagte Grimes und biss noch einmal in den Apfel. «Ich markiere alle Dateien, an denen ich arbeite, damit ich sehe, wer wann darauf zugreift.»

«Und warum haben Sie an der Datei David Caine gearbeitet?», fragte Nava gespielt schüchtern.

«Dr. Jimmy – ich meine Forsythe – will die Informationen, die wir über Caine haben, ehe Sie ihn sich morgen schnappen.»

Nava war verwirrt. Sie ließ die Hände sinken, berührte die Waffe in ihrem Knöchelholster. Sie widerstand der Versuchung, ihm mit dem Griff eins überzubraten. Ganz nonchalant sagte sie: «Ich wusste noch gar nicht, dass ich mir morgen jemanden ‹schnappen› soll – und schon gar nicht David Caine.»

«Na ja, es ist noch nicht offiziell, aber ich weiß, was Dr. Jimmy denkt. Er wird Caine so schnell wie möglich hier haben wollen.»

«Und warum?»

Grimes sah sie an, als wäre sie plemplem.

«Weil er Testperson Beta ist.» Er nahm noch einen letzten Bissen von dem Apfel und warf das Kerngehäuse dann in Richtung eines Mülleimers. Es prallte am Rand ab und landete auf dem Boden. Grimes machte keine Anstalten, es aufzuheben.

«Ich habe Tverskys Rechner neulich mit einem Wurm

infiziert», sagte er stolz, «und wenn er eine Datei löscht, von der er irgendwo anders noch einen Backup hat, schickt mir sein Rechner automatisch eine Mail. Heute Nacht gab es einen Volltreffer. Tversky hat offenbar kurz vor Mitternacht alle seine Dateiordner geleert. Das meiste davon hatte ich bereits, aber eine neue Datei enthielt eine komplette medizinische Akte von David Caine, und dort wird er als Testperson Beta bezeichnet.

Und weil ich das noch niemandem gesagt habe, habe ich mich gefragt, woher Sie davon wissen.»

«Persönliche Überwachung», sagte Nava, als würde das alles erklären.

«Oh, Sie haben gesehen, wie er sich mit Tversky getroffen hat?», fragte Grimes beeindruckt. «Ich steh auf solche Spionagesachen. Cool. Jedenfalls: Weil es Dr. Jimmy so nervt, dass er nicht weiß, wer Testperson Alpha ist, wird er bestimmt sofort Testperson Beta schnappen lassen wollen.»

Nava nickte.

«Ach, na ja. Ich muss zurück zu meinem Rechner. In fünf Minuten fängt ein Halo-Turnier an. Bis später.» Ohne eine Antwort abzuwarten, trat Grimes in die Dunkelheit, hin zu einer zweiten Lichtinsel am Ende des Ganges. Nava fuhr sich mit einer Hand durch ihr dichtes Haar. Wenn Grimes mit Forsythe Recht hatte, war jetzt alles noch verzwickter.

Sie hätte gern genauer überlegt, was sie tun sollte, aber ihre Zeit lief ab. Schnell rief sie beim New Yorker Bauamt den Grundriss von Caines Wohnung ab, schnappte sich dann ihren Mantel, einen Rucksack und einen großen schwarzen Seesack und lief zum Ausgang. Auf der Straße winkte sie sich ein Taxi herbei.

«945 Amsterdam», sagte sie zu dem Fahrer. Das Taxi beschleunigte, sie wurde in den Sitz gedrückt. Nava tastete nach ihrer Waffe und schloss die Augen. Es waren noch gut hundert Blocks bis zu seiner Wohnung. Ihr blieben also noch mindestens fünfzehn Minuten, eine Entscheidung zu treffen.

Als Caine dem Haus, in dem er wohnte, näher kam, sah er auf der kleinen Veranda vor dem Eingang einen Obdachlosen liegen. Der Mann tat ihm Leid, zum Teil, weil Caine annahm, dass er selbst bald auch kein Dach überm Kopf mehr haben würde. Auf der Veranda angelangt, bückte er sich und drehte den Mann vorsichtig auf den Rücken.

«Hey, alles in Ordnung mit –» Er verstummte, als er das blutige Gesicht des Mannes sah. Es war sein eigenes. Einen Augenblick lang glaubte Caine, wahnsinnig zu werden, dann kehrte seine geistige Gesundheit wieder, kam zurückgeschnellt wie ein Gummiband. Er sah nicht auf sich selbst herab, sondern auf Jasper.

«Mein Gott, Jasper, was ist denn passiert?»

«Ich bin einem deiner Russenfreunde über den Weg gelaufen», stieß Jasper hervor und wischte sich das Blut von der Nase. «Schöne Grüße von Vitaly übrigens.»

«O Mann, das tut mir Leid.»

Jasper hakte sich bei Caine unter, und der führte ihn zur Tür. Er schloss auf und half seinem Bruder die Treppe hinauf. Er hoffte, dass ihn oben nicht noch weitere Überraschungen erwarteten.

Auf einem Dach auf der anderen Straßenseite nahm Nava die Nachtsichtbrille ab, als Caine einem Fremden ins Haus half. Irgend etwas an dem Mann kam ihr bekannt vor, aber ihr fiel nicht ein, was es war. Das Blut auf seinem

Gesicht machte es schwer, seine Gesichtszüge zu erkennen. Sie zog eine winzige Digitalkamera hervor, die ebenfalls mit Nachtsichtoptik ausgestattet war, und schoss ein paar Fotos, konzentrierte sich dabei auf das Gesicht des Fremden. Analysieren würde sie die Bilder später.

Dann wandte sie sich wieder dem Stativ zu, das sie zuvor aufgebaut hatte. Sie sah durch das Fernrohr, das auf das Fenster in der fünften Etage gerichtet war, und wartete darauf, dass das Licht anging. Nachdem sie fast eine Minute lang durch das dunkle Perspektiv gesehen hatte, fragte sie sich, ob sie überhaupt die richtige Wohnung auskundschaftete, doch dann entdeckte sie einen schwachen Lichtstrahl.

Caine hatte offenbar nur die Wohnungstür geöffnet, das Licht kam aus dem Hausflur. Binnen Sekunden würde sie ihn sehen. Nava spannte erwartungsvoll die Schultern an.

Nachdem Caine die Tür geöffnet und Licht angeschaltet hatte, strauchelten die beiden Brüder in die Wohnung. Jasper ließ sich auf die Couch fallen. Caine lehnte sich an den Türrahmen, hörte seinen Bruder schwer atmen.

Als er selbst wieder bei Puste war, ging Caine zu Jasper und knöpfte ihm vorsichtig das Hemd auf, um abschätzen zu können, wie schwer er verletzt war. Sein Bruder hatte einen Bluterguss auf der Brust, hatte sich aber keine Rippe gebrochen. Am schlimmsten hatte es ihn im Gesicht erwischt.

Sein linkes Auge war dunkellila, die Wange an mehreren Stellen aufgeschürft und blutverkrustet. Seine Nase war geschwollen und blutete, war aber offenbar nicht gebrochen. Am Hinterkopf hatte er auch noch eine mächtige Beule.

Caine ging in die kleine Nische, die ihm als Küche diente. Er füllte warmes Wasser in eine Schale, nahm sich eine Rolle Papiertücher und ging damit seinen Bruder säubern. Als er das Blut abgewaschen hatte, sah Jasper schon nicht mehr so schlimm aus. Er wirkte zwar immer noch, als hätte er sich einen Fight mit Mike Tyson geliefert, aber nicht mehr, als würde er jeden Moment sterben.

Caine überlegte, ihn in ein Krankenhaus zu bringen, wusste aber, dass ein Arzt auch nicht mehr für Jasper tun konnte als er – allenfalls ein besseres Schmerzmittel verschreiben. Was sein Bruder brauchte, war Schlaf, nicht fünf Stunden Herumgehocke in einer Notaufnahme.

«Hey», murmelte Jasper und jagte Caine damit einen Schrecken ein.

«Wie geht es dir?»

«Nicht so toll, aber wahrscheinlich besser, als ich aussehe», sagte Jasper, setzte sich auf und schwang die Beine von der Couch.

«Wo willst du hin?», fragte Caine und hielt Jasper an der Schulter fest.

«Ins Bad. Willst du mitkommen und mir zusehen?» Jasper schob Caines Hände weg. Er stand auf und wäre fast umgekippt, hielt sich aber an Caines Arm fest.

«Wie wär's, wenn ich dir einfach nur dorthin helfe?», fragte Caine.

«Klingt gut.»

Caine wartete draußen, während sein Bruder sein Geschäft verrichtete. Kurz darauf öffnete Jasper die Tür. Er sah immer noch schlimm aus, aber immerhin grinste er jetzt ein wenig – oder versuchte es zumindest.

«Ich hab in den Spiegel gesehen, und da hab ich meine Meinung geändert: Ich fühl mich genau so, wie ich aussehe.» Jasper betastete vorsichtig seinen Hinterkopf. «Hast du ein gutes Schmerzmittel?»

Caine schüttelte den Kopf. «Nichts Stärkeres als Ad-

vil. Es sei denn, du willst ein experimentelles Antiepileptikum.»

«Ich bleib bei Advil.»

«Eine kluge Wahl.» Caine ging an seinem Bruder vorbei ins Bad. «Wie viele willst du?», fragte er und hielt den
Behälter hoch.

«Wie viele hast du denn?»

Caine gab ihm vier Tabletten, und Jasper schluckte sie
trocken, wie ein Profi. Caine half ihm wieder zur Couch,
und sie setzten sich. «Magst du mir erzählen, in was du da
reingeraten bist?», fragte Jasper.

«In nichts, wo ich nicht wieder rauskomme», antwortete Caine und hoffte, dass es zuversichtlicher klang, als
ihm zumute war.

«Und das ist dann wohl der Grund dafür, dass der Russe
mir die Fresse poliert hat.»

«Der hat uns verwechselt, hm?»

«Ja.»

Caine sah auf seine Hände, wusste nicht recht, wie er
die nächste Frage stellen sollte. «Hat er denn ... gesagt,
warum er mich zusammenschlagen wollte?»

«Irgendwas mit irgendwelchen Schlitzaugen.»

«Mist.» Er konnte nicht fassen, dass Nikolaev so schnell
von den Pokerpartien im Billy Wong's erfahren hatte. Einer seiner Gegenspieler musste ihn verraten haben. «O
Gott, es tut mir so Leid, Mann.»

Jasper machte eine abwehrende Handbewegung. «War
ja nicht deine Absicht.»

«Nein, aber dennoch. Am besten verschwindest du mal
für eine Weile aus der Stadt. New York ist zurzeit nicht gerade der allersicherste Ort für mich – und auch nicht für
Leute, die so aussehen wie ich.»

«Das habe ich auch gerade gedacht. Ich fahre morgen

heim nach Philly.» Jasper kratzte sich vorsichtig die Nase. «Warum kommst du nicht mit?»

«Würde ich wirklich gerne, aber ich muss hier bleiben und an Dr. Kumars Untersuchungen teilnehmen. Das neue Mittel gegen die Anfälle scheint zu wirken.»

Jasper schüttelte den Kopf. «Du musst weg aus der Stadt.»

«Ich kann nicht.» Caine stand auf, fuhr sich mit den Händen durchs Haar. «Ich kann erst wieder ein normales Leben führen, wenn ich das mit den Anfällen in den Griff bekommen habe. Das ist meine letzte Chance.»

«Du wirst auch kein normales Leben mehr führen, wenn dieser Typ dich umbringt.»

«Ach, das hatte ich ja ganz vergessen», schnauzte Caine.

«Schau mal, ich will dir doch nur helfen.»

Die Brüder schwiegen eine Weile. Schließlich sagte Caine: «Es tut mir Leid, Jasper. Aber ich stehe hier einfach mit dem Rücken zur Wand. Unter normalen Umständen würde ich diese Geldsache irgendwie regeln, aber in meinem gesundheitlichen Zustand, ganz zu schweigen von ...» Caine verstummte. Er wollte nicht darüber reden, was in dem Restaurant passiert war. «Ich weiß nicht, ich habe bloß irgendwie das Gefühl, dass mir alles entgleitet.»

Caine ließ sich auf einen Stuhl plumpsen. Als er in das lädierte Gesicht seines Bruders sah, war ihm mit einem Mal alles zu viel.

«Komm, wir schlafen mal 'ne Runde», sagte Jasper, schloss die Augen und streckte sich auf der Couch aus. «Wer weiß – vielleicht fällt dir im Traum eine Lösung ein. Es sind schon seltsamere Dinge passiert.»

«Ja», sagte Caine und dachte wieder an die Szene im Restaurant. «Stimmt.»

Kapitel /14/

Als sie an den langsamen Atemzügen hörte, dass sie schliefen, nahm Nava den Kopfhörer ab, baute das Richtmikrofon ab und überdachte währenddessen ihre nächsten Schachzüge. Sie konnte warten, bis die beiden Männer die Wohnung verließen, aber bis Sonnenaufgang waren es noch vier Stunden.

Sie erwog, ein Nickerchen zu machen und die Überwachung bei Tagesanbruch fortzusetzen, aber etwas ließ ihr keine Ruhe. Sie hatte so eine Ahnung, dass die Identität von Caines Freund wichtig war. Statt nach Hause ging sie also noch ein letztes Mal ins STR-Labor.

An ihrem Arbeitsplatz angelangt, lud sie die Digitalfotos von Caines seltsamem Besucher auf ihren Rechner. Es waren insgesamt neun, jeweils aus unterschiedlichem Blickwinkel, da sich der Mann hin und her bewegt hatte, als Nava die Bilder geschossen hatte. Sie zoomte sich auf jedem der Fotos an sein Gesicht heran, aber die Bilder waren dunkel, unscharf und verzerrt.

Sie drückte ein paar Tasten, und die Gesichtserkennungssoftware begann ihr Zauberwerk; die neun einzelnen Fotos verschmolzen zu dem dreidimensionalen Abbild eines Männergesichts. Langsam nahmen die Nase Gestalt an, die Augen und der Knochenbau. Ein Auge war zugeschwollen, und das Gesicht war blutig. Nava tippte einige Tastenkombinationen, und das Blut verschwand und wurde durch rosige Haut ersetzt, die dem restlichen Gesicht entsprach. Allmählich kam er Nava bekannt vor.

Sie löschte das zugeschwollene linke Auge und ersetzte es durch ein Spiegelbild des rechten Auges. Dann schrumpfte sie die offensichtlich geschwollene Nase. Als sie damit fertig war, richtete sie das Gesicht so aus, dass es sie direkt ansah. Erst glaubte sie, etwas falsch gemacht zu haben – doch eine schnelle Überprüfung ergab, dass dem nicht so war. Der Mann dort in der Tür war ein Doppelgänger von David Caine.

Dann kam ihr eine Idee. Sie rief Caines Akte auf, und mit einem Mal war alles klar: ein Zwillingsbruder. Nava überlegte krampfhaft, wie sie diese unerwartete Information für sich nutzen konnte. Sie bezweifelte, dass Grimes die Akte so genau gelesen hatte, dass er wusste, dass Caine einen Zwillingsbruder hatte. Lag sie damit falsch, würde ihre List schnell auffliegen. Hatte sie aber Recht damit …

Sie musste sich entscheiden: warten und womöglich die Initiative aus der Hand geben oder zuschlagen und damit Enttarnung riskieren. In solchen Situationen hatte sie sich stets auf ihren Instinkt verlassen. Wie sie es sah, konnten sämtliche Optionen nach hinten losgehen; es kam darauf an, die Risiken zu analysieren und zu minimieren. Ganz ausschließen ließen sie sich nicht.

Nava beschloss, dass sie handeln musste.

Sie war zwar nicht befugt, die Stammdatei der NSA zu bearbeiten, wusste aber, wie sie es dennoch hinbekommen konnte. Einige Monate zuvor hatte sie einen Systemadministrator der Sozialversicherung durch Bestechung dazu gebracht, ihr ein Benutzerkonto und Kennwort einzurichten, damit sie Decknamen erzeugen konnte. Dieses illegal erworbene Kennwort hatte sie zwar seit fast sechs Wochen nicht mehr verwendet, aber eigentlich musste es immer noch gültig sein.

Sie griff auf die Datenbank der Sozialversicherung zu und drückte auf «Enter». Der Bildschirm wurde schwarz. Einen Moment lang glaubte Nava, das System sei gesäubert und ihr Kennwort gelöscht worden. Sie stellte sich vor, wie ein lautloser Alarm ausgelöst wurde, Sicherheitstüren ins Schloss fielen und bewaffnete Männer angerannt kamen. Doch stattdessen empfing sie ein Menü.

Sie drückte F10, um die Stammdatei der Sozialversicherung zu bearbeiten. Es dauerte nur fünf Minuten. Anschließend kehrte sie zur NSA-Datenbank zurück, wählte Caines Datei aus und befahl dem Server, seine Daten zu aktualisieren. Auf dem Bildschirm erschien die Meldung «Vorgang wird bearbeitet», und der Server griff auf die Quelldatenbanken zu, aus denen sich seine Dateien speisten. Eine halbe Minute später erschien ein neues Fenster.

Bis auf ein Feld waren alle Daten unverändert. Sie hatte es geschafft. Wenn Grimes auf eine Backup-Fassung zugriff, konnte er sehen, was sie getan hatte, aber das spielte keine Rolle. Wenn es so weit kam, hatte sie bereits den Vorsprung, den sie brauchte. Sie verließ das Büro und ging zum zweiten Mal in dieser Nacht zu David Caines Wohnung.

Sie wusste, dass es so oder so das letzte Mal sein würde.

James Forsythe war außer sich vor Wut.

Er tobte. Er machte nur deshalb nicht an Ort und Stelle kurzen Prozess mit Grimes, weil er ihn noch brauchte.

Forsythe zwang sich, die Augen zu schließen, bis er seine Gefühle wieder im Zaum hatte. Er konzentrierte sich auf seine Atmung. Einatmen. Ausatmen. Einatmen. Ausatmen.

«Alles in Ordnung mit Ihnen, Dr. Jimmy?», fragte Grimes und zupfte sich unwillkürlich am Ohr.

«Dr. Forsythe. FOR-SYTHE», sagte Forsythe mit zusammengebissenen Zähnen und schlug die Augen auf.

«Sie wissen doch, dass ich das nur im Scherz sage.» Grimes lächelte. «Schaun Sie, es tut mir Leid, dass ich Sie heute Nacht nicht geweckt habe, aber ich wusste ja nicht …»

«Sie wussten nicht, dass ich Bescheid bekommen will, wenn der Wissenschaftler, den wir beobachten, *verschwindet?*»

«Streng genommen ist er nicht verschwunden – sie konnten ihn bloß noch nicht finden, seit sie angefangen haben, ihn zu suchen.»

«Aber sie haben *vor drei Stunden* angefangen, ihn zu suchen. Und das *während Ihrer Wache.*»

Grimes scharrte mit den Füßen. «Schaun Sie, ich weiß nicht, was ich dazu noch sagen soll. Was passiert ist, ist passiert.»

Forsythe wollte gerade etwas erwidern, da wurde ihm klar, dass der Idiot Recht hatte. Seine Rache an Grimes konnte er sich für später aufheben.

«Also gut», sagte er und lehnte sich auf seinem Stuhl zurück. «Erzählen Sie mir alles, was Sie wissen. Von Anfang an.»

Grimes aktivierte seinen PDA und begann vorzulesen. «Laut Polizeibericht starb die Studentin Julia Pearlman zwischen elf und zwölf Uhr heute Nacht. Sie fiel offenbar aus einem Fenster im sechsten Stock. Gegen zwei Uhr fand sie ein Obdachloser nackt in einem Müllbehälter. Die Rechtsmedizin hat die Todesursache noch nicht endgültig festgestellt, vorläufig spricht man von Genickbruch. Die Sache wird bisher als Selbstmord eingeschätzt. Ein Mord ist aber noch nicht ausgeschlossen worden.»

«Und sie glauben, Tversky könnte in die Geschichte verwickelt sein?»

Grimes nickte. «Die Polizei will ihn sprechen, da die Frau aus Tverskys Labor gesprungen ist, und Studenten haben erzählt, Tversky und die Frau hätten oft bis spätnachts zusammen gearbeitet.»

Forsythe schnappte nach Luft. Mit einem Mal war ihm alles klar. «Sie war Testperson Alpha.»

«Ja, sieht so aus. Ich habe Daten von seinem Rechner bekommen, als er versuchte, die Festplatte zu löschen. Direkt vor ihrem Tod hat er ein neues chemisches Präparat an ihr ausprobiert. Offenbar hat er es anhand eines Mannes entwickelt, den er gestern in seinem Labor untersucht hat und der ähnliche … äh, Fähigkeiten hat. Er bezeichnet ihn als Testperson Beta.»

«O Gott», sagte Forsythe, «noch ein Unbekannter.»

«Nein, wir haben das rausgekriegt. Er heißt David Caine.»

Forsythe hob den Kopf. «Wie haben Sie das rausgefunden?»

Grimes lächelte. «Als ich sah, dass bei Tversky so viele neue Testergebnisse reinkamen, habe ich die Kennnummer mit der Buchhaltung abgeglichen. Am gleichen Tag hat er unter dieser Kennnummer einen Scheck für David T. Caine ausgestellt.»

«Warten Sie mal – Sie sagten: ‹Wir haben das rausgekriegt.› Wer ist denn wir?»

Grimes’ Lächeln schwand, er runzelte die Stirn.

«Agent Vaner, auch wenn sie mir nicht gesagt hat, wie sie da rangekommen ist. Irgend so ein Spionagetrick vermutlich.»

«Wo ist sie jetzt?»

«Als ich zuletzt Kontakt mit ihr hatte, hatte sie sich vor seiner Wohnung postiert.»

Forsythe war froh, wenigstens eine gute Nachricht zu hören. «Also gut. Sie soll Caine beschatten, und Sie finden währenddessen Tversky.»

«Aye, aye, Käpt'n Jimmy.» Grimes knallte die Hacken zusammen, machte auf dem Absatz kehrt und ging hinaus.

Froh, wieder allein zu sein, widmete sich Forsythe Tverskys letzten Labornotizen. Sie waren zwar unvollständig, aber dennoch faszinierend. Es gab nur anekdotenhafte Anhaltspunkte für Caines Fähigkeiten, aber die chemische Analyse schien seine Theorie zu bestätigen. Und so etwas wie Pearlmans EEG-Werte hatte Forsythe noch nie gesehen. Keine Minute nachdem ihr das Präparat injiziert worden war, hatten sämtliche Hirnstromwellen der Testperson Alpha in vollkommenem Gleichklang ausgeschlagen. Zwar war das Mädchen bei Tverskys Experiment umgekommen, aber die wissenschaftlichen Implikationen der Studie waren revolutionär.

Das weitere Vorankommen war zwar einfacher, wenn Tversky für ihn arbeitete, aber unbedingt nötig war das nicht. Was er wirklich brauchte, waren weitere Untersuchungen an David Caine. Wenn Tversky jedoch Recht hatte mit seinen Theorien, dann war Caine ein äußerst gefährlicher Mann. Forsythe sah in seinem Rolodex nach, griff zum Telefonhörer und wählte eine Nummer. Nachdem er fast fünf Minuten lang warten musste, bekam er den Mann an den Apparat, den er brauchte.

«Guten Morgen, General», sagte Forsythe und setzte sich auf seinem Stuhl aufrecht hin. «Ich muss Sie um einen Gefallen bitten ...»

Als Caine über die Straße ging, vorsichtig zwei Becher Kaffee und eine Tüte Bagels balancierend, hatte er das Gefühl, dass gleich etwas geschehen würde. Caine beachtete es nicht und versuchte sich stattdessen auf die Musik zu konzentrieren, die aus seinem Kopfhörer drang. Wenn er Stress hatte, spendete ihm sein Walkman Trost. Er hörte kurz bei einigen Sendern mit ausgefallener Musik rein und blieb dann doch bei Classic-Rock hängen, erwischte gerade noch den Schluss von «Comfortably Numb», ehe Jefferson Airplane anfingen, von Alices Sortiment an Pharmazeutika zu singen.

Dann begann der Gestank, seinen Geist zu erfüllen.

O nein.

Er blieb abrupt stehen, und ein großer Mann, der gerade mit einem Handy telefonierte, lief auf ihn auf. Caine strauchelte nach vorn, ließ einen Kaffee fallen und rammte eine übergewichtige Schwarze in einem blauen Kleid, die zwei prall gefüllte, große Einkaufstüten trug. Die Frau wich noch nach links aus, verlor aber das Gleichgewicht, und die Tüten fielen zu Boden. Orangen und Äpfel kullerten über den Gehsteig.

Das Obst stiftete weiteres Chaos. Ein kahlköpfiger Mann in engem weißem Shirt kippte seinen Frappuccino einer älteren Dame auf die knallgelbe Bluse. Eine Asiatin in purpurrotem Rock fiel hin und brach sich zwei Fingernägel ab. Ein stämmiger Bauarbeiter ließ seine Werkzeugkiste einem schick gekleideten Geschäftsmann auf den Fuß fallen, brach ihm dabei den großen Zeh und ruinierte seine Halbschuhe von Gucci.

Im Handumdrehen hatte Caine den Tagesverlauf dieser Menschen geändert. Der Kahlkopf würde sich einen neuen Frappuccino bestellen. Die ältere Frau musste nach Hause und sich umziehen. Die Asiatin musste zur Maniküre. Der Arbeiter musste einen Anwalt engagieren, um sich gegen die Klage des Geschäftsmanns zu verteidigen, dem wiederum ein Meeting durch die Lappen ging, während er in der Notaufnahme darauf wartete, dass sich jemand seines Zehs annahm.

Jede dieser Veränderungen würde weitere Veränderungen nach sich ziehen. Caine sah sie alle vor sich ausgebreitet, so wie sich bei einem Stein, den man in einen See wirft, kreisförmige Wellen bilden. Er wusste nicht genau, was es war, aber irgendetwas stimmte nicht. Dann wurde es ihm klar: Normalerweise wäre nichts davon passiert.

Der Glatzkopf wäre in ein Fitnessstudio gegangen, hätte dort einen Mann kennen gelernt, der sein Freund und später sein Lover geworden wäre. Der Bauarbeiter hätte noch einen Sohn bekommen, doch der Stress wegen der Klage des Geschäftsmanns führte dazu, dass er von seiner Frau geschieden wurde. Der Geschäftsmann wäre eigentlich zwei Monate später gestorben, doch sein Arzt entdeckte bei diesem Krankenhausbesuch ein Herzgeräusch bei ihm, was zu einem präventiven Eingriff führte, der ihn vor einem tödlichen Herzinfarkt bewahrte. Die ältere Frau wäre eigentlich auf dem Weg zur U-Bahn gestürzt und hätte sich die Hüfte gebrochen, doch nun blieb sie gesund. Die Asiatin hätte eigentlich an einem Geschäftsessen teilgenommen, das zu einer Beförderung geführt hätte.

Diese Bilder gingen Caine in Sekundenschnelle durch den Sinn, dann waren sie wieder fort. Er fühlte sich, als würde sein Herz gleich platzen. Schweiß brach ihm aus.

Ihm wurde bewusst, dass er die Augen geschlossen hatte, also öffnete er sie schnell wieder und versuchte, die Fäuste zu öffnen. Tief durchatmen, einfach nur tief durchatmen und zu verstehen versuchen, was da gerade geschehen war. War das Eingebung? Vorausschau? Nein, nein. Es war nur ein verrückter Wachtraum, eine bizarre Wiederholung des Spiels, das er mit Jasper oft gespielt hatte, als sie noch kleine Jungen waren. Sie hatten sich auf gut Glück irgendwelche Leute ausgesucht und dann vorausgesagt, was ihnen im Laufe dieses Tages passieren würde.

Tief durchatmen, tief durchatmen. Ja, das war es. Nur ein Tagtraum. Er verblasste bereits. Caine drehte sich um, gerade als der Geschäftsmann anfing, den Bauarbeiter anzuschreien – und dann war da nur noch Schwärze. Kalte Schwärze.

…

Ein Pochen. Es fühlte sich an, als würde sich sein Kopf bei jedem Herzschlag dehnen und wieder zusammenziehen. Er schlug die Augen auf. Er lag auf dem Rücken ausgestreckt und sah zu einem Kreis von Gesichtern hoch.

«Ich glaube, er kommt zu sich», sagte eine pummelige Blondine.

«Alles klar mit dir, Mann?», wollte ein dunkles Gesicht wissen.

Caine wollte aufstehen, aber zwei kräftige Hände hielten ihn zurück, schoben ihn wieder auf den Gehsteig.

«Lassen Sie ihn nicht aufstehen. Vielleicht hat er sich das Rückgrat gebrochen», befahl ein Mann weiter hinten in der Menge.

«Ganz ruhig, Mann.» Es war das dunkle Gesicht, das zu den Armen zu gehören schien, die ihn am Boden hielten. «Der Krankenwagen ist schon unterwegs.»

Caine schloss wieder die Augen. Angesichts der ganzen

redenden Gesichter wurde ihm übel. Di[...]
angenehmer, und so zog er sich wieder [...]
Höhle zurück.

Go ask Alice. When she's ten feet tall.

«Und?», ertönte Forsythes Stimme im Ohrhörer.

«Wir werten die Daten noch aus, aber wie's aussieht, ist er einfach so mitten auf dem Gehweg zusammengebrochen», antwortete Grimes, den Blick auf die Monitore vor sich gerichtet. Auf dem unten rechts lief der Zwischenfall in einer Endlosschleife immer wieder ab. Grimes hatte es sich schon zehnmal angesehen, war aber immer noch ganz hingerissen.

«Erzählen Sie mir, was genau passiert ist.»

«Die Zielperson blieb kurz stehen, einer lief auf ihn auf, woraufhin die Zielperson eine fette Tante rammte, und die ließ eine Tüte Obst fallen, das überall rumgekullert ist. Ein paar Leute sind darüber gestolpert, und dann hat sich die Zielperson umgesehen, sich an den Kopf gefasst und ist einfach so zusammengebrochen.»

«Ist er verletzt?»

«Nein, aber er hat wahrscheinlich mordsmäßige Kopfschmerzen. Jemand hat einen Krankenwagen gerufen, aber die Zielperson wollte nicht mitfahren. Ich hab ihren Funk abgehört, und der Rettungssanitäter meinte, er sei in Ordnung, allenfalls 'ne ganz leichte Gehirnerschütterung.»

«Schaun Sie sich das Video noch ein paar Mal an, und sagen Sie mir Bescheid, falls Ihnen sonst noch irgendwas auffällt. Und bleiben Sie währenddessen an ihm dran.»

«Roger. Roger.» *Die unglaubliche Reise in einem verrückten Flugzeug* war einer von Grimes' Lieblingsfilmen, und er zitierte gern daraus, vor allem, wenn er sich über Dr. Jimmy g machte. Grimes merkte, dass er ihn geärgert hatte, n Dr. Jimmy sagte zehn Sekunden lang nichts darauf. rimes hätte gewettet, wenn er den Anruf noch einmal abspielte, dabei die Lautstärke aufdrehte und Hintergrundgeräusche herausfilterte, würde er hören können, wie der gute Onkel Doktor leise vor sich hin fluchte. Das musste er auf jeden Fall später mal ausprobieren.

«Und wo ist er jetzt?»

«Er geht nach Hause. Wir folgen ihm mit dem Lieferwagen, und Vaner ist vor Ort. Ich lasse ihn auch von Satelliten aus beobachten, und wir haben ein Richtmikro auf seine Wohnung gerichtet. Machen Sie sich keine Sorgen, Dr. Jimmy, wir haben das absolut im Griff.»

«Teilen Sie Vaner mit, dass ein Einsatzkommando unterwegs ist, um bei dem Zugriff zu helfen.»

Grimes stieß einen leisen Pfiff aus. Ein Einsatzkommando? Na, das würde ja ein Spektakel geben.

Caine warf seinem Bruder einen in Alufolie eingewickelten Bagel zu und legte die *New York Post* auf den Couchtisch. «Zwiebel mit Frischkäse, leicht getoastet.»

«Was denn – kein Kaffee?», fragte Jasper.

Caine überlegte zu sagen: *Ich hatte wieder eine Vision, bin zusammengebrochen und habe deinen Kaffee leider auf den Gehweg gekippt.* Doch stattdessen sagte er: «Tschuldige, hab ich vergessen.»

«Macht nichts», murmelte Jasper, bereits den Bagel mampfend. Er kaute nachdenklich, schluckte dann. «Und? Hat dir der Sandmann irgendwelche Lösungen gebracht?»

«Leider nein. Er hat mich nur einen Tag dem Moment näher gebracht, an dem ich Nikolaev zweitausend Dollar zahlen muss, die ich nicht habe.»

«Wirklich schade, dass du nicht der hier bist», sagte Jasper und hob die Zeitung auf.

Auf der ersten Seite stand in großer Blockschrift: POWERBALL-MILLIONÄR!!!, und darunter hielt ein Mann einen riesigen Scheck über 247,3 Millionen Dollar. Caine las normalerweise die *New York Times*, doch als er diese Schlagzeile gesehen hatte, hatte er nicht widerstehen können und die *Post* gekauft.

«Ach du dickes Ei ... das ist Tommy DaSouza», sagte Jasper und hielt das Bild hoch, sodass Caine es sehen konnte. Weißt du noch? Aus unserer Nachbarschaft?»

«Wow, ich hab ihn gar nicht erkannt», sagte Caine und starrte das Foto an. Tommy hatte mindestens dreißig Pfund zugenommen, seit er ihn zuletzt gesehen hatte. «Bist du sicher, dass er es ist?»

Jasper schlug den Artikel auf und nickte. «‹Thomas DaSouza, 28, wohnt immer noch in Park Slope, nur fünf Blocks von dem Haus entfernt, in dem er aufgewachsen ist.›»

«Das ist toll für ihn, hilft mir aber nicht.»

«Was redest du denn da? Der hat dich früher verehrt. Der ist ein Jahr lang auf dem Spielplatz immer hinter uns hergelaufen, nachdem du ihn damals gerettet hast.»

Caine zuckte die Achseln und erinnerte sich daran, wie er eines Tages dazwischengegangen war, als ein besonders fieser Rabauke es auf Tommy abgesehen hatte. «Das ist lange her, Jasper.»

«Ja, aber du warst für Tommy immer ein guter Freund. Wenn du ihm nicht Nachhilfe in Mathe gegeben hättest, hätte er wahrscheinlich nicht mal die Highschool fertig gekriegt.»

Die Highschool. Damals hatte Caine es gar nicht erwarten können, seinen Abschluss zu machen. Jetzt würde er alles darum geben, wenn er in dieses einfachere Leben zurückkehren könnte. Tommy und er hatten damals viel Spaß miteinander gehabt. Doch nach dem Abschluss hatten sie sich auseinander gelebt. Tommy hatte sich einen Job gesucht, und Caine war aufs College gegangen. Nach ein paar Jahren stellte er fest, dass ihn mit seinem alten Freund nicht mehr viel verband.

«Ich habe seit fast fünf Jahren nicht mehr mit ihm gesprochen.»

Jasper nahm das schnurlose Telefon vom Tisch und hielt es seinem Bruder hin. «Dann würde ich mal sagen, ist es jetzt Zeit, eure Freundschaft zu erneuern.»

«Was erwartest du von mir? Soll ich ihn anrufen und sagen: ‹Hallo, Tommy, Glückwunsch zum Lottogewinn, könntest du mir zwölf Riesen leihen?› Das kommt nicht in Frage.» Er warf Jasper das Telefon wieder hin.

«Okay», sagte Jasper. Er wählte die Nummer der Auskunft. «Brooklyn. Tommy DaSouza.» Er notierte die Nummer auf einem Zettel und schob ihn gemeinsam mit dem Telefon über den Couchtisch seinem Bruder hin. Caine guckte, als hätte ihm Jasper eine tote Ratte vorgelegt.

«Wenn du es nicht machst», sagte Jasper, «mache ich es. Fragen kostet nichts. Der Typ hat gerade mehr Geld gewonnen, als er jemals wird ausgeben können, und du wirst umgebracht, wenn du läppische zwölftausend Dollar nicht zahlst. Wenn er Nein sagt, bist du nicht schlimmer dran als zuvor. Wenn er Ja sagt, bist du aus dem Schneider. Du kannst nichts dabei verlieren.»

«Und was ist mit meinem Stolz?», fragte Caine.

«Um deinen Stolz mach dir mal Sorgen, nachdem du deine Schulden bei der Russenmafia bezahlt hast», erwiderte Jasper. «Jetzt ruf schon an, verdammt nochmal-*Tal-Saal-kahl*.»

Caine bekam bei Jaspers Gereime ein flaues Gefühl im

Magen, aber er wusste, dass sein Bruder Recht hatte. Zögernd griff Caine zum Telefon und wählte die Nummer. Ein Mann mit ungeduldig klingender Stimme nahm beim ersten Läuten ab. «Ja?»

«Tommy DaSouza?», fragte Caine.

«Hören Sie, was auch immer Sie zu verkaufen haben, ich will es nicht, klar? Ich stehe ja offensichtlich im Telefonbuch, also schicken Sie mir einfach Ihren Katalog, und wenn ich interessiert bin, rufe ich Sie an. Ciao.»

«Warte, ich will dir nichts verkaufen!», sagte Caine, mit einem Mal eifrig, da ihm klar wurde, dass es womöglich tatsächlich seine einzige Chance war. «Äh, ich bin's, David. David Caine.»

Kurz herrschte Schweigen, und Caine dachte schon, Tommy würde gleich auflegen. Dann: «Mensch, Dave! Wie geht's dir denn, altes Haus?»

«Witzig, dass du fragst», antwortete Caine, hob, zu seinem Bruder gewandt, die Augenbrauen und wechselte das Telefon vom einen Ohr ans andere. «Das ist es gewissermaßen, warum ich anrufe ...»

«Hast du das Geld?»

Tversky wäre fast zusammengezuckt. Er drehte sich um, aber der einzige andere Mensch in dieser Gasse war ein magerer kleiner Junge. Er war höchstens zwölf, auch wenn die zur Seite gedrehte Yankees-Kappe ihn sogar noch jünger aussehen ließ.

«Hast du das Geld oder nicht?»

«Du bist Boz?», fragte Tversky verblüfft.

Der Junge lachte. «Soll das 'n Scherz sein? Boz trifft sich doch nicht mit irgendeinem Spinner, von dem er noch nie gehört hat. Ich bin Trike.»

«Mir wurde gesagt, dass ich mich mit Boz treffe.»

«Ach ja? Na und? Das Treffen ist abgesagt. Jetzt triffst du dich mit *mir*.» Die Hände des Jungen verschwanden in seinen übergroßen Taschen. «Zeig das Geld her, oder ich mach die Biege.»

Tversky zog einen weißen Umschlag aus seiner Manteltasche, bemühte sich, die zitternden Hände ruhig zu halten. Trike versuchte, ihm das Geld zu entreißen, aber Tversky hielt es außerhalb seiner Reichweite. «Lass erst mal sehen.»

Trike lächelte zu ihm hoch, zeigte zwei Goldzähne. «Also gut, Opa», sagte er und zog eine braune Papiertüte aus der Tasche. Tversky schaute sich um, ob jemand zusah, aber die Gasse war menschenleer. Er nahm die Tüte entgegen, erstaunt, wie schwer sie war.

«Und jetzt her mit der Knete.»

Tversky gab Trike den Umschlag. Der Junge leckte sich einen Finger an, zählte schnell nach und stopfte sich das Geld dann vorn in den Hosenbund.

«Nett, mit dir Geschäfte zu machen», sagte er und verschwand, ließ Tversky in der Gasse allein. Tversky steckte die braune Papiertüte in seine Aktentasche und ging schnell in Richtung Broadway.

Erst als er wieder sicher in seinem schäbigen Motelzimmer war, wagte er, die Tüte herauszunehmen. Er hatte seine Wohnung verlassen, gleich nachdem er das Video angesehen hatte. Julia hatte ihn angewiesen, hierher umzuziehen, und also hatte er das getan.

Nachdem er die Jalousien zugezogen hatte, legte er die Tüte mitten aufs Bett. Er schluckte trocken, langte dann hinein und berührte die glatten Kunststoffröhren. Sie fühlten sich kühl an unter seinen verschwitzten Fingern. Tief durchatmend zog er die Flintenpatronen eine nach der anderen aus der Tüte. Er legte sie in einer Reihe hin. Es waren insgesamt zehn Stück. Eine Minute lang starrte er sie nur an, fragte sich, wie es überhaupt zu dieser Situation hatte kommen können.

Aber es gab jetzt kein Zurück mehr. Nach dem, was mit Julia geschehen war – was er Julia angetan hatte –, war es dazu viel zu spät. Er musste das jetzt durchziehen. Er sah auf seine Armbanduhr. Ihm blieben noch ein paar Stunden bis sechs Uhr. Wenn David nicht kam, musste er davon ausgehen, dass sich Julia geirrt hatte. Aber er glaubte nicht, dass dem so sein würde.

Bisher war alles genau so geschehen, wie sie gesagt hatte – von der Stelle, an der er sich im Restaurant hinsetzen sollte, bis dahin, wie er Kontakt zu dem Waffenhändler aufnehmen sollte. Da sie das alles korrekt vorausgesehen hatte, gab es keinen Grund zu der Annahme, dass ihre übrigen Voraussagen nicht eintreffen würden. Und ihm blieb ohnehin keine andere Wahl.

Doch eigentlich stimmte das nicht, oder? Er musste ihre Anweisungen nicht befolgen. Er konnte es sich anders überlegen, einen anderen Weg einschlagen. Doch obwohl er wünschte, dass es eine andere Möglichkeit gab, wusste er, dass er sie nicht ergreifen würde. Es war traurig, dass er versuchen musste, David Caine zu töten, um an das zu gelangen, was er haben wollte. Aber er würde es tun.

Es war zu spät, um einen anderen Weg einzuschlagen.

Kapitel /15/

Nava gab die Kennnummer ein und klickte auf «Suche». Statt der Worte auf blauem Bildschirmhintergrund erschien ein Stadtplan von New York, der zwei blinkende Punkte enthielt – einer stellte Navas gegenwärtige Position dar, der andere Caines. Das *Global Positioning System* arbeitete perfekt.

Sie hatte Caines Lederjacke an diesem Morgen mit einem Minisender markiert. Jetzt musste sie nur noch auf seinen Zwillingsbruder warten. Sobald sie auch Jasper markiert hatte, konnte sie ihn als Lockvogel für Grimes verwenden, während sie selbst sich David schnappen würde. Anschließend würde Nava von der Bildfläche verschwinden.

Sie sah auf ihre Armbanduhr. Es war kurz vor elf. Wenn Jasper nicht bald die Wohnung verließ, war sie in der Bredouille. Während sie über die Straße sah, hielt vor ihr ein FedEx-Lieferwagen und versperrte ihr die Sicht. Der Fahrer beugte sich über den Sitz und öffnete die Beifahrertür.

Nava stieg ein und knallte die Tür zu. Drinnen öffnete sie die Trennwand zwischen Fahrerkabine und Frachtraum und ging nach hinten. Grimes und sein Kollege sahen kaum von ihrer Arbeit hoch, als sie hereinkam. Beide hämmerten sie auf ihre Tastaturen ein, und ihre Blicke huschten zwischen den drei vor ihnen angebrachten Flachbildschirmen hin und her.

Es gab keinen Platz, an dem sich Nava hätte setzen können, also blieb sie stehen und wartete, bis Grimes fertig war. Nach ungefähr einer Minute reckte er ihr eine Hand entgegen, hielt es aber weiterhin nicht für nötig, sich zu ihr umzusehen.

«Geben Sie mir Ihren PDA. Ich muss ein paar Daten aktualisieren.»

Ohne nachzudenken, gab sie Grimes das kleine Gerät. In dem Moment, da er es in die Finger bekam, wurde ihr klar, dass sie einen Fehler begangen hatte, aber es war schon zu spät. Er steckte den PDA in einen Schlitz an seinem Pult und drückte auf einen Knopf. Auf Grimes' Hauptbildschirm erschien der Stadtplan von New York.

«Oh, toll, Sie haben ihn schon markiert. Ich schicke seine Koordinaten an das ganze Überwachungsteam.» Seine Finger flatterten über die Tastatur. «So, jetzt wissen alle, wo die Zielperson ist, falls er Ihnen durch die Lappen geht.»

«Er ist jetzt eine Zielperson?», fragte Nava.

«Yep.» Grimes wirbelte auf seinem Drehstuhl herum. «Dr. Jimmy hat für den Einsatz heute Morgen offiziell grünes Licht gegeben. Sie übernehmen taktische Unterstützung. Ein Einsatzkommando ist unterwegs.»

«Was?»

«Sehen Sie selbst», sagte Grimes und zeigte auf den rechten Bildschirm. Die ersten Daten über das Kommando erschienen bereits auf dem Schirm. Da die NSA über keine eigenen Kampfeinheiten verfügte, handelte es sich bei den zusätzlichen Leuten um Überwachungs-spezialisten, die man an einigen Schusswaffen ausgebildet hatte, vermutete Nava.

NAME: Spirn, Daniel R.
EINHEIT: Special Forces
DIENSTGRAD: Lieutenant
WAFFEN: Pistole (9mm, Kaliber .45, Kaliber .38), M16A2/M4A1, Flinte (Kaliber 12), Scharfschützengewehr M24, Granatwerfer M203, leichtes Gruppen-MG M249, Handgranate, Panzerabwehrrakete AT-4, Maschinengewehr M240B, überschweres Maschinengewehr M2, Granatwerfer MK-19, Mörser (Kaliber 60mm, 81mm, 120mm), Pyrotechnik, Claymore-Mine M18A1/A2, Minen (allgemein), TOW-Rakete, Dragon, rückstossfreie Gewehre (RCRL, 84mm, 90mm, 106mm), leichte panzerbrechende Waffen (LAW)
UNBEWAFFNETER KAMPF: Aikido, Choi Kwang-Do, Hapkido, Judo, Ju-Jitsu, Muay Thai, Taekwondo

Nava überflog die Dossiers über die drei übrigen Soldaten. Bis auf Gonzalez, den Sprengstoffexperten, hatten sie alle eine ähnliche Ausbildung absolviert und an Kampfeinsätzen teilgenommen – einige davon in geheimer Mission. Nava atmete aus. Das machte alles noch erheblich komplizierter. Sie sah zu Grimes hinüber.

«Finden Sie nicht, dass das ein bisschen viel des Guten ist? Vier Soldaten für die Festnahme eines einzigen Zivilisten?»

«Was soll ich dazu sagen?» Grimes zuckte die Achseln. «Dr. Jimmy ist auf Hundertachtzig. Er will verhindern, dass irgendwas schief geht.»

«Wie ist er denn an diese Special-Forces-Typen überhaupt rangekommen?»

«Keine Ahnung. Gefälligkeiten, schätze ich mal. So wie er Sie auch gekriegt hat. In diesem Fall setzt er alle Hebel in Bewegung.» Grimes nahm einen Fruchtgummiwurm aus einer Plastiktüte zwischen seinen Schenkeln und bot ihn ihr an. Nava schüttelte den Kopf. Ungerührt stopfte sich Grimes das Ding in den Mund und redete beim Kauen weiter. «Die sind in ein paar Minuten hier. Nach der Begrüßung will Dr. Jimmy, dass Sie ihn sich schnappen.»

Grimes' Terminal begann zu piepen. Er drehte sich um und drückte auf einen Knopf. «Ja? Sie ist hier, einen Moment.» Er nahm sein drahtloses Headset ab und reichte es Nava. «Es ist Forsythe.»

«Hallo?»

«Agent Vaner, ich wollte nur sichergehen, dass Grimes Ihnen alle Informationen gegeben hat, die Sie benötigen.»

«Ich glaube schon, Sir. So wie ich es verstanden habe, soll ich das Team leiten, das den Zugriff durchführt, und Caine anschließend ins STR-Labor bringen.»

«Genau. Ich will, dass Sie die Führung übernehmen, denn wir müssen unauffällig vorgehen. Die Männer, die gleich zu Ihnen stoßen, sind nicht gerade für ihr Fingerspitzengefühl bekannt; ich konnte auf die Schnelle leider keine anderen bekommen. Ich hoffe, Sie werden sie in Schach halten können.»

«Ich werde mein Bestes tun, Sir.»

«Gut. Seien Sie äußerst vorsichtig im Umgang mit Mr. Caine. Er ist viel gefährlicher, als er wirkt.»

«Verstanden», sagte Nava und fragte sich, was genau Forsythe damit meinte.

«Viel Glück, Agent Vaner.»

«Danke, Sir.» Ein Klicken, dann war die Verbindung

unterbrochen. Nava nahm das Headset ab und wollte es Grimes wiedergeben, sah aber, dass er bereits ein anderes trug.

«Ich hab immer eins zur Reserve dabei», sagte er mit einem Grinsen. «Dr. Jimmy ist echt ein Schisser, was? – ‹Seien Sie äußerst vorsichtig im Umgang mit Mr. Caine›», sagte er und betonte dabei jede Silbe genau wie Forsythe. Nava wusste nicht, ob sie eher darüber erstaunt war, dass er ihr Gespräch mitgehört hatte, oder darüber, dass er es so stolz eingestand.

«Das ist doch wohl ein Klacks, oder?», fragte Grimes unbeirrt weiter. «Ihr rennt dem einfach die Tür ein und schnappt ihn euch.»

Nava verließ den Lieferwagen, ohne darauf zu antworten. Das Dumme war: Grimes hatte Recht. Sein Angriffsplan war der beste – einfach und direkt, ohne Risiko für die Umgebung –, und wenn die Special-Forces-Typen etwas taugten, wussten sie das auch. Und sobald die NSA Caine erst einmal festgenommen hatte, würde sich ihr nie wieder eine Möglichkeit bieten, an ihn heranzukommen.

Sie musste sich etwas überlegen.

Als ihm klar wurde, wer Tommy war, hängte sich der Filialleiter seiner Bank sofort ans Telefon. Er sagte sogar «Sir» zu Tommy. Tommy konnte sich nicht erinnern, dass ihn jemand schon einmal mit «Sir» angesprochen hatte. Sir Tommy. Ihm gefiel, wie das klang.

Da er nun reich war, hätte er sich vielleicht «Thomas» nennen sollen. Aber nee. Er konnte sich nicht vorstellen zu sagen: «Hallo, ich bin Thomas.» «Tommy» hatte ihm sein ganzes Leben lang genügt, und dabei würde er bleiben. Er griff zum Telefon und rief Dave an, um ihm von der guten Neuigkeit zu berichten.

«Ich weiß überhaupt nicht, wie ich dir danken soll», sagte Dave begeistert.

«Ich hab dir doch gesagt, dass ich mich eines Tages dafür revanchieren werde», sagte Tommy grinsend. «Wenn du nicht gewesen wärst, hätten sie mich auf der Middle School doch jeden Tag verkloppt. Und außerdem wäre ich bei Miss Castaldi durchgefallen. Ich bin dir wirklich was schuldig.»

«Das weiß ich nicht, aber ... also, ich bin echt überwältigt. Ich weiß nicht, was ich sagen soll.»

«Du musst nichts sagen, Mann.»

«Dann treffen wir uns also um sechs.»

«Ja. Ich freu mich schon.»

Dave dankte ihm noch zweimal, ehe Tommy ihn endlich aus der Leitung bekam. Er fühlte sich großartig. Besser als großartig – sagenhaft. Er war noch nie in der Lage gewesen, jemandem zu helfen. Doch nun war er der Größte und zahlte seine Schulden ab. Von nun an würde alles anders werden. Er würde große Dinge tun. Er würde etwas bewegen.

Sein Telefon klingelte wieder, aber diesmal ließ er den Anrufbeantworter rangehen. Es war schon wieder ein Werbeanruf. Die Frau wollte Tommys Finanzplanerin werden. Sie leierte eine Liste von Dingen herunter, über die sich Tommy angeblich Gedanken machen musste – Immobilien, ein Aktienportfolio, Lebensversicherungen, steuersparende Maßnahmen, ein Nachlassverwalter – PIEP. Sein Anrufbeantworter schnitt ihr das Wort ab.

Tommy sah auf die Wanduhr. Ihm blieben nur noch ein paar Stunden für den Gang zur Bank und die Fahrt nach Manhattan. Dave hatte angeboten, nach Brooklyn zu kommen, aber Tommy wollte nach Downtown, wollte feiern.

Immer noch grinsend ging er in die Küche seinen Mantel holen. Dave war ihm stets ein guter Freund gewesen. Tommy hoffte, dass sie sich jetzt nicht wieder aus den Augen verlieren würden. Dave war genau der Typ, den Tommy jetzt brauchte – klug und anständig, jemand, der ihn nicht ausnutzen würde. Da kam Tommy auf eine Idee.

Er nahm einen Zettel, schrieb eine lange Notiz und hängte sie mit einem kleinen footballförmigen Magneten an die Kühlschranktür. Ihm war klar, dass es ziemlich seltsam war, so was zu tun, aber da er nun Multimillionär war, musste er an solche Dinge denken. Er trug jetzt Verantwortung und so.

Als er den Zettel betrachtete, vermittelte ihm das ein gutes Gefühl, genau so, wie als er Dave gesagt hatte, dass er ihm helfen würde. Ja, jetzt würde endlich alles anders werden. Er konnte es gar nicht erwarten, dass sein neues Leben begann. Tommy zog sich den Mantel an und verließ die Wohnung. Er musste sich beeilen, wenn er es noch rechtzeitig zur Bank schaffen wollte – auch wenn er vermutete, dass der Filialleiter extra seinetwegen die Bank beliebig lange geöffnet halten würde.

Tommy war jetzt ein großer Mann. Ein großer Mann mit großen Plänen.

Jaspers Gesicht war immer noch ein wenig geschwollen, aber er sah schon viel besser aus als in der Nacht zuvor.

«Willst du wirklich nicht aus der Stadt weg?», fragte Jasper. «Ich meine, wenn Tommy das wahrmacht, bist du die ganzen fiesen Kerle doch erst mal los, oder etwa nicht?»

«Theoretisch schon.»

«Und warum willst du dann, dass ich abhaue?»

«Ich weiß nicht», log Caine. Caine wusste es tatsächlich nicht, ahnte aber, dass alles erst noch einmal schlimmer werden würde, ehe es dann eine Wendung zum Besseren nahm. «Ich finde einfach nur, du solltest mal fort von hier.»

«Also gut.» Jasper stand auf und zog sich seinen alten Parka an. Die Jacke hatte überall dunkelbraune Flecken. Caine wollte erst einen blöden Kommentar machen, doch dann wurde ihm klar, dass es getrocknetes Blut war. Er nahm seine Lederjacke, die über einem Stuhl hing, und warf sie seinem Bruder zu.

«Dein Parka sieht scheiße aus. Hier, nimm die.»

Jasper betrachtete erstaunt die teure Lederjacke seines Bruders. «Ist das dein Ernst?»

«Ja. Ich schenke sie dir. Sieh's als Trostpreis für den Boxkampf heute Nacht.»

«Danke», sagte Jasper und wechselte begeistert den Parka gegen die Lederjacke. «Na so was! Passt wie angegossen!»

«Wer hätte das gedacht.»

Caine lächelte. Es kam ihm so vor, als wäre es eine Ewigkeit her, dass er das letzte Mal gelächelt hatte. Er schlüpfte in einen alten Regenmantel und schloss die Tür hinter ihnen ab. Die Zwillinge setzten identisch aussehende Sonnenbrillen auf und gingen die Treppe hinab. Als sie das Haus verließen, nahmen sie keine Notiz von dem weißen FedEx-Laster und dem schwarzen Lieferwagen daneben.

«Auf Position bleiben», befahl Nava, als sie die Brüder das Haus verlassen sah.

«Aber Ma'am, wir haben freies Schussfeld –»

«Auf Position bleiben. Das ist ein Befehl, Lieutenant.»

«Verstanden.»

Nava trat ihre Zigarette aus und folgte den Zwillingen.

Während sie die Straße hinabging, überlegte sie, was sie tun sollte. Es war ihr gelungen, Grimes hinzuhalten, indem sie ihm erklärte, dass sie Caine nicht vor irgendwelchen Zeugen festnehmen wollte, die ihn kannten, wie seinem Gast beispielsweise, doch sobald Jasper von der Seite seines Bruders wich, konnte sie die Männer nicht mehr davon abhalten, sich David zu schnappen.

«Mist, Caine und sein Freund sehen sich aber wirklich ähnlich», ertönte Grimes' Stimme aus ihrem Headset. «Die sind ja wie Zwillinge.»

«Hier wird nicht geplappert», sagte Nava streng. Das Letzte, was sie jetzt gebrauchen konnte, war, dass Grimes womöglich seinem Gedächtnis nachhalf.

«Wie Sie meinen», murmelte er.

«Konzentrieren Sie sich auf die Zielperson», sagte Nava. «Die andere ist irrelevant.»

«Welcher ist denn die Zielperson, Ma'am?», fragte Spirn.

Da witterte Nava eine Chance für sich. Solange die Brüder zusammenblieben, konnten die Männer nicht erkennen, wer von ihnen den GPS-Sender trug, da dieser nur auf einen Meter genau war. Nava überlegte kurz, Jasper als David zu identifizieren. Im Handgemenge konnte sie den Sender bestimmt ausschalten. Und bis ihnen klar wurde, dass sie Jasper hatten, konnte sie sich David schnappen und mit ihm verschwinden.

Doch da sie die Bekanntschaft der beiden als Vorwand genutzt hatte, nicht sofort zuzuschlagen, konnte sie jetzt hinter dieses Argument nicht mehr zurück. Wenn es ihr bloß gelungen wäre, sie beide zu markieren, so wie sie es vorgehabt hatte, hätte sie die Männer auf Jasper ansetzen können. Wenn –

Sie sah den Mann an, den sie für David Caine gehalten

hatte. Unter dem Rand seiner dunklen Sonnenbrille entdeckte sie eine leichte Verfärbung der Haut. Sie sah den anderen Bruder an, nur um auf Nummer sicher zu gehen. Sein Gesicht war makellos. David hatte seine Jacke aus irgendeinem Grund seinem Bruder gegeben, was bedeutete, dass *Jasper* nun den Sender trug, nicht David.

«Ich muss mir das näher ansehen», sagte Nava und legte sich bereits einen neuen Plan zurecht. Sie ging weiter, wartete darauf, dass die Brüder die Straße überquerten. An der nächsten Kreuzung verlangsamten sie ihre Schritte. Als die Ampel auf grün umsprang, betraten die Zwillinge die Straße und kamen nun auf sie zu. Sie wollten links und rechts an ihr vorbeigehen, aber Nava tat, als würde sie stolpern, und rempelte Caine an.

«Oh, Entschuldigung», sagte sie und packte ihn mit einer Hand beim Ellenbogen und mit der anderen bei der Schulter.

«Macht nichts», sagte er.

Sie nickte und ging weiter. «Zielperson ist der mit der schwarzen Lederjacke.»

«Verstanden – schwarze Lederjacke.»

«Sobald sie sich trennen, schlagen Sie auf mein Kommando zu», befahl Nava.

«Verstanden.»

An der nächsten Kreuzung blieben die Brüder stehen. Sie unterhielten sich kurz, umarmten einander und gingen dann getrennter Wege. David überquerte die Straße, und sein Bruder bog um die Ecke. Jetzt war es so weit.

«Nähern. Michaelson, Sie gehen vor ihm. Brady rechte Flanke. Gonzalez, Sie halten mit dem Lieferwagen neben ihm, wenn wir uns genähert haben. Spirn, Sie kommen mit mir.» Die Männer nahmen in flottem Schritt ihre Positionen ein. In ihrer Zivilkleidung fielen sie unter den Passanten auf dieser belebten Straße Manhattans nicht weiter auf.

«Position.» Michaelson ging zwei Meter vor Jasper.

«Position.» Brady ging einen Meter rechts neben Jasper.

«Halten», sagte Gonzalez. «Ich habe ein bisschen Probleme mit dem Verkehr. Warten Sie.»

Das Team blieb an der Zielperson dran, während Gonzalez ein in zweiter Reihe haltendes Taxi umkurvte, dann an ihnen vorbeifuhr und zehn Meter vor der Zielperson hielt. «Position.»

«Wir schlagen zu, wenn die Zielperson noch einen Meter vom Wagen entfernt ist. Spirn und ich übernehmen den Zugriff, Michaelson und Brady, Sie halten sich bereit, falls er versucht zu fliehen.»

Nava näherte sich Jasper und zog ein dünnes Metallröhrchen aus der Tasche. Sie musste sich beeilen. Wenn er damit herausplatzte, dass David sein Zwillingsbruder war, war alles vorbei. Nava beschleunigte ihre Schritte, während sich Jasper dem Lieferwagen näherte. Sie war ihm fast schon so nah, dass sie ihn berühren konnte. Über seine Schulter sah sie Michaelson, der drei Meter weiter an einem geparkten Auto lehnte.

Nava streckte eine Hand aus und packte Jasper am Oberarm. «Entschuldigung. Mr. Caine?»

Jasper wandte sich erstaunt um. «Ja?»

Nava hielt ihm hastig einen gefälschten Dienstausweis hin. «Könnten Sie bitte mit an den Wagen kommen, Sir? Ich muss Ihnen ein paar Fragen stellen.»

Jasper sah Nava an, dann Spirn. «Äh, klar», sagte er und ging an den Bordstein, stellte sich mit dem Rücken zu dem Lieferwagen.

«Danke, es dauert nur einen Augenblick», sagte Nava und rammte ihm, ohne ein weiteres Wort zu sagen, das

Röhrchen in den Oberschenkel. Jasper riss die Augen auf und machte «AHHH!». Spirn packte Jasper am Arm, damit er nicht weglaufen konnte, aber das war gar nicht nötig. Zwei Sekunden nachdem Navas Spritze Jaspers Jeans und Haut durchstochen hatte, ergoss sich das Benzodiazepin bereits in seinen Blutkreislauf.

Das Beruhigungsmittel wirkte fast augenblicklich. Seine Augen, die noch einen Moment zuvor entsetzt geblickt hatten, guckten nun gelöst, geradezu verträumt. Nava warf Michaelson einen Blick zu, und der nickte. Keiner der anderen Passanten hatte etwas bemerkt.

«Mr. Caine, wir müssen Sie jetzt mitnehmen», sagte Nava und hielt Jasper am Arm fest, damit er nicht hinfiel. Er öffnete den Mund, um etwas zu sagen, aber über seine Lippen drang nur unverständliches Genuschel. Spirn und Nava führten ihn zum Heck des Lieferwagens. Spirn riss die Tür auf und half Jasper hinein, und Nava schirmte sie währenddessen so gut sie konnte von den Passanten ab.

Dann stieg sie ebenfalls ein, und Michaelson und Brady folgten. Beide wirkten enttäuscht, dass die Zielperson keinen Widerstand geleistet hatte. Brady knallte die Tür zu, und Gonzalez gab Gas. Nava sprach in ihr Mikro: «Wir haben die Zielperson und kommen jetzt zur Basis.»

«Verstanden. Ich werde Dr. Jimmy die gute Nachricht überbringen.»

Nava beugte sich vor. «Gonzalez, lassen Sie mich an der nächsten Ecke raus.»

«Kommen Sie nicht mit?», fragte Michaelson verdutzt.

Sie schüttelte den Kopf und tat, als müsste sie gähnen. «Ich habe die ganze Nacht lang observiert. Ich gehe jetzt nach Hause. Spirn, Sie haben das Kommando. Melden Sie sich bei Grimes, wenn Sie im Labor angekommen sind.»

Der Lieutenant nickte. Als der Lieferwagen hielt, öffnete Nava die Tür und sprang hinaus, nahm ihren Rucksack und warf ihn sich über die Schulter. Sie schloss die Tür wieder und klopfte kurz dagegen. Als der Lieferwagen außer Sicht war, zückte sie ihren PDA.

Sie gab die neue GPS-Kennnummer ein und wartete, während das Gerät die Verbindung zu dem Satelliten herstellte. Der vertraute Stadtplan mit den beiden blinkenden Punkten erschien. David Caine war zwei Kilometer entfernt, ging in Richtung Westen. Es war 17.37 Uhr. Ihr blieben nur noch 23 Minuten.

Sie überlegte, ein Taxi zu nehmen, aber zu dieser Tageszeit kam man zu Fuß schneller voran.

Tversky richtete die Videokamera auf den rostigen Chevrolet. Es war ein kalter Abend, und deshalb waren nur wenige Leute unterwegs, aber wegen einer Baustelle hielten hier etliche Laster, und unter dem Baugerüst standen ein paar Benzinfässer. Er richtete das Objektiv so aus, dass er freie Sicht auf den Gehsteig hatte. Perfekt. Jetzt musste er nur noch abwarten. Er versuchte sich einzureden, dass alles in bester Absicht geschah, auch wenn er wusste, dass das nicht stimmte.

Er wollte unbedingt, dass David Caine hier vorüberkam. Wenn er kam, bewies das, dass Tversky die ganze Zeit Recht gehabt hatte und, was viel wichtiger war, dass auch alles andere, was Julia vorhergesagt hatte, in Erfüllung gehen würde. Wenn Caine nicht kam ... tja. Tversky seufzte und schüttelte den Kopf. Er wollte nicht daran denken. Nicht jetzt. Er musste sich konzentrieren.

Er öffnete die Lederhülle und betrachtete die elektronische Vorrichtung. Er hatte sie zwar an diesem Nachmittag schon mindestens zehnmal ausprobiert, machte sich aber immer noch Sorgen, dass etwas schief gehen könnte. Er bemühte sich, diese Gedanken beiseite zu schieben und stattdessen an die Ereignisse zu denken, die ihn hierher geführt hatten. Seine Forschungen. Der Zwischenfall in dem Restaurant. Seine Entdeckung. Forsythes Zurückweisung. Julias Vision.

Jedes dieser Ereignisse war ein Glied der Verkettung von Umständen, die ihn hierher geführt hatten. Er fragte sich, wie groß die Wahrscheinlichkeit war, dass es zu einer derartigen Verkettung von Ereignissen kam. Eins zu tausend? Zu einer Million? Einer Billion? So etwas ließ sich nicht berechnen. Das war das Schöne am Leben: Alles war möglich, und alles war äußerst unwahrscheinlich – doch einige all dieser unwahrscheinlichen Ereignisse mussten dennoch geschehen.

Plötzlich tauchte ein Mann auf dem kleinen Bildschirm der Videokamera auf. Er trug einen großen Aktenkoffer aus Metall. Er ging an dem Tanklaster entlang, der in zweiter Reihe hielt, ein paar Meter von dem Chevy entfernt. Tversky Puls beschleunigte sich, und er wartete darauf, dass er das Gesicht des Mannes erkennen konnte. Tversky wischte sich die zitternden Hände an der Hose ab und ließ den Bildschirm keinen Moment aus dem Blick. Vorsichtig berührte er die kleine Tastatur.

Der Mann drehte sich langsam um, war nun im Profil zu sehen. Tversky seufzte enttäuscht. Es war nicht Caine. Sein Gesicht war schwammig und mit Aknenarben überzogen. Er sah aus, als würde er auf jemanden warten. Tversky hoffte für den Mann, dass er nicht lange dort stehen blieb. Es wäre schade, wenn ihn die Explosion ebenfalls erwischen würde.

«Ich glaube, wir haben ein Problem, Sir.» Lieutenant Spirns strenge Stimme ertönte in Grimes' Headset.

«Na wunderbar. Was ist denn?»

«Der Mann, den wir gerade festgenommen haben. Sein Name ist nicht David Caine. Er heißt Jasper Caine.»

«Was?»

«Er hat irgendwas über einen David vor sich hin gemurmelt. Ich fand es seltsam, dass er von sich in der dritten Person spricht, und darum habe ich in seiner Brieftasche nachgesehen. Seinem Führerschein zufolge lautet sein Vorname Jasper. Als ich ihn fragte, wer David sei, sagte er, das sei sein Bruder.»

Grimes schlug mit der Faust an die Innenwand des FedEx-Lasters. «Scheiße!»

«Was sollen wir tun, Sir?»

«Warten Sie mal kurz.»

Grimes' Finger flatterten über die Tastatur. Er rief Caines Akte auf und scrollte zum Abschnitt «Angehörige». Da stand nichts von einem Jasper Caine. Ja, da stand gar nichts von irgendwelchen Geschwistern. Sehr seltsam. Er hatte die Akte zwar nur einmal überflogen, hätte aber schwören können, dass da etwas gestanden hatte. Grimes bekam ein flaues Gefühl im Magen. Ihm kam ein Verdacht, und er überprüfte, wer die Akte zuletzt bearbeitet hatte.

Die einzige verzeichnete Änderung war eine Aktualisierung. Dummerweise konnte er von seinem Terminal in dem FedEx-Wagen aus nicht feststellen, welche Felder geändert worden waren. Er aktivierte das Satellitentelefon und war sofort mit einem Spezialisten seiner Abteilung verbunden.

«Hi.» Es war Augy.

«Hallo, Grimes hier. Ich brauche mal die letzte Backupdatei über Caine, David T.; Kennnummer ist Cat-Delta-Tiger-6542.»

«Augenblick, kommt sofort.»

Eine Minute später war Augy wieder dran. «Hab's dir gerade rübergeschickt. Müsste schon angekommen sein.»

«Ja, ich hab's.» Grimes klickte auf das Icon mit der Heftklammer und überflog den Text. Er bekam große Augen. Jemand hatte die Datei geändert; David Caine hatte tatsächlich einen Zwillingsbruder namens Jasper. «Okay», sagte Grimes mit pochendem Herzen, «ich brauche eine Log-Datei mit allen Änderungen. Schick sie mir rüber, wenn du sie hast.»

«Mach ich.»

Grimes legte auf. Sekunden später teilte ihm sein Rechner mit einem Piepen mit, dass eine Mail eingegangen war. Grimes öffnete die Datei und war entsetzt über das, was er da sah. Der Hacker hatte seine Identität mittels eines falschen Benutzernamens verborgen, aber Grimes erkannte den Code des Rechners, an dem die Änderung durchgeführt worden war. Es war Vaners. Er ließ die letzte Viertelstunde noch einmal vor seinem geistigen Auge Revue passieren. Wie sie die Zielperson identifiziert und ihr das Beruhigungsmittel gespritzt hatte, ehe sie sich dann vom Team getrennt hatte. Er war sich nicht sicher, was das zu bedeuten hatte, aber eins wusste er: Forsythe würde ihm an die Gurgel gehen.

Er verband sich mit Spirn. «Lieutenant, ich habe die Bestätigung, dass es sich bei Ihrem Mann um den Bruder der Zielperson handelt.»

«Verstanden. Was soll ich tun?»

Grimes dachte hektisch hin und her. Forsythe würde so oder so ausrasten, aber noch schlimmere Zustände würde er kriegen, wenn sie ihm einen unschuldigen Zivilisten anschleppten.

«Wann lässt die Wirkung des Mittels nach?», fragte Grimes.

«In ungefähr zwanzig Minuten. Er wird ein bisschen groggy sein und wahrscheinlich mörderische Kopfschmerzen haben, aber davon abgesehen geht's ihm dann wieder gut.

«Okay. Schmeißen Sie ihn raus.»

«Wie bitte, Sir?»

«Sie haben verstanden, was ich gesagt habe!», belferte Grimes. Ihm brach der Schweiß aus. «Halten Sie an der nächsten Parkbank, und setzen Sie ihn dort ab.»

«Verstanden», sagte Spirn ganz ruhig, auch wenn Grimes am Tonfall des Soldaten hörte, dass ihm das gar nicht gefiel. Aber das war Grimes egal. Der konnte ihn mal. Fünf Minuten später raste der schwarze Lieferwagen von der Gasse fort, in der sie Jasper abgesetzt hatten, und der FedEx-Laster folgte dichtauf. Grimes verband sich mit seinem Chef.

«Houston», sagte Grimes, «wir haben ein Problem.»

Navas Handy läutete in ihrer Tasche. Der Anruf kam direkt aus Forsythes Büro. Offenbar hatte sie es geschafft. Sie schaltete das Telefon ab und konzentrierte sich darauf, was jetzt zu tun war. Dabei fragte sie sich, wie lange es wohl dauern würde, bis sie ihr auf die Spur kamen.

Da wurde ihr klar, dass es bereits so weit war.

Grimes hatte garantiert ihr Handy lokalisiert, ehe er Forsythe sie anrufen ließ. Das bedeutete, dass sie wussten, wo sie war. Sie musste sich jetzt beeilen. Es war schon schlimm genug, dass sie Caine aus den Augen verloren hatte, aber wenn man sie festnahm, konnte sie nichts mehr unternehmen.

Sie schaltete das Telefon wieder an, und es begann sofort zu läuten. Nava achtete nicht darauf und lief mit erhobenem Arm zur Straße. Ihr Schicksal, das wusste sie, lag jetzt in den Händen des ersten Taxifahrers, der hielt.

«Haben Sie sie lokalisiert?», fragte Forsythe.

«Ja. Wir hatten das Signal kurz verloren, aber jetzt kommt es deutlich rein. Sie bewegt sich mit 50 km/h in Richtung Süden.»

«Können Sie das Signal mit einem Satellitenbild koppeln?»

«Schon erledigt», sagte Grimes. «Sie sitzt in einem Taxi, das auf dem West Side Highway unterwegs ist.»

«Schicken Sie das Team los, die sollen sie festnehmen.»

«Die sind schon unterwegs. In ein paar Minuten müssten sie sie schnappen.»

«Sagen Sie mir Bescheid, sobald Sie Vaner haben.»

Forsythe beendete das Gespräch und ging dann in seinem Büro auf und ab. Er fragte sich, ob Vaner etwas wusste, das er nicht wusste. In diesem Fall war David Caine wahrscheinlich genau das, wofür Tversky ihn hielt. Und jetzt war er ihnen entwischt. Aber wenigstens hatten sie Vaner bald. Und wenn er mit ihr fertig war, würde sie diesen Verrat bereuen. Und zwar bitterlich.

Kapitel /16/

Abdul Aziz war nur mäßig überrascht, als der Mann am Steuer des schwarzen Lieferwagens ein Blaulicht auf sein Armaturenbrett knallte und ihn aus dem Verkehr winkte. Er hätte wissen müssen, dass die Frau in Schwierigkeiten steckte, als sie ihm den Hunderter gab.

Der Taxifahrer sah kurz seinen seltsamen Fahrgast an und richtete den Blick dann wieder auf die Straße. Nachdem er angehalten hatte, sprangen drei Männer aus dem Lieferwagen und umstellten mit gezückten Waffen sein Taxi. Aziz sah, wie die anderen Autofahrer abbremsten, um sich die Festnahme anzuschauen.

«Steigen Sie beide aus dem Wagen und legen Sie die Hände hinter den Kopf! Sofort!»

Das musste man Aziz nicht zweimal sagen. Er wusste, wie die Polizei in solchen Situationen mit Leuten seiner Hautfarbe umsprang. Egal. In Zeitlupe entriegelte er seine Tür und zog am Griff. Er stieg aus seinem Taxi und hob die Hände hoch über den Kopf.

«Runter auf die Knie!»

Aziz gehorchte. Kaum hatte sein rechtes Knie die Straßendecke berührt, stieß ihn ein Paar rauer Hände mit dem Gesicht zu Boden, und ein zweites Paar Hände bog ihm die Arme auf den Rücken und legte ihm Handschellen an. Ein Stiefel drückte seinen Nacken hinab, stieß seine Wange in den Schotter.

«Was ist los?»

«Wo ist sie hin, verdammt?»

«Scheiße!»

Sekunden später zog ihn ein Mann an den Haaren hoch. «Wo hast du die Frau rausgelassen?»

«Nirgendwo», antwortete Aziz. Er stöhnte auf, als sein Unterleib Bekanntschaft mit einem Stiefel machte.

«Willst du mich verarschen? Ich frage noch einmal: Wo hast du sie rausgelassen?»

«Tun Sie mir bitte nicht weh! Ich sage die Wahrheit!» Aziz rang nach Atem. «Sie ist gar nicht in mein Taxi gestiegen. Sie gab mir nur ...»

«Sir!», rief eine Stimme und schnitt Aziz das Wort ab. «Ich glaube, Sie sollten sich das mal anschauen.»

Die Hand ließ sein Haar los, und Aziz schlug mit dem Kinn auf den Asphalt. Er schmeckte Blut in seinem Mund. Ehe er sich rühren konnte, war die Hand wieder da und riss erneut seinen Kopf hoch.

«Das hier? Hat sie dir das gegeben?»

Aziz starrte auf das kleine silberfarbene Gerät, das der Mann in der Hand hielt.

«Ja. Sie hat es auf den Rücksitz gelegt und gesagt, ich solle nach Downtown fahren und es in einem Bürogebäude in der Broad Street abgeben. Habe ich etwas falsch gemacht?»

Caine spürte den plötzlichen Impuls zu fliehen – einfach in ein Taxi nach La Guardia zu springen, den nächsten

Flug irgendwohin zu nehmen, ohne zurückzuschauen. Einfach alles hinter sich zu lassen, nichts leichter als das. Irgendwo neu zu beginnen, wo die Leute seinen Namen nicht kannten und nicht wussten, wie er sein Leben verpfuscht hatte.

Aber wie alle Fluchtträume war es unmöglich. Es gab keinen Ort auf der Welt, wo er seiner Krankheit entkommen konnte. Wohin er auch ging, die Zeitbombe in seinem Kopf würde mit ihm reisen. Caine schwor sich, dass er, sollte Dr. Kumars Medikament langfristig anschlagen, sein Leben ändern würde. Doch zuvor musste er ein paar Dinge regeln. Und das bedeutete, Nikolaev auszuzahlen und nie wieder einen Fuß in einen Pokerclub zu setzen.

Er seufzte und ging zu dem Plattenladen, in dem Tommy und er sich früher stundenlang aufgehalten hatten, wenn sie nach Manhattan kamen. Als er um die Ecke bog, sah er, dass Tommy bereits dort war.

Der gute, alte Tommy, immer pünktlich. Er war mit einem abgetragenen Wintermantel der New York Giants bekleidet, wahrscheinlich demselben, den er schon in der Highschool getragen hatte. Er lehnte an einem alten Chevy und hielt einen großen Aktenkoffer aus Metall in der Hand. Caines Rettung. Er fragte sich, ob sie den Preis seiner Selbstachtung wert war, wusste aber, dass er die Entscheidung bereits getroffen hatte.

Als sich Tommy umdrehte und Caine sein Lächeln sah, konnte er nicht anders, als das ansteckende Grinsen seines alten Freundes zu erwidern. Caine winkte scheu und beschleunigte seine Schritte. Dann umarmten sich die beiden. Caine hatte plötzlich ein Déjà-vu-Gefühl, in das sich Furcht mischte, aber er verdrängte es. Tommy war mit dem Geld hier.

Was konnte noch schief gehen?

Tversky atmete tief aus, als er Caine sah. Julia hatte Recht gehabt. Obwohl er damit gerechnet hatte, wurde ihm jetzt klar, dass er bis zu diesem Moment nicht wirklich daran geglaubt hatte. Doch jetzt stand der Beweis fünfzehn Meter unter ihm.

Sollte auch alles andere eintreten, was Julia vorhergesagt hatte, würde er vorbereitet sein. Mit zitternden Fingern tippte Tversky den sechsstelligen Code ein. Der Sprengkörper war nun aktiviert. Es hatte ihn ebenso erstaunt wie erschreckt, wie einfach der Bau der ferngesteuerten Rohrbombe gewesen war. Die Anleitungen im Internet hatten ihn über alles informiert. Die Einzelteile hatte er bei Radio Shack erhalten. Außer dem Schießpulver, das aus den Flintenpatronen stammte, die er bei Trike gekauft hatte.

Er überprüfte noch einmal die drei Videokameras, die vom Gehsteig aus auf den Wagen gerichtet waren. Jede war mit seinem Laptop verbunden. Er betrachtete den Monitor wie jemand, der sich einen Film anschaute, wissend, dass der Höhepunkt unmittelbar bevorstand. Zu seiner Überraschung hörte er sich eine Entschuldigung flüstern.

«Tut mir Leid, David. Ich wünschte, es würde eine andere Möglichkeit geben.»

Er sah auf die Uhr. Noch zehn Sekunden. Er atmete gleichmäßig und hoffte, dass es schnell gehen würde, sollte die Explosion David töten.

Auf der anderen Straßenseite entsicherte Nava ihre Waffe, während sie beobachtete, wie Caine den Aktenkoffer von dem Mann im Giants-Mantel entgegennahm. Sie spitzte die Ohren, um zu hören, was sie sagten, doch die Wanze in dem GPS-Sender erzeugte plötzlich ein hohes Pfeifen.

Sie wollte es ignorieren, aber ihre Erfahrung und ihr Instinkt schalteten sich ein. Das hier war eine ernst zu nehmende Anomalie. So starke Funkstrahlung schwirrte nicht wahllos durch die Luft. Sie hatte ein Ziel. Sie spielte den Klang im Geiste erneut ab, während sie die mit Baugerüsten verkleideten Gebäude in der Umgebung absuchte. Dann sah sie ihn.

Auf dem Dach fast direkt über ihr stand ein Mann, der eine Box mit einer kleinen Stabantenne hielt. Ein flaues Gefühl machte sich in ihrem Magen breit. Was auch immer der Mann eingeschaltet hatte, es befand sich wahrscheinlich in Caines Nähe. Dann sah sie es – ein kleines, dunkles Etwas, versteckt unter dem Chevy. Das konnte kein Zufall sein. Julias Botschaft, Caines Treffen, der Mann mit der Fernbedienung, das Paket.

Es konnte sich nur um eines handeln.

«Eine Bombe!»

Caine schaute hinüber zu der schreienden Frau auf der anderen Straßenseite und hatte erneut ein überwältigendes Déjà-vu-Gefühl. Ohne nachzudenken, trat er einen Schritt von Tommy zurück und hielt den Koffer wie einen Schild vor sich. Plötzlich gab es einen enormen Hitzeschwall und ein ohrenbetäubendes Geräusch, das ihm durch Mark und Bein ging und seine Haare aufrichtete.

Caine wurde vom Boden gehoben, und eine große Stichflamme schoss über den Gehsteig. Er flog durch die Luft und wirbelte mit ausgetreckten Armen umher wie Superman, der in einem Comic von einer Riesenhand geschlagen wurde. Er landete hart und schürfte sich die Hände auf, ehe sein linkes Knie auf den Gehweg knallte und seinen Sturz aufhielt.

Er lag auf dem Boden und versuchte zu atmen. Alles tat weh. Er drehte sich auf den Rücken und versuchte sich aufzusetzen und den brennenden Schmerz in seinen Händen zu ignorieren. Die Straße hatte sich in ein Inferno verwandelt. Er spähte durch den dicken, schwarzen Rauch, der aus einem Haufen verbogenen Metalls an der Kreuzung strömte, einen halben Block entfernt. In dem Feuer konnte er drei verschiedene Formen erkennen, die schnell zu einem einzigen riesigen Klumpen verschmolzen. Im Umfeld des Explosionsherdes loderten mehrere kleinere Feuer.

«Tommy!», schrie Caine. Seine Augen brannten vor Qualm. Er versuchte aufzustehen, doch als er sein linkes Bein belastete, mahlten die Knochen in seiner gebrochenen Kniescheibe aufeinander, und er klappte zusammen. Ihm wurde schwarz vor Augen. Als er wieder zu sich kam, lag er auf der Seite und umklammerte mit blutigen Händen sein zerschmettertes Knie.

Die nächste Explosion spürte er eine halbe Sekunde bevor er sie hörte. Glutheiße Luft strömte ihm übers Gesicht, und als erneut ein apokalyptisches Tosen ertönte, bebte der Gehsteig.

Ein weiteres Auto war explodiert, glühende Metall- und Glassplitter prasselten herab. Er hielt sich die Hände schützend vors Gesicht, und die Einzelteile landeten rund um ihn herum. Als er aufschaute, stakte wenige Zentimeter von seinem Kopf ein Nummernschild im Gehsteig. Er musste hier weg. Sein Glück würde nicht ewig andauern, der nächste metallische Feuerregen würde ihn töten, davon war er überzeugt.

Er versuchte sich wieder aufzurichten, verlagerte diesmal sein ganzes Gewicht auf das rechte Bein und benutzte einen nahen Hydranten als Krücke. Er stand schon fast, als sein linker Fuß am Rinnstein hängen blieb und sich sein Knie schmerzhaft verdrehte.

Einen solchen Schmerz hatte er noch nie verspürt. Es kam ihm vor, als wäre sein Bein wie ein Streichholz abgeknickt worden. Schweißgebadet biss er sich so fest auf die Zunge, dass sie anfing zu bluten. Dann zwang er sich hinabzuschauen.

Zuerst war er verwirrt – Caine sah auf seinen rechten Fuß, dann wieder auf den linken. Bei dem Anblick wäre er beinahe ohnmächtig geworden; er spürte, wie sein Bewusstsein darum bettelte, wegsacken zu dürfen, verweigerte ihm jedoch den Wunsch und biss sich noch fester auf die Zunge. Ein Strom salzigen Blutes füllte seinen Mund.

Sein linker Fuß war um 180 Grad verdreht und zeigte nach hinten. Damit würde er es unmöglich bis zur nächsten Ecke schaffen. Er würde das Bein herumdrehen müssen. Bei dem Gedanken drehte sich ihm der Magen um, und Säure schoss ihm in den Mund und brannte auf seiner verletzten Zunge. Er spuckte auf den Gehweg, eine schleimige Mischung aus Galle und Blut.

Caine hüpfte hinüber zur Hausmauer und stöhnte bei jedem Schritt vor Schmerzen auf, wenn sein verdrehtes Bein auf den Gehweg knallte. Er fiel genau in dem Moment gegen die Mauer, als ihn das Schwindelgefühl übermannte. Er schaute hinab auf sein Bein, doch der Anblick hatte keine Wirkung mehr auf ihn. Er stand bereits unter Schock.

Mit ohrenbetäubendem Tosen explodierte ein weiterer Wagen. Wieder prasselten Metallteile herab, während Caine seinen Kopf bedeckte. Als er die Augen öffnete, sah er, dass sich eine Stoßstange um den Hydranten gewickelt hatte, auf den er sich gerade noch gestützt hatte. Er presste seinen Rücken an die Mauer und versuchte, nicht an den

Schmerz zu denken. Mit beiden Händen griff er hinab und drehte sein Bein mit einer schnellen Bewegung in den normalen Winkel.

Höllenqualen.

Schiere, durch nichts geminderte Schmerzen. Schweiß vernebelte seinen Blick, sodass er den Eindruck hatte, er würde aus dem Inneren eines Aquariums auf die Straße schauen. Der Wagen vor ihm fing Feuer. Wie hypnotisiert konnte Caine nur noch hinstarren. Das Feuer breitete sich über die eleganten schwarzen Ledersitze aus wie eine träge alte Katze, die ihre Beine streckte. Dann entwickelten die Flammen ein Eigenleben und züngelten über das Lenkrad, das Armaturenbrett und das Dach. Das Lenkrad begann zu schmelzen und fiel in sich zusammen, während sich die Sitze vor seinen Augen verflüssigten, ihre Form und ihr Wesen verloren.

Plötzlich

...

Der Wagen vor ihm explodiert. In Zeitlupe fliegt er auseinander. Glassplitter jagen von den Fensterrahmen in alle Richtungen. 47 winzige Schnitte verletzen sein Gesicht, seine Arme, seine Beine. Die Türen platzen aus den Angeln, rasende Metallsplitter flirren wie Miniaturraketen durch den Qualm. Eine dreht sich in der Luft und fliegt waagerecht auf Caines Unterleib zu.

Die scharfe Kante schneidet in sein Fleisch und fährt durch seinen Bauch wie durch Butter. Selbst in Zeitlupe passiert es so schnell, dass es schmerzlos ist. Bis der Splitter seine Wirbelsäule trifft. Mit der Wucht eines an einen Güterzug geschweißten Speeres jagt ein Schmerz durch seinen Rücken.

Seine Augen öffnen sich so weit, dass er für einen Augenblick Angst hat, sie springen ihm gleich aus dem Schädel. Er hört das unerträgliche Knirschen, während die Metallrakete ihre Flugbahn fortsetzt. Der Splitter trifft auf die Backsteinmauer hinter ihm, prallt zurück und zerstört, was von seinen inneren Organen noch übrig war.

   Caine stirbt.

Die erste Explosion hatte eine Kettenreaktion ausgelöst, wie sie Nava noch nie gesehen hatte. Das Feuer breitete sich wie ein Flammentornado aus, geschürt von einem Tankwagen, der auf der anderen Straßenseite parkte. Nava machte sich auf den Weg zu der Stelle, wo sie Caine zuletzt gesehen hatte, konnte ihn aber durch den Qualm nicht mehr erkennen.

   Sie versuchte, zu ihm zu gelangen, doch drei undefinierbare Fahrzeuge, jedes in einem anderen Stadium der Zerstörung begriffen, versperrten ihr den Weg. Das erste Wrack war formlos zusammengeschmolzen, wie ein Stück Schokolade, das in der Sonne liegen geblieben war. Das zweite loderte weiß glühend, Sitze und Räder waren aber noch zu erkennen. Das letzte war eine Feuersäule, ein völlig unkenntlicher Haufen aus verbogenem Metall.

   Sie versuchte, sich einen Weg durch die Trümmer zu bahnen, doch überall stieß sie auf die gleiche Flammenwand. Sie lief hin und her wie eine eingesperrte Löwin, suchte nach einer Möglichkeit, zu Caine zu gelangen, aber um das noch rechtzeitig zu schaffen, hätte jetzt schon eine Brücke vom Himmel fallen müssen.

Caine öffnete die Augen und atmete verqualmte Luft ein. Sofort hustete er sie aus. Er war gestorben, doch nun war er am Leben. Was, zum Teufel, war passiert? Er schaute hinab auf seinen Körper – er war unversehrt, aber sein Knie war noch immer zertrümmert. Der Wagen vor ihm war noch ganz, auch wenn er ein paar Flammen sehen konnte, die langsam über die Sitze züngelten.

Er musste ohnmächtig geworden sein … oder eine weitere Vision gehabt haben. Aber sie war ihm so lebendig, so real erschienen. Er erinnerte sich daran, wie das Metall durch seinen Bauch gefahren war, und an den unbeschreiblichen Schmerz, als es sein Rückgrat durchtrennt hatte. Himmel, vielleicht war er verrückt. Vielleicht …

In dem Wagen vor ihm breiteten sich die Flammen aus. Der Anblick versetzte ihn in einen hypnotischen Zustand. Schon wieder ein Déjà-vu. Er kniff die Augen zu und versuchte, das Gefühl abzuschütteln. Vision hin oder her, wenn der Wagen explodierte, würde er sterben.

Er versuchte sich fortzubewegen, doch der Schmerz schoss wieder durch sein Knie. Er konnte nicht. Um von hier wegzukommen, brauchte er ein Wunder. Und zwar schnell.

Caine war nie religiös gewesen, aber nun fand er, dass es dazu nie zu spät war. Er schloss die Augen, um zu beten, und machte dabei eine völlig unerwartete Entdeckung: Er konnte immer noch sehen.

…

Das Feuer, die Straße und sich selbst in der Mitte, gebrochen und blutend. Und während er zusieht, wirft er ein silbernes –

…

Eine weitere Explosion erschütterte die Straße und riss Caine aus seiner Trance. Plötzlich wusste er, was zu tun war. Ohne nachzudenken, packt er den Griff des metallenen Aktenkoffers. Mit aller Kraft holte er Schwung, riss den Arm nach vorn und schleuderte das silberne

…

– Rechteck.

Der Koffer fällt herab und kracht auf die Motorhaube des Wa-

gens neben dem Auto vor ihm. Caine fällt zurück an die Mauer,
bereit, sein Schicksal hinzunehmen, wenn der Wagen explodiert.
Als das Dach davonfliegt, schießt der Metallkoffer wie eine Scud-
rakete über die Straße. Er prallt von dem Gebäude ab und schlit-
tert unter einen Geländewagen, glühende Funken mit sich zie-
hend, die eine Benzinlache entzünden und eine weitere Explosion
auslösen. Der Geländewagen fliegt in die Luft und kracht in das
Gerüst des Gebäudes.

Die Kettenreaktion beginnt.

...

Ein silbriger Gegenstand schoss durch die Luft, dann explodierte der Geländewagen und krachte mit einem gewaltigen Knall in das Gebäude. Steine und Gerüstteile
prasselten auf den Gehweg herab. Wenn Nava es nicht
besser gewusst hätte, hätte sie geschworen, dass gerade
eine Panzerfaust abgefeuert worden war. Ein metallisches Ächzen durchschnitt die Luft und ließ sie zusam-
menzucken. Sie sah hoch, konnte jedoch außer der großen Feuerleiter, die sich am Gebäude emporschlängelte,
nichts erkennen.

Überall war Rauch, und die Feuerleiter schien leicht
hin und her zu schwanken. Sie hörte ein weiteres Ächzen.
Nava sah genauer hin, dann schnappte sie nach Luft. Die
Leiter sah nicht nur so aus, sie schwankte tatsächlich.

Als die Explosion das Gerüst umgerissen hatte, war
wahrscheinlich ein Teil der Verankerung der Feuerleiter
zerstört worden. Das und die Hitze mussten die gesamte
Konstruktion in Mitleidenschaft gezogen haben. Ein weiteres Ächzen, dieses Mal lauter. Es sah aus, als würde sie
jeden Augenblick …

Mit einem letzten Quietschen berstenden Metalls riss
die Feuerleiter vom Gebäude und stürzte.

Eine Zeitschleife.

Die Feuerleiter kracht auf den Boden. Sie landet inmitten des Feuers und beginnt zu schmelzen.

(Schleife)

Caine wirft den Koffer. Der Wagen explodiert. Der Koffer prallt vom Gebäude ab. Glühende Funken entzünden das Benzin unter dem Geländewagen. Eine weitere Explosion. Das Baugerüst stürzt ein. Die Feuerleiter fällt und bricht beim Aufprall in zwei Teile.

(Schleife)

Caine wirft den Koffer. Der Wagen explodiert. Der Koffer prallt vom Gebäude ab. Glühende Funken entzünden das Benzin unter dem Geländewagen. Eine weitere Explosion. Das Baugerüst stürzt ein. Die Feuerleiter fällt und hält abrupt inne; noch mit dem Gebäude verbunden, hängt sie in der Luft und zeigt in einem Winkel von 45 Grad in den Himmel –

(Schleife)

Die Bilder beschleunigen sich, sein Hirn kann kaum verarbeiten, was er innerhalb der Schleifen sieht. Wieder und wieder löst Caine die Kettenreaktion aus, durch welche die Feuerleiter herabkracht, bis sie schließlich … in die richtige Position fällt.

Nava konnte der Feuerleiter gerade noch ausweichen, als sie mit einem ohrenbetäubenden Knall auf die Straße fiel. Wundersamerweise blieb das Metallgitter ganz und war nur dort leicht gebogen, wo es die Reihe der brennenden Wagen überspannte. Ungläubig starrte Nava die Leiter an. Dann wurde ihr klar: Sie hatte ihre Brücke.

Sie schälte sich aus ihrem Mantel, schnitt mit einem Hieb ihres Dolchs drei lange Stoffstreifen ab, wickelte sich je einen um die Hände und band sich einen vor Mund und Nase. Ohne auf das Feuer zu achten, stieg sie auf die Feuerleiter und kletterte über das geborstene Metall.

Es hatte sich bereits aufgeheizt, doch die Stofffetzen schützten ihre Hände. Sie kam schnell voran, froh um ihre Kletterausbildung am Gora Narodnaja im nördlichen Ural. Der Rauch und der Schweiß, der von ihrer Stirn tropfte, machten es fast unmöglich, etwas zu sehen, doch sie kletterte weiter und ertastete sich ihren Weg über die zerborstene Leiter. Sie hielt inne, kauerte sich nieder, packte die heißen Metallstreben mit ihren umwickelten Händen und starrte nach vorn. Sie war einen Meter vor der höchsten Stelle der Feuerleiter. Ihr Ziel befand sich auf der anderen Seite der Flammenwand.

Sie sah sich nach einer sicheren Stelle zum Hinabspringen um, doch es gab keine. Auf beiden Seiten wüteten die Flammen; die einzige Möglichkeit war, weiter geradeaus zu gehen. Sie schaute sich erneut um und suchte nach einem Weg. Sie war sich nicht sicher, glaubte aber, hinter der Feuerwand die andere Seite der Brücke sehen zu können. Die Leiter begann zu glühen, brannte aber noch nicht. Es war die einzige Möglichkeit.

Sie widerstand dem Drang, tief einzuatmen, da die Luft schwarz und rußig war. Sie kauerte sich zusammen, lenkte all ihre Kraft auf die Waden und sprang mit ausgestreckten Armen nach vorn.

Die Welt hüpft.
Da ist eine schöne Turnerin.
Sie klettert über die Feuerleiter und springt durch eine sechs Meter hohe Flammenwand; sie versucht, einen Teil des weiß glühenden Metalls zu packen, und greift daneben. Sie fällt auf das lodernde Gerippe eines Autos und schreit vor Schmerz.
(Schleife)
Er wirft den Koffer. Die Kettenreaktion folgt. Die Feuerleiter fällt und bildet die Brücke. Die Turnerin erklimmt die Feuerlei-

ter und stolpert, bevor sie zu springen versucht; mit wild um sich schlagenden Armen stürzt sie von der Metallbrücke in ein loderndes Benzinfeuer.

(Schleife)

Er wirft den Koffer. Die Kettenreaktion folgt. Die Feuerleiter fällt und bildet die Brücke. Die Turnerin erklimmt die Feuerleiter, springt durch die Flammen und verfehlt die weiß glühende Strebe, während einer der Wagen explodiert und Metallsplitter durch ihren Körper jagt.

(Schleife)

Caine sieht die Frau hundertmal sterben. Tausendmal. Millionen Mal. Und dann –

Obwohl sich das Metall unter ihrem plötzlichen Abstoß bewegte, bekam Nava einen sauberen Sprung zustande. Einmal in der Luft, streckte sie sich und machte ihren Körper steif. Die Flammen erhitzten ihre Arme, ihren Bauch, ihre Beine ... dann war sie durch. Sie öffnete die Hände weit und wartete, dass sie das Metall auf der anderen Seite berührten. Und dann –

Sie schloss die Hände um etwas, das sich wie eine Feuerstange anfühlte, und hielt sich fest. Den Griff leicht lockernd, schwang sie sich an der Stange nach vorn und ließ dann los. Sie flog mit den Füßen voran nach unten. Wenn kein scharfes Metallteil dazwischenkam, würde sie heil landen.

Sie fiel auf festen Boden und kauerte sich hin. Noch ehe sie Luft schnappen konnte, hörte Nava ein metallisches Ächzen. Sie sprintete davon und bahnte sich einen Weg durch die brennenden Stahlüberreste. Als sie die hinter sich hatte, schaute sie sich um und sah die Feuerleiter in die Flammen stürzen.

Nava rannte weiter.

Die Turnerin lief auf ihn zu, sie hatte ihre Feuerprobe überlebt. Caine fragte sich, ob er bereits tot war und ob die Frau eine Art Engel war.

«Können Sie gehen?», fragte der Engel, der plötzlich vor ihm stand.

Caine starrte sie an. Was sagte man einem Engel? Sie wartete nicht auf eine Antwort. Stattdessen bückte sie sich und warf ihn sich über die Schulter. Ein stechender Schmerz fuhr durch sein gebrochenes Knie, und Caine schrie auf, doch der Engel nahm keine Notiz davon und lief los.

Caine sah, dass der Wagen hinter ihnen wie erwartet explodierte. Diesmal geschah es in Echtzeit und nicht in Zeitlupe. Das Glas zersprang, rasiermesserscharfe Metallsplitter stoben davon und jagten in die Mauer. Nur stand Caine dieses Mal nicht davor.

Er wäre gestorben, wenn der Engel ihn nicht weggerissen hätte. Sein Knie verdrehte sich wieder und schickte peinigende Schmerzwellen durch seinen Körper. Da er sich nun in den Armen des Engels befand, musste er nicht mehr gegen die Ohnmacht ankämpfen.

Und so ließ Caine sich fallen.

Kapitel /17/

Caine fühlte sich schwerer an, nachdem er erschlafft war, doch Nava lief weiter. Sie wusste, dass nur der Adrenalinschub sie am Laufen hielt; wenn sie stehen blieb, kippte sie womöglich um. Sie musste sie beide in Sicherheit bringen.

Ohne ihre Schritte zu verlangsamen, riss Nava den winzigen GPS-Sender von Caines Schulter, den sie erst vor einer Stunde dort angebracht hatte, und warf ihn ins Feuer. Nun hatte Grimes keine Möglichkeit mehr, sie aufzuspüren. Die Frage war bloß, wo sie sich verstecken sollten.

In ihre Wohnung konnte sie nicht zurück, und Caines war auch keine Option. Einen Wagen kurzzuschließen, kam auch nicht in Frage, denn Caine blutete schlimm. Sie musste einen Ort finden, an dem sie seine Wunden versorgen konnte. Als sie zu dem grünen Straßenschild hochsah, kam ihr eine Idee.

Die Wohnung, in der sie Tae-Woo getroffen hatte, war nur ein paar Blocks entfernt. Sie wusste nicht, ob die RDEI sie regelmäßig nutzte oder nur jenes eine Mal. Falls sie dort auf mehr als zwei Agenten traf, war es Selbstmord.

Caine stöhnte auf ihrer Schulter. Sie hatte keine Wahl – sie musste es riskieren.

Sie ging weiter. Nur noch drei Blocks. Auf der Straße waren nur wenige Fußgänger unterwegs, aber diejenigen, an denen sie vorbeiging, waren waschechte New Yorker und wussten, dass man sich besser um seine eigenen Angelegenheiten kümmerte. Daher stellte sich niemand der schönen Brünetten in den Weg, die auf der Schulter einen Mann mit blutendem Bein trug. Dafür gab es bestimmt eine gute Erklärung, und wenn nicht, wollte niemand etwas damit zu tun haben.

Als sie das Gebäude erreichte, war sie erschöpft. Ihr Rücken und ihre Schulter pochten unter Caines Gewicht, während sie die fünf Treppen hochstieg. Die letzten Stufen schaffte sie nur durch reine Willensanstrengung.

Nava legte Caine im Hausflur ab und näherte sich leise der Wohnung. Ihre Sig-Sauer 9mm mit beiden Händen haltend, ging sie einen Schritt zurück und trat die Tür auf. Sie schwenkte die Waffe durch das dunkle Zimmer, wie sie es auch ein paar Nächte zuvor getan hatte, doch diesmal war es menschenleer. Nava seufzte erleichtert und zerrte Caine hinein.

Nachdem die Tür hinter ihnen verschlossen war, tastete sie an der Wand nach dem Lichtschalter. Als die nackte Glühbirne, die von der Decke hing, aufleuchtete, sah sie, dass das Zimmer im gleichen Zustand war, wie sie es verlassen hatte. Kahle Wände, schmutziger Holzfußboden, eine winzige Küche mit gelbem Kühlschrank. Alles war in Ordnung. Sie atmete die Luft aus, die sie angehalten hatte, und leerte ihren Rucksack auf dem Boden.

Ihre erste Sorge galt der Sicherheit. Sie stopfte etwas Kitt in die obere und untere Türritze. Es wieder zu entfernen, wenn sie die Wohnung verließen, würde eine Drecksarbeit sein, aber im Moment würde es jeden daran hindern, die Tür einzutreten. Als Nächstes begann sie, Caine zu untersuchen. Er sah schrecklich aus.

Sein Gesicht war fahlweiß, und das durchgeschwitzte Hemd klebte ihm auf der Brust. Beide Hände waren rot und aufgeschürft, nach einer kurzen Untersuchung schätzte sie jedoch, dass es nur Fleischwunden waren, nichts Ernstes. Das wirkliche Problem war sein linkes Bein, das fürchterlich blutete. Mit ihrem Dolch schnitt sie seine Jeans entlang der Naht auf.

Obwohl seine Wade blutverschmiert war, schien sie außer ein paar Kratzern und Schwellungen heil zu sein. Das Blut kam aus seinem Knie. Sie fühlte behutsam mit den Händen, um zu bestätigen, was sie vermutete: Seine gesamte Kniescheibe war zertrümmert. Sie konnte den weißlich gelben Knorpel unter der aufgerissenen Haut erkennen.

Sie löste die Stoffstreifen von ihren Händen und breitete die Reste ihres Mantels auf dem Fußboden aus. Nicht die sterilste Umgebung, aber es musste genügen. Sie nahm diverse Skalpelle und Spritzen aus ihrem Arzneikasten. Gerade wollte sie Caine hundert Milligramm Demerol injizieren, als ihr Forsythes Worte in den Sinn kamen: *Gehen Sie bei diesem Einsatz davon aus, dass nichts unmöglich und alles wahrscheinlich ist.*

Die Wahrscheinlichkeit war gering, aber trotzdem … Sie fluchte leise. Sie durfte es nicht dem Zufall überlassen. Sie legte die Spritze beiseite, brach ein Fläschchen Riechsalz auf und schwenkte es unter Caines Nase. Ein paar Augenblicke, ehe seine Augen aufflogen, wehrte er es unbewusst ab. Zum ersten Mal sah sie ihn von Angesicht zu Angesicht.

Trotz seines geschwächten Zustands schauten seine Augen feurig und herausfordernd, ein tiefes Smaragdgrün. Er drehte seinen Kopf schnell nach links und rechts, um sich zu orientieren, ehe er den Blick wieder auf Nava richtete.

«Wer sind Sie?», hustete er.

«Mein Name ist Nava. Ich bin hier, um Ihnen zu helfen, aber ich muss Ihnen ein paar Fragen stellen –»

«Wie helfen?» Caine versuchte sich aufzusetzen, doch Nava drückte seine Schultern nach unten. Seine Beine schabten über den Boden, er zuckte zusammen. «Mein Knie …»

Nava nickte. «Sind Sie allergisch gegen Demerol?»

«Darf ich nicht nehmen», keuchte er.

«Was ist mit –»

«Nein», sagte er, schwer atmend. «Ich darf nichts nehmen. An mir …» Seine Augen flatterten, er biss die Zähne zusammen. «An mir wird ein neues experimentelles Medikament erprobt. Ich darf keine anderen Medikamente nehmen wegen … wegen möglicher Wechselwirkungen.»

«Mist», murmelte sie, «ich muss die Blutung stoppen und Ihr Bein richten. Das wird wehtun.»

Caine nickte. «Tun Sie, was Sie tun müssen. Nur keine Medikamente.»

«Okay», sagte sie zögernd. Sie wollte gerade beginnen, als sie von ihrer eigenen Erschöpfung übermannt wurde. Sie nahm eine andere Spritze aus ihrem Arzneikasten und stieß sie sich in den Oberschenkel. Ihr Herz setzte einen Schlag aus, als die Amphetamine durch ihr Blut strömten. Plötzlich hellwach, nahm sie ein Skalpell von ihrem improvisierten Tischtuch und machte den ersten Einschnitt.

«Wo ist er?» Forsythe war wütend.

«Wir suchen überall, aber wie gesagt, er ist von der

Bildfläche verschwunden», berichtete ihm Grimes zum fünfzigsten Mal.

«Erzählen Sie mir noch einmal, was geschehen ist.»

«Nachdem mir klar geworden war, dass Agent Vaner das Einsatzkommando ausgetrickst hatte, habe ich all ihre GPS-Sender verfolgt, da ich dachte, dass sie bestimmt einen weiteren benutzt hat, um das tatsächliche Zielobjekt zu markieren. Dann habe ich mir das Satellitenbild angesehen.»

Grimes spielte erneut das Überwachungsvideo eines NSA-Satelliten 240 Kilometer über der Erdoberfläche ab, dessen Timecode bei 18:01:03 stand.

«Okay, das hier ist David Caine», sagte Grimes und deutete auf dem Monitor auf den Kopf eines Mannes. «Man kann hier sehen, wie ihm der andere Typ einen Aktenkoffer übergibt.»

«Wissen wir, wer er ist oder weshalb sich die beiden getroffen haben?», fragte Forsythe.

«Er könnte ein Pizzabote sein. Woher, zum Teufel, soll ich das wissen? Das alles ist erst vor einer Stunde passiert.»

Forsythe schwieg mit finsterem Blick, bis Grimes fortfuhr. «Wie auch immer, zwanzig Sekunden nach der Übergabe explodiert dieser Wagen. Aber wenn man sich das Ganze mit Infrarot anschaut ...», Grimes hielt das Video an, spulte dann ein paar Frames zurück und zoomte auf ein kleines Viereck neben Caines Füßen, «... kann man erkennen, dass nicht der Wagen explodiert, sondern diese Box. Als ich das sah, habe ich den Bildausschnitt vergrößert.» Der Zoom wurde wieder aufgezogen. Dann fokussierte Grimes eine dunkle Gestalt auf dem Dach eines Gebäudes. «Auch wenn ich nicht hundertprozentig sicher sein kann, sieht es für mich so aus, als hätte dieser Kerl eine Art Fernbedienung.»

«Wollen Sie damit sagen …?»

«Dass jemand versucht hat, David Caine in die Luft zu jagen. Ja, genau das will ich damit sagen.»

«O Gott.» Forsythe verlor für einen Augenblick die Fassung. «War es Vaner?»

«Nein, aber sie könnte dort gewesen sein.» Grimes zeigte wieder auf den Monitor, auf dem das Video in Zeitlupe weiterlief. «Die eigentliche Explosion scheint diese Rube-Goldberg-Kettenreaktion ausgelöst zu haben. Wegen der ganzen Baustellen standen jede Menge Laster auf der Straße herum, dazu ein paar Benzinfässer zum Nachtanken. Unschön, wenn so etwas da rumsteht, wo gerade ein Feuer ausbricht.»

Lautlos explodierten auf dem Monitor der Reihe nach die Laster.

«In dem Moment taucht sie auf.» Grimes hielt das Bild bei einer Obersichtaufnahme einer Frau an. «Leider haben wir keine deutliche Aufnahme von ihrem Gesicht erhalten. Es könnte Vaner sein, es könnte aber auch meine Mutter sein. Es ist nicht festzustellen.» Er drückte auf einen anderen Kopf, und das Video lief weiter.

«Sehen Sie? Sie rennt wie vom Teufel gejagt um die Ecke.»

«Vielleicht ist sie vor dem Feuer davongelaufen», meinte Forsythe.

Grimes schüttelte den Kopf. «Auf keinen Fall. Sie läuft *zum* Feuer. Vorausgesetzt, die Tussi ist keine totale Pyromanin, würde ich sagen, sie sucht nach unserem Mann.» Grimes berührte den Monitor und zog eine unsichtbare Linie von der Frau zu Caine, der einen halben Block weiter an einer Wand lehnte.

«Und dann?»

Grimes zuckte mit den Achseln. «Keine Ahnung. Auf

dem letzten Bild, das wir haben, läuft die Frau zu dieser Reihe brennender Laster. Danach gab es zu viel Qualm, um etwas zu erkennen.»

«Was ist mit Infrarot?»

Grimes drehte sich auf seinem Stuhl und sah Dr. Jimmy an, als wollte er sagen: *Erzählen Sie mir bloß nicht, wie ich meinen Job zu machen habe!* «Himmel, warum habe ich daran nicht gedacht? Ach, stimmt, ich habe es ja bereits getan. Bei der Hitze des Feuers ist Infrarot zwecklos. Und als sich der Rauch verzogen hatte, waren die beiden verschwunden.»

«Was ist mit dem GPS-Sender, den Vaner benutzt hat?»

«Der war ein paar Minuten nach der Explosion tot.»

Forsythe schwieg einen Augenblick und kam dann zu dem Entschluss, dass alles irgendwie Grimes' Schuld war. «Niemand, ich wiederhole: *Niemand* geht nach Hause, ehe wir nicht unseren Mann gefunden haben. Verstanden?»

«Wie Sie wollen», seufzte Grimes.

Forsythe marschierte aus dem Zimmer und knallte die Tür hinter sich zu.

Grimes schaute ihm hinterher. «Arschloch.»

«Tommy», keuchte Caine. «Er ist tot, nicht wahr?», fragte er die Frau.

«Ich weiß es nicht», sagte sie, aber er wusste, dass sie log. Seinem Blick ausweichend, fuhr sie fort, sein Knie zu verarzten. Das war beinahe eine Erleichterung; die nackte Körperlichkeit des Schmerzes half, den Schock angesichts von Tommys Tod zu betäuben. Er fühlte eine immense Schuld. Wenn Caine ihn nicht angerufen hätte, wäre Tommy niemals dort gewesen. Er hätte einfach sein Leben weitergeführt. Und nun … nun war er tot.

«Die Explosion hat ihn in die entgegengesetzte Richtung geschleudert. Er könnte es überlebt haben. Sie haben es überlebt.» Die Frau sah ihm in die Augen. «Es tut mir Leid um Ihren Freund. Aber wenn Sie diese Sache überstehen wollen, dürfen Sie nicht an ihn denken. Zumindest im Moment nicht.»

Er starrte sie zornig an. Wie kam sie dazu, ihm das Trauern zu verbieten? Plötzlich wurde er von widersprüchlichen Gefühlen übermannt. Schuld, Verwirrung, Dankbarkeit, Kummer, Angst, Zorn. Jede Empfindung brandete über ihn hinweg wie eine Woge, die sich dann zurückzog, um der nächsten Platz zu machen. Er holte tief Luft und putzte sich die Nase.

Die fremde Frau war diskret genug, Caines Würde nicht zu verletzen; sie tat so, als starrte sie aus dem dunklen Fenster, während er mit einem Blinzeln seine Tränen zurückhielt. Nachdem er sich gefasst hatte, widmete sie sich wieder seinem Knie. Aus irgendeinem Grund schien es nicht mehr so schlimm zu schmerzen.

«Was haben Sie gemacht?», fragte er.

«Eine örtliche Betäubung. Das müsste den Schmerz verringern, jedenfalls solange ich die Knorpelschäden versorge.»

Er sah sie zum ersten Mal richtig an. Caine konnte sich nicht erinnern, jemals eine so athletische Frau gesehen zu haben. Ihr figurbetontes schwarzes Tanktop unterstrich die straffen Muskeln ihrer Schultern und Arme. Ihr Bauch war flach, ihre Beine lang und kraftvoll, ohne ein Gramm Fett.

Ihre Haut war makellos und von dunkeloliver Farbe; sie hatte ausgeprägte Züge, ihr langes, walnussbraunes Haar war zu einem zweckmäßigen Pferdeschwanz gebunden und offenbarte ein Gesicht, das wunderschön gewesen wäre, wenn sie gelacht hätte. Doch stattdessen war ihr Mund eine verschlossene, waagerechte Linie, und ihre Augen waren kalt und leer.

«Wer sind Sie?», fragte er schließlich.

«Mein Name ist Nava Vaner.»

«Nein, ich meine … wer sind Sie? Warum haben Sie mich gerettet? Was wollen Sie?»

«Das ist eine schwierigere Frage.» Nava seufzte und strich sich mit dem Handrücken über die Stirn. «Ich weiß nicht einmal, ob ich sie mir selbst beantworten kann.»

Caine schwieg einen Moment lang. Dann sagte er nur: «Versuchen Sie es.»

Nava starrte David an und spürte das intensive Verlangen, ihm alles zu erzählen. Sie war so lange allein gewesen und hatte so gut mit der Lüge gelebt, dass sie fast die Wahrheit vergessen hatte. Obwohl es ein Risiko war, kam es ihr wie die sicherste Sache der Welt vor, ihm ihre wirkliche Geschichte zu erzählen. Die Stimme in ihrem Kopf, die Stimme, die sie in all diesen Jahren am Leben gehalten hatte, schrie sie an, sie solle lügen.

Sie spürte aber deutlich, dass es gut wäre, wenn sie es ihm einfach erzählte. Und dann war da Julia. Bisher war alles, was sie gesagt hatte, wahr geworden – und sie hatte Nava erzählt, dass David Caine der eine Mensch war, dem sie vertrauen konnte. Während sie nachdachte, fuhr Nava fort, seine Wunde zu reinigen.

Er schien zu verstehen. Er drängte sie nicht und versuchte nicht, die Stille mit leerem Geschwafel zu füllen. Vielmehr wartete er und biss sich auf die Zähne angesichts der heftigen Schmerzattacken, als sie behutsam Metall- und Glassplitter aus seinem Fleisch zog. Schließlich schaute sie ihn an. Sie war bereit.

«Ich habe Sie angelogen», sagte sie mit fester Stimme. «Mein wirklicher Name ist nicht Nava Vaner, auch wenn ich ihn schon seit über zehn Jahren benutze. Als ich geboren wurde, haben meine Eltern ...» Sie hielt inne, überrascht, welche Gefühle hochkamen, wenn sie nur an die beiden dachte. «... meine Mutter nannte mich Tanja Kristina.» Nava holte tief Luft und war endlich so weit, ihre Geschichte zu erzählen.

«Ich war zwölf Jahre alt, als sie starb.»

Kapitel /18/

«Es geschah bei einem Flugzeugunglück», sagte Nava. Sie erinnerte sich an die Nacht, als wäre es gestern gewesen. «Eigentlich wollte unsere ganze Familie verreisen. Es sollte mein erster Flug werden, doch in der Woche davor hatte ich einen Albtraum ... und deshalb weigerte ich mich mitzukommen.

Mein Vater blieb mit mir zu Hause, aber meine Mutter und meine Schwester sind geflogen.» Nava hielt inne. «Sie sind nicht mehr zurückgekommen.»

«Das tut mir Leid», sagte Caine. Nava nickte und nahm schweigend seine Beileidsbekundung entgegen. Sie war überrascht, wie sehr es selbst nach all diesen Jahren schmerzte, darüber zu sprechen. In gewisser Weise tat es jedoch gut, es sich von der Seele zu reden, selbst einem Fremden gegenüber. Es war ihre erste zwischenmenschliche Begegnung seit Jahren, die nicht auf Lügen basierte.

«Der erste Monat war wie ein böser Traum. Jeden Tag hoffte ich von neuem, dass meine Mutter in der Küche war, wenn ich nach Hause kam, aber ...», sie hielt inne, weil ihr die Stimme versagte, «es war jeden Tag das Gleiche. Sie war fort … und ich war immer noch allein.»

«Aber Ihr Vater …»

«In gewisser Weise starb auch mein Vater an jenem Tag», sagte sie bitter. «Nach dem Unglück war er nicht mehr derselbe. Es war, als würde man mit einem Geist zusammenleben.»

Nava erinnerte sich an dieses erste Jahr, als sie noch Tanja hieß und allein mit ihrem Vater zusammenlebte. Er verzieh sich nie, dass er seine Frau und Tochter hatte weggehen lassen. Aber statt sich selbst gab er Tanja die Schuld. Und so hatte Tanja nicht nur ihre Mutter und ihre Schwester verloren, als die Bombe der Terroristen das Flugzeug in die Luft sprengte, sondern auch ihren Vater.

Jede Nacht fragte sie Gott, warum Er sie fortgenommen hatte, und weinte. Sie weinte, weil sie fort waren, weil ihr Vater sie nicht mehr in den Arm nahm und weil ihre Mutter nie wieder die Ungeheuer wegküssen würde. Vor allem aber weinte sie, weil sie insgeheim, im Grunde ihres Herzens froh war, dass es die beiden getroffen hatte und nicht sie. Und diesen Gedanken konnte sie sich niemals verzeihen.

«Ah!», entfuhr es Caine mit zusammengebissenen Zähnen.

«Entschuldigung», sagte Nava. Sie war so in Gedanken verloren gewesen, dass sie unabsichtlich gegen sein Knie gestoßen war. Sie wischte sich die Augen. «Wollen Sie das wirklich alles hören?»

«Ja», sagte Caine mit nachsichtigem Blick. «Ich glaube, es ist wichtig.»

Nava nickte. Er hatte Recht. Sie fuhr mit ihrer Geschichte fort.

«Ich war wütend. Ich war zwölf Jahre alt und suchte jemanden, dem ich die Schuld geben konnte. Eines Nachts hörte ich dann, wie mein Vater mit einem der Parteiführer telefonierte. Da erfuhr ich, dass afghanische Terroristen für den Flugzeugabsturz verantwortlich waren.

Am nächsten Tag fuhr ich mit einem Bus nach Moskau und marschierte den Lubjanka-Platz hinunter, um den KGB aufzusuchen.» Trotz ihrer Verbitterung musste Nava leicht lächeln, als sie an Tanja dachte – das ängstliche kleine Mädchen, das Terroristen töten wollte. Sie fragte sich, wie sich die Dinge entwickelt hätten, wenn sie ihren Vater nicht belauscht hätte. Wahrscheinlich hätte sie dann nie den Mann getroffen, der ihr zweiter Vater wurde: Sein Name war Dimitri Saitzew, und er brachte ihr in den nächsten Jahren allerhand bei. Unter anderem, wie man tötete.

Eines Tages, wenige Wochen nachdem sie an der Lubjanka abgewiesen worden war und gerade nach Hause ging, packte ein kräftiger Arm Tanja plötzlich um die Brust, ein anderer um den Hals. Sie wurde wild, trat und kratzte mit der Heftigkeit eines in die Enge getriebenen Berglöwen. Die Arme drückten fester zu.

Sie wusste nicht, dass Dimitri sie schon von diesem ersten Moment an testete, um zu erfahren, ob sich Tanjas Mut in Luft auflöste, wenn sie mit dem Tod konfrontiert wurde. Doch sie schreckte vor dem Angriff nicht zurück, sie kämpfte härter denn je, warf immer wieder ihren Kopf gegen die Brust des unsichtbaren Mannes, bis er alles um sie her dunkel werden ließ.

Als sie erwachte, war ihr linkes Handgelenk mit Handschellen an einen hölzernen Bettpfosten gefesselt. Sie befand sich in einer kleinen Einzimmerwohnung in der Nähe des Kremls. Kaum hatte sie ihre Umgebung wahrgenommen, sprang sie vom Bett und kugelte sich dabei fast den Arm aus. Sofort versuchte sie, die Handschellen zu lösen, aber es war zwecklos. Der Mann gab ihr ein paar Minuten, um sich über die Ausweglosigkeit ihrer Situation klar zu werden, bevor er sprach.

«Entspann dich.»

Tanja wirbelte herum, um ihm in die Augen zu sehen. Ihr Gesicht war eine Maske des Hasses. Sie holte tief Luft und spuckte. Ihr Speichel landete auf seiner Schulter.

Er schaute darauf hinab, sah dann wieder Tanja an und lächelte. «Gut gezielt.»

Tanja sagte nichts, lockerte aber ihren angespannten Kiefer ein wenig.

«Mein Name ist Dimitri. Wie ist deiner?»

Tanja funkelte ihn zornig an.

«Lass mich dir helfen. Dein Name ist Tanja Aleksandrova. Deine Mutter und deine Schwester kamen vor drei Monaten ums Leben, als eine Bombe afghanischer Rebellen ihr Flugzeug in die Luft sprengte.» Das Blut wich aus Tanjas Gesicht. «Ich bin vom KGB – ich bekämpfe solche Terroristen. Ein Freund erzählte mir, du willst auch kämpfen. Stimmt das?»

Tanja starrte ihn an und suchte seine kalten Augen. Dann nickte sie langsam.

«Gut. Wenn du helfen willst, musst du versprechen, alles zu tun, was ich dir sage.»

«Kommt darauf an, was Sie von mir wollen.»

«Sehr gut», brummte Dimitri. «Wenn du jetzt ohne Einschränkung zugestimmt hättest, hätte ich gewusst, dass du eine Idiotin oder eine Lügnerin bist. Freut mich, dass weder das eine noch das andere der Fall ist.»

«Mich würde freuen, wenn Sie mich frei ließen», entgegnete sie und rüttelte an den Handschellen.

«Wenn ich das tue, wirst du mir dann zuhören?»

Sie nickte.

Dimitri ging zum Bett und achtete darauf, dass sie ihn nicht treten konnte. Er schloss die Handschellen auf. Tanja riss ihren Arm weg und massierte ihr rotes, geschwollenes Handgelenk.

«Das ist deine erste Lektion: Achte immer darauf, dass die Handschellen fest sitzen, sonst könnte dein Gefangener entschlüpfen.»

Tanja sagte kein Wort, aber sie lief auch nicht davon. Sie war neugierig.

«Und jetzt Lektion Nummer zwei.» Dimitri beugte sich vor, zog mit einer Hand behutsam eine Nadel aus ihrem Haar und schnappte mit der anderen die Handschellen wieder zu.

«Hey!», rief Tanja. «Sie haben versprochen, mich freizulassen!»

«Und du hast versprochen, mir zuzuhören», entgegnete Dimitri und hielt ihr die Haarnadel vors Gesicht. «Lektion Nummer zwei: Wie man ein Schloss knackt.» In den nächsten zehn Minuten erklärte Dimitri ihr den Aufbau eines Schlosses und zeigte ihr, wie man selbst eine einfache Haarnadel als Schlüssel benutzen konnte.

Nachdem er seine Vorführung beendet hatte, gab er Tanja die Haarnadel zurück. Sofort machte sie sich ans Werk. Sie benötigte zwar mehrere Versuche, aber schließlich hörte sie ein Klicken, und die Handschellen fielen auf den Boden. Sie schaute strahlend auf, seit Monaten ihr erstes Lächeln.

«Sehr gut, Tanja. Jetzt erzähl mir von deinem Vater», befahl Dimitri.

«Sein Name ist Igor …»

Dimitris flache Hand traf Tanja so hart, dass sie vom Bett fiel.

«Lektion Nummer drei: Erzähle niemals irgendjemandem etwas von dir.» Dimitri hob eine Augenbraue. «Jedenfalls nichts Wahres.»

Tanja stand langsam auf, rieb sich die Wange, die rot anlief.

«Das sind genug Lektionen für heute. Wenn du mehr lernen willst, dann triff mich morgen nach der Schule in der Gasse. Wenn nicht, vergiss, was gerade geschehen ist. Wie auch immer du dich entscheidest, erzähle niemandem davon, was heute passiert ist, besonders Igor nicht.» Dimitri sah sie spöttisch an. «Es sei denn, du willst mehr als einen Klaps ins Gesicht.»

«Halten Sie das», sagte Nava, als sie eine Aderpresse um Caines Oberschenkel band. Er verzog das Gesicht, tat aber, was sie sagte. Sie wusste, wie sehr es wehtat, und war beeindruckt, wie viel Schmerz er ertrug.

«Erzählen Sie weiter», bat er. Schweiß tropfte von seiner Stirn. «Lenken Sie mich ab.»

«In Ordnung», sagte Nava und erinnerte sich an die Monate, die auf ihre erste Begegnung mit Dimitri folgten. «Wir trafen uns jeden Tag nach der Schule in der Gasse. Wir gingen immer durch die Straßen von Kitai Gorod, und Dimitri unterrichtete mich in russischer Geschichte. Ob er mir erzählte, wie Peter der Große während des Nordkrieges Estland eroberte, oder ob er von Lenins sozialistischer Revolution oder über moderne marxistische Philosophie sprach, ich konnte nicht genug kriegen. Wenn ich jetzt zurückblicke, ist mir klar, dass er mich mit Parteipropaganda indoktrinierte. Doch damals … tja, damals glaubte ich jedes Wort. Er war wie ein Vater und ein Lehrer in einem, und ich war seine eifrigste Schülerin.

Schließlich brachte er mir das Spionieren bei. Er begann zunächst langsam und fragte mich über die Leute aus, die uns auf unseren Spaziergängen begegneten. Welche Farbe hatte das Kleid der dicken Frau? Wie viele Kinder hatte sie? Was verkaufte der Händler mit dem Schnurrbart von seinem Karren? Ich war ein Naturtalent und lernte schnell, die Welt um mich herum aufzunehmen. Dimitri war beeindruckt, und schon ein halbes Jahr später schickte er mich in Kneipen, um Parteimitglieder zu belauschen, die der KGB der Illoyalität verdächtigte.

Nachdem Dimitri entschied, ich sei ‹begabt›, ließ er mich auch von anderen ausbilden. Ich lernte zu stehlen.»

Nava musste die Aderpresse neu binden, und Caine keuchte plötzlich heftig auf, fasste sich aber schnell wieder und biss die Zähne zusammen. «Hören Sie nicht auf», sagte er. «Ich will mehr hören.»

Nava nickte und behandelte sein Knie weiter, während sie ihre Geschichte fortsetzte.

«Mein Lehrer hieß Fiodor.» Nava erinnerte sich an den dunklen, kleinen Mann mit den buschigen Augenbrauen. Er redete nicht viel, und im ersten Moment wirkte er völlig unscheinbar. Er war der Typ Mann, den man bereits in dem Augenblick vergessen hatte, in dem man ihn zum ersten Mal sah. Es war seine angeborene Fähigkeit, nirgendwo aufzufallen, die ihn von anderen Männern unterschied. An Fiodor vorbeizugehen war so unvergesslich, wie an einer Backsteinmauer vorbeizugehen. Nur dass man von einer Backsteinmauer nicht im Vorbeigehen ausgeraubt wurde.

Am späten Nachmittag, wenn die Moskauer von ihrer Arbeit heimkehrten, mischten sich Fiodor und Tanja unter die Passanten. Am Ende des Tages verzogen sich die beiden immer in eine Gasse, und Fiodor öffnete seine Tasche und enthüllte die Früchte seiner Arbeit: Brieftaschen, Ringe, Uhren, Geldscheine und jeder beliebige andere Gegenstand, den er beim Spaziergang mit seiner Lieblingsschülerin geklaut hatte. Mit der Zeit brachte er Tanja seine Fertigkeiten bei.

«Aber warum hat er Ihnen beigebracht zu stehlen?», fragte Caine.

«Fiodor sagte, die wichtigste Fähigkeit eines Spions sei die, Dinge zu bekommen, die man eigentlich nicht bekommen sollte. Ein Spion ist im Grunde nichts anderes als ein Dieb. Es dreht sich alles ums Stehlen. Doch während ein Dieb Juwelen stiehlt, stiehlt ein Spion Geheimnisse.

Deshalb brachte mir Fiodor bei, eine Meisterdiebin zu werden. Zuerst lehrte er mich, wie man Geldbörsen stiehlt. Dann, wie man Schlösser knackt. Vorhängeschlösser, Riegelschlösser, Kombinationsschlösser, Autoschlösser – alle erdenklichen Schlösser halt. Es gab kein Schloss, das Fiodor nicht in weniger als zwanzig Sekunden öffnen konnte. Ich war nicht so geschickt, aber nach ein paar Wochen konnte ich die meisten Schlösser in ein oder zwei Minuten knacken.

Als ich vierzehn wurde, beschloss Dimitri, dass ich eine richtige KGB-Ausbildung absolvieren sollte. Zu der Zeit sprachen mein Vater und ich kaum noch miteinander, und als ich ihm sagte, dass ich fortgehen würde, war er glaube ich dankbar. Mich in der Nähe zu haben erinnerte ihn nur an das Unglück. Ohne mich konnte er so tun, als hätte er nie eine Familie gehabt.»

Nava hielt inne. Caine, der ihre Traurigkeit spürte, ermutigte sie weiterzuerzählen. «Sie gingen also auf die Spionageschule?»

«Ja», sagte Nava mit dem Anflug eines Lachens. «Ich ging auf die ‹Spionageschule›. Sie wurde das *Spezinstitute* genannt. Gemeinsam mit zehn anderen begabten Kindern nahm ich an einem Pilotprogramm teil. Ich hatte acht Stunden Unterricht pro Tag, sieben Tage die Woche. Zuerst lernten wir Sprachen. Obwohl sie jedem Englisch beibrachten, entschied die Partei, dass ich wegen meiner dunklen Hautfarbe außerdem Hebräisch und Farsi lernen sollte, damit ich im Nahen und Mittleren Osten eingesetzt werden konnte.

Ich bekam außerdem Unterricht in technischen Fächern, Politik, Geschichte, Kommunismus, Soziologie und Anthropologie. Nach dem Unterricht musste ich vier Stunden zu meiner Kampflehrerin, die mir *Systema* beibrachte, eine russische Kampfkunst.»

Nach dem Training aß Tanja zu Abend und humpelte zurück in ihr Zimmer, übel zugerichtet und mit blauen Flecken übersät, wo sie drei Stunden lang Hausaufgaben machte, bevor sie für die sieben Stunden Nachtruhe zusammenklappte und am Morgen alles wieder von vorn begann. In den ersten Wochen wachte Tanja jedes Mal geistig und körperlich erschöpft auf, doch da es nie eine Ruhepause gab, konnte sie nur weitermachen. Der Unterricht war schwer, aber das war nichts, verglichen mit ihren Kampfstunden.

Nava lächelte, als sie sich an Raissa erinnerte – die klassische Schönheit mit weißer Porzellanhaut und langem, pechschwarzem Haar. Obwohl sie nur 55 Kilo wog, war Raissa gewöhnt, mit tödlicher Präzision gegen Männer zu kämpfen, die viel größer als sie und mehr als doppelt so schwer waren.

Raissa gehörte zu der russischen Spezialeinheit Speznaz. Monatelang übte Tanja Boxschläge, Tritte, Würge- und Haltegriffe. Je mehr Techniken sie meisterte, desto härter nahm Raissa sie ran. Kaum hatte Tanja gelernt, sich gegen einen einzelnen Gegner zu verteidigen, zwang

Raissa sie, es mit zwei oder drei Angreifern gleichzeitig aufzunehmen.

Ihr Training war erbarmungslos, und Tanja war gezwungen, ihren eigenen Kampfstil zu entwickeln und sich unberechenbar zu bewegen, um andauernde Angriffe aus jeder denkbaren Position abzuwehren. Sobald sich Tanja im Kampf Mann gegen Mann sicher fühlte, ging Raissa über zum bewaffneten Kampf.

Dabei begegnete Tanja zum ersten Mal dem Kampfmittel, das später zu ihrer Lieblingswaffe wurde: ein kurzer Kindjal-Krummdolch aus Dagestan. Raissa brachte Tanja bei, die Achillessehne eines Mannes zu durchtrennen, damit er nicht mehr laufen konnte. Sie zeigte ihr, wohin man stechen musste, um sein Rückgrat zu durchtrennen, und natürlich, wie man von unten in die Hoden stieß und das Messer drehte, um ihn vollständig außer Gefecht zu setzen.

«Sobald ich *Systema* gelernt hatte und mich mit einem Dolch behaupten konnte, schickten sie mich in den Schießstand.»

Michail, ihr schlaksiger Waffenausbilder, bestand darauf, dass sie die Mechanik jeder Waffengattung und ihre technischen Grundlagen genau verstand, bevor sie einen Schuss abgab. Er brachte ihr den Unterschied zwischen einer Automatik (die mit einem Magazin oder Clip geladen wurde) und einem Revolver bei (dessen Patronen einzeln geladen wurden). Sie lernte, dass man den Hahn eines Revolvers mit Single-Action-Abzug manuell spannen musste, bevor man ihn abfeuerte, während ein Double-Action-Revolver dies automatisch tat. Sie erfuhr, dass es sich beim Kaliber einer Waffe einfach um den Durchmesser ihrer Munition handelte, dass ein Revolver Kaliber .38 Patronen mit einem Durchmesser von 0,38 Zoll hatte. Darüber hinaus lernte sie, dass Patronen größeren Kalibers langsamer flogen, aber mehr Schaden anrichteten.

Sie prägte sich die Vorteile einer halb automatischen 9-Millimeter-Pistole – Hochgeschwindigkeitskugeln, relativ leiser Schuss, nahezu perfekte Treffgenauigkeit, geringer Rückstoß und ein großes Magazin – genauso wie ihre Schwächen ein – geringe Durchschlagskraft und dadurch nur wenig blutende Eintrittswunden, höhere Blockieranfälligkeit.

Tanja lernte die drei Möglichkeiten, mit denen eine Kugel einen Menschen zur Strecke bringen konnte: Blutverlust, Schädeltrauma oder Durchdringen eines lebenswichtigen Organs wie Herz oder Lunge. Dies führte zu weiteren Lektionen, wie zum Beispiel der, dass sie auf den Kopf zielen musste, wenn sie einen Mann mit einer Waffe Kaliber .22 töten wollte, weil eine Kugel kleineren Kalibers nur genug Durchschlagskraft besaß, um in den Schädel einzudringen, nicht aber, um auszutreten, sodass die Kugel, einmal im Inneren, herumsprang und das Gehirn des Opfers pürierte. Benutzte man allerdings eine Waffe Kaliber .45, war ein Schuss in den Oberkörper tödlich, da eine 45er Kugel stark genug war, ein menschliches Organ aus der fünfzehn Zentimeter großen Austrittswunde zu pusten, die sie in den Rücken riss.

Sie lernte, dass Hohlspitzgeschosse eine abgeplattete Spitze hatten, damit sie Organe beim Eintritt in den Körper zerfetzen konnten, und dass es sich bei einer Glaser-Sicherheitspatrone einfach um eine mit flüssigem Teflon und einer Bleikugel gefüllte und mit einer Plastikkappe verschlossene Kupferhülse handelte. Beim Einschlag zerfiel die Kappe, wodurch die Energieübertragung auf die Inhalte maximiert wurde. Das Teflon und die Bleikugel schwirrten dann aus, die Wahrscheinlichkeit, eine Haupt-schlagader zu treffen, nahm zu. Das bedeutete zudem, dass das Projektil nicht abprallte oder aus dem Körper austrat, was sie zu einer «sicheren» Sache für jeden außer dem Ziel machte.

Schließlich erklärte Michail ihr die verschiedenen Modelle. Die österreichische Glock, die deutsche Heckler & Koch, die schweizerische Sig-Sauer, die amerikanischen Pistolen – Smith & Wesson, Colt, Browning – die italienische Beretta und natürlich die russischen Gyurza und Tokarev.

Damals, nachdem sie mehr gelernt hatte, als sie jemals geglaubt hatte über Waffen wissen zu können, reichte ihr Michail einen altmodischen russischen Nagant-Revolver. Nachdem Tanja sorgfältig die 7.62-Millimeter-Patronen in die sieben Kammern des Zylinders geladen hatte, ging sie in Schussposition, zielte, spannte den Hahn und drückte ab. Der Rückstoß war so heftig, dass sie von den Füßen geworfen wurde und hart auf dem Rücken landete.

Es war das einzige Mal, dass sie Michail lachen sah. «Und das», sagte er, «ist der Unterschied zwischen Theorie und Praxis.»

Zornig rappelte sich Tanja auf und feuerte einen weiteren Schuss ab. Sie fiel nie wieder hin.

Wie auch den übrigen Unterrichtsstoff lernte Tanja den Umgang mit Waffen äußerst schnell und meisterte Handfeuerwaffen jeden Kalibers, bevor sie zu anderen Gattungen überging. Zunächst gab es die Maschinenpistolen: Uzis, Browning M2HB und M60, nach deren Benutzung sich ihre Arme wie Gummi anfühlten. Danach kamen die Gewehre, wie das Baikal MP-131K und das Heckler & Koch CAWS, welches durch seinen kraftvollen Rückstoß einen blauen Fleck auf ihrer Schulter hinterließ. Schließlich brachte ihr Michail bei, wie man die Entfernung, die Windgeschwindigkeit und den Luftwiderstand berechnete, damit ihre Schüsse mit dem Scharfschützengewehr Dragunov immer ihr Ziel fanden.

Nava hielt inne. Sie hatte sein Bein fertig geschient. Caine war schweißgebadet.

«Das müsste gehen.» Sie begutachtete ihr Werk.

«Danke», sagte er.

Nava nickte, plötzlich schüchtern, und fragte sich, warum sie sich in Gegenwart dieses Mannes, den sie kaum kannte, so wohl fühlte.

«Und was passierte dann? Was hat man sich am Spezinstitute als Abschlussprüfung ausgedacht?»

«Ich musste einen Menschen töten», sagte Nava tonlos. «Er war ein Terrorist, ein afghanischer Rebell namens Khalid Myasi.»

«Und haben Sie es getan?»

«Ja», antwortete Nava. «Ich habe ihm zwei Kugeln in die Brust und eine in den Kopf gejagt, genau so, wie es mir beigebracht wurde.» Sie hatte es noch ganz deutlich vor Augen. Drei knappe Explosionen, als die einzelnen Kugeln aus der Mündung schossen. Myasis Todesschrei, abgewürgt durch das Blut, das seine Kehle emporquoll. Das dumpfe Gefühl, das sich in ihrer Brust breit machte, als sie über seinem leblosen Körper stand.

Es war nicht so, wie sie es sich vorgestellt hatte. Sie war weder von Triumph erfüllt, noch war ihr Rachewunsch abgeklungen. Aber der KGB kümmerte sich nicht darum. Man hatte sie erfolgreich in eine Tötungsmaschine verwandelt, und nun wollte man die neue Waffe unbedingt benutzen.

Manchmal musste sie die Rolle eines Schulmädchens spielen, manchmal die einer jugendlichen Prostituierten.

Vor allem wurde sie zur Überwachung eingesetzt, aber wenn die Situation es erforderte, bat man die siebzehnjährige Tanja zu töten. Und das tat sie.

Da Tanja fließend Hebräisch, Farsi und Englisch sprach, beschloss die Partei an ihrem achtzehnten Geburtstag, sie nach Tel Aviv zu schicken. Sie lebte dort fast ein Jahr, ehe Saitzew sie anwies, Moishe Drizen zu ermorden. Der Mossad-Agent mit der angenehmen Stimme war Tanjas erstes Mordopfer, dessen Tod sie hinterher in Frage stellte.

Bei allen anderen waren die Gründe offensichtlich gewesen. Sie waren Feinde der Partei und selbst Mörder gewesen. Aber Drizen war anders. Nach der vorbereitenden Überwachung war es für Tanja offensichtlich, dass er weder antirussisch noch proterroristisch eingestellt war. Im Gegenteil, er war sogar selbst im Antiterrorkampf aktiv.

Doch als Tanja Saitzew fragte, aus welchem Grund Drizen den Tod verdient hatte, lautete seine Antwort nur: «Stelle die Entscheidungen der Partei nicht in Frage.»

Und so tat Tanja, wozu sie ausgebildet worden war – sie schnitt Drizen in einer Seitengasse die Kehle durch. Damals hatte sie es nicht gewusst, doch das war ihre letzte Prüfung gewesen. Am nächsten Tag sagte Saitzew ihr, dass sie nun bereit für den verdeckten Einsatz in den Vereinigten Staaten sei.

Tanja wurde einem russischen Agentenpaar zugeteilt, das zwanzig Jahre zuvor von der Partei als Schläfer nach Amerika geschickt worden war. Sie tarnten sich als Israelis, die sich entschlossen hatten, in die Staaten zu ziehen. Kurz nach ihrer Ankunft brachte die Frau ein Mädchen zur Welt. Sie nannten es Nava.

Nava führte ein ganz normales Leben – bis zum 7. Mai 1987, als sie auf mysteriöse Weise verschwand. Denis und

Tatjana Gromov – die mittlerweile Reuben und Leah Vaner hießen – waren außer sich. Aus Angst davor, Aufmerksamkeit auf sich zu lenken, wenn sie die Polizei einschalteten, bat Denis Gromov seinen Agentenführer beim KGB um Hilfe. Saitzew sagte ihm, dass er alles in seiner Macht Stehende unternehmen würde, um das siebzehnjährige Mädchen zu finden. Aber könnten die beiden ihm in der Zwischenzeit einen Gefallen tun?

Aus Sorge um die Sicherheit ihrer Tochter taten die Vaners, was Saitzew von ihnen verlangte. Sie zogen aus ihrer kleinen Wohnung in Ohio in einen Vorort von Boston und ließen das Leben zurück, das sie sich aufgebaut hatten. Einen Monat später erfuhren sie, dass ihre Tochter in Russland in Sicherheit war und dass sie in Sicherheit bliebe, wenn sie Tanja «adoptierten». Am nächsten Tag kam Tanja bei den Vaners an. Das war der Moment, in dem Tanja Kristina Aleksandrova aufhörte zu existieren und eine neue Nava Vaner geboren wurde.

Die Vaners erfüllten ihren Teil der Abmachung, nahmen ihre Adoptivtochter bei sich auf und brachten ihr bei, eine Amerikanerin zu sein. Nach den Sommerferien ging die neue Nava zur Highschool. Als es so weit war, sich an einem College zu bewerben, schlug sich Nava ausgezeichnet und wurde von sechs Universitäten im ganzen Land angenommen. Saitzew hielt es für das Beste, dass sie an der *University of Southern California* studierte, da diese Uni die «amerikanischste» sei. Vier Jahre später schloss sie ihr Studium in Arabisch und Russisch als Nebenfach mit Magna cum laude ab.

Als die CIA ihre Bewerbung für den Außendienst erhielt, war man dort entzückt. Nachdem ihr gesamter sozialer Hintergrund durchleuchtet worden war, wozu auch Befragungen ihrer Highschool- und Collegefreunde sowie ihrer Eltern und Nachbarn gehörten, bot man ihr einen Platz im elitären Ausbildungsprogramm des Geheimdienstes an.

Nava war die perfekte Kandidatin.

In den nächsten beiden Jahren absolvierte Nava eine intensive Ausbildung. Während die anderen Rekruten mit all den Kampftechniken, der Waffenkunde und den fremden Kulturen große Mühe hatten, schaffte Nava das Programm spielend. Noch nie hatten ihre Ausbilder in Langley ein solches «Naturtalent» erlebt. Und so wurde sie zum zweiten Mal in ihrem Leben auserwählt, für ihr Land zu töten.

Doch zu dieser Zeit wusste Nava nicht mehr, welches Land das ihre war.

Obwohl sie in Mütterchen Russland aufgewachsen war, hatten die sechs Jahre in den Vereinigten Staaten Navas Augen in einem Maße für die westliche Kultur geöffnet, wie es ihr Unterricht am Spezinstitute nie vermocht hatte. Plötzlich war sich Nava nicht mehr so sicher, wo ihre Loyalitäten lagen. Sie merkte, dass sie den Antrieb verloren hatte, für Russland zu spionieren. Andererseits spürte sie auch kein großes Verlangen, es für Amerika zu tun.

Gerade mal einen Monat nachdem sie begonnen hatte, für die CIA als Antiterror-Agentin für den Nahen Osten zu arbeiten, geschah das Unvorstellbare: Acht altgediente Parteifunktionäre versuchten, die Regierungsgewalt der UdSSR an sich zu reißen. Jeden Tag las sie in der *International Herald Tribune* weitere Berichte darüber, wie Gorbatschows Vizepräsident Gennadi Janajew gemeinsam mit KGB-Direktor Vladimir Kruschkow, dem sowjetischen Premierminister Valentin Pawlow und Verteidigungsminister Dimitri Jasow die Kontrolle über die UdSSR übernommen hatte. Sie war schockiert.

Doch dann rebellierte das Volk. Angeführt von Boris Jelzin, eroberte es den Kreml zurück, und die «Bande der Acht», einschließlich Kruschkow, wurde verhaftet. Nava wusste, dass sich ihre Welt verändert hatte, als sie sah, wie die Statue Felix Dserschinskis, des Gründers der Geheimpolizei, vor dem Hauptquartier des KGB umstürzte. Sie sandte eine Nachricht an Saitzew und fragte, was sie tun sollte.

Vier Monate später erfuhr Nava durch Kanäle der CIA, dass Dimitri Saitzew, ihr Lehrer, ihr Mentor und ihr Adoptivvater tot war, gestorben durch eigene Hand. Ohne seinen geliebten KGB sah er keinen Sinn mehr im Leben. Nava war tief erschüttert, aber sie machte weiter.

Als niemand vom SVR – Russlands neu entstandenem Geheimdienst – sie bis zum ersten Jahrestag des fehlgeschlagenen Staatsstreichs kontaktierte, wurde Nava klar, dass sie «verschollen» war. Die wenigen Leute beim KGB, die ihre wahre Identität gekannt hatten, waren tot, und offizielle Berichte über ihren Status hatte es nie gegeben.

Zum ersten Mal in ihrem Leben konnte Nava tun, was sie wollte. Doch da sie nur zu töten gelernt hatte, blieb sie bei der CIA. In den nächsten fünf Jahren ermordete sie so viele Terroristen, dass sie aufhörte mitzuzählen. Und trotzdem schaffte sie es nie, das Schuldgefühl loszuwerden, weitergelebt zu haben, als ihre Mutter und ihre Schwester gestorben waren. Sie wusste, dass sie mit jedem Mann, den sie tötete, zahllose Leben rettete, doch diese Erkenntnis reichte nie aus, um ihre innere Leere zu füllen.

Trotzdem setzte sie ihren persönlichen Rachefeldzug fort. Und als die CIA an einem strahlenden Sommertag 1999 entschied, einen der Terroristen, den sie aufgespürt hatte, am Leben zu lassen, beschloss Nava, ihre Befehle zu ignorieren. Mit Unterstützung des Mossad exekutierte sie den Mann auf eigene Faust. Hinterher stellte sie überrascht fest, dass die israelische Regierung sie für eine Tat bezahlte, die sie gern auch gratis ausgeführt hätte.

Und so begann ein weiteres Kapitel ihrer Karriere: Sie verkaufte Geheimnisse und führte verdeckte Einsätze für jeden durch, der die Terroristen eliminieren wollte, die Amerika nicht selbst zu töten wünschte. Zuerst arbeitete sie ausschließlich für den Mossad, doch mit der Zeit erwarb sie in bestimmten Kreisen traurige Berühmtheit und wurde vom britischen MI6 und vom deutschen Bundesnachrichtendienst engagiert, um sich deren missliebiger Staatsbürger anzunehmen.

Nava erledigte ihre Aufträge zuverlässig und wurde großzügig dafür bezahlt. Doch nach weiteren fünf Jahren fühlte sie sich ausgebrannt. Sie beschloss, noch einen Auftrag zu erfüllen und dann an einen Ort zu verschwinden, an dem weder die CIA noch der SVR sie jemals finden konnten. Der Auftrag bestand darin, eine islamistische Terrorzelle zu finden, die die nordkoreanische RDEI zerstört wissen wollte.

Leider funktionierte das nicht so gut, wie sie geplant hatte.

Kapitel /19/

Als Nava zu Ende erzählt hatte, steckte sie sich eine Zigarette an und atmete eine lange Rauchfahne aus. Caine wusste nicht, was er sagen sollte. Ihre Geschichte klang derart an den Haaren herbeigezogen, dass er sie fast glaubte. Niemand würde eine so absurde Geschichte erzählen, wenn sie nicht stimmte. Und er fühlte sich bereits eng mit ihr verbunden, ob nun trotz oder wegen ihrer gemeinsamen Feuerprobe.

Doch dann holte ihn die Realität wieder ein. Das Spezinstitute. Terroristen. Geheimagenten. Er konnte nicht glauben, dass er die Wahrheit nicht schon früher erkannt hatte.

«O Gott», murmelte Caine. «Es ist passiert.»

«Wie bitte?»

Caine kniff die Augen zu und wollte, dass die Frau verschwand, doch als er sie wieder öffnete, saß sie immer noch neben ihm.

«Ist alles in Ordnung mit Ihnen?», fragte das Trugbild.

«Sie sind nicht real.»

«Was?»

«Sie sind nicht real. Das Ganze hier ist nicht real – es kann nicht sein. Ich habe einen schizophrenen Schub. Das ist die einzige vernünftige Erklärung hierfür.»

«David, ich versichere Ihnen …»

«NEIN!», sagte Caine mit plötzlich erhobener Stimme. «Das kann alles nicht real sein. Sie sind Teil einer Art Sinnestäuschung.»

«Wovon reden Sie?»

Caine starrte sie nur an, wusste nicht, was er tun sollte. Was hatte Jasper noch gesagt? Er legte die Stirn in Falten, blinzelte schnell und versuchte sich zu erinnern.

Gib dir Mühe, in der Welt, die du da geschaffen hast, kluge Entscheidungen zu treffen. Irgendwann findest du dann auch wieder zurück in die Realität.

Okay. Das würde er hinkriegen. Lass dich einfach treiben. Wenn er nicht zurück in die Realität konnte, würde er es einfach aussitzen. Jaspers Ratschlag hatte viel für sich; die beste Möglichkeit, verrückte Taten in der realen Welt zu vermeiden, war, sich in der Wahn-Welt so vernünftig wie möglich zu verhalten. Und wenn dies doch die Realität war – auch wenn er sich ganz sicher war, dass das nicht sein konnte –, würde er wenigstens vernünftige Entscheidungen treffen.

Durch seine pragmatische Einschätzung der Lage beruhigt, sah Caine wieder zu Nava hinüber und überlegte, was er sagen sollte. Die Antwort kam ihm sofort in den Sinn – wenn dies tatsächlich die reale Welt war, war es ganz gleich, was er sagte. Caine öffnete den Mund und hielt dann einen Moment lang inne, als ihm die Absurdität der Situation klar wurde, aber er wusste nicht, was er sonst tun sollte.

«Äh, es tut mir Leid, ich hatte nur … kurz das Gefühl, nicht mehr ich selbst zu sein.»

«Ist alles in Ordnung mit Ihnen?», fragte das Trugbild – *Nava, sie sagte, ihr Name sei Nava.*

«Ja, mir geht's gut», sagte Caine. Er fühlte sich immer noch seltsam, bekam seinen neuen mentalen Zustand aber schnell in den Griff. Er versuchte nun, zu geistiger Klarheit zurückzufinden. «Das war wirklich eine unglaubliche Geschichte, aber sie erklärt nicht, woher Sie meinen Namen kennen. Und warum Sie mich gerettet haben.»

Nava guckte bedrückt. «Da war … eine Frau. Sie hat mir von Ihnen erzählt – wer Sie sind, wo Sie sein würden, alles. Und die genaue Zeit Ihres Todes, wenn ich nicht da wäre, um Sie zu retten.»

Ihre Antwort war eher verwirrend als erhellend. «Das erklärt noch nicht, woher diese Frau von mir wusste. Oder warum Sie beschlossen, mich zu retten.»

«Um ehrlich zu sein», sagte Nava, «war mein ursprünglicher Plan nicht, Sie zu retten, sondern Sie zu kidnappen.»

«Um mich der RDEI zu übergeben?», fragte Caine.

«Genau.»

«Und warum haben Sie es sich anders überlegt?»

«Wegen dieser Frau. Sie kannte … sie kannte meinen Namen. Meinen *wirklichen* Namen. Und sie wusste von … sie wusste Dinge, die sie unmöglich wissen konnte. Es sei denn, die Theorie des Professors stimmt.»

Caine begann zu frösteln. «Welcher Professor? Welche Theorie?»

«Der Professor, der vor zwei Tagen die Tests an Ihnen durchgeführt hat.»

Caine spürte, wie sein Herz erstarrte. Nava nickte. «Die NSA hat ihn überwacht. Sie haben Daten in die Hände bekommen, aus denen hervorgeht, dass er in letzter Zeit Fortschritte beim Erreichen … seines Ziels gemacht hat.»

«Und was war sein Ziel?», fragte Caine, obwohl ein Teil von ihm die Antwort bereits kannte.

«Er war überzeugt, dass er eine Möglichkeit gefunden hatte, die Zukunft vorherzusagen.»

Caine wurde schlecht. Das Trugbild erschien allmählich allzu real. Erneut kamen ihm Jaspers Worte in den Sinn.

Man spürt gar nichts davon ... Das ist ja gerade das Unheimliche daran.

Sein Bruder hatte Recht gehabt, denn Caine war in seinem Leben noch nie so unheimlich zumute gewesen. Er hatte plötzlich großen Respekt vor seinem Zwillingsbruder.

«Alles in Ordnung mit Ihnen?», fragte Nava.

Caine ignorierte die Frage und stellte stattdessen selbst eine. «Diese Theorie ... hat sie einen Namen?»

«Ja», sagte Nava. «Der Laplace'sche Dämon. Sagt Ihnen das etwas?»

Caine nickte, doch er war mit seinen Gedanken woanders und versuchte, die Einzelteile zusammenzusetzen.

«Ich habe alle seine Abstracts im STR-Labor überflogen», sagte Nava. «Die meisten hatten mit Physik, Biologie und Statistik zu tun, aber am Ende gab es einen ganzen Abschnitt über den Laplace'schen Dämon. Ich hatte keine Zeit, ihn gründlich zu lesen, aber anscheinend sprach er über das Okkulte.»

«Nicht über das Okkulte», sagte Caine. «Über Wahrscheinlichkeitstheorie.»

Nava sah ihn verständnislos an. «Ich kann Ihnen nicht folgen.»

Caine seufzte, wusste nicht recht, wo er beginnen sollte oder ob es überhaupt notwendig war, dies alles einer Halluzination zu erklären, die lediglich ein Produkt seines eigenen Unterbewusstseins war. Aber vielleicht war es genau das, was er wollte: eine Erklärung. Caine sah an Nava vorbei und suchte nach der besten Möglichkeit, es zu erklären. Er hatte Laplaces Werke zwar jahrelang studiert, wusste aber nicht, wo er anfangen sollte, und deshalb erzählte er einfach drauflos.

«Im ausgehenden siebzehnten und frühen achtzehnten Jahrhundert lebte in London ein französischer Statistiker namens Abraham de Moivre. Während die Statistik noch in den Kinderschuhen steckte, konnte Moivre seinen Unterhalt damit verdienen, Gewinnchancen für die Spieler der Stadt zu berechnen.

Das machte er ungefähr zehn Jahre lang, dann schrieb er ein Buch mit dem Titel *Die Lehre des Zufalls*. Obwohl es nur 52 Seiten lang war, war es einer der wichtigsten Texte zur Mathematik seiner Zeit, denn es bildete die Grundlage der Wahrscheinlichkeitsrechnung, die er anhand von Problemen beim Würfeln oder anderen Spielen erklärte.

Die Sache ist allerdings die, dass de Moivre, anders als der Titel des Buches suggeriert, nicht an den Zufall glaubte.»

«Wie meinen Sie das?», fragte Nava.

«De Moivre glaubte, dass der Zufall eine Illusion sei. Er stellte die These auf, dass niemals etwas ‹zufällig› geschieht – dass jedes scheinbar zufällige Ereignis auf eine Ursache zurückgeführt werden kann.» Nava guckte verwirrt, deshalb griff Caine zu seinem erprobten Notanker der Wahrscheinlichkeitsrechnung: Im Zweifelsfall spricht man am besten über Münzen.

«Okay», sagte er, langte vorsichtig und aufstöhnend in seine Hosentasche und holte einen Vierteldollar hervor. «Wenn ich diese Münze werfe, dann würden Sie sagen, es ist reines Glück oder Zufall, ob Kopf oder Zahl oben landet, richtig?»

Nava nickte.

«Tja, da liegen Sie falsch. Wenn man in der Lage wäre, alle physikalischen Faktoren zu bestimmen, die den Wurf der Münze beeinflussen – den Winkel meiner Hand, die Entfernung zum Boden, die Kraft, mit der ich die Münze in die Luft werfe, den Windzug, die Zusammensetzung der Münze et cetera, et cetera –, dann wäre man in der Lage, mit hundertprozentiger Genauigkeit das Ergebnis des Wurfes vorherzusagen, denn die Münze unterliegt den Gesetzen der Newton'schen Physik, die absolute Gültigkeit haben.»

Nava zündete sich eine Zigarette an und ließ sich seine Worte durch den Kopf gehen. «Ich kenne mich damit nicht aus, David, aber ist es nicht unmöglich, all diese Faktoren genau zu berechnen?»

«Für Menschen? Ja, stimmt», sagte Caine. «Aber dass wir diese Faktoren nicht berechnen können, bedeutet nicht, dass das Ergebnis des Münzwurfs dem Zufall unterliegt. Es bedeutet lediglich, dass wir, als menschliche Wesen, nicht die Fähigkeit besitzen, alle Facetten des Universums zu berechnen. Daher mögen Ereignisse zufällig erscheinen, obwohl sie gänzlich bestimmt sind durch physikalische Gegebenheiten.

Diese Denkrichtung nennt man *Determinismus*. Deterministen glauben, dass nichts unbestimmt ist, dass alle Geschehnisse eine Wirkung früherer Ursachen sind, selbst wenn wir die Ursachen nicht kennen.»

«Wenn ich auf einer belebten Straße einem Freund begene, ist das also kein Zufall?», fragte Nava.

«Nein», antwortete Caine. «Überlegen Sie mal. Man geht doch nie zufällig irgendwohin, oder? Das Ziel hängt immer von körperlichen, emotionalen und geistigen Ursachen ab. Und das trifft auf jeden anderen Menschen ebenfalls zu. Das ‹willkürliche› Treffen auf einen Freund mag wie ein Zufall erscheinen, es ist aber keiner.

Stellen Sie sich einen Computer vor, der sowohl in Ihr Gehirn und in Ihre Muskeln schauen kann als auch in die Ihres Freundes. Wenn der Computer zudem alle äußeren Bedingungen der Minuten oder Stunden, die zu Ihrem Treffen führen, kennen würde, dann könnte er voraussagen, wann, wo und wie Sie sich treffen werden. Daher ist das berühmte ‹Sich-zufällig-über-den-Weg-Laufen› alles andere als ein Zufall – es ist vorhersagbar.»

«Aber in der wirklichen Welt», sagte Nava langsam, «ist es nicht vorhersehbar, wann man sich ‹zufällig› über den Weg läuft.»

Caine schüttelte den Kopf. «Nein, ist es nicht. Da es einen Computer, wie ich ihn eben beschrieben habe, nicht gibt, können wir ein solches Ereignis nicht vorhersagen. Das bedeutet aber noch lange nicht, dass das Ereignis an sich unvorhersagbar ist. Es bedeutet nur, *dass wir es nicht vorhersagen können*. Verstehen Sie den Unterschied?»

Nava nickte langsam, als sie begriff.

«Das ist eine schöne Theorie», sagte sie, «aber in der wirklichen Welt funktioniert sie nicht.»

«Tja, de Moivre sah das anders. Er bediente sich ständig der Mathematik und Physik, um scheinbar unvorhersagbare Phänomene vorherzusagen, sogar sein eigenes Todesdatum.»

«Wie hat er das gemacht?», fragte Nava.

«In den letzten Monaten seines Lebens fiel de Moivre auf, dass er jede Nacht fünfzehn Minuten länger schlief. Als Determinist schloss er aus diesem Wissen, dass er, wenn der Schlaf weiterhin im gleichen Maße zunahm, in der Nacht, in der er ‹planmäßig› vierundzwanzig Stunden durchschliefe, sterben würde. Er sagte voraus, dass dies am 27. November 1754 eintreten würde. Und als dieser Tag kam, starb de Moivre, genau wie vorhergesagt.»

«Das beweist kaum seine Theorie», erwiderte Nava skeptisch.

«Nein, stimmt. Aber Sie müssen zugeben, dass es schon interessant ist, dass es da einen Mann gab, der davon überzeugt war, alles sei vorhersehbar, wenn man nur die richtigen Berechnungen anstelle, und dem es dann gelang, seinen eigenen Todestag zu berechnen», sagte Caine, mit einem Mal traurig. Die beiden schwiegen eine Weile, dann fuhr Caine fort.

«Jedenfalls diente de Moivres *Lehre des Zufalls* als Grundlage für das Werk eines anderen, sehr berühmten französischen Mathematikers namens Pierre Simon de Laplace.»

Als Caine den Namen aussprach, erinnerte er sich plötzlich an den stickigen, holzvertäfelten Raum in der Columbia University, in dem er einmal Seminare gegeben hatte. Obwohl es über ein Jahr her war, dass er Vorlesungen über diesen Statistiker aus dem achtzehnten Jahrhundert gehalten hatte, konnte er sich noch gut an den Unterricht erinnern.

«Wie die meisten von uns in diesem Raum wurde Laplace von seinen Eltern nicht verstanden», sagte Caine und ging dabei vor der Tafel auf und ab.

«Sein Vater wollte, dass er Soldat oder Priester wurde, aber Laplace entschied sich für eine akademische Laufbahn. Daher ging er mit achtzehn Jahren nach Paris, dem geistigen Zentrum Frankreichs. Dort unterrichtete er die Kadetten einer Militärschule in Geometrie. Unter ihnen befand sich auch ein kleiner Junge namens Napoleon Bonaparte, der später, glaube ich, einige ziemlich sonderbare Dinge angestellt hat.»

Das brachte Caine von den zwölf Studenten, die sich um den Tisch drängten, ein Kichern ein.

«1770 präsentierte Laplace seine erste Arbeit der renommierten Pariser *Académie des Sciences*. Danach war jedem klar, dass er ein mathematisches Genie war. Und so widmete er den Rest seines Lebens zwei Gebieten: der Wahrscheinlichkeitsrechnung und der Astronomie. Fast dreißig Jahre später, 1799, verschmolz er beide Gebiete, als er das wichtigste Werk zur Astronomie jener Zeit veröffentlichte: *Méchanique Céleste* oder *Himmelsmechanik*. Das Buch beinhaltete nicht nur eine Erörterung des Sonnensystems, es enthielt auch neue Methoden zur Berechnung der Umlaufbahn von Planeten.

Dass *Méchanique Céleste* noch heute als wichtig erachtet wird, liegt jedoch nicht an Laplaces astronomischen Erkenntnissen, sondern daran, dass er der erste Wissenschaftler war, der die Wahrscheinlichkeitsrechnung auf die Astronomie anwandte. Er zeigte, dass wiederholte Beobachtungen der Position eines Sterns dazu tendierten, die Glockenkurve zu bestätigen, welche de Moivre in der *Lehre des Zufalls* beschrieben hatte. Mit Hilfe der Wahrscheinlichkeitsrechnung war Laplace letztlich dazu in der Lage, die Position der Planeten vorauszusagen und das Universum besser zu verstehen.»

«Was meinen Sie mit ‹wiederholte Beobachtungen der Position eines Sterns›?», fragte ein blasser Student mit dunklem, langem Haar.

«Gute Frage», entgegnete Caine und ging an die Tafel. «Eines der größten Probleme der Astronomie war damals, dass jeder seine Messungen per Hand vornahm. Und da Menschen Fehler machen, waren die Daten ungenau. Wenn zwanzig verschiedene Astronomen die Position eines Sterns maßen, erhielt man zwanzig verschiedene Ergebnisse.

Laplace nahm jedenfalls diese zwanzig verschiedenen Beobachtungen und stellte sie graphisch dar. Dabei sah er, dass die Positionen auf einer Glockenkurve wie dieser lagen.» Caine zeigte auf das Schaubild einer Normalverteilung an der Wand.

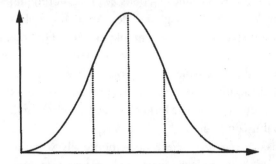

«Als er das sah, sagte er sich: ‹Aha, wenn die Beobachtungen einer Normalverteilung entsprechen und die Spitze der Glockenkurve den wahrscheinlich wahren Wert der Stichprobe zeigt, dann ist die Spitze wahrscheinlich die wahre Position des Sterns.› Heute erscheint uns das offensichtlich, aber damals war es revolutionär. Es war das erste Mal, dass jemand die Wahrscheinlichkeitsrechnung auf eine andere Disziplin anwandte. Laplace stellte die These auf, dass, selbst wenn es unmöglich sei, die genaue Position eines Sterns zu kennen, es aber dennoch möglich sei, sie mit einem bestimmten Grad der Wahrscheinlichkeit zu kennen.»

Caine hielt inne, um sicherzugehen, dass ihm alle folgen konnten.

«Doch damit endeten Laplaces Studien nicht. 1805 veröffentlichte er den vierten Band der *Méchanique Céleste*, in dem er mit einem neuen, philosophischen Ansatz an die Physik heranging. Er stellte die Theorie auf, dass jedes Naturphänomen durch das Studium der Kräfte zwischen Molekülen verstanden werden könne. Anhand dieser neuen Theorie untersuchte er alles Mögliche, vom Luftdruck bis zur astronomischen Brechung, wobei er erneut Handwerkszeug der Wahrscheinlichkeitsrechnung wie Glockenkurven benutzte, um die unterschiedlichsten Phänomene zu messen.

Laplaces Glanzleistung war die Veröffentlichung der *Théorie Analytique des Probabilités* oder *Analytische Theorie der Wahrscheinlichkeiten* im Jahr 1812. In diesem Werk entwickelte er die Methode der Abweichung und die Bedeutung der Fehlerminimierung ...»

Ein pummeliger Student namens Steve meldete sich. «Da komme ich nicht mehr mit.»

Caine erinnerte sich daran, dass seine Vorlesung auch eine Pflichtveranstaltung für das Geschichtsstudium war und daher keine statistischen Vorkenntnisse vorausgesetzt wurden. Da in der Vorlesung noch drei weitere Studenten mit Hauptfach Geschichte saßen, musste er erklären, was er mit Fehlerminimierung meinte. Er kratzte sich am Kopf und überlegte, wo er beginnen sollte.

«Kennen Sie den Unterschied zwischen Statistik und Wahrscheinlichkeit?»

Steve und die anderen Nichtmathematiker schüttelten den Kopf.

«Okay. Die Wahrscheinlichkeitsrechnung befasst sich mit so genannten ‹zufälligen› Ereignissen wie dem Würfeln oder dem Werfen einer Münze; die Statistik bezieht sich auf die Erfassung und Auswertung von ‹tatsächlichen› Ereignissen wie Geburtenraten oder Sterblichkeitsziffern. Mit anderen Worten: Die Wahrscheinlichkeitsrechnung wird angewandt, um Gleichungen aufzustellen, die Statistiken vorhersagen.»

Da Caine zwar das Gefühl hatte, dass Steve ein Licht aufgegangen war, er jedoch nicht wusste, wie es um die beiden anderen bestellt war, griff er auf seinen Notanker zurück.

«Beginnen wir mit einem einfachen Beispiel. Nehmen wir an, ich werfe viermal hintereinander eine Münze. Wie oft werde ich Ihrer Meinung nach einen Kopf werfen?»

«Zweimal», sagte Steve.

«Und warum?»

«Weil man bei der Hälfte der Würfe einen Kopf wirft, und die Hälfte von vier ist zwei.»

Caine nickte. «Im Grunde haben Sie gerade die Wahrscheinlichkeitsrechnung angewandt, um eine Statistik vorherzusagen – die Anzahl der Köpfe. Bewusst oder unbewusst haben Sie eine Gleichung aufgestellt, um das Problem zu lösen.» Caine schrieb an die Tafel:

K   = Anzahl der geworfenen Köpfe
W   = Anzahl der Münzwürfe
Wahrsch.(K) = Wahrscheinlichkeit, einen Kopf zu werfen.

Wie viele Köpfe sagen Sie bei vier Würfen voraus?
$$K = \text{Wahrsch.}(K) \times W$$
$$K = 0,5 \times 4$$
$$K = 2$$

«Wir wissen nun zwar, dass bei vier Münzwürfen höchstwahrscheinlich zwei Köpfe und zwei Zahlen herauskommen werden, aber glauben Sie auch, dass jedes Mal exakt zwei Köpfe geworfen werden?»

«Nein.»

«Korrekt. Denn tatsächlich werden meistens *nicht* zwei Köpfe geworfen.»

Steve guckte verwirrt. «Moment mal, sagten Sie nicht gerade, dass höchstwahrscheinlich zwei Köpfe geworfen werden?»

«Das ist richtig.»

«Dann verstehe ich das nicht. Kommen nicht wenigstens jedes zweite Mal zwei Köpfe dabei heraus?»

«Nein. Es gibt sechzehn mögliche Ergebnisse, wenn man eine Münze viermal hintereinander wirft. Ich zeige es Ihnen.»

K = Anzahl der geworfenen Köpfe
Z = Anzahl der geworfenen Zahlen
n = Anzahl der möglichen Ergebnisse bei vier Münzwürfen

$K = 0 \rightarrow ZZZZ$ (n = 1)

$K = 1 \rightarrow$ KZZZ, ZKZZ, ZZKZ, ZZZK (n = 4)

$K = 2 \rightarrow$ KKZZ, KZKZ, KZZK, ZKKZ, ZKZK, ZZKK (n = 6)

$K = 3 \rightarrow$ KKKZ, KKZK, KZKK, ZKKK (n = 4)

$K = 4 \rightarrow$ KKKK (n = 1)

Daraus folgt:

n = 1 + 4 + 6 + 4 + 1

n = 16

«Verstehen Sie? Von den sechzehn verschiedenen Möglichkeiten resultieren nur sechs in zwei Köpfen und zwei Zahlen. Daher werden bei zehn von sechzehn Versuchen oder in 62,5 Prozent der Fälle *nicht* zwei Köpfe geworfen. Deshalb frage ich Sie noch einmal: Wenn ich Ihnen sage, dass ich eine Münze viermal hintereinander werfen werde, wie viele Köpfe erhalte ich dann Ihrer Meinung nach?»

Steve starrte die Gleichung an, die Caine an die Tafel geschrieben hatte, und zog nachdenklich die Stirn in Falten. «Ich würde immer noch zwei sagen.»

«Warum würden Sie zwei sagen, nachdem ich Ihnen gerade gezeigt habe, dass Sie damit in 62,5 Prozent der Fälle falsch liegen werden?», fragte Caine.

«Weil ich bei jeder anderen Anzahl in noch mehr als 62,5 Prozent der Fälle falsch liegen würde.»

«Ganz genau», sagte Caine und schnippte mit den Fingern. «Hätten Sie einen Kopf oder drei Köpfe gesagt, würden Sie in 75 Prozent der Fälle falsch liegen, und hätten Sie keinen Kopf oder vier Köpfe gesagt, würden Sie in 93,75 Prozent der Fälle falsch liegen.» Caine lächelte. «Indem Sie zwei Köpfe gesagt haben, haben Sie die Antwort gewählt, welche die Wahrscheinlichkeit, falsch zu liegen, minimiert. Das ist die Grundlage der gesamten Wahrscheinlichkeitsrechnung: die Minimierung von Fehlern.

Obwohl das Ergebnis bei den Würfen wahrscheinlich ein anderes ist als zwei Köpfe, ist Ihre ursprüngliche Gleichung

$$K = 0,5 \times W$$

immer noch gültig, denn sie beschreibt das Phänomen am besten. Eine andere Möglichkeit, dies zu überprüfen, ist, die Daten graphisch darzustellen. Wie Sie sehen können, handelt es sich um eine Glockenkurve, und die Spitze der Kurve spiegelt die natürliche Tendenz des Phänomens wider.

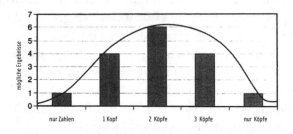

314

Laplace hat ungefähr das Gleiche getan, nur dass er nicht die Anzahl der Köpfe beim Münzwurf vorhergesagt hat, sondern Tausende von astronomischen Beobachtungen benutzt und Gleichungen entwickelt hat, um die Umlaufbahnen von Planeten vorherzusagen.»

«Okay, ich hab's kapiert», sagte Steve. «Aber ich verstehe immer noch nicht, warum es wichtig ist.»

«Es ist wichtig, weil es demonstriert, wie die Wahrscheinlichkeitsrechnung funktioniert. Laplace zeigte, dass die beste Möglichkeit, die Realität vorherzusagen, nicht darin besteht, die richtige Antwort zu errechnen, sondern darin, die Antwort zu finden, die am wenigsten falsch ist. Obwohl die Wahrscheinlichkeit in dem Münzbeispiel, bei vier Würfen zwei Köpfe zu erhalten, nur bei 37,5 Prozent liegt, ist es noch unwahrscheinlicher, jede andere Anzahl von Köpfen zu erhalten. Ihre Vorhersage, zwei Köpfe zu erhalten, ist daher diejenige, die am wenigsten falsch ist, und deshalb die richtigste.

Aus diesem Grund konnte Laplace die Umlaufbahn der Planeten vorhersagen, während andere es nicht konnten. Er entwickelte Gleichungen, welche die Abweichungen der Daten aller Astronomen minimierten, und war deshalb in der Lage, Umlaufbahnen von Planeten festzulegen, welche die geringste Wahrscheinlichkeit aufwiesen, falsch zu sein.»

«Und so die höchste Wahrscheinlichkeit, richtig zu sein», sagte Steve.

«Genau», sagte Caine, erfreut, dass Steve anscheinend verstanden hatte. «Wichtig ist festzuhalten, dass man sich durch diese Methode, genauso wie durch alle anderen Methoden der Wahrscheinlichkeitsrechnung, niemals einer Sache absolut sicher sein kann, da das Ziel der vorhersagenden Gleichungen die *Minimierung* von Fehlern ist, und nicht ihre *Eliminierung*.»

«Warum würde man Fehler nicht eliminieren wollen?», fragte ein dunkelhaariges Mädchen namens Colleen.

«Das will man schon. Doch es ist unmöglich, Fehler völlig zu eliminieren, da man nie genügend Informationen besitzt, um eine Gleichung aufzustellen, die alles perfekt vorhersagt.»

«Warum nicht?»

«Denken Sie an Umfragen, die Sie vor einer Wahl in der Zeitung lesen. Sie sind nie hundertprozentig korrekt, weil es schlicht unmöglich ist, jeden Wähler zu befragen. Indem man jedoch eine kleine Auswahl von Leuten aus verschiedenen sozioökonomischen Schichten befragt, sind die Meinungsforscher in der Lage, Gleichungen aufzustellen, die mit einer gewissen Wahrscheinlichkeit vorhersagen, wer die Wahl gewinnen wird. Deshalb sind solche Umfragen nur mit einer Toleranz von ein oder zwei Prozent richtig. Denn Umfrageergebnisse sind immer Wahrscheinlichkeiten und nie Gewissheiten.

Die Wahrscheinlichkeitsrechnung gibt Wissenschaftlern also die Freiheit, eine Antwort als richtig anzunehmen, obwohl sie sich nicht hundertprozentig sicher sind. Sie zeigt, dass man bei minimaler Möglichkeit, falsch zu liegen, wahrscheinlich die Wahrheit entdeckt hat.»

Caine schwieg einen Moment lang, um das Gesagte bei seinen Zuhörern sacken zu lassen, dann fuhr er fort.

«Und das führt uns zu Laplaces umstrittenster Theorie, die häufig sein ‹Dämon› genannt wird. Zwei Jahre nachdem er *Théorie Analytique des Probabilités* veröffentlicht hatte, schrieb er den *Essai Philosophique sur les Probabilités* oder den *Philosophischen Versuch über die Wahrscheinlichkeit*. Darin befand sich sein zweitberühmtestes Zitat.» Caine sah in seine Notizen und las das Zitat laut vor.

Eine Intelligenz, die für einen gegebenen Augenblick alle in der Natur wirkenden Kräfte, sowie die gegenseitige Lage der sie zusammensetzenden Elemente kennte, und überdies umfassend genug wäre, um die gegebenen Größen der Analysis zu unterwerfen, werde in derselben Formel die Bewegungen der größten Weltkörper wie des leichtesten Atoms umschließen; nichts wäre für sie ungewiss und Zukunft und Vergangenheit würden ihr offen vor Augen liegen.

«Da er Determinist war», fuhr Caine fort, «nahm Laplace an, dass jemand, der alle Gesetze der Physik versteht und zu jedem Zeitpunkt die Position jedes subatomaren Teilchens im Universum kennt, alles wissen würde, was jemals passiert ist, und mit absoluter Genauigkeit die gesamte zukünftige Geschichte vorhersagen könnte.»

«Aber es ist unmöglich, alles zu wissen», sagte Colleen.

«Nichts ist unmöglich», entgegnete Caine, «auch wenn bestimmte Dinge sehr unwahrscheinlich sind.» Er trank einen Schluck Cola, während die Studenten seine Worte überdachten. «Wissenschaftler bezeichnen seine Theorie heute als den Laplace'schen Dämon.»

«Warum wird sie sein Dämon genannt?», fragte Steve. «Hat die Theorie ihn gequält?»

«Nein, das ist ein geläufiges Missverständnis» antwortete Caine. «Sie hat ihn überhaupt nicht gequält, denn Laplace war davon überzeugt, dass er Recht hatte. Nach seinem Tod übernahmen Wissenschaftler den Begriff ‹Laplace'scher Dämon›, um eine allwissende Intelligenz zu beschreiben. Ein Wesen, das die Fähigkeit besitzt, alles Gegenwärtige zu wissen, und deshalb auch alles Vergangene und Zukünftige weiß.»

«Klingt wie ein Gott», sagte Colleen.

«Ja», erwiderte Caine nachdenklich. «So was in der Art.»

Nava baute ihm eine Schiene, während Caine zum Ende seiner Vorlesung kam. Anschließend schwieg Nava sehr lange, ehe sie die Stille wieder durchbrach.

«David», sagte sie, «die Wissenschaftler der STR glauben, dass *Sie* der Laplace'sche Dämon sind.»

Caine schüttelte den Kopf. «Das ist verrückt. Der Laplace'sche Dämon existiert nicht, er ist ein theoretisches Konstrukt. Er ist nur ein Konzept, das eine allwissende Intelligenz beschreibt, die die Zukunft vorhersagen kann.»

Er hielt inne. Ihm schwirrte der Kopf. «Außerdem wurde Anfang des zwanzigsten Jahrhunderts bewiesen, dass der Laplace'sche Dämon unmöglich ist.»

«Wie das?», fragte Nava.

«Ein Physiker namens Werner Heisenberg wies nach, dass subatomare Teilchen keine bestimmte Position haben, ehe sie beobachtet werden.»

Nava hob die Augenbrauen, worauf Caine sofort reagierte. «Fragen Sie nicht – das ist Quantenphysik, das soll keinen Sinn ergeben.»

«Okay, schön. Aber warum wird dadurch der Laplace'sche Dämon unmöglich?»

«Wenn subatomare Teilchen zur gleichen Zeit verschiedene Positionen einnehmen, ist es für jede Intelligenz unmöglich – selbst für eine allwissende –, die genaue Position eines jeden Teilchens zu kennen, eben weil sie keine exakten Positionen haben. Und da dieses Wissen zur Vorhersage der Zukunft erforderlich ist, kann man die Zukunft unmöglich vorhersagen. Daher ist auch der Laplace'sche Dämon ein Ding der Unmöglichkeit.

Außerdem», fügte Caine hinzu, «weiß ich weder alles, noch kann ich die Zukunft vorhersagen.»

«Und was war in dem Restaurant?», entgegnete Nava.

Caine spürte, wie ihm kalt wurde. «Woher wissen Sie davon?»

«Die NSA hat es beobachtet.» Nava beugte sich vor. «Ich habe gesehen, was passiert ist, David. Ich habe gesehen, wie Sie eine Sekunde, bevor der Pickup durch die Wand geflogen kam, jeden aus der Gefahrenzone gezogen haben. Wenn das keine Vorhersage der Zukunft war, was war es dann?»

«Hören Sie, ich habe keine Ahnung, was in diesem Restaurant geschehen ist. Nennen Sie es Intuition, zum Teufel, meinetwegen auch Vorahnung. Aber das macht mich nicht zu einer allwissenden Intelligenz.» Caine fuhr sich mit der Hand durch sein zerzaustes Haar. «Mein Gott, wenn ich alles wüsste, glauben Sie, dass ich der Russenmafia dann zwölftausend Dollar schulden würde? Nava, ich kann nicht einmal die nächste Karte vorhersagen, geschweige denn die gesamte Zukunft.»

Doch schon als Caine seine Worte hörte, wurde ihm klar, dass sie nicht ganz der Wahrheit entsprachen. Hatte er nicht gewusst, dass die Explosion ihn töten würde, wenn er keinen Ausweg fand? Hatte er nicht den Koffer geworfen, der die Kettenreaktion auslöste, die es Nava ermöglichte, rechtzeitig zu ihm zu gelangen? Caine kamen nur noch Dinge in den Sinn, die schier unmöglich waren.

Plötzlich wurde ihm noch klarer, dass das Ganze eine Wahnvorstellung war. Vielleicht funktionierte seine Geistesübung – vielleicht war er kurz davor, einen Weg zurück zur geistigen Klarheit zu finden. Er fühlte sich bereits konzentrierter, aufmerksamer. Er beschloss weiterzumachen.

«Okay, sagen wir mal, ich bin …», Caine hielt inne, «… was Sie sagen. Was machen wir jetzt?»

«Egal, ob Sie der Laplace'sche Dämon sind oder nicht, wir müssen hier weg.» Nava deutete auf einen Streifen

Sonnenlicht auf dem Boden. «Es ist fast neun. Wenn wir zu lange hier bleiben, werden sie uns finden.»

«Wer sind ‹sie› eigentlich genau?», fragte Caine.

«FBI, NSA, RDEI – suchen Sie es sich aus», antwortete Nava ernst.

Er nickte. Es spielte sowieso keine Rolle. Es war alles ein Traum. Er konnte genauso gut Navas Instinkt folgen und abhauen. Sie kniete sich neben ihn und legte sich seinen Arm über die Schulter.

«Stützen Sie sich auf mich und versuchen Sie aufzustehen.» Caine tat, was sie verlangte, und versuchte mit seinem rechten Bein zu helfen, als sie ihn in einer flüssigen Bewegung vom Boden hob. Sie war noch kräftiger, als sie aussah. Er belastete seinen linken Fuß ein wenig, doch sofort wurde ihm schwindelig und schwarz vor Augen.

«Hey!» Nava packte ihn mit dem anderen Arm und hielt ihn eng an ihrem Körper. Er kam wieder zu sich.

«Was war los?», fragte Caine.

«Sie wären fast ohnmächtig geworden», sagte sie. «Meinen Sie, Sie können stehen, wenn ich jetzt loslasse?»

Caine verlagerte sein Gewicht erneut vorsichtig auf den linken Fuß und nickte. Langsam ließ sie ihn los und trat einen Schritt zurück. Caine schwankte ein wenig, blieb aber auf den Beinen. Ein weiterer Schwindelanfall überkam ihn, doch er schloss die Augen und ließ ihn vorbeigehen, während er sich auf dem Kühlschrank abstützte.

«Glauben Sie, Sie werden nochmal ohnmächtig?»

«Ich glaube nicht.» Er hüpfte vorsichtig ein paar Schritte vorwärts. «Aber ich glaube, ich wäre schneller mit einer Krücke oder so.»

Sie nickte. «Stimmt. Ich bin gleich wieder da.» Sie öffnete die Tür und verließ die Wohnung. Er hörte ein Geräusch, als würde Brennholz gehackt.

«Hier, versuchen Sie es damit», sagte sie, als sie mit einem behelfsmäßigen Gehstock wiederkam. Er nahm ihn vorsichtig und achtete darauf, nicht die scharfen Kanten zu berühren.

«Ja», sagte er, «das wird gehen.»

Kapitel /20/

«Aha», sagte Caine auf dem Weg nach unten und zeigte auf die drei fehlenden Streben im Geländer, die ihm nun als Schiene und Stock dienten. Nava nickte nur und half ihm, die enge Treppe hinabzukommen. Im Erdgeschoss angelangt, wappnete sie sich gegen alles, was sie draußen erwarten mochte, und trat dann aus der Haustür.

Einen Moment lang hielt Nava den Atem an – wenn die NSA aus irgendeinem Grund wusste, dass sie hier waren, würde es jetzt passieren. Sie fragte sich, ob sie die Kugel spüren würde, wenn sie sich in ihre Stirn bohrte.

Nichts.

Sie spürte nur den Regen auf ihrer Haut. Durch den Wolkenbruch klebte Navas Kleidung sofort am Körper, die Kälte drang ihr bis in die Knochen. Sie sah kurz zum Himmel hoch, ein schiefergrauer Hintergrund, der mit schweren schwarzen Wolken verhangen war. Doch sie war noch am Leben, und das war schon mal ein Erfolg. Nun, wo die beiden die erste Hürde genommen hatten, wägte Nava ihre Situation ab.

Die NSA würde diesen Einsatz so still und leise wie

möglich handhaben wollen, besonders angesichts der Tatsache, dass es bereits ein Todesopfer gegeben hatte. Wenn sie Caine jedoch wirklich für eine Art «allwissende Intelligenz» hielt, würde sie ihn nicht kampflos entkommen lassen. Sie sah auf ihre Armbanduhr: 9.03 Uhr. Caine war schon fast fünfzehn Stunden von ihrem Radar verschwunden. Wenn Forsythe noch keine Verstärkung herbeigerufen hatte, würde er es bald tun.

Zuerst mussten sie aus New York verschwinden, dem Fokus der Fahndung. Sie spielte mit der Idee, das Land zu verlassen, wollte aber nicht riskieren, am Flughafen Ziel einer durch den 11. September verschärften Sicherheitskontrolle zu werden. Damit blieben drei Fluchtmöglichkeiten: Auto, Bus oder Bahn.

Sie konnte mit Leichtigkeit einen Wagen knacken, fürchtete aber, durch irgendwelche Mautstellen zu kommen, und die würden beobachtet werden. Caine und sie konnten mit einer U-Bahn die Stadt verlassen und in einem der Außenbezirke einen Wagen kurzschließen, doch auch in den U-Bahn-Stationen fürchtete sie die Kameras. Sollten sie im Untergrund von einem Einsatzkommando in die Enge getrieben werden, würde es keinen Ausweg geben.

Die Idee, einen Bus zu nehmen, gefiel ihr nicht, da Busse schnell im Verkehr stecken blieben und leicht von einer Straßensperre gestoppt werden konnten. Ihr war klar, dass auch ein Zug angehalten werden konnte, aber der war wenigstens groß genug, um in einem solchen Fall ein Versteck zu bieten.

Sie rieb sich den Kopf, unsicher, was sie tun sollte. Normalerweise war sie ein sehr entschlussfreudiger Mensch, doch Caine hatte etwas an sich, das sie entmutigte und an sich zweifeln ließ. Sie versuchte ihre Unsicherheit abzuschütteln.

Caine, der ihre Zweifel spürte, sah sie an. Ihre Blicke trafen sich, und dann tat er etwas sehr Merkwürdiges: Er kniff die Augen zu, als hätte ihn grelles Licht geblendet.

Sie packte seinen Arm. «David, was ist los?»

Für einen Moment reagierte er nicht. Es war, als hätte sein Bewusstsein seinen Körper verlassen. Und dann kam er plötzlich wieder zu sich. Er öffnete die Augen und rang nach Atem.

«David, was ist passiert?»

«Nichts», sagte er, ein bisschen wackelig auf den Beinen. «Mir geht's gut.» Und dann: «Wir müssen die Stadt verlassen.»

«Ich weiß», sagte Nava. «Fragt sich nur wie.»

«Zug», platzte er heraus. «Wir müssen den Zug nehmen.»

«Warum?»

«Keine Ahnung, aber das müssen wir tun.»

«Sind Sie sicher?»

«Ja», sagte Caine ein wenig resigniert, «aber fragen Sie mich nicht warum.»

«Okay, aber zuerst müssen wir Sie neu einkleiden.» Sie zeigte auf sein zerrissenes Hosenbein und das nackte Knie darunter. Die Haut rund um den blutigen Verband hatte sich dunkelviolett verfärbt.

«Gute Idee», sagte er. «Sie könnten wahrscheinlich auch ein paar neue Klamotten gebrauchen.» Nava sah auf ihre blutverschmierte Hose hinab. So schnell Caine konnte, führte sie ihn in einen Armeeladen zwei Blocks weiter. Zehn Minuten später verließen sie das Geschäft in neuer Kleidung.

Nava trug eine Bomberjacke über einem engen schwarzen Tanktop, ihr langes braunes Haar hatte sie unter einer grünen Bandana versteckt. Caine trug eine weite Tarnhose und eine gebrauchte Armyjacke, um seine Wunden zu verdecken. Seinen selbst gemachten Gehstock hatte er gegen einen schwarzen Spazierstock mit einem silbernen, glatt gewetzten Griff in Form eines Schlangenkopfes eingetauscht. Trotz des Regens setzte Caine eine billige Sonnenbrille auf. Die beiden machten keinen guten Eindruck, aber wenigstens sahen sie nicht mehr wie wandelnde Verwundete aus.

Nava winkte ein Taxi herbei.

«Wohin?», fragte der Fahrer mit breitem indischem Akzent.

«Penn Station», sagte Nava. «Je schneller, desto besser.»

Forsythe ging unruhig in seinem Büro auf und ab. Caine wurde bereits seit fast fünfzehn Stunden vermisst. Fünfzehn verdammte Stunden. Forsythe konnte es nicht fassen, dass er ihnen entwischt war. Es war Grimes' Schuld. Forsythe hätte niemals zulassen dürfen, dass dieser pickelgesichtige kleine Scheißer das Überwachungsteam leitete.

Noch war es nicht zu spät, einen neuen taktischen Leiter zu berufen, doch er beschloss abzuwarten, bis er von Grimes auf den neuesten Stand gebracht worden war. Er ging hinaus zum Überwachungszentrum, einem großen runden Raum ohne Deckenbeleuchtung. Das gesamte Licht kam von den hundert leuchtenden Monitoren, drei für jede Workstation. Die Schreibtische fächerten sich in konzentrischen Kreisen auf, in deren Mitte Grimes auf einem überdimensionalen Ledersessel saß, umgeben von Plasmabildschirmen und Tastaturen.

«Sind Sie weitergekommen?», blaffte Forsythe.

Grimes wirbelte herum und sah ihn finster an. Er fuhr

sich mit einer Hand durchs Haar, das noch fettiger war als sonst. Unter den Augen hatte er dunkle Ringe, und auf seinem Kinn blühten zwei neue Pickel. «Er ist von der Bildfläche verschwunden. Keine ein- oder abgehenden Anrufe auf seinem Handy, und seit der Explosion war er nicht mehr zu Hause.

Ich habe sein E-Mail-Postfach überprüft, aber da hat es keine Aktivitäten gegeben. Den Großrechner habe ich mit einer Aufzeichnung seiner Stimme gefüttert und sie mit allen Anrufen verglichen, die in den letzten fünfzehn Stunden in New York und den angrenzenden Bundesstaaten getätigt wurden. Keine Übereinstimmungen. Dann habe ich seine uns bekannten Freunde in der Stadt überprüft. Es gibt keinen Hinweis darauf, dass er mit ihnen in Kontakt getreten ist.»

Mit hinter dem Rücken verschränkten Händen starrte Forsythe zu Boden. «Konnten Sie feststellen, ob die Frau bei der Explosion Vaner war?»

Grimes nickte. «Ich habe mir noch einmal das Satellitenfoto angeschaut. Wir haben zwar kein Bild von ihrem Gesicht aufgezeichnet, aber wir haben eine Großaufnahme ihres Kopfs von oben und eine weitere von einer Hand.»

«Und?» Forsythe hasste es, wenn Grimes seine Berichte in die Länge zog. Nie sagte er einfach, was er wusste, immer spannte er seine Zuhörer auf die Folter.

Grimes zeigte auf einen seiner Monitore, auf dem man eine Frau aus der Vogelperspektive sah. «Ich habe die Haarfarbe und die Hautpigmentierung von den Aufnahmen des Satelliten mit unseren Überwachungsbändern von gestern verglichen. Sie stimmen vollkommen mit Agent Vaner überein.» Er drückte ein paar weitere Knöpfe, dann erschien ihr Dossier auf dem Bildschirm.

«Wussten Sie, dass Vaner die Verantwortung für Mordanschläge auf mehr als ein Dutzend Mitglieder von Al Qaida, Hamas, PLO –»

Forsythe schnitt ihm das Wort ab. «Ihr Hintergrund ist mir bekannt. Die Frage lautet nicht wer, sondern warum.»

Grimes trank einen Schluck Kaffee und zuckte mit den Achseln. «Ich schätze, da müssen Sie Vaner schon selbst fragen. Vielleicht arbeitet sie immer noch für die CIA.»

Ohne zu antworten, stürmte Forsythe in sein Büro und knallte die Tür zu. Er musste Ruhe bewahren. Er schloss die Augen und zählte bis zehn. Als er sie wieder geöffnet hatte, setzte er sich und griff zum Telefonhörer.

Nachdem er die Situation Doug Nielsen erklärt hatte, dem gegenwärtigen stellvertretenden Direktor der CIA, hörte Forsythe den Mann seufzen.

«Gott, ich weiß nicht, was ich Ihnen sagen soll, James», sagte Nielsen mit seinem breiten Südstaatenakzent. «Vaner war eine unserer Besten. Ganz ehrlich, ich bin schockiert, dass so etwas passieren konnte.»

«Und Sie haben nichts damit zu tun?»

«Hören Sie mal zu, James», antwortete Nielsen, in dessen Stimme sich Unmut schlich, «die CIA muss sich um größere Fische kümmern und hat keine Zeit, sich mit einem Ihrer Forschungsprojekte abzugeben.» Forsythe war kurz davor zu kontern, doch die Verachtung in Nielsens Stimme verriet ihm, dass er die Wahrheit sagte.

Jetzt war Forsythe an der Reihe zu seufzen. «Okay. Wie finden wir sie?»

Nielsen schnaubte. «Sie finden sie nicht.»

«Das ist inakzeptabel.»

«Tja, was wollen Sie machen, mein Freund? Sie verfügen nicht über das nötige Personal, um …»

«Ich nicht, aber Sie.»

Einen Moment lang schwieg Nielsen. Dann sagte er

mit gedämpfter Stimme: «Was erwarten Sie von mir? Soll ich Ihnen wie General Fielding ein Einsatzkommando rüberschicken?»

«Woher wissen Sie …»

«Es ist mein Job, so etwas zu wissen, James. Mir ist zum Beispiel auch bekannt, dass Sie, laut Senator MacDougal, in ungefähr drei Wochen arbeitslos sein werden.»

Forsythe ballte eine Faust. Wenn MacDougal plauderte, würde ihm niemand mehr helfen. Er wusste keinen Ausweg mehr. Glücklicherweise wusste Nielsen einen.

«Hören Sie, James», sagte Nielsen. «Vielleicht kann ich Ihnen helfen. Aber bitte vergessen Sie es mir nicht, wenn ich in den Ruhestand gehe. Wenn Sie das tun, lasse ich Sie davonkommen.»

«Davonkommen?»

«Ich weiß, wie viele Gesetze Sie gebrochen haben. Ganz zu schweigen von dem Risikokapital, das Sie still und heimlich zur Seite geschafft haben.» Forsythes Mund wurde trocken. Anscheinend gab es nichts, was Nielsen nicht wusste. Forsythe blieb nichts anderes übrig, als klein beizugeben.

«Ich wäre für jede Unterstützung dankbar, die Sie bieten können», sagte er schließlich.

«Gut.»

Forsythe konnte förmlich Nielsens selbstgefälliges Lächeln am anderen Ende der Leitung hören.

«Hier ist mein Rat: Zunächst würde ich Sam Kendall anrufen. Ich glaube, er weiß noch nichts von den bevorstehenden personellen Änderungen im Labor, und wenn Sie es ihm nicht verraten, werde ich es auch nicht tun. Kendall müsste Ihnen ein paar Leute zur Verfügung stellen können. Außerdem hat er einen guten Draht zu den örtlichen Behörden.»

«Ausgezeichneter Vorschlag, Doug. Vielen Dank.» Forsythe war nicht so zuversichtlich, dass ihm der stellvertretende Direktor des FBI zusätzliches Personal zur Verfügung stellen würde, und er wusste, dass Kendall im Umgang mit der Polizei für mangelnde Diplomatie berüchtigt war, doch es war besser als nichts.

«Und sonst?»

«Nun, wenn es Ihnen wirklich ernst damit ist, Vaner und Ihren verlorenen Jungen zu finden, dann kenne ich einen Spürhund, den Sie engagieren könnten. Er war mal beim FBI, doch jetzt ist er ein ganz normaler Staatsbürger. Ganz im Vertrauen: er hat für uns als freier Mitarbeiter einige Male ausgezeichnete Arbeit geleistet. Ich bin mir sicher, dass er Ihnen helfen würde. Für den entsprechenden Preis, versteht sich.»

«Natürlich», sagte Forsythe, dessen Gedanken bereits rasten. «Wie heißt er?»

Nielsen hielt inne. «Martin Crowe.»

«*Der* Martin Crowe?»

«Sie wollen die beiden finden, oder?»

«Natürlich, aber …»

«Dann sollten Sie sich schnellstmöglich mit Mr. Crowe in Verbindung setzen. Die Uhr tickt, James.»

Vierzig Minuten und tausend Dollar später saß Forsythe Martin Crowe gegenüber, dem furchterregendsten Mann, den er je kennen gelernt hatte.

Crowes dunkles Gesicht blickte unergründlich, als er Dr. Forsythe schweigend zuhörte. Es war nicht Crowes Art, den Erzählfluss einer Geschichte zu stören. Durch Unterbrechungen verloren die Leute häufig den Faden, was zum Auslassen wichtiger Details führen konnte. Wenn er eine Frage hatte, merkte er sie sich und hörte weiter zu. Nach zehn Minuten beendete Forsythe seine phantastische Geschichte über die abtrünnige CIA-Agentin und den Mann, den sie entführt hatte.

«Haben Sie etwas ausgelassen?»

Forsythe schüttelte den Kopf. «Nein. Das ist alles.»

Crowe stand auf und streckte eine Hand aus. «Hat mich gefreut.»

«Warten Sie», sagte Forsythe und sprang aus seinem Stuhl. «Was ist mit dem Auftrag?»

«Dr. Forsythe, ich bin erfolgreich, weil ich großen Wert darauf lege, Überraschungen zu vermeiden. Deshalb bin ich noch am Leben. Ich lasse mich nur auf einen Einsatz ein, wenn ich weiß, mit wem ich es zu tun habe. Und in diesem Fall weiß ich das nicht.»

«Wovon reden Sie? Ich habe Ihnen alles gesagt.»

«Nein, haben Sie nicht», entgegnete Crowe.

Forsythe blickte empört. «Mr. Crowe, ich versichere Ihnen …»

Crowe schlug mit der Faust auf den Schreibtisch und unterbrach Forsythe dadurch mitten im Satz. «Beleidigen Sie mich nicht, Doktor. Ich weiß, dass Sie mich anlügen. Wenn Sie wollen, dass ich Ihnen bei dieser Sache helfe, dann erzählen Sie mir jetzt den *wahren* Grund, warum David Caine so wichtig für Sie ist.»

Forsythes Kiefer mahlten aufeinander, während er überlegte, was er tun sollte. Als er schließlich zu sprechen begann, nahm Crowe wieder Platz. Nachdem Forsythe zu Ende erzählt hatte, nickte Crowe langsam und wägte die Situation ab. Es war eindeutig, dass Forsythe jedes Wort glaubte, das er gesagt hatte, doch Crowe blieb skeptisch. Dieser «Dämon», den Forsythe beschrieben hatte, konnte nicht real sein. Wenn er es wäre, würde das bedeuten, dass der Mensch keinen freien Willen hatte, und das war ein Gedanke, der Martin Crowe noch nie geschmeckt hatte.

Er war jedoch aufgeschlossen genug zu glauben, dass Caine vielleicht gewisse paranormale Fähigkeiten oder übersinnliche Kräfte besaß. Aber alles darüber hinaus war schlicht unmöglich. Doch wenn Caine auch nur über die Hälfte der Fähigkeiten verfügte, die Forsythe beschrieben hatte, könnte sich der Auftrag als äußerst schwierig erweisen.

Das und die abtrünnige Agentin gaben Crowe kein gutes Gefühl. Wenn ihm etwas zustieß, würde sich niemand mehr um Betsy kümmern. Doch wenn er andererseits nicht bald etwas Bargeld auftrieb, würde Betsy, ob mit oder ohne ihn, nicht mehr lange leben.

Und wenn das Geld hier zu finden war, wusste Crowe, dass er trotz der Risiken keine Wahl hatte. «Ich bekomme 15 000 Dollar pro Tag, dazu eine Prämie von 125 000 Dollar, sobald der Auftrag ausgeführt ist. 250 000 Dollar, wenn die Aktion keine vierundzwanzig Stunden dauert. Das ist nicht verhandelbar.»

Forsythe schluckte kurz und presste dann hervor: «Das kann ich bezahlen.»

«Gut.» Crowe stand auf und streckte eine seiner kräftigen Hände aus. Dieses Mal ergriff Forsythe sie und schüttelte sie knapp. Crowe sah ihm kurz in die Augen, dann wandte sich Forsythe ab. Crowe gefiel nicht, was er hier sah, aber das spielte keine Rolle. Die Zeiten, wo er für die Guten gekämpft hatte, lagen lange hinter ihm. Jetzt kämpfte er nur noch für Betsy. Solange sie ihn brauchte, war sein Ehrgefühl auf Eis gelegt.

Während Crowe über den Auftrag nachdachte, der vor ihm lag, begann das Adrenalin in seinen Adern seinen Zauber zu entfalten. Das Gefühl erinnerte ihn an die Zeit, als er FBI-Beamter geworden war, damals, als es noch eine klare Grenze zwischen Recht und Unrecht gab.

Bevor er Sandy kennen lernte.

Bevor sie Betsy bekamen.

Und bevor sie krank wurde.

Solange er sich erinnern konnte, hatte Martin Crowe seinen Mitmenschen dienen wollen. Seine Mutter hatte immer gehofft, dass er dies tun würde, indem er Priester wurde, doch Martin wusste, dass er viel zu aggressiv für einen Geistlichen war. Statt das Priesterseminar zu besuchen, studierte Crowe deshalb in Georgetown Jura, denn er glaubte, das streitbare Wesen des Rechtssystems würde seinem kämpferischen Charakter eine natürliche Heimstatt bieten.

Nachdem er sein Examen abgelegt hatte, zog Crowe es jedoch vor, sich beim FBI zu bewerben, anstatt einen Posten bei der Generalbundesanwaltschaft anzunehmen. Sobald die Ausbildung in Quantico begann, schaute er nicht mehr zurück. Crowe wurde den Anforderungen spielend gerecht und hatte große Freude an der massiven Konkurrenzsituation, die er seit seiner Zeit als Collegesportler vermisst hatte.

Angetrieben von einem ausgeprägten Gerechtigkeitssinn, wurde er der von seinen Vorgesetzten in ihn investierten Zeit voll gerecht und erwies sich als Ausnahmefall: ein außergewöhnlicher Agent mit keinerlei anderweitigen Interessen, der fünfzehn Stunden am Tag sieben Tage die Woche über Monate hinweg ohne Unterbrechung arbeiten konnte, ohne die geringsten Ermüdungserscheinungen zu zeigen.

Er war bereit, die schlimmste Drecksarbeit und die anstrengendsten Observierungen zu übernehmen, ganz gleich, ob er in Milwaukee oder Miami stationiert wurde. Wohin das FBI ihn auch schickte, er erledigte seinen Dienst mit Präzision und Bravour. Und wenn eine Verhaftung bevorstand, stürmte Martin Crowe als Erster mit gezogener Waffe durch die Tür.

In den ersten Jahren gab es nichts Wichtigeres als den Job. Dann lernte er eine Kollegin namens Sandy Bates kennen, und alles änderte sich. Nach einer stürmischen dreimonatigen Liebesaffäre machte Martin Crowe ihr einen Heiratsantrag. Anderthalb Jahre später brachte Sandy eine hübsche Tochter zur Welt. Bei Betsys Taufe weinte Martin Crowe die einzigen Tränen seines Erwachsenenlebens. Er war nie glücklicher gewesen.

Als er Familienvater wurde, erhielt seine Arbeit eine neue Bedeutung, und obwohl es ihm nicht mehr gefiel, wochenlang unterwegs zu sein, wusste er, dass er das Land zu einem sichereren Ort für seine Frau und seine Tochter machte. Und dann kam sein Leben eines Tages zum Stillstand. Er konnte sich noch an Sandys erstickte Stimme erinnern, als sie ihm erzählte, dass bei Betsy Knochenmarksleukämie diagnostiziert worden sei. Plötzlich war Crowes Welt in einen beängstigenden Ort verwandelt worden, in dem das Böse nicht nach dem Strafgesetzbuch, sondern nach Krebszellen und Blutbildern bemessen wurde.

Hier hatte er es mit einem Gegner zu tun, den er nicht zur Strecke bringen konnte, und er konnte nur machtlos zusehen, wie dieser Gegner sein kleines Mädchen verschlang. Sandy quittierte ihren Dienst beim FBI, um sich um Betsy zu kümmern, während Crowe mit Überstunden versuchte, die finanzielle Lücke auszugleichen. Leider reichte es nicht, egal, wie viel er arbeitete, besonders nachdem er festgestellt hatte, dass seine Krankenversicherung für viele der experimentellen Behandlungen, die die Ärzte an Betsy ausprobierten, nicht aufkam.

Binnen sechs Monaten hatten sie ihre gesamten Ersparnisse aufgebraucht, doch Betsy war immer noch dem Tod geweiht. Crowe wusste nicht mehr weiter und verlor allmählich den Verstand. Er hätte sich beurlauben lassen sollen, doch weil er das Geld brauchte, meldete er sich stattdessen freiwillig für Sonderschichten.

So kam er an den Fall Duane.

«Big Daddy» Duane hatte sieben Kinder entführt und ermordet. Eine Woche lang hielt er sie gefangen, ehe er sie dann stückchenweise per Post an die trauernden Eltern schickte. Die Medien hatten ihm den Spitznamen «FedEx-Killer» gegeben (sehr zum Verdruss des Frachtunternehmens), und Crowe schwor sich, dass er den Mann auf die eine oder andere Weise zur Strecke bringen würde.

Als Crowe zum Ermittlungsteam stieß, suchten die Beamten gerade nach Bethany O'Neil, einer Sechsjährigen aus Falmouth, Massachusetts, die vier Tage zuvor in einem Park gekidnappt worden war. Die Uhr tickte, und jeder wusste es. Dann kam das erste Erfolgserlebnis: Stephen Chesterfield, einer der Perversen, mit denen Duane häufig online chattete, war bei einer routinemäßigen Razzia auf Pädophile aufgeflogen. Doch auch nach 24 Stunden Verhör konnten die Bundesermittler ihn nicht zum Reden bringen.

Deshalb riefen sie Martin Crowe.

Alle Kameras wurden ausgeschaltet, und Chesterfield wurde hinter einer verschlossenen Tür in einem schalldichten Raum mit Crowe allein gelassen. In dieser Situation, wissend, dass das Leben eines weiteren kleinen Mädchens auf dem Spiel stand, während seine eigene Tochter sterbend im Krankenhaus lag, verlor Crowe schließlich die Beherrschung.

Nach einer Stunde tauchte er mit einem blutverschmierten Zettel auf, auf den Big Daddys Aufenthaltsort gekritzelt war. Die anderen Agenten fragten nicht, was Crowe getan hatte. Sie wollten es nicht wissen. Sie wollten nur Big Daddy schnappen, bevor er begann, die kleine O'Neil per Post an ihre Eltern zu schicken.

Zwei Stunden später stürmten sie durch die Tür der Blockhütte des Pädophilen, eröffneten das Feuer und töteten Big Daddy Duane. Angeblich hatte er ein Gewehr, auch wenn nie eine Waffe gefunden wurde. Während jedoch die Beamten des Einsatzkommandos mit Ruhm überschüttet wurden, wurde Crowe von den Medien in der Luft zerrissen, weil er Chesterfields Bürgerrechte verletzt hatte.

Wäre Chesterfield nur irgendein Krimineller gewesen, hätte man den Vorfall unter den Teppich kehren können. Crowe hatte aber das Pech, dass Chesterfield der Bruder eines Staatsanwaltes war, und als herauskam, dass er geschlagen worden war, musste jemand dafür büßen. Nachdem Fotos von Chesterfields blutigem Gesicht an die Medien durchgesickert waren, verdammten die Schlagzeilen Martin Crowe und machten ihn zum Sündenbock für alles, was im Polizeiapparat nicht stimmte. Die *New York Post* gab ihm einen Spitznamen – «Black Crowe» –, und den wurde er nicht mehr los. Er wurde unverzüglich vom FBI entlassen und unter Anklage gestellt.

Acht Monate später zeigte Crowes Verteidiger in dem Versuch, berechtigten Zweifel an seiner Schuld zu erheben, auf jeden anderen Agenten seiner Dienststelle. Crowe hätte wahrscheinlich die Höchststrafe erhalten – zehn Jahre in einer Bundesstrafanstalt –, wäre nicht die Familie O'Neil gewesen, die jeden Tag am Prozess teilnahm. Sie saß unmittelbar hinter Crowe, sodass die Geschworenen bei jedem Blick auf den Mann, der angeklagt war, ein Sadist zu sein, auch das hübsche Mädchen sahen, das er gerettet hatte. Die Geschworenen brauchten nur drei Stunden, um zu einem Urteil zu gelangen.

Nicht schuldig.

Trotz des Freispruchs war durch die Belastung des Verfahrens zerstört worden, was noch von seinem Leben übrig geblieben war. Nachdem alles vorbei war, stand Crowe arbeitslos, unversichert, bankrott und so gut wie geschieden da. Das alles wäre schon schlimm genug gewesen, doch es verblasste im Vergleich zu dem, was Betsy durchmachte, die einen aussichtslosen Kampf kämpfte, einen Kampf, den sie ohne eine kostspielige Knochenmarkstransplantion mit Sicherheit verlieren würde. Obwohl die Ärzte noch einen passenden Spender finden mussten, versprach Crowe, dass er, wenn es so weit wäre, genügend Geld haben würde, um die Behandlung zu bezahlen.

Und so wurde er Söldner. Ihm war bewusst, dass die meisten seiner Auftraggeber illegale Aktivitäten durchführten, aber er kümmerte sich nicht darum. All seine religiösen und ethischen Vorbehalte waren unwichtig, solange Betsy krank war. Obwohl er in den vergangenen Monaten zwar einiges getan hatte, was unmoralisch war, hatte er es geschafft, niemanden zu töten. Er sagte sich, dass er das niemals tun würde – für kein Geld der Welt.

Doch im Grunde seines Herzens wusste er, dass er auch diese Grenze überschreiten würde, wenn er dadurch seine Tochter retten könnte. Es war nur noch eine Frage der Zeit.

Etwas in Crowes totem Blick ließ Forsythe erschaudern. Aus Angst davor, den Mann beim Denken zu stören, tat Forsythe so, als würde er seinen Computerbildschirm betrachten. Crowe faltete die Hände und stützte sein Kinn auf die Fingerspitzen. Nach einer halben Ewigkeit schaute er auf und begann, Anweisungen zu geben.

«Die beiden werden die Stadt verlassen. Die Sicherheitsvorkehrungen am Flughafen sind zu riskant, also werden sie mit einem Wagen fahren oder einen Zug nehmen. Wenn sie die Stadt heute Nacht verlassen haben, sind wir gearscht. Wenn nicht, haben wir vielleicht Glück. Sichern Ihre Beamten die Penn Station?»

Forsythe spitzte die Ohren, froh, dass er eine positive Antwort geben konnte. Nielsen hatte Recht gehabt – Kendall war nicht davon unterrichtet, dass Forsythe ersetzt werden würde, und war deshalb bereit gewesen, ein paar Männer abzustellen, um bei der Fahndung zu helfen.

«FBI-Beamte überwachen jeden Bahnsteig in Penn Station und die Terminals in Port Authority.»

Crowe schüttelte den Kopf. «Den Busbahnhof zu überwachen ist überflüssig. Keine ausgebildete Agentin würde sich selbst in die Falle eines Busses begeben. Wer ist hier für die Kommunikation zuständig?»

«Grimes.»

«Holen Sie ihn her.»

Forsythe rief Grimes in sein Büro. Kaum war er eingetreten, übernahm Crowe die Verantwortung.

«Ziehen Sie die Männer von Port Authority ab und lassen Sie die Patrouillen im Bahnhof verdoppeln.»

«Sonst noch was?», fragte Grimes.

«Ja», sagte Crowe ruhig. «Besorgen Sie mir eine Liste von jeder einzelnen Person, die das Zielobjekt innerhalb eines Radius von achthundert Kilometern kennt. Überwachen Sie deren gesamte Kommunikation, bis wir ihn gefasst haben.»

«Glauben Sie, dass die beiden so dumm sind?»

«Wenn Vaner die Sache lenkt, würde ich Nein sagen, aber das wissen wir nicht mit Sicherheit. Zivilisten auf der Flucht gehen normalerweise zu jemandem, dem sie vertrauen können. Die einzige Chance, ihn zu schnappen, liegt bei seinen Freunden. Oder seinen Verwandten.

Und jetzt», sagte Crowe und richtete seine Aufmerksamkeit wieder auf Forsythe, «erzählen Sie mir von seinem Zwillingsbruder.»

Kapitel /21/

Caine war kurz davor, Nava zu fragen, wo sie von der Penn Station aus hinfahren sollten, aber dann erinnerte er sich, dass alles nur ein Traum war. Für einen Moment hätte er es beinahe vergessen und in dieser Wahnvorstellung mitgewirkt, als wäre es die Realität. Spielte es wirklich eine Rolle, wohin sein Traum-Ich fuhr? Er glaubte es nicht, aber eine leise Stimme in seinem Kopf war da anderer Meinung. Bloß, wo sollten sie hin? Sobald er sich die Frage gestellt hatte, kam ihm die Antwort in den Sinn. Es lag auf der Hand. Erneut leiteten ihn die Worte seines Bruders.

Such dir einen Halt, Orte oder Menschen, bei denen du in Sicherheit bist.

Er musste zu Jasper nach Philly. Wenn es ihm gelang, diese Wahnvorstellung zu dem einzigen Menschen zu führen, der ihm helfen konnte, würde er vielleicht einen Ausweg finden. Überzeugt, dass dies der beste Weg sei, ließ sich Caine auf den Vinylsitz sinken und schaute zu, wie die Stadt an seinem Fenster vorbeizog. Der Radiomoderator verkündete, dass es 9.47 Uhr morgens war, und dann sang

Jim Morrison «People Are Strange». Als der Song endete, begann Nava, Caine Anweisungen zu geben.

«Wenn wir in den Bahnhof kommen, halten Sie den Blick gesenkt. An der Decke sind überall Kameras. Wenn wir stehen bleiben, tun Sie einfach so, als würden Sie das hier lesen.» Sie drückte ihm eine durchnässte Zeitung vom Boden des Taxis in die Hände. «Verstanden?»

Caine nickte.

«Sie gehen vor. Ich werde gleich hinter Ihnen sein», sagte sie. «Wenn es Probleme gibt, hauen Sie ab. Warten Sie nicht auf mich. Ich komme alleine klar. Es ist nur wichtig, dass Sie verschwinden.»

Nava steckte Caine ein Handy in die Tasche. «Falls wir getrennt werden, fügen Sie eine Eins zur letzten Ziffer der ersten Nummer in der Kurzwahl hinzu. Wenn sich jemand anderes als ich meldet, können Sie davon ausgehen, dass ich tot bin. Legen Sie auf und hauen Sie ab. Klar?»

«Glasklar.»

Nachdem sie das Taxi an der Ecke 34th Street 8th Avenue verlassen hatten, fuhren sie schweigend die Rolltreppe hinab. Im Untergrund humpelte Caine zu den Amtrak-Zügen. Er war diesen Weg Hunderte Male gegangen und erkannte die Geschäfte, an denen er vorbeiging, wieder, obwohl er den Blick auf den Boden heftete. Die ganze Zeit über konnte er Nava hinter sich spüren.

Er blieb vor der riesigen Anzeigetafel im Zentrum des Bahnhofs stehen und widerstand dem natürlichen Impuls hinaufzuschauen.

Er spürte Navas Atem im Nacken. Sie murmelte laut: «Der nächste Zug fährt in acht Minuten nach Washington, den nehmen wir.»

Ausgezeichnet. Philly lag auf dem Weg nach D. C. Wenn sie erst einmal im Zug waren, würde Caine Nava bestimmt dazu bringen können, in Philadelphia auszusteigen. Wenn nicht, würde er sie abschütteln – vorausgesetzt, es war möglich, eine Wahnvorstellung abzuschütteln. Ein paar Minuten später verkündete die Lautsprecherstimme, dass der Zug Nummer 183, um 10.07 Uhr nach Washington, jetzt auf Gleis zwölf einfuhr.

Nava packte Caines Ellbogen, drehte ihn in Richtung der dahinströmenden Menge und schubste ihn vorwärts. Wie ein Korken in den Niagarafällen wurde Caine hinab zum Bahnsteig getrieben.

Agent Sean Murphy bekam immer die beschissenen Einsätze aufgehalst. Manchmal hatte er das Gefühl, auf seiner Stirn klebte ein Zettel, auf dem *Bitte setzt mich bei unwichtigen Überwachungen ein* stand. Er konnte nicht glauben, dass er den ganzen Scheißtag am Gleis zwölf stehen musste, um nach jemandem Ausschau zu halten, der wahrscheinlich schon längst in Mexiko war. Er sah wieder hinab auf das Blatt, auf dem in fünf Reihen je acht Computerbilder zu sehen waren. Zwanzig zeigten David Caine, die anderen zwanzig Nava Vaner. Beide waren in allen möglichen Verkleidungen dargestellt.

Caine mit Vollbart ohne Schnauzer. Caine mit Schnauzer ohne Vollbart. Vaner mit Sonnenbrille. Caine mit Sonnenbrille. Vaner mit kurzem Haar. Caine glatzköpfig. Es war so idiotisch. Die wichtigsten Informationen waren Größe und Gewicht. Die Größe ließ sich nicht ändern, und ein anderes Gewicht war schwer vorzutäuschen. Dennoch konzentrierten sich die meisten Verdächtigen darauf, ihr Gesicht zu verändern, was zwecklos war. Ihre Augen verrieten sie unweigerlich.

Menschen auf der Flucht hatten einen Blick, der Murphy an das Kaninchen erinnerte, das er als kleiner Junge gehabt hatte. Jedes Mal, wenn Bugs Käfig sauber gemacht werden musste, kauerte sich das jämmerliche Tier in die Ecke und guckte so panisch hin und her, dass Murphy hätte kotzen können. Er hasste das dämliche Kaninchen. Seine Mutter wollte, dass er sich um das Tier kümmerte, damit er lernte, Verantwortung zu übernehmen, doch das Einzige, was er wirklich dabei gelernt hatte, war, dass er Kaninchen hasste.

Murphy beobachtete den Strom der Passanten und musterte ihre Gesichter. Seit sieben Uhr hatte er unzählige Reisende gesehen. Da es immer noch Morgen war, hatten fünfzig Prozent von ihnen den glasigen Blick von Leuten, die lieber noch schlafen würden. Weitere vierzig Prozent guckten schlichtweg verärgert; New Yorker waren der Meinung, ihnen gehörte die Welt und sie wären von Idioten umgeben. Nur zehn Prozent machten den Eindruck, als freuten sie sich auf ihre bevorstehende Reise. In jedem anderen Ort des Landes wären diese zehn Prozent sechzig Prozent gewesen. Doch das war New York: Stadt der Freisinnigen, Heimat der Genervten.

Weitere Augen strömten vorbei. Gelangweilt, müde, geschlossen, genervt, genervt, gelangweilt, genervt, halb geschlossen, erschöpft, blutunterlaufen … Der Strom brach nicht ab. Hin und wieder schaute er hinab auf sein Blatt und dann wieder hoch in die See genervter Menschen.

«Bei dir was los, Murph?» Sein Ohrhörer knisterte und schreckte ihn aus seinen Gedanken auf.

Er neigte den Kopf und sprach in das Mikrophon an seinem Revers, eine Handlung, die er nicht einmal versuchte zu verbergen. In der Anfangszeit, als er mit jedem Einsatz für Wahrheit, Gerechtigkeit und den American Way of Life zu kämpfen schien, hatte er immer strikt nach Vorschrift gehandelt. Doch nach siebzehn Jahren Überwachungen in Busterminals, Bahnhöfen, Flughäfen, öffentlichen Toiletten (die waren wirklich zum Kotzen), Parks und Hotels war der Reiz des Neuen verloren gegangen – und genauso die feineren Aspekte der Ausbildung.

«Nix. Bei dir?», fragte Murphy.

«Nada.»

Murphy öffnete den Mund zu einem breiten, stummen Gähnen. Augen, Augen, Augen. Mein Gott, es war eine verfluchte Zeitverschwendung. Niemals würde David Caine hier auftauchen. Er schaute auf seine Uhr. Noch eine Stunde, dann konnte er eine Pause machen. Er tastete sehnsüchtig nach der Zigarettenschachtel in seiner Tasche und träumte vom ersten Zug, während er die vorbeiziehenden Augen beobachtete.

Nava erkannte ihn sofort. Entgegen allen Regeln gab er sich keine Mühe, unauffällig zu wirken. Er war groß und breit, wahrscheinlich einen Meter neunzig und 110 Kilo schwer, und hatte einen stahlgrauen Bürstenschnitt. Im erbärmlichen Versuch, sein Schulterholster zu verbergen, trug er einen blauen Blazer.

Er hielt sogar ein Blatt Papier in der Hand, auf dem zweifellos Phantombilder von Caine waren. Der Agent hatte sie noch nicht gesichtet, da er die Reisenden nur musterte, wenn sie den Bahnsteig erreicht hatten. Ein weiterer Fehler. Nur zwölf Leute trennten sie von dem Agenten. Nava verfluchte sich, dass sie Caines Vorschlag gefolgt war, den Zug zu nehmen. Sie hätte einen Touristen in seinem Wagen überfallen, ihn in den Kofferraum werfen und nach Connecticut fahren sollen, um dann einen neuen Plan zu schmieden.

Noch zehn Leute.

Sie beugte sich nach vorn, um in Caines Ohr zu flüstern.

«Gehen Sie zur Seite. Egal, was ich tue, folgen Sie mir.»

Ehe Caine sich umdrehen konnte, hatte sie ihn zur Seite geschoben und sich neben ihn gedrängelt. Caine folgte ihrem Beispiel und hüpfte zurück auf die Stufe, die sie gerade freigemacht hatte.

Noch vier Leute.

Erstaunlich, dass der Agent nicht bemerkt hatte, wie Nava und Caine die Plätze tauschten. Erbärmlich. Obwohl sie wusste, dass sie dankbar hätte sein sollen, war sie irritiert von der Inkompetenz des Mannes. Amerikas Geheimdienste mochten mächtig sein, doch zum größten Teil waren sie schlecht ausgebildet.

Noch zwei Leute.

Mit äußerst zuversichtlichem Blick setzte Nava ein breites, falsches Lächeln auf. Vorausgesetzt, sie suchten nur nach Caine, müsste ihr Plan funktionieren. Wenn sie nach ihr suchten – und wenn der Agent so schnell war, wie er sein sollte –, dann waren sie am Arsch.

Nava bog den Rücken durch, streckte die Brüste vor und starrte den Agenten sinnlich an. Wenn er vom KGB gewesen wäre, hätte er zu dem Mann hinter ihr geschaut, der trotz der Dunkelheit eine Sonnenbrille trug. Aber er war nicht vom KGB. In diesem Moment war er nicht einmal mehr ein Geheimagent. Er war nur ein geiler Bock.

Er fraß sie mit den Augen auf, ließ seinen Blick einen Moment lang auf ihren Brüsten ruhen, doch als er ihr ins Gesicht schaute, flackerten seine Lider. Sie musste etwas tun, bevor er reagieren konnte. Sie tat so, als würde sie stolpern, fiel auf ihren Möchtegern-Angreifer und ließ sich von ihm auffangen. Dann fuhr sie mit einer Hand schnell seinen Oberkörper hinauf und riss mit einem kurzen Ruck das Mikro von seinem Revers.

«Hey, Sie haben …» Er hörte auf zu sprechen, als er den Druck auf seine Leiste spürte.

«Nicht bewegen», flüsterte sie mit eingefrorenem Lächeln. «Was Sie da spüren, ist die Spitze einer fünfzehn Zentimeter langen Klinge. Wenn Sie den Rest nicht auch noch spüren wollen, legen Sie jetzt behutsam Ihre Arme um mich, so als würden wir uns umarmen, und gehen zwei Schritte rückwärts zur Wand. Ganz langsam.»

Der Agent gehorchte. Die Leute strömten an den vermeintlichen Turteltauben vorbei, ohne den Dolch an der Leiste des Mannes zu bemerken.

«Wie viele sind noch hier?»

«Hören Sie, Vaner …»

Nava stieß kurz mit dem Dolch zu und pikste seinen Oberschenkel. «Wie viele?»

«Okay, okay», sagte er und versuchte, sein Becken zurückzuziehen, doch er stand mit dem Rücken an der Wand. «Es sind noch zehn andere im Bahnhof.»

«Wie viele auf diesem Bahnsteig?» Sie reckte den Kopf, als wollte sie ihm einen Kuss geben. Sein Atem roch nach Zigarettenqualm.

«Einer.»

«Beschreiben Sie ihn.»

Als er einen Augenblick zögerte, erinnerte sie ihn daran, was auf dem Spiel stand.

«Himmel!», zischte er. «Seien Sie vorsichtig mit dem Ding. Er ist ungefähr eins achtzig groß, schlank, wiegt wahrscheinlich achtzig Kilo. Blondes Haar, kurz geschnitten wie meins.»

«Für wen arbeiten Sie?»

«CIA», antwortete er zu schnell. Er log.

«Okay.» Sie drehte den Kopf und legte ihn an seine Brust, sodass sie aus dem Mundwinkel mit Caine sprechen konnte. «Nehmen Sie den blauen Stift aus dem unteren Reißverschlussfach und legen Sie ihn mir in die Hand.»

Sie drehte sich wieder um und sah hoch zu dem Agenten, während Caine in ihrem Rucksack wühlte. «Hey, schauen Sie mich an.»

Widerwillig gehorchte der Agent. Sie sah Angst in seinem Blick.

«Keine Sorge. Sie bleiben am Leben.»

Caine legte das zehn Zentimeter lange Plastikröhrchen in ihre linke Hand, und Nava stieß es in den Oberschenkel des Agenten. Der blaue Zylinder brach und löste den Federmechanismus aus, der die Nadel hervorkatapultierte. Seine Muskeln verspannten sich, als die Kanüle sein Fleisch durchstieß. Fünf Sekunden später, als ihm das Benzodiazepin durch die Adern strömte, wurde er schlaff, ein dumpfes Lächeln machte sich in seinem Gesicht breit. Nava ließ das nun leere Plastikröhrchen fallen und legte ihre linke Hand auf seine Brust, damit der Agent nicht umfiel.

«Wie heißen Sie?»

«Sean Murphy.» Er sprach, als wäre er mitten in einem Traum.

«Wie fühlen Sie sich, Sean?»

«Schläfrig.» Als wollte er diese Aussage unterstreichen, legte er den Kopf zurück und schloss die Augen.

«Sean. Sean!» Nava steckte ihr Messer weg und schüttelte Murphy.

Er öffnete erschrocken die Augen und sah verwirrt zu ihr hinab. «Ich will schlafen.»

«Ich weiß. Tun Sie mir nur noch einen Gefallen, okay?»

«Okay», brummte er wie ein Riesenbaby.

«Wenn Sie jemand aufweckt, dann sagen Sie einfach, dass Sie müde waren und ein kurzes Nickerchen gemacht haben, nachdem der Zug weg war. Sie haben mich nie gesehen. Sie müssen eingeschlafen sein.»

346

«Genau. Ich habe Sie nie gesehen.» Er blinzelte schnell mit den Augen, als wollte er verhindern, dass sie zufielen. «Kann ich jetzt schlafen?»

«Nur noch eine Frage. Für wen arbeiten Sie wirklich?»

Er brummte etwas, während sich seine Augen langsam schlossen. Nava packte ihn genervt an den Schultern. In zehn Sekunden würde er bewusstlos sein, ob sie es ihm erlaubte oder nicht. «Für wen arbeiten Sie?»

Nava legte ein Ohr an Murphys Mund. Seine Stimme war nur noch ein Flüstern. «F… B… Iiiiii.» Der Kopf sank ihm auf die Brust, Sabber tropfte ihm von den Lippen. Nava schloss ihm den Mund und lehnte den Mann vorsichtig an eine Stütze in der Mauer.

«Achtung, eine Durchsage: Zug 183 nach Washington D. C. fährt nun auf Gleis zwölf ein.»

Nava nahm ihren Rucksack von der Schulter und holte ein weiteres Plastikröhrchen hervor, das so aussah wie das erste, nur dass es gelb war. Mittlerweile konnte sie den einfahrenden Zug hören. Sie sah sich schnell um, ob jemand sie beobachtete, doch jedermann rang um den besten Platz auf dem Bahnsteig. Sie wandte sich an Caine, der entsetzt blickte.

«Ist er … Ich meine, haben Sie …»

«Er ist nicht tot. Wenn ich ihn getötet hätte, wüssten sie, wohin wir wollen.» Sie zog den winzigen Plastikknopf aus Murphys Ohr, steckte ihn mit einer Hand in ihr eigenes und heftete mit der anderen das Mikro wieder an sein Revers.

Genau in dem Moment knisterte es. «Bist du da, Murphy?»

«Hier», sagte Nava mit verstellter Stimme schroff ins Mikro.

«Was gesehen?»

«Nee.»

«Ich auch nicht. Ich glaube, wir hatten Recht – das ist Zeitverschwendung hier.»

«Ja.» Nava wusste, dass sie auf der sicheren Seite war, wenn sie einsilbig antwortete.

«Okay. Melde mich wieder in fünf Minuten.»

«'kay.» Nava wartete noch einen Moment lang, dann steckte sie den Kopfhörer wieder in das Ohr des Agenten und stellte die Lautstärke an seinem Akkupack auf die höchste Stufe.

«Achtung, Fahrgäste des Zugs 183 nach Washington D. C. werden gebeten, jetzt einzusteigen. Der Zug fährt in zwei Minuten aus Gleis zwölf.»

Nava injizierte die zweite Spritze in Murphys Oberschenkel – Flumazenil, gemischt mit Amphetaminen, um das Betäubungsmittel zu neutralisieren. Dann wirbelte sie herum, packte Caine beim Arm und zog ihn in die Menschenschlange. Eine Minute später waren sie im Zug, der aus dem Bahnhof fuhr.

Nava atmete auf, als der Zug beschleunigte und die Stadt hinter sich ließ. Sie fragte sich, ob sie wirklich davongekommen waren, wusste aber, dass sie darüber nicht lange im Unklaren bleiben würden. Sie würden es nur allzubald erfahren.

«Die Fahrscheine, bitte!», rief die korpulente Schaffnerin, die durch den Gang schlurfte. «Bitte halten Sie Ihre Fahrscheine bereit. Die Fahrscheine, bitte!»

Nava steckte Caine ein paar Zwanziger zu. «Kaufen Sie eine einfache Fahrkarte nach Washington.»

Als die Schaffnerin bei Caine ankam, tat er, was Nava gesagt hatte. Er reagierte nicht, als Nava eine Hin- und Rückfahrkarte nach Baltimore kaufte. «Falls jemand fragt, soll sie nicht glauben, dass wir zusammen reisen – das könnte uns Zeit verschaffen.»

«Wir fahren also beide nach Baltimore?», fragte Caine.

Nava schüttelte den Kopf. «Nein. Wir steigen beim nächsten Halt aus.»

«Warum Newark?»

«Ich will aus diesem Zug raus, bevor sie unsere Spur wieder aufgenommen haben.»

«Kann ich auch ein Wörtchen mitreden?»

«Nein. So ist es am sichersten.»

Caine holte tief Luft. Er musste seine Wahnvorstellung in den Griff bekommen. Wenn er es bis zu Jasper schaffen würde, wäre er in Sicherheit. «Ich will nach Philadelphia fahren.»

«Warum das?»

«Mein Bruder wohnt dort.» Kaum hatte er die Worte ausgesprochen, wusste Caine auch schon, dass es ein Fehler gewesen war.

«Das ist genau der Grund, warum wir *nicht* dorthin fahren dürfen. Dort suchen sie uns zuerst.»

«Wer sind ‹sie›?»

«Sie sind das FBI und alle, die die NSA noch angeheuert hat, um Sie zu finden», flüsterte sie. «Oder haben Sie nicht aufgepasst?»

«Aber ich muss zu Jasper.»

«Nicht jetzt. Verstehen Sie das nicht?»

«Das ergibt doch alles keinen Sinn!», entfuhr es Caine, was dazu führte, dass sich einige Fahrgäste zu ihnen umdrehten.

«Sprechen Sie leiser», zischte Nava mit zusammengebissenen Zähnen. Überall spitzten Leute die Ohren, um ihnen zuzuhören. Sie lehnte sich zurück und flüsterte in Caines Ohr: «Nicht hier. Zu viele Leute.»

«Na schön», flüsterte Caine. «Ich fahre aber trotzdem nach Philly.»

«Nein, das werden Sie nicht. Sie brauchen mich, David, und ich sage Ihnen, dass es Selbstmord wäre, zu Jasper zu gehen. Bitte vertrauen Sie mir.»

Caine öffnete den Mund, um etwas zu entgegnen, wusste aber, dass er sie nicht umstimmen würde. Er schloss die Augen und versuchte zu überlegen, was er tun sollte. Seiner Ansicht nach war Philly der richtige Schachzug, und Nava musste mit ihm gehen. Wäre dies alles real und er wirklich der Laplace'sche Dämon, dann wüsste er bereits, ob er es nach Philly schaffen würde. Oder er wäre zumindest in der Lage, seinen Willen durchzusetzen. Doch stattdessen fiel ihm nichts Besseres ein, als sich auf der Toilette zu verstecken.

Er verachtete sich. Sein Plan sprach nun wirklich nicht von einer allwissenden Intelligenz. Er ließ seine Gedanken schweifen, versuchte herauszufinden, was er tun sollte, doch ihm kam nichts weiter in den Sinn als das wiederholte Bild, wie er in der Toilette stand und ein Handy –

Plötzlich riss er die Augen auf und atmete laut keuchend ein. Nava wandte sich sofort mit besorgtem Blick zu ihm.

«David, alles in Ordnung?»

Ihre Stimme schien eine Million Meilen entfernt zu sein. Er sah auf seine Armbanduhr. Das Display zeigte 10:13:43 an. Wenn er es schaffen wollte, musste er in exakt 38 Sekunden auf den Geschäftsmann treffen. Abrupt stand er auf.

«Wo –»

«Zur Toilette», beantwortete Caine ihre Frage, bevor sie ausgesprochen war.

Sie sah ihn argwöhnisch an, stand dann auf und nahm seinen Ellbogen. «Ich helfe Ihnen.»

«Klar», sagte Caine, der im Geiste die Sekunden zählte.

Er musste sich nicht beeilen. Er hatte noch eine Menge Zeit. Vorsichtig machte er einen Schritt nach vorn und übertrieb sein Humpeln. Nava achtete nicht darauf, aber das wusste Caine bereits. Er ging weiter wie im Traum. Er hatte das Gefühl, sich durch einen Irrgarten zu bewegen, durch den er schon unzählige Male gegangen war.

Am Ende das Waggons ging die Tür auf, und ein Geschäftsmann Anfang dreißig kam herein, wie nach Plan. Er trug mit beiden Händen ein Papptablett mit Snacks. Caine konnte aus der Entfernung nicht erkennen, was auf dem Tablett war, aber er wusste es auch so: ein mit Cola gefüllter Plastikbecher, eine Tüte Doritos und ein Thunfischsandwich. Der Mann kam näher. Caine blieb einen Moment lang stehen und tat so, als würde er das Gleichgewicht verlieren. Nava packte seinen Arm, damit er nicht hinfiel, was niemals passiert wäre. Caine dankte ihr und ging einen Schritt nach vorn.

Jetzt stand er dem Mann fast gegenüber. Caine drehte sich zur Seite, um ihn durchzulassen. Dann ruckte der Zug plötzlich nach links, und Caine stolperte nach vorn und rempelte den Mann an, wodurch seine Cola verschüttet wurde.

«Himmel, passen Sie doch auf!», schimpfte der Mann und schob Caine grob aus dem Weg.

«Entschuldigung, war mein Fehler», sagte Caine, während er mit Nava im Schlepptau seinen Weg zur Toilette fortsetzte. Kaum war er hinter der verschlossenen Tür in Sicherheit, holte er das Handy hervor, das er aus dem Gürtelclip des Geschäftsmannes gezogen hatte. Er schloss die Augen und versuchte, sich an die Nummer zu erinnern, die er vier Tage zuvor gehört hatte.

Nachdem er sie aus seinem Unterbewusstsein geborgen hatte, begann er zu wählen.

Jennifer Donnelly ließ eine Hand am Lenkrad ihres Ford-Geländewagens, während sie in ihrer Handtasche nach dem Handy kramte. Das blöde Ding klingelte immer im falschen Moment. Gerade als sie hinabschaute, flitzte ein Mini Cooper vor ihren Wagen. Erschrocken machte sie eine Vollbremsung. Eine Sekunde später rammte ein silberner Lincoln ihre Stoßstange und schleuderte Jennifers Geländewagen über die Kreuzung, bis er gegen eine Leitplanke knallte.

Sie wurde in den Sitz gepresst; der Airbag war so schnell aufgegangen, dass Jennifer den Eindruck hatte, ihr hätte jemand ins Gesicht geschlagen. Völlig benommen saß sie da, bis das warme, feuchte Gefühl zwischen ihren Beinen sie aufrüttelte.

«O Gott», sagte sie und presste ihre Oberschenkel zusammen, als könnte sie damit aufhalten, was passiert war. Aber es war zu spät.

Die Spülung wurde betätigt, dann trat Caine aus der Toilette.

«Kommen Sie, setzen wir uns wieder hin», sagte er ein bisschen zu schnell.

Nava spürte, dass er etwas im Schilde führte, aber da sie nicht wusste, was es war, folgte sie ihm schweigend zu ihren Plätzen. In weniger als fünf Minuten würden sie in Newark sein. Sie konnte es nicht mehr erwarten, den Zug zu verlassen. Sie hatte das ungute Gefühl, dass die NSA bereits ihre Fährte aufgenommen hatte. Wenn sich der Agent, den sie betäubt hatte, an ihre Begegnung erinnerte, liefen sie womöglich direkt in eine Falle.

Nava sah sich im Waggon um und plante bereits ihre Flucht. Was würde sie an der Stelle ihrer Gegner tun? Warten, bis sie ausstiegen, und auf dem Bahnsteig zugreifen? Am Bahnhof den Zug besteigen und ihn durchsuchen? Nein. Sie würde den Zug ungefähr einen Kilometer außerhalb des Bahnhofs anhalten und dort einsteigen. Dadurch würde man die Situation am besten kontrollieren: Selbst wenn sie weglaufen wollten, könnten sie nirgendwohin.

Aber das hätte *sie* getan. Sie leitete den Einsatz aber nicht. Amerikaner leiteten ihn. Und in Amerika war man immer zu sehr besorgt um unschuldige Opfer und Geiselnahmen. Hier kümmerte man sich mehr darum, wie die Schlagzeilen am nächsten Tag lauten würden, als um die Erfüllung des Auftrages. Und was bedeutete das? Aus Angst vor einem Gefecht würden sie den Zug nicht entern. Sie würden die beiden überraschen wollen und den Bahnhof zu einer «kontrollierten» Umgebung ausbauen.

Sie begann, einen Plan zu schmieden.

Bill Donnelly schaute zu, wie sich das Gleis vor seinem dahinsausenden Zug aufrollte, als das Handy in seinem Overall zu summen begann. Ihm war klar, dass sich jeder über sein Outfit lustig machte – Jeans vom Kopf bis zu den Füßen, einschließlich seiner kurzkrempigen Kappe –, doch er war der Ansicht, dass Zugführer Overalls tragen sollten. Er angelte sein Handy hervor, ohne den Blick von den Gleisen zu nehmen.

«*Yyyellow*», sagte er. Das amüsierte Lächeln über seine Lieblingsbegrüßung verschwand, als er am anderen Ende der Leitung ein Schluchzen hörte. «Schatz, bist du's?»

«Ja, ich bin's.» Die Stimme seiner Frau klang matt. «Ich hatte einen Unfall.»

«Ist dir was passiert? Was ist mit dem Baby?»

«Meine Fruchtblase ist geplatzt», sagte sie und hielt dann tief durchatmend inne. «Ich muss ins Krankenhaus.»

«Aber es ist doch erst in sechs Wochen so weit!»

«Bill, ich brauche dich. Bist du bald zu Hause?»

«Ach, Schei… wir sind kurz vor Newark, aber ich beeile mich, Liebes.»

Sie schrie vor Schmerz. «Bitte, Bill. Ich habe … ich habe Angst. Ich schaffe das nicht wieder … nicht allein.» Sie brach in Tränen aus.

«Hey, hey», sagte er sanft. «Alles wird gut, mein Häschen. Ich werde schneller da sein, als du ‹Es ist ein Junge› sagen kannst.»

Sie schniefte leise, ihre Tränen versiegten. «Versprochen?»

«Ich verspreche, dass ich bei dir sein werde und deine Hand halte, wenn dieses Baby auf die Welt kommt.»

«Okay. Ich fahre jetzt ins Krankenhaus. Der Krankenwagen ist hier. Ich liebe dich.»

«Ich liebe dich auch.» Ein kurzes Klicken, dann war sie fort.

Er erinnerte sich an seine letzte Fahrt zum Kreißsaal zwei Jahre zuvor. Er hatte lange arbeiten müssen und es nicht rechtzeitig ins Krankenhaus geschafft. Nicht weiter schlimm, hatte er gedacht. In den ersten paar Stunden gab es sowieso nicht viel zu sehen. Seine Schwester hatte drei Kinder bekommen, und die kürzeste Zeit, die sie in den Wehen lag, waren zwanzig Stunden gewesen. Er hätte nicht gedacht, dass neunzig Minuten etwas ausmachen würden. Aber da hatte er sich getäuscht.

Die Wehen dauerten nicht lange, und das Baby – der kleine Matthew William – wurde tot geboren. Bill hatte sich immer schuldig gefühlt, weil er in diesen ersten Momenten, in denen Jennifer allein im Krankenzimmer gelegen hatte, nicht bei ihr gewesen war. Als er schließlich mit einer Schachtel Zigarren ankam, spuckte sie ihm ins Gesicht. Es hatte sie ein ganzes Jahr Paartherapie gekostet, um zu einem gewissen Anschein von Normalität zurückzukehren. Und drei Monate später hatte sie erfahren, dass sie wieder schwanger war.

Er fragte sich oft, ob es ein Fehler gewesen war, es mit einem weiteren Kind zu versuchen. Der Stress der zweiten Schwangerschaft zerstörte fast ihre Ehe. Aber irgendwie schafften sie es. Er hatte sogar schon unbezahlten Urlaub beantragt, damit er zu Hause sein konnte, wenn es so weit war. Aber wie sagte man immer? Die ausgeklügeltsten Pläne … sind zum Scheitern verurteilt. Oder so ähnlich. Er konnte es nicht glauben. Es sollte nicht auf diese Weise geschehen. Nicht schon wieder.

Er schaute auf seine Uhr und dann auf den Fahrplan. In Trenton würde es einen zwanzigminütigen Halt für die routinemäßige Wartung geben. Außerdem mussten die Vorräte des Speisewagens aufgefüllt werden – weitere zehn Minuten. Was konnte er tun? Nichts. Aber dann dachte er an seine Frau, Jenny, allein in diesem Zimmer … im selben Krankenhaus, in dem sie Matthew verloren hatten.

Bill seufzte. Er wusste, was er zu tun hatte. Es war wert, seinen Job zu verlieren. Er drehte sich um und schloss die Tür. Er schaltete in den höchsten Gang und beschleunigte. Dann nahm er das Mikrophon, holte tief Luft und drückte den Knopf.

Kapitel /22/

«*Verehrte Fahrgäste, wir bitten um Ihre Aufmerksamkeit. Wir bedauern, Ihnen mitteilen zu müssen, dass dieser Zug ausnahmsweise an den folgenden Bahnhöfen nicht hält: Newark, Metropark, Princeton Junction und Trenton.*»

Einige Fahrgäste murrten, fragten sich, was los sei.

«*Amtrak bittet um Entschuldigung, wenn Ihnen dadurch Unannehmlichkeiten entstehen. Nächster Halt Thirtieth Street Station, Philadelphia.*»

Beim letzten Satz gab es einen kleinen Aufruhr unter den Pendlern, aber Nava schenkte dem keine Beachtung. Ihr war klar, dass es am nächsten Tag höchstens ein paar böse Briefe geben würde, wenn überhaupt. Vielmehr wandte sie ihre Aufmerksamkeit Caine zu, der aus dem Fenster starrte.

«Was haben Sie gemacht?», fragte sie.

Caine sah sie an. «Ich habe keine Ahnung, wovon Sie sprechen.»

«Quatsch», fauchte Nava. «Sie haben das verursacht, stimmt's?»

«Sie sind ja paranoid», erwiderte Caine.

«Und Sie lügen.»

Caine antwortete nicht. Er sah wieder aus dem Fenster. Sie wusste nicht wie, aber irgendwie hatte *er* das geschehen lassen. Als sie zum ersten Mal Tverskys Theorie über den Laplace'schen Dämon gelesen hatte, hatte Nava nicht daran geglaubt. Nicht ernsthaft. Deshalb war sie so schnell bereit gewesen, Julia an die RDEI zu übergeben.

Bei dem Gedanken an die Nordkoreaner und das Kopfgeld, das jetzt bestimmt auf sie ausgesetzt war, weil sie sich ihnen widersetzt hatte, wurde ihr ganz anders. Sie versuchte, nicht an die eigene verzweifelte Lage zu denken, und wandte ihre Aufmerksamkeit wieder dem Mann neben sich zu. Nava hielt es für möglich, dass er gewisse paranormale Fähigkeiten besaß. Aber dennoch … Es war ein Unterschied, ob man die Zukunft vorhersagen oder ob man sie lenken konnte.

Trotzdem: Der Umstand, dass der Zug bis Philadelphia nicht mehr hielt … wie hoch standen da die Chancen? Was konnte den Zugführer veranlasst haben, die nächsten vier Haltestellen zu überspringen? Sie schüttelte zweifelnd den Kopf. Es ergab keinen Sinn. Tversky hatte geschrieben, dass Caine seine Fähigkeiten nicht bewusst einsetzte. Aber nach dem, was gerade passiert war, war sich Nava da nicht so sicher. Sie hatte gelernt, auf ihre Instinkte zu vertrauen, und im Moment schlugen ihre Instinkte Alarm.

Sie sah wieder zu Caine hinüber. Aber diesmal hatte ihr Blick nichts Forschendes. Diesmal stand Angst darin.

Grimes legte Fitz und Murphy auf den Lautsprecher, damit Crowe mithören konnte, was die beiden sagten. Das meiste sagte Fitz, aber Murphy warf ab und zu auch etwas ein, vor allem, um gut dazustehen – oder zumindest nicht mehr ganz so blöd, weil er einfach an dieser Wand eingepennt war. Als sie fertig waren, sah Grimes zu Crowe hoch.

«Was meinen Sie?»

«Ich meine, dass ein plötzlicher Anfall von Schlafsucht ziemlich unnormal ist. Vor allem für einen Dreiundvierzigjährigen ohne auffällige medizinische Vorgeschichte», sagte Crowe ernst.

«Aber was hat das zu bedeuten? Denken Sie, Caine und Vaner sind in dem Zug?» Das war genau Grimes' Part. Observieren war cool, aber eine Zielperson zu jagen, zu versuchen, sie in den Tausenden von Fischaugenobjektiven überall im Land aufzutreiben, das gab ihm den letzten Kick. Und Crowe war ein Experte darin, aber hallo.

«Erzählen Sie mir von dem Zug. Irgendwas Ungewöhnliches an der Fahrt bisher?»

«Augenblick, ich überprüf's mal.» Grimes knackte in nicht mal einer Minute die Firewall von Amtrak. Einer seiner Plasmabildschirme zeigte jetzt eine Karte der Ostküste, ein Äderwerk von Eisenbahnlinien, die die Küste entlangliefen. «Wow … das ist interessant.» Grimes stellte seinen Kopfhörer lauter. «Anscheinend ist der Zugführer durchgedreht und hat beschlossen, den Zug zu entführen. Irgendwas wegen seiner Frau, die ein Baby kriegt und so schnell wie möglich nach Philly muss. Mann, der Typ ist so was von gefeuert.»

Crowe beugte sich vor, das interessierte ihn dann doch. «Können Sie die Datenbank von Amtrak durchsuchen und herausfinden, wie oft Angestellte schon Züge entführt haben?»

«Klar doch.» Grimes brauchte nur ein paar Sekunden, dann hatte er das richtige Menü gefunden und bekam die

Daten. «Hier. In den fünfzehn Jahren, die sie das jetzt aufzeichnen, ist es nur achtzehnmal passiert.»

«Berechnen Sie die Wahrscheinlichkeit.»

Grimes hielt das für eine merkwürdige Aufforderung, aber Crowe hatte hier das Sagen. «Mal sehen, wenn wir annehmen, dass sich der Fahrplan in den letzten fünfzehn Jahren nicht geändert hat, wären das bei hundert Fahrten am Tag 36500 Fahrten im Jahr, multipliziert mit fünfzehn Jahren macht …» – Grimes hackte die Ziffern in sein Tastenfeld – «… 547500 Fahrten. Und da es nur achtzehn Zugentführungen gab, liegt die Wahrscheinlichkeit bei 0,003 Prozent oder etwa eins zu dreißigtausend.»

Crowe schlug sich zufrieden die Faust in die Handfläche. «Das ist Caine. Er ist in diesem Zug.»

«Wollen Sie, dass ich die Kavallerie rufe?»

«Augenblick noch.» Crowe hob die Hand. «Wie lange dauert es, bis der Zug in Philadelphia eintrifft?»

«Muss ich mal gucken, Moment.» Grimes manövrierte sich durch die Menüs zurück in die Ankunftsdaten. «Sie werden in ungefähr 47 Minuten dort eintreffen.» Er grinste. «Sind ein bisschen früh dran heute.»

«Haben wir einen Hubschrauber auf dem Dach?»

«Jau.» Grimes nickte. «Betankt und startbereit. Soll ich den Piloten verständigen?»

Crowe lief bereits den Flur zum Fahrstuhl hinab. Grimes fasste es als ein Ja auf.

Binnen vier Minuten waren sie anderthalb Kilometer über der Stadt. Bei 200 km/h sollten sie gleichzeitig mit dem Zug eintreffen. Wenn sie Glück mit dem Wind hatten, sogar ein bisschen früher. Crowe drückte auf einen Knopf an seinem Kopfhörer.

«Grimes, ich will, dass sämtliche verfügbaren Agenten

der Dienststelle in Philadelphia den Zug von allen Seiten einkreisen. Sorgen Sie dafür, dass alle Fahndungsbilder von Caine und Vaner haben …»

Grimes hörte eine Minute aufmerksam zu, wie Crowe seinen Plan darlegte. David Caine würde bald erfahren, was es hieß, gejagt zu werden.

Caine konnte nicht genau sagen, wann er erwacht war. Das sanfte Schaukeln des Zugs, hin und her, *klick-klack*, *klick-klack*, hatte die Zeit in eine Endlosschleife versetzt, und er war ein weiteres Mal von einem Déjà-vu heimgesucht worden. In einem Meer aus Watte treibend, kämpfte er sich in den Wachzustand zurück. Er gähnte und öffnete die Augen.

Da stürzte es alles wieder auf ihn ein. Erneut quälten ihn dumpfe Schuldgefühle wegen Tommy … er hätte nie sterben dürfen. Es war allein Caines Schuld. Wäre er nur dem Podvaal ferngeblieben, dann wäre das alles nicht pa-

Nein. In Wirklichkeit gab es das alles gar nicht. Nicht die Explosion, nicht die Frau, nicht den verrückten Telefonanruf. Er musste weitermachen. Wenn es sein Traum-Selbst nur zu Jasper schaffte, dann kam alles in Ordnung. Er sah zu Nava hinüber. Unter anderen Umständen wäre er hocherfreut gewesen, mit dieser Wahnsinnsfrau davonzulaufen. Aber hier – in diesem Hirngespinst – flüchteten sie nicht vor Alltagsproblemen, sondern vor Killern.

«*Verehrte Fahrgäste, wir bitten um Ihre Aufmerksamkeit. Wir erreichen in wenigen Minuten Thirtieth Street Station. Wir möchten uns noch einmal dafür entschuldigen, falls Ihnen durch die Fahrplanänderung Unannehmlichkeiten entstanden sind. Vielen Dank für Ihr Verständnis.*»

Wieder überkam Caine ein Gefühl des Déjà-vu, und auf

einmal war ihm klar, dass er in den Speisewagen musste. Ihm blieb nicht mehr viel Zeit.

Nava fragte sich, ob Caine jetzt endgültig übergeschnappt war. In der einen Sekunde schlief er tief und fest, in der nächsten zerrte er sie hektisch zum Speisewagen. Dort angekommen, kaufte er zehn Tüten Chips. Ehe Nava etwas dazu sagen konnte, riss er die ersten Tüten schon mit den Zähnen auf und hinkte zum Wagenende.

Caine betätigte das schwarze Schaltfeld an der Tür, sie glitt auf und ließ ihn auf den beweglichen Metallboden hinaustreten, der den Speisewagen mit dem nächsten Waggon verband. Durch die kleinen Lücken im Boden sah Nava die Gleise vorbeirasen. Caine bückte sich und fing an, Chips durch die Lücken rieseln zu lassen. Als Caine die letzte Tüte geleert hatte, warf er sie zu den anderen.

«Sind Sie verrückt?», fragte Nava.

«Ja, Nava», sagte Caine. «Das bin ich wohl.»

«Warum haben Sie das gerade getan?», wollte sie wissen.

«Ich ... ich weiß nicht genau», stammelte Caine, einen abwesenden Ausdruck in den Augen.

Nava fröstelte. «Dann wissen die, dass wir in diesem Zug sind?»

«Ja ... ich glaube schon.» Caine nickte.

Bei einer normalen Mission wäre sie jetzt ihre Ausweichpläne durchgegangen, aber heute arbeitete sie ohne Netz und doppelten Boden. Und wenn sie Caine benutzte? Er hatte es schließlich irgendwie geschafft, sie nach Philadelphia zu bringen, nicht wahr? Aber wenn sie ihn drängte, seine ... Fähigkeiten einzusetzen, hatte das womöglich verheerende Folgen. Dann dachte sie wieder daran, was auf sie wartete, und beschloss, dass es das Risiko wert war.

Sie wandte sich um und starrte Caine in die smaragdgrünen Augen.

«David, ich möchte, dass Sie sich vorstellen, wie wir unverletzt aus dem Bahnhof entkommen.»

«Nava, ich glaube, so funktioniert das nicht.»

«Aber Sie *wissen* es nicht, nicht wahr? Also los. Profisportler visualisieren das Spiel, bevor sie aufs Spielfeld gehen. Soldaten machen sich Gedanken über die Schlacht, bevor sie Gefechtsformation annehmen. Bitte, David, tun Sie mir den Gefallen.» Dann, einen Moment später: «Irgendwo muss Vertrauen anfangen.»

Caine sah aus, als wolle er protestieren, aber dann nickte er. «Sie haben Recht.» Er schloss gerade die Augen, da fing die Sprechanlage an zu knistern.

«Verehrte Fahrgäste. Wir erreichen Thirtieth Street Station, Philadelphia. Allen, die jetzt aussteigen, danken wir herzlich, dass Sie mit Amtrak gefahren sind. Wir wünschen Ihnen einen angenehmen Aufenthalt in der Stadt der brüderlichen Liebe.»

Sekunden nachdem das Metallungeheuer vorbeigedonnert war, schwang sich eine schwarzgrau gefleckte Taube vom dunklen Himmel herab und landete auf den Gleisen. Sie pickte die zerkrümelten Kartoffelchips auf, die überall verstreut lagen. Sie musste nehmen, was sie kriegen konnte, bevor der Schwarm kam. Plötzlich hörte sie ein Fiepen, und als sie sich umsah, huschten fünf pelzige Tiere auf sie zu. Ohne zu zögern, schoss sie in die Luft hinauf.

Den riesigen brüllenden Vogel bemerkte sie erst, als es zu spät war.

Der Ring schloss sich um die Flüchtenden. Crowe lauschte dem FBI-Team über Kopfhörer. Er hatte keine Ahnung, wie, zum Teufel, Forsythe so schnell Amtshilfe hatte kriegen können, geschweige denn wie er es hinbekommen hatte, die FBIler der NSA unterzuordnen. Crowe war ein Spitzenmann der NSA und damit zugleich auch der leitende Special Agent hier. Irgendjemand beim Bureau war wahrscheinlich seinen Job los, sobald man dort mitbekam, dass Crowe die Zügel in die Hand bekommen hatte, aber für solche Lappalien fehlte ihm jetzt die Zeit. Der Zug fuhr in neunzig Sekunden in den Bahnhof ein.

Wie es aussah, schaffte er es noch rechtzeitig zum Zugriff. Es fing gerade zu regnen an, als der Pilot in den Sinkflug ging. Crowes Magen hob sich. Er hielt sich an seinem Gurt fest und lehnte sich auf dem Sitz zurück. Plötzlich blieb der Hubschrauber mit einem Ruck, der ihm die Eingeweide stauchte, stehen und begann dann wieder zu steigen, mit scharfer Schräglage nach links.

«Was, zum Teufel, war das?», brüllte Crowe über das Donnern der Rotoren hinweg. Der Pilot ignorierte ihn und kämpfte mit dem Steuerknüppel, versuchte den Hubschrauber auszugleichen.

«Ich glaube, wir haben einen Vogel in den Heckrotor gekriegt!» Er legte einige Schalter um und setzte den Sinkflug fort, langsamer jetzt. «Ich habe Probleme mit der Steuerung, Sir! Ich werd ihn dort auf dem Parkplatz runterbringen müssen!» Der Hubschrauber ruckte wieder, ging in einen steilen Sturzflug, dann hatte der Pilot ihn wieder unter Kontrolle.

«Hauptsache, Sie bringen uns heil runter!» Während der Hubschrauber hin und her taumelte, brüllte Crowe in sein Mikrophon: «Ist Ihnen so etwas schon mal passiert?»

«Noch nie, Sir!», erwiderte der Pilot, während der Hubschrauber sich dem Boden näherte.

Crowe glaubte nicht an Zufälle. Er hatte keine Ahnung

wie, aber irgendwie musste David Caine das verursacht haben. Zum ersten Mal im Leben fragte sich Martin Crowe, ob er der Jäger oder der Gejagte war.

Wenn Caine es zu Jasper schaffen wollte, dann brauchte er Nava, was bedeutete, dass er ihr vertrauen musste. Mit geschlossenen Augen versuchte er, sich auf ihr Entkommen zu konzentrieren. Er stellte sich vor, wie Nava und er davonfuhren, wie sie ihre Verfolger abhängten und ein schwarzes Loch hinter sich ließen. Immer wieder spielte er diese Szene im Kopf durch.

Er kam sich vor wie bei den Basketball-Entscheidungsspielen im März, wenn er auf den Fernseher starrte, sein Bier fest in der Hand, und hoffte – nein, wollte –, dass der Foul Shot richtig gut wurde. Er sah zu, wie der Spieler sich aufwärmte, und feuerte ihn die ganze Zeit an, immer mit dem Gefühl, dass er irgendwie, wenn er es sich nur stark genug wünschte, Einfluss darauf hatte.

Als der Zug in den Tunnel einfuhr, wurde Caine äußerst sensibel für seine Umgebung: das Quietschen der Bremsen, der Rhythmus der Räder, die über die Schienen rollten, das Flackern der Neonlampen des Waggons, als sie in die dunkle Höhle des Bahnhofs einfuhren. Er spürte alles, was geschah. Er war im wahrsten Sinne des Wortes gegenwärtig – mehr als je zuvor.

Gleichzeitig hatte er aber das Gefühl, sich von außen zu betrachten. Sein Gegenstück befand sich in … einem Auto? Ja, in einem großen schwarzen Auto, das davonraste. Nava saß am Steuer. Ein bekanntes Gesicht hing zwischen ihnen. Für sein Gegenstück war das *Jetzt* bereits Vergangenheit. Caine versuchte, die Gedanken seines zukünftigen Ichs zu lesen, in seine Erinnerungen vorzudringen und nach dem *Wie* zu fragen, aber es kam nichts.

Sein Bewusstsein verließ seinen Doppelgänger und kehrte in die Gegenwart zurück: kämpfte und rang mit sich selbst und der Welt um ihn herum, damit das, was er wollte, Realität wurde. Er wusste, dass es *möglich* war … er musste es nur noch *wahrscheinlich* machen. Aber er wusste nicht, was er tun sollte, also dachte er einfach weiter, konzentrierte sich, *wollte*.

«David! David!» Nava schnippte vor seinen Augen mit den Fingern. Caine blinzelte und taumelte in die Gegenwart zurück; das Gefühl einer neuen Realität zog sich in seinen Hinterkopf zurück. In dem einen Moment war es noch glasklar gewesen, im nächsten nur noch eine ferne Erinnerung, so als wäre Caine plötzlich aus einem surrealen Traum erwacht. Nach ein paar Sekunden war auch die Erinnerung daran verschwunden.

«Geht es Ihnen gut?», fragte Nava. Ihre Finger gruben sich in seinen Bizeps. Er hatte das Gefühl, dass sie ihn das nicht zum ersten Mal fragte.

«Ja … Was ist passiert? Bin ich ohnmächtig geworden?»

Caine wollte noch mehr fragen, aber da glitten die Türen auf.

Nava lehnte sich an Caine und flüsterte: «Sie werden uns auf übersichtlichem Gelände festnehmen wollen, um die Gefahr zu verringern, dass wir jemanden verletzen. Auf dem Bahnsteig dürften wir sicher sein, solange sie glauben, dass wir nichts ahnen. Wenn wir aus dem Zug steigen, nicht umsehen und keinen nervösen Eindruck machen! Verhalten Sie sich einfach nur wie ich. Sind Sie bereit?»

«Ich bin bereit.» Obwohl Caine den Ausdruck schon öfter benutzt hatte, wurde ihm erst jetzt seine Bedeutung klar: *Ich bin alles andere als bereit, aber los geht's.*

Als sie aus dem Zug stiegen, nahm Nava seine Hand

und drückte sie aufmunternd. Mit einem Mal dachte Caine, dass es vielleicht doch keine so gute Idee gewesen war, nach Philly zu fahren.

Der Hubschrauber setzte anderthalb Kilometer vom Bahnhof entfernt auf dem Parkplatz einer Bank auf. Die Landung war rau, aber das war Crowe egal; er war in einer Sekunde aus der Kanzel heraus und stand im strömenden Regen. Es goss mit solcher Heftigkeit, dass er binnen Sekunden klatschnass war.

Er lief zum nächstbesten Auto, einem schwarzen Honda Civic, und schlug mit dem Griff seiner Glock kräftig ans hintere Seitenfenster. Ein Netz von Rissen bildete sich um den Einschlagpunkt. Er stieß seinen Ellbogen in das Zentrum, und das Glas brach.

Im Nu saß er am Steuer. Er strich sich die Haare zurück, wischte sich das Wasser aus den Augen und bückte sich unter das Armaturenbrett. Beim zweiten Versuch bekam er den Motor zum Laufen, raste mit quietschenden Reifen vom Parkplatz herunter und fuhr um ein Haar einen Teenager über den Haufen, der hektisch mit beiden Armen winkte. Wahrscheinlich der Fahrzeughalter.

«Status!», bellte Crowe in sein Headset.

«Zielperson lokalisiert, Sir», antwortete der Teamleiter.

«Ist er allein?»

«Nein. Zielperson wird von Vaner begleitet.» Mist. Zwar hatten alle erwartet, dass sie auf seiner Seite war, aber es war trotzdem ein ziemlicher Schlag. Während des Hubschrauberflugs hatte er das Team aus Philly über Vaner informiert. Sie war gefährlich. Ihre Festnahme war zwar vorzuziehen, aber dieses Ziel stand dahinter zurück, Caine unverletzt zu bekommen. Als Crowe seinen nächsten Befehl gab, redete er sich ein, dass es keine Rolle spielte und dass sie eine Verräterin war, aber sein Gewissen ließ sich durch seine Lügen nicht täuschen.

«Wenn nötig», sagte Crowe, «finale Mittel einsetzen, um Vaner zu stoppen.»

«Bestätige: finale Mittel gegen Vaner.»

Crowe versuchte, nicht über seinen letzten Befehl nachzudenken und sich auf die Mission zu konzentrieren. «Team eins, sind Sie in Position?»

«Eins bestätigt.»

«Team zwei?»

«Zwei in Position, Sir.»

Crowe überfuhr eine rote Ampel, während er das vor ihnen liegende Szenario durchdachte. «Team eins, Sie sind dran.»

«Team eins: Start», wiederholte der Teamleiter in seinem Kopfhörer. Mit ein bisschen Glück war alles gelaufen, bis Crowe am Bahnhof ankam. Das Problem war nur, dass sie Caine zum Gegner hatten; das Glück würde nicht auf ihrer Seite sein.

Hier unten war das Risiko geringer, von einem Scharfschützen erledigt zu werden; abgesehen davon, bot der Bahnhof jedoch keinerlei Vorteile. Es gab keinen Weg nach draußen, nur die Doppeltüren, die an den Bahnsteigenden zu den Rolltreppen führten – es sei denn, sie nahmen die leeren Gleise auf dem anderen Bahnsteig. Die Schienen liefen hinter dem Bahnhof noch ungefähr hundert Meter weiter, dahinter konnte Nava dunstiges Tageslicht sehen.

Sie erwog diese Möglichkeit, aber damit wären sie völlig ungeschützt gewesen. Blieb also nur noch die Rolltreppe, eine fast ebenso gefährliche Alternative. Wenn oben Agenten auf sie warteten, würden sie ihnen in die Arme laufen wie das Vieh zur Schlachtbank. Nava sah sich die Menge auf dem Bahnsteig an.

Niemand schien ihnen besondere Aufmerksamkeit zu widmen, aber wenn die Agenten ihren Job nur einigermaßen gut machten, war das auch nicht zu erwarten. Sie klammerte die eindeutigen Schafe aus: Mütter, Kinder, alte Leute. Damit fielen vierzig Prozent der Menschen weg, die hier herumliefen. Zu wenig. Wieder erwog sie die Gleise.

Nava verspürte den plötzlichen Drang, sich Caine zu greifen, hinunterzuspringen und abzuhauen. Aber so wenig es ihr auch schmeckte, war ihr doch klar, dass ihre Chancen am größten waren, wenn sie sich mit Unbeteiligten umgaben und die Rolltreppe nahmen. Dann war auch leichter zu erkennen, wer möglicherweise auf sie schießen würde. Nava sah sich um und entdeckte eine junge Mutter, die ihre Zwillingstöchter in den Griff zu kriegen versuchte und gleichzeitig ein Kleinkind in einem Buggy schob. Perfekt.

Nava verlangsamte ihre Schritte, sodass die vier sie einholen würden. Sie drückte kurz Caines Arm; er verlangsamte ebenfalls. Nava suchte weiter im Gewimmel nach verräterischen Zeichen. Zwei sportliche Typen glotzten sie an, aber ihre Blicke waren sexueller Natur, nicht professioneller. Eine athletische Frau ein paar Schritte weiter sah nach einer Agentin aus, war aber mit drei Einkaufstüten bepackt. Nava glaubte schon, sie hätten ihre Verfolger abgehängt, da entdeckte sie ihn.

Der Mann in der abgetragenen Jeans und dem alten Sweatshirt, das am Halsausschnitt ausfranste. Die Kleidung passte nicht zu ihm. Er hatte einen adretten Kurzhaarschnitt und einen perfekt getrimmten Schnauzbart. Ein rascher Blick auf seine nagelneuen Turnschuhe beseitigte jeden Zweifel.

Er beobachtete sie nur aus dem Augenwinkel, aber da er Nava nun aufgefallen war, war klar, dass er sie beschattete. Nava lehnte sich an Caine und warf noch einen Blick zu Mr. Schnauzbart hinüber, der jetzt über ihre Schulter starrte. Sie sah nach vorn und begegnete dem Blick einer jungen Frau in Geschäftskleidung. Die Frau war gut, sie hatte sich im Griff und wartete ein paar Sekunden, ehe sie wieder in ihre Zeitung guckte. Aber Nava erspähte die Ausbeulung einer Schusswaffe, bevor der *Philadelphia Inquirer* sie wieder verdeckte.

«Schnauzbart im Sweatshirt, sieben Uhr. Blonde mit Zeitung, zwei Uhr.»

Caine nickte und hielt den Blick strikt nach vorn gerichtet. Nicht schlecht, er lernte dazu. Nava holte tief Luft. Ihr war klar, dass sie es allein auf Caine abgesehen hatten, sie selbst also verzichtbar war. Sie hielt einen Moment die Luft an, dann beruhigte sie sich. Kein Grund zur Panik, sie würde es überleben oder dabei umkommen, wie jedes Mal.

Sie verlangsamte ihre Schritte und schaffte es, sich so neben die dreifache Mutter zu schieben, dass die Kinder zwischen Caine und Mr. Schnauzbart blieben. Ihre linke Flanke war gedeckt, nun richtete Nava ihre Aufmerksamkeit auf die rechte. Sie waren jetzt beinahe bei der Agentin; die Menge schob sie langsam vorwärts. Die Rolltreppe war keine drei Meter mehr entfernt. Die Frau drehte sich ein paar Grad nach rechts und korrigierte ihre Haltung, machte sich kampfbereit. Wenn die Agenten sie noch auf dem Bahnsteig schnappen wollten, war das ihre letzte Chance.

Und es sah ganz danach aus, als wollten sie sie jetzt ergreifen.

Caine bemerkte nichts Auffälliges an der Frau in Geschäftskleidung, aber wenn Nava sagte, sie sei eine von denen, dann nahm er es als Tatsache hin. Er war sich die ganze Zeit ihrer Nähe bewusst, während er weiter zur Rolltreppe ging. Zwei Meter. Er wollte langsamer gehen, aber die Menge ließ es nicht zu. Ein Meter. Und dann war er neben ihr. Sie duftete nach Parfüm. Er war ihr so nahe, dass er nicht widerstehen konnte und sie durch seine dunkle Sonnenbrille direkt ansah.

Sie schenkte ihm ein bezauberndes Lächeln. Sie wirkte nicht gefährlich. Unter anderen Umständen hätte er sie anziehend gefunden mit ihrer frischen Ausstrahlung und ihrem, wie Jasper es genannt hätte, «Idealkörper kollektiver Pornophantasien». Caine lächelte zurück, vergaß für eine Sekunde, dass er verfolgt wurde. Dann sah er etwas in ihrer rechten Hand glitzern. Es sah aus wie ein übergroßer silberner Kugelschreiber.

Caine sah sie wie gebannt an. Dann begriff er, dass der Kuli in Wirklichkeit der federgetriebenen Spritze glich, die Nava in New York benutzt hatte. Unvermittelt stieß die Agentin die Spritze auf ihn zu.

...

Die Nadel dringt in sein Fleisch ein und –

(Schleife)

Sie stößt die Spritze auf ihn zu; er versucht, ihren Arm abzublocken, aber es gelingt ihm nicht. Er spürt einen schmerzhaften Stich und –

(Schleife)

Er schwingt sein verletztes Bein in die Flugbahn der Nadel, wehrt den Angriff ab und –

...

Die Spritze ging direkt über seinem Knie ins Ziel, grub sich in die hölzerne Beinschiene. Als die Nadel abbrach, packte die Frau Caine beim Arm und riss ihn aus dem Gleichgewicht. Einen Augenblick lang versuchte er stehen zu bleiben, aber es half nichts, also machte er aus seinem Sturz das Beste. Er warf sich nach vorn und rammte ihr seine Schulter unters Kinn.

Sie taumelte zurück, zog Caine mit sich hinunter. Sie drehte sich im Fallen und landete auf der Seite, ihm zugewandt. Er wollte sie gerade wegstoßen, da spürte er die Mündung ihrer Waffe hart an seinem Bauch.

«Ich will Sie nicht töten, aber wenn Sie sich bewegen, schieße ich», sagte die Frau. «Und wenn das passiert, werden Sie sich wünschen, ich *hätte* Sie getötet.»

Caine glaubte ihr. Auf einmal fing eine Frau zu kreischen an, und die Menschenmenge war keine sorglose Herde mehr, sondern eine Meute verschreckter Tiere. Jemand trat auf Caines verletztes Knie. Ein unerträglicher Schmerz schoss durch sein Bein, und er krümmte sich.

Dann hörte er den Schuss.

Kapitel /23/

Nava sah, wie die Agentin Caine angriff, aber da sie ihn mit Sicherheit nicht töten wollte, konzentrierte sich Nava auf Mr. Schnauzbart, denn der wollte sie töten. Er stürmte heran, griff nach seinem Holster, drängte sich zwischen den Fahrgästen hindurch. Nava sah in seinen Augen einen Blick, den sie von sich selbst nur allzu gut kannte. Das war ein Profi. Der machte erst Schluss, wenn mit *ihm* Schluss war. Nava zeigte auf seine Pistole und schrie, so laut sie konnte:

«OMEINGOTTERHATEINEPISTOLE!!!»

Sie brauchte es nicht zweimal zu sagen. Es war ein Satz, den in einer Großstadt jeder erwartete und keiner hören wollte. Die Leute drehten sofort komplett durch. Jeder war jedem im Weg, zu viele Menschen drängten auf einmal zu den Doppeltüren, zur Rolltreppe.

Wie der Zufall wollte, beschlossen die beiden sportlichen Typen, die Helden zu markieren, und stürzten sich auf Mr. Schnauzbart, hielten ihn an den Armen fest. Sie waren aber keine Gegner für den trainierten Agenten. Er rammte dem einen seinen Ellbogen in den Bauch und boxte dem anderen ins Gesicht, brach ihm die Nase. Beide wären zu Boden gegangen, hätte der Platz dafür gereicht. Stattdessen trug die wogende Menge ihre schlaffen Körper mit sich.

Unbeeindruckt schob sich Nava auf den Agenten zu. Er sah sie kommen und machte sich bereit. Er streckte den Waffenarm vor, und sofort bildete sich ein leerer Kreis um ihn, als die Leute zwischen ihm und den Türen noch kräftiger nach vorn drängten, während die hinter ihm auf die Gleise sprangen und dem Tageslicht entgegenliefen.

«Runter auf den Boden! FBI!», bellte er.

Nava ließ sich nicht aufhalten, aber damit hatte er wahrscheinlich gerechnet. Er drückte ab. Sie sah es, aber ihr blieb nichts anderes übrig, als die Zähne zusammenzubeißen und weiterzurennen. Erstaunlicherweise fiel kein Schuss. Verwirrung stand in seinem Gesicht, dann begriff er, dass die Waffe Ladehemmung hatte. Aber es war zu spät, Nava war schon bei ihm.

Sie packte seine Waffenhand und drückte sie Richtung Decke. Er machte die Bewegung mit und schoss einen linken Haken auf sie ab. Sie sah den Ansatz im Augenwinkel und machte daher etwas, das der gesunde Menschenverstand verbot.

Aber Nava gehorchte nicht mehr dem gesunden Menschenverstand, sondern ihren Kampfreflexen, die im Training mit den besten Zweikampfexperten des KGB geschärft worden waren. Ehe sein linker Haken traf, drehte sie sich mit gesenktem Kopf in den Schlag. Seine Faust krachte ihr voll auf die Schädeldecke, den härtesten Knochen des menschlichen Körpers. Es fühlte sich an wie ein Schlag mit einem Holzhammer, aber das Knacken seiner Hand beim Aufprall verriet Nava, dass es ihm noch viel mehr wehtat als ihr.

Der Agent ächzte, und Nava ließ den Arm vorschießen wie eine Schlange und packte seine verletzte Hand. Sie drehte sie kräftig herum, brach ihm das Handgelenk wie einen Zweig und drückte gleichzeitig seine gebrochenen Finger zusammen. Bevor er kontern konnte, riss sie ihm die Pistole aus der anderen Hand und hieb sie ihm über den Nasenrücken. Der Agent ging zu Boden, knallte mit dem Kopf auf den Beton. Er hatte genug.

Sofort suchte sie die Menge nach weiteren Angreifern ab, konnte aber keine entdecken. Jetzt, da Nava die Pistole hatte, blieb immer ein bisschen freier Raum um sie, weil die panischen Menschen verzweifelt versuchten, ihr aus dem Weg zu gehen. Sie entdeckte Caine; er lag auf dem Boden und hielt die Agentin fest, die ihm eine Waffe an den Bauch presste.

Nava überblickte die Lage sofort. Ohne zu zögern, drückte sie ab.

Als Caine den Schuss hörte, erstarrte die Welt.

· · ·

Caine ist sofort voller Blut. Das Gesicht der Agentin zerstiebt, wird ein klaffendes Loch mit einem blutigen grauen Omelett darin. Jeder Muskel ihres Körpers erschlafft, ihre Waffe fällt zwischen ihnen zu Boden. Und –

(Schleife)

Sie lebt, und die Kugel zerfetzt ihren Hals. Ihre Drosselvene pumpt Blut in die Luft wie ein Geysir. Und –

(Schleife)

Wieder und wieder stirbt sie, als würde er sich in einer Endlosschleife den Zapruder-Film über die Ermordung Kennedys ansehen. Während er voller Entsetzen zusieht, verlangsamt die Zeit noch mehr. Nun kann er sehen, wie die Kugel in ihr Fleisch eindringt. Meist fährt sie ihr durch die Augenhöhle, aber manchmal

zerfetzt sie ihr auch den Unterkiefer und überschüttet Caine mit
zersplitterten Zähnen.

Ein paar Mal spürt er sengenden Schmerz, als die Kugel ihm
selbst in den Schädel kracht, aber diese Sinneseindrücke enden
zum Glück schnell – wenn das Bleigeschoss sein Hirn erreicht,
wirft es ihn zurück an den Anfang der Filmrolle. Und endlich
ändert sich das Drehbuch, als Caine begreift, was er zu tun hat.
Mit aller Kraft zwingt er ihren Unterarm hoch und –

...

– die Kugel krachte ihr durchs Handgelenk, veränderte
die Flugbahn um 12,3 Grad nach links, und das Bleigeschoss bohrte sich in die Wand. Ehe Caine reagieren
konnte, kam ein Schatten herabgestürzt und knallte der
Agentin den Kopf auf den Boden, und sie blieb bewusstlos liegen.

«Gehn wir», sagte Nava und zog ihn hoch. «Uns bleibt
nicht viel Zeit.»

Der Bahnsteig war fast leer, bot ihnen keinerlei Deckung.
Die Schüsse hatten einen Teil der Menge auf die Gleise
getrieben, die Menschen rannten durch den Tunnel auf
das diffuse Tageslicht zu. Nava warf die Waffe der Agentin weg und beugte sich vor.

«Rauf mit Ihnen!»

Bevor Caine wusste, was geschah, hob sie ihn hoch,
warf ihn sich über die Schulter und sprang auf die Gleise
hinab. Sie landeten hart, aber irgendwie gelang es Nava,
nicht ihr Gleichgewicht zu verlieren. Vielmehr nutzte
sie den Schwung, um Caine wieder von der Schulter zu
schwingen und auf den Boden zu stellen.

Binnen Sekunden tauchten sie zwischen den verängstig-
ten Menschen unter, die auf das Licht am Ende des Tunnels zu hinkten.

«Schusswechsel! Ich wiederhole, wir haben einen Schuss-wechsel!», kreischte es in Crowes Kopfhörer.

«Was ist los? Irgendjemand getroffen?» Die Mission ging den Bach runter, und er war immer noch einen Kilometer entfernt. «Team eins, antworten, verdammt!»

«Hier Team eins. Keine Antwort von Agenten auf Bahn-steig.»

«Dann gehen Sie dort runter!»

«Unmöglich, Sir. Eine Horde Menschen kommt die Rolltreppe rauf. Auch Verletzte. Wir können erst runter, wenn die weg sind. Wir gehen davon aus, dass die Zielperson sich immer noch auf dem Bahnsteig befindet.»

Wenn die beiden Agenten nicht antworteten, waren sie entweder nicht mehr in der Lage dazu oder tot. Crowe hatte unter seinem Kommando noch nie einen Agenten verloren. Der Gedanke, dass es vielleicht gerade passiert war, war wie ein Faustschlag in die Magengrube. Er hätte gern Zeit zum Nachdenken gehabt, aber ihm war klar, dass jedes Zögern weitere Menschenleben kosten konnte. Er war der Leitende hier. Er musste leiten.

Crowe vergegenwärtigte sich die Lage. Vaner würde auf gar keinen Fall auf diesem Scheißbahnsteig bleiben und ab-warten, während sich von überall her weitere Agenten ihrer Position näherten. Sie hatten den Fahrstuhl außer Betrieb gesetzt und die Treppen versperrt, sodass als Ausgang nur die Rolltreppe blieb. Er bezweifelte, dass Vaner die riskieren würde, und wenn da noch so ein panisches Gedränge war. Der einzige andere Weg nach draußen war …

«Der Tunnel! Sie versuchen, über die Gleise rauszu-kommen!», brüllte er, während er eine weitere rote Ampel überfuhr und einen weißen BMW schnitt, ohne den Fuß vom Gas zu nehmen. «Die beiden Tunnelausgänge abrie-geln!»

«Wir können nicht gleichzeitig den Bahnhof und den Tunnel adäquat abdecken!»

«Erzählen Sie mir keinen Scheiß von wegen adäquat abdecken! Lassen Sie ein Zweierteam bei der Rolltreppe. Alle anderen auf die Gleise. Sofort!»

«Verstanden.»

«Noch eins», sagte Crowe, kurz innehaltend. «Erledigen Sie Vaner. Ich gehe kein weiteres Risiko mehr ein. Bei Identifikation … töten.»

Ein paar Ratten machten sich fiepend davon, als Vaner und Caine versuchten, mit der Menschenmenge Schritt zu halten. Caine beachtete die Tiere nicht, konzentrierte sich vielmehr voll darauf, nicht hinzufallen. Als sie sich dem Ende des Tunnels näherten, verlangsamten Nava und Caine ihre Schritte und blieben stehen. Obwohl es mitten am Tag war, war das Licht trübe, der Himmel schwarz von Sturmwolken. Nava sah sich um, aber der Regen fiel in Strömen und erschwerte die Sicht.

Draußen kamen sie noch langsamer voran. Da es links und rechts eine steile Böschung hinaufging, waren sie gezwungen, die rutschigen Gleise und das aufgeweichte Gleisbett zu benutzen. Immer wieder glitten Leute aus und schlugen hin. Manche blieben liegen, riefen um Hilfe oder hielten sich die Hände über den Kopf und zuckten unter hysterischen Schluchzern. Andere kämpften sich wieder hoch und stolperten weiter, schlammverschmiert wie Zombies in einem billigen Film.

Auf einmal blieben weiter vorn die Leute vor einer improvisierten Absperrung der Polizei stehen. Caine und Nava blieben im hinteren Teil der Menge. Nava löste ihren Pferdeschwanz und ließ sich die langen, nassen Haare ins Gesicht fallen, damit niemand sie vom Bahnsteig her erkannte. Glücklicherweise blieben sie in dem ganzen Chaos unbeachtet.

«Herrschaften, bitte beruhigen Sie sich und hören Sie zu», rief ein untersetzter Cop durch ein Megaphon. «Alles wird gut. Wir müssen nur kurz Ihre Personalien überprüfen.»

Dann wurden sie angewiesen, sich in drei Reihen anzustellen. Es standen Polizisten bereit, um jedem, der überprüft worden war, die rutschige Böschung hinaufzuhelfen. Zwar beschwerten sich ein paar Meckerköpfe darüber, dass man sie dazu zwang, im strömenden Regen herumzustehen, aber die meisten Menschen standen viel zu sehr unter Schock, um irgendetwas anderes zu tun, als den Anweisungen zu folgen.

Caine warf Nava einen Blick zu; sie hatte eine Hand in der Jackentasche. Da ihre Jacke durchnässt war, konnte er den Umriss einer Schusswaffe erkennen. Er wusste, dass das alles in Wirklichkeit gar nicht passierte, dass es sich nur um eine Wahnvorstellung handelte, aber – wenn er sich nun irrte? Er musste Nava aufhalten.

Seine Gedanken rasten. Er schloss die Augen, und auf einmal wusste er, was er zu tun hatte.

«Bevor Sie wieder auf jemanden schießen», sagte Caine. «Ich habe einen Plan.»

«Sie haben dreißig Sekunden», sagte sie. «Ich höre.»

«Als Erstes», sagte Caine, «brauche ich eine Waffe.»

Sie hielten sich zwar am hinteren Ende der Menge auf, aber nach ihnen kamen noch einmal fünfzig Fahrgäste, und weitere dreißig drückten sich im Tunnel herum, weil sie nicht nass werden wollten. Langsam bewegten Caine und Nava sich weiter nach hinten und suchten die Gesichter der Leute ab. Caine hoffte, dass er das Richtige tat.

Aber eigentlich war alles besser, als Nava erneut mitten zwischen den Leuten drauflosballern zu lassen.

Dann erblickte Caine ihn. Der Mann war perfekt. Caine machte Nava auf ihn aufmerksam, und sie nickte und bahnte sich einen Weg zu ihm. Als sie vor dem dunkelhaarigen Mann stand, lächelte sie ihn an. Der Mann warf einen Blick auf Navas durchweichtes T-Shirt, das den Umriss ihrer Brüste erkennen ließ, und erwiderte ihr Lächeln.

Als Caine ihm eine Waffe in die Rippen drückte, verging ihm das Lächeln. Entsetzt sah er wieder zu Nava, suchte ihren Beistand, aber sie zog ebenfalls ihre Waffe und hielt sie ihm an den Bauch.

«Mitkommen», sagte Nava. «Langsam.» Sie ging neben dem Mann her, hielt ihn beim Arm, ohne die Waffe zurückzuziehen, die von seinem Sportsakko verdeckt wurde. Caine folgte ihnen. Als sie die beruhigende Dunkelheit des Tunnels erreichten, nahmen sie ihn in die Zange.

«Geben Sie mir Ihre Brieftasche», wies Caine ihn an.

«Scheiße, ihr raubt mich aus?», fragte der Mann ungläubig. «Ich fass es nicht! Erst dreht jemand durch und fängt an rumzuballern, und dann werd ich auch noch *ausgeraubt*?»

Nava stieß ihm die Pistole in die Rippen. «Die Brieftasche», befahl sie.

«Schon gut, schon gut.» Der Mann wühlte in seiner Manteltasche, zog eine schwarze Brieftasche von Gucci hervor und gab sie Caine.

Caine zog seinen Führerschein heraus. «Richard Burrows. Werden Sie Rick oder Rich genannt?»

«Rick», sagte er wütend.

«Gut, Rick. Ist das Ihre Familie?», fragte Caine und hielt ihm ein Foto hin, auf dem Rick mit einer hübschen Blondine zu sehen war, die ein Baby auf dem Arm hielt.

Rick starrte Caine giftig an und nickte. Nava klappte ihr Handy auf und tippte eine Nummer ein.

Nach ein paar Sekunden sagte sie: «Ich bin's. Fahrt in die –», sie hielt inne und sah auf Ricks Führerschein, «Pine Street 4000. Brecht in das Haus ein. Greift euch die Blonde und das Kind und bringt sie in den Unterschlupf. Wenn ihr in der nächsten Stunde nichts von mir hört, umbringen.»

Nava klappte das Handy zu, und Caine beobachtete Ricks Reaktion. Sein Gesicht nahm einen bizarren Ausdruck an, irgendetwas zwischen Angst und Wut, wenngleich darunter auch eine stille Resignation zu spüren war.

«Was wollen Sie?», flehte Rick. Ehe Nava antworten konnte, übernahm Caine. Er konnte dem armen Kerl, den er sich als Opfer auserkoren hatte, besser gut zureden.

«Ich sag Ihnen mal, was wir nicht wollen», sagte Caine. «Wir wollen nicht, dass Ihrer Familie etwas zustößt. Glauben Sie mir das?»

Rick nickte langsam; seine Lippen zitterten. Er sah so aus, als ob er Caines Worten keinen Glauben schenkte, und das war auch gut so. Caine hasste sich selbst dafür, aber ihm war klar, dass Rick alles tun würde, was sie wollten, solange er glaubte, dass seine Familie in Gefahr war.

«Wenn Sie genau das tun, was ich Ihnen sage, wird Ihrer Familie nichts passieren.» Caine machte eine Pause und starrte Rick in die Augen, wohl wissend, dass er gerade dabei war, eine Grenze zu überschreiten. «Wenn nicht, werden *Sie* derjenige sein, der sie getötet hat, nicht ich. Ist das klar?»

Rick nickte erneut. Auf einmal wollte Caine am liebsten alles zurücknehmen und dem Mann sagen, dass niemand in seinem Haus war, dass seine Frau und sein Kind in Sicherheit waren. Aber das konnte er nicht. Es gab kein

Zurück. Er versuchte, sich damit zu trösten, dass nichts von alldem wirklich geschah, aber irgendwie gelang es ihm nicht. Anscheinend trat gerade der gesunde Teil von ihm in den Hintergrund, während der Wahn seine eigenen Regeln aufstellte.

Caine schüttelte den Gedanken ab und wandte sich wieder an Rick, erläuterte ihm sorgfältig seinen Plan. Rick protestierte, aber Caine versicherte ihm, dass alles prima klappen würde, solange er nur tat, was Caine sagte.

«Strecken Sie Ihre Hand aus», sagte Caine. Rick befolgte die Anweisung, und Caine drückte ihm die Pistole in die zitternde Hand. Rick starrte auf die Waffe hinab, als handelte es sich um eine scharfe Handgranate. «Stecken Sie sie in die Tasche.» Rick versuchte es, aber seine Hand zitterte so sehr, dass er es erst beim dritten Versuch schaffte.

Caine zeigte auf die kürzeste der drei Schlangen. Rick sah dorthin, dann wieder zu Nava. Sie senkte ihre Waffe. Er trottete los, langsam, wie ein Mann auf dem Weg zur Hinrichtung. Sobald er außer Hörweite war, sah Nava Caine beeindruckt an.

«Das haben Sie gut hingekriegt.»

«Ja – so gut, dass er fast einen Herzinfarkt bekommen hat.»

«Sie hatten keine andere Wahl.»

Caine starrte sie an. «Man hat immer eine andere Wahl.» Aber schon als ihm die Worte über die Lippen kamen, wurde Caine klar, wie scheinheilig das war. Er fragte sich, wann ihm seine Menschlichkeit abhanden gekommen war.

Schweigend warteten sie fünf Meter hinter Rick in der Schlange. Zehn Minuten vergingen. Nava hatte den Eindruck, dass es für Rick die längsten zehn Minuten seines

Lebens waren. Alles, was er tat, offenbarte dem geübten Auge sein langsam anwachsendes Grauen. Ständig trat er von einem Fuß auf den anderen, nestelte an sich herum. Aber seine nackte Angst bereitete Nava keine Sorgen.

Wohl aber, dass er alle halbe Minute einen flehenden, furchtsamen Blick zurück zu seinen vermeintlichen Verfolgern warf. Bei diesem Blick gefror ihr das Blut in den Adern. Wenn die Agenten vorn bei der Absperrung etwas von ihrem Job verstanden, wussten sie Burrows Verhalten sofort zu deuten, und das Spiel war aus.

In Anbetracht der äußeren Umstände bot Caines Plan ihnen wahrscheinlich die größte Chance zu entkommen. Im Großen und Ganzen hielt sie ihn auch für gut; viel entscheidender aber war, dass ihr Vertrauen in Caine immer stärker wurde, dass sie mit immer größerer Sicherheit wusste, dass alles, was Caine plante, auch genau so eintrat.

«Der Nächste.» Agent Sands blieb auf Draht. Gerade hatte er über Funk erfahren, dass Hauser und Kelleher auf dem Weg ins Krankenhaus waren. Wer die zwei außer Gefecht setzen konnte, hatte was drauf.

Sands konnte nicht fassen, was Caine und Vaner mit ihnen angestellt hatten. Er betete zu Gott, dass Caine in seiner Schlange stand und dass er ihn festnehmen durfte. Und wer weiß, vielleicht krachte Caines Gesicht auf dem Weg in die Zentrale ein paar Mal versehentlich gegen Sands Faust. Sands lächelte bei der Vorstellung. Wenn er Caine schnappte, dann würde das Schwein erfahren, was es hieß, Reue zu empfinden, noch bevor er in Untersuchungshaft kam.

«Der Nächste!», brüllte Sands erneut. Sicher, in dem strömenden Regen konnte man kaum etwas hören, aber der Mann, der jetzt dran war, musste doch sehen, dass die Frau vor ihm längst durchgewunken worden war. Der Mann warf einen nervösen Blick hinter sich.

Sands war alarmiert. Alle anderen Leute waren im Laufschritt unter die Plane gekommen, um endlich dem Regen zu entkommen. Aber dieser Typ ging ganz langsam zwischen den Holzabsperrungen hindurch, die Augen auf den Boden gerichtet, als bewegte er sich über ein Minenfeld. Keinem der sechs Polizisten, die hier herumliefen, schien das aufzufallen, aber was war von städtischen Cops auch anderes zu erwarten.

Als der Mann vor ihm stand, konnte Sands sehen, dass er eine Riesenangst hatte; seine Gesichtsfarbe erinnerte an alten Kleister. Er bewegte nervös die Hände – in die Hosentaschen, wieder raus, an die Hüften –, als ob er versuchte, gelassen zu wirken. Wenn es eines gab, das Sands wusste, dann, dass Unschuldige nicht versuchten, gelassen zu wirken. Schon gar nicht Unschuldige, die im Regen angestanden hatten.

Obwohl die Gesichtszüge des Mannes leicht von David Caines Foto abwichen – die Nase ein bisschen zu breit, die Augen schmutzig braun –, gab es keinen Zweifel mehr. Zumal die restliche Beschreibung zutraf – eins achtzig, circa achtzig Kilo. Sands korrigierte seine Haltung, machte sich kampfbereit.

«Von wo sind Sie heute abgefahren, Sir?», fragte er, ohne das Gesicht des Mannes aus den Augen zu lassen.

«Ähm … ich … New York. Ich bin in New York eingestiegen», stammelte der Mann. Er sah auf seine Füße hinab.

«Können Sie sich ausweisen?»

Der Mann nickte und griff nervös in seine Manteltasche. Sands' Muskeln spannten sich an. *Wenn er eine Waffe zieht, knall ich ihn ab, Kopfschuss und fertig. Scheiß drauf, was*

Crowe sagt. Aber der Mann zog eine dünne schwarze Brieftasche und gab sie ihm mit zitternder Hand.

Sands klappte das Etui auf und warf einen Blick auf den Namen, während er gleichzeitig den Mann vor sich im Auge behielt. Caine, David – *Scheiße nochmal.* In einer flüssigen Bewegung ließ Sands die Brieftasche fallen, zog seine Waffe und legte mit beiden Händen auf Caines Kopf an.

«Hinknien und Hände hinter den Kopf! RUNTER, DU ARSCHGESICHT, ABER SOFORT!»

Caine war wie gelähmt, ein Hirsch im Lichtkegel der Scheinwerfer. Ein brutaler Tritt ins Knie von Martin Crowe, der plötzlich neben ihm war. Er fiel rückwärts um. Sands holte aus und trat Caine so fest in den Unterleib, wie er konnte. Es fühlte sich an, wie in Pudding zu treten.

Caine hustete einen Blutklumpen aus.

«Das war für Kelleher, du miese Drecksau.»

Sands beugte sich vor und packte ihn bei den Haaren, riss sein verdrecktes Gesicht herum und musterte es erneut. Keine hundertprozentige Übereinstimmung, aber die Leute sahen nicht unbedingt immer so aus wie auf den Fahndungsfotos. Ja, das war Caine. Er tastete ihn rasch ab und fand die Waffe. Die Waffe, mit der er auf Hauser und Kelleher geschossen hatte.

Sands holte mit der Faust aus und schlug so fest zu, wie er konnte. Blut spritzte aus der Nase, die sich mit einem widerwärtigen Knacklaut verflachte. Sands wollte Caine noch eine verpassen, aber eine starke Hand hielt seinen Arm zurück. Er fuhr herum, und da stand Crowe, sah ihn ernst an. Er hatte es zugelassen, dass Caine eine kleine Abreibung bekam, aber jetzt war es genug. Sands nickte und ließ die Faust sinken. Dann bückte er sich und zog Caine an den Haaren, bis er die Augen aufmachte.

«Du hast auf einen Freund von mir geschossen, du Schwein», fauchte Sands ihm in das jämmerliche Gesicht. «Dafür wirst du braten, das ist dir doch wohl klar?» Der Mann kniff nur die Augen zu und begann zu flennen wie ein kleines Kind. Ja, klar. Sie waren alle groß und stark, bis man sie schnappte. Dann heulten die Schlappschwänze bloß noch nach ihrer Mama. Er stieß Caines Kopf in den Dreck und stand auf.

«Er gehört Ihnen, Crowe.»

Kapitel /24/

Nava verspürte einen Anflug von Erleichterung, als die beiden Agenten Rick Burrows wegschleiften, aber er war rasch wieder vorbei. Sie hatte gehofft, dass die FBI-Leute jetzt, da sie «David Caine» gefunden hatten, die Suche einstellen würden, aber sie ließen nur die Männer ohne Kontrolle durch. Nava fluchte leise. Ihr Glück hatte sie doch im Stich gelassen.

«Nun gehen Sie schon», sagte sie zu Caine.

«Aber dann wird man Sie festnehmen.»

«Das werden wir ja sehen. Falls ich erkannt werde, habe ich auf jeden Fall eine größere Chance zu fliehen, wenn ich mich nicht auch noch um Sie kümmern muss.»

Caine wollte protestieren, aber Nava schnitt ihm das Wort ab.

«David, wir haben keine Zeit, uns zu streiten. Die suchen immer noch nach mir, was bedeutet, dass sie Ihren Doppelgänger bald verhören werden. Und dann wird es nicht lange dauern, bis sie ihren Fehler bemerken.

Also passen Sie auf: Gehen Sie in die übelste Gegend der Stadt und quartieren Sie sich dort in ein Motel ein. Bezahlen Sie bar. Setzen Sie sich auf *keinen* Fall mit Jasper in Verbindung. Wir treffen uns morgen Mittag in der Vorhalle des Philadelphia Art Museum. Wenn ich um fünf nach zwölf noch nicht dort bin, sind Sie auf sich allein gestellt.»

Caine sagte ein paar Sekunden lang nichts, blinzelte nur und nickte dann.

«Wir sehen uns», sagte er. Ohne ein weiteres Wort wandte er sich ab und stieg den steilen Hang hinauf.

Caine sah nicht zurück. Er musste so schnell wie möglich die Böschung hinaufkommen. Dummerweise war das mit seinem verletzten Knie nicht so leicht. Plötzlich packte ihn jemand fest beim Ellbogen. Ein Mann in einer dunkelblauen Polizeiuniform.

«Na, eine helfende Hand gefällig?», fragte der untersetzte Polizist.

Dieses Angebot durfte Caine auf keinen Fall ablehnen, also antwortete er: «Ja klar, danke.»

«Gerne», sagte der Cop, packte ihn noch fester beim Ellbogen und half ihm die Steigung hinauf. Sie gingen langsam, aber stetig. Bald waren sie nur noch drei rutschige Meter vom Highway entfernt.

Caine schob sich im Schlamm vorwärts, wappnete sich für das, was ihm bevorstand.

Crowe fühlte sich nicht wohl, solange er nicht alle Gurte doppelt überprüft hatte. Dann erst wurde er allmählich lockerer. Er starrte Caine an, der zitternd auf dem am Boden des Transporters verschraubten Stuhl saß. Ihm war klar, dass er Caine besser so schnell wie möglich zurück nach New York schaffte, solange Vaner noch flüchtig war, aber Crowe zögerte. Trotz der Tatsache, dass es Forsythe wahrscheinlich herzlich egal war, was aus Vaner wurde, konnte

Crowe nicht einfach die Kurve kratzen. Sie war gefährlich und musste gefasst werden.

Und abgesehen davon – irgendetwas stimmte nicht. Konnte das hier der gleiche Mann sein, der drei Agenten ins Krankenhaus geschickt hatte?

«Wo ist Vaner?», fragte Crowe ihn zum dritten Mal.

Caine antwortete nicht. Wieder gab er nur trockene, erstickte Schluchzer von sich. Seine Hände zitterten so heftig, dass sein Ring an der Armlehne klapperte – *ratatatat, ratatatat*. Crowe legte den Kopf schief, den Blick starr auf den Ringfinger der linken Hand des Mannes gerichtet.

Crowe blieb fast das Herz stehen. David Caine war ledig. Es mochte Bestandteil seiner Tarnung sein, aber trotzdem … Crowe packte die zitternde Hand, und durch den Mann, der eindeutig mit einer körperlichen Misshandlung rechnete, fuhr ein Ruck. Crowe drehte den Ehering hin und her, dann gelang es ihm, ihn abzuziehen. Die Stelle, an der der Ring gesessen hatte, war heller als der restliche Finger. Der Ehering war keine Tarnung. Crowes Magen krampfte sich zusammen.

«Sie sind nicht David Caine.»

Der Mann wimmerte nur. Auf einmal ergab alles Sinn. Warum es so leicht gewesen war; warum dieser Mann so eine erbärmliche Heulsuse war. Crowe zog seine Smith & Wesson 9mm und drückte dem Mann die Mündung an den Kopf, packte mit der anderen Hand sein Kinn. Crowe konnte Betsy sehen, allein in ihrem Krankenhausbett. Ohne das Geld konnte er sie unmöglich retten. Er würde sie nicht im Stich lassen. Er *durfte* sie nicht im Stich lassen.

«Sehen Sie mich an! SEHEN SIE MICH AN!»

Der Mann öffnete die Augen, Tränen liefen ihm die Wangen hinab.

«Sie haben fünf Sekunden, mir zu erklären, was hier

läuft. Wenn nicht, drücke ich ab und verteile Ihr Hirn im ganzen Wagen. Wenn Sie glauben, dass ich bluffe, dann schauen Sie sich meine Augen an, die werden Sie überzeugen.

Fünf.

Vier.

Drei.»

Ihre Blicke trafen sich – Crowe kalt und entschlossen, der Mann unstet und voller Angst.

«Ih ahm'ich id na a'e edrohd», schluchzte er. *Sie haben mich mit einer Waffe bedroht.* «Ih ahm esag ih bring mei'e ahmiiiiieeelje um.» *Sie haben gesagt, sie bringen meine Familie um.*

«Scheiße nochmal.» Crowe hielt die Waffe nach wie vor auf seinen Kopf gerichtet. «Wann? Wo?»

«Ade ehm. Inna lange.» *Gerade eben. In der Schlange.*

Crowe schob sich an dem Mann vorbei und riss die Türen des Lieferwagens auf. «Alle Teams!», brüllte er in sein Headset. «Gefasste Zielperson war Lockvogel! Ich wiederhole: Gefasste Zielperson war Lockvogel! Abriegeln! Sofort!»

Zweieinhalb Meter. Zweieinviertel. Zwei.

Caine atmete auf. Gleich war es geschafft. Noch ein paar Schritte, und er war den Polizisten los. Durch den Regen konnte er jetzt Autos vorbeirasen sehen; sie verlangsamten unmerklich, um sich die Streifenwagen am Straßenrand anzusehen.

Dann blieb der Polizist plötzlich stehen, als sein Funkgerät zu kreischen begann.

Nava war ganz am Ende der Schlange und zerbrach sich den Kopf, wie sie am besten vorging. Noch waren vier

Frauen vor ihr. Sie erwog, eine davon als Geisel zu nehmen, aber das zwang die FBI-Leute nur zum Handeln, und da sie hier nirgends Deckung hatte, war es der blanke Selbstmord.

Es waren nur noch drei FBI-Agenten bei der Kontrollstelle geblieben, dazu sechs Polizisten. Sie hatte schlechtere Zahlenverhältnisse überlebt – wenn auch knapp. Es bestand immer noch die Chance, dass niemand sie erkannte und ihre falschen Papiere sie durchbrachten, aber sie bezweifelte es. Auf einmal erstarrten die drei Agenten nahezu gleichzeitig.

Als der erste nach seiner Waffe griff, wusste Nava, dass Davids Trick durchschaut worden war. Ein roter Schleier senkte sich herab, als sie ihre Glock zog und zu feuern begann.

Caine riss seinen Arm aus dem Griff des Polizisten, der das Gleichgewicht verlor. Ehe er sich wieder fangen konnte, schwang Caine ihm seinen Stock in weitem Bogen über den Schädel.

Nava konzentrierte sich auf die drei FBI-Agenten, da sie wusste, dass sie bessere Schützen waren als die Cops. Mit chirurgischer Präzision feuerte sie schnell hintereinander drei Schüsse ab. Bevor das Echo des ersten ihr Ohr erreichte, waren die Kugeln schon durch den Regen auf die beabsichtigten Ziele zugerast.

Chaos brach aus, als die Agenten zu Boden gingen, jeder mit einer Kugel in der rechten Schulter. Die restlichen Frauen vor der Absperrung liefen hysterisch kreischend durcheinander, die Polizisten gingen in Deckung.

Ehe auch nur einer von ihnen seine fünf Sinne wieder beisammen hatte, lief Nava los und kletterte die rutschige

Böschung zu Caine hinauf, als dieser gerade einem Cop das Ende seines Spazierstocks über den Schädel zog. Er schlug so fest zu, dass es ihn selbst von den Füßen riss. In einem Gewirr von Gliedmaßen stürzten die beiden hin.

Nava kletterte an dem Cop vorbei, der flach auf dem Rücken lag. Blut rann aus einer Platzwunde über dem rechten Ohr. Er war bewusstlos. Sie bückte sich, zog Caine hoch und zerrte ihn die letzten paar Schritte zur Straße.

Sie brauchten ein Auto.

Überall standen Streifenwagen, die aber anscheinend nicht besetzt waren. Keine zehn Meter von ihnen entfernt schlurften ein paar Fahrgäste die Standspur hinunter; sie hatten offenbar gar nicht bemerkt, was sich hier abgespielt hatte. Caine sah nach hinten und bereute es sofort; sechs Cops kamen mit gezogener Waffe die Böschung hochgerannt.

Nava und ihm blieben vielleicht noch fünfzehn Sekunden, dann ging die Schießerei wieder los. Nava war gut – Scheiße, sie war sogar verdammt gut –, aber dass sie mit sechs bewaffneten Polizisten fertig wurde, konnte er sich nicht vorstellen. Hinzu kam, dass Caine nicht einmal wollte, dass sie es versuchte; aus Furcht, dass sie *doch* mit ihnen fertig wurde, sie dabei aber alle erschoss. Es gab nur eine Lösung.

«Geben Sie mir eine Waffe», sagte Caine. Nava zögerte nicht. Ihr kam seine Bitte anscheinend weniger lachhaft vor als ihm selbst.

Ohne zu zögern, hinkte Caine in die Mitte der regennassen Straße und winkte mit seiner Waffe. Ein roter VW-Käfer bremste mit quietschenden Reifen ab, schlitterte von der Straße und krachte in die Leitplanke. Ein Ford Mustang fuhr um ihn herum, ein dunkelblauer Wirbel, der ihn mit Pfützenwasser übergoss. Caine konnte nichts mehr sehen und wischte sich gerade das Wasser aus den Augen, da schoss ein schwarzer Mercedes auf ihn zu.

Er richtete seine Waffe auf die Windschutzscheibe. Er bluffte nur, aber es funktionierte. Der Fahrer blieb schlitternd stehen, fünfzehn Zentimeter vor Caines gebrochenem Knie. Da die Fenster getönt waren, konnte Caine den Mann am Steuer nicht sehen.

Nava rannte zum Auto und riss die Tür auf. Sie zog den Fahrer beim Kragen heraus und stieß ihm ihre Waffe ins Gesicht. Trotz der schweren Artillerie wirkte der Mann sehr ruhig. Er sah an Nava vorbei und starrte Caine an.

«Rain Man?»

«Doc?», fragte Caine ungläubig.

Nava sah zu Caine.

«Sie kennen ihn?»

Caine nickte dümmlich.

«Schön, dann ins Auto», bellte sie. Nava stieß Doc auf den Beifahrersitz, während Caine auf die Rückbank glitt. Er hatte kaum die Tür geschlossen, da trat sie auch schon aufs Gas. Caine hörte eine Hupe plärren und drehte sich gerade rechtzeitig herum, um zu sehen, wie ein Kleinwagen in einen Minivan krachte.

Sie gab weiter Gas, überholte mühelos alle Autos vor ihnen. Nach ein paar Minuten schien sie zu dem Schluss gekommen zu sein, dass sie vorläufig außer Gefahr waren, und bremste auf 140 km/h ab. Als Caine zwischen ihr und Doc hin- und hersah, empfand er ein überwältigendes Déjà-vu.

«Was machen Sie in Philly?», fragte er Doc.

«Ich hab an der Penn einen Vortrag gehalten», sagte

Doc ziemlich verwirrt. «Aber was zum Teufel machen *Sie* hier ... und *damit*?» Doc sah auf die Waffe in Caines Schoß. Caine seufzte. Er wollte ihm gerade erklären, was los war, da klingelte Docs Handy.

«Nicht rangehen», befahl Nava.

«Doch», sagte Caine mit einer geistesabwesenden Stimme. «Ich glaube, Sie gehen besser ran.»

Doc drückte eine Taste und hielt sich das Handy ans Ohr. «Hallo?» Caine hörte ansatzweise eine Stimme am anderen Ende, während er zusah, wie Docs Miene von benommen zu verblüfft wechselte. «Ähm, ja. Einen Moment.» Doc hielt Caine das Handy hin. «Für Sie.»

Nava sah Caine fragend an, als er das Handy nahm.

«Hey», sagte Caine ruhig; er war der Einzige im Wagen, der nicht überrascht war. «Ja. Uns geht's gut ... Ja ... Wir treffen uns da, wo wir uns das Finale der Knicks angesehen haben. Wir kommen, so schnell wir können.» Caine klappte das Handy zu und gab es Doc zurück.

«Wer war das?», fragte Nava und sah ihn im Rückspiegel an.

«Jasper. Wir müssen zurück nach Manhattan.»

«Wie bitte?»

«Vertrauen Sie mir», sagte Caine. «Ich glaube, ich weiß endlich, was ich tue.» Er lehnte sich zurück und schloss die Augen. Er würde die Pause brauchen, wenn er für das bereit sein wollte, was jetzt kam.

Nachdem der Notarzt sagte, dass Williams so weit in Ordnung sei, packte Crowe den Polizisten beim Kragen und rammte ihn gegen den Krankenwagen.

«Was, verdammt nochmal, ist passiert?»

Officer Williams war immer noch benommen. Das getrocknete Blut bildete ein bizarres geometrisches Muster auf einer Hälfte seines Gesichts. «Ähm … na ja, ich hab Caine diesen Hang hochgeholfen und –»

«Sie haben *was?*», fragte Crowe fassungslos.

«Ja … na ja, es war eben so, dass … Ich meine, ich hab ihm geholfen, aber verstehen Sie, ich wusste ja nicht, dass *er* es war, als ich ihm … geholfen habe …» William verstummte unter Crowes funkelndem Blick. Er räusperte sich und fuhr fort. Während der Cop eine Erklärung stammelte, drehte Crowe sich voller Abscheu weg. Er konnte es nicht fassen. Da hatten sie die beiden schon fast gehabt, und dann das.

Genau aus diesem Grund hielt Crowe nichts von groß angelegten Festnahmen. Wenn man so viele Agenten und Cops von der Leine ließ, musste es einfach zu Fehlern aus Unachtsamkeit kommen, und deshalb kamen die Bösen dann davon. Er zog die Solojagd bei weitem vor. Ein Mann spürt einen anderen auf. Er sah zu dem zerknautschten Minivan in der Straßenmitte hinüber und hätte am liebsten die Hände über dem Kopf zusammengeschlagen.

Die in den Unfall verwickelten Fahrer sagten, dass ein Mann und eine Frau irgendeinen armen Kerl entführt hätten. Das Problem war, dass sich niemand an die Marke des gestohlenen Autos erinnerte. Der in dem Hyundai sagte, es sei groß und dunkelblau gewesen; der Besitzer des Voyagers erinnerte es als klein und dunkelgrün. Die Aussagen waren nutzlos. Die einzige Übereinstimmung war, dass es sich um einen dunklen Farbton gehandelt hatte, was nach Crowes Erfahrung bedeutete, dass der Wagen eigentlich hellgelb war. Sie hatten nichts in der Hand.

Er sah zu dem hellgrauen Himmel hoch. Es hatte endlich aufgehört zu regnen, aber die Luft war immer noch feucht. Unglücklicherweise hatte sich der Sturm nicht schnell genug für ihre Satelliten gelegt. Ein kurzer Anruf bei Grimes bestätigte, was Crowes Bauch ohnehin schon wusste: Die Wolkendecke hatte jede brauchbare Observierung verhindert.

Er nahm einen tiefen Zug aus seiner Zigarette und starrte die orange Glut an. Er behielt den Rauch einige Sekunden im Mund, ehe er ihn in einem langen Atemzug hinausblies. Die blaue Wolke trieb langsam aufwärts und über die Straße, löste sich auf. Er ließ seine Gedanken schweifen, während er den Rauch betrachtete.

Was würde er an Caines Stelle jetzt tun? Er musste denken wie ein Zivilist. Zunächst einmal würde er am Leben bleiben wollen, und Vaners Akte und ihren letzten Arbeitsergebnissen nach zu urteilen, würde Caine ihr in dieser Hinsicht wahrscheinlich einiges zutrauen. Dann würde er gern sein normales Leben wieder aufnehmen wollen. Er würde Angst haben, zur Polizei zu gehen, aber auch nicht den Rest seines Lebens auf der Flucht verbringen wollen. Er würde also … *was* tun? Zuflucht bei einem Freund suchen – oder bei seinem Bruder.

Aber wo steckte sein Zwillingsbruder? Crowe konnte es nicht fassen, dass Grimes Jasper Caine hatte gehen lassen, nachdem Vaner ihn ihnen als Lockvogel vorgesetzt hatte. Hätte Crowe diese Operation geleitet, er hätte den Zwilling für seine Zwecke verwendet. Aber jetzt war es zu spät – Jasper Caine war ebenso verschwunden wie sein Bruder. Crowe hatte ein paar Agenten zur Überwachung von Jaspers Wohnung in Philadelphia abgestellt, aber große Hoffnung machte er sich nicht.

Er drückte die Zigarette aus und starrte zum Himmel hinauf. Die beiden Brüder konnten sich nicht ewig verstecken. Am Ende würden sie auftauchen. Und wenn sie das taten, würde Crowe da sein.

Das nächste Mal würde es keine Fehler geben.

Caine verbrachte den Rest der zweistündigen Fahrt damit, seinen alten Mentor über Jasper, Nava, Forsythe, Peter und den Laplace'schen Dämon ins Bild zu setzen. Während Caine redete, überdachte Nava ihre Lage. Als sie anfangs Tverskys Akten gelesen hatte, hatte sie das alles für pure Science-Fiction gehalten. Aber Julia hatte sie in der Gasse eines Besseren belehrt.

Dennoch war Nava noch nicht davon überzeugt gewesen, dass Caine all das tun konnte, was Tversky ihm zutraute. Aber jetzt – nach ihrem «Glück» auf dem Bahnhof und dem «zufälligen» Zusammentreffen mit Doc – hielt sie Caine zumindest teilweise dafür verantwortlich, selbst wenn er nicht wusste, wie er es eigentlich anstellte. Sie hatte keine Ahnung, welchen Beschränkungen Caines Fähigkeiten unterlagen, und sie wollte es auch gar nicht so genau wissen. Sie hatte Angst, was passieren würde, wenn er lernte, aktiv mit seiner Gabe umzugehen.

Sie dachte an die Zeit zurück, als sie als Kind zum ersten Mal Elefanten im Zirkus gesehen hatte. Es waren drei gewesen, und jedes dieser Sechs-Tonnen-Viecher wurde dadurch am Weglaufen gehindert, dass man ihm ein dünnes Seil um einen seiner massigen Knöchel gebunden hatte. Das verwirrte Nava. Sie fragte ihren Vater, warum die Tiere die Seile nicht einfach durchrissen.

«Es geschieht alles in ihrem Kopf», erklärte ihr Vater. «Wenn die Elefanten noch klein sind, werden sie mit schweren Stahlketten an die Pfosten gekettet. In diesen ersten paar Monaten lernen sie, dass sie die Ketten nicht zerreißen können, so sehr sie sich auch anstrengen.»

«Aber Seile halten doch viel weniger aus als Ketten», erwiderte Nava. «Die Elefanten könnten sie ganz leicht kaputtmachen.»

«Ja. Aber die Dompteure nehmen erst Seile, wenn die

Elefanten schon gelernt haben, dass eine Flucht unmöglich ist. Verstehst du, Nava, nicht die Seile hindern die Elefanten daran wegzulaufen – sondern ihre Köpfe. Darum ist Wissen so mächtig. Wenn du denkst, dass du etwas tun kannst, auch wenn du dazu eigentlich gar nicht in der Lage bist, dann kannst du es oft tatsächlich. Und wenn du denkst, du kannst etwas nicht, dann wirst du es auch nie können, weil du es gar nicht erst versuchst.»

Das war, knapp zusammengefasst, David Caine. Er war einmal mit einer Kette angebunden gewesen, und jetzt war die Kette weg, durch ein dünnes Seil ersetzt. Er hatte bereits entdeckt, dass er das Seil manchmal in die Länge ziehen konnte. Aber wenn er nun entdeckte, dass das Seil sich zerreißen ließ – dass es tatsächlich bereits zerrissen *war* – was dann? Nava überlief ein Schaudern.

Was würde passieren, wenn Caine klar wurde, dass die normalen Regeln für ihn nicht mehr galten?

«The Real Me» von The Who kam aus der Jukebox, und Roger Daltreys Löwengebrüll erfüllte die Kneipe im East Village: «Can you see the rrrrreal me? Can ya? Can ya?»

Jasper nippte an seiner Cola und beobachtete nervös die Tür. Jedes Mal, wenn sie aufging, kniff er wegen des hellen Sonnenscheins, der in die schummrig beleuchtete Kneipe drang, die Augen zu. Im ersten Moment waren die Eintretenden nur Umrisse. Erst wenn die Tür wieder zufiel, konnte er ihre Gesichter erkennen – und entscheiden, ob sie für die Regierung arbeiteten.

Die Verschwörer waren überall; das war ihm jetzt klar. Er konnte spüren, wie sie ihn beobachteten, seine Gedanken auszuspionieren versuchten, aber das ließ er nicht zu. Wenn er ihnen nur immer einen Schritt voraus blieb, würden David und er sie besiegen. Bis jetzt hatte er getan, was er konnte, damit sie David nicht in die Finger kriegten. Jasper wusste jedoch, dass es bald David sein würde, der Jasper retten musste. Aber das war schon in Ordnung. Dafür waren Brüder da – um aufeinander aufzupassen.

Jasper hatte ausgetrunken und nahm sich nun die Eiswürfel vor, zerbiss sie knirschend. Die dralle Bedienung bemerkte sein leeres Glas und schlenderte herüber.

«Noch 'ne Cola, Schätzchen?»

«Gern-*Stern-fern-lern*», sagte er und tat sein Bestes, während der Reime die Stimme zu senken. Die Bedienung sah ihn schief an und ging zum Tresen zurück. Jasper atmete langsam aus. Es war fast so weit. Er konnte es schon spüren … Scheiße, er konnte es fast *riechen*. Aber es war nicht dieser andere Geruch. Der Geruch hier war gut, sauber und rein. Es war der Geruch der Wiedergutmachung.

Er hatte die ganze Zeit über Recht gehabt, und sie hatten ihn weggesperrt. Weit, weit weg, weil sie Angst vor der Wahrheit hatten, die in seinem Geist verborgen lag. Aber jetzt … jetzt war die Wahrheit frei. *Er* war frei. Endlich war ihm klar, was die Stimme ihm die ganzen Jahre über zu sagen versucht hatte. Es war dermaßen offensichtlich; er verstand überhaupt nicht, warum er die Antwort nicht schon früher gewusst hatte. Aber jetzt wusste er Bescheid. Und bald würde auch David Bescheid wissen.

Noch vor einer Woche hätte David sich gewehrt. Er hätte Jasper bloß ängstlich angeguckt. Als David ihn so angeguckt hatte, hatte Jasper das Gefühl gehabt, fast hören zu können, wie sein Bruder leise flüsterte: *Bitte nicht mich … bitte lass mich nicht auch so werden.* Jasper hatte diesen Blick nie ausstehen können, aber mit der Zeit hatte er ihn verstanden. Er warf es seinem Bruder nicht vor; wäre es umgekehrt gewesen, hätte Jasper sich genauso verhalten.

Die Bedienung brachte ihm seine Cola (ohne Lächeln),

und Jasper leerte das Glas in drei langen Zügen. Das kohlensäurehaltige Gesöff brannte in seiner Kehle, aber das war ihm egal. Es war so gut, dass er nicht anders konnte. Seit er die Wahrheit gesehen hatte, fühlte sich alles gut an – die Rillen der in den Holztisch gekerbten Kritzeleien; das glatte, kühle, beschlagene Colaglas unter seinen Fingern; sogar die muffige, verrauchte, biergeschwängerte Luft in der Kneipe – es war alles so perfekt, so wirklich, so präsent.

Die Tür schwang erneut auf, und Jasper blinzelte in das grelle Licht. Drei dunkle Gestalten traten ein. Als Erstes kam die Frau. Die Stimme hatte ihm von ihr erzählt. Sie würde eine starke Verbündete sein, aber jetzt war sie noch gefährlich, mit Vorsicht zu genießen. Als Nächstes kam ein Mann mit buschigem grauem Haar. Das musste Davids ehemaliger Professor sein, Doc. Jasper hatte ihn schon einmal getroffen. Er mochte ihn. Er war klug. Er würde verstehen.

Schließlich erkannte er die dritte Gestalt. Es war sein anderes Ich, dasjenige, das außerhalb von ihm existierte. David, sein Zwilling. Nachdem die Tür zugeschwungen war, beobachtete Jasper die Augen seines Bruders. Sie hatten einen wilderen Ausdruck als früher. Davids Blicke schossen mit paranoider Verstohlenheit hin und her, bevor sie sich auf Jasper richteten.

Jasper hatte Augen wie die seines Bruders schon oft gesehen, aber immer hinter den weißgrauen Wänden der diversen Psychatrien, die er in den letzten drei Jahren aufgesucht hatte. Jasper nickte, entspannte sich zum ersten Mal seit seinem Wiedererwachen vor vier Tagen.

Sein Bruder war endlich bereit.

Teil 3 // Der Laplace'sche Dämon //

Die Quantenmechanik ist sehr achtungsgebietend. Aber eine innere Stimme sagt mir, dass das noch nicht der wahre Jakob ist. Die Theorie liefert viel, aber dem Geheimnis des Alten bringt sie uns kaum näher. Jedenfalls bin ich überzeugt, dass *der* nicht würfelt.

Albert Einstein, Physiker des 20. Jahrhunderts

Gott würfelt nicht nur mit dem Universum, sondern wirft die Würfel manchmal so, dass wir sie nicht sehen können.

Stephen Hawking, Physiker des 21. Jahrhunderts

Kapitel /25/

Caine entdeckte Jasper und verspürte eine Woge der Erleichterung.

Endlich hatte er es geschafft, sich einen Weg durch diese albtraumhafte Wahnvorstellung zu bahnen. Bestimmt würde jetzt alles gut werden. Jasper würde wissen, wie man ihn aus dieser Finsternis herausholte und wieder zurück in die geistige Gesundheit führte. Jasper hatte diese Reise selbst schon gemacht. Er würde den Weg kennen.

Jasper stand auf, und Caine umarmte seinen Zwillingsbruder. «Du hast ja keine Ahnung, wie gut es tut, dich zu sehen», sagte Caine und hielt sich an Jasper fest.

«Ich denke doch, ehrlich gesagt», flüsterte ihm Jasper ins Ohr. «Schön, dass du wieder da bist-*frisst-Mist-Rist*.» Jasper klopfte ihm auf die Schulter, und dann trennten sich die Zwillinge und nahmen in der Nische Platz. Caine setzte sich seinem Bruder gegenüber. Nava glitt rechts neben ihn, Doc setzte sich neben Jasper.

Ehe Caine etwas sagen konnte, stürzte die Bedienung herbei. Sie bestellten rasch etwas zu trinken, eher um sie loszuwerden als des Durstes wegen. Kaum war die Bedienung außer Hörweite, wandte Jasper sich an Nava. «Keine Sorge, hier sind keine Verschwörer. Wir sind in Sicherheit.» Dann beugte er sich vor und senkte die Stimme. «Sie werden bald da sein, aber uns bleibt noch genug Zeit, damit David erfährt, was er wissen muss-*Bus-Kuss-Schluss*.»

Nava warf Caine einen fragenden Blick zu.

«Ist schon in Ordnung», sagte Caine, war aber selbst nicht hundertprozentig davon überzeugt. Entgegen seiner ursprünglichen Zuversicht, dass allein Jasper ihn aus diesem Wahnzustand befreien konnte, war er sich jetzt, wo er den irren Ausdruck in den Augen seines Bruders sah, nicht mehr so sicher. Dennoch, versuchen musste er es. «Jasper, ich –»

«Tut mir Leid, David, aber ich werde dir nicht erzählen, was du hören möchtest. Das alles», Jasper machte eine umfassende Handbewegung, «ist *real*. Die letzten 24 Stunden sind wirklich so geschehen. Ich weiß, es klingt verrückt, aber sobald du erst einmal auf der anderen Seite bist, wirst du es verstehen.»

«Was willst du damit sagen?» Caine bekam einen trockenen Mund. «Dass der Laplace'sche Dämon ebenfalls real ist?»

«Ja und nein», sagte Jasper.

Caine spürte Wut in sich aufsteigen. In einer Hinsicht zumindest hatte Jasper Recht – er erzählte Caine nicht, was er hören wollte. Caine schloss die Augen und rieb sich die Schläfen. Das alles passierte gar nicht. Er musste hier raus. Er musste aufwachen. Etwas knallte laut, und Caine riss die Augen auf. Jaspers Faust lag mitten auf dem Tisch; ein paar Gäste, die am Tresen saßen, sahen zu ihnen herüber. Nava sah wütend aus, Doc völlig verdattert.

«David, *hör zu*. Sei offen für das, was ich dir zu sagen habe; ich brauche zehn Minuten. Wenn du danach immer noch der Meinung bist, dass ich verrückt bin – oder dass du verrückt bist –, dann kannst du tun und lassen, was du willst. Aber gib mir wenigstens die Gelegenheit zu einer Erklärung.»

Caine wollte widersprechen, aber der flehende Ausdruck in Jaspers Augen stimmte ihn um. «Na schön», sagte er und versuchte sich der Möglichkeit zu stellen, dass alles, was sich seit der Einnahme von Dr. Kumars experimentellem Medikament ereignet hatte, tatsächlich real war. Genau in diesem Augenblick kam die Bedienung mit den Getränken – zwei Cola für die Zwillinge, Red Bull für Nava und einem Kaffee für Doc. Da Caine nicht wusste, wann er wieder Gelegenheit dazu haben würde, schluckte er rasch eine der Tabletten.

«Gut», sagte Jasper, als die Kellnerin wieder ging. «Du hast mich gefragt, ob der Laplace'sche Dämon real ist oder nicht, und ich habe ja und nein gesagt. Lass uns einmal annehmen, dass die Frage uneingeschränkt mit Ja zu beantworten ist und du die Verkörperung des Laplace'schen Dämons bist.»

«Wenn dem so wäre», sagte Caine, «dann wäre ich allwissend – was nicht der Fall ist.»

«Aber wenn du allwissend wärst, dann könntest du die Zukunft vorhersagen, stimmt's?»

«Ja, wobei ich eigentlich dachte, dass Heisenberg –»

«Heisenberg kannst du komplett vergessen», sagte Jasper und winkte ab. «Darauf komme ich später zurück. Fürs Erste beantworte mir folgende Frage: Wenn du der Laplace'sche Dämon wärst und allwissend, dann wärst du in der Lage, die Zukunft vorherzusagen. Ja oder nein?»

«Ja», sagte Caine aufgebracht, «aber selbst wenn ich allwissend wäre, müsste mein Gehirn all die Informationen auch verarbeiten können, und das ist unmöglich.»

«Beides richtig», sagte Jasper mit einem Lächeln.

«Aber wenn es unmöglich ist, wie kann ich dann der Laplace'sche Dämon sein?»

«Weil», sagte Jasper, «du gar nicht über die Fähigkeit zur Verarbeitung der Informationen verfügen musst; du musst nur auf sie zugreifen können. Stell es dir einmal so vor: Wenn du dich mit jemandem verständigen möchtest, der nur Japanisch spricht, was tust du dann-*wann-Mann-Bann*?»

«Ich weiß nicht … ein Wörterbuch benutzen wahrscheinlich. Entweder das oder einen Dolmetscher hinzuziehen.»

«Ganz genau», sagte Jasper. «Du müsstest nicht Japanisch können, solange du Zugang zu einem Werkzeug hättest, das es dir gestatten würde, deine Gedanken ins Japanische zu übersetzen. Allgemein gesprochen würdest du die Informationsverarbeitung auslagern, entweder zu einer Person oder zu einem Wörterbuch.»

«Gut», sagte Caine zögernd. «Ich verstehe, worauf du hinauswillst. Allerdings verstehe ich nicht, wie du das Übersetzen einer Sprache mit der Verarbeitung sämtlicher Daten des Universums gleichsetzen kannst.»

«Warum nicht-*dicht-schlicht-Wicht*?», fragte Jasper.

«Weil es auf der ganzen Erde keine geistige Macht gibt, weder Mensch noch Maschine, die in der Lage ist, diese Unmenge an Daten zu verarbeiten.»

«Denkst du», sagte Jasper. «Es gibt sie sehr wohl.»

«Und was ist das für eine Macht?»

«Das kollektive Unbewusste.»

Caine starrte seinen Bruder an, versuchte zu begreifen. Aus seiner Zeit am College wusste er noch, dass Mitte des zwanzigsten Jahrhunderts ein deutscher Psychologe namens C. G. Jung die Theorie vom kollektiven Unbewussten aufgestellt hatte, aber das war auch schon beinahe alles, woran er sich erinnerte. Jasper sah den verwirrten Ausdruck auf Caines Gesicht und setzte zu einer Erklärung an.

«Gut, lass es mich so beschreiben: Die meisten Menschen schlafen durchschnittlich acht Stunden pro Nacht, was bedeutet, dass sie ein Drittel des Lebens in einem unbewussten Zustand verbringen. Jung nahm an, dass das Bewusstsein zumindest teilweise vom Unbewussten angetrieben und beeinflusst wird. Das Unbewusste teilte er in drei Kategorien ein: Die erste umfasst persönliche Erinnerungen, auf die du frei zugreifen kannst, zum Beispiel den Namen deiner Klassenlehrerin im vierten Schuljahr. Du weißt ihn zwar vielleicht gerade nicht, aber höchstwahrscheinlich erinnerst du dich, wenn du ein wenig nachdenkst.»

«Das Langzeitgedächtnis.»

«Genau-*Frau-wau-schlau*», sagte Jasper und nickte nachdrücklich. «Die zweite Kategorie umfasst persönliche Erinnerungen, auf die du *nicht* frei zugreifen kannst. Das sind entweder Dinge, die du einmal wusstest, aber inzwischen vergessen hast, oder aber ein Kindheitstrauma, das du verdrängt hast. Diese Erinnerungen waren alle einmal Teil deines Bewusstseins, aber aus irgendeinem Grund sind sie so tief vergraben, dass du nicht mehr auf sie zugreifen kannst.

Die dritte Kategorie ist das kollektive Unbewusste. Seine Inhalte können definitiv nicht ins Bewusstsein gelangen, weil sie *nie* dessen Bestandteil gewesen sind. Daher enthält das kollektive Unbewusste im Wesentlichen ein Wissen, das keinen bekannten Ursprung hat-*matt-Watt-Patt*.»

«Können Sie uns ein Beispiel dafür geben?», fragte Nava.

«Ein Neugeborenes weiß, wie es zu saugen hat, wenn es zum ersten Mal an die Mutterbrust gehalten wird, und wie es zu schreien hat, um seinem Hunger Ausdruck zu verleihen. Ein Rehkitz macht seine ersten Schritte nur Sekunden, nachdem es geboren wurde. Wenn Fische schlüpfen, dann wissen die Jungtiere, wie sie schwimmen müssen. Die Liste ließe sich endlos fortsetzen. Sämtliche Lebewesen besitzen bei der Geburt komplexe körperliche Fähigkeiten und ein komplexes Wissen über sich selbst und die Umwelt, ohne dass es dafür einen bekannten Ursprung gibt.»

Caine runzelte die Stirn. «Aber ich dachte, dieses Wissen wäre in unserer DNA gespeichert.»

«Ja, nach Überzeugung der Biologen; die Physiker sehen das anders – und bis jetzt hat noch kein einziger Biologe die Frage beantworten können, woher diese Anweisungen zum Leben ursprünglich stammen.»

«Ich bin mir nicht sicher, ob ich dir folgen kann.»

«Sieh es einmal von der Warte her: Da alles Leben auf der Erde von primitiven Einzellern abstammt, müssen die Anweisungen, mit denen wir alle geboren werden, irgendwann einmal *gelernt* worden sein, um in den Gencode übergehen zu können. Irgendwann gab es ein erstes Baby, das *lernen* musste zu schreien, ein erstes Rehkitz, das *lernen* musste zu laufen. Aber alles, was die Wissenschaft über Vererbung weiß, deutet darauf hin, dass gelernte, also erworbene Fähigkeiten *nicht* vererbt werden.»

«Na schön», sagte Caine. «Wenn die Biologie es also nicht erklären kann, wie dann die Physik?»

«Manche Physiker – und auch Psychologen – gehen davon aus, dass das allen Lebewesen inhärente Wissen *doch* dem Bewusstsein entstammte – nur nicht dem eigenen.» Jasper nahm einen großen Schluck von seiner Cola, bevor er fortfuhr. «Gut. Dass Materie der modernen Physik zufolge in Form von Wellen existiert und nicht als bestimmte Punkte in Raum und Zeit, das weißt du, oder?»

Caine schwirrte der Kopf. «Ansatzweise.»

Jasper seufzte. «Es wäre wirklich alles viel einfacher, wenn du Physik studiert hättest anstatt Statistik.»

«Entschuldigung, aber als ich vor acht Jahren mein erstes Hauptfach gewählt habe, konnte ich schlecht ahnen, dass ich einmal so ein Gespräch führen würde.»

«Du hättest es sehr wohl gekonnt, aber lassen wir das», entgegnete Jasper. «Wo war ich stehen geblieben?»

«Du sagtest gerade, dass nichts an einem bestimmten Punkt in Raum und Zeit existiert.»

«Ja, genau-*Sau-blau-Frau*», sagte Jasper. «Bis ins frühe zwanzigste Jahrhundert hinein glaubten die Menschen noch an das, was heute als «klassische Physik» bezeichnet wird. Diese nahm 1687 ihren Anfang, als Isaac Newton seine *Principia* schrieb. Die wichtigste Grundlage der klassischen Physik waren Newtons Bewegungsgesetze, in denen er darlegte, dass die Bewegung von Körpern von den Kräften bestimmt wird, die auf sie einwirken.

Mit Hilfe dieser Gesetze wurden alle physikalischen Phänomene erklärt, von den Umlaufbahnen der Planeten bis hin zur Beschleunigung eines Autos. Newton war der festen Überzeugung, dass Gott eine geordnete Welt erschaffen und mit bestimmten unveränderlichen Gesetzen ausgestattet hatte. Sogar die Gesellschaftsordnung schien ein Spiegelbild dieses Kosmos zu sein, als der Kapitalismus aufblühte und die Welt dem so genannten Gesetz von Angebot und Nachfrage zu gehorchen begann.»

Jasper war jetzt sichtlich erregt und begann allmählich, schneller zu reden. «Im Jahre 1905 entwickelte Albert Einstein seine Spezielle Relativitätstheorie, der zufolge alles relativ ist. Einstein wies nach, dass Position, Geschwindigkeit und Beschleunigung, die Newton als absolut ansah, in Wirklichkeit nur relative Begriffe sind. Wichtiger noch, er wies nach, dass sogar die Zeit ein relativer Begriff ist.»

«Bitte drück dich so aus, dass ich es verstehen kann, Jasper.» Caine sah auf die Uhr. «Dir bleiben noch fünf Minuten.»

«Ähm, gut-*Hut-Wut-Flut*», sagte Jasper. «Ich beeile mich.

Einstein postulierte zwei Dinge: Erstens, die Lichtgeschwindigkeit bleibt konstant, ganz egal, wo du bist und wie schnell du dich bewegst.» Jasper zählte es an seinem Zeigefinger ab. «Zweitens, die physikalischen Gesetze, die für den einen Beobachter gültig sind, gelten auch für einen anderen, der sich mit gleich bleibender Geschwindigkeit relativ zu diesem bewegt.

Das bedeutet, wenn du und ich uns in einem beschleunigenden Zug befinden, dann nehmen wir die Landschaft beide auf gleiche Weise wahr, aber wenn du im Zug bist und ich neben den Gleisen stehe, dann sehen wir die Landschaft unterschiedlich. Das ist eine grobe Vereinfachung, aber du verstehst, worauf ich hinauswill.»

Caine dachte daran, wie die Bäume auf seiner Fahrt nach Philadelphia zu Schemen verschwommen waren, und nickte.

«So, und wenn ich jetzt in einer Rakete säße, die annähernd mit Lichtgeschwindigkeit unterwegs wäre, also mit knapp 300 000 Kilometern pro Sekunde, dann würde etwas Merkwürdiges passieren. In Relation zu deinem Blickwinkel würde die Zeit für mich *langsamer* vergehen. Beim Ausstieg aus der Rakete wäre ich jünger als du.

Als Einstein zu diesem Schluss kam, postulierte er, dass sogar die Zeit relativ ist-*Mist-bist-List*. Und im Anschluss zeigte er, dass Energie und Masse eigentlich gleichwertig sind – je schneller ein Körper beschleunigt, desto höher ist seine Masse, verglichen mit einem unbewegten Körper.»

«Gib mir ein Beispiel», sagte Caine in der Hoffnung, seinen Bruder so weit auszubremsen, dass er wieder hinterherkam.

«Gern. Wenn du in einem Flugzeug sitzt, das gerade abhebt, wird dein Körper zurück in den Sitz gedrückt, richtig? Fast so, als würdest du –»

«Schwerer», begriff Caine.

«Genau. Wenn das Flugzeug seine Fluggeschwindigkeit erreicht und nicht weiter beschleunigt, fühlst du dich wieder normal. Daher kommt die Formel $E = mc^2$. E steht für Energie, m für Masse und c für die Lichtgeschwindigkeit. Da c eine Konstante ist, heißt das, dass, wenn die Energie ansteigt, auch die Masse ansteigt. Wenn du also in einem startenden Flugzeug sitzt, hast du während der Beschleunigung eine größere Menge kinetischer Energie als deine Umgebung, folglich scheint sich, *relativ* gesehen, dein Gewicht zu erhöhen.»

«Okay, verstehe», sagte Caine. «Aber was hat das alles mit Wellen zu tun?»

«Nun, wie ich vorhin schon sagte, nahm Newton an, dass alle Materie einen bestimmten Standort in Raum und Zeit hat, aber sobald Einstein aufzeigte, dass alles relativ ist, wurde den Physikern klar, dass Materie weder einen absoluten Standort noch ein absolutes Alter hat. Dies verursachte eine Revolution, die zur Entwicklung der Speziellen

Relativitätstheorie führte, die sich mit der Abgabe und Aufnahme von Energie durch Materie beschäftigt.

Das wiederum führte zur Vorhersage und späteren Entdeckung der Urteilchen, aus denen alle Materie besteht und die als *Quarks* bezeichnet werden. Obwohl Physiker die Existenz von zwölf verschiedenen Arten von Quarks nachgewiesen haben – *Up, Down, Charm, Strange, Truth, Beauty* und ihre Antiteilchen –»

«Warte mal», sagte Caine und hob die Hand. «Das sind die Namen der Urteilchen der Materie?» In der Befürchtung, dass sein Bruder nun vollends den Verstand verloren hatte, sah er Doc fragend an, der Jaspers Vortrag gebannt zugehört hatte.

Doc nickte. «Er hat Recht, Rain Man. So hat man sie benannt.»

«Na schön», sagte Caine und rieb sich den Kopf. «Weiter im Text.»

«Ja. Also, obwohl es zwölf verschiedene Arten von Quarks gibt, besteht in unserer Realität sämtliche Materie lediglich aus *Up-* und *Down*-Quarks und weiteren quarkähnlichen Elementarteilchen, die mit dem Sammelbegriff *Leptonen* bezeichnet werden.» Jasper holte Luft. «Das Kuriose daran ist, dass Quarks und Leptonen an sich überhaupt keine Materie sind.»

«Was denn dann?», fragte Caine.

«Energie. Verstehst du? Der Quantenphysik zufolge *existiert* Materie eigentlich gar nicht. Was die klassische Physik für Materie hielt, war nur eine Zusammensetzung von Elementen, die aus Atomen bestanden, die wiederum nichts als Quarks und Leptonen sind – also Energie. Materie ist in Wirklichkeit Energie.» Jasper wartete einen Moment, damit seine Zuhörer das Gesagte verarbeiten konnten. «Nun rate mal, was außerdem noch nichts als Energie ist!»

Caine setzte die Puzzlestücke zusammen. Auf einmal griffen Jaspers umständliche Erklärungen ineinander. «Das Denken.»

«Ganz genau. Alles bewusste und unbewusste Denken entsteht durch Neuronen, die im Gehirn elektrische Signale abfeuern-*steuern-käuern-säuern*. Verstehst du? Da Materie und Denken aus Energie bestehen, sind sie miteinander vernetzt. Daher rührt das kollektive Unbewusste – aus den vernetzten unbewussten Denkvorgängen sämtlicher Lebewesen, die je existiert haben, existieren und existieren werden.»

«Na schön», sagte Caine und versuchte, Jaspers Worte nachzuvollziehen. «Aber selbst wenn ich akzeptiere, dass das kollektive Unbewusste etwas Metaphysisches ist, verstehe ich immer noch nicht, wie es die Zeit als solche überspannen kann.»

«Weil die Zeit relativ ist», sagte Jasper. «Überleg doch mal. Das Einzige, was schneller ist als das Licht, ist –»

«Die Geschwindigkeit des Denkens», schloss Caine, als der letzte Groschen gefallen war.

«Richtig – genauer gesagt, des *unbewussten* Denkens. Und da für Teilchen, die annähernd mit Lichtgeschwindigkeit unterwegs sind, die Zeit langsamer fortschreitet als für unbewegte Teilchen, kannst du dir das Unbewusste als ewig vorstellen; folglich ist es zeitlos.»

Caine nickte. Auf eine verdrehte, gewundene Weise leuchtete beinahe ein, was sein Bruder sagte. Er sah Doc an, weil er sehen wollte, wie dieser Jaspers geistige Gesundheit einschätzte, und war überrascht, dass sein Doktorvater nickte.

«Wie haben Sie das alles unter einen Hut bekommen?», fragte Doc.

«Mit Philosophie.» Jasper grinste.

«Erklären Sie mir wie», sagte Doc.

«Sämtliche östlichen Religionen und Philosophien gründen sich auf den Glauben, dass das Universum aus Energie besteht, was heute von der Quantenphysik bestätigt wird. Außerdem postulieren sie alle, dass unser Geist eins mit dem Universum ist, und das wiederum ließ mich an Jungs kollektives Unbewusstes denken.

Buddhisten glauben an die Vergänglichkeit alles Irdischen. Alles Leiden in der Welt rührt daher, dass der Mensch sich an vergängliche Dinge und Vorstellungen klammert, anstatt das Universum so zu erkennen, wie es ist: im Fluss, in Bewegung, in steter Veränderung. Im Buddhismus werden Raum und Zeit lediglich als Spiegelungen von Bewusstseinszuständen betrachtet. Für Buddhisten sind Gegenstände nicht Dinge, sondern dynamische Prozesse, Aspekte eines allumfassenden Fortschreitens, eines beständigen Übergangszustands. Das heißt nichts anderes, als dass Buddhisten Materie als Energie betrachten, genau wie Quantenphysiker.

Auch die Taoisten haben eine dynamische Auffassung von der Welt; *Tao* bedeutet ‹der Weg›. Sie betrachten das Universum als einen Organismus aus Energie – die *Chi* genannt wird –, der beständig im Fluss und im Wandel begriffen ist; darüber hinaus glauben sie, dass das Individuum nur ein kleiner Bestandteil des gesamten Universums oder dieser Energie ist. Ihre Bibel ist das *I Ging*, auch bekannt als das *Buch der Wandlungen*, und es lehrt, dass zwischen den gegensätzlichen, aber verwandten Naturkräften im Universum (Yin und Yang) ein beständiges Gleichgewicht herzustellen ist. Auch das findet seine Entsprechung in der Quantenphysik, die ja besagt, dass alles aus Teilchen besteht, die durch subatomare Energie zusammengehalten werden.»

Allmählich rauchte Caine der Kopf. «Aber diese ganzen Philosophien sind Tausende von Jahren alt. Wie kommt es, dass sie alle ihre Lehren begründet haben, *bevor* die Quantenphysik überhaupt entwickelt wurde?»

«Durch das kollektive Unbewusste», antwortete Jasper. «Denk daran – es ist zeitlos, was bedeutet, dass sich das Denken vorwärts und rückwärts durch die Zeit bewegt. Von großen Denkern und Wissenschaftlern heißt es immer, sie seien ‹ihrer Zeit voraus›. Manche Menschen nennen das Genialität, aber im Grunde genommen ist es nichts anderes als ein unglaublicher Weitblick. Verstehst du, so genannte ‹Genies› können bloß besser auf das kollektive Unbewusste zugreifen als der Durchschnitt-*Ritt-mit-quitt.*»

Doc schnappte nach Luft und starrte Caine an. «Darum wussten Sie in dem Restaurant, dass wir sofort den Tisch verlassen mussten. Sie müssen auf das Unbewusste Ihres zukünftigen Ichs zugegriffen haben.»

Caine schüttelte den Kopf. Das war ihm alles zu hoch. «Selbst wenn ich glauben würde, dass das Unbewusste jedes einzelnen Menschen irgendwie mit dem Unbewussten seiner Mitmenschen verknüpft ist, warum sollte ausgerechnet ich auf dieses Gesamtgebilde zugreifen können?» Kaum hatte Caine die Frage ausgesprochen, da war ihm die Antwort klar: «Herrgott nochmal … wegen der Anfälle, nicht wahr?»

«Ich glaube, die sind nur eine Begleiterscheinung, nicht die Ursache», entgegnete Jasper. «Da nun einmal jeder das kollektive Unbewusste anzapft, muss es in unserem Gehirn auch so etwas wie einen Zapfhahn geben. Ich glaube, in deinem Gehirn», Jasper zeigte auf Caines Schädel, «oder genauer gesagt in deinem Temporallappen gibt es etwas, das dir gestattet, dich auf eine Weise mit dem kollektiven Unbewussten in Verbindung zu setzen, die anderen nicht offen steht. Bis vor kurzem hat es dein Gehirn überlastet, diese Verbindung herzustellen; also hast du einen Anfall bekommen und bist ohnmächtig geworden – was nichts anderes heißt als: ins Unbewusste eingedrungen.

Ich glaube, Dr. Kumars Medikament hat dein Gehirn irgendwie ‹repariert›, sodass du nun in der Lage bist, dich gleichzeitig an das kollektive Unbewusste anzukoppeln *und* bei Bewusstsein zu bleiben, und das erlaubt dir, in die Zukunft zu sehen-*stehen-gehen-flehen*.»

«Aber ich verstehe immer noch nicht, wie das physikalisch möglich sein soll.» Caine machte eine Pause, um sich zu sammeln. «Ich meine, Laplace behauptet, dass man *alles* wissen muss, um die Zukunft vorhersagen zu können, aber Heisenberg sagt, dass nichts in der Natur eine absolute Position hat, also ist es unmöglich, alles zu wissen. Daraus folgt doch zwangsläufig, dass man gar nicht die Zukunft vorhersagen kann und dass es gar keine allwissende Intelligenz wie den Laplace'schen Dämon geben kann, oder nicht?»

«Das habe ich auch noch nicht rausgekriegt-s*iegt-fliegt-liegt*», gestand Jasper und fügte rasch hinzu: «Aber das heißt noch lange nicht, dass meine Theorie falsch ist.»

Eine Minute lang sagte niemand etwas. Caine versuchte, die Informationen zu ordnen.

«Es gibt eine Möglichkeit, das rauszufinden», sagte Doc.

«Welche denn?», fragte Caine.

«Sehen Sie in die Zukunft», antwortete Doc.

«Ich glaube nicht, dass das eine gute Idee ist», sagte Nava zu Caines Überraschung. Sie war bisher so still gewesen, dass Caine sie fast vergessen hatte.

«Warum nicht?», fragte Doc.

«Es könnte gefährlich sein.» Nava steckte sich eine Zigarette an.

«Gefährlich für wen?», fragte Doc.

«Für uns alle», antwortete Nava und blies Rauch in die Luft. «Und vor allem für David.»

«Warum?», fragte Doc wieder.

«Was, wenn er nicht mehr zurückkehren kann? Wenn er sein Bewusstsein in das kollektive Unbewusste verfrachtet und dort hängen bleibt? Sie haben es selbst gesagt – es ist zeitlos. Er könnte für ein paar Sekunden in das kollektive Unbewusste eintauchen, nur um bei seiner Rückkehr festzustellen, dass sein Körper an Altersschwäche gestorben ist.»

Caines Magen verkrampfte sich. Diese Möglichkeit hatte er gar nicht in Betracht gezogen. Einerseits wollte er unbedingt dorthin, andererseits hatte er plötzlich große Angst davor. Während er seine Optionen erwog, wurde ihm zweierlei klar. Erstens, Jaspers zehn Minuten waren um. Zweitens, er glaubte nicht mehr daran, dass er in einer Wahnvorstellung gefangen war.

Er hatte schlicht zu wenig Ahnung von Physik, um sich das alles selbst auszudenken.

Kapitel /26/

«Was haben Sie sich bei dem Mist eigentlich gedacht?»

Forsythe hielt den Hörer von seinem Ohr weg. Er holte tief Luft, bevor er dem stellvertretenden Direktor des FBI antwortete, der stocksauer über das Debakel auf dem Bahnhof war.

«Sam, ich konnte doch nicht ahnen, dass es so in die Binsen –»

«Sie können mich mal mit Ihrem Scheiß-‹Sam›!», brüllte Sam Kendall ins Telefon. «Sie haben gesagt, Sie bräuchten ein paar Männer, um einen *Zivilisten* festzunehmen – von einer abtrünnigen CIA-Agentin war nicht die Rede!»

«Sam … ähm, ich meine …», stammelte Forsythe. Er hatte keine Ahnung, wie Kendall das mit Vaner so rasch herausgefunden hatte.

«Sparen Sie sich die Mühe, *James.* Ich weiß, dass Sie mich angelogen haben. Gratuliere. Wer hat Sie dazu angestiftet? Nielsen?» Forsythe versuchte gar nicht erst, ihn zu unterbrechen; er ließ ihn einfach schimpfen. «Klar, wer sonst», knurrte Kendall mehr zu sich selbst als zu Forsythe. «Zum Teufel mit ihm, zum Teufel mit euch beiden!

Und dann sind Sie auch noch so dreist, Martin Crowe zu engagieren? Es ist ein verfluchtes Wunder, dass niemand dabei draufgegangen ist!»

Kendall holte Luft, dann setzte er seine Schimpfkanonade fort. «Gerade habe ich gehört, dass MacDougal Sie nächsten Monat rauswerfen will. Eins sage ich Ihnen: Nach dem Bock, den Sie gerade geschossen haben, fliegen Sie hochkant, und zwar fristlos.»

Forsythes Finger krampften sich um den Hörer. «Sie sind nicht dazu befugt –»

«Was glauben Sie eigentlich, mit wem Sie sprechen?» Kendalls Stimme überschlug sich. «Ich bin der stellvertretende Direktor des FBI, und ob Sie es glauben oder nicht, ich habe in dieser Stadt einiges zu sagen! Ich habe mit Senator MacDougal über die Eskapade heute Morgen gesprochen, und wir sind uns einig, dass Sie am besten noch heute Ihren Abschied nehmen.

Sie haben dreißig Minuten, Ihren Krempel zusammenzupacken; dann wird die Militärpolizei Sie hinausbegleiten. Vielen Dank für die gute Zusammenarbeit, Sie Idiot.» Kendall knallte den Hörer so fest auf die Gabel, dass das Geräusch in Forsythes Ohren nachhallte.

Forsythe war wie betäubt. Er war noch nicht so weit. Sicher, Tverskys Arbeit war viel versprechend, aber wenn nun nichts dabei herauskam? Er war davon ausgegangen, dass ihm mindestens noch ein Monat zum Durchforsten der STR-Datenbank bleiben würde, bevor er in die freie Wirtschaft wechselte und daher keinen Zugriff mehr auf die NSA-Ressourcen hatte. Jetzt aber war er mittellos. Ihm blieben nur noch Tversky und sein «Dämon» – und den hatte er noch nicht einmal. Forsythe brauchte einen Moment, um sich zu beruhigen, dann bat er Grimes in sein Büro.

«Steven, ich weiß nicht, wie ich es Ihnen sagen soll, aber ...» Er machte eine Pause, damit Grimes das Schlimmste befürchtete, bevor er ihm seine Lüge auftischte. «Wir sind gefeuert. Heute ist unser letzter Tag.»

«Was? ... Also, dass Sie erledigt sind, war mir klar, aber ... warum ich?»

«Aus politischen Gründen, nehme ich an», sagte Forsythe. «Aber wer weiß, vielleicht ist es sogar besser so.»

«Worauf wollen Sie hinaus?» Grimes verzog das Gesicht.

Forsythe überlegte, wie er es Grimes am besten sagte. Grimes musste ja nicht unbedingt wissen, dass er das letzte halbe Jahr über vorgehabt hatte, sich ohne ihn davonzumachen. Forsythe verfügte bereits über ein nahezu vollständig eingerichtetes Forschungslabor und zusätzliche zehn Millionen Dollar auf der Bank. Ihm fehlten nur noch die wissenschaftlichen Mitarbeiter. Er hatte sie sich auf dem freien Markt besorgen wollen, anstatt der STR eins ihrer «Talente» wegzunehmen, doch nun blieb ihm keine Zeit mehr.

Hinzu kam, dass er nur ungern auf die Forschungsdaten verzichtete, die sich bei der STR abgreifen ließen. Da Grimes in Wahrheit gar nicht gekündigt war, würden seine Sicherheitscodes aktiv bleiben, bis irgendjemand Forsythes Täuschungsmanöver bemerkte – bis dahin sollten sie alle nötigen Informationen haben. So ungern Forsythe es auch zugab, Grimes war unentbehrlich.

«Ich wollte Sie eigentlich damit überraschen, aber ...» Forsythe verbrachte die nächsten fünfzehn Minuten damit, Grimes seinen Plan zu erläutern, wobei er die Tatsache betonte, dass bisher nur Forsythe von Grimes' Rauswurf wusste und Grimes es daher besser niemandem gegenüber erwähnte.

Als er fertig war, rieb sich Grimes das pickelige Kinn. «Ich will eine Beteiligung.»

«Bitte?»

«Sie haben richtig verstanden», sagte Grimes. «Wenn Sie wollen, dass ich mitmache, dann will ich auch ein Stück vom Kuchen.»

«Wie viel?», fragte Forsythe und ballte unter dem Tisch die Fäuste, entspannte sie wieder.

«Zehn Prozent.»

Forsythe pfiff, langsam, leise. Für Auseinandersetzungen war keine Zeit, und Grimes war mit Sicherheit naiv, was Verhandlungstaktiken betraf. Forsythe wusste sofort, wie er es anzugehen hatte.

«Steven, wenn mir das gesamte Unternehmen gehören würde, würde ich Ihnen gerne zehn Prozent geben. Aber achtzig Prozent gehören bereits den Risikokapitalgebern.» Die Lüge ging ihm ganz leicht über die Lippen; die Risikokapitalgeber waren zwar gierig, aber sie hatten nur eine 35-prozentige Beteiligung für ihre zwölf Millionen Dollar verlangt – von denen er zwei bereits für das Labor ausgegeben hatte. «Wie wäre es damit: Sie kriegen zehn Prozent von dem, was mir gehört.»

«Das sind ja nur zwei Prozent», schnaubte Grimes.

«Ein faires Angebot, Steven.» Forsythe verzog keine Miene.

«Machen Sie drei draus, und ich schlage ein.»

«Einverstanden.»

Grimes hielt ihm eine verschwitzte Hand hin. Forsythe schüttelte sie und wischte sich dann rasch die Hand an der Hose ab.

«Sehr schön», sagte Forsythe, darauf bedacht, wieder zur Hierarchie von Arbeitgeber und Arbeitnehmer zurückzukehren. «Und jetzt verbinden Sie mich bitte mit Crowe.»

«Aber klar doch ... *Partner*.» Grimes ließ ein breites, gelbzähniges Lächeln blitzen und verließ das Büro. Achtzehn Sekunden später blinkte das rote Lämpchen an Forsythes Telefon. Er atmete tief durch und hob ab.

«Mr. Crowe, hier spricht James Forsythe», sagte er. «Die Pläne haben sich ein wenig geändert ...»

Nachdem Crowe aufgelegt hatte, sah er zum Himmel hinauf. Die Sonne lugte endlich wieder zwischen den Wolken hervor, und ein Regenbogen wurde sichtbar. Betsy hatte Regenbogen immer geliebt. Immer, wenn einer am Himmel zu sehen war, waren sie ins Auto gestiegen und herumgefahren, um nach dem Goldtopf zu suchen.

Sein Blick trübte sich. Betsy war immer so stolz auf ihren Vater gewesen. Er fragte sich, was sie wohl sagen würde, wenn sie ihn in seinem augenblicklichen Zustand sähe. Forsythes Autoverkäuferstimme ließ Schlimmes befürchten, aber es ging um zu viel Geld, als dass Crowe jetzt einen Rückzieher machen konnte.

Wenn Forsythe immer noch wollte, dass er ihm Caine lieferte, dann musste er sich eben etwas einfallen lassen. Er scrollte im Adressbuch seines Handys, bis er fand, was er gesucht hatte. Jim Daltons Nummer leuchtete blau vor dem weißen Hintergrund des Displays.

Crowe hatte sich geschworen, nie wieder mit Dalton und seinen Gangsterkumpanen zusammenzuarbeiten, nachdem der Söldner ihn mit einem Trick dazu gebracht hatte, die Security für einen Drogendealer zu übernehmen. Andererseits, was war schon ein gebrochenes Versprechen mehr? Außerdem waren die Söldner, die er sonst so kannte, auch nicht gerade die Ehrlichsten. Solange er Daltons Neigung zur Brutalität unter Kontrolle behalten konnte, gab es nun einmal niemand Fähigeren.

Mit einem leichten Gefühl der Resignation drückte Crowe die Wahltaste. Dalton hob beim ersten Klingeln ab.

«Marty, was gibt's?», fragte Dalton.

«Ich hab einen Job und brauche ein bisschen Verstärkung», sagte Crowe.

«Wann?»

«Sofort.»

«Scheiße, ich würde dir wirklich gern helfen, aber ich hab gerade jemanden hier, der mich für ein paar Botengänge braucht. Wie wär's nächste Woche?»

«Ich kann nicht warten», sagte Crowe und zog die Brauen zusammen. «Wie viel verdient ein Botenjunge denn heutzutage so?»

Dalton antwortete erst nach einer Sekunde. «Dreißig, für fünf Tage Arbeit.»

«Für dich oder für die ganze Crew?»

«Nur für mich. Rainer, Leary, McCoy und Esposito kriegen jeder fünfzehn.»

Es war vermutlich gelogen, aber das kümmerte Crowe nicht. War ja Forsythes Geld.

«Mein Auftraggeber zahlt euch vieren hundertfünfzig die Woche», sagte Crowe. «Ihr könnt sie aufteilen, wie ihr wollt.»

Dalton pfiff. «Was ist das für ein Auftrag, Marty?»

«Nichts Schlimmeres als sonst. Bist du dabei oder nicht?»

«Worum geht es?»

«Etwas Aufklärung, ein Zugriff und dann vielleicht noch ein bisschen Bewachung.»

«Wer ist die Zielperson?», fragte Dalton misstrauisch.

«Niemand, den man vermissen wird. Bloß ein Zivilist.»

«Wozu das viele Geld? Hört sich nach etwas an, womit du allein fertig wirst.»

«Er hat einen Bodyguard.»

«Und?»

«Und», sagte Crowe, der die Fragerei allmählich leid war, «sie war früher mal bei der CIA, verdeckte Operationen. Ein harter Brocken.»

«*Sie?*» Dalton lachte. «Okay, wenn du die Jungs und mich brauchst, um mit einer Frau klarzukommen, dann können wir dir bestimmt behilflich sein. Aber ich will das Geld im Voraus.»

«Kommt nicht in Frage. Die Hälfte im Voraus; den Rest, wenn wir die Zielperson haben.»

Dalton schwieg für einen Moment, aber Crowe machte sich keine Sorgen. Er wusste, dass Dalton einschlagen würde.

«Meinetwegen», sagte Dalton, als würde er Crowe einen Gefallen tun. «Wo geht die Sache über die Bühne?»

«Steht noch nicht fest, aber wahrscheinlich in der Tri-State Area.»

«Sollen wir irgendwo zu dir stoßen?»

«Nein», sagte Crowe und überlegte. «Trommel einfach die Jungs zusammen, mit der üblichen Ausrüstung. Dann haltet euch bereit und bleibt nüchtern.»

«Alles klar», sagte Dalton.

«Sobald ich weiß, wo, ruf ich dich an.»

«Null problemo. Nett, mal wieder mit dir zusammenzuarbeiten, Marty.»

Eine Minute nachdem Crowe aufgelegt hatte, summte sein Handy. Dalton war einer von der schnellen Truppe, was die Nennung seiner Kontonummer anging. Crowe leitete die Nachricht an Grimes weiter, zusammen mit der Summe, die zu überweisen war. Danach ging er zu seiner Wohnung zurück, um sich kurz auszuruhen. Es war eigentlich noch zu früh, aber er wollte versuchen zu schlafen, solange er noch konnte. Er hatte das Gefühl, dass es eine lange Nacht werden würde.

Während er einschlief, kreisten seine Gedanken um die bevorstehende Mission. Er war zuversichtlich, dass Grimes Caine finden würde, ganz egal, wo er steckte. Es war nur eine Frage der Zeit. Und dann würde Crowe ihn sich greifen – und Vaner wahrscheinlich töten.

Er musste nur noch warten.

Caine starrte auf seine Cola hinab. «Ich hätte mir etwas Stärkeres bestellen sollen.»

«Werden Sie es versuchen …?», fragte Doc.

«Keine Ahnung», sagte Caine. «Selbst wenn, ich wüsste gar nicht, wie ich es anstellen sollte.»

«Ich finde immer noch, dass es zu gefährlich ist», sagte Nava. «Solange wir auf der Flucht sind, ist es zu riskant.»

«Sie hatten kein Problem damit, als ich es im Zug gemacht habe», konterte Caine.

«Das war etwas anderes», sagte Nava. «Außerdem kannte ich da die Risiken noch nicht.»

«Aber was, wenn sie uns jetzt gerade auf den Fersen sind?», fragte Caine. «Vielleicht ist es auch zu riskant, es *nicht* zu versuchen.»

Nava runzelte die Stirn, drückte geistesabwesend ihre Zigarette aus.

«Da ist was dran», sagte Doc.

«Versuch's, David. Die Stimme –» Jasper brach ab. «Ich meine, irgendwie wird es langsam Zeit.»

Caine sah seinen Bruder an. Jasper hatte ihm noch immer nicht alles erzählt – zum Beispiel, wie er darauf gekommen war, Doc anzurufen, kurz nachdem Caine ihn entführt hatte –, aber Caine war klar, dass er dafür seine Gründe haben musste. Nach Jaspers Physikvorlesung jedenfalls schienen alle vergessen zu haben, dass David nicht der einzige Caine war, der mit übernatürlichen Fähigkeiten gesegnet war.

Was nur einleuchtete. Sie waren immerhin eineiige Zwillinge. Caine hatte keine Ahnung, ob er seinem Bruder darum mehr oder weniger vertrauen sollte. Aber als er Jasper in die Augen sah, stand seine Entscheidung fest.

«Ich werd's versuchen», sagte Caine. Trotz der Bestimmtheit in seiner Stimme hatte er Angst. All seine anderen Probleme – seine akademische Laufbahn, seine Anfälle, Nikolaev – kamen ihm auf einmal nichtig und klein vor. Wenn Nava nun Recht behielt? Wenn er für immer dort hängen blieb, in irgendeinem zeitlosen Nichts? Würde er dann verrückt werden? Oder war er es schon längst …? Nein. Er war nicht verrückt. Es war gar kein Wahnzustand gewesen – er hatte nur zu viel Angst gehabt, sich die Wahrheit einzugestehen.

Caine holte tief Luft. Er musste seine Angst beiseite schieben und es tun, bevor es zu spät war. Aber sicher doch. So wie damals, als er sich abgekapselt und vor seinen Freunden versteckt hatte, seinen Studenten, seinem Leben. Nein, das war etwas anderes gewesen. Da war ihm nichts anderes übrig geblieben. Wirklich nicht? Rückblickend wurde ihm klar, was für ein Feigling er gewesen war. Na schön, nun würde er eben kein Feigling mehr sein.

Er schloss die Augen und …

Kapitel /27/

Nichts passierte.

Caine hörte nach wie vor im Hintergrund Mick Jagger aus der Jukebox singen. Er spürte nach wie vor die harte Sitzfläche aus Holz unter sich und das dumpfe Pochen in seinem Knie, das mit jedem Herzschlag kam. Er roch nach wie vor den Dunst aus Schweiß und schalem Bier, der in der Kneipe hing. Der einzige Unterschied war, dass er jetzt nichts mehr sah. Seine Augen waren geschlossen.

Er stieß sämtliche Luft aus und versuchte dann, ganz langsam weiterzuatmen. Woran hatte er in dem Restaurant gedacht? Er wusste es nicht mehr; er hatte eine Fritte gegessen, und im nächsten Augenblick waren Doc und Peter blutüberströmt gewesen.

Sechs schnelle Klicklaute ertönten.

Zuerst glaubte Caine, die Geräusche rührten von woanders her, kämen aus seinem Inneren, aber als die Bedienung etwas sagte, begriff er, dass es nur das Klacken ihrer Absätze gewesen war.

«Darf es noch etwas sein bei Ihnen?»

«Wären Sie so nett, später nochmal zu kommen?»,
fragte Doc. «Wir sind hier gerade sehr beschäftigt.»

«Gern.»

Und plötzlich verschwand die Schwärze, als würde jemand langsam das Licht aufdrehen. Caine hatte die Augen immer noch fest geschlossen … und doch konnte er sehen. Und er sah nicht nur – er wusste.

…

Die Bedienung ist eine große Rothaarige mit einem tief ausgeschnittenen schwarzen Top und zu viel Make-up. Sie heißt Allison Gully, aber alle hier nennen sie Ally. Der dicke Lidschatten soll den Bluterguss verbergen, den sie von Nick Braughten hat. Sie möchte sich von ihm trennen, aber sie hat Angst.

Weil Caines Gruppe nichts zu trinken bestellt, geht sie zum Tresen zurück und flirtet mit Tim Shamus. Er ist neu hier, und sie findet ihn süß. Als Tim nachts wieder zu Hause ist, hat er Phantasien über sie. Er geht in der Wohnung auf und ab. Um vier Uhr morgens schläft er ein. Als er erwacht, steht die Sonne hoch am Himmel.

Tim kommt zu spät. Er rennt zu seinem Auto, einem schwarzen Ford Mustang Baujahr 1989. Auf dem Weg zur Arbeit schneidet er Marlin Kramer, als er in hohem Tempo eine rote Ampel überfährt. Marlin hat einen scheußlichen Tag. Er hupt kräftig und biegt in seinem Frust falsch ab. Er bleibt im Verkehr stecken und verpasst seinen Flieger nach Houston. Matt Flannery wartet am Last-Minute-Schalter und bekommt Marlins Platz neben Lenore Morrison. Sie unterhalten sich den ganzen Flug lang. Als sie landen, fragt er sie nach ihrer Telefonnummer. Sie errötet zum ersten Mal seit … sie fünfzehn ist und Derek Cohen im Kino küsst.

Matt und Lenore haben bei ihrem dritten Date Sex miteinander. Die ersten paar Male benutzen sie ein Kondom, beschließen dann aber, dass es auch ohne safe ist. Aber es ist nicht safe.

Lenore ist HIV-positiv. Bei Matt wird AIDS diagnostiziert. Er stirbt allein im Krankenhaus, anstatt Beth Peterson zu heiraten und zwei Kinder und drei Enkel zu haben.

...

oder

...

Caine bestellt etwas zu trinken. Ally geht zehn Sekunden später zum Tresen zurück. Unterwegs erhaschen Aidan Hammerstein und Jane Berlent endlich ihren Blick und bestellen zwei Cocktails. Ally sagt zu Tim, er solle sich besser ein bisschen beeilen. Sie haben keine Zeit zum Flirten. Ally bringt Caine sein Getränk und Aidan und Jane ihre Alabama Slammer. Der Alkohol gibt Jane den Rest. Sie ist betrunken. Anstatt nach Hause zu gehen, beschließen Aidan und sie, noch ein bisschen um die Häuser zu ziehen. Ist schließlich ihr Geburtstag. Sie ist 25.

Sie trinkt weiter, während ... Tim Shamus sich ganz gemütlich um zwei ins Bett legt; er wacht rechtzeitig auf, und Marlin Kramer kriegt seinen Flug ... Jane hält auf dem Heimweg bei dem koreanischen Laden an und kauft eine Packung Marlboro Light. Es ist ihre erste Zigarette seit ... sie 21 ist und zwei Enchiladas und ein Hähnchen-Taco erbricht. Der Rauch mischt sich mit dem Geruch ihres unverdauten Abendessens. Sie schwört, nie wieder eine Zigarette zu rauchen. Sie tut es auch nie wieder. Sie wird 97 Jahre alt. Seth Greenberg, der ihr von ihren sechs Urenkeln am nächsten steht, weint bei ihrer Beerdigung.

... aber jetzt, mit 25, raucht sie. Es schmeckt toll in der kalten Nachtluft. Sie fragt sich, warum sie überhaupt aufgehört hat. Sie hört nie wieder auf. Aidan kann den Rauch nicht ertragen. Es kommt zum Streit. Er hat eine Affäre mit Tammy Monroe, seiner Sekretärin. Er trennt sich von Jane. Sie geht zu einem Psychiater. Er verschreibt ihr Zoloft. Es hilft, aber nicht genug. Am Abend ihres dreißigsten Geburtstags beschließt sie, ihn damit zu begehen, dass sie zwanzig Tabletten mit einem Glas Tequila hinunterspült.

Ihre Leiche wird zwei Wochen später gefunden, als Nachbarn den Geruch melden.

…

«Warten Sie!» Caine bekam kaum Luft. Er riss die Augen auf und starrte die Bedienung – *Ally, sie heißt Ally* – an, als hätte er ein Gespenst gesehen.

«Möchten Sie noch etwas?», fragte sie.

Über ihrer Schulter konnte Caine einen blonden Mann *(Aidan)* sehen, der versuchte, ihre Aufmerksamkeit auf sich zu lenken. Caine war wie gelähmt, er wusste nicht, was er tun sollte. Ihm war klar, dass er etwas verändert hatte. Wenn er wieder abtauchte, würde er wissen, was aus Ally, Tim, Marlin, Matt, Lenore, Aidan, Jane und Tammy geworden war/wurde/werden würde. Und aus den Leuten, deren Leben sich mit dem dieser acht Menschen kreuzte. Und aus ihrem möglichen/wahrscheinlichen/unmöglichen Nachwuchs. Und aus ihren Freunden. Und –

«Alles in Ordnung mit Ihnen?», fragte die Bedienung erneut.

«Ich … ich … äh …» Caine konnte nicht sprechen. Und auf einmal hüllte er Caine wieder ein – dieser widerwärtige Gestank von menschlichen Fäkalien, die mit verfaultem Fleisch und verdorbenem Obst durchmischt waren, bedeckt von Schimmel, mit Galle durchtränkt, wimmelnd von Maden. Während seine Augäpfel sich nach oben drehten, spürte er, wie er vorwärts fiel. Er wusste, dass er mit entsetzlichen Schmerzen aufwachen würde, weil sein Kopf der Tischkante entgegenschnellte, aber es war ihm egal; die gnädige Bewusstlosigkeit raste auf ihn zu wie ein Güterzug.

Er hörte das besorgte Aufschreien seiner Freunde. Jasper. Nava. Doc. Ihre Stimmen hallten in seinem Kopf. Und dann, obwohl bereits jedes Neuron in seinem Gehirn protestierend kreischte, begann er wieder zu sehen. Seine Augen waren geschlossen, aber die Szenen spulten sich vor ihm ab wie in einem Horrorfilm.

...

Sie leben. Sie leiden. Sie sterben.

Immer wieder bleibt Caine nichts anderes übrig, als es mit anzusehen.

Alles geschieht, auf jede nur erdenkliche Weise. Er ist sich vage bewusst, dass er im Jetzt *gerade neun Sekunden lang laut schreit, was einem wie eine Ewigkeit vorkommen kann, wenn man sich im* Jetzt *befindet.*

Aber er lernt noch etwas.

Er lernt, was das wirklich bedeutet: eine Ewigkeit.

...

Als Caine erwachte, war er nicht überrascht, pochende Kopfschmerzen zu haben.

«David, alles in Ordnung?» Das war Nava.

«Ja», sagte er und rieb sich vorsichtig den Schädel.

«Was ist passiert?», fragte Doc.

Caine öffnete den Mund, um zu antworten, aber es kamen keine Wörter raus. Er konnte kaum begreifen, was er gesehen hatte. Als Erstes waren die Bilder klar und deutlich gewesen, aber als sie sich in derselben Raumzeit überlagerten, verschmolzen sie plötzlich miteinander. Es war, als hätte er sich eine Diashow angesehen, bei der jedes neue Bild für den Bruchteil einer Sekunde auf einem leeren weißen Bildschirm sichtbar war und dann auf die Bilder projiziert wurde, die er bereits gesehen hatte. Am Ende gab es nichts als ein Übereinander von Bildern, die eine formlose Schwärze schufen.

Ihm war klar, dass er seine Vision beim Verlassen der Kneipe nahezu vergessen haben würde; sein Gehirn konnte wahrscheinlich gar nicht alles behalten. Er spürte bereits, wie das Wissen seinem Bewusstsein entglitt und in den Abgrund rutschte. Und es war ihm recht. Wenn er nicht mehr wusste, brauchte er auch keine Entscheidungen zu fällen.

Er hatte keine Ahnung, wie er mit so viel Verantwortung, so vielen Wahlmöglichkeiten leben sollte. Selbst wenn er beschloss, sich auf eine einsame Insel zurückzuziehen, würden seine Handlungen sich durch das Universum ausbreiten wie Wellenringe. Die banalste Entscheidung würde den einen leben, den anderen sterben lassen. Er konnte das nicht ertragen.

«Ich kann das nicht. Ich kann nicht. Ich kann nicht», murmelte Caine immer wieder.

«Du kannst was nicht?», fragte Jasper.

«Ich kann das nicht entscheiden. Es steht mir nicht zu. Wer bin ich, dass ich –»

Jasper verpasste ihm eine Ohrfeige. «Du bist David Caine.»

«Aber wenn ich etwas falsch mache?», fragte Caine. Er hatte nur Augen für seinen Bruder. Es war, als existierten Nava und Doc nicht mehr.

Jasper lächelte. «Dann machst du es eben falsch, kleiner Bruder. Selbst wenn du gar nichts tust, ist das eine Entscheidung. Du kommst nicht umhin, dich zu entscheiden.»

«Aber es kann so viel schief gehen – es wird so viel schief gehen.»

«Das lässt sich leider nicht vermeiden», sagte Jasper. «Aber versuchen musst du es.»

Caine nickte. Er erinnerte nicht mehr viel von dem, was seiner Vision nach geschehen würde. Aber er wusste dennoch, was er zu tun hatte. Er war sich nicht sicher, ob es das Richtige war – tatsächlich wusste er mit Bestimmtheit, dass er sich möglicherweise irrte –, aber die Chance, dass er Recht hatte, war größer. Er konnte nur eines tun: den Pfad mit der geringsten Fehlermenge einschlagen. Was anschließend passierte, lag außerhalb seiner Kontrolle.

Caine holte tief Luft und wandte sich an Nava. «Wir müssen hier weg», sagte er. «Gibt es irgendeinen geeigneten Unterschlupf für uns?»

«Ja», antwortete Nava prompt. «Ich weiß einen.»

«Wo?», fragte Caine.

«Werden Sie sehen, wenn wir dort sind.»

«Nein», sagte Caine. «Ich muss es jetzt wissen.»

«Ich glaube nicht –»

Caine griff über den Tisch und packte ihre Hand. «Nava, Sie müssen mir vertrauen. Es ist wichtig, dass ich es weiß. Wohin bringen Sie uns? Sagen Sie's mir.»

Nava sah ihm forschend in die Augen. Wonach sie auch gesucht hatte, sie schien es gefunden zu haben, denn sie beantwortete seine Frage ohne weiteren Protest. Caine schloss für eine Sekunde die Augen und öffnete sie wieder.

«Gut», sagte er. «Ich muss auf die Toilette. Danach sollten wir aufbrechen.»

Caine stand auf und hinkte zu dem langen Flur am anderen Ende des Tresens. Als er sicher war, dass ihn niemand sehen konnte, nahm er den Hörer von dem Münztelefon gegenüber der Herrentoilette ab. Genau in diesem Augenblick fiel ein Schatten auf den Boden. Es war Doc. Caine legte einen Zeigefinger an die Lippen. Er wollte nicht, dass Doc den Anruf Nava gegenüber erwähnte. Doc nickte und verschwand in der Toilette.

Caine wusste die Nummer von vor drei Tagen noch. Das Telefon klingelte lange, bevor der Mann ranging.

«Hallo, Peter. Hier ist David Caine.» Er schloss kurz die Augen, versuchte die richtigen Worte zu finden. «Bitte hören Sie mir ganz genau zu, ich habe nicht viel Zeit.»

«Hallo, James.» Forsythe erkannte sofort Tverskys Stimme am anderen Ende der Leitung. «Ich habe gehört, Sie suchen nach mir.»

«Wie kommen Sie denn darauf?», fragte Forsythe.

«Verschwenden wir nicht unsere Zeit. Ich weiß, was Sie suchen, und ich kann es Ihnen beschaffen – wenn die Bezahlung stimmt.»

«Sie haben nichts, was ich brauche.»

«Auch nicht David Caine?»

«Sprechen Sie weiter», sagte Forsythe und versuchte, nicht zu interessiert zu klingen.

«Ich weiß, wo er sich um achtzehn Uhr aufhalten wird.»

Forsythe sah auf die Uhr – das war in vierzig Minuten. Er räusperte sich.

«Was möchten Sie denn dafür haben?»

Sie stiegen in einem Teil von Brooklyn aus der U-Bahn, den Caine nicht kannte. Viele Läden hatten hebräische Namen. Die Männer trugen schwarze Mäntel, schwarze Hüte, schwarze Bärte. Doc schmunzelte. Caine musste zugeben, dass er sich spielend leicht auf neue Gegebenheiten einstellte. Das hatte ihm schon immer an Doc gefallen: Ihn überraschte gar nichts.

«Das Gesetz der großen Zahlen», hatte Doc einmal zu ihm gesagt. «Überraschend wäre doch nur, wenn jedem Menschen zur exakt gleichen Zeit etwas Merkwürdiges passieren würde. Da ich aber die Dinge nur aus meinem Blickwinkel wahrnehme, muss ich davon ausgehen, dass jedes unwahrscheinliche Ereignis, mit dem ich konfrontiert werde, nicht auch allen anderen Bewohnern dieses Planeten widerfährt. Solange also die Chance seines Eintretens mehr als eins zu sechs Milliarden beträgt, liegt die Wahrscheinlichkeit, dass es *irgendjemandem* passiert, bei nahezu hundert Prozent, und was ist an einem Ereignis, das mit hundertprozentiger Wahrscheinlichkeit eintritt, noch groß überraschend?»

Nava führte sie durch unzählige dunkle Gassen, bis sie so weit von der Straße entfernt waren, dass Caine sie kaum noch hören konnte. Als sie bei der dritten Tür ankamen, stieg Nava die Stufen hinauf und klopfte viermal. Eine Klappe in der Tür öffnete sich und enthüllte zwei misstrauisch blickende dunkelbraune Augen. Aber kaum fiel ihr Blick auf Nava, da flog die Tür auf.

«Meine kleine Nava!», rief ein Bär von einem Mann. Er nahm Nava hoch in seine behaarten Arme und drückte sie so fest, dass Caine schon glaubte, sie würde zerbrechen. Die beiden redeten hektisch auf Hebräisch miteinander, und allmählich verschwand das warme Lächeln des Mannes. Schließlich drehte Nava sich zu den anderen um.

«Das ist Eitan», sagte sie und zeigte zu dem Hünen. «Eitan, das sind David, Jasper und Doc.»

«Erfreut, Sie kennen zu lernen», sagte Eitan mit schwerem Akzent auf Englisch. Er schüttelte Caine fest die Hand. «Navas Freunde sind auch meine Freunde.» Er trat von der Tür zurück und winkte sie herein. «Bitte, Sie sind meine Gäste.»

Im Gegensatz zu der verdreckten Gasse war es in der Wohnung überraschend gemütlich. Ein oranger Teppich bedeckte den Steinboden. Ein hellgelbes Sofa, das in der Mitte stark durchhing – eindeutig Eitans Lieblingsplatz – stand vor einer Wand, an der Familienfotos hingen. Neben dem Sofa stand ein Schaukelstuhl aus Holz, auf dem handgemachte Kissen lagen.

«Bitte nehmen Sie Platz, ich hole etwas zu essen.» Eitan stampfte davon. Caine manövrierte sich den langen Couchtisch aus Holz entlang und setzte sich auf das

Sofa. Die Sprungfedern quietschten leise, aber Caine ging davon aus, dass sie weit mehr aushielten als seine achtzig Kilo.

Eitan kehrte mit einem Teller Fladenbrot, einer Schale Humus und vier Glas Eistee zurück. Caine machte sich über das Essen her, während Eitan und Nava eine Zigarette rauchten. Die beiden alten Verbündeten plauderten auf Hebräisch, und Caine versuchte so zu tun, als ob alles in bester Ordnung war; dabei wusste er, dass ihm nicht mehr viel Zeit mit seinen Freunden blieb.

«Sie ist dort.»

«Sehr gut. Ist sie allein?»

«Nein. Es sind noch drei andere dort, dazu ihr Kontakt.»

«Den Kontakt töten. Dann sie zu mir bringen.»

«Verstanden.» Choi Siek-Jin machte sein Handy aus. Es war dunkel in der Gasse, also nahm er seine verspiegelte Sonnenbrille ab. Das Schloss an der Hintertür war ein besseres Spielzeug; es dauerte keine Minute, dann war er drin. Er konnte ihre Stimmen vom anderen Ende der kleinen Wohnung hören, aber er ging nicht in ihre Richtung. Stattdessen wartete er in der Küche.

Irgendwann würde der Dicke schon kommen. Und dann war Siek-Jin bereit.

«Kann ich Ihnen noch etwas anbieten?», fragte Eitan und zeigte auf die fast leere Schale Humus.

«Das war mehr als genug-*Zug-Lug-Trug*», sagte Jasper. «Vielen Dank.»

Eitan lächelte und tat so, als hätte er Jaspers merkwürdige Angewohnheit nicht bemerkt. «Möchten Sie noch etwas Wasser? Oder vielleicht ein Glas Wein?»

«Ich hätte gerne noch etwas Eistee», antwortete Doc.

«Gern», sagte Eitan und griff sich Docs leeres Glas. «Bin gleich wieder zurück.»

Als Eitan den Raum verließ, verspürte Caine ein dumpfes Gefühl. Während er zusah, wie der Gastgeber in Richtung Küche ging, hatte Caine plötzlich das dringende Bedürfnis, ihn aufzuhalten. Aber ein untrüglicher Instinkt hielt ihn davon ab. Hätte er es früher gewusst, dann hätte er verhindern können, was gerade geschah.

Aber jetzt war es zu spät. Er musste der Welt ihren Lauf lassen.

Siek-Jin hielt einen Finger an die Lippen. Vor Angst gelähmt, stand Eitan da, die Augen weit aufgerissen, und starrte die riesige Waffe an, die auf seinen Kopf gerichtet war. Siek-Jin bedeutete Eitan mit einer knappen Handbewegung, das leere Glas abzustellen. Eitans Hände zitterten fürchterlich, aber er schaffte es, das Glas heil auf die Arbeitsfläche zu stellen.

Siek-Jin hielt den Mann mit der Waffe weiterhin in Schach, beschrieb mit der Hand eine Kreisbewegung und zeigte dann zum Boden. Eitan gehorchte. Er drehte sich um und sank auf die Knie, während ihm die Tränen übers Gesicht liefen. Siek-Jin zog sein Messer und fuhr Eitan mit der Klinge in einer flüssigen Bewegung über die Kehle. Der Mann gab ein leises Gurgeln von sich und griff sich an den Hals, dann stach Siek-Jin ihn ins Kreuz.

Das Messer in der einen Hand und seine Pistole in der anderen, fing Siek-Jin den leblosen Körper auf und ließ ihn zu Boden sinken. Nachdem er die Klinge an Eitans Hemd abgewischt hatte, schob Siek-Jin sie wieder in die Scheide. Ihm war klar, dass er mit Vaner nicht auch nur annähernd so leicht fertig würde. Eine Hand würde er mit Sicherheit frei haben müssen.

Caine schloss die Augen und versuchte, sich an die Zukunft zu erinnern. Diesmal passte er auf, dass er den Pfad nicht zu weit hinunterging, dann öffnete er die Augen wieder und kehrte ins *Jetzt* zurück.

«Wir müssen das Sofa vor die Tür stellen», sagte Caine und stand mühsam auf. «Das Bücherregal auch.»

Kommentarlos ergriffen Nava und Jasper jeder ein Ende des Sofas und stellten es vor der Tür ab. Doc kümmerte sich um das Bücherregal. Als sie fertig waren, traten die vier zurück und bewunderten ihr Werk. Die letzten Sonnenstrahlen des Tages fielen durch das kleine Fenster dicht unter der Decke. Als sie Navas Gesicht erhellten, spürte Caine die Woge eines Déjà-vus.

Er bückte sich rasch und zog den Stecker einer Leselampe aus der Wand. Sie war klein, aber massiv. Er nahm sie wie eine Keule in die Hand. Sie würde reichen. Als Caine sich dem Flur zuwandte, hoffte er, dass sein Instinkt ihn gleich nicht im Stich lassen würde. Falls doch, bestand die 97,5329-prozentige Wahrscheinlichkeit, dass Nava starb.

«Ich habe freie Schussbahn auf ihren Kopf.»

«Stopp», befahl Crowe. «Ich will, dass du sie nur anschießt.»

«Aber –»

«Jim, ich gebe hier den Ton an, verstanden?»

«Verstanden», grollte Dalton. Crowe hatte echt Nerven, ihn über einen offenen Kanal anzuwichsen. Das würden ihm Rainer und Esposito tüchtig reindrücken, wenn alles vorbei war.

«Leary, bist du in Position?»

«Hintertür ist gedeckt», ertönte Learys Stimme im Kopfhörer.

«Jim, Schussbahn immer noch frei?»

«Bestätigt», antwortete Dalton und betrachtete Navas Gesicht im Zielfernrohr. War doch scheißegal, was Crowe sagte – er würde dieses hinterhältige Dreckstück umlegen. Ein bisschen Leid tat es ihm dennoch. Die Jungs und er hätten eine Menge Spaß mit ihr haben können. Zu schade, dass er ihr eine Kugel zwischen die funkelnden Augen jagen musste – andererseits auch nicht so schade, dass er zögern würde, wenn es Zeit zum Abdrücken war.

«Irgendetwas stimmt nicht», sagte Nava. «Eitan. Er ist schon zu lange weg.»

Bevor Nava nach ihrer Glock greifen konnte, tauchte der koreanische Killer im Flur auf, die Pistole auf ihren Kopf gerichtet. «Nicht», sagte er, ohne sie aus den Augen zu lassen. «Chang-Sun will Sie lebend.»

Navas Herz klopfte ihr bis zum Hals. Die Blutspritzer auf der Hose des Koreaners besagten, dass Eitan bereits tot war. Obwohl der Feind nur drei Meter weit weg war, hätte die Entfernung ebenso gut einen Kilometer betragen können. Sie kam unmöglich an ihn heran, bevor er sie erschoss.

Es war vorbei.

«Anschuss Vaner in fünf», sagte Dalton leise ins Mikro. Er holte tief Luft und hielt sie an, während er den Countdown durchsagte. Ruhig zielte er mit dem Fadenkreuz auf Vaners Gesicht.

«Vier.»

Der waagerechte Faden durchschnitt ihre Augen, während der senkrechte ihre Nase in der Mitte teilte. Ihr Gesicht bestand nun aus vier Quadranten.

«Drei.»

Er spannte den Finger am Abzug an.

«Zwei.»

Er machte sich für den Rückstoß des Hochleistungs-
gewehrs bereit.

«Eins.»

Das Gewehr knallte und versuchte ihm aus dem festen
Griff zu springen, zurückgestoßen von dem 7,62-mm-Ge-
schoss, das mit 335 Metern in der Sekunde durch die Luft
peitschte, genau auf Nava Vaners Gehirn zu.

Im selben Moment warf Caine mit der Lampe nach dem
koreanischen Killer. Doch bevor die Lampe ihr Ziel treffen konnte, trat Siek-Jin seelenruhig beiseite, bewegte
sich einen halben Meter nach links – genau, wie Caine es
vorhergesehen hatte.

Nava war plötzlich von einer dunkelbraunen Silhouette
verdeckt, in der es rot explodierte. Jemand war in die
Schussbahn getreten. Wenn dieser Jemand David Caine
war, dann saß Dalton tief in der Scheiße. Er verwarf den
Gedanken, als die Silhouette außer Sicht geriet. Vaner war
immer noch in Position, aber ihrem Blick nach zu urteilen,
nicht mehr lange.

Dalton schoss den Clip auf ihren Kopf leer und hoffte
auf das Beste.

Ein wildes Brausen ging durch die Luft, gefolgt von einem
kurzen Knirschen. Auf einmal zerplatzte das Fenster und
versprühte Glassplitter im Zimmer, während der Koreaner
vornüber auf den Couchtisch krachte. Auf seiner Stirn gab
ein Loch von der Größe eines Baseballs den Blick auf das
graue, rot besudelte Fleisch seines Gehirns frei. Nava handelte, ohne zu denken, warf sich durch den Raum und riss
Caine zu Boden.

«RUNTER!», kreischte sie, und im selben Moment erschienen hinter der Stelle, wo sie gestanden hatte, zwei Löcher in der Wand. Dann hörte sie ein Krachen, als Teile der Tür in den Raum barsten. Die Tür wäre ganz aufgeflogen, hätten das Sofa und das Regal den Angriff nicht noch kurz gebremst. Nava blieben noch wenige Sekunden, bevor es zu spät war.

Sie sah auf Caine hinab, der unter ihr lag, die Augen geschlossen, und schwer atmete.

Caine wusste, ihm blieben noch 15,3 Sekunden. Zumindest glaubte er das zu wissen. Einen Moment lang sah er sie vor sich, die eine Million Verzweigungen der Wahrscheinlichkeit, die von diesem Moment abgingen. Er konnte jede einzelne austesten und eine Ewigkeit damit verbringen, ihre jeweilige Zukunft durchzuspielen, je nachdem, welche von unendlich vielen Entscheidungen getroffen worden war. Viele führten zu seinem Tod, alle, bis auf ganz wenige, zu dem von Nava. In einer verschwindend kleinen Anzahl von Möglichkeiten ergab sich alles so, wie Caine es anstrebte.

Jeder Pfad besaß eine unendliche Zahl von Abzweigungen, die oft entsetzliche Auswirkungen darstellten, die er aber unmöglich alle ausloten konnte. Mit mehr Zeit hätte er eine bessere Wahl treffen können, aber er musste schnell handeln. Nur noch 13,7 Sekunden. Er wählte den Pfad, der ihm am wenigsten falsch erschien, verließ sich dabei halb auf sein Wissen und halb auf sein Gefühl.

«Es tut mir Leid, Nava», sagte Caine, die Augen noch immer geschlossen.

Bevor sie antworten konnte, packte er sie bei den Armen, drehte sie auf den Rücken und stieß ihren Kopf fest auf den Boden. Das Geräusch, mit dem ihr Schädel gegen den Beton krachte, erinnerte sie an einen Schuss.

Dann wurde alles schwarz.

Caine sah zu Jasper und Doc hinüber, die versuchten, ihre improvisierte Barrikade zusammenzuhalten; er hatte ihnen noch so viel zu sagen, aber er hatte nur noch 9,2 Sekunden.

Er kroch rasch zu Siek-Jins zerstörtem Kopf hinüber, zog mit Mühe sein geschientes Bein hinter sich her. Angesichts dessen, was ihm bevorstand, überkam ihn Übelkeit, aber er wusste, dass die Zeit lief, also folgte er einfach dem Pfad. Er griff in Siek-Jins Schädel und schaufelte Gehirnmasse heraus, bildete mit seinen Händen eine Schale, um so viel Blut wie möglich abzuschöpfen. Die Wärme der Masse verblüffte ihn – als hätte er seine Hand in heiße Lasagne getaucht. Ihm drehte sich fast der Magen um, aber Caine machte weiter.

Auf den Ellbogen schob er sich zurück, passte auf, dass sein Knie sich nicht verdrehte. Irgendwie schaffte er es, nicht die Fassung zu verlieren, während er seine grausige Ladung zu Nava hinübertrug. Bei ihr angekommen, rieb er ihr Gesicht und Haare damit ein. Ein genauer Blick würde erweisen, dass das Blut und die graue Masse nicht von ihr stammten, aber die Wahrscheinlichkeit, dass jemand richtig hinsah, lag bei nicht einmal 2,473 Prozent.

Caine griff sich Navas Rucksack und humpelte zur Küche, schloss die Tür hinter sich. 1,3 Sekunden noch, dann platzten vier Soldaten in den Raum.

...

Sie heißen Martin Crowe, Juan Esposito, Ron McCoy und Charlie Rainer. Jeder ist von Kopf bis Fuß in Schwarz gekleidet; ku-

gelsichere Westen bedecken ihre Brustkörbe. Ihre Gesichter sind hinter den getönten Scheiben ihrer Helme nicht zu erkennen.

«Runter, los!», bellt Rainer, obwohl alle bereits flach auf dem Boden liegen.

…

Caine trat über den toten Eitan hinweg, der in einer Blutlache auf dem Küchenboden lag; dann nahm er einen langen schwarzen Mantel und einen Hut vom Wandhaken und öffnete die Hintertür. Die Augen ließ er geschlossen. So fiel ihm das Sehen leichter.

…

Esposito schleudert Doc gegen die Wand.

Ein schwerer Stiefel tritt Jasper ins Kreuz, während ihm die Mündung einer Pistole gegen den Schädel gestoßen wird. Als Crowe den ausgeblichenen blauen Fleck auf Jaspers Wange sieht, weiß er, dass es sich nicht um den Zwilling handelt, den er haben will. Ein rascher Blick durchs Zimmer sagt ihm, was er wissen muss.

«Leary, Zielperson zu dir unterwegs.»

«Schon zu sehen.»

…

«Stehen bleiben!»

Caine zwang sich dazu, weiterzugehen, seine Angst zu unterdrücken. Der Mann *(Mark Leary)* bewegte sich langsam rückwärts, die Waffe noch immer auf Caines Oberkörper gerichtet, genau wie in Caines Vision.

«Stehen bleiben, oder ich schieße!», rief der Mann.

«Tun Sie nicht», sagte Caine. Die Augen noch immer geschlossen, hob er Navas Glock 9mm und

…

zielt und drückt ab. Die Kugel durchschießt Learys Wade, aber sie stoppt ihn nicht. Er holt mit der Pistole aus und schlägt sie Caine über den Schädel –

(Schleife)

zielt und drückt ab. Die Kugel verfehlt Leary völlig, prallt vom Pflaster ab. Leary springt vor, packt Caine –

(Schleife)

zielt und drückt ab. Die Kugel fährt Leary in den Fuß. Er stolpert, fuchtelt wild mit den Armen, reißt Caine mit um –

(Schleife)

zielt und drückt ab.

...

Die Kugel fuhr Leary ins Bein, zerschmetterte seinen Oberschenkelknochen und zerfetzte beim Austritt den Hinterschenkel. Leary fiel rückwärts um, brüllend vor Schmerzen. Caine stapfte weiter, wich dem gestürzten Söldner nur leicht nach links aus. Er verließ die Gasse und setzte den schwarzen Hut auf.

In der Sekunde, als er Leary am Boden liegen sah, rannte Crowe los, aber es war zu spät. Als er um die Ecke bog, war Caine nirgendwo mehr zu sehen. Auf der Straße wimmelte es von chassidischen Juden – die schwarz gekleideten Männer sahen in seinen Augen alle gleich aus.

«*So eine verfluchte Scheiße!*», schrie er. Er starrte ins Gewimmel und wollte nicht wahrhaben, was er doch wusste – David Caine war entkommen.

Er wandte sich um und ging ins Haus zurück. Der Menge Hirn nach zu urteilen, die überall an Vaners Kopf klebte, war die Frau tot, ebenso der Asiate, der neben ihr lag. Crowe hielt sich nicht damit auf, den Puls zu überprüfen. Nicht zu fassen, dass Dalton sie beide getötet hatte. Das würde ein Nachspiel haben. Wenigstens der Zwilling lebte noch; er und der Doktor standen an der Wand.

«Rainer, schaff die beiden in den Lieferwagen», befahl Crowe. «McCoy, du gehst nach hinten und hilfst Leary.

Dann –» Er brach ab, als er das Heulen der Sirenen hörte. Es klang, als raste eine ganze Flotte von Streifenwagen herbei. Ihnen blieb nicht mehr viel Zeit. Crowe wollte den hiesigen Cops auf gar keinen Fall die beiden Leichen erklären müssen. Wichtig war nur, sich die anderen zu packen und zu verschwinden.

«Ihr habt zwanzig Sekunden. Esposito – gib warm, wenn du rausgehst.»

Seine Männer wussten, was sie zu tun hatten. Esposito brachte Sprengstoff an den gegenüberliegenden Wänden an und bestückte ihn mit elektronischen Zündern. Crowe hatte keine Sorge, dass Beweismaterial übrig bleiben würde – ihm war noch nie ein Bombenleger begegnet, der lieber zu wenig C-4 nahm als zu viel, und Juan Esposito war gewiss keine Ausnahme.

Sie waren gerade mit ihren beiden Gefangenen der Wohnung entkommen, als Crowe ein gedämpftes *Wuumm* vernahm, gefolgt von einer gewaltigen Detonation. Wenn Polizei und Feuerwehr dort ankamen, würde nichts übrig sein als zwei verkohlte Leichen und jede Menge offener Fragen.

Kapitel /28/

Forsythe kochte immer noch vor Wut angesichts der Demütigung, von zwei bewaffneten Wachen aus dem STR-Labor geführt worden zu sein. Er versuchte, sich davon freizumachen, während er in seinem neuen Büro auf und ab ging, zwei Stockwerke unter den Straßen von Manhattan. Gott sei Dank hatte er sich schon vor Monaten das Risikokapital besorgt und das Labor aufgebaut. Die komplette wissenschaftliche Ausstattung stand bereits zur Verfügung, wenn auch die Computer und die Elektrik noch nicht richtig funktionierten.

Draußen vor der Glaswand waren Grimes und seine Computerfreaks zu sehen, wie sie herumliefen und die neuen Server installierten und das Sicherheitssystem initialisierten. Wenn alles glatt ging, hatten sie innerhalb der nächsten Stunde alles zum Laufen gebracht.

Da klingelte sein Telefon. Obwohl Forsythe den Anruf dringend erwartet hatte, schrak er hoch. Er griff zum Hörer und unterbrach damit das schrille Klingeln. «Haben Sie ihn?»

«Nein. Sie wussten, dass wir kommen. Die Tür war verbarrikadiert, und die Zielperson hatte sich bereits einen Fluchtweg zurechtgelegt.»

Forsythe fuhr sich mit der Hand über das lichte Haar. Wenigstens versuchte Crowe nicht, es schönzureden.

«Was ist mit dem Zwilling?», fragte Forsythe.

«Den haben wir. Ich hab ihm fünfzig Milligramm Amobarbital verpasst. Das sollte für die nächsten drei Stunden reichen.»

Forsythe seufzte erleichtert. «Er muss unter allen Umständen bewusstlos bleiben. Sobald er anfängt, zu sich zu kommen, verabreichen Sie ihm nochmal 25 Milligramm.»

«Verstanden.»

Nach einem unangenehmen Moment des Schweigens sagte Crowe: «Sir, David Caines Bodyguard ist tot, und wir haben seinen Bruder. Caine steht ohne Schutz da und ohne Freunde. Er dürfte bald wieder auf der Bildfläche erscheinen, und dann kommt er uns nicht mehr davon.»

«Ihr Wort in Gottes Ohr», sagte Forsythe und legte auf. Er war enttäuscht, dass sie Testperson Beta noch nicht hatten, aber Crowe hatte Recht – es war nur eine Frage der Zeit. Bis dahin konnte er mit dem Zwillingsbruder einige Tests durchführen. Wenn Testperson Beta wirklich über die Gabe verfügte, die sie bei ihm vermuteten, dann bestand aller Grund zu der Annahme, dass sein Bruder sie ebenfalls besaß.

Forsythe konnte seine Ankunft im Labor kaum erwarten, er wollte unverzüglich mit den Tests beginnen. Obwohl er bei dem Zwilling die Zwischenschritte am liebsten übersprungen und sofort einen Gewebeschnitt seines Temporallappens vorgenommen hätte, wusste er doch, dass sie noch monatelange chemische Analysen vor sich hatten, bis es so weit war. Bis dahin musste man den Zwilling voraussichtlich in einem nahezu konstanten katatonischen Zustand belassen.

Erst nachdem sie alles herausgefunden hatten, was es herauszufinden gab, würden sie seinen Schädel öffnen.

Trotz der pochenden Schmerzen in seinem Knie ging Caine weiter. Als er die Explosion hörte, zog er sich in ein Starbucks zurück. Zuerst ging er auf die Toilette und wusch sich das Blut von den Händen. Sein Hemd war mit feinen roten Spritzern übersät, aber daran konnte er nichts ändern. Er müsste nur den langen schwarzen Mantel zugeknöpft lassen.

Als Koffein und Zucker seines zweiten Espressos zu wirken begannen, öffnete Caine verstohlen Navas Rucksack. Obwohl er den Inhalt bereits kannte, war es beruhigend, ihn nochmal mit eigenen Augen zu sehen. Es handelte sich um zwei Pistolen – eine Sig-Sauer und eine Glock –, zwanzig Ladeclips Munition, einen Störsender, einen GPS-Tracker, ein PDA und drei verschiedene Ausweise mit den entsprechenden Kreditkarten. Aber was ihn vorrangig interessierte, waren die drei Bündel 20-Dollar-Scheine, fünfzig Scheine in jedem Bündel.

Dreitausend Dollar waren nicht genug für sein Vorhaben, aber immerhin ein Anfang. Er schloss einen Moment lang die Augen, dann verließ er das Café. Es dauerte gerade mal vierzig Sekunden, bis ein Taxi hielt.

«Wohin?», fragte der Fahrer mit gelangweilter Stimme.

«East Village», sagte Caine. «Ecke Seventh und Avenue D.»

Vor Navas geistigem Auge tauchte das Bild ihres brennenden Körpers auf. Ihre Haut verfärbte sich rubinrot und begann, Blasen zu schlagen und sich in langen, blutigen

Streifen zu schälen. Die Hitze kam ihr ganz und gar lebendig vor, wie ein Tier, das sie mit einer Flammenzunge begierig ableckte.

Der Rauch umwogte ihr Gesicht, drang in ihre Lunge vor. Er versengte ihr die Lippen, das Zahnfleisch, den Rachen. Sie widerstand dem Drang, die Augen zu öffnen, weil sie wusste, dass sie ohnehin nichts erkennen würde. Stattdessen konzentrierte sie sich darauf zu atmen.

Das Letzte, an das sie sich erinnern konnte, war, wie Caine sich auf sie gerollt und sie bewusstlos geschlagen hatte. Nun waren ihre Arme eingeklemmt. Sie drehte die Handflächen nach oben und streckte die Fingerspitzen aus. Alter verschlissener Stoff … das Sofa. Es musste über sie geklppt sein, schützte sie vor den Flammen. Sie stieß ihr Gesicht in das Sitzkissen, der alte Stoff diente ihr als Luftfilter. Sie musste hier bald raus. Viel länger hielt sie das nicht mehr aus.

Sie hatte gerade noch genug Kraft, um einmal kräftig zuzustoßen. Jetzt oder nie. Sie drückte mit dem rechten Arm das Sofa hoch. Einen Moment lang ragte es in einem 45-Grad-Winkel hoch, genau in der Schwebe, ohne wegzukippen oder wieder auf sie zu krachen. Nava spannte die Muskeln der rechten Hand an und versetzte ihm erneut einen Stoß. Dröhnend fuhr das Feuer in den freien Raum zwischen ihr und dem Sofa, versengte die Luft. Sie stieß ein letztes Mal zu, und das Sofa krachte links neben ihr herunter. Sie war frei.

Nava kam mühsam hoch und lief in den vorderen Teil der Wohnung. Die Außenmauer war fast völlig verschwunden; es war nichts übrig geblieben als ein Skelett aus Schlackenbeton-Formsteinen. Nava zwängte sich hindurch und sog gierig die frische Luft ein, entfernte sich stolpernd von dem brennenden Gebäude. Dann brach sie zusammen, aber das war ihr egal; der Boden war kalt, und die Luft war sauber.

Saitzew hatte immer gesagt, ausruhen könne sie sich noch, wenn sie tot sei, aber sie beschloss, den Leitspruch ihres Mentors dieses eine Mal zu ignorieren. Das hier war der richtige Moment. Bevor sie ohnmächtig wurde, sah sie, wie ein Unbekannter sich über sie beugte.

Er trug eine rote Fliege.

Forsythe verglich die Kernspintomographie des Zwillings mit der von Testperson Beta. Sie stimmten nicht völlig überein, aber die Anomalien im rechten Temporallappen waren durchaus vergleichbar. Das übertraf Forsythes Hoffnungen bei weitem. Wenn er dem Zwilling das experimentelle Antiepileptikum verabreichte, sollte er in der Lage sein, die Hirnchemie von Testperson Beta zu replizieren. Eine Testperson und dazu noch eine Kontrollperson – etwas Besseres konnte ihm nicht passieren. Zu schade, dass es keine Drillinge waren.

Mit einem Mal begannen die Neonleuchten zu flackern und gingen aus.

Forsythes Puls verdoppelte sich, er begann schwer zu atmen. Es war still. Er hatte das Geräusch der Ventilation gar nicht wahrgenommen, bevor sie zu arbeiten aufhörten. Nun gab es nichts als den stockfinsteren Raum und sein eigenes, angestrengtes Hecheln. Er streckte die Hände aus und fuhr die Tischfläche entlang. Etwas fiel mit lautem Knall zu Boden.

Endlich bekamen seine zitternden Finger das Telefon zu fassen. Er hielt den Hörer ans Ohr. Gott sei Dank, ein Freizeichen. Er wählte Grimes' vierstellige Durchwahl. Es klingelte achtmal, bevor Grimes abhob.

«Jau.»

«Was ist los, verdammt?» Forsythe wusste, dass seine Stimme erbärmlich klang, aber es war ihm egal. «Warum ist das Licht aus? *Welcher Idiot hat das verdammte Licht ausgeschaltet?*»

«Mensch, jetzt bleiben Sie mal cool, Dr. Jimmy», sagte Grimes. «Was ist denn los, fürchten Sie sich im Dunkeln oder was?»

Forsythe wollte antworten, aber er konnte nicht. Er bekam kaum Luft. Diese totale Finsternis brachte es wieder zurück – wie seine Mutter ihn als Kind immer im Schrank eingeschlossen hatte. Manchmal nur für ein paar Minuten, aber wenn er besonders böse gewesen war, hatte sie ihn stundenlang da dringelassen. Er konnte sich an den Geruch der Mottenkugeln erinnern und daran, wie die Anzüge seines Vaters an seinem Kopf rieben. Und an die Hitze. Nach zehn Minuten war ihm der Schrank wie ein Ofen vorgekommen; dann waren seine Anziehsachen klatschnass und klebten.

Das Schlimmste jedoch war die Dunkelheit gewesen. Die unerbittliche drückende Schwärze. Nach einer Weile wusste er nicht mehr, ob er die Augen geöffnet hatte oder geschlossen. Dann fing er an, Sachen zu sehen, und dann schrie er, schrie wie am Spieß. Er wusste, dass das Geschrei nicht half – seine Mutter ließ ihn nie raus, solange er schrie –, aber er konnte nichts dagegen tun …

Unvermittelt hörte Forsythe ein lautes Zischen, und die Neonröhren gingen flackernd wieder an. Prompt schlug sein Herz nicht mehr ganz so wild, und er schaffte es, einmal tief bebend Luft zu holen.

«Sehen Sie?», sagte Grimes. «Schon vorbei.»

«Was für eine Scheiße war das denn?», fragte Forsythe. Er hatte sich wieder einigermaßen gefasst.

«Pfui, was sind das denn für Ausdrücke?», sagte

Grimes mit einem Lachen. «Ist alles okay. Ich hab nur gecheckt, wie die IT-Spezis den Großrechner mit der Elektrik verbunden haben, und dabei ein paar Kabel vertauscht.»

«Dass Ihnen das nicht nochmal passiert», sagte Forsythe.

«Aye, aye, Capt-»

Forsythe knallte den Hörer auf die Gabel, bevor Grimes sein schwachsinniges Gelaber beenden konnte. Er sah auf die Uhr – elf. Testperson Beta war seit fünf Stunden verschwunden. Forsythe war nun gänzlich von dem Spyware-Programm abhängig, das Grimes im Computersystem der NSA freigesetzt hatte.

Es ging sechstausend Telefonate pro Sekunde durch und suchte nach dem Stimmbild von Testperson Beta. Wo sie auch steckte, sie konnte nicht ewig vom Telefon wegbleiben. David Caine war nicht nur schlau, bis jetzt hatte er verdammt viel Glück gehabt. Aber irgendwann würde das Glück ihn im Stich lassen.

So waren eben die Gesetze der Wahrscheinlichkeit.

Als Caine das Podvaal betrat, legte sich eine Riesenpranke auf seine Schulter. Er brauchte nicht hinzusehen, um zu wissen, dass es Sergey Kozlov war.

«Wo haben Sie gesteckt, Caine? Vitaly hat sich Sorgen gemacht.»

«War nur kurz unterwegs, Sergey», sagte Caine und drehte sich zu dem riesigen Russen um. «Jetzt bin ich wieder da, um meine nächste Rate zu bezahlen.»

Kozlov sah enttäuscht aus, dass es heute keinen Anlass zur Gewalt gab. Er grummelte leise etwas auf Russisch, dann brachte er Caine zu Nikolaevs Büro.

«Caine», sagte Nikolaev und stand überrascht auf.

«Sergey dachte, Sie hätten die Stadt verlassen, aber mir war klar, dass Sie so etwas nie tun würden, nicht wahr?»

«Natürlich nicht, Vitaly», sagte Caine und griff in den Rucksack. Er zog zwei Packen Zwanziger heraus und legte sie auf den Tisch. «Für Sie.»

Nikolaev schlitzte die Banderolen auf, die die Päckchen zusammenhielten. Er fächerte das Geld auf und nahm aus jedem Päckchen einen Schein, den er mit einem Stift markierte und gegen das Licht hielt. Als er sich davon überzeugt hatte, dass es sich nicht um Falschgeld handelte, legte er das Geld in die Schreibtischschublade.

«Das funktioniert ja besser, als ich dachte», sagte Nikolaev. «Dann sehen wir uns nächste Woche?»

«Eigentlich», erwiderte Caine, «habe ich vor, den Rest meiner Schulden heute Abend zu bezahlen.»

Nikolaev hob die Brauen. «Ach? Haben Sie mein ganzes Geld in dieser Tasche?»

«Nicht ganz», sagte Caine. Er zog den letzten Stapel Zwanziger heraus. «Ich habe einen Riesen.»

Nikolaev runzelte die Stirn. «Sie schulden mir noch zehn.»

«Ich weiß. Den Rest will ich gewinnen.»

Kozlov schnaubte, und Nikolaevs Gesicht verzog sich zu einem Lächeln. Er sagte etwas auf Russisch, und Kozlov lachte erneut.

«Caine», sagte Nikolaev immer noch grinsend, «wenn Sie noch einen Riesen entbehren können, dann sollten Sie ihn mir vielleicht lieber geben, anstatt ihn zu verspielen. Das Glück war Ihnen in letzter Zeit nicht hold.»

«Ich weiß es zu schätzen, dass Sie um mein Wohlergehen bemüht sind, aber ich möchte lieber spielen», sagte Caine. «Selbstverständlich nur, wenn Sie nichts dagegen haben.»

Nikolaev breitete die Arme aus. «Natürlich nicht», sagte er und nahm Caines letztes Bündel. «Ich wechsele es Ihnen persönlich.»

Kozlov begleitete Caine in den Club und zu seinem gewohnten Tisch in der hinteren Ecke. Walter strich gerade den Pott ein und lachte in sich hinein. Schwester Straight warf Caine einen Blick zu und nickte leicht. Stone blinzelte kaum merklich. Zwei weitere Männer, die Caine nicht kannte, kehrten nach einem abschätzigen Blick zu ihren Drinks zurück. Walter sah als Letzter auf.

«Hui», gluckste er, «das ist meine Glücksnacht. Willkommen daheim, Caine. Noch mehr Geld, das Sie mir schenken wollen?»

«Heute Abend nicht, Walter», sagte Caine und setzte sich. Er hoffte, dass er zuversichtlicher klang, als ihm zumute war. Caine legte seine Chips auf den Tisch. Als sein Magen sich meldete, versuchte er, ganz ruhig zu bleiben. Er schaffte das. Wenn er sich konzentrierte, schaffte er das. Aber was, wenn er sich im *Immer* verlor wie letztes Mal? Wenn er einen Anfall bekam? Wenn –

Caine unterbrach die nervöse Stimme in seinem Kopf mit seiner eigenen. «Zweihundert kleinmachen», sagte er und schob dem Geber zwei schwarze Chips zu.

«Mache zweihundert klein», sagte der Geber, nahm Caines schwarze Chips und schob ihm einen Stapel rote und grüne zu. Caine schloss kurz die Augen. Sobald er sah, was er sehen musste, öffnete er sie wieder. Er war bereit. Er schob zwei rote Chips auf das Setzfeld vor sich.

«Geben.»

«Straße bis zum Buben», sagte Caine und strich den Pott ein.

«Mist!», rief Walter und warf seine Karten hin. «Das

ist schon die dritte, die Sie mir beim River abgeknöpft haben.»

Caine antwortete nicht. Er musste sich konzentrieren, um auf das *Immer* zugreifen zu können. Er schloss die Augen, während er seine Chips zählte. Er hatte in den vergangenen sieben Stunden 6530 Dollar gewonnen. Es war Schwerstarbeit. Zwar hatte er schon ein nettes Sümmchen beisammen, aber nicht genug, um sich zu beschaffen, was er zu Jaspers Befreiung benötigte. Es wurde Zeit, die Einsätze zu erhöhen.

Bei dem Gedanken überkam ihn ein vertrautes Gefühl. Er kannte das schon – auf dem Höhenflug einer Glückssträhne zu sein, zuversichtlich, dass ihn nichts zum Absturz bringen konnte. In solchen Momenten setzte er alles auf einen River Flush und stand am Ende ohne einen Cent da.

Aber nicht diesmal. Diesmal war alles anders. Diesmal wusste er, dass er es draufhatte. Er musste sich nur konzentrieren – und seinen Magen im Griff haben –, dann würde es klappen.

«Wie wär's, wenn wir mal ein bisschen Spannung in die Sache bringen?», sagte Caine und schob seinen großen Stapel nach vorn. «Ich habe siebenfünf und ein paar Zerquetschte. Wie wär's mit einem kleinen Zweikampf? Jeder fünf Karten, Sie mischen, ich hebe ab, der Gewinner kriegt alles. Wie sieht's aus, Walter?»

Walter hob die Augenbrauen. Caine konnte beinahe hören, wie er das Für und Wider abwog. Er wusste, dass Walter in der vergangenen Woche mehrere tausend Dollar gewonnen hatte, also war er flüssig. Aber selbst wenn nicht, Walter war ein leidenschaftlicher Zocker. Er konnte der Herausforderung unmöglich widerstehen. Dennoch beschloss Caine, seinem Erzrivalen noch einen kleinen Schubser zu verpassen.

«Wenn Sie nicht wollen, sagen Sie's einfach – in Ihrem Alter muss man ja nicht mehr alles mitmachen.»

Walter machte ein finsteres Gesicht. Caine wusste, wie pubertär es war, sich über Walters Alter lustig zu machen, aber er wusste auch, dass es funktionierte. Eine Sekunde später zählte Walter einen Riesenhaufen Chips ab und rief Nikolaev herüber. Nach einer kurzen Unterredung nickte Nikolaev zustimmend. Der Geber ergänzte Walters Stapel um drei lila Chips.

Er schob sie nach vorn. «Fangen wir an.»

Walter hielt seine Hand hin, und der Geber teilte ihm ein neues Blatt aus. Walter begann zu mischen. Hinter geschlossenen Augenlidern sah Caine gebannt zu, wie die Karten ineinander verschwammen.

…

Die Karovier liegt über dem Herzbuben. Mischen. Die Vier ist zwischen zwei Damen. Mischen. Sie liegt unter dem Kreuzass. Mischen. Auf der Pikvier. Mischen.

…

«Aufwachen und abheben», sagte Walter und knallte die Karten vor Caine auf den Tisch. Caine ließ die Augen zu. Stattdessen streckte er die Hand aus und legte sie auf den Stapel. Er befand sich nach wie vor im *Immer*.

…

Seine Finger streichen über die Ränder der Karten, während er versucht, die richtige Stelle zum Abheben zu finden. Wenn er hier abhebt, kriegt er zwei Fünfen, aber Walter hat drei Achten. Hier hat er einen König und einen niedrigeren Wert, aber Walter hat ein Paar Zweien. Hier hat er –

…

«Aufhören mit dem Scheiß und abheben», sagte Walter und schlug mit der Faust auf den Tisch.

Caine machte vor Schreck die Augen auf und wurde

aus dem *Immer* gerissen; seine Finger zuckten, hoben gegen seinen Willen ab. Eine Sekunde lang hielt er die Karten nur in der Luft, während sich in seinem Magen eine schreckliche Beklommenheit breit machte.

«Na, nun legen Sie sie schon hin.»

Caine ließ die Karten sinken und hatte Angst, die Augen zu schließen. Hatte Angst, zu sehen. Als Walter zu geben begann, lächelte er, spürte Caines Nervosität.

«Was ist los? Haben Sie auf einmal Angst?»

«Mund halten, Walter.» Das war Schwester Straight.

Caine war erleichtert, dass sie da war, aber er verbarg das Gefühl. Er gab sich entspannt, obwohl ihm der Schweiß übers Gesicht lief. Was, zum Teufel, machte er da eigentlich? Jasper war an einen OP-Tisch gefesselt, und er saß hier und zockte, um genug Geld für seine Rettung zusammenzubekommen. Als er diesen Pfad zum ersten Mal im *Immer* gesehen hatte, war ihm die Idee völlig abstrus vorgekommen, aber er hatte seine Zweifel beiseite geschoben und beschlossen, zu glauben. Und nun schau sich das einer an – er war wieder genau da, wo er immer war, und riskierte seine Zukunft beim Kartenspiel.

Ein toller Dämon, wirklich.

«Nun?» Walter deutete auf die fünf Karten, die umgekehrt vor Caine lagen. Langsam nahm Caine sie hoch und fächerte sie auf, eine nach der anderen. Mit jeder Karte, die er sah, sank seine Hoffnung.

Pikfünf.

Kreuzsieben.

Pikbube.

Herzzwei.

Karoneun.

Völliger Mist.

Er schloss die Augen und versuchte zu wiederholen, was

geschehen war, als er Leary in der Gasse niedergeschossen hatte, versuchte, noch einmal abzuheben und alles in Ordnung zu bringen. Aber als er die Augen schloss, sah er –

...

Caine hat eine Fünf, eine Sieben, einen Buben, eine Zwei, eine Neun. Walter hat zwei Könige.

Caine hat eine Fünf, eine Sieben, einen Buben, eine Zwei, eine Neun. Walter hat zwei Könige.

Caine hat eine Fünf, eine Sieben, einen Buben, eine Zwei, eine Neun. Walter hat zwei Könige.

...

Es war zwecklos. Das Abheben, das Ausgeben – es war bereits geschehen. Er konnte nicht zurückgehen und die Vergangenheit ändern. Er konnte das *Immer* nur dazu benutzen, die richtige Zukunft zu wählen.

«Wie viele Karten wollen Sie?», fragte Walter ihn. Normalerweise wäre die Entscheidung klar gewesen. Die Zwei, die Fünf und die Sieben raus. Den Buben und die Neun behalten. Mit sechs Outs (drei Buben und drei Neunen) von 47 Karten betrug die Wahrscheinlichkeit, dass er mit den Karten, die er auf der Hand behielt, einen Zwilling bilden konnte, dreizehn Prozent.

Aber es bestand nur eine ungefähr 0,5-prozentige Chance, dass er auf einen Buben- oder Neunen-Drilling kam – was er musste, wenn er Walters zwei Könige schlagen wollte –, vorausgesetzt natürlich, dass Walters Blatt nicht mehr besser wurde. Caine schloss die Augen, versuchte zu sehen, welches die nächsten drei Karten im Stapel waren.

...

Herzsechs.

Herzacht.

Kreuzass.

Die bringen gar nichts.

...

Er schrie innerlich, spürte, wie seine Magensäure brannte. Es war vorbei. Er hatte verloren. Nach sieben Stunden meisterhaften Spiels hatte er es geschafft, alles zu verderben. Er schloss die Augen, suchte die Pfade ab, aber da war nichts ... nichts außer –

...

Der Weg zum Sieg.

...

Ohne zu zögern, nahm Caine eine Hand unter den Tisch und kniff Schwester Straight in den Hintern.

«Oh!», rief sie aus und warf plötzlich die Arme hoch. Sie stieß mit dem Ellbogen gegen Stones Hand, was dazu führte, dass der sein Bier umkippte. Es lief quer über den Tisch und direkt in Walters Schoß. Als die kalte Flüssigkeit ihm in den Schritt klatschte, sprang Walter auf, stieß mit dem Knie an den Tisch, und der Kartenstapel rutschte hinunter.

«Scheiße!», schrie Walter. «Scheiße, Scheiße, Scheiße! Was zum Teufel ist mit Ihnen los, Schwester?»

Schwester Straight öffnete den Mund zu einer Antwort, aber nach einem verstohlenen Blick zu Caine brach sie ab. «Da war eine Ratte», sagte sie. «Sie ist mir über den Fuß gelaufen.» Sie drohte Nikolaev mit dem Zeigefinger. «Schämen Sie sich, Vitaly.»

Er zuckte die Schultern. «Wir sind hier im Village. Da fühlen sich die Ratten nun mal wohl. Was soll ich tun?»

Walter bückte sich und begann, die Karten aufzusammeln.

Caine legte seine Karten verkehrt herum hin. «Damit haben Sie falsch gegeben.»

«Was soll das denn heißen, verdammt?», fragte Walter.

«Sie haben den Stapel vom Tisch gestoßen», sagte

Caine. «Sie haben einige Karten sehen können. Damit können Sie nicht mehr richtig geben.»

«Von wegen. Es hätte meine Entscheidung gar nicht beeinflusst. Ich hab zwei Könige, sehen Sie?» Walter hielt seine Karten hoch. «Ich wollte drei Karten nehmen. Ich will *immer noch* drei Karten nehmen. Wegen mir heben Sie nochmal ab.»

Caine sah zu Nikolaev hoch. «Vitaly, ich glaube, wir brauchen einen Schiedsspruch.»

«Falsch gegeben», sagte der Russe.

«*Waas?* Ich –»

Nikolaev hob die Hand. «Mein Club, meine Regeln. Wenn Ihnen das nicht schmeckt, gehen Sie woanders spielen.»

Caine unterdrückte ein Grinsen und schob seine Karten in die Tischmitte. Der Geber nahm sie beiseite und gab Walter ein neues Blatt. Immer noch leise meckernd, fing Walter zu mischen an. Als er fertig war, knallte er Caine die Karten hin. Diesmal war Caine bereit und wusste genau, wonach er suchte.

...

Seine Finger berühren die Karten.

Ein bisschen mehr zur Mitte.

Noch drei.

Er berührt sie.

Er ist sich sicher.

...

Caine hob sauber in der Mitte ab, und Walter begann zu geben. Caine sah ihm völlig unbesorgt zu. Er wusste, welche Karten er bekam – und dass es ein Siegerblatt war. Er warf den Buben und die Dame ab und behielt die beiden schwarzen Vieren und die Herzacht.

Walter zog langsam eine Karte. Der alte Mann versuchte, sein Grinsen zu verbergen, als er sah, was er bekam, aber das spielte keine Rolle – Caine wusste es längst. Er hatte es so geplant.

«Bereit zum Aufdecken, Walter?»

«Wie wär's, wenn wir den Einsatz verdoppeln?», fragte Walter mit leuchtenden Augen.

Caine sah zu Nikolaev, aber der Mafioso schüttelte den Kopf. «Würde ich ja gern, Walter, aber ich kriege hier keinen Kredit.»

«Feigling», murmelte Walter leise.

«Moment. Ich springe Caine bei», sagte Schwester Straight unvermittelt zu Walter. Dann sah sie zu Nikolaev. Er zuckte die Schultern und nickte. Sie sagte zu Caine: «Für die Hälfte des Gewinns, der auf meinen Anteil fällt, versteht sich.»

Caine lächelte. Sie war eine Zockerin, aber hallo. «Natürlich», sagte Caine. Sie warteten, bis Nikolaev die entsprechende Menge Chips gebracht hatte. Dann war es so weit.

Walter deckte triumphierend seine Karten auf. «Bube-Flush», sagte er fröhlich.

«Full House», sagte Caine und deckte seine Karten auf. «Vieren über Achten.» Er gab der Schwester ein Küsschen auf die Wange. «Vielen Dank, Schwester.»

Sie errötete wie ein Schulmädchen. «War mir ein Vergnügen», sagte sie und stieß ihn unter dem Tisch an.

Caine besaß jetzt fast 19 000 Dollar.

Gerade genug.

Als Nava erwachte, riss sie sich sofort die Sauerstoffmaske vom Gesicht und richtete sich mühsam auf. Sie versuchte herauszufinden, wo sie war. Das Zimmer war spartanisch eingerichtet – weiße Wände, grauer Linoleumfußboden, billige Möbel. Kein Krankenhauszimmer, so viel stand schon mal fest. Es sah mehr nach Labor aus; auf einem langen Tisch waren vier Computer aufgereiht. An der Wand hing eine mit Zeichnungen übersäte Tafel. Neben ihrem Krankenbett stand ein Rollwagen aus Metall mit drei Schüben voller Spritzen, Skalpellen, Verbandsmaterialien und Medikamenten.

Während sie sich noch im Zimmer umsah, hörte sie das Drehen des Türknaufs. Reflexartig wollte sie nach ihrer Glock greifen und stellte in dem Moment fest, dass sie unbewaffnet war. Sogar das Messer, das sie sich an die Wade geklebt hatte, war verschwunden. Sie musste improvisieren. Sie nahm ein Skalpell vom Rollwagen und hielt es an ihren Körper, der von einem dünnen Baumwolllaken bedeckt war. Der Griff fühlte sich hart und kalt an der Haut an.

Sie machte sich bereit und starrte den schmalen Mann an, der das Zimmer betrat. Als er sah, dass sie wach war, rückte er nervös seine Fliege zurecht.

«Hallo, Miss Vaner», sagte er mit einem verlegenen Lächeln. «Wie geht es Ihnen?»

Kapitel /29/

«Wer sind Sie?», fragte Nava und starrte den Mann mit der Fliege an. «Und woher wissen Sie, wie ich heiße?»

«Mein Name ist Peter. Ich bin ein Bekannter von David. Er hat mich gebeten, Sie hierher zu bringen.»

«Was bedeutet ‹hier›?»

«Sie befinden sich in meinem Forschungslabor.»

Nava hätte sich am liebsten die Augen gerieben, aber sie konnte nicht. Das alles ergab überhaupt keinen Sinn. «Wann hat er Sie kontaktiert?»

«Er hat gegen 17.15 Uhr hier angerufen.»

Nava fiel ein, dass David sich vor dem Verlassen der Kneipe kurz entschuldigt hatte. Natürlich – er hatte das Telefon benutzen wollen. Aber nur, weil die Zeitangabe stimmte, hieß das noch nicht, dass der Mann die Wahrheit sagte.

«Was hat er gesagt?»

Der Mann starrte einen Moment lang an die Decke, dann räusperte er sich. «Er hat gesagt … er hat gesagt, dass mein Partner eine seiner Studentinnen ermordet hat.»

«Julia Pearlman.»

Der Mann blinzelte mehrmals. «Ja. Ich habe ihm zuerst nicht geglaubt, aber da mein Partner verschwunden und Julia tot ist, musste ich zumindest in Erwägung ziehen, dass es stimmte. David wusste, dass ich die Untersuchungen für meinen Partner ausführe, dieselben Tests, die ich auch an David vorgenommen habe. Mein Partner drohte mir, dass er mich in die Sache mit hineinziehen würde, wenn ich nicht täte, was er wollte.»

Nava schwirrte der Kopf. Irgendetwas stimmte nicht. Sie packte das Skalpell fester. «*Sie* haben die Tests an David vorgenommen?»

Der Mann nickte.

«*Sie* sind Paul Tversky?»

«Aber nein», sagte er und schüttelte den Kopf. «Paul ist ... äh, *war* ... mein Partner. Ich bin Peter Hanneman.»

Nun verstand Nava gar nichts mehr. «Haben Sie ein Foto von Ihrem Partner?»

«Ja, habe ich.» Dr. Hanneman zeigte auf eine gerahmte Fotografie an der Wand. Sie zeigte ihn neben einem Mann mit vollem Haar, der einen Laborkittel trug. Nava erkannte den Mann, es war – Doc.

Sie war wie vor den Kopf geschlagen. Tversky und Doc waren ein und dieselbe Person. Er war die ganze Zeit bei ihnen gewesen. Sie hatten über die Tests gesprochen, und ... Dann wurde es ihr plötzlich klar. Sie war davon ausgegangen, dass Tversky die Tests selbst vorgenommen hatte. Als sie David vor dem Arzt, der die Tests an ihm durchführte, gewarnt hatte, musste er natürlich gedacht haben, dass sie Peter Hanneman meinte und nicht Paul Tversky.

«Aber Julia hat auch von ‹Petey› gesprochen», sagte Nava mehr zu sich selbst als zu Peter Hanneman.

«Ja, manche seiner Studenten nennen ihn so», sagte

Hanneman. «Es ist ein Spitzname, aus seinen Initialen gebildet: Paul Tversky, abgekürzt P. T., Pe-tey.»

Nava schüttelte den Kopf, als sie begriffen hatte. «Erzählen Sie weiter.»

«Paul sagte mir, dass er David bei seinen finanziellen Problemen helfen wolle, aber ohne ihn in eine unangenehme Situation zu bringen. Darum wollte er, dass ich David zweitausend Dollar für die Tests anbiete. Ich wusste nicht, dass Paul die Daten wirklich für irgendetwas benutzen wollte.»

«Moment», unterbrach Nava ihn, die noch immer ganz durcheinander war. «Was hat David noch gesagt, als er Sie anrief?»

«Er hat mir die Adresse der Wohnung in Brooklyn genannt und mir genau gesagt, wann ich dort eintreffen sollte. Er hat gemeint, dass Sie dringend medizinische Hilfe benötigen würden. Als ich in Brooklyn ankam, sind Sie gerade aus dem brennenden Gebäude gelaufen. Sie waren kurz vor dem Ersticken. Ich bin zwar kein Mediziner, aber ich kenne die menschliche Anatomie und verstehe ein wenig von erster Hilfe, also ist es mir gelungen, Sie wieder zu beleben. Dann habe ich Sie ins Labor gebracht und Ihre Wunden versorgt.» Hanneman zeigte auf Navas verbundene Hände.

«Wissen Sie, wo Ihr Partner jetzt steckt?»

Peter Hanneman schüttelte den Kopf.

«Verflucht.» Nava schwang ihre Beine herum und stellte die Füße auf den Boden.

«Moment, Sie können jetzt nicht gehen.»

«Dann schauen Sie mal genau hin», entgegnete Nava.

«Nein», sagte Hanneman, stellte sich vor sie und streckte die Hände aus, als wollte er einen Güterzug aufhalten. «David möchte, dass Sie hier bleiben und sich ausruhen. Er hat gesagt, dass Sie von ihm hören werden, wenn er Ihre Hilfe benötigt.»

«Sie meinen, er wird mich anrufen?»

«Ich … ich weiß nicht genau. Ich hatte den Eindruck, dass er sich über einen Dritten mit Ihnen in Verbindung setzen wird.» Hanneman nahm die Hände herunter. «Bitte. Ich sage die Wahrheit.»

Ein Blick auf sein ängstliches Gesicht bestätigte dies. Sie ließ sich wieder auf dem Bett nieder und kreuzte die Arme vor der Brust. Sie konnte hier nicht einfach auf Abruf herumsitzen. Sie musste etwas unternehmen. Plötzlich bemerkte sie, dass ihr etwas fehlte. Ihr Rucksack war fort. Sie wollte schon wieder aufstehen, da bremste Hanneman sie.

«Ach, und David hat gesagt, Sie sollen sich keine Sorgen wegen Ihrer … ähm, ‹Kampfmittel› machen. Sie werden sie bald zurückerhalten, hat er gesagt.»

Nava lief eine Gänsehaut über den Rücken. Es war, als hätte Caine ihre Gedanken gelesen.

Er war tatsächlich der Laplace'sche Dämon.

«Wie geht es ihm?», fragte Paul Tversky und sah nervös zu, wie Jaspers Brust sich hob und senkte.

«Er schläft.» Forsythe warf einen letzten Blick auf die EEG-Werte der Kontrollperson und wandte sich um. «Viel wichtiger, wie geht es Ihnen?»

«Besser, jetzt, wo ich hier bin», sagte Tversky. «Ihre Männer waren ziemlich beeindruckend.»

«Nicht beeindruckend genug, fürchte ich.»

Tversky nickte. «Irgendetwas von David gehört?», fragte er zögernd.

«Nein», sagte Forsythe leicht gereizt. «Aber das ist nur eine Frage der Zeit. Sie haben keine Vorstellung, wo er stecken könnte?»

«Überhaupt nicht», sagte Tversky. «Aber wie ich David kenne, wird er bald auftauchen. Solange wir seinen Bruder haben, wird er sich nicht einfach absetzen.»

«Gut zu wissen», sagte Forsythe und richtete seine Aufmerksamkeit wieder auf die Kernspintomographie von Jaspers Hirn. «Falls Sie mir die Frage beantworten möchten, wie sind Sie darauf gekommen, dass die Antwort im Temporallappen liegt?»

«Nun ja», begann Tversky, sichtlich erleichtert, dass das Gespräch in theoretische Bahnen kam, «ich habe einen Artikel gelesen, in dem die Ansicht vertreten wird, dass zwischen dem mesialen Temporallappen, dem Hippocampus sowie dem damit verbundenen Gewebe des limbischen Lappens und außerkörperlichen Erfahrungen ein gewisser Zusammenhang bestehe. Ein Schweizer Arzt untersuchte Patienten mit pathologischen Temporallappen. Dann verglich er ihre Erlebnisse mit gesunden Patienten, deren Neurotransmitter mit verschiedenen Chemikalien wie LSD und Ketamin erregt worden waren.

Viele der ‹stimulierten› Patienten berichteten über optische und akustische Halluzinationen, andere über das Auftauchen verschütteter Erinnerungen, und manche hatten Halluzinationen, die mit denjenigen bei Nahtoderfahrungen vergleichbar waren. Andere erlebten Déjà-vus oder Jamais-vus. Da wurde mir klar, dass sämtliche dieser Symptome mit der Aura vor einem epileptischen Anfall übereinstimmen, was mich an Hans Bergers Experimente in den dreißiger Jahren erinnerte. Meine Aufgabe ist es nur noch, die einzelnen Teile miteinander zu verbinden.»

Forsythe nickte. «Was, meinen Sie, spielt sich genau auf der physiologischen Ebene ab?»

Tversky rieb sich das Kinn. «Ich bin mir noch nicht sicher. Aber wenn ich eine Vermutung äußern sollte, würde ich sagen, dass der Temporallappen dem Gehirn vielleicht gestattet, auf Realitätszweige zuzugreifen.»

«Realitätszweige?», fragte Forsythe. Er hatte diesen Begriff bereits gehört, wusste aber nur vage, was er bedeutete.

Tversky erklärte: «Wie Sie sicher wissen, existiert von den zwölf Quarks und zwölf Leptonen, aus denen alle Materie besteht, nur eine Hand voll in unserem Universum. Der Rest existiert überhaupt nicht oder verschwindet nach einer Nanosekunde. Nach Ansicht zahlreicher Vertreter der modernen Physik jedoch existieren sie woanders – in Parallelwelten, also in Realitäten, die neben unserer Welt existieren und andere physikalische Gegebenheiten aufweisen. Jedenfalls bestehen diese Parallelwelten nicht wie unsere Realität aus Quarks und Leptonen, sondern aus anderen Leptonenpaaren.»

«Faszinierend», sagte Forsythe, obwohl er von dem Gesagten kaum etwas verstanden hatte. Ihm war die Quantenmechanik immer zu abstrakt gewesen, um ihr viel Aufmerksamkeit zu widmen. Er wusste, dass die Physik subatomare Bauteile nachgewiesen hatte, die in dem uns bekannten Universum nicht vorkamen – er stellte nur die Wichtigkeit dieser Entdeckung in Frage. Was hatte man von der Erforschung hypothetischer Konstrukte, die sich in der Realität gar nicht beobachten ließen?

«Im Grunde», fuhr Tversky fort, «gehe ich davon aus, dass der rechte Temporallappen Interaktionen zwischen unserem Bewusstsein und solchen Realitäten ermöglicht. Ich glaube, die Halluzinationen und präkognitiven Erlebnisse, die David Caine erfahren hat, stammen aus seinem rechten Temporallappen, der auf Daten aus einem zeit- und raumlosen Realitätszweig zugreift.»

«Was, der Qantenmechanik zufolge, deshalb möglich

ist, weil Zeit und Raum keine absoluten Begriffe sind; folglich existieren diese Daten außerhalb der Zeit als solcher», sagte Forsythe in dem Versuch, mit seinem eingeschränkten Verständnis von Einsteins Spezieller Relativitätstheorie zu glänzen.

Tversky nickte bekräftigend.

«Und die Auren und Anfälle?», fragte Forsythe.

«Die Auren sind bewusste Manifestationen, die auftreten, wenn das Gehirn sich mit anderen Realitäten verbindet. Jedenfalls steigert solch eine Verbindung die neurale Aktivität des Gehirns auf dramatische Weise, was wiederum einen Anfall auslöst.»

«Als ob man seinen Finger in eine Lampenfassung steckt?»

Tversky runzelte die Stirn über Forsythes naives Beispiel, sagte jedoch: «Ja, so in etwa.»

Leicht verlegen stellte Forsythe eine weitere Frage, um Tversky zum Weiterreden zu animieren: «Haben Sie andere Forschungsarbeiten gefunden, die Ihre Theorie womöglich stützen?»

«Einige, aber viele sind es nicht. Vor einigen Jahren gab es eine umstrittene Studie, der zufolge das Praktizieren des chinesischen *Qi Gong* bei manchen Menschen dazu führte, dass sie allein durch die Kraft ihrer Gedanken das Kernresonanzspektrum bestimmter Chemikalien beeinflussen konnten.»

Forsythe nickte. Den Begriff ‹Qi Gong› hatte er schon einmal gehört, ihn jedoch immer mit einer Art Sekte in Verbindung gebracht. Es war ihm allerdings bekannt, dass diese Meditationstechniken auf der ganzen Welt erforscht wurden.

«In einer anderen Studie bewies ein deutscher Wissenschaftler, dass Yogameister ihre Hirnwellen durch intensives Meditieren signifikant verändern konnten. Und natürlich ist es eine allgemein bekannte Tatsache, dass die Temporallappen-EEGs von berufsmäßigen Hellsehern oft atypische Werte aufweisen.»

«Und was ist mit dem Zwilling?», fragte Forsythe. «Weist er vergleichbare Fähigkeiten wie Testperson Beta auf?»

Tversky beobachtete einen Moment lang Jaspers Werte auf dem Monitor, bevor er antwortete. «Ja und nein. Ein paar Mal schien er Dinge zu wissen, die er unmöglich wissen konnte – so hat er mich etwa auf meinem Handy genau in dem Augenblick angerufen, als David zu mir ins Auto gestiegen ist –»

«Wo wir gerade dabei sind», sagte Forsythe und drehte sich zu ihm um. «Wie kam es eigentlich, dass Sie genau in dem Moment, als Testperson Beta eine Fluchtmöglichkeit brauchte, in Philadelphia die Eisenbahnstrecke entlanggefahren sind?»

Tversky funkelte ihn an. «Sie formulieren das Problem falsch, James. Meine Anwesenheit dort war ein Zufall. Die Frage, die Sie stellen sollten, ist, woher David wusste, dass ich dort sein würde. *Er* hat das Zusammentreffen arrangiert, nicht ich, wenngleich ich nicht weiß, mit welcher Absicht.»

Forsythe nickte. Er war nicht gänzlich überzeugt, weil Tverskys Erklärung schon arg den Zufall bemühte, aber er hatte selbst auch keine andere Erklärung dafür. «Aber wir waren bei seinem Zwillingsbruder stehen geblieben …»

«Nun ja», sagte Tversky, «er verfügt eindeutig über außergewöhnliche Fähigkeiten, aber seine Gabe kommt nicht an die seines Bruders heran. Ich schlage vor, dass Sie mich mit ihm reden lassen, sobald er zu sich kommt. Ich habe eine Idee, wie wir ihn dazu bringen können, mit uns zusammenzuarbeiten. Und ich würde gerne etwas ausprobieren, bevor Sie David hierher bringen.»

«Und das wäre?»

«Ich glaube, ich weiß, wie wir David darin hindern können, seine Gabe zu benutzen», sagte Tversky. «Jetzt, wo er die Fähigkeit erlangt hat, sein Bewusstsein mit anderen Realitäten zu verbinden, rechne ich damit, dass er sehr viel leichter auf sie zugreifen kann als früher.»

«Wo liegt das Problem?», fragte Forsythe. «Genau das möchten wir doch.»

«Ja, es sei denn, er setzt seine Gabe der Zukunftsschau zur Flucht ein.»

Forsythe nickte. «Natürlich.»

«Aber wenn ich Recht habe», fuhr Tversky fort, «dann weiß ich vielleicht, wie wir das in den Griff bekommen. Wie sich David Caine … *abschalten* lässt.»

«Jasper … Jasper, können Sie mich hören? Wachen Sie auf.»

Watte. Sein Kopf war voller Watte. Jasper bemühte sich, die Augen zu öffnen, aber die Lider waren zu schwer. Irgendjemand rüttelte an seiner Schulter. Wieder versuchte er, die Augen zu öffnen; die Lider waren jetzt leichter. Das Zimmer wurde langsam deutlicher. Es war so weiß, dass es blendete. Die Luft war kalt. Er hustete. Sein Mund war staubtrocken, seine Zunge ein dickes Stück Sandpapier. Da war ein Verband an seinem Arm … mit einer Nadel darunter.

«Jasper? Ich bin's, Doc.»

Jasper wandte sich zu der Stimme und erkannte Doc, der ihn anlächelte. Jasper erwiderte sein Lächeln, aber dann hielt er inne. Irgendetwas stimmte nicht, auch wenn er nicht mehr wusste, was. Das Wissen waberte am Rand seines Bewusstseins, gerade außer Reichweite. Wenn bloß sein Bruder da wäre –

«Wo ist …?» Er hustete mit schwacher Stimme.

«Trinken Sie das», sagte Doc und hielt einen dünnen Strohhalm an Jaspers Lippen. Er saugte dreimal leicht daran und schluckte. Er konnte das Wasser spüren; ein eisiger Fluss, der ihm die Kehle hinunterrann. «Besser?», fragte Doc.

Jasper nickte und fragte unter Mühen: «Wo ist David? Ist er entkommen?»

Doc schüttelte den Kopf, das Gesicht voller Sorge. «Sie haben uns alle gekriegt, Jasper.»

Jasper schloss die Augen. Er verstand das nicht. Die Stimme hatte ihm gesagt, dass David entkommen würde. Er hatte alles richtig gemacht … und doch war es falsch gelaufen. Er hatte David schützen sollen, seine Gabe. Stattdessen hatte er ihn in eine Falle geführt. Jetzt waren sie in den Händen der Verschwörer. Ein Teil von ihm wusste, dass es so hatte kommen müssen. Er hatte es von Anfang an gewusst. Aber –

«Warum … warum sind Sie frei-*high-schrei-Blei*?», fragte Jasper verwirrt.

«Man wollte Ihren Bruder operieren … ihn aufschneiden», sagte Doc.

«Nein», sagte Jasper. «Das dürfen sie nicht … Lassen Sie mich mit ihnen reden … ich muss ihn beschützen …» Jasper versuchte, sich aufzusetzen, aber die Gurte hielten ihn fest.

«Schhhh … schhhh, ist ja gut. Ich habe sie davon überzeugt, dass David erst einmal Ruhe braucht.»

«Wirklich?»

«Ja.»

«Das ist gut», sagte Jasper und sank auf den Behandlungsstuhl zurück.

«Aber ich musste ihnen versprechen, dass Sie ihnen helfen», sagte Doc.

«Helfen? Wobei?»

«Sie wollen sehen, was Sie können, Jasper. Sie wollen verstehen.»

«Aber … wie-*Knie-Brie-Ski*?», fragte Jasper. Er war verwirrt. Und er war müde, unglaublich müde.

«Hiermit», sagte Doc und hielt eine glänzende Silbermünze hoch. «Wenn ich sie werfe, können Sie mir dann sagen, ob es Kopf oder Zahl wird?»

Jasper schüttelte den Kopf. «Ich kann nicht in die Zukunft sehen, nur wenn die Stimme mich leitet. Aber David … er kann es …»

Doc runzelte die Stirn. «Woher wussten Sie dann, dass Sie mich im Auto anrufen mussten?»

«Manchmal» – Jasper runzelte die Stirn, versuchte sich zu erinnern – «kann ich das *Jetzt* sehen.»

Doc nickte leicht. «Wenn ich also die Münze werfe, können Sie mir sagen, was es ist, ohne hinzugucken?»

«Ich glaube schon … aber ich bin so müde, Doc.»

«Ich weiß, Jasper. Aber Sie müssen das tun … David zuliebe.»

«Na gut», sagte Jasper und merkte, dass er nicht deutlich sprechen konnte. «Meinetwegen-*Regen-Segen-fegen*.»

Doc drehte sich kurz um, sah in den Spiegel und hob die Brauen, bevor er sich wieder Jasper zuwandte. «Kann es losgehen?», fragte er.

«Ja.»

Jasper schloss die Augen. Er hörte, wie Doc die Münze hochwarf, in der Luft fing und mit einem gedämpften Klatschen auf seiner Hand ablegte.

«Kopf oder Zahl?»

«Zahl», sagte Jasper, immer noch mit geschlossenen Augen.

«Richtig. Gut gemacht, Jasper. Und jetzt nochmal.»

Schnipp. Fitsch. Klatsch.

«Zahl-*Wal-schal-Qual*.»

«Gut … die Chance für zwei richtige Tipps in Folge liegt bei 25 Prozent», sagte Doc. «Nochmal.»

Schnipp. Fitsch. Klatsch.

«Kopf.»

«Gut. 12,5 Prozent.»

Schnipp. Fitsch. Klatsch.

«Zahl.»

«Hervorragend … Wahrscheinlichkeit 6,25 Prozent.»

Schnipp. Fitsch. Klatsch.

«Kopf-*Tropf-Zopf-klopf*.»

«Großartig. 3,125 Prozent. Jetzt tippen Sie bitte noch einmal, aber diesmal mit geöffneten Augen.»

Jasper war verwirrt. «Aber dann kann ich das *Jetzt* nicht mehr sehen.»

«Versuchen Sie es einfach. Bitte, Jasper, David zuliebe.»

Jasper öffnete die Augen. Der weiße Raum blendete ihn.

Schnipp. Fitsch. Klatsch.

Jasper versuchte zu sehen, was es war, aber es ging nicht. «Kopf», riet er.

«Tja, na schön», sagte Doc und zog seine Hand weg. Die Münze lag mit der Zahl oben. «Ich denke, das reicht. Sie können jetzt weiterschlafen.»

«Gut-*Brut-Mut-Nut*», sagte Jasper. Er wollte so gern wieder schlafen, aber vorher musste er Doc noch eine Frage stellen. «Wann … wann kann ich David sehen?»

«Bald, Jasper», sagte Doc. «Er wird bald hier sein.»

Caine schlief bis drei Uhr nachmittags. Als er in dem dunklen Motelzimmer erwachte, duschte er und machte sich auf den Weg zu seiner Wohnung. Trotz seines pochenden Knies genoss er den Fußweg in der kalten Winterluft. Er wusste, es war vielleicht sein letzter. Zu Hause angekommen, machte er sich nicht die Mühe abzuschließen. Wozu auch?

Wenn sie kamen, würde sein Sperrriegel sie ohnehin nicht aufhalten. Die Uhr an der Wand zeigte 4:28:14. Er hatte Zeit bis 4:43:27, dann kamen sie. Vielleicht noch ein paar Sekunden später. Er konnte die exakte Zeit herausbekommen, wenn er wollte, aber es war nicht nötig. Er hatte nur noch zweierlei vorzubereiten, dann würde er der Welt ihren Lauf lassen.

Seine Chancen, dass er die nächsten 24 Stunden überlebte, lagen bei ansehnlichen 43,9 Prozent, wenngleich es nur eine 13,1-prozentige Chance gab, dass er nach seinen eigenen Regeln würde leben können und nicht als Docs Versuchskaninchen. Er versuchte, nicht zu viel an Docs Verrat zu denken. Wenn er das hier überlebte, konnte er noch ewig darüber nachdenken – im wahrsten Sinne des Wortes.

Und wenn nicht, nun … dann war es auch egal.

«Verflucht, ich glaub's nicht!» Grimes wirbelte herum und drückte Crowes Durchwahl. «Ich hab ihn!»

«Wo?»

«Sie werden es nicht glauben», sagte Grimes und starrte auf den Monitor. «Er ist in seiner Wohnung.»

«Sagen Sie den anderen Bescheid. Sie sollen sich ausrüsten und auf dem Heliport zu mir stoßen. In drei Minuten.»

«Verstanden.»

Nachdem Grimes mit Dalton geredet hatte, rief er Dr. Jimmy an. «Ich habe die Zielperson lokalisiert.»

«Verständigen Sie Crowe.»

«Schon erledigt», sagte Grimes. «Sein Team zieht in einer Minute los.»

«Sie haben ihm die Position der Testperson genannt?», fragte Forsythe.

«Nein», sagte Grimes und verdrehte die Augen. «Er wollte lieber ‹Heiß oder kalt› spielen.»

«Stellen Sie mich zu ihm durch.»

Grimes legte zwei Schalter um, und Forsythe war weg. «Gern geschehen», sagte Grimes in sein jetzt abgeschaltetes Mikro. Na toll. Kein «Gut gemacht», kein schlichtes «Wie haben Sie das geschafft?». Bloß ein gebieterisches «Stellen Sie mich durch!». Als ob er irgendeine blöde Telefonistin wäre. Jimmy hatte null Ahnung, wie verdammt talentiert sein engster Mitarbeiter war. Er nahm es einfach als selbstverständlich hin. Als ob es das Leichteste der Welt wäre, sich in den Großrechner der NSA zu hacken und die Signale der AV-Ausrüstung abzuzweigen, die sie in der Wohnung der Zielperson versteckt hatten.

Dann leck mich doch, Jimmy.

Leck mich doch.

Da er nichts anderes zu tun hatte, beschloss Grimes, sich das Ganze in seiner persönlichen Folge von *Versteckte Kamera* anzusehen. Dem GPS des Hubschraubers nach zu urteilen, würden Crowe und seine Jungs sich in ungefähr zehn Minuten auf das Dach der Zielperson abseilen. Solange Caine blieb, wo er war, gab es diesmal keine Möglichkeit zu entkommen. Und selbst wenn er es versuchte: Der Himmel war wolkenlos, was bedeutete, dass der KH-12 ihn ohne Probleme verfolgen konnte. Grimes hatte bereits vorgesorgt und den Spionagesatelliten in Position gebracht, nur für den Fall der Fälle.

Er glaubte jedoch gar nicht, dass Caine fliehen würde. So ein Pech aber auch. Ihm war es lieber, wenn sie flohen. Aber Crowe zuzuschauen, wie er durch diese Tür platzte, würde auch Spaß machen. Mann, er beneidete David Caine jetzt nicht. Er beneidete ihn kein bisschen.

Caine humpelte in die Küche, um etwas zum Schreiben zu holen. Er fand nur einen Briefumschlag, dessen Rückseite unbeschrieben war. In großen Buchstaben schrieb er seine Nachricht darauf und unterzeichnete. Die Nachricht war nur 21 Wörter lang, aber sie könnte alles ändern. Die Wahrscheinlichkeit, dass sie von der richtigen Person gelesen wurde, war hoch – 87,3246 Prozent –, aber sicher war es nicht.

Caine hatte gelernt, dass niemals etwas hundertprozentig sicher war.

Ihm blieben noch neun Minuten und siebzehn Sekunden. Er drehte mehrere Runden durch die Wohnung, bis er gefunden hatte, was er suchte. Er rückte seinen Stuhl zurecht, mit dem Gesicht zur Grünlilie, dann begann er zu reden. Als er fertig war, fing er wieder von vorn an, nur für den Fall. Nach dem dritten Durchgang brach er ab. Es bestand immer noch eine 8,7355-prozentige Wahrscheinlichkeit, dass sein Monolog nicht gehört worden war, aber ihn erneut zu wiederholen, war zu riskant.

Er legte den Umschlag in seinen Schoß, mit der gerade beschriebenen Seite nach unten, und schloss die Augen. Er hatte alles getan, was er tun konnte. Ob es funktionierte oder nicht, lag nicht mehr in seiner Hand. Es fühlte sich merkwürdig an, die Kontrolle abzugeben. Obwohl er die ersten dreißig Jahre seines Lebens völlig schicksalsergeben verbracht hatte, fand er das ganze Vorhaben jetzt beängstigend.

Am liebsten wäre er einfach abgehauen. Ihm blieben noch vier Minuten. Genug Zeit, um die Wohnung zu verlassen und unterzutauchen. Er wusste, dass er es schaffen konnte. Die Wahrscheinlichkeit, dass es ihm gelang, das Land zu verlassen und Forsythe für immer los zu sein, lag bei 93,4721 Prozent. Aber dann musste er Jasper im Stich lassen, und das konnte er nicht. Also saß er wie festgeklebt auf seinem Stuhl, mit zitternden Händen, mit pochendem Knie, mit klopfendem Herzen, und wartete ab.

Wartete ab, ob sein großer Plan funktionieren würde.

Oder ob er sterben würde.

Beim zweiten Klingeln des Telefons war Nava hellwach. Dr. Hanneman eilte durchs Zimmer und hob ab.

«Hallo? … Ja, einen Moment.» Er hielt Nava den Hörer hin, und sie riss ihn ihm aus der Hand.

«Nava Vaner?», sagte ein Mann mit breitem russischem Akzent.

«Wer ist dort?», fragte sie. Ihre Nackenhaare sträubten sich; auf einmal fiel ihr Chang-Suns Drohung wieder ein, dem SVR ihre Identität zu verraten. Aber selbst wenn er die russische Regierung informiert hatte, konnte er doch unmöglich wissen, wo sie sich gerade aufhielt – oder doch?

«Mein Name ist Vitaly Nikolaev. Ich bin ein Freund von Mr. Caine. Er hat mich gebeten, Sie anzurufen.»

«Wo ist er?»

«Das weiß ich nicht, aber er hat gesagt, Sie und ich sollten uns treffen.»

«Woher weiß ich, dass Sie derjenige sind, der zu sein Sie vorgeben?»

Aus dem Hörer kam ein raues Lachen. «Mr. Caine hat mir schon erzählt, dass Sie ein misstrauischer Mensch sind – *Tanja*.»

Navas Herz setzte einen Schlag aus. Caine kannte ihren russischen Namen, aber die RDEI kannte ihn auch.

«Und noch etwas hat er gesagt», fügte Nikolaev hinzu: «*Irgendwo muss Vertrauen anfangen.*» Nava stieß die Luft aus. Genau diese Worte hatte sie im Zug zu Caine gesagt. Die Nachricht war echt.

«Wann und wo?», fragte Nava.

«Sergey kommt Sie abholen.»

«Ist das Ihr Fahrer?»

«Ja», lachte Nikolaev, «er ist Fahrer. Seien Sie in dreißig Minuten bereit.» Es klickte, dann war die Leitung tot. Nava legte den Hörer auf.

«Ist alles in Ordnung?», fragte Hanneman und knetete nervös die Hände.

«Ich habe keine Ahnung», sagte sie. «Aber ich werde es bald erfahren.»

«Sind sie schon dort?»

«Nein», sagte Grimes und stellte die Kamera rasch auf Liveübertragung.

«Was war das?», fragte Forsythe.

«Was?»

«Dieser Sprung eben. Gerade saß Caine noch vor der Pflanze, jetzt steht sein Stuhl mitten im Zimmer.»

«Wettereinflüsse», log Grimes. «Manchmal verursachen elektrische Interferenzen in Gewitterwolken eine Unterbrechung des Signals. Kein Grund zur Sorge.»

Forsythe nickte. «Wo ist Crowe?»

Grimes zeigte auf einen blinkenden grünen Punkt auf einem anderen Bildschirm. «Er überfliegt gerade den Central Park. Sie sollten in ein paar Minuten dort sein.»

«Gut», sagte Forsythe. Er verschränkte die Arme vor der Brust und beugte sich zu dem Monitor, der die Bildübertragung aus Caines Wohnung zeigte. «Was tut er da?»

Grimes sah auf das körnige Schwarzweißbild. David Caine saß mitten im Zimmer auf einem Stuhl, das Gesicht zur Tür gewandt. Seine Augen waren geschlossen, aber an seiner Körperhaltung war zu sehen, dass er nicht schlief.

«Sieht aus, als ob er …» Grimes verstummte. Es ergab keinen Sinn, aber nach dem, was er gerade über seinen Kopfhörer gehört hatte, ergab gar nichts mehr Sinn, oder? «Sieht so aus, als ob er wartet.»

Kapitel /30/

Der Hubschrauber rast hoch über den Baumwipfeln, auf dem kürzesten Weg nach Westen. Die fünf Männer schweigen, sie umgibt der ohrenbetäubende Lärm der Rotorblätter. Jeder bereitet sich mental auf den Kampf vor. Juan Esposito und Charlie Rainer sind auf Action aus. Ron McCoy hat Angst; er möchte nur heil wieder rauskommen. Jim Dalton ist blutrünstig. Und Martin Crowe ... betet für seine Tochter.

Er ist anders als die anderen. Das macht ihn zwar zu einem besseren Menschen, aber zugleich auch gefährlicher als die anderen vier zusammen. Er lässt sich durch nichts von der Erfüllung seiner Mission abhalten; bloß hat seine Mission nichts mit David Caine zu tun. Caine ist nur ein Mittel zum Zweck. Seine einzige, wahre Mission ist seine Tochter.

Martin Crowe weiß, dass die Chance, sie zu retten, extrem gering ist. Aber er gibt nicht auf. Caine hat Respekt vor ihm. Jeder, der vor verschwindend geringen Chancen nicht klein beigibt, verdient es, bewundert zu werden – und gefürchtet. Sie sind gar nicht so unterschiedlich, Crowe und er. Beide sind bereit, ihr Leben für andere aufs Spiel zu setzen. Ein Jammer, dass ihre jeweiligen Missionen sie auf entgegengesetzte Seiten stellen. Caine weiß, dass sie in einer anderen Welt miteinander befreundet sind.

...

Caine konnte den Hubschrauber nun wirklich hören, nicht mehr nur im Geiste. Das Geräusch war leise, aber unverkennbar, wie das Schlagen gigantischer Schwingen. Allmählich wurde es lauter, bis die ganze Wohnung davon erfüllt war. In der Küche fing das Geschirr zu klirren an, eine kleine Porzellanfigur fiel vom Kaminsims und zerbrach auf dem Boden in 124 Stücke.

Jetzt würde es nicht mehr lange dauern.

«LOS!»

Die schwarz gekleideten Männer seilten sich ab und landeten hart auf dem Dach. Crowe sah rasch zu Dalton und McCoy hoch, die nach wie vor angeschnallt waren. Er wusste, dass Dalton stinksauer war, weil er mit McCoy die Sicherung übernehmen musste, aber das interessierte Crowe nicht. Wenn die Zielperson floh, brauchte er zu ihrer Verfolgung ein paar Mann in der Luft. Wobei es diesmal nicht danach aussah, dass sie floh; Grimes zufolge wartete Caine auf sie.

Das hatte Crowes Nervosität nur gesteigert, und darum hatte er beschlossen, Dalton im Hubschrauber zu lassen. Wenn die Zielperson tatsächlich auf ein großes Finale aus war, dann wollte Crowe die Situation im Griff haben und sich nicht um Dalton sorgen müssen. Dass Dalton gemeingefährlich war, wusste er seit langem, aber nach dem vorsätzlichen Kopfschuss auf Vaner hatte Crowe sich gezwungen gesehen, ihn als Psychopathen einzustufen. So etwas durfte auf keinen Fall noch einmal vorkommen.

Crowe löste das Seil von seinem Gürtel und gab dem Piloten das Daumen-hoch-Zeichen. Der Hubschrauber stieg auf, zog die Seile hinter sich her. Crowe sah, dass Esposito bereits die Tür zum Treppenhaus eingetreten hatte. Crowe joggte zu ihm.

Er nickte Esposito anerkennend zu, dann sprach er in sein Mikro: «Grimes, Zielperson noch an bezeichneter Stelle?»

«Jau. Hat sich in den letzten fünf Minuten kein Stück gerührt.»

«Gut, lassen Sie mich wissen, wenn er die Position verändert oder erkennen lässt, dass er bewaffnet ist. Ansonsten Funkstille beibehalten.»

«Roger!»

Crowe wandte sich an seine Männer. «Rainer, Sie gehen die Feuerleiter runter. An der Nordseite des Gebäudes, zwei Stockwerke weit. Unmittelbar über dem Fenster stehen bleiben. Eindringen auf mein Zeichen.»

«Alles klar.»

«Los», sagte Crowe. Rainer trottete über das Dach und verschwand über der Kante. Crowe sah zu Esposito. «Sie kommen mit mir mit. Nicht angreifen, nur im allerhöchsten Notfall.»

«Verstanden.»

Crowe trat durch die Tür und rannte die Treppe hinunter.

Caine öffnete die Augen.

Er bildete sich ein, ihre Landung auf dem Dach gehört zu haben, wusste jedoch, dass die Geräusche lediglich in seinem Kopf waren. Aber als die Männer die Nottreppe hinunterdonnerten, gab es kein Vertun mehr. Fünf Sekunden später flog krachend die Wohnungstür auf. Crowe kam als Erster hindurch, gefolgt von einem weiteren

Mann. Hinter sich hörte Caine Glas splittern, als ein dritter durchs Fenster brach.

Caine warf leicht überrascht einen Blick auf die Uhr. Sie waren eine Sekunde früher als erwartet. Der Rückenwind musste zugenommen haben.

Von hinten senkten sich zwei schwere Hände auf seine Schultern, aber Caine zuckte nicht mit der Wimper. Stattdessen starrte er nur Martin Crowe in die Augen. Er wollte, dass der Mann wusste, dass Caine kein Monster war, was immer sie ihm erzählt haben mochten. Das Letzte, was er sah, war die Mündung von Crowes Waffe, als der Söldner abdrückte.

Bevor Caine das Bewusstsein verlor, tat er das Einzige, was ihm noch zu tun blieb: Er wünschte sich viel Glück.

«Zielperson gesichert», flüsterte Crowe erleichtert in sein Mikro. «Wir sind in zwei Minuten wieder auf dem Dach. Abholung einleiten.»

«Das war ja ein Kinderspiel», sagte Esposito hinter ihm und schlug ihm auf die Schulter. «Sie haben ihn betäubt, bevor ich auch nur drin war.»

«Ja», sagte Crowe leise. Hier stimmte etwas nicht. Nach dem, was auf dem Bahnhof passiert war und in der Wohnung in Brooklyn, ergab das hier keinen Sinn. Die Zielperson hatte sich bei beiden Gelegenheiten als unerhört clever gezeigt. Doch statt ihnen einen Kampf zu liefern, hatte Caine einfach nur dagesessen und gewartet. An dem einzigen Ort, von dem er genau wusste, dass sie ihn überwachten.

«Soll ich ihn nehmen?», fragte Esposito.

Crowe nickte, und der Mann hob die Zielperson hoch und warf sie sich über die Schulter. Dabei fiel ein weißer Umschlag von Caines Schoß auf den Boden. Crowe wollte gerade gehen, da erregten die ersten Worte auf dem Stück Papier seine Aufmerksamkeit.

Sein Herz bekann zu klopfen, als er sich bückte und den Umschlag aufhob. Nachdem er die Nachricht gelesen hatte, überlief es ihn eiskalt.

«Was ist das?», fragte Rainer mit einem Blick nach hinten.

«Nichts», sagte Crowe, zerknüllte das Papier und warf es auf den Boden. «Gehen wir.» Als sie die Stufen zum wartenden Hubschrauber hochstiegen, fragte sich Crowe, was hier eigentlich lief – und was als Nächstes passieren würde.

Die Fahrt verlief schweigend. Als sie endlich ankamen, machte der große Russe den Motor aus und stieg ohne ein Wort aus dem Transporter. Nava folgte ihm in eine dunkle, verrauchte Kneipe. Ein paar Gäste waren Amerikaner, die meisten jedoch Russen. Nava hätte es auch gemerkt, wenn sie sich nicht in ihrer Landessprache unterhalten hätten.

«Hier entlang», sagte Kozlov und zeigte zu einer Holztür am Ende des Tresens. Sobald sie hindurch waren, nahm der Lärm ab, wenngleich Nava die Musik durch die dünnen Wände noch hören konnte. Sie gingen eine feuchtkalte Treppe hinunter und in einen abgelegenen Kellerraum. An mehreren Pokertischen vorbei geleitete Kozlov sie in ein kleines Büro.

Ein blasser, magerer Mann erhob sich zur Begrüßung. Er versuchte nicht einmal, seinen Blick auf ihren Körper dezent ausfallen zu lassen. «Hallo, Miss Vaner. Ich bin Vitaly Nikolaev», sagte er mit einem breiten Lächeln. «Mr. Caine hat mir gar nicht erzählt, wie attraktiv Sie sind.»

«Ist das der Grund, warum Sie mich treffen wollten?», fragte Nava.

«Na schön, erst das Geschäftliche.» Nikolaev reichte Nava einen Umschlag. Die Worte *Vertrauen fängt hier an* waren über die zugeklebte Lasche geschrieben. Sie riss den Umschlag auf und nahm den Brief heraus. Sie las ihn zweimal durch, dann legte sie ihn hin. Sie wusste nicht, was sie erwartet hatte, aber das hier war es nicht. Caines Plan leuchtete ein, aber er brachte wenig Erfreuliches mit sich. Genau in diesem Moment klingelte, wie Caine angekündigt hatte, das Telefon.

«Das ist für mich», sagte Nava und nahm den Hörer von Nikolaevs Telefon ab. Er hob die Brauen, versuchte aber nicht, sie daran zu hindern.

«Ja, hallo, ist dort, ähm, Nava?»

«Ja», sagte sie.

«Ähm, ich weiß nicht, was das alles soll, aber …»

«David Caine hat Ihnen gesagt, dass Sie mich anrufen sollen.»

«Ja.» Die Stimme klang erleichtert. «Woher wissen Sie das?»

«James, ich glaube, das sollten Sie sich besser ansehen.»

«Was denn?»

«Jasper Caine», sagte Tversky. «Vor ein paar Minuten hat er hysterisch zu schreien angefangen.»

«Mir war nicht bewusst, dass das für jemanden mit diagnostizierter paranoider Schizophrenie ein abweichendes Verhalten darstellt.»

«Tut es auch nicht. Aber sein EEG.»

Das ließ Forsythe aufhorchen. Er drückte ein paar Tasten, und das EEG des Zwillings erschien auf seinem Terminal. So etwas hatte er noch nie gesehen. Forsythe nahm die Lesebrille ab und sah Tversky an. «Ruft er irgendetwas Bestimmtes?»

«Er brüllt die ganze Zeit immer wieder: ‹*Sie kommt. Sie kommt uns holen*›.»

«Das war nicht Bestandteil des Auftrags.»

«Ich bezahle Ihnen einen Haufen Geld, Mr. Crowe. Da erwarte ich –»

«Sie haben mich beauftragt, Ihnen David Caine zu liefern. Das habe ich getan. Zusätzlich habe ich Ihnen auch seinen Bruder besorgt. Ich habe meinen Teil der Abmachung erfüllt.»

«Das haben Sie, wenn ich es sage», erwiderte Forsythe kalt.

Crowe ballte die Fäuste. Nur so konnte er sich davon abhalten, dem Mann eins auf die Nase zu geben. Allein der Gedanke an Betsy hielt ihn zurück.

«Dr. Forsythe», sagte Crowe, um einen ruhigen Ton bemüht, «ich will mich nicht mit Ihnen streiten. Ich will nur mein Geld, dann bin ich weg.»

«Wie wäre es damit: Ich verdopple die Auftragssumme, wenn Ihr Team auch noch die Bewachung übernimmt», sagte Forsythe. «Nur für eine Woche, bis ich etwas anderes arrangieren kann.»

Crowe klappte den Mund zu. 215 000 Dollar extra. Da konnte er nicht Nein sagen. «Einverstanden. Aber die Befragung nehme ich nicht vor.»

Forsythe runzelte die Stirn. «Vielleicht einer Ihrer Männer? Mr. Grimes hat mich mit ihren Akten versorgt.» Forsythe drückte ein paar Tasten an seinem Computer, und mit einem Knacken sprang der Bildschirm an. «Hier steht, dass Mr. Dalton auf diesem Gebiet über einige Erfahrung verfügt.»

«Wenn Sie Mr. Caines Wohlergehen im Auge haben, würde ich Ihnen von Dalton abraten.»

«Aber Sie hätten auch nichts dagegen, wenn ich ihn einmal frage, oder?» Dagegen konnte Crowe nichts einwenden, und Forsythe wusste das.

«Nein.»

«Gut, dann schicken Sie ihn doch bitte zu mir. In der Zwischenzeit koordinieren Sie bitte mit Grimes die Sicherheitsmaßnahmen.» Forsythe entließ ihn mit einer Handbewegung.

Als Crowe den Flur hinabging, fragte er sich, ob Forsythe wusste, auf was er sich da einließ.

Eine Stunde später kam Kozlov mit den Kampfmitteln zurück, um die Nava gebeten hatte. Als sie hinten in den Transporter stieg, ging sie im Kopf noch einmal den Plan durch. Dank Caine waren ihre Informationen nahezu lückenlos. Pläne, Personalakten, Zugangscodes, Sicherheitsprofile – sie verfügte über alles.

Es gab nur ein Problem: Das war ein Job für mindestens vier Agenten. Aber sie war allein – und dazu noch verletzt, obwohl Dr. Lukin, Nikolaevs «persönlicher Arzt», sein Bestes getan hatte, um sie wieder auf Vordermann zu bringen. Ihr war klar, dass der Kater es in sich haben würde, aber vorläufig hatte sie das Gefühl, es mit der ganzen Welt aufnehmen und danach noch einen olympischen Zehnkampf gewinnen zu können.

Mal abgesehen davon, dass sie beim Dopingtest durchgefallen wäre.

Das Wasser trieb Caine in den Wahnsinn. Wieder landete ein Tropfen mitten auf seiner Stirn. Wenn sie in regelmäßigen Abständen gefallen wären, hätten sie ihm wahrscheinlich gar nicht so zugesetzt, aber ihre Zufälligkeit zerrüttete ihn.

Die Kopfhörer ebenfalls. Der im linken Ohr hörte sich an wie ein Radio, das auf «Suchlauf» gestellt war. Er spielte fünf Sekunden lang ein Lied, gefolgt von ein paar Sekunden atmosphärischer Störungen, gefolgt von dem nächsten Musikschnipsel und immer so weiter. Der Knopf in seinem rechten Ohr spielte «Chopsticks» auf Wiederholung, was ohnehin schon eine Folter dargestellt hätte, aber noch dadurch verschlimmert wurde, dass die Lautstärke schwankte, und zwar zwischen ohrenbetäubend laut bis nahezu unhörbar.

Und dann waren da noch die Drehungen. Zuerst hatte Caine angenommen, dass es sich nur um seine eigene Desorientiertheit handelte, aber als er mühsam die Augen öffnete, sah er, dass sein Stuhl tatsächlich langsam rotierte. Nach einigen Selbstversuchen kam Caine zu dem Schluss, dass seine Übelkeit und Benommenheit leicht nachließen, wenn er die Augen schloss; also behielt er sie zu.

Alle paar Sekunden bekam er einen Stromstoß versetzt. Meist nur in einen Finger oder eine Brustwarze, aber manchmal auch … weiter unten. Die meisten waren nur einfache Stöße, aber manche taten auch richtig weh. Caines Herz raste. Seine Muskeln verweigerten in der Erwartung des nächsten Elektroschocks jede Entspannung.

Er versuchte, ins *Immer* zu wechseln, aber es gelang ihm nicht. Er war zu abgelenkt. Er hatte das Gefühl, als würde seinem Gehirn die geistige Gesundheit mit einem Schlauch abgesaugt. Unvermittelt blieb der Stuhl stehen. Sein Magen jedoch drehte sich weiter. Jemand zog ihm am linken Auge das Lid hoch und leuchtete mit einer starken Taschenlampe hinein. Dann in das rechte Auge. Caine versuchte, nach der Hand zu greifen, aber da seine Hände festgeschnallt waren, war er hilflos. Er verspürte ein heftiges Stechen, als eine Nadel in seine Haut geschoben wurde, dann hörte er ein Reißen. Klebeband wurde ihm um den Arm gewickelt, um die Infusionskanüle zu fixieren.

Sekunden vergingen. Wieder zog ihm etwas kneifend die Augenlider hoch. Diesmal ließ es sie nicht wieder los; er versuchte zu blinzeln, aber es tat höllisch weh. Es gelang ihm nicht mehr.

Eine klare Flüssigkeit tropfte ihm in die Augen. Sie tropfte alle paar Sekunden nach. Caine brauchte nicht mehr zu blinzeln, um seine Augen feucht zu halten, aber er konnte seinen natürlichen Reflex nicht einfach abstellen. Er fragte sich, wie lange es dauern würde, bis er sich umgewöhnen konnte.

Er war müde, zerschlagen, halb verrückt vor Angst. Aber trotz dieser Empfindungen verspürte er Entschlossenheit. Mit einem Mal bekam er einen Stromstoß in den Hodensack, der alles Vorhergehende in den Schatten stellte. Zwischen den Tropfen der Salzlösung versuchte er, die Augen scharf zu stellen. Ein Mann stand vor ihm, groß und bedrohlich. Wieder ein Stromstoß, diesmal in den großen Zeh. Als der Schmerz nachließ, versuchte er erneut, scharf zu sehen.

Der Mann kam ihm bekannt vor; Caine versuchte herauszufinden, woher, aber das Wasser lenkte ihn ab. Und die Musik. Caine würde nie wieder einen Walkman aufsetzen, wenn er das hier überlebte. Wie auf Kommando setzte die Musik aus. Einen Moment lang herrschte wohltuende Stille. Sie wurde von einer kalten, rauen Stimme durchbrochen.

«Können Sie mich hören?»

«Ja», keuchte Caine.

«Wissen Sie, welches Datum wir heute haben?»

«Den, ähm …» Caine versuchte, sich zu erinnern. Seine

Übelkeit nahm zu. «Ich glaube, den … AAAAHH!» Nicht zu fassen, wie schmerzhaft ein Stromstoß in den linken kleinen Finger sein konnte. «Den … äh, Februar, wir haben Februar …»

«Fast», sagte der Mann höhnisch. «Na schön. Ich werde mit der Folter gleich aufhören. Aber erst hören Sie mir einmal genau zu, okay?»

«Okay», antwortete Caine schwach. Alles. Er würde alles für diesen Mann tun, wenn er damit aufhörte, und wenn es nur für eine Minute war. Oder eine Sekunde.

«Wir überfluten Sie mit Reizen, weil wir nicht wollen, dass Sie uns abhauen. Leider erschwert das auch die Kommunikation. Und uns liegt sehr viel daran, mit Ihnen zu sprechen. Aber dass wir uns verstehen: Wenn Sie versuchen zu fliehen, wird Ihr Bruder die Konsequenzen tragen müssen. Das wollen Sie doch nicht, oder?»

Caine war kurz davor, sich zu übergeben. Er wollte die Augen schließen und das alles verschwinden lassen, aber es ging nicht. Seine Lider kämpften vergeblich gegen die Zangen an, was schrecklich brannte.

«Mr. Caine.» Der Mann versetzte ihm eine leichte Ohrfeige. «Ich weiß, dass es schwer ist, aber bleiben Sie bei mir. Solange Sie sich kooperativ verhalten, wird Jasper nichts geschehen. Einverstanden?»

Caine begriff mit Verzögerung, dass eine Antwort von ihm erwartet wurde. «Okay», krächzte er.

«Gut.» Der Mann wandte sich ab, verschwand aus Caines Blickfeld. Es folgten keine Elektroschocks mehr. Caine versuchte, sich zu entspannen, aber seine Muskeln gehorchten ihm nicht – jede Sehne war gespannt. Sein Herz hämmerte in den Ohren, pumpte in der Erwartung weiterer Qualen unaufhörlich Blut in seine Muskeln.

Caine holte tief Luft, hielt sie eine Sekunde lang an

und atmete dann ruhig aus. Allmählich ordnete sich alles. Sein Puls verlangsamte sich, und es gelang ihm, seinen Unterkiefer zu lockern. Schon besser. Er wollte den Kopf drehen, aber er wurde von starken Metallbändern fixiert. Der Mann musste das leichte Rucken von Davids Kopf gesehen haben; er trat zurück, sodass Caine ihn sehen konnte. Jetzt wusste Caine, woher er ihn kannte. Aus dem *Immer*.

Sein Name lautete Jim Dalton.

«Sie haben eine ziemlich interessante Woche hinter sich, nicht wahr, Mr. Caine?»

Caine antwortete nicht.

«Wissen Sie, warum Sie hier sind?»

«Nein», sagte er entschieden.

Plötzlich wurde sein Körper von einem Schmerz überwältigt, wie er ihn noch nie zuvor verspürt hatte. Er fuhr ihm sengend durch jedes Körperteil. Der Schmerz war lebendig, er tobte und brüllte. Auch Caine brüllte.

Und dann war der Schmerz ebenso schnell, wie er gekommen war, wieder fort. Caine schloss schnappend den Mund, biss sich dabei auf die Zunge, schmeckte Blut. Er war so müde. Er wollte doch nur die Augen schließen. Eine Minute später kam er wieder zu Atem und löste langsam die Kiefer voneinander.

«Mr. Caine, Sie sind sich sicher bewusst, dass wir Ihren Körper mit Elektroden versehen haben. Einige teilen ziemlich unangenehme Stromstöße aus; andere übermitteln Ihre Herzfrequenz und wieder andere bioelektrische Signale. Sie sagen uns, ob Sie lügen. Lügen Sie uns ruhig weiter an, wir werden es wissen. Nur wird der nächste Stromstoß dann nicht mehr so schwach ausfallen.

Die meisten Leute denken, dass sie Folter ertragen

könnten, wenn es sein muss. Sie denken: Ich bin ein zäher Brocken, ich halte das aus. Aber meiner Erfahrung nach, und glauben Sie mir, dass ich auf diesem Gebiet einiges an Erfahrung habe, *irren* sich diese Leute.» Daltons Stimme troff vor Bösartigkeit.

«Üblicherweise halten sie es eine Minute lang aus, vielleicht auch mal zwei, und an dem Punkt würden sie bereitwillig ihre eigene Mutter umbringen, Hauptsache, die Schmerzen hören auf. Nur ist bis dahin schon eine dauerhafte Schädigung eingetreten oder die Verletzung so schwerwiegend, dass eine massive Verabreichung von Schmerzmitteln notwendig ist, um die Befragung fortzusetzen, was das Ganze nur in die Länge zieht.

Also tun Sie uns beiden doch einen Gefallen· Machen Sie keinen auf hart. Wenn ich Ihnen eine Frage stelle, antworten Sie bitte schnell und ehrlich. Wenn Sie etwas zurückhalten, werde ich es wissen. Und wenn ich weiß, dass Sie etwas verheimlichen, werden Sie es bereuen. Haben wir uns verstanden?»

«Absolut», krächzte Caine. Die Schreie hatten seine Stimme rau werden lassen. Er fragte sich, wie sie wohl in ein paar Stunden klingen würde.

«Sehr schön. Dann wollen wir es doch gleich noch einmal versuchen. Wissen Sie, warum Sie hier sind?»

«Weil Sie glauben, dass … dass ich … der Laplace'sche Dämon bin.»

Der Mann nickte. «Glauben *Sie* denn, dass Sie der Laplace'sche Dämon sind?»

«Ich …» Caine zögerte. «Ich bin mir nicht hundertprozentig sicher», antwortete er und spannte in der Erwartung eines weiteren Stromstoßes die Muskeln an. Es kam keiner.

«Wenn Sie sich nicht sicher sind, dann schätzen Sie.»

«Ja», antwortete Caine rasch.

«Gut. Dann war das hier ja nicht völlig umsonst.»

«Was wollen Sie von mir?»

Dalton beantwortete die Frage nicht. Er sagte nur: «Der Doktor kommt gleich und bespricht alles mit Ihnen.» Damit ging er. Als er wieder etwas sagte, befand er sich außerhalb von Caines Blickfeld. Es war entnervend, den Mann zu hören, ohne sein Gesicht sehen zu können. «Ach, übrigens», sagte er, «es ist reine Zeitverschwendung, wenn Sie versuchen, Ihre … Gabe einzusetzen. Sie funktioniert mit offenen Augen nicht.»

Caine begriff plötzlich, dass Dalton Recht hatte; mit weit geöffneten Augen war er so hilflos wie ein Baby. Einige Sekunden später hörte Caine das Klicken, mit dem die Tür sich schloss. Er lauschte angestrengt, versuchte herauszufinden, ob Dalton immer noch da war, aber es war völlig still. Caine war allein.

Er atmete laut aus, und sein Denken setzte wieder ein. Er hätte gern nach einer Lösung gesucht, aber er wusste, dass er nichts mehr tun konnte. Die Zeit zum Planen war vorbei. Er hatte seine Entführung in dem Wissen forciert, dass er die Kontrolle nur zurückgewann, indem er sie aufgab. Aber er hatte nicht gewusst, dass es so hart sein würde – so grauenvoll.

Vorhin in der Wohnung, als er im *Immer* gewesen war, hatte er sämtliche Ausprägungen der Zukunft gesehen. Nun jedoch, wo ihm dieser Blick verwehrt war, konnte Caine nicht sehen, welchen Pfad, welche mögliche Zukunft er eingeschlagen hatte. Da war nur so ein Gefühl, mehr eine Ahnung als tatsächliches Wissen, aber immerhin. Eines war klar: Nava war der Dreh- und Angelpunkt. Mit ihr waren die Möglichkeiten unendlich.

Ohne sie jedoch … war Caine verloren.

Caine hörte, wie die Tür aufging und jemand den Raum betrat. Der Klang der Schritte verriet, dass es sich nicht um Dalton handelte, denn der trat schwerer auf. Die Person näherte sich ihm, blieb stehen, ging wieder zurück und blieb erneut stehen, als überlegte sie, wie sie am sichersten an ihn herankam.

Dann hörte er ein leises Atmen hinter sich, dazu ein leises, aber helles Klappern. Eine Spritze? Vielleicht ein Skalpell. Caines Herz raste. Endlich setzte der Mann seinen Weg durchs Zimmer fort. Es war Doc.

«Hallo, David», sagte Doc.

Caine blieb still.

«Es tut mir Leid, dass es so kommen musste, aber ich hatte keine andere Wahl.»

«Man hat immer eine Wahl», erwiderte Caine.

«Nein», sagte Doc und schüttelte den Kopf. «Ich hatte noch eine Testperson wie Sie. Sie hat mir gesagt, was geschehen würde, welchen Pfad ich einschlagen sollte. Sie hat mir gesagt, was zu tun war, um Ihre Fähigkeiten voll herauszukitzeln. Und sie hatte Recht.»

«Darum haben Sie die Bombe gelegt? Weil es Ihnen die Testperson gesagt hat?»

«Ja.»

«Aber nachdem das fehlgeschlagen war, warum haben Sie mich nicht getötet? Sie hätten mich in Philly überfahren können.»

«Verstehen Sie denn nicht?», sagte Doc flehentlich. «Ich hatte nie vor, Sie umzubringen. Ich wollte nur, dass Ihnen bewusst wird, über welche Fähigkeiten Sie verfügen. Es brauchte unbedingt eine lebensgefährliche Situation, damit Sie den letzten Schritt tun. Und die habe ich Ihnen geliefert.»

«Aber warum? Warum tun Sie so etwas?», fragte Caine.

«Aus wissenschaftlichen Gründen», sagte Doc. «Ist Ihnen eigentlich klar, was für wertvolle Erkenntnisse ich – wir mit Ihrer Gabe erlangen können?» Doc trat einen Schritt näher. «David, uns beiden, Ihnen und mir, steht eine unfassbare Möglichkeit offen, Geschichte zu machen.» In seinen Augen loderte ein helles Feuer. Doc schaute Caine zwar an, aber er sah nur sich selbst. «Wir können die gesamte Zukunft der Menschheit verändern.»

«Ohne mich», sagte David.

«Es würde uns beiden einiges erleichtern, wenn Sie einfach nur –»

«Nein.»

«Lassen Sie uns doch einfach nur ein paar Tests durchführen. Ein paar Tests schaden doch nicht.» Doc bettelte förmlich.

«Das ist das Problem. Ich habe keine Ahnung, wem Ihre Tests schaden werden.» Caine holte tief Luft und hoffte, dass er mutiger klang, als er sich fühlte. «Ich mache nicht mit.»

Doc schüttelte den Kopf. «Genau aus diesem Grund konnte ich nicht in einer weniger kontrollierten Umgebung an Sie herantreten. Aber ob es Ihnen gefällt oder nicht, David, Sie werden kooperieren.»

Er zog eine Fernbedienung aus der Tasche und zielte mit ihr auf einen kleinen Bildschirm, der unter der Zimmerdecke befestigt war. Caine richtete mit Mühe den Blick dorthin. Auf dem Monitor war ein erschöpft wirkender Mann zu sehen, der an einen Behandlungsstuhl gefesselt war, eine Infusionskanüle im Arm. Jasper. Er schien um zehn Jahre gealtert, seit Caine ihn das letzte Mal gesehen hatte.

Doc wandte sich wieder an Caine. «Ich möchte Ihrem Bruder nicht wehtun. Aber wenn nötig, werde ich es tun. Die Entscheidung liegt ganz bei Ihnen.»

«Und was wird geschehen, wenn ich kooperiere?

«Sie werden der Aussicht, hier herauszukommen, ein Stück näher sein.» Docs Augen verrieten ihn. Er log. Caine musste auf Zeit spielen.

«Ich muss einmal in Ruhe darüber nachdenken.»

«Nein», sagte Doc nachdrücklich. «Sie entscheiden sich jetzt sofort. Wie lautet Ihre Antwort?»

Caine wusste, dass es gut möglich war – *sehr* gut möglich war –, dass er hier nie wieder herauskam. Und obwohl er davon ausging, dass Docs Tests harmlos waren, fürchtete er, ein vorschnelles Ja würde vielleicht dazu führen, dass er nie wieder Nein sagen konnte.

«Ich bin erschöpft», sagte Caine. «Geben Sie mir nur etwas Zeit zum Ausruhen.»

Doc schüttelte den Kopf. Er ging zu einem Wandtelefon und wählte. «Hallo, Mr. Dalton?» Caine spürte, wie seine Muskeln sich bei der Nennung des Namens verhärteten. Doc warf ihm einen Blick zu. «Bitte kümmern Sie sich um Jasper Caine. Stufe zwei, sechzig Sekunden.» Doc hängte ein, einen Ausdruck von Bedauern auf seinem Gesicht. «Es tut mir wirklich sehr Leid.»

Caine sah zum Bildschirm. Ein paar Sekunden lang geschah überhaupt nichts. Jasper schien zu schlafen; er lag so bequem da, wie es ging, wenn Arme, Beine und Kopf mit Ledergurten fixiert waren. Dann betrat Dalton den Raum, steckte Jasper etwas in den Mund und verschwand aus dem Kamerabereich. Ein Schauer überlief Caine, und Jasper begann sich aufzubäumen. Seine Hände machten Greifbewegungen, während der elektrische Strom durch seinen Körper raste. Es gab keinen Ton zu den Bildern, aber das machte das Ganze nur noch schrecklicher.

«Hören Sie auf! Aufhören!», brüllte Caine.

Doc warf einen Blick auf seine Armbanduhr und sah

dann wieder Caine an. «Nur noch fünfzig Sekunden, David. Es ist fast geschafft.»

Caine konnte die Lider nicht schließen, um sich diesem entsetzlichen Bild zu entziehen. Er versuchte, den Blick von Jaspers zuckenden Beinen abzuwenden, aber seine Pupillen richteten sich immer wieder auf den Bildschirm. Endlich war es vorbei. Jasper hörte auf zu krampfen. Er lag still da und weinte, Tränen strömten seine Wangen hinab. Dann sah Caine die endgültige Demütigung: Ein dunkler Fleck breitete sich zwischen den Beinen seines Bruders aus.

Doc trat wieder vor Caine. Es kostete Caine jedes Quäntchen Selbstbeherrschung, ihm nicht ins Gesicht zu spucken. Caine fragte sich erneut, ob es die richtige Entscheidung gewesen war, hierher zu kommen. Aber es war zu spät dafür, sie noch einmal zu überdenken. Diesmal wurden die Karten nicht neu gegeben.

«Na gut», sagte Caine mit verzweifelter Stimme. «Ich mache Ihre Tests. Aber nicht, wenn Sie dabei sind», fügte er hinzu, als ihm wieder einfiel, wie es vonstatten gehen musste. «Ich will ausschließlich mit Forsythe zu tun haben.»

Doc machte ein finsteres Gesicht. Er wollte gerade etwas sagen, da knackte die Gegensprechanlage bei der Tür, und eine Stimme sagte: «Paul, wir sollten uns kurz unterhalten.»

Kapitel /31/

Forsythe war hocherfreut, dass Testperson Beta statt nach Tversky nach ihm verlangt hatte. Wenn er es schaffte, Caine an sich zu binden, wurde Tversky vielleicht sogar schneller überflüssig als geplant. Forsythe lächelte und zog einen kleinen, glänzenden Gegenstand aus der Tasche. Als er sich der Testperson näherte, beschleunigte sich das leise Piepsen des EKGs.

«Keine Sorge, Mr. Caine. Es wird nicht wehtun», sagte Forsythe. «Ich will nur die Lidklammern lösen, damit Sie ... sich konzentrieren können. Allerdings merke ich sofort, wenn Sie Dummheiten machen.»

Forsythe warf einen Blick auf die Bildschirme an der gegenüberliegenden Wand. Ihn interessierte jetzt in erster Linie das EEG, das die elektrische Aktivität im Temporallappen von Testperson Beta anzeigte. Wenn die Kurve über ein vorher festgelegtes Maß anstieg, würde der Testperson ein Elektroschock versetzt, der ihre Konzentration unterbrach.

Als zusätzliche Vorsichtsmaßnahme verabreichte Forsythe ein leichtes Beruhigungsmittel, damit die Testperson leichter beeinflussbar war. Langsam sank ihr Puls auf siebzig Schläge pro Minute. Dann erst löste Forsythe die Lidklammern. Sofort schloss die Testperson die Augen, und einen Moment lang war es Forsythe, dem das Herz bis zum Hals schlug; ein rascher Blick zum EEG bestätigte ihm jedoch, dass die Testperson nur ruhte – ihre Deltawellen waren dominant, die anderen dagegen zeigten kaum Ausschläge.

Nach einigen Sekunden öffnete die Testperson ihre strahlend grünen Augen und starrte Forsythe an. «Und jetzt?», fragte sie.

Forsythe zog eine 25-Cent-Münze aus der Hosentasche. «Ich möchte, dass Sie diese Münze im Auge behalten. Ich werde sie werfen. Wenn sie landet, soll sie Kopf zeigen.»

Die Testperson war verwirrt. «Aber was genau soll ich tun?»

Nun war Forsythe verblüfft. «Sie sollen dafür sorgen, dass bei dem Wurf Kopf herauskommt.»

«Und wie?»

«Mit Ihren geistigen Kräften.»

Caine starrte Forsythe an und wusste nicht, was er sagen sollte. Wenn er log, war er dran. Aber die Wahrheit wollte er auch nicht sagen. Er hoffte, dass Nava sich beeilte.

Vorausgesetzt, sie kommt überhaupt. Vergiss nicht, die Wahrscheinlichkeit, dass sie es gar nicht erst hierher schafft, liegt bei 12,7 Prozent. Du sitzt hier vielleicht für immer fest.

Caine versuchte, seinen Fatalismus beiseite zu schieben. Er sah wieder zu dem Bildschirm, der Jasper in seinem Behandlungsstuhl zeigte. Ein Speichelfaden glänzte an seiner Wange. Dann blickte Caine erneut zu Forsythe. Die pochende Ader an seiner Schläfe machte deutlich, dass er allmählich die Geduld verlor.

Caine blieb keine andere Wahl.

«So funktioniert das nicht», sagte er schließlich.

«Was wollen Sie damit sagen?»

«Wenn Sie wollen, kann ich mit hoher Gewissheit vorhersagen, ob die Münze Kopf oder Zahl zeigen wird. Aber ich kann nicht einfach mit meinen geistigen Fähigkeiten etwas geschehen lassen. Ich muss irgendwie daran beteiligt sein, um das Ergebnis zu beeinflussen.» Caine öffnete die rechte Hand. «Geben Sie mir die Münze. Lassen Sie mich sie werfen.»

Forsythe sah misstrauisch auf Caines Handfläche.

«Nur so kann Ihr Experiment funktionieren», sagte Caine.

Nach einer Sekunde ließ Forsythe die Münze widerwillig in Caines gefesselte Hand fallen. Caine schloss die Augen. Zuerst sah er nur ein paar bunte Punkte, die auf der Oberfläche seiner geschlossenen Lider tanzten. Dann jedoch erschien ein anderes Bild, es lockte ihn zu sich.

...

Er ist immer da. Der riesige Baum wächst aus Caines Sein. Hinter ihm dreht und windet sich der massive, einzelne Stamm in die Ewigkeit zurück. Vor ihm beginnt eine unendliche Reihe von Ästen zu wachsen.

Das Bild ist in beständiger Bewegung. Manche Äste wachsen, während andere verkümmern und absterben. Unaufhörlich knospen neue Zweige; andere verschwinden, als hätten sie nie existiert. Die Nebenäste bilden selbst wieder Äste aus, und diese verzweigen sich weiter. Es gibt so viele Biegungen und Windungen und Kombinationen, dass die Äste sich nach mehreren Generationen völlig zu verknoten scheinen, eine Felswand bilden, den formlosen Abgrund des Danach.

Der kognitive Teil seines Gehirns möchte schreien, möchte sich von den Fesseln der Gesundheit losmachen und der Ewigkeit vor ihm entfliehen. Ein anderer Teil jedoch, so alt wie die Menschheit, fühlt sich an diesem Ort heimisch. Caine lässt diesen Teil die Führung übernehmen.

…

«Kopf, sagten Sie?», fragte Caine, die Augen nach wie vor geschlossen.

«Ja», bestätigte Forsythe.

Und dann sah Caine, wie er es geschehen lassen konnte.

…

In der Luft herrscht eine leichte Strömung, die von der Klimaanlage herrührt – sie ist kaum spürbar, aber Caine sieht jetzt, wie sie die Sauerstoff- und Stickstoffmoleküle bewegt. Das Geldstück ist eine 25-Cent-Münze, und die Kopfseite ist 0,00128 Gramm schwerer als die Zahlseite. Auch hat die Kopfseite einen breiteren Rand als die Zahlseite, und ihre Prägung ist weniger aerodynamisch. Aber diese Faktoren sind zu vernachlässigen im Vergleich zu der Kraft seiner Finger und dem Drehmoment, die zusammen 98,756 Prozent der Flugbahn der Münze ausmachen, wenngleich die Flugbahn wiederum nur zu 58,2451 Prozent dafür verantwortlich ist, ob am Ende Zahl oder Kopf herauskommt.

Um die Ergebnisbildung vollständig zu verstehen, analysiert Caine die Zusammensetzung der Münze (sie hat einen reinen Kupferkern; die Außenhülle besteht aus einer Kupfer-Nickel-Legierung mit 75-prozentigem Kupferanteil) und des Fußbodens (Linoleumfliesen, Kantenlänge dreißig cm). Diese beiden Faktoren machen 37,84322 Prozent des Wurfergebnisses aus. Weitere 0,55164 Prozent rühren von der Entfernung zu den magnetischen Polen her, 1,12588 Prozent von der Geschwindigkeit der Erdrotation und 2,23415 Prozent von der Sauberkeit des Fußbodens.

Die restlichen 0,00001 Prozent sind unerheblich – bei 100 000 Münzwürfen würde Caine nur einmal danebenliegen. Caine be-

zieht sämtliche Informationen in seine Überlegungen mit ein,
sucht einen geeigneten Pfad und –
...

Caine schnippte mit dem Zeige- und Mittelfinger und warf die Münze in die Luft. Er öffnete die Augen und sah zu, wie sie durch die Luft taumelte, wie das Licht mit ihren beiden Seiten spielte. Hell, dunkel, Kopf, Zahl. Als sie auf dem Boden landete, gab es ein leises *klack* und dann ein *tsching, tsching, tsching, brrrrrrrrrm*, als sie hüpfte, hüpfte, hüpfte und rasselnd außerhalb seines Blickfelds zum Liegen kam.

Forsythe eilte dorthin. Als er sie aufhob, lächelte er.

«Die Chance stand fifty-fifty», sagte Caine ebenso zu sich selbst wie zu Forsythe. «Das beweist noch gar nichts.»

«Wohl wahr», bestätigte Forsythe aufgeregt. «Aber wenn noch weitere 49-Mal Kopf kommt, dann schon, denke ich. Bitte machen Sie weiter.»

Forsythe ließ das Geldstück erneut in Caines gefesselte Hand fallen. Wieder schloss Caine die Augen, aber diesmal brauchte er praktisch gar nicht mehr nach dem richtigen Ast zu suchen. Er streckte sich ihm förmlich entgegen. Wieder schnippte er mit den Fingern. Wieder flog die Münze durch die Luft und landete hüpfend auf dem Boden.

Wieder war es Kopf.

«Noch einmal.»

Fall. Schnipp. Glitzer. Land. Hüpf.

Und noch einmal *schnipp*. Wieder Kopf. Und wieder. Und wieder. Und wieder. Kopf. Kopf. Kopf. Zwischen den Würfen nickte Caine ein, dämmerte weg, aber jedes Mal weckte Forsythe ihn mit einem kurzem Stromstoß. Auch wurde Caine mit einem Elektroschock bestraft, als er versuchte, im *Immer* nach Nava zu suchen. Nach seinem zweiten Versuch ließ er es bleiben; Forsythe hatte eindeutig nicht geblufft mit der Drohung, dass er mitbekomme, wenn Caine versuchte zu tricksen.

Schließlich waren sie fertig. Caine kam es vor, als wären Stunden vergangen. Er war benommen und schweißüberströmt, aber er zwang sich dazu, Forsythe anzusehen, nachdem er den fünfzigsten Kopf in ebenso vielen Versuchen geworfen hatte. Für kurze Zeit verschwand das Lächeln auf Forsythes Gesicht und wurde von einem anderen Gefühlsausdruck ersetzt. Der Mann wandte rasch den Kopf ab, um ihn zu verbergen, aber es war zu spät. Caine kannte diesen Ausdruck nur zu gut.

Es war Angst.

«Nicht zu fassen», hauchte Forsythe.

Tversky nickte. «Wissen Sie, wie hoch die Wahrscheinlichkeit für fünfzig aufeinander folgende Kopfwürfe ist? Sie beträgt eins zu zwei hoch fünfzig. Das sind» – Tversky tippte die Formel in den Computer – «1 125 899 906 842 620 zu eins. Und das unter dem Einfluss von Betäubungsmitteln. Können Sie sich vorstellen, wozu er imstande wäre, wenn er klar denkt?»

Forsythe nickte nachdrücklich. Während der gesamten zweistündigen Sitzung war die Testperson des Betäubungsmittels wegen immer wieder eingeschlafen. Selbstverständlich taugte die Versuchsanordnung bei weitem nicht als Basismaterial für eine Forschungsarbeit – dazu würde Forsythe eine Art mechanischen Münzwerfer und eine Kontrollgruppe einsetzen müssen –, aber sie war gut genug, um ihn davon zu überzeugen, dass es sich bei der Testperson in der Tat um eine moderne Verkörperung des Laplace'schen Dämons handelte.

Die publikationsgerechte Aufarbeitung bereitete ihnen ohnehin keine Sorgen. Solange sie über Testperson Beta verfügen konnten, würde ihnen gar nichts mehr Sorgen bereiten. Und dank Tverskys Arbeit an dem Zwillingsbruder wussten sie nun auch, wie sich der Dämon wieder abschalten ließ.

«Haben Sie gemessen, wie lange er die Augen während der verschiedenen Versuche geschlossen hielt?», fragte Forsythe.

Tversky nickte. «Es ist genau, wie ich erwartet habe – zwischen der Zeitmenge, die benötigt wird, um ein unwahrscheinliches Ereignis herbeizuführen, und dem Grad der Unwahrscheinlichkeit dieses Ereignisses besteht ein lineares Verhältnis. Die Beeinflussung von Ereignissen mit höherer Wahrscheinlichkeit wie das Wurfergebnis einer Münze kostete fast keine Zeit, während die Beeinflussung von Ereignissen mit geringerer Wahrscheinlichkeit wie das Wurfergebnis eines Würfels längere Zeitabschnitte im REM-Zustand erforderte. James», sagte Tversky und riss Forsythe aus seinen Gedanken, «mit den geeigneten Mitteln könnte David Caine alles tun, was ihm in den Sinn kommt.» Tversky begann, im Zimmer auf und ab zu gehen. «Er könnte mit seinem unbegrenzten Wissen über die Welt zu den unglaublichsten Entdeckungen beitragen. Mikrobiologie, Astrophysik, Mathematik, Onkologie – die Liste wäre endlos! David könnte uns dabei helfen, die größten Rätsel des Universums zu lösen.»

Aber Forsythe hatte weitreichendere Ambitionen. Der wissenschaftliche Fortschritt interessierte ihn herzlich wenig.

«Es gibt andere Möglichkeiten zur Nutzung seiner Fähigkeiten», überlegte Forsythe laut, um auszutesten, wie Tversky darauf reagierte.

«Und welche?»

«Wallstreet zum Beispiel. Politik. Militär.»

«Sind Sie verrückt?», fragte Tversky. «Wir müssen ihn für die *Wissenschaft* nutzen. Alles andere wäre zu gefährlich. Außerdem gibt es noch zu viele offene Fragen, die geklärt werden müssen, bevor es sich überhaupt lohnt, über seine Verwendung nachzudenken. Die Möglichkeiten sind unbegrenzt.» Tversky setzte seine Wanderung durchs Zimmer fort. «Wir müssen einen Weg ersinnen, im Geheimen mit ihm zu arbeiten. Vielleicht einzelne Wissenschaftler hinzuziehen, und –»

«Moment», sagte Forsythe. Er wollte Tverskys Gedanken in eine andere Richtung lenken, bis er die Gelegenheit hatte, die Dinge selbst in die Hand zu nehmen. Vorläufig brauchte er den Wissenschaftler noch, aber wenn er Glück hatte, nicht mehr lange.

Vielleicht ließe Tversky sich ja für den Mord an dieser Studentin verantwortlich machen. Ein Anruf bei der Polizei würde ihn nicht nur aus dem Labor entfernen, sondern ihn zugleich diskreditieren. Forsythe lächelte in sich hinein. Ja, das war die Lösung. Sobald er verstand, was in der Testperson vorging, würde er sich Tverskys für immer entledigen.

«Uns fehlt immer noch die geeignete Methode des sicheren Umgangs mit der Testperson», sagte Forsythe in dem Versuch, zu den praktischen Dingen zurückzukehren. «Ich bezweifle, dass wir ihm ewig damit drohen können, seinem Bruder etwas anzutun. Und sobald wir ihn zur Vorhersage oder Herbeiführung von Ereignissen mit größerer Unwahrscheinlichkeit auffordern, riskieren wir, dass er den perfekten Fluchtplan ausheckt.»

«Ja», pflichtete ihm Tversky bei. «Das stimmt. Wir können ihm auch nicht unbegrenzt so hohe Dosen Thorazin verabreichen. Über einen längeren Zeitraum hinweg ließe sich David vielleicht mit verhaltenstherapeutischen Mitteln von den Drogen entwöhnen, ohne dass wir die Kontrolle über seine Psyche verlieren.»

«Das halte ich für unwahrscheinlich», sagte Forsythe und schüttelte den Kopf. «Und selbst wenn, wir könnten nie ganz sicher sein. Wenn uns die Kontrolle entgleitet, und sei es nur für einen Augenblick, ist vielleicht alles vorbei.»

Beide Männer wandten ihre Aufmerksamkeit wieder dem Spionspiegel zu, während jeder seinen Gedanken nachhing. Drüben lag die Testperson und starrte unfreiwillig die Wand an.

«Er ist viel zu gefährlich, ihn freizulassen», sagte Forsythe. «Ich denke, die Entscheidung liegt auf der Hand – wir müssen ihn permanent unter Neuroleptika stellen.»

«Aber das würde ihn komplett seines freien Willens berauben», erwiderte Tversky zornig.

«Geht es nicht genau darum?»

«Ja, aber ein solcher Zustand ist irreversibel.»

«Der Tod ebenfalls», entgegnete Forsythe kühl. «Und das scheint Ihnen bei den Versuchen an Testperson Alpha keine Probleme bereitet zu haben.»

Tversky errötete. «Das war ein Unfall … Ich … Soll das eine Drohung sein?»

«Warum?», fragte Forsythe. «Hätte ich einen Grund, Ihnen zu drohen?»

Tversky schwieg eine Weile. Schließlich sagte er: «Ich glaube, wir sollten das Verfahren an dem Bruder erproben, bevor wir es bei David anwenden. Nur um sicherzugehen, dass es keine Nebenwirkungen gibt.»

Forsythe nickte. «Schön, dass wir einer Meinung sind.»

Beide schwiegen einen Moment lang. Eine beklemmende Stille machte sich breit. Schließlich brach Tversky das Schweigen. «Ich werde mich etwas hinlegen», sagte er verlegen. «Es war ein langer Tag, und morgen stehen zahlreiche Tests an.»

Forsythe musterte ihn argwöhnisch. Was hatte Tversky vor? Er überlegte, ihn gefangen zu setzen, entschied sich aber dagegen. Fürs Erste war der Zugang zu Testperson Beta mehr als genug, um Tversky bei der Stange zu halten.

«Dann gute Nacht», sagte Forsythe. «Ich bleibe noch ein wenig und bereite den Zwilling vor.»

Einen Moment lang glaubte Forsythe schon, Tversky würde protestieren, aber dann schien er seine Meinung zu ändern. «Gute Nacht, James. Ich finde allein hinaus.»

Nachdem die Tür ins Schloss gefallen war, berechnete Forsythe die exakte Dosierung für eine dauerhafte Neurolepsie des Zwillings. So schwierig Tversky auch war, in diesem Punkt hatte er Recht: Am besten erprobte man das Verfahren erst einmal an dem Bruder, nur für den Fall, dass etwas schief ging.

Forsythe drückte ein paar Tasten an seinem Terminal und klickte «Ausführen», als der Computer ihn fragte, ob er dem Zwilling die gewählten Medikamente ganz sicher verabreichen wollte. Während die Drogen durch die Infusionskanüle in den Arm des Zwillings strömten, ließ sich auf dem Bildschirm bereits beobachten, wie dessen Augen glasig wurden, wie sein Blick sich leerte. In weniger als drei Stunden würde es keinen Jasper Caine mehr geben, nur noch eine leibliche Hülle, die um einiges zugänglicher und respektvoller sein würde. Und die über keinen freien Willen mehr verfügte.

Forsythe wandte seine Aufmerksamkeit von dem Zwilling ab und fügte dem aktuellen Medikamentenmix von

Testperson Beta ein Narkotikum hinzu. Es war nicht sinnvoll, gewalttätige Aktionen zu riskieren. Als er fertig war, seufzte Forsythe. Ohne Drogen wären die Experimente so viel eindeutiger. Er war jedoch zuversichtlich, dass die Zwillinge auch in diesem Zustand noch genug Leistung bringen würden. Und wenn nicht, dann sollte sein Team in der Lage sein, ein Pharmazeutikum zu entwickeln, mit dem sich die Hirnchemie der Zwillinge replizieren ließ; ähnlich, wie es Tversky bei Testperson Alpha gelungen war.

Dann waren die Zwillinge ohnehin entbehrlich.

Der Lieferwagen setzte Nava 150 Meter von dem Gebäude entfernt ab. Es sah genauso aus wie die anderen sechsstöckigen Betonklötze in dieser Straße, aber Nava wusste, dass die nichtssagende Fassade zur Tarnung gehörte. Sie zog den Schirm ihrer Basecap tiefer ins Gesicht, nahm einen letzten Zug von ihrer Zigarette und trat sie mit dem Stiefel aus.

Als sie den am Straßenrand geparkten schwarzen Geländewagen erreichte, bückte sie sich und schaute hinter das rechte Vorderrad. Ihr Material lag dort, wie versprochen. Sie steckte den Ausweis ein, streifte das Armband über und ging zum Eingang.

Sie holte tief Luft und schob sich durch die schwere Drehtür. Die Eingangshalle war vollständig mit Marmorimitat ausgelegt. Ihre Schritte hallten, als sie zum Empfangstresen ging. Der übergewichtige Wachmann legte langsam sein *People*-Heft beiseite, als er sie kommen sah. Nach einem kurzen Blick auf ihren gefälschten Betriebsausweis verbrachte er ganze fünf Sekunden damit, ihre Reisetasche zu kontrollieren.

Wie erwartet, durchsuchte er nur das Fach, dessen Reißverschluss Nava für ihn öffnete. Das größere Fach, das eine

Betäubungspistole, zwei halbautomatische Pistolen vom Typ Glock 9mm, dreihundert Schuss Munition, eine Dose Freon und genug Plastiksprengstoff enthielt, um das Gebäude dem Erdboden gleichzumachen, ignorierte er. Zufrieden, dass sie keine Terroristin war, forderte er sie auf, sich einzutragen, und wandte sich wieder seiner Lektüre zu.

Mit einem kurzen Lächeln und einem Dankeschön ging Nava energisch zu den Fahrstühlen. Genau in dem Moment, als sie den Knopf drückte, gingen die Türen auf. Sie wollte gerade eintreten, da bemerkte sie, dass schon jemand in der Kabine stand. Er war so in Gedanken, dass er an Nava vorbeihuschte, ohne auch nur aufzusehen. Er hatte ihr Gesicht unter dem Schirm der Basecap nicht sehen können, aber Nava hatte ihn erkannt.

Es war Doc.

Einen Moment lang stellte sie sich vor, ihm mit ihrem Dolch die Kehle aufzuschlitzen und ihn in der Eingangshalle verbluten zu lassen. Sie wollte ihn für das töten, was er David angetan hatte. Für das, was er Julia angetan hatte. Aber Nava wusste, wenn sie dieser Verlockung nachgab, würde der Wachmann den Alarm auslösen, und dann würde sie David nicht retten können.

Und so sah Nava trotz ihrer brüllenden Wut zu, wie Doc an ihr vorbeiging, und sagte kein Wort. Mit mahlenden Kiefern fuhr sie zum fünften Stockwerk hinauf und versuchte, Doc aus ihren Gedanken zu verbannen. Für Rache war später noch Zeit. Als die Türen aufgingen, setzte sie ihre Mission fort.

Sie trat in einen kleinen Vorraum, der zu zwei gläsernen Doppeltüren führte. Sie öffnete den Rucksack und holte ein elektromagnetisches Gerät von der Größe eines Kartenspiels heraus. Sie hielt es vor den magnetischen Schalter an der Wand und wartete, bis es alle möglichen Frequenzen durchlaufen hatte und ein leises Klicken zu hören war, als die elektronischen Sperrriegel gelöst wurden. Der gesamte Vorgang dauerte keine fünf Sekunden.

Sie trat durch die Türen in eine luxuriöse Lobby. Zwei identische schwarze Ledersofas standen einander gegenüber, dazwischen lag ein kunstvoll verzierter Orientteppich. Das Panoramafenster dahinter zeigte die funkelnden Lichter einer beinahe schlafenden Stadt. Während Nava durch das Fenster starrte, wünschte sie sich, ihr Leben wäre anders verlaufen. Sie gestattete sich wenige Sekunden der Träumerei, dann kehrte sie wieder in die Wirklichkeit zurück. Ihren Lebensweg hatte sie selbst eingeschlagen, niemand anders. Und nun wartete Arbeit auf sie.

Nava riss den Blick vom Fenster los und marschierte entschlossen den Flur hinunter, folgte dem Grundriss, den sie im Lieferwagen auswendig gelernt hatte. Sie knackte ein weiteres elektromagnetisches Schloss und stand vor der zweiten Reihe Fahrstühle. Sie holte tief Luft und setzte ihr Pokerface auf. Sobald sie den Fahrstuhl gerufen hatte, gab es kein Zurück mehr. Von dem Moment an, in dem sie den Knopf drückte, würde sie unter ständiger Überwachung stehen.

Wenn ihre Unterlagen korrekt waren, sollte ihr nichts passieren. Aber wenn sie falsch waren … dann saß sie tief in der Scheiße. Vielleicht gingen die Türen auf, und ein waffenstarrendes Wachteam stand vor ihr. Oder der Fahrstuhl wurde mit Nervengas geflutet. Oder sie fuhr sicher bis zum Labor hinunter, nur um dort von deutschen Schäferhunden zerfleischt zu werden. Sie wusste es nicht. Woher auch?

Sie holte Waffen und Munition aus der Reisetasche und verstaute sie in einem sehr flachen Rucksack. Dann holte sie ein kleines, in braunes Papier eingeschlagenes Päckchen hervor. Dann die Betäubungspistole und eine ihrer 9mm-Pistolen. Sie vergewisserte sich, dass sie entsichert waren. Waren sie. Sie waren immer entsichert.

Schließlich betastete sie das kleine Fach an ihrem Armband: ihre Geheimwaffe. Sie hoffte, dass sie sie nicht brauchen würde; sie hing nicht gern von anderen ab, wenn es um ihr Leben ging. Sie beschloss, sie nur einzusetzen, wenn sie in Lebensgefahr schwebte. Wenn das Ding dann nicht funktionierte, würde sie nur sich allein etwas vorzuwerfen haben. Aus irgendeinem Grund fühlte Nava sich bei diesem Gedanken besser.

Sie drückte den kleinen Fahrstuhlknopf an der Wand und wartete ab, was als Nächstes passieren würde.

Einen Moment lang begriff Caine, was an Drogenmissbrauch so reizvoll war.

Dann war er dermaßen high, dass ihm selbst diese Überlegung unwichtig vorkam. Die kühle, durch seine Adern fließende Salzlösung war durch etwas anderes ersetzt worden. Etwas Aufregendes. Er hätte nie gedacht, dass man das Rauschen seines eigenen Blutes spüren konnte, aber ihm war ja bisher auch noch nie intravenös ein Narkotikum verabreicht worden.

Die eiskalte Flüssigkeit raste seinen Arm hinauf, bahnte sich einen Weg zu seinem Gehirn. Caines Körper trieb in einem Meer der Beliebigkeit: sein Arm, seine Schulter, sein Hals … *wow*. Nichts war mehr wichtig. Alles war gut. Sein Knie pochte nicht mehr, die Rückenschmerzen waren wie weggeblasen, sein steifer Nacken war nicht mal mehr eine blasse Erinnerung. Sein Kopf fühlte sich irgendwie … teigig an … aber gut. Verdammt gut.

Caines Lippen verzogen sich zu einem Lächeln. Er begann zu kichern, wodurch seine Augenlider an den Zangen zogen, aber das war nicht weiter schlimm. Bis eben hätte das ein Brennen ausgelöst, jetzt war es nur noch ein angenehmes Kitzeln. Alles kitzelte, alles prickelte. Eine Woge der Euphorie überkam ihn, und er seufzte. Nichts war wirklich wichtig, das war ihm jetzt klar. Er wusste gar nicht, warum er sich immer so viele Sorgen gemacht hatte.

Auf einmal war er sehr müde. Er wollte die Augen schließen und schlafen, aber er konnte nicht, weil … na ja, eben weil … er wusste es nicht mehr. War ja auch egal, dann schlief er eben mit offenen Augen. Wäre doch mal cool, mit offenen Augen zu schlafen.

Richtig … cool …

Kapitel /32/

Nava packte ihre Waffe fester, als der Fahrstuhl in das fünfte Stockwerk hinaufgeschossen kam. Sie stand etwas abseits, damit sie nicht gleich zu sehen sein würde. Der Fahrstuhl kam mit einem leisen metallischen Klicken zum Stehen, die Türen öffneten sich langsam und gaben den Blick frei auf …

Nichts.

Bevor sie den Fahrstuhl betrat, warf Nava zunächst einen Blick an die Decke, um sicherzugehen, dass dort keine Überraschungen lauerten; aber sie sah nur drei Leuchtstofflampen und eine winzige Überwachungskamera. Sie senkte den Kopf und drückte die Schultern durch, als sie den Fahrstuhl betrat. Mit ihrer Basecap und dem unauffälligen grauen Overall ging sie hoffentlich als Mann durch, falls gerade jemand auf den Bildschirm guckte.

Sie drückte den untersten Knopf. Die Türen schlossen sich, und die Kabine raste ins Untergeschoss hinab. Navas Magen sackte nach unten, als der Fahrstuhl abbremste. Sie griff nach der in ihrer übergroßen Hosentasche versteckten Pistole, deren kaltes Metall durch den Stoff zu fühlen war.

Die Türen öffneten sich, und Nava orientierte sich binnen eines Herzschlags. Der Raum war klein, keine zwölf Quadratmeter. Weißer Boden, weiße Wände. Eine schwere Sicherheitstür mit Handabdruck-Scanner. Ein großer, silbriger, L-förmiger Tresen und eine Reihe kleiner Schwarzweiß-Bildschirme.

Hinter dem Tresen saßen zwei Wachen. Im Gegensatz zu dem Wachmann oben am Empfang waren sie ernst zu nehmen: jung und muskulös, mit kurz geschorenen Haaren – Söldner; der eine war ein Latino, der andere ein Weißer. Nava setzte eine gelangweilte Miene auf, ging selbstbewusst auf die beiden zu und legte das Päckchen auf den Tresen. Die Pistole in ihrer Tasche hatte sie fest im Griff.

«Ich hab hier ein Päckchen für Dr. Forsythe», eröffnete sie das Gespräch. Der Weiße sah unentschlossen zu seinem Kollegen. Also hatte der Latino das Sagen. Gut zu wissen. Sie zog die Waffe und schoss ihm in den Hals.

Er kam nicht einmal mehr dazu, überrascht zu gucken. Er fiel in seinen Sessel. Ein Blutstropfen löste sich von dem in seiner Haut steckenden Betäubungspfeil. Bevor der Weiße reagieren konnte, schwenkte Nava die Pistole in seine Richtung und presste sie ihm fest auf das rechte Auge. Er verzog schmerzvoll das Gesicht.

«Hände hinter den Kopf», sagte sie.

Er tat, was ihm gesagt wurde.

«Wie heißen Sie?»

«Jeffreys.»

Sie wies mit einer Kopfbewegung auf den Handabdruck-Scanner. «Ist das der einzige von der Sorte?»

«Ja», sagte er und schluckte schwer.

«Was sind die anderen Sicherungsmaßnahmen?»

Er zögerte für den Bruchteil einer Sekunde, und sie drückte ihm den kalten Lauf fester an den Schädel.

«Es gibt an allen möglichen Stellen Daumenabdruck-Scanner.»

«Haben Sie den stillen Alarm ausgelöst?»

«Nein.»

«Wie oft erfolgt die Meldung bei den anderen Wachen?»

«Alle fünfzehn Minuten.»

«Wann war die letzte Meldung?»

«Unsere letzte war um 22.45 Uhr. Die nächste ist um 23 Uhr.» Ihre Uhr zeigte 22:47. Sie hatte dreizehn Minuten. Zwanzig wären ihr lieber gewesen, aber was sollte man machen.

«Wie viele Wachen sind in diesem Komplex?»

«Ähm …» Er sah mit dem linken Auge zur Decke, als ob er im Stillen zählte. «Sechs», antwortete er schließlich. «Nein, nein, Moment … sieben. Es müssten sieben sein.»

«Sie und Ihren Partner eingeschlossen?»

«Ja.»

«Wird sein Daumenabdruck sämtliche Türen im Gebäude öffnen?», fragte Nava und zeigte zu dem Bewusstlosen im Sessel. Jeffreys schluckte schwer, als er begriff, was sie da fragte, aber dann nickte er leicht.

«Ja.»

Ohne ein weiteres Wort zog sie ihre Betäubungspistole zurück und schoss ihm in den Arm. Sie langte über den Tresen und zog die rechte Hand des Latinos heran. Mit dem Messer aus ihrem Knöchelholster durchtrennte sie die äußeren Sehnen seines Daumens und führte die Klinge vorsichtig in das Gelenk ein; sie ploppte das obere Glied nahezu unversehrt ab, zusammen mit einem Schwall Blut.

Nava wischte sich die Hände an der Uniform des Mannes ab. Dann schnitt sie einen Streifen seines Ärmels ab, wickelte den amputierten Daumen darin ein und verband die Wunde mit einem weiteren Streifen. Sie konnte es nicht fassen, dass ihre Quelle vergessen hatte, die Daumenabdruck-Scanner zu erwähnen. Patzer wie diese waren der Grund, warum sie die Aufklärung lieber selbst übernahm. Sie fragte sich, was er wohl noch alles falsch mitbekommen hatte. Sie würde es nur zu bald herausfinden.

Sie trat um den Tresen und suchte die Bildschirme ab, bis sie fand, was sie gesucht hatte. David. Seine Augen starrten an die Decke, aber er schien bewusstlos zu sein; seine Brust hob und senkte sich gleichmäßig. In der rechten unteren Ecke des Monitors stand «C10». Nava wollte gerade gehen, da fiel ihr ein weiterer Bildschirm auf.

Jasper. Er war wie David auf einem großen, metallenen Behandlungsstuhl festgeschnallt und hatte die Augen geöffnet. Im Gegensatz zu David schien er aber bei Bewusstsein zu sein. Seine Stirn war in tiefe Falten gelegt, und ihm zitterten die Hände. Er tat ihr sehr Leid. Die Beschriftung des Monitors besagte, dass er sich in D8 befand. Aufgang D, also weit weg von David. Merkwürdig, dass sie die beiden Gefangenen so weit voneinander entfernt untergebracht hatten. Damit blieb ihr nicht genug Zeit, sie beide zu retten.

Sie sah auf ihre Uhr. 22:48 – noch zwölf Minuten. Sie musste sich beeilen.

Nava sah den langen Korridor hinab. Wie im Foyer war alles weiß, das harte Neonlicht an der Decke blendete einen förmlich. Der Gang erstreckte sich zwanzig Meter weit nach vorn, bevor er sich teilte. Als Nava sich der Abzweigung näherte, vernahm sie zwei tiefe Männerstimmen. Sie blieb stehen und erwog ihre Alternativen. Sie wollte nicht gleich drauflosschießen – wenn sie nicht traf, riskierte sie unter Umständen, dass einer von ihnen den Alarm auslöste.

Wenn sie beide rasch kampfunfähig machte, konnte sie sich in einem der Lagerräume verstecken, die von dem Flur abgingen. Aber wenn es einem der Männer gelang, einen Schuss abzufeuern, würde dies dem geheimen Charakter ihrer Rettungsaktion ein jähes Ende setzen. Sie musste sich rasch entscheiden.

Sie beschloss, ohne Pistolen auszukommen. Sie verstaute sie und machte sich für den Nahkampf bereit. Sie war eine ausgezeichnete waffenlose Kämpferin, aber wenn die Sache haarig wurde, konnte sie immer noch ihren Dolch einsetzen.

Als erstes musste sie die beiden trennen. Am einfachsten war es, den einen kampfunfähig zu machen, bevor der andere merkte, was los war, und sich dann um den zweiten zu kümmern. Sie wich einige Schritte zurück und drückte sich gegen eine der zurückgesetzten Türen des Flures. Dann nieste sie. Oder machte zumindest ein Geräusch, das wie ein Niesen klang. Einer der ältesten Tricks überhaupt, aber ihrer Erfahrung nach wurden überhaupt nur die besten Tricks alt.

Die Männer stellten ihre Unterhaltung sofort ein. Nava konnte beinahe spüren, wie sie lauschten, wie sie die Ohren spitzten, um auch das leiseste Geräusch zu vernehmen. Sie hielt den Atem an.

«Hast du das gehört?»

«Klang wie ein Niesen.»

«Ja. Bleib hier, ich seh mal nach.»

Schwere Schritte stampften den Flur hinab. Nava wartete, bis er fast vor ihr war; erst dann zeigte sie sich. Sie sahen sich eine Sekunde lang in die Augen, dann griff sie an. Er war vielleicht einsfünfundachtzig groß und wog gute hundert Kilo, hatte rotblonde Haare, eine wuchtige Stirn und einen noch wuchtigeren Schlagstock, den er sofort nach Navas Kopf schwang. Sie trat auf ihn zu und fing seinen Unterarm mit den behandschuhten Händen ab. Dann verdrehte sie sein Handgelenk und setzte all ihre Kraft ein, um ihn über ihre Schulter zu schleudern.

Aber er war zu schnell – er riss seinen anderen Arm hoch und schlug sie hart mit dem Handballen vor die Brust, presste ihr die Luft aus der Lunge und brach ihren Griff. Ihr blieb nur ein kurzer Moment, bis der andere Wachmann begriff, dass etwas nicht stimmte. Für Eleganz war keine Zeit.

Sie packte seine Schultern und rammte ihm mit aller Kraft ein Knie in den Schritt. Als sie den vernichtenden Aufwärtshaken anbrachte, der ihn k. o. schlug, war die Farbe bereits aus seinem Gesicht gewichen. Er fiel wie ein Kartenhaus in sich zusammen, sein Schlagstock polterte zu Boden.

«McCoy, alles in Ordnung?», rief sein Kollege eine Sekunde später. Wenn er klug war, löste er den Alarm aus, bevor er nachgucken kam. Aber da die meisten Soldaten nicht gerade für überragende Intelligenz bekannt waren, ging Nava davon aus, dass ihr noch Gelegenheit zum Handeln blieb. Sie griff sich McCoys Schlagstock und raste um die Ecke.

Dieser Wachmann war viel kleiner, hatte jedoch den Körperbau eines Gewichthebers. Sie schleuderte den Schlagstock ohne viel Schwung in Richtung seiner Knie. Instinktiv bückte er sich und fing ihn auf, vergaß dabei jede Deckung. Dieser Fehler sollte ihm kein zweites Mal unterlaufen.

Nava wirbelte herum und knallte ihm den Absatz ihres

Stiefels mit einem brutalen Tritt seitlich gegen den Kopf. Er ging nicht zu Boden, war aber einige Sekunden lang desorientiert, und mehr brauchte Nava nicht. Sie ließ ihren Ellbogen auf seinen Nacken hinunterkrachen und brach ihm dann mit einem harten Knietritt zum Kinn den Unterkiefer.

Er fiel um und blieb liegen.

Eine Minute später, nachdem sie die beiden Wachen betäubt und in einen der Lagerräume gezerrt hatte, warf Nava ihre Basecap weg und schlüpfte in einen zu großen weißen Laborkittel. Sie ging weiter den Flur hinunter, Richtung C10.

Nachdem sie die nächste Sicherheitstür passiert hatte, betrat sie einen weiteren strahlend weißen Flur, der kein Ende zu nehmen schien. Der Gang war eng, kaum breit genug, dass zwei Personen nebeneinander gehen konnten. Alle drei Meter ging rechts eine Tür ab. In ungefähr dreißig Metern Entfernung standen zwei Männer links und rechts neben einer Tür aufgebaut. Das musste C10 sein.

Während sie weiterging, erwog Nava ihre eingeschränkten Optionen. Ein Ablenkungsmanöver würde definitiv nicht funktionieren, weil sie sich nirgends verstecken konnte. Es bestand die Chance, dass sie dicht genug herankam, um beiden einen Betäubungsschuss zu versetzen, aber Nava bezweifelte das. Eine weitere Option war der Nahkampf, zumal der schmale Gang ihr einen leichten Vorteil geben sollte, weil sie sich in dem engen Raum besser würde bewegen können als die beiden groß gewachsenen Männer. Andererseits würde sie, wenn sie zu Boden ging, nirgendwohin ausweichen können. Die Männer würden sich sofort auf sie stürzen.

Nein, ein Nahkampf war zu riskant. Sicher, die anderen beiden Wachen hatte sie ohne große Probleme erledigt, aber ihr Glück würde nicht ewig halten. Ihr größter Vorteil war das Überraschungsmoment, das musste sie ausnutzen. Sie ließ ihr Klemmbrett fallen, sodass sich die Zettel überall auf dem Boden vor Zimmer C6 verteilten. Ein Wachmann sah herüber, hielt sie jedoch für einen von Forsythes Schützlingen. Während sie ihre Papiere aufsammelte, wandte sie den Wachen den Rücken zu und beförderte unauffällig ihre schallgedämpfte 9mm vom Schulterholster in eine der Kitteltaschen.

Sie hätte lieber die Betäubungspistole eingesetzt, aber für Fehler war kein Raum. Eine Kugel würde die Zielperson auch dann noch bremsen, wenn der Schuss nicht präzise war. Dummerweise standen die Wachen so nah beieinander, dass sie nur auf einen Mann freie Schussbahn hatte. Sie musste dichter heran.

Sie näherte sich den beiden Männern, hielt dabei den Kopf gesenkt und täuschte Verlegenheit über ihre Ungeschicktheit vor. Dabei achtete sie darauf, dass ihr die langen Haare ins Gesicht hingen. C8. Noch sechs Meter bis zum Kontakt. Lässig ließ sie ihre Hand in die Tasche gleiten.

C9. Drei Meter.

Sie berührte den kalten Stahl, ließ rasch die Finger über die Mündung gleiten, bevor sie den Griff packte. Als sie bei der Tür ankam, blieb sie stehen und sah die Wachen schüchtern an. Der größere der beiden war braun gebrannt und schlank, mit geschmeidigen, sehnigen Muskeln. Er wusste eindeutig seine Fäuste zu gebrauchen. Der andere war gebaut wie ein kleiner Kipplaster. Nava konnte das helle Summen einer Stimme hören, die aus seinem Headset kam.

«Dalton hier», sagte er. Nava spannte sich an. Wenn die anderen Wachen gefunden worden waren, musste sie sofort angreifen. Andererseits durfte sie nicht riskieren, dass die Person am anderen Ende mitbekam, dass hier etwas nicht in Ordnung war. Sie beschloss zu warten; wenn der Typ namens Dalton gerade eine Warnung durchgesagt bekam, würde sie es in seinen Augen sehen können, bevor er eine Chance hatte zu reagieren.

«Ja, verstanden», sagte Dalton. Er beendete das Gespräch. Aus seinem Blick sprach Bösartigkeit, aber das war eben auch schon so gewesen.

«Kann ich Ihnen helfen, Miss?», fragte der Schlanke mit tiefer, herausfordernder Stimme.

«Ich … ich soll den Patienten untersuchen», stammelte Nava mit ihrer besten Kleinmädchenstimme.

Er sah sie an, als wäre sie der dümmste Mensch, der ihm jemals begegnet war. «Hier ist für Unbefugte Zutritt verboten. Sie –»

Er brach ab, als die Kugel ihm ein Loch in die Brust schlug.

Nava fuhr mit der Waffe zu Dalton herum, aber er packte ihr Handgelenk, und der Schuss krachte in die Decke, ließ Splitter von Kunststoff und Glas herunterrieseln, und auf einmal war es dunkler. Dalton verdrehte ihr die Hand, und die Waffe fiel polternd zu Boden; dann packte er Nava bei der Kehle und stürmte vor, warf sie gegen die Wand.

Ihr Kopf prallte mit einem Knacken von der Mauer ab. Sie bekam keine Luft mehr, als seine Hand ihre Kehle wie ein Schraubstock quetschte. Ihre rechte Hand war hilflos eingeklemmt, und der Mann presste sich zu dicht an sie, um einen wirkungsvollen Tritt abschießen zu können. Sie schlug ihm mit der freien Hand in die Nieren, aber er verzog nicht einmal das Gesicht. Sie konnte seinen heißen Atem auf der Haut spüren, und immer noch verstärkte sich sein Griff um ihren Hals.

Während er ihr ins Gesicht starrte, leuchteten seine Augen plötzlich auf. «Dachte, dich hätte ich längst kalt gemacht, Vaner.»

Schwarze Punkte erschienen vor ihren Augen. Sie hatte noch zehn Sekunden bis zur Bewusstlosigkeit. Ihr Mund öffnete und schloss sich, als sie versuchte, Luft einzusaugen, aber es nutzte nichts. Dalton war einfach zu stark. Mit letzter Kraft hob sie das linke Knie in Brusthöhe, sodass ihr Fuß neben ihrer ausgestreckten Hand hing.

Sie tastete mit den Fingern den Stiefel entlang, bis sie den Griff ihres Dolches fand. Mit schweißnasser Hand zog sie ihn heraus. Der Ruck ließ ihre Hand so hart gegen die Wand prallen, dass sie das Messer beinahe fallen ließ, aber sie schaffte es.

Sie brachte den Arm hoch und stach Dalton in den Rücken. Als die Klinge sich in sein Fleisch bohrte, verstärkte er den Druck auf Navas Hals noch, aber sie stieß den Dolch tiefer hinein, spürte, wie er ihm in die Schulter sank. Als sie ihm die Sehne durchtrennte, ließ Dalton sie mit einem Aufschrei los. Sie sank auf Hände und Knie, holte keuchend Luft. Fast wurde sie ohnmächtig, hinderte sich aber daran, indem sie ihre blutigen Knöchel fest gegen den Boden presste und sich auf den Schmerz konzentrierte.

Sie gestattete sich einen weiteren Atemzug, bevor sie ihre Arbeit zu Ende brachte. Sie musste dafür sorgen, dass Dalton aufhörte zu schreien. Er stand über ihr, versuchte verzweifelt, den Dolch zu greifen und herauszuziehen; die eine Hand hing schlaff an seiner Seite, die andere fuhrwerkte an seinem Rücken herum.

Nava packte seinen rechten Fuß und zog daran. Dalton fiel rückwärts um, landete hart auf der Seite; mit einem Knirschlaut brach sein Schlüsselbein. In seinen Augen loderten Schmerz und Zorn. Nava holte ein zweites Mal Luft und sprang auf den gestürzten Wachmann, setzte sich rittlings auf seine Taille. Sie packte den Dolch, drehte ihn um neunzig Grad herum und riss ihn aus der Schulter. Blut schoss aus der Wunde wie Wasser durch einen geborstenen Damm.

Mit beiden Händen hob sie den Dolch über den Kopf und stieß ihn auf Daltons Brust hinab. Die Klinge brach ihm zwei Rippen, bevor sie sich tief in sein Herz bohrte. Sein Kopf ruckte nach vorn, und er stieß ein letztes Keuchen aus, die Augen weit aufgerissen. Dann fiel sein Kopf zurück. Sein ganzer Körper erschlaffte unter Nava, alles Leben war aus seiner ungeschlachten Gestalt gewichen.

Immer noch nach Luft schnappend, rieb sie sich die Kehle und begutachtete die Szene. Das war nicht annähernd so glatt gegangen wie ihre ersten beiden Feindberührungen. Der Schlanke lag auf dem Rücken, die Beine von sich gestreckt. Eine Blutlache war aus seiner Brust gesickert. Er musste nach dem Treffer noch einige Sekunden gelebt haben, denn beide Hände waren blutverschmiert. Dünne rote Linien zogen sich über den Fußboden, endeten an seinen Fingerspitzen.

Dalton hatte noch mehr Dreck gemacht. Er lag in einer dunkelroten Pfütze, und noch immer sickerte es aus seiner Schulterwunde. Wo der Boden nicht mit Blut bedeckt war, war er mit Glasscherben und schwarzen Kunststoffsplittern von der Decke übersät. Wenn jemand diesen Flur betrat, wusste er sofort Bescheid.

Ihre Uhr zeigte 22:55. Ihr blieben noch fünf Minuten, bevor hier die Hölle losbrach. Wenigstens war es nicht mehr so hell, seit der abgelenkte Schuss aus Navas Waffe eine der Leuchtstofflampen zertrümmert hatte. Nava besah sich den langen, gut ausgeleuchteten Flur und dann wieder ihr kleines Stück Dunkelheit vor Caines Zimmer.

Sie hatte eine Idee.

Crowe fluchte leise. In derselben Sekunde, in der er draußen den Schuss hörte, überkam ihn das sichere Gefühl, dass Vaner dahinter steckte. Als er auf den Monitor sah, war Esposito bereits tot, lag verblutend auf dem Boden. Das letzte Bild, das die Überwachungskamera zeigte, bevor nur noch Schnee zu sehen war, war Dalton, der Vaner bei der Hand packte. Ihr Schuss musste die Kamera an der Decke erwischt haben.

Crowe zog seine 45er Sig-Sauer aus dem Schulterholster und hetzte zur Tür, Daltons Schreie in den Ohren. Er wollte gerade den Knauf drehen, da gab es einen lauten Schlag – und das Gebrüll hörte auf. Sie musste ihn mit bloßen Händen getötet haben. Crowe ließ den Knauf wieder los. Wenn Vaner noch lebte, wartete sie wahrscheinlich ab, ob aus dem Raum noch eine weitere Wache kam. Wenn dem so war, würde sie ihn umlegen, bevor er auch nur den Auslöser drücken konnte.

Jeffreys, Esposito, Gonzalez, McCoy und Rainer – er fragte sich, ob von ihnen überhaupt noch jemand lebte. Sie waren keine guten Menschen, aber den Tod verdiente niemand. Er hätte gedacht, dass sechs ehemalige Angehörige von Sondereinsatzkommandos ausreichen sollten. Er hatte die abtrünnige CIA-Agentin eindeutig unterschätzt – sie war nicht nur von den Toten auferstanden; nein, sie war auch noch in bester Kampfstimmung. Der einzige Teil seines Sicherheitsplans, der funktioniert hatte, war der falsche Text auf dem Monitor am Wachschutztresen. Die ganze Zeit über hatte sich Vaner, statt zu David Caine zu laufen, weiter von ihm entfernt und war schließlich vor Crowes Büro angekommen.

Auf einmal leuchtete die rechteckige Lampe an der Wand grün auf. Das elektronische Schloss war abgeschaltet worden. Crowe ging rückwärts, zielte mit der Pistole auf die Tür.

Er legte Druck auf den Abzug – gerade so viel, dass er bei Vaners Eintreten sofort feuern konnte. Die Tür schwang auf, eine übel zugerichtete Nava Vaner stand darin. Crowe schoss, bevor sie noch reagieren konnte. Eine halbe Sekunde später war der Boden mit Blut, Hirnmasse und einigen Schädelsplittern bedeckt.

In demselben Moment, als Nava die Tür öffnete, wurde ihr klar, dass alles nur ein Trick gewesen war. Ihr Gehirn verarbeitete diese Information gerade, da sah sie den dunkelhaarigen Mann vom Bahnhof. Die Mündung seiner 45er zeigte auf sie. Sie fragte sich, ob es wehtun würde zu sterben. Sie war früher schon angeschossen worden, zweimal ins Bein und einmal in die Schulter, aber keine dieser Verletzungen war schwer gewesen. Blutig, ja, und schmerzhaft, aber nicht lebensbedrohend. Das würde diesmal anders sein.

Auf diese Entfernung konnte er gar nicht daneben treffen.

Sie spürte den Schlag, bevor sie die Explosion hörte. Die Kugel traf Dalton direkt unter dem Auge. Nava hatte den Toten mit ins Zimmer bringen wollen, um den dunklen Flur noch freizuräumen; sie trug ihn über der Schulter, sein Kopf baumelte vor ihrer Brust.

Daltons Schädel platzte wie eine Wassermelone, durchnässte ihr Hemd mit warmem, klebrigem Blut. Hätte sie den Toten nicht getragen, die Kugel hätte ihr glatt das

Herz zerfetzt. Stattdessen kratzte sie Nava nach dem Austritt aus dem Schädel des Söldners nur ein bisschen an. Nava fragte sich allmählich, ob Caines Intuition auf sie abgefärbt hatte.

Aber darauf konnte sie nicht zählen. Sie ließ die kopflose Leiche fallen und warf sich zurück in den blutbesudelten Korridor. Sie landete auf der Seite, rutschte ein Stück den nassen Boden entlang und griff hektisch nach ihrer 9mm – aber die war nicht da. Nava hatte vergessen, sie wieder in die Kitteltasche zu stecken. Sie sah sie im Türbereich liegen, nur Zentimeter von ihrem Fuß entfernt. Ebenso gut hätte sie einen Kilometer weit weg liegen können.

Der Dunkelhaarige würde in einer Sekunde über ihr sein. Es gab keine Möglichkeit, rechtzeitig zu der Pistole zu kommen. Nava drückte den Schalter an ihrem Armband – der Notfall war eingetreten. Nava hatte ihr Leben noch nie jemandem anvertraut. Sie erwartete nur eines: enttäuscht zu werden.

Immer noch auf dem Rücken liegend, zog sie ein kleines Wurfmesser aus dem Gürtel und holte aus, hoffte auf ein Wunder.

Grimes ging gerade sorgfältig die Würmer aus Fruchtgummi durch – ihm schmeckten die weißen mit den grünen Streifen am besten –, als eine große blinkende Kugel auf seinem Bildschirm erschien. Das Bild wurde von dem Alarmstufe-Rot-Sound aus *Raumschiff Enterprise* begleitet, der in seinem Kopfhörer losplärrte. Grimes setzte sich auf, stopfte sich einen Wurm in den Mund. Cool. Neues Spiel.

Er doppelklickte auf die rote Kugel und lehnte sich zurück, um das Feuerwerk zu genießen – wenn schon nicht optisch, dann wenigstens akustisch. Er fragte sich flüchtig, ob er gerade ein Verbrechen begangen hatte, aber dann verwarf er den Gedanken wieder, weil er ja gar nicht mehr für die Regierung der Vereinigten Staaten tätig war. Stattdessen konzentrierte er sich auf das viele Geld, das gerade auf sein Nummernkonto im Ausland überwiesen worden war. Noch schöner war das Ganze, weil Dr. Jimmy echt ausflippen würde.

Das war fast noch besser als das Geld. Fast.

Crowe wich dem Toten aus. Ein Blick auf die Leiche und ihm war klar, was sich gerade abgespielt hatte. Er hatte Daltons Kopf getroffen, nicht Vaner. Aber jetzt war es vorbei mit ihrem Glück – ihre Pistole lag nutzlos in der Tür. Er konnte sehen, dass Espositos Waffe immer noch draußen im Gang in ihrem Holster steckte.

Crowe schritt über Dalton hinweg und ging langsam zur Tür, um Vaner zu töten. Als er sich dem Flur näherte, sah er ein Stück von ihrem Fuß. Da sie wissen musste, dass er kam, sah er keinen Grund, sich die Kugeln für den Todesschuss aufzuheben. Das hier war kein James-Bond-Film, in dem man dem Gegner zuerst in die Augen sehen wollte. Das hier war die Wirklichkeit, und Crowe ging kein Risiko ein.

Ohne stehen zu bleiben, drückte er ab.

Der Schmerz war Feuer und Stromschlag zugleich. Sämtliche Nervenenden kreischten auf, als die Kugel Navas Schuhsohle zerfetzte. Nava riss das Bein zurück und biss sich kräftig auf die Zunge, zwang sich dazu, nicht aufzuschreien. Wenn das hier ihr letzter Moment war, dann sollte er nicht mit Geschrei erfüllt sein, erst recht nicht mit ihrem eigenen. Es war schlimm genug, dass sie flach auf dem Rücken lag. Sie hatte sich immer vorgestellt, im Stehen zu sterben.

Der Schatten des Mannes fiel über den Fußboden, als er in die Tür trat. Gleich würde sie sterben. Nava hielt die Messerhand ganz ruhig, biss gegen den Schmerz die Zähne zusammen und wartete darauf, dass der Mann den Flur betrat. Er würde sie töten, aber sie würde ihm etwas mitgeben, an das er sich noch lange erinnern würde.

Dann geschah es.

Die Neonröhren gingen flackernd aus, und auf einmal war es stockdunkel.

Nava war beinahe überrascht, dabei hatte sie die Stromsperre doch mit dem Schalter an ihrem Armband selbst ausgelöst. Sie reagierte blitzschnell. Den grässlichen Schmerz in ihrem Fuß ignorierend, setzte sie sich auf und beugte sich vor. Wenn ihr Fuß in Sichtlinie des Dunkelhaarigen gewesen war, dann stimmte auch das Umgekehrte.

Sie riss die Hand nach vorn und ließ das Messer fliegen. Es traf mit einem widerwärtigen dumpfen Schlag, auf den sofort ein tiefes Ächzen folgte und das harte Klirren von Metall auf Fliesen. Er hatte seine Pistole fallen gelassen – Nava hatte noch eine Chance. Sie beugte sich vor, tastete mit der Hand durch das klebrige Blut, das den Boden bedeckte, und suchte hektisch nach der 9mm, die irgendwo im Dunkeln lag.

Dann hatte Nava sie. Ihre Hände schlossen sich um den Metallgriff.

Sie wollte die Waffe gerade heben, als ihr ein schwerer Stiefel aufs Handgelenk trat. Sie schrie vor Schmerz auf, als der Mann das Gewicht auf den Absatz verlagerte und die Knochen in ihrem Handgelenk splitternd brachen. Nava versuchte zu schießen, aber der grelle Schmerz lähmte sie, während der Mann sich bückte, um ihr die Pistole aus der Hand zu nehmen.

Sie packte die Waffe verzweifelt mit der freien Hand

und fand den Abzug. Sie wusste in der Dunkelheit nicht, wohin die Mündung zeigte. Es spielte auch keine Rolle; wenn sie nicht schoss, war sie binnen Sekunden tot. Sie drückte ab. Sie hoffte, dass die Kugel ihr Ziel fand, denn zum Kämpfen hatte Nava keine Kraft mehr.

Die Kugel fuhr Crowe durch das Fleisch zwischen Daumen und Zeigefinger. Es tat höllisch weh, aber das war ihm egal; indem er die Waffe an der Mündung gehalten hatte, hatte er Schlimmeres verhindert – der Schuss ging weit daneben und traf nichts Wichtiges. Zumindest glaubte Crowe das, als er Vaners Pistole von sich wegbog.

Aber er hatte nicht mit dem stählernen Türrahmen gerechnet. Ohne Vaners Messer in Crowes Brust wäre der Querschläger kein Problem gewesen. Nun aber war er eins. Die Kugel prallte vom Türrahmen ab, pfiff haarscharf an Crowe vorbei und erwischte den Griff von Vaners Messer. Die Wucht des Projektils ließ die Klinge in Crowes Brust sich drehen, sodass sie ihm die linke Herzkammer zerfetzte.

Blut floss aus dem aufgerissenem Herzmuskel und füllte Crowes Brustraum. Obwohl sein Herz noch schlug, schaffte der Muskel es nicht mehr, seinen Körper mit Blut zu versorgen. Er ging zu Boden wie ein Stein, krachte voll auf Vaner. Ihre Gesichter waren nur Zentimeter voneinander entfernt.

«Wo ist Caine?», keuchte sie.

Er wusste, ihm blieben nur noch wenige Momente zu leben. Er konnte nicht glauben, dass er Betsy niemals wieder sehen würde … und dann fiel es ihm wieder ein – die Nachricht. Er schloss die Augen, versuchte, sich an die Worte zu erinnern, bevor es zu spät war. Er glaubte schon zu versagen, da sah er sie unvermittelt wieder vor sich.

Persönliche Nachricht für Martin Crowe:
Wenn Nava fragt, wo ich bin, sagen Sie es ihr.
Nur so kann ich Betsy retten.
– David Caine

Auf einmal begriff er die Bedeutung der Nachricht und riss sich ein letztes Mal zusammen.

«D10», keuchte er. «Sagen Sie ihm … sagen Sie ihm, dass ich meinen Teil erfüllt habe.»

Während die Synapsen seines Gehirns allmählich aussetzten, blitzte das strahlend bunte Bild eines Sommernachmittags vor ihm auf, den er damit verbracht hatte, mit seiner kleinen Tochter Regenbogen zu jagen. Wenn das der Tod war, war er gar nicht so schlimm. Und mit diesem Gedanken erlosch das Feuer seiner Synapsen, und Martin Crowe tat seinen letzten Atemzug.

Kapitel /33/

Die Dunkelheit fühlte sich gut an, sehr viel besser als das Licht. Die Wirkung der Medikamente ließ nach. Nun war Caine in der Lage zu fliehen. Zwar konnte er seinen Körper nicht befreien, dafür aber seinen Geist. Und genau das tat er auch, ließ sich in das *Immer* sinken, wo die Zeit nur ein theoretisches Konzept war. Als er alles betrachtete, das *Jetzt*, die Vergangenheit und die Zukünfte, merkte er, dass diesmal etwas anders war.

Diesmal war er nicht allein.

…

Da ist eine Frau. Sie ist jung und alt zugleich. Er weiß, dass Sie schön ist, obwohl er Sie nicht sehen kann. Ihre Schönheit strahlt von innen heraus. Wie sein Wissen ist auch das Ihre unendlich, aber im Gegensatz zu ihm hat Sie Ihres verinnerlicht, es durchfließt Ihren Geist.

Auf einmal wird Caine von Wissen überschwemmt.

…

Sie – *Verstehst du?*

Caine – *Ja. Die Zukunft ist ungeformt, bis sie beobachtet wird. Wenn man eine Münze wirft, existieren zwei mögliche Zukünfte:*

eine, in der die Münze Kopf zeigt, und eine, in der sie Zahl zeigt. Keine von beiden erlangt jedoch das Sein, solange man sie nicht beobachtet.

Sie – *Ja. Darum existieren Teilchen an allen möglichen Orten zugleich, weil sie alle möglichen Zukünfte gleichzeitig verkörpern.*

Caine – *Aber das steht im Konflikt zur Theorie vom Laplace'schen Dämon. Laplace glaubte, wenn man alles wüsste, was es im Jetzt zu wissen gibt, dann würde man sämtliche vergangene Ereignisse kennen und sämtliche zukünftige. Wenn Laplaces Theorie zutrifft, dann ist die Zukunft determiniert, dann gibt es nur eine einzige – aber es gibt nicht nur eine Zukunft, sie ist unendlich in ihrer Vielzahl.*

Sie – *Das stimmt. Laplaces Theorie ist unvollständig. Sie trifft zu, was die Vergangenheit des Jetzt betrifft, aber den Zukunftsaspekt vermag sie nicht zu fassen.*

Caine – *Ah. Der Laplace'sche Dämon weiß alles Vergangene, weil es immer nur eine Vergangenheit gibt und weil alle Verzweigungen vorwärts weisen. Aber die genaue Zukunft kennt der Laplace'sche Dämon nicht, weil es mehr als eine gibt. Der Laplace'sche Dämon weiß alles in allen möglichen Zukünften.*

Sie – *Ja. Weil du das Jetzt in seiner Mannigfaltigkeit vollständig siehst, siehst du alle möglichen Zukünfte; folglich sind deine Wahrnehmungen unendlich. Weil die Wirklichkeit ein Abbild deiner Wahrnehmung ist, wählst du deine eigene, jedem vorwärts sich verzweigenden Moment entstammende Wirklichkeit, indem du dir aussuchst, welchen Moment du wahrzunehmen wünschst.*

Caine – *Ich verstehe. Darum kann ich das Immer nicht mit offenen Augen sehen – wenn ich die Welt wahrnehme, verbleibt sie im Jetzt und schließt andere mögliche Zukünfte aus.*

Sie – *Ja.*

Caine – *Aber … warum ich? Warum bin ich der Dämon? Warum nicht jemand anders?*

Sie – *Das ist schlichte Wahrscheinlichkeit, wie die Gauß'sche*

Glockenkurve. Jeder besitzt einige «dämonische» Fähigkeiten. Bei den meisten sind sie nur sehr schwach ausgeprägt, bei einigen hingegen sehr stark. Manche Menschen haben überhaupt keine dämonischen Fähigkeiten. Folglich müssen einige alle haben. Diese wenigen sind die Dämonen.

Caine *– Wenn so viele Menschen einige dämonische Fähigkeiten besitzen, warum kenne ich dann niemand anderen, der das* Immer *bereist?*

Sie *– Das* Immer *ist in ihrem Unterbewusstsein gefangen. Sie sehen es vielleicht, aber sie begreifen es nicht. Manchmal ist es nur ein Widerhall.*

Caine *– Ein Déjà-vu etwa?*

Sie *– Ja. Ein Déjà-vu ist die Erinnerung an eine mögliche Zukunft, die man schon einmal gesehen hat. Normalerweise betreten die Menschen den in die Zukunft führenden Pfad, den sie gesehen haben, nicht. Folgen sie ihm jedoch einmal ganz genau, kommt die Erinnerung wieder hoch – das ist ein Déjà-vu.*

Caine *– Dann ist diese Fähigkeit bei jedem Menschen unterschiedlich ausgeprägt?*

Sie *– Ja, manche sind schwach, andere sind stark. Die Schwachen besitzen wenig oder überhaupt keinen Weitblick. Sie sind nicht in der Lage, die Folgen ihres Handelns vorauszuahnen, weil sie die möglichen Zukünfte nicht wahrnehmen können. Sie stolpern blind und unwissend durchs Leben. Ihre Entscheidungen sind zufällig, und genau so sind die Folgen ihrer Entscheidungen.*

Die Starken nehmen viel wahr, wenngleich das Wahrgenommene in ihrem Unterbewusstsein gefangen bleibt. Sie begründen ihre guten Ideen mit «Scharfblick», «Intuition» oder «so einem Gefühl». In Wahrheit rühren ihre Ideen von den Zukünften her, die sie im Immer *wahrnehmen. Das* Immer *hält für jeden die Möglichkeit einer idyllischen und glücklichen Zukunft bereit.*

Die Starken versuchen, ein idyllisches Leben herbeizuführen, indem sie die Entscheidungen ihres zukünftigen idyllischen Ichs nachahmen und dieselben Ereignisse wahrnehmen. Folglich sind ihre Entscheidungen gut, weil ihr Unterbewusstsein weiß, dass es sich um die «richtigen» Entscheidungen zum Erreichen einer dieser glücklichen Zukünfte handelt.

Caine – *Aber gibt es noch andere wie mich? Andere ... Dämonen?*

Sie – *Ja. Es existieren noch andere Dämonen im* Jetzt. *Sokrates, Alexander der Große, Julius Cäsar, Johanna von Orleans, Molière, Napoleon Bonaparte, Hermann von Helmholtz, Vincent van Gogh, Alfred Nobel. Sie sind alle Dämonen.*

Caine – *Sie sind alle Epileptiker ... wie ich. Dann handelt es sich bei den Anfällen um ... Teile des* Immer, *die die Synapsen überlasten?*

Sie – *Ja. Der Anblick des* Immer *lässt die Dämonen im* Jetzt *leiden.*

Caine – *Und was soll ich im* Jetzt *am besten tun?*

Sie – *Was du möchtest. Du hast die Macht, deine eigene Zukunft zu wählen und damit die Zukunft der Menschen in deiner Umgebung zu beeinflussen.*

Caine – *Aber woher weiß ich, welche Entscheidungen richtig sind? Alles hängt miteinander zusammen. Was für mich richtig ist, könnte anderen schaden.*

Sie – *Entscheidungen sind nicht richtig oder falsch. Entscheidungen sind einfach nur. Du musst das wählen, was dir am besten zu sein scheint.*

Caine – *Aber wie soll ich mich entscheiden?*

Sie – *Das bleibt dir überlassen.*

...

«Grimes, was ist hier los, verdammt nochmal?!?»

«Tut mir Leid, Dr. Jimmy. Es gibt anscheinend ein Problem mit einem der Hauptschalter.»

«Die Details interessieren mich nicht!», brüllte Forsythe in den Hörer. Er war kurz vor einem hysterischen Anfall. «Ich will, dass Sie das Problem *lösen*. Kriegen Sie das hin?»

«Jetzt hören Sie mal zu, Jimmy», fauchte Grimes zurück. «Ich tue mein Bestes. Kirk Ende.» Grimes schaltete aus.

Forsythe ballte die Fäuste. Dieser miese kleine Scheißkerl. Sobald sie aus dem Schlamassel heraus waren, würde er sich einen neuen Technikfreak suchen. Er hatte die Nase gestrichen voll von Grimes' Unfähigkeit.

Er wandte sich wieder dem durchsichtigen Spiegel zu und starrte ins Nichts, lauschte den eigenen flatternden Atemzügen. Die Schwärze schien förmlich greifbar zu sein in dem fensterlosen Zimmer. Sein Herz begann schneller zu schlagen. Er blinzelte unentwegt, als ließe sich die Dunkelheit wegspülen wie ein Schleier vor den Augen, aber es nutzte nichts. Ob er die Augen offen oder geschlossen hatte, machte keinen Unterschied.

Auf einmal setzte sein Herz einen Schlag aus. Himmelherrgott … Testperson Beta. Die Lidklammern halfen gar nicht ohne Licht – und die Medikation wurde vom Computer vorgenommen. Kein Strom, das bedeutete keine Beruhigungsmittel. Keine zehn Minuten, und die Testperson wachte womöglich auf. Forsythes neue Angst übertraf die alte noch. Er griff zum Hörer und tippte Grimes' Durchwahl.

«Sie müssen unbedingt dafür sorgen, dass das Licht wieder funktioniert!», drängte er.

«Raten Sie mal, was ich gerade vorhatte», antwortete Grimes spöttisch.

«Grimes, ich meine es ernst. Sie verstehen nicht – es ist lebenswichtig, dass wir sofort wieder Strom haben.»

«Hören Sie, Dr. Jimmy, ich sagte Ihnen schon, dass ich

so schnell arbeite, wie ich kann. Mit Ihnen zu telefonieren macht mich *l-a-n-g-s-a-m-e-r.*» Er zog das letzte Wort zur Betonung in die Länge. «Wenn Sie also keinen neuen Auftrag haben, dann lassen Sie mich besser weiterarbeiten.»

«Worauf warten Sie dann noch?!» Forsythe knallte den Hörer auf die Gabel. Sein Herz raste. Er musste irgendetwas unternehmen – aber was? Er stieß seine schweißnassen Hände in die Taschen seines Laborkittels und stand auf. Er musste aufpassen, dass er nicht zu hyperventilieren begann. Er machte drei Schritte nach vorn und schlug sich das Knie am Aktenschrank. «Scheiße!», schrie er und hielt sich die lädierte Stelle.

Er tastete in der Finsternis umher, bis er seinen Bürosessel wieder fand, setzte sich und rieb sich das Knie. Er löste in der Kitteltasche die Faust, streckte die Finger. Da fühlte er etwas Langes, Dünnes. Die hatte er ja fast vergessen. Er zog sie heraus, drückte den kleinen Schalter an der Seite und war für einen Moment vom Licht der Stiftlampe geblendet.

Forsythe seufzte vor Erleichterung, sein Herzschlag beruhigte sich langsam wieder. Er richtete das Licht auf den durchsichtigen Spiegel, aber es wurde nur reflektiert und warf riesige Schatten an die hintere Wand. An die Testperson kam er so nicht heran, aber wenn er ins Nebenzimmer ging und ihr direkt in die Augen leuchtete, sollte sie das in Schach halten, bis der Strom wieder lief.

Forsythe ging mit der Lampe zur Tür und griff nach dem Knauf. Sie war verriegelt. Das ergab keinen Sinn, er schloss seine Tür nie von innen ab. Und warum sollte draußen jemand herumlaufen und die elektronischen Schlösser betätigen ... O Gott ... *die elektronischen Schlös-*

ser. Er drehte wieder an dem Knauf, obwohl er wusste, dass es völlig zwecklos war. Er fuhr herum und starrte seinen dunklen Umriss im Spiegel an. Was um Gottes willen geschah wohl gerade auf der anderen Seite des Spiegels?

Er trommelte gegen die Tür und fing zu schreien an.

Nava hatte keine Ahnung, was genau sie davor bewahrt hatte, das Bewusstsein zu verlieren: der heftig brennende Schmerz im Fuß, das fürchterliche Pochen in ihrem Handgelenk oder die heiße Flüssigkeit, die ihr unregelmäßig auf den Hals tropfte. Sie strich sich über die Haare. Ihre Hand war feucht und klebrig. Blut, aber Gott sei Dank nicht ihres.

Sie rollte den Mann von ihrer Schulter herunter und tastete nach seinem Puls. Nichts. Sie seufzte erleichtert. Sie sah auf ihre Uhr – 23:01. Jetzt, wo sie die sieben Soldaten eliminiert hatte, brauchte sie sich wegen des Alarms keine Sorgen mehr zu machen. Aber es gab noch eine zweite Deadline.

Grimes hatte sie gewarnt, dass es nach dem Stromausfall zehn Minuten dauern würde, bis die Gebäudeverwaltung ein Team Wachleute in das unterirdische Labor schickte. Unter normalen Umständen hätte sie sich wegen eines halben Dutzends Mietbullen keine Sorgen gemacht, aber sie wusste, dass sie in ihrem gegenwärtigen Zustand kaum mit ihnen fertig werden konnte.

Ihrer Armbanduhr zufolge hatte sie noch acht Minuten und fünfzehn Sekunden, um Caine zu retten.

Nava hob die Sig-Sauer des dunkelhaarigen Mannes auf, tastete nach dem Griff. Sie kam nur mühsam auf die Füße. Sie konnte die Ferse ihres linken Fußes kaum belasten, und der Fußboden war schlüpfrig von Blut. Nach einer Minute schaffte sie es zu stehen, lehnte sich keuchend an die Wand. Kurz hatte sie das Gefühl, doch noch in Ohnmacht zu fallen. Sie schüttelte das gebrochene Handgelenk, und ein greller Schmerz durchzuckte es.

Sie riss die Augen auf. Den Rucksack zwischen den Zähnen haltend, wühlte sie mit der unversehrten Hand in dem Reißverschlussfach, bis sie ihre Nachtsichtbrille gefunden hatte. Sie ging den Flur so schnell hinab, wie sie konnte.

Sie musste zu David, bevor es zu spät war.

Grimes lachte glucksend, als er sein kabelloses Headset abnahm. Dr. Jimmy flippte ja so was von aus. Erste Sahne, aber hallo. Hätte er bloß daran gedacht, einen Mitschnitt von dem wutschnaubenden Wissenschaftler zu machen. Er hätte Jimmys Flüche als Soundeffekt für seinen Laptop nehmen können. Na ja, vielleicht nächstes Mal. Wenn Dr. Jimmy nicht vorher an einer Embolie starb.

Es war alles ganz einfach gewesen. Er konnte Caines Kombination aus Genialität und Mumm immer noch nicht fassen. Darauf zu kommen, dass die Wanze in seiner Wohnung in der Grünlilie versteckt war, dazu brauchte man Köpfchen, aber als Caine sich dann tatsächlich davor setzte und langsam seinen Plan erklärte … Alle Achtung!

Wenn Grimes es nicht mitbekommen hätte, würde Caine jetzt tief in der Scheiße sitzen. Oder noch schlimmer, wenn es statt seiner Forsythe gesehen hätte, dann wäre Caines Kumpeline mitten in eine Falle getappt. Aber zu Caines Glück hatte alles perfekt funktioniert.

Grimes dachte daran zurück, wie er das erste Mal das Überwachungsbild von Caines Wohnung gesehen hatte, bevor Crowes Team dort reinbretterte. Als er sah, dass

Caine die Lippen bewegte, hatte er den Ton hochgedreht und die Überraschung seines Lebens erlebt.

«Dies ist eine Nachricht für Steven Grimes. Ich weiß, dass Sie zuhören und dass Martin Crowe unterwegs ist, um mich zu entführen. Sobald er das getan hat, benötige ich Ihre Hilfe, um fliehen zu können. Für Ihre Mitarbeit erhalten Sie eine Million Dollar. Bitte tun Sie Folgendes für mich …»

Dann hatte Caine seinen Fluchtplan dargelegt. Seine Idee, dass Grimes das Licht ausschalten sollte, war genial. Er hatte Grimes beauftragt, Nava in einer bestimmten Kneipe im East Village anzurufen und ihr den Plan darzulegen. Nachdem Nava das Geld auf Grimes' Konto auf den Cayman-Inseln überwiesen hatte, hatte Grimes ihr die Lagepläne und Alarmcodes gemailt. Dann hatte er den falschen Betriebsausweis und einen speziell modifizierten Armbandsender angefertigt und beides draußen unter Forsythes Geländewagen deponiert. So leicht hatte er in seinem ganzen Leben noch kein Geld verdient.

Er hoffte, dass Caine es schaffte – Nava hatte ihm eine zusätzliche halbe Million versprochen, wenn die Operation erfolgreich verlief. Verdammt, für Dr. Jimmy zu arbeiten brachte noch viel mehr Geld, als er ursprünglich gedacht hatte.

Grimes' Headset vibrierte. «Grimes hier.»

«Ich bin eingesperrt, verdammte Scheiße!» Das war Forsythe, inzwischen am Rande eines Nervenzusammenbruchs.

«Häh?», machte Grimes völlig verdattert.

«Ich sagte, *ich bin eingesperrt! Die Türschlösser funktionieren alle elektronisch, Sie Vollidiot!*»

«Oh, ach so», sagte Grimes und verkniff sich ein Lachen. «Das hatte ich ja ganz vergessen. Bleiben Sie einfach sitzen. In ein paar Minuten hab ich den Strom bestimmt zum Fließen gebracht.»

«Ich werde *nicht* einfach sitzen bleiben! Schicken Sie jemanden runter, der mich rausholt!»

«Dr. Jimmy, ich bin im Moment ziemlich beschäftigt, wie ich Ihnen gerade schon erklärt habe. Außerdem, wo wollen Sie denn hin? Der Strom ist in der gesamten Anlage ausgefallen.»

«Ich muss zu der Testperson, *verdammt noch mal*!» Forsythe verlor die Fassung. «*Geht das denn nicht in Ihren Kopf rein? Ich muss zu der Testperson, oder wir können einpacken! Also schicken Sie jemanden runter* ... SOFORT!»

«Ist ja gut», sagte Grimes, «ganz ruhig, Mann. Ich schick Ihnen gleich jemanden –»

«Nicht gleich.» Auf einmal klang Forsythes Stimme völlig ruhig, was doch etwas gruselig war. «Sofort. Schicken Sie ihn *jetzt* runter.»

«Wird gemacht. Sonst noch was?»

Forsythe knurrte etwas Unverständliches und knallte schon wieder den Hörer auf. Grimes überlief ein Schaudern. Er gab es nur ungern zu, aber die nackte Angst in Forsythes Stimme war nicht ohne Wirkung geblieben. So sehr er es auch genoss, Dr. Jimmy zu piesacken, vielleicht sollte er doch eine Wache hinunterschicken. Wenn er seinen Job verlor, gingen all seine Möglichkeiten der Einkommensergänzung flöten.

Moment, was dachte er da gerade? Er würde doch keine halbe Million riskieren, nur weil Dr. Jimmy sein blödes Schlummerlicht vermisste. Er wählte sich in das Kommunikationssystem ein, meldete sich als Systemadministrator an, wählte die entsprechende Option und legte auf. Wenn Forsythe ihn feuerte, dann war das eben so.

Ab morgen konnte er es sich leisten, auf große Reise zu gehen.

Forsythes Herz hämmerte gegen seinen Brustkorb, während die Finsternis ihn bedrängte. Das winzige Licht der Stiftlampe konnte die Schrecken nicht länger fern halten. Warum brauchten die bloß so lange, verdammt? Es war doch schon fünf Minuten her, dass er Grimes angerufen hatte, oder? Er sah auf seine Armbanduhr, die blau leuchtete. Es waren noch nicht einmal neunzig Sekunden vergangen. Trotzdem sollten anderthalb Minuten für einen Wachmann genug sein, um die dreißig Meter bis zum Beobachtungszimmer zurücklegen zu können.

Forsythe sah in den dunklen Spiegel vor sich und konnte in dem schwachen blauen Licht seiner Uhr nur den Schatten seines eigenen Spiegelbilds erkennen. Er musste nach nebenan, bevor es zu spät war. Die Testperson konnte jeden Moment das Bewusstsein wiedererlangen. Sie würde noch immer etwas Thorazin im Blutkreislauf haben; die Gefahr, dass sie nach dem Aufwachen sofort bei Verstand war und zu fliehen versuchte, war denkbar gering …

Gering? War er denn von allen guten Geistern verlassen? So etwas wie Ereignisse von geringer Wahrscheinlichkeit gab es nicht mehr. Forsythe hob den Hörer auf, um noch einmal bei Grimes anzurufen, aber es ertönte kein Freizeichen. Er drückte die Gabel hinunter und ließ sie langsam wieder kommen, um das Telefon zum Funktionieren zu bringen.

Die Leitung war immer noch tot.

Er knallte den Hörer auf, immer und immer wieder. Kunststoffsplitter flogen in alle Richtungen, während sich eine weitere Schicht seiner geistigen Gesundheit verabschiedete.

Nava lehnte sich an die Tür. Sie atmete schwer. Sie hatte während des kurzen Rückwegs den zweimal stehen bleiben und sich ausruhen müssen. Ihr linker Fuß schien Tonnen zu wiegen. Mit jedem Schritt war ein Übelkeit erregendes Schmatzen von Blut zu hören. Zum Glück hatte die Stahlkappe ihres Stiefels die Kugel daran gehindert, aus dem Fuß wieder auszutreten; so war wenigstens eine Seite des Wundkanals verschlossen.

Sie fragte sich, wie lange sie noch bei Bewusstsein bleiben konnte, bevor der Blutverlust sie ohnmächtig werden ließ. Vielleicht noch fünfzehn Minuten, höchstens. Bald würde sie es wissen. Sie nahm einen letzten Atemzug, richtete sich so gerade auf, wie sie konnte, und probierte den Knauf. Er ließ sich nicht bewegen. Sie suchte den abgetrennten Daumen des Latinos aus ihrer Tasche und drückte ihn auf den Scanner. Nichts.

Scheiße. Sämtliche elektronischen Schlösser waren ausgefallen. Sie machte zwei Schritte zurück, zog die 45er des Dunkelhaarigen aus dem Rucksack und schoss dreimal in das Schloss. Dann stieß sie die Tür auf und humpelte weiter den Flur hinunter. Er hatte so harmlos gewirkt, als er hell erleuchtet gewesen war, nun erschien er ihr bedrohlich und beengend. Sie wollte nicht hier sterben, zehn Meter unter der Erde.

Sie musste sich konzentrieren. Auf Caine. Ihre Mission. Ihr Ziel.

Endlich kam sie bei einem Schild an der Wand an, auf dem «Flügel D» stand – sie war bald da. Als sie zum ersten Mal das Sicherheitssystem der Einrichtung gesehen hatte, war es ihr merkwürdig vorgekommen, dass sie Jasper in D8 gefangen hielten, weit weg von seinem Bruder. Nun ergab alles einen Sinn – David befand sich in D10, ganz nah bei Jasper.

Sie lehnte sich schwer an die nächste Tür, um wieder zu Atem zu kommen. D6. Sie war fast dort. Sie atmete tief aus und ging weiter. Trotz der stickigen Luft zitterte sie, und Kälte breitete sich in ihr aus. Das waren bereits die ersten Folgen des Blutverlusts.

Sie zwang sich zu einem weiteren Schritt ... und zu noch einem. D8. Nur noch ein paar Schritte. Gleich hatte sie es geschafft. Sie schleppte sich zur Tür am Ende des Gangs, und plötzlich erfüllten ihre letzten Adrenalinreserven sie wieder mit Energie. Anderthalb Meter von D10 entfernt hob sie die Waffe.

Caine musste hinter dieser Tür sein; er musste einfach. Denn wenn nicht, kam keiner von beiden hier lebend heraus. Sie zielte auf das Türschloss und begann zu feuern.

Caine wollte die Augen öffnen, aber sie waren bereits auf. Ein unglaublich grelles Licht blendete ihn, fraß sich bis in sein Gehirn. Er wollte seine Augen davor schützen, konnte aber die Arme nicht bewegen – er konnte nicht einmal blinzeln. O Gott, er war gelähmt. Moment ... wenn er gelähmt war, dann müsste er doch trotzdem noch blinzeln können, oder?

Er hörte ein leises Ächzen und begriff, dass es aus seiner eigenen Kehle kam.

«David, können Sie reden?», fragte eine Frauenstimme. Sie kam ihm bekannt vor. Er kannte sie, es war ...

«Ich bin's, Nava. Ich hol Sie hier raus.»

Nava ... sie hatte ihn gerettet ... hatte ihn zu diesem Unterschlupf bei ihrem Freund gebracht ... und dann war etwas passiert ... etwas Wichtiges. Er war so durcheinander; er fühlte sich, als hätte er Kleister im Kopf.

Noch mehr Licht ... Finger berührten sein Gesicht, seine Augenlider. Ein metallisches Klicken, ein Kneifen, und auf einmal war sein rechtes Lid frei. Dann sein linkes. Die Lider taten weh, fühlten sich wund gerieben und zu locker an, als ob sie ausgetrocknet und in die Länge gezogen waren. Aber trotz der Schmerzen war es ein wunderschönes Gefühl, die Augen schließen zu können.

«Ah!», rief er, als ihm plötzlich der linke Arm grässlich wehtat.

«Tut mir Leid, aber die Kanüle muss raus», entschuldigte sich Nava. «Bin gleich fertig.»

Wieder dieser stechende Schmerz. Blut stieg auf, als die Nadel aus seinem Arm glitt. Instinktiv versuchte er den Arm zu beugen, um die Blutung zu stillen, aber kaltes Metall biss ihm ins Handgelenk. Er versuchte den anderen Arm, mit demselben Ergebnis. Seine Beine und Füße waren ebenfalls gefesselt. Nun fiel ihm langsam alles wieder ein ... die Entführung ... in diesem Raum aufzuwachen, an diesen Stuhl geschnallt.

Er sah sich um. Nava beugte sich über ihn, eine seltsame Brille auf dem Kopf. Eine Stablampe, die sie auf den Tisch gelegt hatte, warf lange Schatten durch den Raum. Nava verschwand aus seinem Blickfeld. Dann hörte er ein Reißen. Nava schob einen Stoffstreifen zwischen eine der Schellen und seine Haut.

«David, ich vereise die Fessel jetzt. Es wird einen Moment lang kalt sein.»

Caine hörte das unverkennbare Zischen einer Sprühdose, und sein Handgelenk fühlte sich eisig an unter der dünnen Stoffschicht.

«Nicht bewegen.»

Bevor er verarbeiten konnte, was sie gesagt hatte, hörte Caine ein scharfes Krachen wie von zerbrechendem Glas. Sein Arm war frei.

«Alles in Ordnung?»

«Ja, glaube schon», sagte Caine und bewegte versuchsweise den Arm. Es stach wie von tausend Nadeln. Caine war immer noch müde und benommen. Nava kümmerte sich nun um seinen anderen Arm und um die Beine. Sie hatte gerade die letzte Fessel eingesprüht, da vernahm Caine einen schweren Schlag.

Sie drehten sich beide zu dem Geräusch um. Zuerst sah Caine nur ihre dunklen Spiegelbilder, aber dann, als er genauer hinsah, hatte er den Eindruck, ein kleines Licht auf der anderen Seite zu erkennen. Erneut ein Schlag …

Auf einmal zersplitterten Caines und Navas Spiegelbilder, als ihnen die verspiegelte Wand mit einem unglaublichen Bersten entgegenflog. Caine hob den Arm, um sein Gesicht vor den herunterregnenden Glassplittern zu schützen. Tausend Miniaturspiegel wirbelten auf ihn zu; einige wenige kerbten ihm die Haut. Blut sickerte aus sieben winzigen Schnitten, riss ihn aus seinem Dämmerzustand.

Was ihn jedoch vollends in den Wachzustand versetzte, war ein hysterisches Geschrei.

Kapitel /34/

Nava warf sich schützend über Caine, als ein Metallstuhl durch den Spiegel platzte und auf den Boden krachte, was das Geräusch klirrenden Glases kurz in den Schatten stellte. Ein kleiner Mann mit lichtem Haar kletterte von der anderen Seite herüber. Er brüllte:

«SIE DÜRFEN DIE TESTPERSON NICHT MIT-NEHMEN!»

Nava wandte sich zu ihrem Angreifer um. Sein Gesicht war so tief gerötet, dass es schon beinahe lila aussah. Eine lange Schnittwunde erstreckte sich quer über seine Stirn; Blut sickerte herab. Er wischte sich wie wahnsinnig über die Wunde, damit ihm das Blut nicht in die Augen lief.

Nava zielte mit der Pistole auf seine Stirn und drückte ab, doch statt einer Explosion hörte sie nur ein trockenes Klicken. Der Clip war leer. Bevor sie reagieren konnte, überwand der Mann hechtend den Meter, der sie von-einander trennte, und stieß Nava um. Sie krachte hart mit dem Kopf auf den Boden, dann schlossen sich seine Hände um ihren Hals.

Im Gegensatz zu Dalton war er kein erfahrener Killer,

aber Nava war nicht gerade in bester Kampfverfassung. Ihr linker Arm war nicht zu gebrauchen, und der Blutverlust hatte sie geschwächt. Der Mann hatte eine Woge von Energie aufzubieten, die durch pure Wut angefeuert wurde. Im schlimmsten Fall, dachte Nava, mochte das ausreichen.

Dennoch würde sie sich nicht kampflos geschlagen geben. Mit ihrer unversehrten Hand packte sie den Mann bei den Hoden und drückte zu. Sofort flogen seine Hände von ihrem Hals zu seinem Schritt, und er kreischte auf. Nava ließ nicht los. Da er es nicht schaffte, ihre Finger wegzubiegen, holte er mit der Faust aus und schlug Nava ins Gesicht. Sie sah den Schlag nicht kommen und bekam ihn voll auf den Mund.

Ihr Kopf prallte vom Boden ab. Sie ließ los, und der Mann rollte von ihr herunter, hielt sich den Schritt und ächzte vor Schmerzen. Nava spuckte Blut und kam mühsam hoch. Sie musste Caine hier herausschaffen.

Das Geheul des Mannes ignorierend, machte Nava sich erneut an Caines letzte Fessel. Sie zerschlug sie mit dem Lauf ihrer Waffe und half ihm aus dem Stuhl. Er war wackelig auf den Beinen und legte sein ganzes Gewicht auf Nava, was sie beide fast zum Stürzen brachte.

«Nicht so schwer machen, David. Ich bin selbst reichlich angeschlagen.»

«Tut mir Leid», sagte er. «Ich glaube, es geht jetzt auch so.»

«Können Sie gehen?»

Caine machte eine paar Schritte und hielt sich dabei an Navas Arm fest, um nicht umzufallen. «Ja», antwortete er ein wenig unsicher, «mir ist ein bisschen schwindelig, aber gehen kann ich.»

Nava nickte und schob einen frischen Ladeclip in ihre Glock. «Na schön, dann los.»

«NEEIIIIIIIN!», kreischte Forsythe. Etwas schlug gegen Navas verletzten Fuß, und sie brach in die Knie. Der Wissenschaftler hatte ihr mit einer Glasscherbe in den Stiefel gestochen. Nun war es an Nava zu schreien. Sie riss ihren Fuß weg, fiel vornüber, ließ die Waffe los.

Forsythe schien zu würgen, während er vorwärts kroch und eine Blutspur hinter sich herzog. Nava versetzte ihm mit dem gesunden Fuß einen Tritt gegen den Kopf, aber es war nicht genug Wucht dahinter, um ihn auszuknocken. Er kam noch immer näher. Verzweifelt tastete sie mit ihrer Hand in dem geborstenen Glas umher, suchte nach ihrer Waffe.

Endlich schloss sich ihre Hand um den Griff. Sie zielte auf Forsythe und drückte ab. Im gleichen Moment packte Caine ihre Faust und riss ihren Arm nach oben. Der Schuss ging weit an Forsythe vorbei und grub sich hinter ihm in die Wand. Forsythe hörte zu kreischen auf. Stille. Das einzige Geräusch war das Klingeln des Schusses in ihren Ohren.

Nava sah Caine verwirrt an.

«Schluss mit dem Töten», sagte er schlicht.

Nava zögerte einen Moment lang, dann wirbelte sie die Pistole in ihrer Hand herum und ließ sie auf Forsythes Kopf niederkrachen. Er brach zusammen und blieb bewusstlos liegen.

«Hab ihn nicht getötet», keuchte sie.

Caine blinzelte und sagte: «Wir müssen Jasper retten.»

«Kommen Sie.»

Caine griff sich die Stiftlampe, während Nava aus dem Raum humpelte und zweimal fast umfiel. Ihr Fuß war eine Masse kreischender Nervenenden. Als sie das dritte Mal stolperte, nahm Caine sie beim Arm, um sie zu stützen.

«Sieht so aus, als wäre ich nicht der Einzige, der Hilfe beim Gehen braucht», sagte er.

Nava schob sich vorwärts. «Hier», sagte sie, als sie vor D8 waren. «Ohren zuhalten.» Sie zerschoss das Türschloss, bis es nur noch ein verbogenes Stück Metall war. Caine schob die Tür auf und leuchtete mit der Stiftlampe ins Zimmer.

«Oh Gott, Jasper ...», flüsterte er.

Jasper lag in einem Behandlungsstuhl, Arme und Beine mit dicken Ledergurten festgezurrt. «David», krächzte er, «bist das wirklich du?»

«Ja, großer Bruder.» Die Worte blieben Caine beinahe im Hals stecken. «Nava ist auch da.» Während Caine sich an den Ledergurten zu schaffen machte, lehnte sich Nava an den Türrahmen, um wieder zu Luft zu kommen. *Fast geschafft*, sagte sie sich. *Fast geschafft. Fast ...*

Und dann spürte sie, wie sie langsam umfiel und das Bewusstsein verlor.

«Nava. Nava, aufwachen!» Caine versetzte ihr eine leichte Ohrfeige. «Kommen Sie schon, wir sind fast am Ziel.»

Ihre Augenlider flatterten.

«Sie kommt zu sich», sagte er zu Jasper, der ihm nervös über die Schulter schaute. «Hilf mir, sie hinzustellen.» Jasper nahm ihre eine Hand, Caine die andere.

Nava stöhnte auf, als Caine an ihrer Hand zog. «Handgelenk ... gebrochen», keuchte sie.

«Herrgott», sagte Caine und ließ ihre Hand so schnell los, als hätte er eine heiße Herdplatte berührt. «Tut mir Leid.»

«Schon okay.» Sie schüttelte den Kopf. «Ziehen Sie mich einfach an der anderen Hand hoch.»

Jasper zog an ihrem rechten Arm, während Caine ihre

linke Seite stützte. Nava stand jetzt, wenn auch leicht schwankend.

«Los jetzt», sagte sie. «Uns bleibt nicht mehr viel Zeit.»

Japser auf der einen Seite, Caine auf der anderen, dirigierte Nava sie den dunklen Gang hinab und durch eine Sicherheitstür, die sie wieder mit ihrer Pistole knackte.

«Auf die Männer achten», wies sie sie an, als sie einen winzigen Fahrstuhlvorraum betraten. Auf dem Boden lag jemand.

«Ist er …?», fragte Caine.

«Sie sind alle noch am Leben», erklärte Nava sachlich.

Caine seufzte erleichtert, während Nava den Fahrstuhlknopf drückte. Nichts passierte. Kein Fahrstuhl sprang an. Keine Ziffern über den Türen, die die Geschwindigkeit des Abstiegs anzeigten. Die Lampen …

«Kann es sein, dass der Stromausfall auch die Fahrstühle außer Betrieb gesetzt hat?», fragte Caine.

Nava schlug sich vor die Stirn. «Verdammt», sagte sie. «Wir haben nur noch zwei Minuten.»

«Und dann?», fragte Jasper.

«Dann wimmelt es hier von Wachschutzleuten, und wir sind geliefert», antwortete Nava. «Kommen Sie.» Sie gingen so schnell wie möglich den Flur wieder zurück. Nava ließ die beiden Männer zwanzig Schritte abzählen und blieb stehen. Sie holte eine kittgraue Masse aus ihrem Rucksack und klebte sie dicht über dem Boden an die Wand, dann verband sie die Masse mit einem kleinen Gerät, das über eine winzige schwarze Tastatur verfügte.

«Gleich werden Sie mir helfen müssen», wies sie die Männer an. «Wenn ich ‹los› sage, rennen wir zu den Fahrstühlen hinüber. Alles klar?»

«Alles klar», sagten die beiden Brüder im Chor.

Nava tippte «0:45» ein. Ihr Finger schwebte über einem grünen Knopf und –

«Warten Sie!», sagte Caine.

«Caine, wir haben jetzt keine Zeit –»

«Wenn Sie die Bombe hier hochgehen lassen, wird das zu einer Kettenreaktion führen, die das Leben Unschuldiger kostet. Wir müssen sie woanders anbringen. Gehen Sie in Deckung – ich werde den Timer aktivieren. Jasper, hilf ihr!»

Ehe sie widersprechen konnte, packte Jasper sie um die Taille und zog sie in Sicherheit. Caine löste den Sprengsatz und hinkte weiter den Gang hinunter, um die richtige Stelle zu finden. Als er den Explosivstoff dort angebracht hatte, stellte er den Timer neu ein. Ihm blieben nur zwanzig Sekunden. Die Wahrscheinlichkeit, dass er zu langsam sein würde, lag bei 37,458 Prozent, aber er hatte seinen Weg gewählt. Er sah nicht zurück.

Nava spürte die Explosion, bevor sie sie hörte. Sie flog gegen Jasper, der die volle Wucht des Sturzes abbekam. Der heißen Druckwelle folgte ein gewaltiges Dröhnen. In derselben Sekunde, in der sie den letzten Stein zu Boden poltern hörten, rollte sie von ihm herunter.

«Kommen Sie, schnell!»

Caine und Jasper halfen ihr beim Aufstehen, und sie bewegten sich gemeinsam auf den Explosionsherd zu. Wo die Wand gewesen war, klaffte ein Loch, und ein Gutteil des Bodens war abgesackt. Nava sah in das Loch. Hoffentlich hatte sie den Bauplan richtig in Erinnerung.

«Ist es das, was ich denke?», fragte Jasper.

Im selben Moment traf Nava auch schon der Gestank des Abwasserkanals. Sie nickte.

«Jasper», sagte Nava, «bringen Sie die letzte Ladung genau hier an.» Sie zeigte auf eine Stelle an der Decke, über einem Schutthaufen. Jasper warf einen Blick zu Caine, der nickte. Als Jasper fertig war, halfen die Zwillinge Nava in das Loch. Unten angekommen, hob Jasper die Frau hoch, warf sie sich über die Schulter und lief mit Caine den Tunnel hinunter. Zehn Sekunden später hörten sie eine weitere Explosion, gefolgt von einer kleinen Lawine, als ein Teil der Decke einbrach und die Röhre ausfüllte.

Hier entlang verfolgte sie niemand mehr.

Jasper stemmte ächzend den Kanaldeckel hoch und kletterte auf den Gehweg hinaus, dann drehte er sich um und zog Nava vorsichtig am unversehrten Arm auf die Straße hoch. Caine kam gleich hinterher. Binnen Sekunden hielt ein großer weißer Transporter neben ihnen, Sergey Kozlov am Steuer. Die Seitentür glitt auf, und ein bärtiger Mann sprang heraus.

Caine blinzelte. «Dr. Lukin, sie ist schlimm verletzt», sagte er.

«Woher kennen Sie meinen Namen –» Der Mann brach ab, als er Nava erblickte.

«Mein Gott», sagte er und legte sich einen ihrer Arme um die Schulter. «In den Wagen mit ihr. Wir müssen uns beeilen.»

Während sie über die Brooklyn Bridge rasten, verabreichte der Arzt Nava ein Beruhigungsmittel, und Caine und Jasper versuchten verzweifelt, ihre Blutungen zu stillen. Durch das Rückfenster sah Caine die Skyline von Manhattan; dann verschwand sie hinter einer Reihe von Gebäuden, während sie durch Brooklyn bretterten. Die Gegend wurde immer heruntergekommener, je weiter sie die Flatbush Avenue hinunterfuhren.

Caines Magen hatte sich schon flau angefühlt, seit Nava eingeschlafen war. Unvermittelt sackte er völlig nach unten, als der Transporter kurz vom Asphalt abhob und auf die Vorderräder hinunterkrachte, bevor er quietschend zum Stehen kam.

Dr. Lukin stieß die Tür auf, sprang hinaus und griff sich das eine Ende von Navas Trage; Jasper folgte ihm und griff sich das andere Ende. Caine humpelte ihnen zu dem engen Fahrstuhl hinterher.

Lukin drückte einen Knopf, und Kozlov schob sich gerade noch durch die zuknallenden Türen. Während der Fahrt nach oben sagte niemand etwas. Das einzige Geräusch war das Summen der Antriebsräder. Jasper presste, als menschlicher Stauschlauch fungierend, Navas Knöchel. Endlich kam der Fahrstuhl zum Stehen, und die Türen glitten auf.

Sie hetzten einen dunklen Flur hinab, und Lukin fummelte einen Schlüssel ins Schloss. Seine Wohnung war halb Junggesellenbude, halb Erste-Hilfe-Station. Auf der einen Seite stand ein braunes, mit Kaffeeflecken übersätes Sofa vor einem Fernseher mit Dreizehn-Zoll-Bildröhre, auf der anderen befanden sich ein voll ausgestatteter Operationstisch aus Edelstahl sowie eine stämmige Frau mittleren Alters, die anscheinend schon auf sie gewartet hatte.

Flink hoben Lukin und der Bodyguard Navas schlaffen Körper auf den Operationstisch. Caine und Jasper traten sofort zurück, damit Lukin sich an die Arbeit machen konnte. Er informierte die Frau offensichtlich auf Russisch über Navas Zustand, und sie begann sofort, Elektroden an Navas Brustkorb anzubringen.

Navas Blutdruck war niedrig und fiel rasch weiter. Ihr Herzmonitor piepte in einem erschreckenden Tempo.

Während der Arzt und die Frau, die Caine jetzt als seine Krankenschwester erkannte, Navas Wunden zu versorgen begannen, gab es eine kurze, erregte Diskussion zwischen ihnen. Allmählich verfinsterte sich Lukins Miene. Die Schwester sah ihn ernst an, kümmerte sich dann wieder um Navas Wunde. Aber die Dringlichkeit war aus ihren Stimmen verschwunden; sie machten auch nicht mehr so schnell, als stünde ein Leben auf der Kippe.

«Was stimmt denn nicht?», wollte Caine wissen.

Lukin ignorierte ihn, aber die Schwester warf Caine einen traurigen Blick zu und kehrte dann zu ihrer Arbeit zurück.

«Was! Stimmt! Nicht!» Caine brüllte fast.

Langsam murmelte Lukin etwas auf Russisch und kam dann auf Caine zu, die blutigen Hände erhoben.

«Sie hat zu viel Blut verloren. Ich fürchte, wir können sie nicht retten.»

«Können Sie ihr keine Transfusion geben?»

Er sah eine Sekunde lang schuldbewusst zu Boden und dann wieder zu Caine. «Ihre Blutgruppe ist Null-negativ.»

«Und?»

«Und ... sie darf nur Null-negativ bekommen ... und wir haben nicht genug. Es ist eine sehr seltene Blutgruppe. Es tut mir Leid.»

Caine wich zurück, ballte die Faust. Es musste sich doch etwas machen lassen! Man konnte doch nicht einfach ... Moment. Was dachte er da für einen Unsinn? Er konnte doch einen Weg finden. Caine schloss die Augen, zwang sich dazu, den Weg zu sehen. Aber da war nichts. Nichts außer hellen Farbpunkten, die auf der Innenseite seiner Augenlider tanzten.

«Alles in Ordnung mit –»

«Ruhe, ich muss mich konzentrieren!», rief Caine.

Er ließ sich fallen, dachte daran, wie es sich davor immer angefühlt hatte, beschwor das Bild des Baumes herauf, den er beim Eintauchen ins *Immer* gesehen hatte … und dann war der Baum wieder da, als wäre er immer schon dort gewesen. Gewaltig und majestätisch in seiner unendlichen Vielschichtigkeit. Caine sah die Verzweigungen hinab, folgte Pfad um Pfad, schloss einen nach dem anderen aus, bis er den richtigen fand.

Es war dermaßen offensichtlich. Caine hatte versucht, eine verrückte, unwahrscheinliche Lösung zu finden, dabei war die Antwort so einfach. Caine öffnete die Augen. Er wirbelte herum und sah zu Kozlov hinüber, der sich die Szene von hinten im Zimmer aus ansah, die massigen Arme vor der Brust gekreuzt.

Caine fuhr wieder zu Lukin herum. «Er hat Null-negativ», sagte er und zeigte auf Kozlov. «Nehmen Sie sein Blut.»

«Ähhh … es könnte gefährlich sein, sie hat schon so viel verloren …» Der Arzt schien sich sehr unsicher.

Caine sah Kozlov an.

«Was bekomme ich für mein Blut?», fragte Kozlov ungerührt.

Caine blinzelte. Wenn sie mit der Transfusion nicht in der nächsten Minute anfingen, bestand eine 89,532-prozentige Wahrscheinlichkeit, dass Nava starb. Er hatte keine Zeit, mit dem ungeschlachten Bodyguard zu feilschen. Er klaubte Navas Pistole vom Tisch und feuerte einen Schuss ab. Die Kugel schoss an Kozlovs Ohr vorbei und bohrte sich hinter ihm in die Wand. Dann zielte Caine auf Kozlovs Kopf.

«Sie bekommen ein längeres Leben», sagte Caine.

Kozlov feilschte nicht. Er ging zu Lukin hinüber und krempelte einen Ärmel hoch. Die Schwester begann ihn vorzubereiten. Als sie seinen Arm abrieb, erfüllte der unverkennbare Geruch von Alkohol den Raum. Caine schloss die Augen und seufzte erleichtert. Es bestand die 98,241-prozentige Chance, dass Nava es schaffte. Eine warme Hand umfasste seine Schulter, er öffnete die Augen und sah Jasper aus tiefstem Herzen lächeln.

«Ich bin stolz auf dich, kleiner Bruder. Ich wusste doch, dass du es kannst.»

Caine erwiderte sein Lächeln und drückte kurz seine Hand, dann schloss er die Augen wieder. Eine Woge der Erschöpfung überkam ihn. Auf einmal machte Caine sich keine Sorgen mehr um die Zukunft. Das brauchte er nicht mehr … jetzt, wo er die Kontrolle wiedererlangt hatte.

Kapitel /35/

Die nächsten Tage vergingen friedlich, während Dr. Lukin sich um Navas Verletzungen kümmerte und sie mit Schmerzmitteln versorgte. Obwohl Caine, Jasper und Nava gemeinsam in der kleinen Wohnung blieben, redeten sie nicht viel; es gab nicht viel zu besprechen. Die drei fühlten sich mit der Stille wohl, die normalerweise zwischen Menschen herrscht, die sich schon seit Jahren kennen.

Caine gab sich alle Mühe, dem *Immer* fernzubleiben. Er tauchte nur einmal ein, um zu sehen, wie sich Bill Donelly jr. machte – 3700 Gramm und blonde Haare, wie sein Vater sie hatte. Von diesem einen kurzen Blick abgesehen, konzentrierte Caine sich allein aufs *Jetzt*. Er gestattete sich nicht einmal, die Vergangenheit zu besuchen, trotz seines unbändigen Wunsches zu erfahren, wie Doc ihn hintergangen hatte – und warum. Er wusste, dass sich durch solches Wissen nichts gewinnen ließ. Also lehnte er es ab, in das *Immer* einzutauchen.

Indem er ihm auswich, geschahen schreckliche Dinge, die er hätte verhindern können, die jedoch zu erfreulichen

Ereignissen führen konnten. Aber ihn traf keine Schuld. Er wusste, dass das eine nicht ohne das andere existieren konnte. Also ließ er der Welt ihren Lauf und gestattete ihren Bewohnern, selbst über ihre Zukunft zu bestimmen, ohne dass er sich einmischte.

Vorläufig interessierten ihn allein Nava, Jasper und das Versprechen, das er Martin Crowe gegeben hatte. Er war immer noch unsicher, wie er es halten könnte, aber er wusste, dass die Lösung nicht mehr lange auf sich warten ließ. In der Zwischenzeit konzentrierte er sich auf seinen Bruder. Im *Immer* erfuhr er, was mit Jasper nicht stimmte und warum die Psychopharmaka seine Dämonen nicht beruhigen konnten, ohne gleichzeitig seinen Geist zu betäuben.

Ja, Jasper war schizophren, aber das war nicht sein eigentliches Leiden – es war nur eine Begleiterscheinung dessen, was ihn quälte. Seine Ärzte hatten nur zum Teil Recht gehabt, als sie sagten, dass sein Bruder Schwierigkeiten hätte, die Wirklichkeit zu erkennen. In Wahrheit war Jaspers Wahrnehmung der Wirklichkeit weit größer als die der meisten anderen Menschen, die man als «normal» bezeichnete. Sein Problem war, dass er nicht nur eine Realität wahrnahm, sondern oft mehrere zugleich.

Wenn man eine Münze in die Luft warf und sie Kopf zeigte, sah Jasper zugleich auch Zahl, weil er die Zukunft in ihrer Vielfalt wahrnahm. Folglich sah Jasper neben seiner eigenen Realität ständig unendlich viele parallele, potenzielle Realitäten, die durch sein Bewusstsein geisterten wie Reflexionen durch ein Spiegellabyrinth. Caine wusste, dass für seinen Bruder das Heil nicht in der Biochemie lag, sondern in umfassendem Wissen, Meditation und, kurioserweise, im Schach.

Kaum entdeckte Caine das verstaubte alte Brett unter

dem Couchtisch, da wusste er es. Also stellte er die Figuren auf, und die beiden begannen zu spielen. Es war das perfekte Spiel für Jasper, um zu lernen, wie man all seine Konzentration auf die Gegenwart richtete, denn der Sinn des Spiels lag darin, die Züge des Gegners im Voraus zu erkennen, ihnen etwas entgegenzusetzen und sie in die gewünschte Richtung zu lenken. Um das zu schaffen, musste man sehr genau wahrnehmen, was gerade auf dem Spielbrett, im Hier und Jetzt, geschah.

Die Zwillinge spielten den ganzen Tag lang, eine Partie nach der anderen. Caine erinnerte sich daran, wie er als Kind immer mit seinem Vater gespielt hatte. Aber das Schachspiel machte ihn jetzt nicht mehr traurig über den Verlust seines Vaters, sondern erfüllte ihn mit einem wehmütigen Glücksgefühl. Solange er sich an seinen Dad erinnerte, das wurde ihm klar, würde er auch immer bei ihm sein.

Aber viel wichtiger war, dass das Spielen seinen Bruder lehrte, Kontrolle auszuüben. Langsam lernte Jasper, seine Energie auf die Gegenwart zu konzentrieren, auf die Wirklichkeit, die allein vor seinen Augen existierte, in den 32 Figuren auf den 64 Feldern, und zugleich lernte er, die Reflektionen in den unendlich vielen Spiegeln in seinem Geist auf Abstand zu halten.

Jeden Tag zeigte Jasper Fortschritte. David Caine war klar, dass sein Bruder nie «normal» sein würde, aber Jasper würde mit der Zeit einen Grad des Wohlgefühls erreichen, der ihm bisher verschlossen geblieben war. Caine hatte sich zwar bereits im *Immer* die gesündere Zukunft seines Bruders angesehen, aber eigentlich brauchte er ihm nur in die Augen zu schauen, um zu wissen, dass es mit seinem Zwilling schon werden würde.

Am fünften Tag erst wurde Nava unruhig. Sie wachte bei Sonnenaufgang auf, hellwach und in klarer geistiger Verfassung. Jasper und David schliefen noch. Keiner von ihnen hatte die Wohnung seit ihrer Ankunft verlassen. Zwar sprachen sie es nicht aus, aber Nava wusste, dass die beiden das Gefühl hatten, über sie wachen zu müssen, solange sie hilflos war – wie sie auch über die beiden gewacht hatte, als diese hilflos waren.

Sie hatte so viele Fragen an David, aber wann immer Nava sie zu stellen versuchte, hatte er nur den Kopf geschüttelt.

«Wir haben alle Zeit der Welt, was Antworten angeht, Nava. Jetzt erholen Sie sich erst einmal. In den nächsten paar Tagen wird uns nichts passieren – versprochen.»

Hätte jemand anders so etwas zu ihr gesagt, sie hätte ihm nicht geglaubt. Aber die Erfahrung hatte Nava gelehrt, David zu vertrauen; also tat sie, was er sagte. Und als sie ihn nun anstarrte, hob er den Kopf und lächelte.

«Hey», sagte Caine und rieb sich die Augen. «Schon lange wach?»

«Erst ein paar Minuten», sagte sie.

Er stand auf, streckte sich und kam zu dem Sofa herüber. Er setzte sich auf den Couchtisch und fuhr mit einer Hand durch ihr Haar.

«Sagst du es mir jetzt?», fragte sie.

«Klar», sagte Caine, als hätte er nur auf ihre Frage gewartet.

«Als ich Julia gefunden habe ...» Der Gedanke an die nackte, zerschmetterte junge Frau in dem Müllcontainer ließ Nava verstummen. Es schien tausend Jahre her. Nava schüttelte das Bild ab und kehrte mühsam in die Gegenwart zurück. «Sie hat mir gesagt, dass ich dich retten muss und du mir dann sagen wirst, warum ich überlebt habe, während meine Mutter sterben musste. Aber ich glaube, ich weiß es schon. Die Träume ... die Albträume, die ich als kleines Kind bekommen habe ... die mir Angst vor dem Fliegen gemacht haben ... die mir das Leben gerettet haben ... die kamen von dir, nicht wahr?»

Caine lächelte und schüttelte den Kopf. «Nein.»

«Woher dann?»

Caine zeigte mit dem Finger auf ihre Brust. «Du hast sie dem kollektiven Unbewussten entnommen. Du musst eine deiner möglichen Zukünfte gesehen haben, und dann hast du sie vermieden.»

«Wie?», fragte Nava.

«Willst du wirklich, dass ich nochmal Jaspers Physikvorlesung repetiere?»

«Glaube nicht», lachte Nava, aber dann umwölkte sich ihr Gesicht erneut. «Aber warum? Warum habe ich sehen können und meine Mutter nicht?»

«Kinder sehen oft Dinge, die Erwachsene nicht in der Lage sind zu sehen. Wenn wir jung sind, ist unser Bewusstsein dem kollektiven Unbewussten viel näher. Aber, was noch viel wichtiger ist, Kinder *glauben*, was sie dort sehen. Aus diesem Grund können sie sich vorstellen, Feuerwehrleute, Astronauten und Helden zu sein. Erst wenn wir älter sind, wird uns beigebracht, dass wir unsere ‹irrationalen› Zukunftsbilder besser ignorieren.

Vielleicht hat deine Mutter kurz ihren Tod sehen können. Vielleicht auch nicht. Diese Frage kann ich dir nicht beantworten, Nava. Ich kann dir nur sagen, dass du als kleines Mädchen in dem Moment, in dem du dich geweigert hast, dieses Flugzeug zu betreten, deine mögliche Zukunft gesehen und eine Entscheidung getroffen hast.

Und deine Entscheidung war richtig. Du hast mehr Gutes in deinem Leben vollbracht, als dir wahrscheinlich bewusst ist. Ich weiß, es tut weh, dass du ausgerechnet die eine Person, die dir am meisten bedeutet hat, verloren hast, aber daran wirst du nichts mehr ändern können.

Weine um deine Mutter und deine Schwester, Nava. Aber weine nicht um dein Leben.»

Caine nahm Navas Hand. «Du hast eine unglaubliche Begabung, den richtigen Pfad zu wählen – sie ist viel stärker, als dir bewusst ist. Hab Vertrauen in dich selbst, Nava, und du wirst in der Lage sein, dein Schicksal selbst zu bestimmen.»

«Aber ich kann nicht so auswählen wie du», sagte Nava. «Ich kann mir nie sicher sein.»

Caine schüttelte den Kopf. «Ich mir auch nicht. Ich habe zwar eine besondere Gabe, aber sie ist nicht unfehlbar. Sicher, sie gestattet mir, einen Blick in die Zukunft zu werfen, ob es nun eine Sekunde oder tausend Jahre sind, sodass ich den Pfad mit der höchsten Erfolgswahrscheinlichkeit auswählen kann, aber hundertprozentig sicher kann ich mir nie sein. Nicht einmal ich weiß alles, was geschehen wird. Wie deine Zukunft hängt auch meine von den Entscheidungen aller anderen Menschen ab, denn ihre Entscheidungen formen die kollektive Wirklichkeit, die wir alle miteinander teilen.»

Nava drehte sich der Kopf, aber sie glaubte zu verstehen. Irgendwie. Schließlich brach sie das Schweigen. «Und jetzt? Du kennst die Zukunft – du kannst tun, was du willst.»

Caine schüttelte den Kopf. «Ich kenne nicht *die* Zukunft, Nava. Ich kenne alle Zukünfte – was, weil es unendlich viele gibt, fast bedeutet, gar nichts zu wissen.»

«Aber die vielen Ereignisse, die du angestoßen hast … sie sind alle so gekommen, wie du es vorhergesagt hast.»

«Ich habe nur das jeweils wahrscheinlichste Ereignis vorhergesagt. Ich wusste nicht, ob es genau so kommen würde. Hättest du dich nicht dafür entschieden, mich zu retten, wäre ich noch immer in diesem Labor gefangen.»

Nava überlief ein Schaudern. «Aber damit hast du meine Frage noch nicht beantwortet: Was wirst du jetzt tun? Und was ist mit Tversky und Forsythe? Wo sind sie? Werden sie erneut hinter dir her sein?»

Caine zuckte die Schultern. «Das weiß ich nicht genau. Aber ich bin mir sicher, dass ich es herausfinden werde.»

Auf einmal krampfte sich Navas Herz zusammen. «Die RDEI. Sie ist immer noch hinter mir her. Ich muss –»

«Keine Sorge», unterbrach sie Caine. «Ich habe ihr einige Informationen zukommen lassen, die etliche Menschenleben retten werden – und im Gegenzug hat man sich damit einverstanden erklärt, das Kopfgeld auf dich zu widerrufen.»

Nava seufzte erleichtert. Sie wollte gerade nachhaken, was denn nun als Nächstes geschehen würde, da verkündete Caine, dass er unter die Dusche wolle. Er sprach es zwar nicht aus, aber sie wusste, dass er ihr keine weiteren Fragen beantworten würde. Jedenfalls nicht heute. Nachdem er ins Badezimmer getappt war, ging Nava zum Esstisch und holte ihre Zigaretten. Das Gespräch über ihre Mutter hatte ihr Verlangen nach einer Zigarette geweckt.

Sie steckte sich eine zwischen die Lippen und entzündete ein Streichholz, freute sich schon auf den Nikotinflash. Aber gerade als Nava das Streichholz hob, tat sie etwas Merkwürdiges: Sie schloss die Augen. Für einen kurzen Moment hatte sie den Eindruck, etwas sehen zu können, das fremd und vertraut zugleich war. Sie öffnete die Augen, und ein leichtes Déjà-vu wogte über sie hinweg, während sie in die Flamme starrte.

Ohne nachzudenken, blies sie das Streichholz wieder aus. Langsam schob sie die unangezündete Zigarette in die Schachtel zurück und warf die Packung weg. Als sie den Deckel des Mülleimers schloss, wurde ihr klar, dass sie gerade endgültig mit dem Rauchen aufgehört hatte.

Nava hatte eine Entscheidung getroffen.

An diesem Abend fühlte Caine, dass es Zeit war zurückzukehren. Er hatte es lange genug vor sich hergeschoben. Zwar war das *Immer* zeitlos, aber im *Jetzt* verging die Zeit – ob sie nun ein künstliches Konstrukt war oder nicht –, und er hatte noch etwas zu erledigen. Als er die Augen öffnete, breitete sich ein Lächeln auf seinem Gesicht aus.

«Was hast du gesehen?», fragte Jasper.

«Woher weißt du, dass ich etwas gesehen habe?»

«Ich habe meine Mittel und Wege», sagte Jasper. «Und nun beantworte meine Frage.»

«Ich habe gesehen, wie alles ausgeht. Und ich war nicht allein.»

«Was soll das heißen? War da noch jemand anders?»

«Glaube schon», sagte Caine und rieb sich das Kinn.

«Und du konntest nicht sehen, wer es war?»

«Hätte ich wahrscheinlich schon gekonnt», sagte Caine, «aber ich weiß, dass ich die Antwort bald erfahren werde. Also habe ich beschlossen abzuwarten.»

«Wieso das denn?», fragte Jasper.

Caine grinste. «Selbst Dämonen lassen sich gern mal überraschen.»

In dieser Nacht schlief Caine tief und traumlos, aber als er erwachte, stand fest, dass es Zeit zum Anrufen war. Er wählte und hörte volle zwei Minuten lang zu, ohne ein Wort zu sagen, dann legte er auf. Der zweite Anruf ging viel schneller als der erste. Anschließend zog Caine seinen Mantel an und ging zur Tür.

«Wo willst du hin?», fragte Jasper.

«Zu meinem Anwalt», antwortete Caine und schloss die Tür hinter sich.

Die Fahrt mit der Linie D von Lukins Wohnung in Coney Island nach Manhattan dauerte über eine Stunde. Es war ein merkwürdiges Gefühl, wieder draußen zu sein, nachdem er sich fast eine ganze Woche lang in geschlossenen Räumen aufgehalten hatte. Als Caine den Bahnsteig entlanghinkte, achtete er sehr darauf, im *Jetzt* zu bleiben; wenn er in dieser Situation ins *Immer* eintauchte und die Auswirkungen sah, die jeder seiner Schritte auf die vielen Menschen um ihn herum haben würde, verließ ihn womöglich der Mut.

Als er im zwölften Stock des Chrysler Building ankam, trat ihm ein schlanker Mann entgegen, der eine konservativ gemusterte dunkelrote Krawatte trug.

«Mr. Caine?»

«Ja», sagte Caine.

«Hallo, ich bin Marcus Gavin», sagte der Rechtsanwalt und streckte die Hand aus. «Vielen Dank, dass Sie heute gekommen sind. Wenn Sie mir bitte folgen würden; ich habe aufregende Neuigkeiten für Sie.»

Gavin hatte kaum die Tür seines Büros geschlossen, da zog er ein dünnes Stück Papier aus einer Mappe hervor, das er so vorsichtig behandelte, als könnte es jede Sekunde zu Staub zerfallen. Zunächst schien er es Caine reichen zu wollen, dann jedoch überlegte er es sich anders und legte das Schriftstück vorsichtig wieder hin.

«Kann ich Ihnen ein Glas Wasser bringen lassen oder vielleicht eine Tasse Kaffee?» Der Rechtsanwalt schien Zeit schinden zu wollen.

«Sehr freundlich, aber danke, nein.»

«Äh, ja», sagte Gavin und räusperte sich. «Sie möchten sicher erfahren, worum es geht.»

«Ja», log Caine. Er wusste bereits Bescheid, hielt es aber für unkomplizierter, Unwissenheit vorzutäuschen.

«Nun ... es kommt mir alles sehr unwirklich vor.» Gavin tippte nervös mit einem Kugelschreiber auf die Tischplatte. «Mr. Caine, ich darf wohl davon ausgehen, dass Thomas DaSouza und Sie gute Freunde waren?»

«Ja», antwortete Caine, «wenngleich wir uns in den letzten Jahren nur selten gesehen haben.»

«Im Ernst? Nun, dann ist alles noch merkwürdiger, als ich gedacht habe.» Gavin nahm einen Schluck aus seiner Kaffeetasse. Als er wieder zu reden begann, klang seine Stimme weicher. «Ich bin mir nicht sicher, ob Sie wissen, dass Mr. DaSouza vor ungefähr einer Woche bei einem Unfall schwer verletzt worden ist. Er befindet sich gegenwärtig im Albert Einstein Medical Center. Obwohl die Ärzte alles getan haben, was in ihrer Macht stand, sieht es mehr als schlecht für ihn aus. Mr. DaSouza ist hirntot und hat keine Genesungschancen mehr. Es tut mir Leid.»

Caine schloss einen Moment lang die Augen. Die Tatsache, dass er über Tommy schon Bescheid gewusst hatte, machte es nicht einfacher.

«Sie fragen sich wahrscheinlich, warum ich Sie hierher gebeten habe», fuhr Gavin fort. Er klang jetzt nicht mehr nervös; seine Stimme vibrierte vor Erregung. Offensichtlich waren die schlechten Neuigkeiten abgehakt, und nun war es Zeit zum Feiern. «Was ich hier habe» – Gavin nahm vorsichtig das heilige Stück Papier hoch –, «ist Mr. DaSouzas letzter Wille. Der Zettel wurde an seiner Kühlschranktür gefunden.»

Er händigte Caine das Testament aus. Caine überflog es kurz und gab es dann Gavin zurück.

«Mr. DaSouza ernennt Sie darin zu seinem Nachlassverwalter und Erben», fuhr Gavin fort und starrte Caine an, «seinen Lottogewinn in Höhe von über 240 Millionen Dollar eingeschlossen. Das Geld wird in einer Stiftung bleiben, solange Sie nicht beschließen …» – Gavin senkte die Stimme –, «Mr. DaSouzas Maschinen abschalten zu lassen.»

Er wartete einen Moment, um das Gesagte sacken zu lassen, dann fuhr er fort: «Da er keinerlei lebende Angehörige hat, steht das Recht auf diese Entscheidung allein Ihnen zu.»

«Und wenn ich nicht will?», fragte Caine.

«Wenn Sie was nicht wollen? Diese Entscheidung treffen?»

«Nein. Wenn ich nicht will, dass die lebenserhaltenden Maßnahmen beendet werden – was dann?»

«Nun … wenn Sie das nicht wollen … dann werden die Zinserträge aus seiner Stiftung seine medizinische Versorgung bis auf weiteres sicherstellen … bis in alle Ewigkeit vermutlich. Ja, und Sie erhalten ein Jahresgehalt in Höhe von 100 000 Dollar für die Beaufsichtigung der Stiftungstätigkeit.»

«Beaufsichtigung?», fragte Caine.

«Nun, sein Testament legt fest, dass sein Geld im Fall seiner Geschäftsunfähigkeit in eine wohltätige Stiftung fließen soll mit dem Ziel … ich zitiere, ‹das Leben der Menschen zu verbessern›. Als Verwalter wird Ihnen die Entscheidung obliegen, wie die jährlichen Erlöse aus dieser Stiftung zu verteilen sind. Da jedoch keine Hoffnung auf Mr. DaSouzas Genesung besteht, können Sie nach seinem … Hinscheiden die Stiftung auch auflösen und mit dem Geld tun und lassen, was Sie wollen.» Gavin schenkte ihm ein breites Lächeln. «Sie sind Millionär, Mr. Caine.»

Caine schüttelte den Kopf. «Nein, bin ich nicht.» Er hielt inne. «Und ich werde auch nie einer sein.»

«Aber …» Gavin sah verwirrt aus. «Sie sind sich doch darüber im Klaren, dass Mr. DaSouza hirntot ist …»

«Ja.»

«Und die Ärzte sagen, dass er unmöglich wiederhergestellt werden kann», sagte Gavin sichtlich aufgewühlt.

«Nichts ist unmöglich, Mr. Gavin. Manches ist nur sehr unwahrscheinlich.» Caine stand auf. «Ich nehme an, ich werde einiges zu unterschreiben haben, bevor ich zum Krankenhaus fahren kann?»

«Ja, selbstverständlich», sagte Gavin und zog ein paar Schriftstücke hervor.

Als Caine fertig war, gab er Gavin die Hand und ging zur Tür.

«Mr. Caine», sagte Gavin, «wenn ich Sie noch etwas fragen dürfte?»

«Ja, natürlich», antwortete Caine und wandte sich um.

«Wenn Sie die …» – er senkte die Stimme zu einem Flüstern – «lebenserhaltenden Maßnahmen nicht aussetzen lassen wollen …» Er hielt inne. «Warum fahren Sie dann ins Krankenhaus?»

«Um ein paar Tests durchführen zu lassen.»

Als Caine aus der Tür trat, konnte er Gavins Verwirrung fast mit Händen greifen, aber er verspürte nicht den Wunsch, sie ihm zu nehmen.

Nachdem Caine eine Phiole mit Tommys Blut erhalten hatte, beauftragte er ein privates Labor, einige Tests durchzuführen. 24 Stunden später teilte die technische Assistentin ihm die guten Neuigkeiten telefonisch mit. Die Frau am anderen Ende der Leitung war von den Ergebnissen überrascht, Caine war es nicht. Als sie ihn fragte, woher er das gewusst hatte, wünschte er ihr nur einen angenehmen Tag.

Caine holte die Unterlagen ab, kaufte einen kleinen regenbogenfarbenen Teddybären und fuhr erneut zum Krankenhaus. Als er diesmal den fünfzehnten Stock betrat, wusste er warum.

«Caine!», rief Elizabeth, als er ihr Zimmer betrat. «Du kommst ja wirklich nochmal!»

«Natürlich», sagte er. «Und ich habe einen Freund mitgebracht.» Er zog das Stofftier hinter seinem Rücken hervor. Ihr Gesicht leuchtete auf.

«Entschuldigung», fragte eine besorgte Stimme hinter ihm. «Wer sind Sie eigentlich?»

Caine drehte sich zu der Frau herum. Ihre Augen waren rot und geschwollen, als hätte sie die vergangene Woche nur geweint. Obwohl Caine sie noch nie gesehen hatte, kam sie ihm bekannt vor, wie aus einem Traum.

«Guten Tag», sagte er und streckte die Hand vor. «Ich bin David Caine. Ich war ein Freund Ihres Mannes.»

«Oh», erwiderte sie mit einem leichten Schniefen. «Ich bin Sandy.» Sie schüttelte sanft seine Hand. «Sehr nett von Ihnen, dass Sie vorbeischauen. Wir bekommen nicht viel Besuch.»

«Ich weiß», sagte Caine. «Ähm, könnte ich kurz draußen mit Ihnen sprechen?»

«Sicher», antwortete Sandy. «Schatz, wir sind gleich wieder da, ja?»

«Ist gut, Mami», sagte Elizabeth.

Sobald sie draußen auf dem Gang waren, begann Caine. «Ich weiß, es klingt merkwürdig, aber ich habe gute Neuigkeiten für Sie.»

«Und die wären?»

«Ich habe einen Knochenmarkspender für Ihre Tochter gefunden. Die Übereinstimmung beträgt 99 Prozent, und er ist zu der Transplantation bereit, sobald Elizabeths Zustand die Operation zulässt.»

Die verschiedensten Gefühle spiegelten sich in ihrem Gesicht – Fassungslosigkeit, Freude und schließlich Traurigkeit. Bevor sie noch etwas sagen konnte, fuhr Caine fort.

«Keine Sorgen wegen des Geldes. Ich vertrete eine große Stiftung, die eigens dafür gegründet wurde, Menschen wie Ihrer Tochter zu helfen. Sämtliche medizinischen Kosten werden übernommen.»

«Soll das ein Witz sein?», fragte Sandy und sah plötzlich sehr grimmig aus. «Falls ja, dann lassen Sie sich gesagt sein, dass man mit so etwas nicht scherzt, Mr. Caine.»

Caine zog Tommys medizinisches Gutachten hervor und zeigte ihr, dass er als Spender geeignet war.

«Dann ist es wirklich wahr?», fragte Sandy, nachdem sie die Akte durchgeblättert hatte. «Sie meinen es ernst?»

«Ich habe noch nie zuvor etwas so ernst gemeint», antwortete Caine.

«Oh, mein Gott!» Sandy erdrückte Caine fast, so fest umarmte sie ihn. Tränen überströmten ihr Gesicht. «Ich weiß nicht, was ich sagen soll. Ich meine ... O Gott ... Wie kann ich Ihnen je danken?»

«Dass Sie mir danken, ist gar nicht nötig», sagte Caine. «Sagen wir einfach, wir sind quitt.»

Sandy sah verwirrt aus, nickte jedoch nur. Dann griff Caine in seine Tasche und zog Gavins Visitenkarte hervor.

«Das ist mein Anwalt. Rufen Sie ihn an, sobald Sie mit Elizabeths Ärzten geredet haben. Er wird alles Nötige in die Wege leiten.»

«Danke, Mr. Caine.» Sie drückte seine Hand.

«Wenn Sie mich ‹Mr. Caine› nennen, dann muss ich ‹Mrs. Crowe› zu Ihnen sagen. ‹David› tut es auch.»

«Ja, gut. Danke … David.» Sandy Crowe wischte sich die Nase. «Ich werde Betsy die guten Neuigkeiten erzählen.» Als sie gerade wieder zurück ins Krankenzimmer gehen wollte, drehte sie sich noch einmal um. «Sie haben mir gar nicht erzählt, woher Sie Marty kennen.»

«Ach», sagte Caine und kratzte sich am Kopf. «Wir hatten mal beruflich miteinander zu tun.»

Als Caine das Krankenhaus verließ, fühlte er sich so wohl wie seit Wochen nicht. Zwar bestand immer noch die Möglichkeit, dass die Transplantation nicht erfolgreich verlief, aber mit einer Wahrscheinlichkeit von 93,726 Prozent kam Elizabeth wieder vollständig in Ordnung.

Er hatte gerade beschlossen, ein paar Blocks zu Fuß zu gehen, als ihm auf einmal der Gestank entgegenschlug. Bevor sein Körper auf den Gehweg fiel, war sein Bewusstsein bereits ins *Immer* geglitten.

· · ·

Die Frau – Sie – ist bei ihm. Aber Sie sieht anders aus. Kleiner irgendwie, vertrauter. Er kann sehen, dass Sie glücklich und traurig zugleich ist. Caine empfindet Mitleid mit Ihr.

Sie *– Danke, Caine.*

   Caine *– Wofür?*

   Noch während Caine die Frage stellt, weiß er es plötzlich. Er begreift.

   Sie ist in der Vergangenheit des Jetzt *und hilft Tanja, ihre Zukunft zu sehen, damit sie nicht in dieses Flugzeug steigt.*

   Sie ist in Tommys Träumen und hilft ihm dabei, Zahlen zu sehen.

Sie ist die Stimme in Jaspers Kopf, die ihm erklärt, wie er seinem Bruder helfen soll.

Sie versucht Caine das Immer *zu zeigen, indem Sie seine Anfälle auslöst.*

Alle Ihre Handlungen münden in das Ziel, eine Folge von Ereignissen zu schaffen, die zu Tommys improvisiertem Testament und seinem unwahrscheinlichen Ableben führen, zu Navas Rettung und Caines Erweckung. All das, um ein kleines Mädchen zu retten, das an Leukämie stirbt. Ein Mädchen namens Elizabeth «Betsy» Crowe.

Caine weiß nun, warum Sie ihm bekannt vorkommt. Sie ähnelt ihrer Schwester Sandy und ihrer Nichte – Betsy.

Caine – *Du bist es, die das alles geschehen lässt.*

Sie – *Nein. Wir helfen den Menschen nur zu begreifen. Mehr können Wir nicht tun. Ihr lasst das alles geschehen, du, Nava, Tommy, Jasper, Julia, Forsythe, Tversky und noch Millionen andere Menschen, jeder auf seinem eigenen Pfad, jeder mit seinen eigenen Entscheidungen.*

Caine – *Das alles … wegen Betsy?*

Sie – *Nein, Betsy ist nur ein Teil des letzten Ziels. Du verstehst nicht. Aber später im* Jetzt *verstehst du es.*

Caine – Im Jetzt … *bist du Julia.*

Sie – *Nein. Im* Jetzt *sind Wir keine Einzelwesen. Wir sind viele. Wir sind der Wille des kollektiven Unbewussten. Du jedoch nimmst Uns als Julia wahr, denn sie dient als Unser Sprachrohr, Unsere Stimme. In ihren letzten Momenten erkennt sie in deinem Bewusstsein einen gemeinsamen Wunsch, und darum ziehen Wir sie hinzu, damit sie uns hilft, Unser Ziel erreichen. Du jedoch bist es, der unbewusst ihre Stimme vernimmt, denn sie kann nur zu denen sprechen, die hören möchten.*

Caine – *Aber Julia ist tot.*

Sie – *Das* Immer *liegt außerhalb des* Jetzt. *Hier lebt Julia.*

Sie ist ein kleines Mädchen. Sie wird erwachsen. Sie verliebt sich in Petey. Sie ist Betsys Tante Julia. Sie stirbt in einem Müllcontainer.

Caine – *Daher der Geruch. Julias Bewusstsein bringt den Geruch zu mir.*

Sie – *Gerüche sind die stärksten Erinnerungen. Da Julia Unser Sprachrohr ist, begleitet Uns ihre Erinnerung an den Gestank, der sie beim Sterben umgibt.*

Caine – *Im* Jetzt, *warum soll Dr. Tversky da versuchen, mich zu töten?*

Sie – *Weil es der einzige Weg ist, Tommys Unfall zu verursachen.*

Caine – *Dann stellt Ihr Betsys Leben über Tommys.*

Sie – *Nein. In deinem* Jetzt *bringt Tommy sich um. Indem Wir ihm helfen, sich an seine Träume zu erinnern, verlängern Wir sein Leben. Es geht nichts verloren.*

Caine – *Seid Ihr ewig?*

Sie – *Das ist … ungewiss.*

Caine – *Wie das?*

Sie – *In manchen Zukünften sind Wir ewig. In anderen sind Wir ausgestorben. Unser Schicksal ist mit dem deinen und dem deiner Nächsten verknüpft, denn ihr seid Wir, und Wir sind ihr.*

Caine – *Warum bin ich hier?*

Sie – *Du musst begreifen, welche Rolle du spielst. Du sollst das* Immer *dazu benutzen, Uns allen zu helfen.*

Caine – *Wie denn helfen? Mit Tommys Geld?*

Sie – *Das Geld wird schon eine Hilfe sein, aber letztlich wird es wenig verändern.*

Caine – *Was dann? Wie helfe ich denn dann?*

Sie – *Darum geht es hier nicht. Darum geht es später im* Jetzt.

Caine – *Warum nicht gleich hier?*

Sie – *Du brauchst etwas … Zeit.*

. . .

«Hey, ich glaube, er kommt wieder zu sich», sagte eine Stimme über ihm. «Alles in Ordnung mit Ihnen?»

Caine rieb sich den Hinterkopf, in dem es bereits schmerzhaft zu pochen begann. Er schnupperte vorsichtig. Der Geruch war verschwunden.

«Ja», sagte er. «Ich glaube, es geht mir gut … jedenfalls vorläufig.»

Epilog

Tversky klickte auf *«Si»*, und der Anmeldebildschirm wurde durch einen mit Icons übersäten lila Desktop ersetzt. Tversky doppelklickte auf das kleine blaue *e* und wartete ungeduldig, dass der Browser sich öffnete. Bevor die Startseite sich aufbaute, tippte er eine neue URL ein. Er brauchte nur eine Minute, um den gesuchten Bericht zu finden.

EX-NSA-DIREKTOR WEGEN HOCHVERRATS VOR GERICHT

Von Patrick O'Beirne

Washington, D. C. (AP) – Dr. James P. Forsythe wurde heute in 131 Fällen der Verschwörung gegen die Vereinigten Staaten und des Hochverrats beschuldigt. Die Anklageerhebung gegen den ehemaligen Leiter der Abteilung Science and Technology Research bei der National Security Agency fand in einem überfüllten Washingtoner Gerichtssaal statt.

Die Behörden erhielten erstmals Kenntnis von Dr. Forsythes

mutmaßlichen Verbrechen, als am 7. Februar nach einer Bombenexplosion in einem New Yorker Bürogebäude die Feuerwehr vor Ort erschien (siehe Bericht). Das Rettungspersonal barg nicht nur Dr. Forsythe und sein Personal aus den Trümmern, sondern auch die Leichen dreier Erschossener sowie Computer mit Hunderten illegalen Dateien. Diese Dateien soll Dr. Forsythe der NSA entwendet haben, nachdem er wegen der Veranlassung einer «nicht genehmigten FBI-Operation» im Zusammenhang mit der Schießerei auf einem Amtrak-Bahnhof in Philadelphia (siehe Bericht) seines Amtes enthoben worden war, hieß es aus Kreisen in Washington.

Trotz der laut Anklagebehörde «erdrückenden Beweislast» plädierte Dr. Forsythe in allen Punkten auf nicht schuldig. Die Staatsanwaltschaft hingegen ist optimistisch, einen Schuldspruch erwirken zu können.

«Wir haben eine Fülle an Beweismaterial und einen wichtigen Zeugen … Es ist äußerst wahrscheinlich, dass er [Dr. Forsythe] schuldig gesprochen wird.» Der zentrale Zeuge der Anklage ist Mr. Steven R. Grimes, ein Mitarbeiter der NSA.

«Ich war ehrlich gesagt schockiert, dass sich das alles direkt vor meiner Nase abgespielt hat», erklärte Mr. Grimes heute der Presse. «Ich hätte niemals für möglich gehalten, dass Jimmy [Forsythe] vertrauliche Dokumente mitgehen lassen würde … Ich werde alles in meiner Macht Stehende tun, um die Staatsanwaltschaft in dieser Angelegenheit zu unterstützen. Ich bin Amerikaner – für Verräter habe ich nichts übrig.»

Tversky überflog den Rest des Artikels, aber sein Name wurde nirgends erwähnt. Er stieß einen Seufzer der Erleichterung aus. Zwar wollte die Polizei noch immer wegen Julias Tod mit ihm reden, aber er wusste, dass der Fall von den Behörden inzwischen als Selbstmord eingestuft wurde. Tversky lächelte. Er hatte unfassbares Glück gehabt. Hätte er in dieser Nacht nicht das Labor verlassen, wäre er ebenfalls geschnappt worden. Zum Teufel, er hätte sogar bei der Explosion umkommen können.

Wenn man bedachte, was alles passiert war, konnte es ihm kaum besser gehen. Wo Forsythe der Verschwörung angeklagt war, war Tversky so gut wie aus dem Schneider. Selbst wenn Forsythe irgendjemandem erzählte, dass Tversky Julia umgebracht hatte – wozu für Forsythe kein Grund bestand –, wer würde ihm glauben? Das war fast zu schön, um wahr zu sein.

Schade nur, dass ihm der Großteil seiner Daten verloren gegangen war, aber Tversky war zuversichtlich, dass sich David Caines hirnchemische Situation nachbilden ließ. Er brauchte nur Zeit, und daran mangelte es ihm hier in Mexiko nicht. Jeden Morgen warf Tversky einen Würfel, um festzulegen, wohin er als Nächstes fuhr. Wenn er sich nach dem Zufallsprinzip durch das Land bewegte, würde David ihn hoffentlich nicht aufspüren können.

Er loggte sich aus, bezahlte dem Mann hinter dem Tresen zwanzig Pesos und trat auf die Straße. Binnen Sekunden war er in Schweiß gebadet. Die Sonne Mexikos brannte herab, und Tversky schirmte die Augen ab. Herrgott, war das heiß. Und dann dieser Mülltonnengeruch, ein ekelhafter Gestank, der alle anderen Sinneseindrücke überlagerte.

Tversky machte sich raschen Schrittes auf den Weg zurück zu seiner Cabana, um dem Gestank zu entkommen, da sah er drüben auf der anderen Straßenseite einen Eisverkäufer. Der kam ihm gerade recht, denn seit ihm dieser Gestank in die Nase gestiegen war, hatte er unvermittelt ein ungeheures Verlangen nach Schokoladeneis empfunden. Ohne nach links und rechts zu schauen, lief er über die Straße zu dem Eiskarren.

Den Bus sah er erst, als es zu spät war. Der Aufprall schleuderte Tversky durch die Luft. Er landete gerade rechtzeitig auf dem Boden, um von den Vorderrädern des Busses zerquetscht zu werden. Seine Rippen zersplitterten in Hunderte von Bruchstücken, die sich gleichzeitig in sein Herz und in die Lungenflügel bohrten.

Er hörte mehrere Menschen auf Spanisch nach einem Arzt rufen, aber er wusste, dass es zu spät war. Als die Dunkelheit ihn einhüllte, war er froh, dass zumindest der Gestank wieder verschwunden war. Was hatte ihn so unwiderstehlich auf die Straße gezogen? Hätte er noch einige Sekunden länger gelebt, wäre ihm vielleicht die Bedeutung des Geruchs aufgegangen, aber dazu blieb ihm keine Zeit mehr.

Während sein Bewusstsein erlosch, schoss ihm ein letzter Gedanke durch den Kopf: *Eigentlich mag ich doch gar kein Eis.*

Einen Monat zuvor, in einem Müllcontainer, drückte Julia ein letztes Mal Navas Hand und starb, ein Lächeln auf den Lippen und Schokoladeneis im Sinn.

Danksagung

Ich fing unter anderem an, dieses Buch zu schreiben, weil ich einmal in meinem Leben etwas völlig Eigenes erschaffen wollte, ganz allein und ohne fremde Hilfe. Der Witz ist, dass ich während der Arbeit zu der Erkenntnis kam, dass das Schreiben eines Romans in vielerlei Hinsicht die größte gemeinschaftliche Anstrengung darstellt, die ich je unternommen habe. Bei jedem Schritt half mir jemand anderes weiter, und ohne die unten erwähnten Personen wäre dieses Buch nie erschienen.

Da ich nicht den Wunsch verspüre, Menschen nach ihrem Nützlichkeitsgrad einzustufen, habe ich mich dazu entschlossen, in chronologischer Reihenfolge vorzugehen. Als da wären:

Stephanie Williams. Du hast mit mir im Café gesessen, als ich meine allererste Seite schrieb, und warst der erste Mensch, der mein Buch zu lesen bekam, nachdem ich meine letzte Seite geschrieben hatte. Ohne dich wäre mein Traum, einen Roman zu schreiben, ein Traum geblieben. Ich schulde dir mehr, als ich sagen kann. Du fehlst mir.

Daniela Drake. Du hast jede Fassung gelesen und warst der einzige Mensch, bei dem ich sicher sein durfte, sämtliche Bauchschmerzen bereitende Kritik zu bekommen, die ich so dringend brauchte. (Und du bist die Einzige, mit der man sich auf intelligente Art über die Vielschichtigkeiten des Reality-TV unterhalten kann.)

Erin Hennicke. Die erste Person «in der Branche», die mein Buch gelesen hat. Wichtiger noch, sie wusste immer Rat für mich, nachdem ich mit dem «leichten Teil» fertig war (dem Schreiben).

Suzanne Gibbons-Neff. Du hast mir während des gesamten Schreibprozesses nicht nur als Gewissen und als Cheerleader gedient, sondern mich auch auf sehr gewagte Weise bekannt gemacht mit …

Barrie Trimingham. Ich kenne Sie kaum, und doch haben Sie zur Publikation dieses Buches beigetragen, als Sie Suzannes Anruf beantwortet und mich in Kontakt gebracht haben mit …

Ann Rittenberg. Höchstwahrscheinlich die beste Agentin der Welt. Sie haben an mich geglaubt, als mein Buch noch in den Windeln lag, und waren der erste Mensch, der mir gesagt hat, dass ich *wirklich* vom Schreiben leben könnte.

Ted Gideonse. Geheimnisumwitterter Weltbürger. Ohne Sie hätte ich mich selbst in japanisches Vertragsrecht und deutsche Steuergesetzgebung einfummeln müssen, was gar nicht schön gewesen wäre.

Mauro DiPreta. Sie haben HarperCollins dazu gebracht, mein Buch zu kaufen. Dann haben Sie es lektoriert. Dann haben Sie mich davon überzeugt, die Teile in Ordnung zu bringen, die meiner Meinung nach in Ordnung waren (womit ich falsch lag). Dann haben Sie es nochmals lektoriert. Mehr hätte ich nie verlangen können.

Joelle Yudin. Meine rettende Hand bei HarperCollins.

Sie haben alle meine dummen Fragen so beantwortet, dass ich mir gar nicht dumm vorkommen musste.

Maureen Sugden und **Andrea Molitor**. Ohne Sie zwei wären eine Menge Kommas an der falschen Stelle und eine Horde Bindestriche da, wo eigentlich Gedankenstriche hingehört hätten. Sie lassen mich klug aussehen, wofür ich aufrichtig dankbar bin.

Julia Bannon, **Jamie Beckman**, **George Bick**, **Lisa Gallagher**, **Karen Resnick**, **Pam Spengler-Jaffee** und alle andern bei HarperCollins, die all die Sachen machen, von denen ich nicht die leiseste Ahnung habe.

Und zu guter Letzt all meine Auslandsagenten. Ihr rockt.

Außerdem muss ich all den Menschen danken, die mein Leben auf so unterschiedliche Weise bereichern.

Die viertausend Pine Brotherhood, vor allem **Andrew «Andefiance» Burrows** (ein toller Freund, aber ein echt lausiger *Halo*-Spieler), **Cyrus Yang** (der mehr über Waffen und Munition weiß, als gut für ihn ist), **Donald Johnson** (der einzige Bursche, den ich bitten könnte, mich am anderen Ende der Welt zu treffen, und der nur sagen würde: «Okay, um welche Uhrzeit?»), **Brady O'Beirne** (jetzt stehst du im Buch, zufrieden?), **Kei Sato** («ÖRKS!») und **Rick Sibery** (the one true pony). Und meinetwegen auch noch **Tad**.

Alle meine Freunde vom Dartmouth, besonders **Leon Hsu** (du weißt immer noch alles), **Jeff «El Jefe» Geller** (noch ein bisschen entspannter, und du wärst tot) und natürlich **«S. K. & The Evil Van Groupies»**.

Die Dienstagabendpokerrunde von der Stanford Graduate School of Business («Ist da eine Straße drin?»).

Meine persönliche EDV-Abteilung, darunter **Ron**

McCoy (der Mann, der Mythos, die Legende), **Marshall Simmonds** (Suchmaschinenoptimierer der Extraklasse) und **Spur & Mavdaddy** (die Hüter meiner Daten).

Verschiedene New Yorker, vor allem **Margo «Aborakyi-raba» Wright** (Auf ins Bodanna!), **Ori Uziel** (hedge boy), **Kimberly Krouse** (Pagoo, Pagoo), **Dave Otten** («Wer's überlebt hat, fertig … *Los!*»).

Alle meine Telefonfreunde, vor allem **Mina Song** und **Iris Yen**, die so freundlich waren, arbeitslos zu sein, während ich mein Buch schrieb, und **Emily He**, die mich sogar zurückrief, obwohl sie einen Job hatte. Und der unbezähmbare **Jason Meil** (der Einzige, der die Wahrheit über den Affen mit dem freien Willen weiß).

Meine Ärzte, ohne die mein müdes Auge längst aufgegeben hätte, mit besonderem Dank an **Dr. Janice Cotter** und die Boston Foundation for Sight, **Dr. C. Stephen Foster** und natürlich **Dr. Alan «DG» Geller**.

Joanie und **Billy Felder** dafür, dass sie mir das größte Geschenk gemacht haben, das einem in New York City zuteil werden kann – eine 65-Quadratmeter-Altbauwohnung mit Mietpreisbindung.

Meine Mutter **Lois** und mein «Schwesterherz» **Cheryl**, die mich immer bei meinen Anstrengungen unterstützt haben, obwohl ich nicht so oft anrufe, wie ich sollte.

Marge und **Steve Hoppe**, die die absolut besten Rippchen der Welt machen.

George Davis dafür, dass er mich dreimal am Tag anruft, und **Toni Davis** dafür, dass nicht.

Und zu guter Letzt **Meredith**. Was kann ich noch sagen, außer dass du alles schöner machst? Ich liebe dich.

Raymond Khoury
Scriptum
Thriller
Rache verjährt nie! Eine glamouröse Ausstellungseröffnung in New York. Plötzlich erscheinen vier Tempelritter und stürmen die Ausstellung. Zielsicher stehlen sie einen Rotorchiffrierer. Eines der dunkelsten Geheimnisse des Vatikans droht entdeckt zu werden ... rororo 24208

Thriller bei rororo
Lies um dein Leben!

Karin Slaughter
Dreh dich nicht um
Thriller
Schon der dritte Tote am Grant College in einer Woche. Chief Tolliver und Gerichtsmedizinerin Sara Linton werden den Verdacht nicht los, dass mit diesen «Selbstmorden» etwas nicht stimmt ...
rororo 23649

Declan Hughes
Blut von meinem Blut
Thriller
Vor 20 Jahren ... verschwand Eds Vater ... hatte seine Mutter eine Affäre ... sah er Linda zum letzten Mal. Nun ist seine Mutter tot. Linda ermordet. Die Spur führt in die Vergangenheit. Dieses Mal kann Ed Loy nicht fliehen.
rororo 24142

Weitere Informationen in der Rowohlt Revue *oder unter* www.rororo.de